TERMINUS RADIEUX

Du même auteur

Biographie comparée de Jorian Murgrave, *roman, Denoël, 1985*

Un navire de nulle part, *roman, Denoël, 1986*

Rituel du mépris, *roman, Denoël, 1986*

Des enfers fabuleux, *roman, Denoël, 1988*

Biographie comparée de Jorian Murgrave – Un navire de nulle part – Rituel du mépris – Des enfers fabuleux *(réédition en un volume), Denoël, 2003*

Lisbonne, dernière marge, *roman, Minuit, 1990*

Alto solo, *roman, Minuit, 1991*

Le nom des singes, *roman, Minuit, 1994*

Le port intérieur, *roman, Minuit, 1996*

Nuit blanche en Balkhyrie, *roman, Gallimard, 1997*

Vue sur l'ossuaire, *romånce, Gallimard, 1998*

Le post-exotisme en dix leçons, leçon onze, *Gallimard, 1998*

Des anges mineurs, *narrats, Seuil, 1999, coll. « Points », n° P918, 2001*

Dondog, *roman, Seuil, 2002, coll. « Points », n° P1129, 2004*

Bardo or not Bardo, *roman, Seuil, 2004, coll. « Points », n° P1397, 2005*

Nos animaux préférés, *entrevoûtes, Seuil, 2006*

Songes de Mevlido, *roman, Seuil, 2007*

Macau, *roman, avec des photographies d'Olivier Aubert, Seuil, 2009*

Écrivains, *roman, Seuil, 2010*

Fiction & Cie

Antoine Volodine

TERMINUS RADIEUX

roman

Seuil
25, bd Romain-Rolland, Paris XIV*e*

COLLECTION
«Fiction & Cie»
fondée par Denis Roche
dirigée par Bernard Comment

ISBN 978-2-02-113904-4

© Éditions du Seuil, août 2014

www.seuil.com
www.fictionetcie.com

PREMIÈRE PARTIE

KOLKHOZE

.1.

• Le vent de nouveau s'approcha des herbes et il les caressa avec une puissance nonchalante, il les courba harmonieusement et il se coucha sur elles en ronflant, puis il les parcourut plusieurs fois, et, quand il en eut terminé avec elles, leurs odeurs se ravivèrent, d'armoises-savoureuses, d'armoises-blanches, d'absinthes.

Le ciel était couvert d'une mince laque de nuages. Juste derrière, le soleil invisible brillait. On ne pouvait lever les yeux sans être ébloui.

Aux pieds de Kronauer, la mourante gémit.

– Elli, soupira-t-elle.

Sa bouche s'entrouvrit comme si elle allait parler, mais elle ne dit rien.

– T'inquiète pas, Vassia, murmura-t-il.

Elle s'appelait Vassilissa Marachvili.

Elle avait trente ans.

Deux mois plus tôt, elle marchait d'un pas souple dans les rues de la capitale, à l'Orbise, d'un pas dansant, et il n'était pas rare que quelqu'un se retourne sur son passage, car son aspect de jolie combattante égalitariste donnait chaud au cœur. La situation était mauvaise. Les hommes avaient besoin de contempler de tels visages, de frôler de telles silhouettes pleines de vie et de fraîcheur. Ils souriaient, et ensuite ils partaient en banlieue se faire tuer sur la ligne de front.

• Deux mois plus tôt : une éternité. La chute annoncée de l'Orbise avait eu lieu, immédiatement suivie de l'exode et d'une totale absence d'avenir. Les centres urbains ruisselaient du sang des représailles. Les barbares avaient repris le pouvoir, comme partout ailleurs sur la planète. Vassilissa Marachvili avait pendant quelques jours erré avec un groupe de partisans, puis la résistance s'était dispersée, puis elle s'était éteinte. Alors, avec deux camarades de désastre – Kronauer et Iliouchenko –, elle avait réussi à éviter les barrages mis en place par les vainqueurs et elle était entrée dans les territoires vides. Une clôture ridicule en interdisait l'accès. Elle l'avait franchie sans frémir. Elle ne retournerait plus jamais de l'autre côté. C'était une aventure sans retour, et, tous les trois, ils le savaient. Ils s'étaient engagés là-dedans en toute lucidité, conscients qu'ainsi ils accompagnaient le désespoir de l'Orbise, qu'ils s'enfonçaient avec elle dans le cauchemar final. Le chemin serait pénible, cela aussi, ils le savaient. Ils ne rencontreraient personne et ils devraient compter sur leurs propres forces, sur ce qui subsisterait de leurs propres forces avant les premières brûlures. Les territoires vides n'hébergeaient ni fuyards ni ennemis, le taux de radiation y était effrayant, il ne diminuait pas depuis des décennies et il promettait à tout intrus la mort nucléaire et rien d'autre. Après avoir rampé sous les barbelés de la deuxième clôture, ils avaient commencé à s'éloigner vers le sud-est. Forêts sans animaux, steppes, villes désertes, routes à l'abandon, voies de chemin de fer envahies par les herbes, ce qu'ils traversaient ne suscitait pas l'angoisse. L'univers vibrait de façon indécelable et il était tranquille. Même les centrales atomiques, dont pourtant les crises de folie avaient rendu le sous-continent inhabitable, même ces réacteurs accidentés, parfois noircis, toujours silencieux, avaient l'air inoffensif, et souvent, par défi, c'étaient les endroits qu'ils choisissaient pour bivouaquer.

Ils avaient marché vingt-neuf jours en tout. Très vite ils avaient senti les conséquences de leur exposition aux rayonnements. Malaises, affaiblissement, dégoût de l'existence, pour ne pas parler des vomissements et des diarrhées. Puis leur dégradation s'était accélérée et la dernière quinzaine avait été terrible. Ils continuaient à avancer, mais, quand ils s'allongeaient par terre pour la nuit, ils se demandaient s'ils n'étaient pas déjà morts. Ils se demandaient cela sans plaisanter. Ils n'avaient pas les éléments pour répondre.

Vassilissa Marachvili avait basculé dans quelque chose qui ne ressemblait que médiocrement à de la vie. L'épuisement avait raviné ses traits, les poussières radioactives avaient attaqué son organisme. Elle avait de plus en plus de mal à parler. Elle n'en pouvait plus.

• Kronauer s'inclina au-dessus d'elle et il lui promena la main sur le front. Il ne savait comment l'apaiser. Il écrasa un peu la sueur qui sourdait à la limite de ses sourcils, puis il s'appliqua à désembrouiller les mèches noires qui étaient collées sur sa peau fiévreuse. Quelques cheveux lui restèrent entre les doigts. Elle avait commencé à les perdre.

Il se redressa ensuite et il reprit l'examen du paysage.

Le panorama avait quelque chose d'éternel. L'immensité du ciel dominait l'immensité de la prairie. Ils se trouvaient sur une petite éminence et ils voyaient loin. Une voie ferrée coupait en deux l'image. La terre avait autrefois été couverte de blé, mais au fil du temps elle était retournée à la sauvagerie des céréales préhistoriques et des graminées mutantes. À quatre cents mètres de l'endroit où se dissimulait Kronauer, au bas de la pente, les rails longeaient les ruines d'un ancien sovkhoze. Sur l'emplacement qui avait été cinquante ans plus tôt le cœur d'un village communautaire, les installations agricoles avaient subi les outrages du temps. Dortoirs, porcheries ou entrepôts s'étaient effondrés sur eux-mêmes. Seuls le bloc d'alimentation nucléaire et un portail monumental tenaient bon. Au-dessus des piliers pharaoniques on pouvait encore reconnaître un symbole et lire un nom, « Étoile rouge ». Le même nom était inscrit sur la minuscule centrale, à moitié effacé et toujours déchiffrable. Autour des bâtisses destinées à l'habitation, cours et allées dessinaient des résidus géométriques. Une marée d'ivraies et de buissons avait fini par dissoudre la couche de goudron originelle.

• Tout à l'heure, un train était apparu à l'extrémité de l'horizon. C'était si insolite qu'ils avaient pensé d'abord à un délire collectif d'agonisants, pour ensuite constater qu'ils ne rêvaient pas. Par prudence, ils s'étaient cachés dans les herbes, Vassilissa Marachvili allongée sur un lit de tiges craquantes. Le convoi glissait dans la prairie à petite vitesse, venu du nord et allant droit vers sa mystérieuse destination, mais au lieu de poursuivre sa route il s'était lentement arrêté un peu avant le portail étoilé, à la hauteur d'un bâtiment qui avait dû, aux temps de la splendeur sovkhozienne, abriter un élevage de volailles.

Le train avait freiné sans produire le moindre cri de métal, comme un bateau arrivant à quai, et, pendant un interminable moment, le moteur Diesel avait ahané en sourdine. Apparemment, un train de marchandises ou un transport de troupes ou de prisonniers. Une locomotive, quatre wagons sans fenêtres, vétustes et sales. Les minutes passaient, trois, puis cinq, puis un peu plus. Personne ne se manifestait. Le machiniste restait invisible.

Au-dessus de la steppe le ciel étincelait. Une voûte uniformément et magnifiquement grise. Nuages, air tiède et herbes témoignaient du fait que les humains ici-bas n'avaient aucune place, et, malgré tout, ils donnaient envie de s'emplir les poumons et de chanter des hymnes à la nature, à sa force communicative et à sa beauté. De temps en temps, des groupes de corbeaux survolaient la bande sombre derrière laquelle commençait la taïga. Ils allaient vers le nord-est et ils disparaissaient au-dessus de cet univers d'arbres noirs où l'homme paraissait plus indésirable encore que dans la steppe.

• La forêt, pensait Kronauer. D'accord pour une brève balade, à condition de rester en lisière. Mais une fois qu'on s'est enfoncé à l'intérieur il y a plus ni nord-est ni sud-ouest. Les directions existent plus, on doit faire avec un monde de loups, d'ours et de champignons, et on peut plus en sortir, même quand on marche sans dévier pendant des centaines de kilomètres. Déjà il se représentait les premières rangées d'arbres, puis très vite il vit les épaisseurs ténébreuses, les sapins morts, tombés de leur belle mort depuis trente ou quarante ans, noirs de mousses mais renâclant toujours à pourrir. Ses parents s'étaient évadés des camps et ils s'étaient perdus là-dedans, dans la taïga, et ils y avaient disparu. Il ne pouvait évoquer la forêt sans y associer le tableau tragique de cet homme et de cette femme qu'il n'avait jamais connus. Depuis qu'il était en âge de penser à eux, il les imaginait sous la forme d'un couple d'errants, à jamais ni vivants ni morts – perdus. Commets pas la même erreur qu'eux, pensa-t-il encore. La taïga, ça peut pas être un refuge, une alternative à la mort ou aux camps. C'est des immensités où l'humain a rien à faire. Il y a que de l'ombre et des mauvaises rencontres. À moins d'être une bête, on peut pas vivre là-dedans.

Il mit plusieurs secondes avant de pouvoir quitter l'image. Puis il revint à la steppe qui ondulait de nouveau sous un coup de vent. Il retrouvait le train arrêté, au-dessus du monde le ciel nuageux et infini.

Le moteur du Diesel ne grognait plus.

Il plissa les paupières.

À nouveau, la mourante gémit.

• Avec son manteau de feutre trop chaud et trop long, inadapté à la saison, ses bottes trop grandes, son crâne rasé où les cheveux déjà ne repoussent plus, Kronauer ressemble à nombre d'entre nous – je veux dire qu'au premier coup d'œil on voit qu'il s'agit d'un mort ou d'un soldat de la guerre civile, en fuite après n'avoir jamais remporté la moindre victoire, un homme épuisé et patibulaire, manifestement au bout du rouleau.

Il s'est assis sur ses talons afin de rester hors d'atteinte des regards. Les graminées lui arrivent aux épaules, mais comme il se baisse elles se referment au-dessus de sa tête. Il a passé son enfance dans des orphelinats, en zone urbaine, loin des prairies, et, logiquement, il devrait être incapable de nommer les plantes qui à présent l'entourent. Or une femme lui a transmis des notions de botanique, une femme experte en nomenclature végétale, et, par nostalgie pour cette amante défunte, il jette sur les herbes de la steppe un regard curieux, s'intéressant à déterminer si elles possèdent des épis, des feuilles ovales, des feuilles lyrées, si elles poussent en bulbes, en rhizomes. Après examen, il les étiquette. Sous le vent près de lui murmurent des grandes-ogrontes, des touffes de kvoïna, des zabakoulianes, des septentrines, des Jeannes-des-communistes, des renardes-bréhaignes, des aldousses.

Maintenant il espionne ce qui se passe au bas de la colline, à moins d'un demi-kilomètre. L'agitation n'est pas grande. Le machiniste a fini par sortir sur la passerelle de service de la locomotive – un engin fabriqué au début de la Deuxième Union soviétique –, puis il a descendu l'échelle, et, après avoir marché dans les herbes sur une vingtaine de mètres, il s'est étendu par terre. Et là, manifestement, il s'est aussitôt endormi ou évanoui.

Puis les portes des wagons se sont entrouvertes l'une après l'autre.

Des soldats ont quitté la deuxième et la troisième voiture. Des fantassins en loques, avec une démarche et des gestes d'hommes ivres ou très malades. Kronauer en a compté quatre. Après avoir fait quelques pas en titubant ils sont revenus s'adosser à la porte de bois, tête ballante ou renversée en direction des nuages. Mouvements à l'économie, aucun échange de parole. Puis ils se sont partagé une cigarette. Le tabac une fois épuisé, trois des hommes se sont hissés à nouveau à bord de leurs wagons respectifs. Le quatrième s'est écarté pour satisfaire un besoin naturel. Il s'est baissé à vingt mètres des voies dans un énorme bouquet d'armoises. La végétation l'a entièrement submergé. Ensuite il n'a pas reparu.

On a l'impression que le convoi s'est immobilisé devant les ruines de l'«Étoile rouge», comme s'il s'agissait d'une étape ferroviaire importante ou même d'une gare où il était prévu d'embarquer ou de débarquer des passagers. Le moteur de la locomotive a été coupé, et rien n'indique que le conducteur va le rallumer prochainement.

– Peut-être aussi qu'ils ont plus de combustible, suggère soudain Iliouchenko.

• Iliouchenko, Kronauer et Vassilissa Marachvili constituaient un trio harmonieux, tenu par des liens solides qui ressemblaient à de vieux et indéchirables sentiments de camaraderie. Pourtant, quand ils étaient entrés ensemble dans les territoires vides pour une marche commune vers la mort, ils se connaissaient seulement depuis quelques jours. Plus exactement, Kronauer était pour Iliouchenko et Vassilissa Marachvili une figure nouvelle. Il est certain que dans les circonstances de l'écroulement de l'Orbise vingt-quatre heures valaient bien une année, quelques jours une bonne décennie. Au moment où ils s'étaient faufilés derrière la limite barbelée du non-retour, c'était donc comme s'ils avaient longtemps vécu ensemble en ayant tout partagé – bonheurs et chagrins, croyances, désillusions et combats pour l'égalitarisme. Les dernières redoutes de l'Orbise avaient été emportées par l'ennemi et ils s'étaient retrouvés tous les trois dans une petite formation d'arrière-garde qui accueillait des survivants désireux d'en découdre. Malheureusement, leur commandant avait perdu la raison, et, après une semaine de maquis, la formation n'était plus ce qu'ils avaient espéré en s'y intégrant. Leur groupe n'était plus l'embryon d'une future armée de résistance, mais plutôt un rassemblement de déserteurs déboussolés, conduits vers le néant par un illuminé suicidaire. Le commandant en effet voulait reconquérir l'Orbise en faisant appel à la fois à des forces démoniaques, aux extraterrestres et à des kamikazes. Ils allaient et venaient en périphérie de la capitale sans aucune stratégie, soumis à une discipline de fer qui n'avait aucun sens. Le commandant donnait des ordres absurdes, envoyait des hommes dans des attentats-suicides où ils ne faisaient aucune victime, sinon des civils et eux-mêmes. Alors qu'il pointait son pistolet sur un récalcitrant, des mutins l'avaient désarmé puis fusillé avant de se disperser dans toutes les directions. Kronauer, Vassilissa Marachvili et Iliouchenko ne s'étaient pas dérobés quand il avait fallu tirer sur leur chef, mais, après avoir fait justice, ils avaient fait une croix sur leur avenir et ils avaient gagné les no man's lands irradiés, les territoires vides, loin de l'ennemi et loin de tout espoir.

• Iliouchenko. Un quadragénaire boucané, comme nous tous fidèle au Parti dès son adolescence, et en outre assez enthousiaste lors de son adhésion au Komsomol pour s'être fait tatouer sur le cou un écusson où s'entrecroisaient une faucille, un marteau et un fusil sur fond de soleil levant. Ledit écusson avait été gravé dans sa chair par un artiste sans doute lui aussi enthousiaste mais qui ne maîtrisait pas son art, de sorte que le dessin ne paraissait pas se référer à la culture de la révolution prolétarienne – on y voyait surtout une masse confuse où trônait une espèce d'araignée. Iliouchenko avait bien été obligé de porter sur lui cette image ratée, mais il la cachait sous son col de chemise ou sous les plis d'un foulard. Dans une encyclopédie sur les univers capitalistes, il avait vu des reproductions de tatouages punk avec tarentules et toiles répugnantes, et, même s'il s'agissait d'images issues d'une mode éradiquée deux cents ans plus tôt, il ne tenait pas à être pris pour un nostalgique du nihilisme néofasciste. C'était un homme de taille moyenne, à la musculature nerveuse, qui n'aimait pas les phrases inutiles et savait se battre. Il avait occupé autrefois un emploi de camionneur, puis il avait été éboueur, puis, quand les choses avaient mal tourné dans le destin de l'Orbise, il avait pendant trois ans guerroyé avec la célèbre Neuvième Division, d'abord comme mécanicien puis comme tankiste, et à présent que la commune de l'Orbise avait rendu l'âme il était vêtu de guenilles et déprimé, semblable en cela à tout un chacun dans cette partie du monde et même ailleurs.

– Passe-moi les jumelles, réclama Kronauer en tendant la main.

Les jumelles avaient été ramassées sur l'officier après l'épisode pénible du passage par les armes. Il avait fallu gratter les verres pour en ôter les débris organiques – un fragment jaunâtre, du sang séché.

Maintenant Kronauer regardait à travers les lentilles et il sentait contre son nez l'objet qui émettait toujours des souvenirs de corps blessé et de démence militaire. Au premier plan, le convoi avait pris des couleurs troubles : vert camouflage, brun poussiéreux, rouille sombre. La molette de réglage avait été endommagée et on ne pouvait pas accommoder sur les visages, et, d'ailleurs, pour l'instant, aucun visage ne se présentait. De nouveau aucune silhouette n'était visible. Ceux qui s'étaient couchés ou assis au milieu des grandes-ogrontes et des kvoïnas ne se relevaient pas. Les autres ne tendaient même pas la tête dans l'embrasure des portes. On distinguait une paire de jambes dans l'ombre d'un wagon, mais c'était tout.

– S'ils ont plus de gas-oil, je me demande où c'est qu'ils vont s'en procurer, fit remarquer Iliouchenko, agenouillé à côté de Kronauer. Ça m'étonnerait qu'il y en ait encore dans le sovkhoze.

Contre la jambe droite de Kronauer, la mourante gémissait.

Autour du train, dans l'image, les herbes ondulèrent une nouvelle fois, des seigles dégénérés, puis se calmèrent. Un bouquet de panaches blanchâtres s'agitait encore, isolé, comme animé d'une vie propre. Des Jeannes-des-communistes.

– Bah, dit Kronauer. Va savoir ce que ces types ont dans la tête.

Iliouchenko fit un geste d'incompréhension. Il secoua la tête et s'assit sur la terre sans plus regarder ce qui se passait en contrebas.

• Ils restèrent immobiles un moment, invisibles dans leur cachette de longues feuilles et de tiges dont certaines, suite aux premières gelées nocturnes, étaient sur le point de jaunir et même de noircir. À une quinzaine de mètres, un massif d'herbes épicées embaumait. Des vornies-cinq-misères, pensa Kronauer. Mêlées à des bouralayanes, des chaincres. Plus près il y avait des sarviettes-à-odeur-de-menthe.

Revigorée par ces parfums, la mourante se redressa sur un coude et toucha le mollet de Kronauer.

— Ils sont sortis du train ? demanda-t-elle.

Vassilissa Marachvili était une fille courageuse et, si depuis plus d'une semaine ses compagnons se relayaient en la portant sur leur dos, ils n'avaient jamais eu l'impression d'avoir la charge d'une mauviette. Elle était dure à la douleur et elle acceptait l'adversité sans faire d'histoires. Par exemple, quand il avait fallu liquider leur commandant fou, sans broncher elle avait rejoint le peloton d'exécution. Ou lorsqu'ils s'étaient introduits dans un monde que les accidents nucléaires avaient rendu invivable pour les dix millénaires à venir, elle avait fait contre mauvaise fortune bon cœur. Personne ne l'avait entendue prophétiser des horreurs sur ce qui les attendait. Et plus tard, quand les premières atteintes de la radiation l'avaient affaiblie, elle ne s'était pas plainte. Elle avait ri avec eux, au contraire, avec Kronauer et Iliouchenko, quand il était devenu évident qu'ils se défaisaient tous les trois, mentalement et physiquement, et qu'ils allaient à leur perte. Ses deux compagnons appréciaient son refus de tout prendre au tragique, même la défaite, même leur fin prochaine, et ils ressentaient pour elle une muette mais grande tendresse. Elle était d'un naturel joyeux, depuis trente ans elle vivait ainsi, avec obstination mais aussi avec un détachement ironique quelles que soient les circonstances. Elle avait travaillé dans une brasserie de la capitale pendant les années qui avaient suivi ses études secondaires, puis elle était entrée dans une bande de voleurs, puis elle avait décidé de s'engager dans un régiment de Louves qui se battaient pour la survie de l'Orbise. Et maintenant elle était malade, elle vomissait du sang et elle n'avait plus de forces.

Kronauer délaissa les jumelles et il lui caressa la main, le poignet.

— De temps en temps, il y en a un qui sort, dit-il. Il s'écarte dans les herbes pour faire ses besoins. Parfois, on le revoit revenir. Parfois, il reste dans les herbes. On comprend pas bien ce qu'ils font.

— C'est qui? demanda Vassilissa Marachvili.

— On sait pas trop, dit Kronauer.

— Il y a une locomotive et quatre wagons, décrivit Iliou-chenko. C'est des déportés ou des soldats. Ou un mélange des deux. Pour l'instant, presque personne se montre. Ils attendent.

La mourante se laissa retomber sur le dos. Elle n'avait pas ouvert les yeux.

— Pourquoi? demanda-t-elle.

— Tu veux dire pourquoi ils attendent? se fit préciser Kronauer.

— Oui, dit Vassilissa. Pourquoi qu'ils attendent pour sortir, si ils ont ouvert les portes.

— Je sais pas, dit Kronauer. C'est bizarre.

— Peut-être que je dors et que je rêve, réfléchit la mourante.

— Oui, dit Kronauer d'un ton las.

Il l'avait déjà entendue délirer, et il pensait qu'elle retournait vers cela, vers ce délire, ces paroles surgies de la fièvre ou de nulle part.

– Oui, soupira Vassilissa Marachvili. Ou peut-être que c'est eux qui dorment et qu'on voit leur rêve.

Il y eut de nouveau une bouffée très intense d'herbes aromatiques.

– Ça pourrait être une explication, fit Iliouchenko, par compassion.

– Bah, murmura Kronauer.

– Peut-être que ce qu'on voit, c'est leur rêve, insista Vassilissa Marachvili.

– Tu crois ? dit Iliouchenko.

– Oui, dit Vassilissa Marachvili. Peut-être qu'on est déjà morts, tous les trois, et que ce qu'on voit, c'est leur rêve.

Puis elle se tut, et ils l'imitèrent.

• Ciel. Silence. Herbes qui ondulent. Bruit des herbes. Bruit de froissement des herbes. Murmure de la mauvegarde, de la chougda, de la marche-sept-lieues, de l'épernielle, de la vieille-captive, de la saquebrille, de la lucemingotte, de la vite-saignée, de la sainte-valiyane, de la valiyane-bec-de-lièvre, de la sottefraise, de l'iglitsa. Crissements de l'odilie-des-foins, de la grande-odilie, de la chauvegrille ou calvegrillette. Sifflement monotone de la caracolaire-des-ruines. Les herbes avaient des couleurs diverses et même chacune avait sa manière à elle de se balancer sous le vent ou de se tordre. Certaines résistaient. D'autres s'avachissaient souplement et attendaient un bon moment, après le souffle, avant de retrouver leur position initiale. Bruit des herbes, de leurs mouvements passifs, de leur résistance.

Le temps s'écoulait.

Le temps mettait du temps à s'écouler, mais il s'écoulait.

• L'état de Vassilissa Marachvili empira vers quatre heures de l'après-midi. Ses mains tremblaient convulsivement, son visage ravagé se couvrit de gouttelettes, sur ses pommettes saillantes la peau avait une teinte blême. Elle ne pouvait plus faire l'effort de soulever les paupières. Elle avait sur le menton des écailles de sang séché. De sa bouche entrouverte fuyait une haleine fétide. Elle ne prononçait plus une seule parole compréhensible.

Kronauer chassa une mouche qui se posait avec insistance près des lèvres de la mourante. Il veillait sur Vassilissa Marachvili, avec sa manche il tamponnait le front de Vassilissa Marachvili pour en faire disparaître cette rosée de mort qui en sourdait, du bout des doigts il effleurait le dessous des yeux de Vassilissa Marachvili, la naissance de ses cheveux, le tour de ses oreilles qui étaient grandes et duveteuses. Il se souvenait de ce qui les avait liés pendant les dernières semaines, une camaraderie intense assez trouble pour se muer presque dès le début en aventure sentimentale, ou plutôt une alliance forte et non bavarde, à trois, où bravoure, abnégation et tendresse s'additionnaient. Sur un plan physique, sexuel, l'amour que Kronauer et Iliouchenko portaient à Vassilissa Marachvili n'avait abouti à rien de concret. Elle avait semblé partager son affection entre tous les deux, avec la volonté affichée mais non dite de n'établir ni avec l'un ni avec l'autre une relation où la sexualité aurait joué un rôle prépondérant. Ils savaient tous trois que si un couple se formait à l'intérieur de leur minuscule groupe, des problèmes surgiraient. Et ensuite cette menace s'était évanouie d'elle-même, avec rapidité et facilement compte tenu de leur état commun de délabrement et de fatigue. Ils avaient fini par se comporter comme frères et sœurs, sans craindre l'intimité et le contact, mais sans craindre non plus qu'intervienne dans l'histoire une dimension incestueuse ou romantique.

Il chercha ses doigts et il les serra en prenant soin de ne pas lui faire mal. Sa main était sale, moite et anormalement chaude.

— Il faudrait qu'on lui donne de l'eau, dit Iliouchenko.

— J'en ai plus, dit Kronauer en indiquant d'un geste de tête la bouteille qui lui servait de gourde depuis des jours.

— Moi non plus, dit Iliouchenko. On a tout bu quand on est arrivés ici.

— J'avais pensé qu'on en trouverait forcément quelque part dans le sovkhoze, se reprocha Kronauer.

— On a été idiots, dit Iliouchenko.

— Oui, on a été idiots, confirma Kronauer.

• Silence.

Ciel immense.

Herbes. Immense étendue d'herbes, et, sur la ligne d'horizon, à l'est, la lisière de la forêt. Au-dessus des arbres, sans que l'on pût déterminer à quelle distance se situait son origine, il y avait une fine fumée grise. Elle montait à la verticale puis se dissolvait dans un nuage.

— On pourrait peut-être aller vers eux, suggéra Kronauer.

— De qui que tu parles ? demanda Iliouchenko.

— Les types du train, dit Kronauer. Ils ont sans doute de l'eau.

— C'est des soldats, dit Iliouchenko.

– On pourrait leur dire qu'une femme est blessée, ils nous rempliraient peut-être une bouteille.

– On sait même pas à quelle fraction qu'ils appartiennent, objecta Iliouchenko. Qu'est-ce que ça peut leur faire, une femme blessée. Si ça se trouve, au lieu de nous donner de l'eau, ils nous tireront dessus.

– Boh, dit Kronauer. C'est peut-être pas des ennemis.

– Va savoir. C'est peut-être des contre-révolutionnaires.

– Ou des fous.

– Oui, ça aussi. Des fous. Et puis, des femmes, ils en ont peut-être pas vu depuis un moment. Autant pas leur dire qu'il y en a une dans les environs.

• Silence. Ciel. On approchait de cinq heures de l'après-midi. Les nuages avaient perdu de l'épaisseur, mais ils n'éblouissaient plus. Derrière eux, le soleil jetait des feux pâles. On était déjà en octobre. Le jour n'en aurait plus pour longtemps.

– La fumée, là-bas, tu as vu ? demanda Kronauer.

Il pointait l'index sur la traînée claire au-dessus des arbres. Iliouchenko se redressa un peu pour suivre la direction qu'il indiquait.

– Un village, diagnostiqua-t-il. Ou un feu qui brûle tout seul.

– Plutôt un village, dit Kronauer.

– C'est pas la porte à côté, dit Iliouchenko.

– J'ai le temps d'arriver à la forêt avant la nuit, dit Kronauer.

– Faudra marcher vite, fit remarquer Iliouchenko.

– Ensuite, demain matin, j'irai chercher du secours au village, dit Kronauer.

Iliouchenko haussa les épaules.

— Une fois sous les arbres, tu auras plus aucun repère. Tu risques de te perdre, dit-il.

— J'ai pas peur d'entrer dans cette forêt, mentit Kronauer. Je me débrouillerai.

— C'est le début de la taïga, objecta Iliouchenko. Elle est peut-être pas très fournie sur les premiers kilomètres, mais ensuite elle s'étend dans toutes les directions. Il y a une chance sur dix que tu arrives à un village.

— Faut courir le risque, dit Kronauer. Il y a pas d'autre solution.

— On pourrait attendre que le convoi redémarre, suggéra Iliouchenko.

— Ben et si il redémarre pas?

La mourante poussa un gémissement. Elle voulait dire quelque chose. Kronauer se pencha sur elle, comme pour déposer un baiser sur ses lèvres. Il regardait sa bouche avec attention. Des sons s'ébauchaient. Il ne comprenait rien.

Il lui embrassa le front, avança la main pour essuyer encore une fois son front très moite. Il recevait dans les narines l'odeur de dégradation qu'elle émettait, sous sa paume il sentait la chaleur anormale de son visage.

— Vassia, murmura-t-il. Te fais pas de souci. Les soldats nous ont pas vus. On est en sécurité dans les herbes. Je vais aller chercher de l'eau. Ça va aller mieux.

Un coup de vent l'interrompit. Les herbes plièrent, frémirent. Le souffle passait sur Vassilissa Marachvili, il apaisait un peu Vassilissa Marachvili, il caressait Vassilissa Marachvili, il l'aidait à respirer.

– Il y a un village, dit Kronauer. Je vais aller là-bas. Je vais revenir avec de l'eau.

Vassilissa Marachvili n'essayait plus de parler. Elle avait l'air inconsciente.

Pendant un quart d'heure, Kronauer resta agenouillé près d'elle. Il lui tenait la main, il regardait son visage de belle et énergique jeune femme qui maintenant s'éteignait. Des restes de sang souillaient ses lèvres, des crevasses étaient apparues sur ses joues.

Il avait du mal à se séparer d'elle. Ils se considéraient tous les trois comme déjà morts, mais, pour elle, il craignait le pire.

• Iliouchenko avait repris les jumelles. Il observait une nouvelle fois ce qui se passait sur la voie. Il resta deux bonnes minutes à moitié relevé, la tête cachée derrière un vigoureux bouquet de fausse-malmequaire.

– Ils s'installent pour la nuit, finit-il par dire. Tous les wagons sont ouverts. Ils sont une vingtaine de visibles. Des soldats, des prisonniers. Il y en a six ou sept en train d'explorer les ruines de l'« Étoile rouge ». Ils doivent chercher de l'eau ou quelque chose à brûler. Ils vont faire un feu de camp.

– Bon, ben moi, j'y vais, dit Kronauer.

– Fais attention, dit Iliouchenko. Ils ont placé une sentinelle sur le toit d'un wagon. Marche dans la combe pour commencer. Ensuite, si il te voit, tu seras trop loin pour qu'il te descende.

– Pourquoi qu'il voudrait me descendre? fit Kronauer.

– C'est des soldats, dit Iliouchenko. Forcément ils obéissent toujours à des ordres qu'on leur a donnés. Ils savent que personne de normal peut se trouver dans les parages. On a dû leur dire de tirer sur les ennemis et sur les déserteurs.

– Faut avouer que ça se comprend, remarqua Kronauer. Si on avait encore nos fusils, on ferait pareil.

• Après avoir franchi la combe, Kronauer continua d'un pas rapide en direction de la forêt et, bien que la fatigue lui amollît les jambes, il ne diminua pas son rythme. Maintenant derrière lui le paysage avait changé. Le convoi immobilisé et le sovkhoze étaient invisibles. Il en était de même pour la colline sur laquelle Iliouchenko et Vassilissa Marachvili se cachaient. En dehors de la lointaine ligne noire qui marquait le début de la forêt, il n'avait plus de repères. Le soleil avait disparu, et de toute façon Kronauer n'aurait pas su s'orienter en lisant le ciel comme une carte, il n'avait pas cette culture de paysan ou de trappeur.

Immergé jusqu'aux hanches dans un océan végétal, parfois jusqu'aux épaules, il avançait sans économiser ses forces. Son corps lui faisait mal mais il se refusait à l'admettre. Il ne s'était pas accordé de pause pendant les deux premiers kilomètres, pensant qu'il fallait éviter le tir éventuel de la sentinelle, et, ensuite, il n'avait pas laissé les pauses s'étirer au-delà des dix ou douze secondes nécessaires pour reprendre son souffle. Il était entièrement tendu vers son but. Il voulait atteindre la lisière de la forêt avant la nuit, pour pouvoir la franchir le lendemain dès le lever du jour et avancer droit sous les arbres jusqu'à ce qu'il débouche sur un village. C'était un objectif simple. Une action définie et simple. De son accomplissement dépendait la vie de Vassilissa Marachvili.

De temps en temps il foulait des endroits humides. Il s'arrêtait alors pour voir s'il n'y avait pas à proximité une source ou un étang dans quoi il pourrait boire et remplir sa bouteille ainsi que celle qu'il avait prise à la ceinture de Vassilissa Marachvili. La terre était mouillée et parfois elle avait une consistance boueuse, mais il ne trouvait jamais d'eau sous une forme récupérable. Il s'acharnait une ou deux minutes, fouillait dans les buissons d'argamanche, de gourgoule-des-pauvres, pourtant communes près des points d'eau. Il écartait en vain les tiges pulpeuses des lancelottes, des grumes-amères. Puis, en grommelant un bref chapelet de jurons, il reprenait son chemin.

Herbes qui font barrage contre les mollets, contre les genoux, contre les cuisses. Herbes rarement cassantes, à l'exception de la dame-exquise, de la regrignelle, de la civemorte-à-panaches, de la folle-en-jouisse. Herbes dures, élastiques, violentes. Herbes qui s'effacent au moindre contact, comme la tortepousse, la fine-brousse, la majdahar, la souffe-magnifique, la bourbeblaire-pèlerine, la mère-du-lépreux. Herbes que le pied n'écrase pas quoi qu'il arrive. Herbes qui répandent des senteurs fortes et désagréables, telles la torchepotille ou la pugnaise-des-errantes, et même pestilentielles, comme la dangue-à-clochettes. Herbes rassemblées en haies difficiles à franchir. Herbes qui exhalent leur parfum avec l'arrivée du soir. Herbes au suc âcre. Herbes au suc capiteux, telle la diaze-lumière ou dive-diaze. Vert foncé, vert émeraude, vert jaunissant, vert argenté comme la terbabaire-du-camelot, vert bronze comme la terbabaire-du-ravin. Graines, vert terne, vert brillant, épis. Nulle fleur. Herbes qui n'évoquent rien, sinon la fadeur et l'absence.

Herbes douces, sans vigueur. Larges étendues moins chargées en insectes que pendant les mois d'été, mais tout de même vibrantes de sauterelles, de mouches.

Le bruit de cette avancée. Sa violence crissante. Un homme avance à allure forcée au milieu d'une végétation qui ne lui témoigne aucune bienveillance. Un homme traverse la steppe au lieu de dormir à jamais sur la terre. Un homme casse le silence des herbes.

Parfois des corbeaux dans les hauteurs. Un vol vers la forêt, cinq ou six individus, souvent moins. Toujours vers le nord-est ou l'est, comme s'il s'agissait de l'unique direction possible. Parfois sous le ciel leurs appels criards. Comme si, par un reste de solidarité entre bêtes, ou par respect d'une tradition magique, ils essayaient de transmettre à l'humain égaré au sol une indication utile ou un avertissement. Kronauer ne ralentissait même pas pour les regarder passer. Il levait la tête, mais il ne ralentissait pas.

• Kronauer allait, le corps concentré sur l'effort à accomplir, tandis que son esprit vagabondait. Plusieurs plans de conscience se fondaient en lui, comme avant l'endormissement, et, sans vraiment se contrarier, ils s'entremêlaient. Il demeurait obsédé par l'idée de rejoindre coûte que coûte le village et il se projetait lui-même dans une séquence fortement cinématographique, au cours de laquelle des villageois rassemblés autour de lui l'écoutaient puis partaient en hâte vers le sovkhoze «Étoile rouge» avec de l'eau et des vivres. En même temps il continuait à se représenter Vassilissa Marachvili et Iliouchenko en détresse sur la colline, condamnés à s'allonger dans les herbes et à se taire pour ne pas être remarqués par les soldats qui allaient bivouaquer près des rails. Mais d'autres images fusionnaient avec celles-là, des moments de la fraternité amoureuse qui s'était développée entre eux trois au fil des dernières semaines, autour de feux de camp, le long des routes désertes, au cœur de cités fantômes, pendant d'interminables heures de marche en pleine steppe. Des détails de cette longue marche.

Leur adieu aux carabines et aux cartouches, dont ils avaient conclu qu'elles ne leur serviraient plus à rien et qu'ils avaient cachées dans le four d'une boulangerie, dans une ville morte.

Des gouttes de pluie froide interrompant une nuit à la belle étoile.

Deux vaches ensauvagées, aperçues dans la distance.

Vassilissa Marachvili ne s'écartant pas pour se déshabiller, avant d'aller se laver dans un étang aux eaux brunes. L'odeur du corps de Vassilissa Marachvili qui frissonnait ensuite sur la berge de l'étang, la sueur remplacée par des relents de vase.

Les panneaux d'interdiction et de danger rongés par la rouille. Sur une tête de mort encadrée de rouge et noir, des escargots qui, avant de mourir, avaient abandonné autour d'eux d'intenses traces de bave.

Iliouchenko cherchant un dernier biscuit dans sa besace et ne le trouvant pas.

Les dents de Vassilissa Marachvili sur lesquelles au début de leur périple il avait souvent imaginé qu'un jour il presserait sa langue.

Des chuchotements entre Iliouchenko et Vassilissa Marachvili.

Une mue de couleuvre au milieu de la route.

L'idée qu'ils avaient été irradiés, qu'ils avaient grillé et qu'ils étaient déjà morts, en train de se désagréger au pied d'un réacteur.

Une voie ferrée disparaissant sous les orties.

Des villages au loin, sans vie et repoussants.

Une halte près d'une centrale nucléaire déglinguée, dans un local ouvert aux quatre vents mais qui sentait le suint, et la discussion qu'ils avaient eue pour déterminer s'il s'agissait de suint de mouton ou d'ours.

Alors que c'est nous qui sentions mauvais, pensa-t-il brusquement.

Il s'arrêta de marcher, regarda derrière lui le ciel plus clair qu'au-dessus de la forêt. La steppe s'étendait à l'infini, ondulante, veloutée, en multiples nuances de jaune, de vert, avec des taches blanches qui signalaient la présence de panaches de Jeannes-des-communistes, de droglosses-étincelantes.

Il reprit son souffle. Il respirait la vastitude à pleins poumons.

Tu es dans la steppe, Kronauer, pensa-t-il. Faut pas regretter d'être ici pour la fin. C'est beau. Faut en profiter. C'est pas tout le monde qui peut avoir la chance de mourir dans la steppe.

• La steppe. Il avait passé son enfance en ville, dans un orphelinat qui n'organisait guère d'excursions à la campagne, à moins que l'on appelle excursion les journées consacrées à la récolte collective des pommes de terre. Il avait connu presque exclusivement des décors urbains. Son univers de référence était balisé par les grandes avenues, les cours intérieures, les bâtiments gris et l'odeur des gaz d'échappement. Toutefois, grâce aux films et aux livres dont l'école l'abreuvait, il avait fréquemment erré, nomadisé et voyagé dans les espaces herbeux écrasés de ciel bleu, à côté des Scythes, des Avars, des Pétchénègues, des Tatars, de la Cavalerie rouge, et, bien évidemment, en compagnie des héros mythiques de la Russie de Kiev dont pas un enfant de l'Orbise n'ignorait les exploits, en compagnie d'Ilia Mouromietz, d'Aliocha Popovitch et de tous leurs complices, rivaux et camarades. La steppe avait fini par lui être aussi familière et indispensable que les rues de la capitale. Et plus tard, sorti de l'enfance, il était tombé amoureux d'Irina Etchenguyen – et, à ce théâtre des grandes chevauchées épiques, cher aux orphelins tout autant qu'aux communards de l'Orbise, cette femme inoubliable avait ajouté sa passion pour la botanique.

Irina Etchenguyen aimait elle aussi, comme nous tous, les bylines russes et les images de prairies illimitées liées à des millénaires d'histoire, de l'empire scythe à la Deuxième Union soviétique, en passant par le tonnerre des chevaux de Gengis Khan et par le crépitement des mitrailleuses de Tchapaïev. Mais, avant tout, elle était membre d'une équipe scientifique qui travaillait sur la nomenclature des graminées non cultivées et des herbes sauvages en général. Kronauer ne partageait pas avec elle cette approche savante, et il était resté à tout jamais incapable de l'aider dans sa classification compliquée, mais il avait appris à voir les herbes autrement que comme une masse végétale anonyme. Il avait en tête des centaines de noms, des listes qu'il l'avait vue établir avec patience quand il vivait avec elle, qu'il avait relues avec elle, qu'ils avaient déclamées ensemble comme s'il s'agissait d'interminables litanies post-exotiques.

Ils étaient restés mariés dix ans. Irina Etchenguyen était morte pendant une longue maladie, au cours d'une offensive des contre-révolutionnaires. Elle se trouvait sous perfusion dans une clinique. Les contre-révolutionnaires avaient fait irruption dans la salle commune où elle reposait avec une dizaine d'autres cancéreuses, ils avaient arraché les tubes, les aiguilles, ils avaient cassé tout le matériel médical, puis ils avaient violé les femmes, y compris celles qui déjà ressemblaient à des cadavres. C'était un groupe d'ennemis à tête de chien, des fanatiques de l'exploitation de l'homme par l'homme. Ensuite, ils avaient abandonné la place, mais, avant de partir, ils avaient tué Irina Etchenguyen.

• La molle-guillote, la malveinée, l'ashrang, la captive-petite-gloire, la benaise-des-saules. La demoiselle-en-fuite, la mascaratte, la belle-de-quatre-heures, la pituitaine, la doucelieuse ou Jeanne-de-minuit.

• Un couple de corbeaux, très bas, passa sans croasser juste au-dessus de sa tête. Le ciel était beaucoup moins éblouissant que tout à l'heure. Le soir approchait. La température avait baissé et, de temps à autre, il y avait des souffles de vent aigre. La ligne noire de la forêt, plus proche, avait cessé d'être une indication abstraite. Déjà elle se composait d'arbres et de branches dont on voyait les différences de taille et d'épaisseur. Il avait encore deux kilomètres à parcourir avant de l'atteindre.

Ça va, pensa-t-il. J'aurai le temps d'être là-bas avant la nuit.

Il venait de trébucher plusieurs fois et il fit une nouvelle pause. Une minute, pensa-t-il, juste une minute.

La fumée qui tout à l'heure indiquait la possibilité d'un village s'était effacée. Il n'avait plus aucun repère. Seule, devant lui, la masse sombre des premiers mélèzes.

Il ferma les yeux pour que son vertige d'épuisement se dissipe. Une couche de nuages s'était mise à tourner derrière ses paupières, grise et instable, mais c'est surtout à la noirceur de la forêt qu'il pensait.

Bon sang, Kronauer, se morigéna-t-il, me dis pas que tu as la frousse! Tes parents sont morts dans la taïga, et alors? On est encore loin de la taïga, c'est juste un bois un peu épais, ça va pas se prolonger au-delà de quelques kilomètres. Deux ou trois heures de marche, et tu tomberas sur des champs, avec un village et des paysans. Reprends-toi! Va pas renâcler devant la première difficulté! Tes petits malaises sont rien à côté de l'apocalypse qui frappe l'Orbise!

• Il avait trente-neuf ans. Il était né à l'Orbise. Toute son éducation avait été alignée sur le destin des Communes ouvrières et paysannes.

Sa vision du monde était illuminée par la morale prolétarienne: abnégation, altruisme et combat. Et comme nous tous, bien sûr, il avait souffert des reculs et des effondrements de la révolution mondiale. Nous n'arrivions pas à comprendre comment les riches et leurs mafias réussissaient à gagner la confiance des populations laborieuses. Et avant la rage c'est d'abord l'ahurissement qui nous saisissait lorsque nous constations que les maîtres du malheur triomphaient partout sur le globe et étaient sur le point de liquider les derniers d'entre nous. Nous n'avions aucune explication quand nous nous interrogions sur les mauvais choix de l'humanité.

L'optimisme marxiste nous interdisait d'y voir les preuves de graves défauts dans le patrimoine génétique de notre espèce, une attirance imbécile pour l'autodestruction, une passivité masochiste devant les prédateurs, et peut-être aussi et surtout une inaptitude fondamentale au collectivisme. Nous pensions cela au fond de nous, mais, comme la théorie officielle balayait ces hypothèses d'un haussement d'épaules, nous n'abordions pas le sujet, même entre camarades. Même dans les plaisanteries entre camarades.

Après le lycée, la formation intellectuelle de Kronauer avait été bâclée et elle comportait de grosses lacunes, comme chez beaucoup de jeunes gens de l'Orbise ayant dû interrompre leurs études en raison du chaos et des défaites. Si la situation mondiale n'avait pas été aussi défavorable à l'égalitarisme, il se serait peut-être orienté vers un métier tranquille, avec un apprentissage pas forcément très long et sans rapport avec le métier de soldat. Il n'était guère attiré par l'abstraction. Certes il aimait les livres et il empruntait volontiers des romans dans les bibliothèques de quartier, or si on faisait la liste de ses emprunts, en dehors des classiques politiques on voyait bien que ses préférences allaient vers les récits d'aventures sans malice et les bluettes post-exotiques les plus traditionnelles. Au fond, même s'il ne répugnait pas à s'asseoir pendant des heures dans le silence de la lecture, il ne se sentait pas à l'aise en face des constructions complexes de l'esprit, et il avait le goût de l'action. Un exemple, qui du reste avait totalement bouleversé son existence. Alors que le Komsomol le lui proposait, il avait refusé d'entrer dans une école de cadres du Parti et il avait demandé à être rattaché à une unité opérationnelle. Au sortir de sa première année de stage, il aurait dû assumer des tâches mineures d'instructeur politique, or le travail de propagande ne lui plaisait pas. Il avait envie de se confronter directement avec l'ennemi ou avec les traîtres. L'Orbise était en danger. Recourir à la violence militaire lui paraissait plus naturel qu'animer des réunions où il devrait appeler à la violence militaire. C'est dire que les débuts de la guerre civile ne lui avaient pas posé de problèmes. Il s'était engagé immédiatement dans l'armée régulière, et on l'avait envoyé travailler avec une des organisations clandestines qui harcelaient l'ennemi de façon non conventionnelle. Il avait ensuite été affecté à un centre de renseignement spécial. Si l'on excepte, bien entendu, des périodes de calme pendant lesquelles il revenait à la vie civile en tant que travailleur sans grande qualification, tantôt dans le bâtiment, tantôt dans l'industrie alimentaire, il y avait maintenant quinze ans qu'il guerroyait ici ou là. Il n'avait jamais été blessé. Il était dans la force de l'âge. Cela dit, il avait vu trop de morts, assisté à trop de déroutes, et il avait perdu beaucoup de sa réserve d'espérance.

• Il reprit sa marche. Il n'arrivait pas à maintenir un rythme régulier. Les deux kilomètres qui le séparaient encore de la lisière de la forêt lui semblaient s'étirer interminablement. Continue, Kronauer, continue sans réfléchir, sans mesurer, compte pas les mètres parcourus, compte pas ce qui reste, mesure rien!… Écoute pas autre chose que le bruit de tes pas, regarde pas le ciel, continue comme si que tu étais en pleine forme!

Déjà la campagne prenait les tonalités gris-violet du crépuscule.

Il venait d'obliquer pour éviter un tumulus à peine visible comme il en existait des milliers dans la steppe depuis l'âge du bronze, un kourgane qui se dressait sur sa route, tassé et insignifiant, symbole des existences gaspillées et des millénaires écoulés pour rien, simplement pour en arriver à l'effondrement de l'égalitarisme et à une même gueuserie qu'au temps des premiers nomades. Maintenant il vacillait en bordure d'un champ de seigle-des-lièvres, une variété mutante qui était apparue dans les campagnes trente ans auparavant, qu'on cultivait près de la capitale et qui donnait une farine au goût de carton. Il s'engagea dedans, au milieu des épis desséchés, à la couleur brune peu agréable, puis il en sortit. Il suivait une trajectoire d'ivrogne. Et soudain ses jambes. Elles se dérobaient sous lui. Il fit encore dix mètres de zigzags puis il mit un genou à terre et s'affaissa.

Bah, pensa-t-il en essayant de se relever. C'est rien. Un coup de fatigue.

Il ne réussissait pas à se remettre debout. Ses muscles lui répondaient à peine. Il avait des crampes dans la nuque, toutes ses articulations étaient en feu. Il haletait bruyamment.

Tu imagines que tu vis encore, dit soudain une voix en lui, à l'intérieur de son crâne mais étrangère.

– Bah! grogna-t-il. Qu'est-ce que…

Il s'était mis à gesticuler comme pour écarter de lui des mouches ou des guêpes. Il était à genoux, abattu. Et cette voix.

Tu imagines que tu vis encore, mais c'est fini. Tu es qu'un reste. Ton cadavre est déjà en train de pourrir quelque part sur la terre humide et tu t'es pas rendu compte que c'est fini. C'est que des foutaises d'après le décès qui bougent dans ta tête. Insiste pas. Allonge-toi là où tu es tombé et attends que les corbeaux viennent s'occuper de tes funérailles.

Puis, aussi instantanément qu'elle était apparue, la voix le quitta. Elle le quitta entièrement, ne laissant aucune trace dans sa mémoire, comme n'ayant jamais sonné en lui. De nouveau il se retrouvait seul, avec les rauquements de son souffle court, avec ses douleurs physiques, son épuisement.

Un gros coup de fatigue, pensa-t-il. C'est rien de grave. La nuit tombera pas avant une demi-heure, trois quarts d'heure. Je vais m'allonger. C'est l'absence de nourriture, la déshydratation. Je vais m'allonger et attendre que ça passe. De toute façon, mes jambes me portent plus.

Il se coucha. Au-dessus de sa tête, quand il ouvrait les yeux, le ciel de nouveau s'était mis à tourbillonner. Il fermait les yeux pour lutter contre la nausée. Remuées de nouveau par le vent, les herbes s'agitaient contre lui. Il les écoutait.

Des fausses-ivraies, pensa-t-il. Des racines-rieuses, des lovouchkas, des solivaines. Ça va passer. Même si je m'évanouis un moment, ça passera. Ensuite je me relèverai et si l'obscurité est pas encore trop épaisse j'irai me coucher sous les arbres, à la limite des premiers arbres, et j'attendrai le petit matin pour entrer dans la forêt. Du nerf, Kronauer! Demain tu seras au village, et, à partir de là, tout ira bien. Ça tourne mais ça va passer.

Demain. Au village. Tout ira bien.

• Des chiennelaines, des doroglosses. Des lovouchkas-du-savatier, des solivaines-graine-de-voyou, des solivaines-odorantes.

.2.

• À l'intérieur de l'entrepôt, la température ne baissait pas. Elle ne baissait jamais. Les parois de tôle étaient perpétuellement tièdes, même l'hiver quand dehors il gelait à pierre fendre, et de plus elles émettaient un rayonnement lumineux doux et constant, rendant inutile toute installation de chauffage ou d'éclairage.

Après l'incendie de la pile nucléaire qui alimentait en énergie le kolkhoze « Terminus radieux », le hangar avait servi à recevoir le matériel irradié que les liquidateurs récoltaient dans la région. C'était une bâtisse énorme et laide, conçue pour emmagasiner une grande quantité de déchets, et elle avait été édifiée directement au-dessus des ruines brûlantes de la petite centrale. Les liquidateurs avaient trouvé judicieux d'utiliser les structures déjà existantes afin de regrouper sur un même site le stockage des déchets dangereux et leur élimination par enfouissement. Un puits occupait le centre du bâtiment. On envoyait là-dedans ce dont on voulait se débarrasser à jamais.

Le puits avait été creusé par la pile nucléaire elle-même, quand, après avoir tout vaporisé aux alentours, elle était devenue folle et avait commencé à s'enfoncer sous la terre.

L'ingénieur Bargouzine, l'unique survivant de l'équipe qui avait conçu le hangar, prétendait que le trou était régulier, vertical, et qu'il avait environ deux kilomètres de profondeur. Selon lui, au fond du précipice, la pile avait mis fin à sa progression. Elle restait là, toujours folle mais immobile, sans plus chercher à rejoindre les entrailles de la terre proprement dites. Elle se contentait de dévorer la nourriture qu'elle recevait depuis les hauteurs.

• Tous les mois, en effet, on nourrissait la pile. On ouvrait le lourd couvercle qui fermait le puits, et on balançait par-dessus la margelle une portion du bric-à-brac qu'on avait délaissé pendant une ou deux saisons, histoire de montrer qu'on n'agissait pas dans l'urgence et qu'on n'était pas impressionné par de misérables radionucléides. Des tables et des chaises, des postes de télévision, des carcasses goudronneuses de vaches et de vachers, des moteurs de tracteur, des institutrices carbonisées, oubliées dans leur salle de classe pendant la période critique, des ordinateurs, des dépouilles phosphorescentes de corbeaux, de taupes, de biches, de loups, d'écureuils, des vêtements apparemment impeccables, mais qu'il suffisait de secouer pour que s'en envole une nuée d'étincelles, des tubes de dentifrice gonflés d'un dentifrice qui bouillottait sans répit, des chiens et des chats albinos, des agglomérats de fer continuant à gronder de leur feu intérieur, des moissonneuses-batteuses neuves qui n'avaient pas eu le temps d'être inaugurées et qui scintillaient à minuit comme si elles paradaient sous le soleil, des fourches, des sarcloirs, des haches, des écorçoirs, des accordéons qui crachaient plus de rayons gamma que de mélodies folkloriques, des planches de sapin qui ressemblaient à des planches d'ébène, des stakha-novistes endimanchés, la main momifiée autour de leur diplôme, oubliés pendant l'évacuation de la salle des fêtes. Les registres de la comptabilité dont les pages tournaient toutes seules jour et nuit. L'argent de la caisse, les pièces de cuivre qui sonnaient et trébuchaient sans que nul ne s'en approche. Voilà le genre de choses qu'on balançait dans le vide.

C'était la Mémé Oudgoul qui dirigeait la manœuvre. Elle déterminait arbitrairement les jours d'ouverture du puits et elle désignait aux liquidateurs improvisés les objets destinés à nourrir la pile. La Mémé Oudgoul était aussi la seule personne qui eût l'idée de se pencher vers le gouffre et de parler à la pile pour l'apaiser.

Quand elle se penchait, elle recevait en plein visage l'indé-celable vent issu des profondeurs. Cette caresse ne la troublait pas et elle poursuivait son monologue. On n'entendait rien, même pas l'écrasement des objets ou des cadavres qui étaient arrivés à destination après une chute de deux mille mètres. La voix de la Mémé Oudgoul s'enfonçait sans écho dans le mystère noir du puits. Les kolkhoziens qui assistaient la vieille femme patientaient auprès d'elle jusqu'à ce qu'elle mette fin à ses véhémences de sorcière. Ils ressemblaient à un groupe de zombies au dernier stade de l'existence. En dehors de quelques supplétifs occasionnels, ces hommes taciturnes représentaient l'essentiel de la population mâle encore vivante à «Terminus radieux», et on les comptait sur les doigts d'une main – l'ingénieur Bargouzine, le démobilisé manchot Abazaïev, le tractoriste Morgovian.

• Quelques mots sur la Mémé Oudgoul. Sur sa robustesse scientifiquement inexpliquée. Sur ses convictions, sur son parcours de gloire et d'ombre. Et sur son aspect d'octogénaire en pleine forme, promise à l'éternité.

Cent ans plus tôt elle avait entamé sa longue carrière de liquidatrice. Elle avait alors trente-deux ans, elle était aide-soignante et, alors que la Deuxième Union soviétique connaissait ses premiers grands effondrements, elle rêvait de se sacrifier pour l'humanité en marche vers le communisme. Elle s'était donc enrôlée dans le corps des kamikazes qu'on envoyait au contact des centrales nucléaires qui à l'époque se déréglaient l'une après l'autre ou explosaient. Je rappelle qu'on en avait construit des milliers afin de rendre autonome chaque unité de production, chaque arrondissement urbain, chaque kolkhoze. Or, en dépit des précautions et des normes de sécurité, les accidents se multipliaient et les territoires habitables se réduisaient. On avait bien sûr fusillé ceux qui avaient conçu ces modèles de générateurs prétendument propres et robustes, mais les problèmes n'avaient pas été résolus pour autant. D'immenses régions devaient être évacuées et laissées à l'abandon. La marche triomphale vers le communisme, déjà fortement retardée par les agressions extérieures, avait dû ralentir encore son rythme. Au moment où la Mémé Oudgoul s'était portée volontaire, les liquidateurs étaient devenus un pilier sur lequel reposait l'équilibre de la société. Les candidats à cette noble fonction, pourtant, ne se pressaient pas à l'entrée des bureaux de recrutement. Seuls des héros signaient. Seuls des jeunes exaltés idéalistes, ou les vieux militants de toujours, qui cachaient leur peur en serrant leurs mâchoires de bolcheviques indomptables.

La Mémé Oudgoul avait œuvré avec abnégation sur le premier chantier, puis sur ceux qui avaient suivi. Elle savait qu'elle s'immolait, qu'elle offrait sa santé et sa vie pour le bien-être futur de la collectivité, pour l'avenir radieux de ses enfants et de ses petits-enfants, ou plutôt de ceux des autres, car on l'avait prévenue que les radiations la condamnaient à être stérile. Elle aidait à l'évacuation de la population, elle entassait dans des camions les biens des évacués, elle calmait les hystériques, elle procédait à l'arrestation des pillards et elle donnait un coup de main quand il s'agissait de les exécuter sur place, elle participait à la construction de boucliers et de chapes autour des cuves inapprochables, à proximité des cœurs qui n'en faisaient qu'à leur tête. C'était très éprouvant et risqué. Toutefois, au contraire des autres héros hommes et femmes qui avaient tous rapidement succombé, elle continuait à vivre.

Son organisme avait réagi de façon positive à l'exposition répétée aux matières fissiles. Les rayonnements ionisants avaient détruit toutes les cellules malades ou potentiellement cancéreuses que sa chair pouvait héberger. Certes, la radioactivité l'avait rendue légèrement iridescente dans l'obscurité, mais surtout elle avait stoppé dans ses chairs le processus du vieillissement, et, d'après ce que la Mémé Oudgoul sentait intimement, elle les avait stoppés pour toujours. Ces phénomènes ne présentaient pas que des avantages, et, en particulier, ils l'avaient signalée à l'attention des autorités qui lui avaient demandé non sans dépit, à plusieurs reprises, pour quelle raison elle ne mourait pas. Le Parti avait du mal à accepter qu'elle se refusât à rejoindre dans la tombe ses camarades de liquidation. Une proposition de blâme avait été discutée et, même si elle avait été classée sans suite, ayant été jugée absurde et même odieuse, elle figurait désormais dans son dossier et faisait tache. À partir de là, ses ennuis n'avaient plus eu de fin. On n'oubliait pas de chanter ses louanges dans la presse et d'en faire une figure de femme soviétique extraordinairement dévouée et courageuse, mais on évitait de mentionner que, de surcroît, elle se portait comme un charme.

• Au début, la Mémé Oudgoul s'était prêtée sans protester aux examens physiologiques qu'on lui avait ordonné de subir, mais au bout de cinq ou six ans elle en avait eu assez et elle n'avait pas fait preuve de bonne volonté quand on lui avait demandé de donner au plus vite son corps à la science. Elle ne se rendait plus aux convocations que de manière aléatoire. Sans lui notifier quoi que ce fût, on l'avait clairement mise à l'écart, aussi bien dans le domaine médical que dans les sphères de la vie civile normale. Elle savait qu'on la surveillait en tant qu'élément peu fiable et elle constatait qu'on la jugeait indigne d'être promue dans les instances honorifiques du Parti, comme presque automatiquement l'étaient les cosmonautes, les écrivains de romans-fleuves et les vedettes de la télévision. Elle ne se plaignait ni de l'iridescence, ni de l'immortalité, et elle ne faisait pas non plus le moindre commentaire sur l'injustice politique dont elle était victime. Elle écrivait les autocritiques qu'on l'invitait à rédiger, elle continuait à prendre part aux réunions de quartier, et, quand l'occasion de nouveau s'en présentait, elle partait sur les chantiers de liquidation, toujours en tant que volontaire. Elle avait le sens de la discipline et elle ne prétendait pas avoir assez de jugeote pour contredire le Parti.

Les décennies se succédaient. Les autorités changeaient, se cooptaient, vieillissaient, rajeunissaient, mais elles ne révisaient pas leur appréciation sur elle et, génération après génération, elles estimaient que son immortalité était, sciemment ou non, une insulte aux masses laborieuses. On avait à l'œil son déviationnisme organique. Toutefois, il faut reconnaître que l'œil avait un regard ambigu. On ne niait pas ses capacités exceptionnelles dans la lutte contre les colères imprévisibles de l'atome. On faisait fréquemment appel à son expérience irremplaçable, et en petit comité on ne manquait pas de lui décerner les titres et les médailles qu'elle méritait, de Valeureuse Combattante de l'atome, d'Héroïne rouge, de Glorieuse Liquidatrice, de Doyenne rouge intrépide, de Vétérane, de Grande Sœur rouge. Elle épinglait les certificats au-dessus de son lit, mais elle n'en faisait guère état, guère ou pas du tout. Dans son immeuble, elle n'était qu'une petite personne anonyme. Elle n'était pas du genre à brandir une carte d'invalide dans les magasins pour essayer de passer avant tout le monde.

Ainsi s'était écoulé un siècle. Un siècle à s'approcher sans cesse des fours nucléaires en panne, à remuer des barres de combustible avec des gants inadaptés, à traverser des campagnes riantes mais sépulcrales, à entrer dans des villes fantômes, à creuser des fosses communes et à passer des pillards par les armes. Elle travaillait dur avec des équipes dont tous les membres s'affalaient les uns après les autres et se désintégraient en quelques semaines. Elle participait à des funérailles expédiées à la va-vite, sur les sites envahis de silence, jonchés d'oiseaux calcinés, puis, de retour à la capitale, elle défilait lors de cérémonies solennelles, au cours desquelles elle recevait des décorations que d'ordinaire on donne aux morts. C'était ensuite la reprise d'une vie normale. Elle retrouvait son emploi dans une polyclinique d'arrondissement. Ses fréquentes demandes de congé pour partir au combat contre la matière ennemie l'avaient empêchée de progresser dans la carrière et elle était restée aide-soignante, certes de Première Classe, mais tout de même seulement aide-soignante. Et, une fois au travail, elle devait de nouveau affronter les soupçons du Parti et des services, se plier à des procédures humiliantes, réécrire son autobiographie pour la millième fois, reprendre à zéro ses autocritiques, et pour couronner le tout, elle devait se rendre à des convocations à l'Académie de médecine, justifier de son état organique et idéologique devant des embryologues, devant des xénologues, devant des commissions ouvrières spéciales qui n'hésitaient pas à l'accuser d'individualisme petit-bourgeois face au trépas, voire de sorcellerie.

Elle avait mis fin à cette répétition sans fin.

Un beau jour, elle avait eu un geste d'humeur.

Elle avait posé sa candidature pour un chantier éloigné de tout, dont à l'avance elle avait décidé de ne pas revenir. Il s'agissait de partir dans une province fermée, déjà mise en quarantaine depuis un demi-siècle, suite à des déboires incontrôlables dans des installations militaires. Une activité humaine minimale y persistait, avec quelques entreprises agricoles et quelques camps, mais les concentrations urbaines, même de petite taille, avaient été évacuées. Et justement, le sovkhoze «Étoile rouge» venait de signaler une situation d'urgence absolue sur son bloc d'alimentation nucléaire, et dans le même message de détresse avait parlé d'un kolkhoze voisin, « Terminus radieux », également en difficulté. C'était une région qui avait été soumise au secret militaire depuis son rattachement à la Deuxième Union soviétique, et on ne pouvait se fier aux cartes qui la représentaient. L'« Étoile rouge » y figurait avec un point d'interrogation, à proximité d'une vaste forêt et d'un lieu-dit – le Levanidovo –, mais nulle part il n'était fait mention de « Terminus radieux ».

• On avait acheminé la Mémé Oudgoul et son escouade dans un bus qui avait stoppé avant la frontière de la province, puis on avait distribué à tout le monde des side-cars pour se rendre sur les lieux du sinistre. La route continuait, mais plus rien ni personne n'y circulait et, par peur des radiations, les chauffeurs avaient préféré faire demi-tour deux cents kilomètres plus tôt que prévu.

Les compagnons de la Mémé Oudgoul l'avaient élue à l'unanimité à la tête de leur groupe d'intervention. Ils étaient fiers de travailler sous les ordres d'une telle figure populaire de l'Orbise, car, si le Parti faisait sans arrêt des difficultés pour reconnaître publiquement ses mérites, les masses de l'Orbise lui rendaient volontiers hommage et ne lui en voulaient pas de ne pas être morte. Elle avait dans sa poche un pouvoir pour constituer une brigade de liquidation avec la main-d'œuvre trouvée sur place. Elle était accompagnée d'une trentaine de scientifiques, de soldats du feu et d'ingénieurs qui s'apprêtaient à patauger dans les piscines de refroidissement horriblement bouillantes et à se bagarrer avec les piles en éruption du sovkhoze et du kolkhoze. Tous avaient fait serment de tenir bon jusqu'à ce que leur moelle épinière ne soit plus qu'un filet de guimauve noire.

Ils avaient roulé en side-car sur les routes désertes, puis, quand les side-cars étaient tombés en panne d'essence, ils avaient traversé à pied la forêt jusqu'au Levanidovo, puis ils s'étaient répartis en deux équipes.

La Mémé Oudgoul avait atteint le kolkhoze «Terminus radieux» et elle avait eu la surprise et la joie d'y apprendre que le président en était un certain Solovieï, son premier mari, un compagnon qu'elle avait beaucoup aimé et dont elle s'était séparée tragiquement quatre-vingt-dix ans plus tôt. Ce Solovieï n'était pas un citoyen aussi respectueux qu'elle des obligations prolétariennes officielles, et, bien que fidèle à l'égalitarisme, il en avait une conception personnelle, sur quoi il greffait des arrangements moraux qu'il n'autorisait personne à juger. En résumé, il avait depuis longtemps tourné le dos au Parti. Après une éternité d'incarcération et de vagabondage, il avait fini par s'établir dans ce coin perdu en tant que membre d'une commune indépendante qui entretenait des liens très lâches avec les institutions et le pouvoir de l'Orbise.

Tandis qu'elle s'adonnait au plaisir de retrouver Solovieï et d'évoquer avec lui leur jeunesse disparue, la Mémé Oudgoul avait laissé les scientifiques effectuer les premières mesures, évaluer les dégâts pour les millénaires à venir, puis exposer la situation au cours d'une assemblée générale à laquelle les survivants d'«Étoile rouge» et de «Terminus radieux» avaient été conviés. Les équipes ensuite avaient commencé à travailler à plein régime. Empruntant des raccourcis que lui seul connaissait, Solovieï les guidait à travers la forêt pour passer au plus vite d'un site à l'autre. Les deux complexes agricoles étaient séparés en effet par une langue de taïga dans laquelle des imprudents auraient pu se perdre.

Le sovkhoze «Étoile rouge» avait été abandonné au bout de trois jours. Comme le cœur de sa centrale brûlait en dehors de la cuve mais sans présenter de troubles de comportement majeurs, les sapeurs-pompiers avaient recommandé de laisser l'installation en l'état, quitte à revenir quelques années plus tard pour y récupérer les déchets les plus sensibles. Les étables et les porcheries avaient été ouvertes, le bétail et les volailles avaient été encouragés à aller mourir en pleine steppe, et l'ensemble des sovkhoziens et des liquidateurs survivants s'étaient repliés sur le territoire de «Terminus radieux», où la pile était déjà en train de s'enfoncer vers les entrailles de la terre. La Mémé Oudgoul avait approuvé les plans du hangar, elle avait réquisitionné les hommes et les femmes valides pour lancer les travaux de construction, puis elle avait tracé les grandes lignes de la décontamination, qui selon elle allait durer dans les quatre ou cinq siècles, compte tenu du petit nombre de bras disponibles. Puis elle avait accompagné de son mieux l'agonie des membres de son équipe. Les scientifiques étaient partis les premiers, suivis de près par les ingénieurs. Les soldats du feu avaient résisté une semaine de plus, et, à leur tour, ils étaient partis en charpie, ils s'étaient désagrégés avec des cancers foudroyants et des brûlures. En dehors de l'ingénieur Bargouzine, qui semblait lui aussi immunisé contre les radiations, toute l'escouade avait péri dans des souffrances enthousiastes mais atroces.

Pendant trois mois, une fois tous les quinze jours, elle avait posté un rapport au Parti, dans lequel elle recopiait les données des rares thermomètres et appareils de mesure encore en état de marche et décrivait les progrès de la liquidation ainsi que ses perspectives à court et à moyen terme. Sur des cartes schématiques, dessinées à partir des indications de Solovieï, elle définissait l'immense périmètre où il serait désormais déconseillé de s'aventurer sans avoir avalé des comprimés d'iode et revêtu une combinaison anti-radiations. Elle dressait en fin de message la liste exhaustive des paysans, des spécialistes et des non-spécialistes décédés et dont on avait dû jeter les cadavres dans le puits, car déjà cette fonction liquidatrice du puits avait été activée, quoique encore de façon expérimentale. En post-scriptum, elle s'interrogeait parfois sur les tactiques à employer pour rétablir les normes idéologiques à «Terminus radieux», dans un kolkhoze où la lutte des classes n'avait pas été menée de façon orthodoxe, quoique globalement sans s'écarter du cadre égalitariste cher à notre cœur. Elle n'avait jamais reçu de réponse. Puis le facteur avait eu des problèmes de thyroïde en pleine forêt et il s'était couché une bonne fois sous les mélèzes, mettant fin pour toujours à l'envoi et à la réception du courrier au Levanidovo.

La Mémé Oudgoul avait alors commencé à vivre sa vie sans en référer au Parti à tout moment. Cette rupture avec la hiérarchie et les guides suprêmes avait été une entreprise angoissante, et pendant quelques mois elle avait souffert de cauchemars et même d'un peu de confusion mentale. Elle avait eu tendance à soudain voir tout en noir. Puis, grâce à la présence affectueuse de Solovieï, elle avait réussi à passer le cap des doutes et des considérations anxiogènes.

En réalité, quand la correspondance s'était interrompue, le Parti en avait conclu qu'elle avait à son tour succombé au bombardement intense des particules meurtrières. Grâce aux innombrables preuves de rectitude idéologique qu'elle avait fournies dans le passé, personne ne l'avait soupçonnée d'avoir fait défection ou de profiter de son immortalité pour engager, dans cette région inaccessible, des menées déviationnistes. On avait ajouté son nom à la liste des martyrs du prolétariat en lutte contre les insanités de la matière, et on lui avait attribué une des rares médailles qu'elle n'avait pas encore reçues, la distinction posthume d'Aïeule du Panthéon prolétarien. Puis on avait fermé avec des barbelés les dernières voies d'accès à la province et on avait décrété la région impropre à la vie humaine.

• Le kolkhoze «Terminus radieux» ressemblait plus à un repaire de brigands qu'à une institution agricole, et, d'un point de vue idéologique, on était en face d'une pure et simple aberration, ce qui ne correspondait pas à ce que la Mémé Oudgoul avait imaginé pour son exil. Toutefois, ses élans d'adolescence ne demandaient qu'à être réveillés, avec leur radicalité, avec leur férocité, avec ce regard insatisfait que les jeunes portent sur le monde réel. Au fond, en plus de vouloir participer au triomphe de la révolution mondiale, elle continuait à avoir le désir juvénile d'exister à l'intérieur de son destin comme dans un film d'aventures. Et Solovieï, justement, cristallisait cela : la rupture avec toutes les lois, l'inattendu, l'amour, le basculement vers des interdits, vers l'ailleurs, vers les espaces inexplorés des rêves, vers des réalités sorcières. Il s'était penché sur elle, il lui avait offert son appui, sa complicité, sa lucidité, son non-conformisme anarchiste. Il l'avait aidée à mettre de la distance entre le Parti et elle sans apostasie ni douleur. Il avait fallu des mois pour qu'elle se tranquillise. Mais dès le premier jour il l'avait accueillie comme si elle était la pièce manquante de l'édifice magique du kolkhoze «Terminus radieux», une pièce autrefois perdue, dont il avait attendu le retour pendant sa vie entière, et qu'il était formidablement heureux d'enfin retrouver.

Solovieï était l'unique homme qui eût compté dans son existence. Elle avait fait sa connaissance sur un chantier de liquidation, à Kungurtug, alors qu'elle était une belle femme épanouie de trente-six ans, déjà remarquée par les autorités pour sa résistance miraculeuse à l'irradiation. L'endroit était complètement isolé, en pleine montagne, près d'un lac minuscule dont les eaux depuis l'accident ressemblaient à du mercure tiède. Tous les liquidateurs, sauf eux deux, étaient morts dans les semaines qui avaient suivi. Comme la Mémé Oudgoul, Solovieï possédait un organisme insensible au délire des neutrons, ce qu'il expliquait volontiers en prétendant qu'il descendait d'une lignée de chamanes bolcheviques et de magiciens qui avaient évolué perpétuellement sur la frontière entre la vie, la mort et le sommeil. Ces explications provocatrices ne plaisaient absolument pas aux autorités, d'autant moins qu'il les ponctuait de rires moqueurs et de considérations insultantes sur la bureaucratie et ses dirigeants. Elle s'était entichée de lui à la suite d'une promenade nocturne le long des berges brasillantes du Terehol, le lac en question, et, bien qu'il fût déjà trop anarchiste pour entrer au Komsomol, elle l'avait dès lors aimé tel qu'il était, sans essayer de le faire changer d'avis sur le plan quinquennal ou sur sa vision tellurique du communisme. Ils s'étaient quittés après Kungurtug, mais ils n'avaient pas cessé d'être en contact, et finalement elle était allée le rejoindre à Abakan, la petite ville de province où il habitait.

Ils avaient vécu à Abakan en harmonieuse entente, peu troublés par leurs divergences politiques ni par le fait qu'elle ne puisse pas avoir d'enfants. Bien que n'étant pas allés s'enregistrer au soviet, ils se considéraient comme mari et femme. Ils travaillaient tous deux dans un institut pour sourds-muets, elle comme auxiliaire de soins et lui comme animateur. Quand il le fallait, ils partaient sur les sites où des accidents nucléaires réclamaient leur présence. C'était un couple de citoyens irréprochables, à l'avant-garde du combat contre le malheur. Pourtant leur excellente santé les avait relégués parmi les personnes que les services surveillaient, et, bien entendu, pas seulement les services de recherche médicale. Les autobiographies de la Mémé Oudgoul, rédigées à plusieurs reprises lors de sessions spéciales, la mettaient régulièrement hors de cause, mais celles de Solovieï aggravaient son cas. Solovieï se piquait d'être non seulement révolutionnaire mais poète, et donc il estimait qu'il avait le droit de dire haut et fort ce qui lui passait par la tête. La perspective de devoir écrire des mensonges pour sauver sa peau le mettait en rage. Il sabotait ses autocritiques en y insérant des narrats ésotériques, des considérations sur l'apocalypse et des discours politiquement incorrects sur la sexualité et les rêves. Sur le papier officiel des dépositions, il exposait son espoir que viendrait un temps où chamanes, experts en sorcellerie, mages et disciples de l'oniromancie seraient seuls en charge de la lutte des classes et nomadiseraient librement dans les villes et les campagnes. Les relations de Solovieï avec les autorités s'étaient envenimées. Après quatre ans de vie commune, le Parti avait encouragé la Mémé Oudgoul à rompre avec son compagnon, ce qu'elle avait refusé de faire.

Puis Solovieï avait disparu sans laisser de traces. La Mémé Oudgoul avait immédiatement entamé des recherches en s'adressant à toutes les instances administratives et policières qu'elle connaissait. On lui conseillait d'attendre que Solovieï donne lui-même signe de vie, sous-entendant qu'il avait tout simplement choisi de divorcer sans se donner la peine de s'expliquer avec elle. Pendant deux ans, elle avait harcelé les services. Elle profitait des séances privées où on l'invitait à réécrire son autobiographie pour demander aux officiers s'ils avaient du nouveau sur son mari. Les réponses étaient variées, parfois malaimables et parfois sympathiques, mais, en résumé, elle n'avait jamais obtenu le moindre renseignement exploitable. Solovieï s'était volatilisé. Solovieï était parti pour l'ailleurs. Elle n'avait plus rien su de lui pendant les quatre-vingt-onze ans qui avaient suivi.

Et c'est pourquoi maintenant, après tant de décennies où chacun d'eux avait vécu de son côté, elle ne faisait pas la fine bouche sur ce que le destin lui avait offert. Comme elle, Solovieï avait énormément changé, physiquement et mentalement, et il portait en lui le fardeau d'un siècle de souvenirs qu'elle n'avait pas partagés avec lui, mais elle ne songeait pas à lui reprocher d'être devenu un personnage bizarre. Dès la seconde où elle l'avait retrouvé, elle avait décidé de tout faire pour être heureuse à côté de lui, dans ce kolkhoze dont déjà le nom avait des relents de subversion. Elle avait retrouvé celui qu'elle avait aimé autrefois, elle avait décidé de l'aimer encore, et, en dehors de cela, plus rien ne comptait vraiment. Peu importait sa transformation en une espèce de sorcier autoritaire, infréquentable et démentiel. Maintenant, elle se fichait des incongruités qui balisaient le quotidien du village, et qui montraient combien on s'était ici éloigné de la normalité prolétarienne. Elle-même savait bien que, de quelque point de vue qu'on l'examinât, elle n'appartenait plus, elle non plus, au monde normal de l'Orbise. Qu'en résistant au rayonnement gamma elle avait depuis longtemps rejoint le monde des monstres. Il était donc tout à fait logique qu'elle s'établisse au Levanidovo, et qu'elle s'y acoquine avec un de ses improbables habitants, avec le président de «Terminus radieux». Avec un autre monstre.

• C'était désormais dans le hangar du kolkhoze qu'il fallait se rendre si on souhaitait rencontrer la Mémé Oudgoul. Elle en avait fait sa demeure et elle n'en sortait guère. Elle y avait son coin privé, fermé par une lourde bâche de décontamination que le tractoriste Morgovian avait débarrassée de son plomb pour lui rendre un peu de souplesse. Elle se retirait là-derrière pour faire sa toilette, ou quand elle ressentait divers besoins impérieux qui exigeaient de la solitude, tels que la préparation de ses discours à la pile, la lecture des classiques du léninisme ou la défécation. Le reste du temps, elle préférait séjourner au milieu du bric-à-brac dont le volume ne décroissait guère, car les kolkhoziens et quelques ferrailleurs bénévoles de la région continuaient à l'alimenter, obéissant à ses instructions pour que la zone soit nettoyée de toutes ses épaves avant la deuxième moitié du millénaire.

Pour déterminer quels étaient les déchets les plus dangereux, elle avait renoncé aux compteurs Geiger, qui s'énervaient pour un rien ou qui avaient été mis hors service dès les premiers jours de la catastrophe. Elle reniflait les poussières et elle suivait son instinct. Plus jamais elle ne respectait les procédures de décontamination. Elle administrait ces tas, ces montagnes, elle surveillait l'ouverture et la fermeture du puits, elle jetait des objets dans l'abîme, elle parlait à la pile. Elle racontait à celle-ci les enthousiasmes de son passé, les doutes qui l'avaient assaillie, cinquante ans plus tôt, quand le Parti avait préconisé une nouvelle politique économique ou sociale, mais aussi elle lui confiait des préoccupations plus immédiates, les accès de folie de Soloviëï, son amour immodéré pour ses filles, la dégradation physique des derniers kolkhoziens, les fuites d'eau qui inondaient son cabinet de toilette. Elle entretenait avec la pile ce genre de relation de confidence et de confiance.

Outre la gestion des détritus atomiques, Soloviëï lui avait confié le soin de ce qu'il appelait ses archives, en réalité plusieurs caisses de cahiers manuscrits contenant des témoignages sur les camps, des proclamations lues en prison, des études critiques sur le Parti et son avenir, des transcriptions de chants épiques, des recettes de magie noire, des récits de guerre, des récits de rêves, à quoi s'ajoutaient une grande quantité de rouleaux de cire sur lesquels il avait enregistré des poèmes obscurs, extrêmement étranges et dérangeants.

Tout était entassé dans le désordre, à proximité du fauteuil favori de la Mémé Oudgoul, et, quand celle-ci en avait provisoirement terminé avec la liquidation, elle se consacrait à la conservation des souvenirs de Soloviëï. Parfois certains écrits avaient une tournure si odieusement contre-révolutionnaire qu'elle s'en indignait à haute voix, avec soudain des accents d'un bolchevisme tatillon, et parfois aussi elle se sentait emportée par la violence poétique d'autres pages sulfureuses, et alors elle oubliait les leçons qu'elle avait reçues dès l'école primaire, les principes rigides qu'on avait gravés en elle pour lui faire apprécier ou détester telle ou telle option narrative ou idéologique. Elle oubliait cela et elle soupirait d'aise comme une jeune lectrice plongée dans un roman d'amour. Quoi qu'il en soit, elle éprouvait une grande affection à l'égard des proses de Solovieï, et elle s'y immergeait à tout moment, prenant le prétexte d'un classement qu'en réalité elle ne parvenait pas à mener à bien. Elle tenait à être, pour la fin de sa vie, entièrement solidaire de Solovieï, entièrement complice, et elle ne craignait pas de lire, relire ou écouter ces productions qui lui paraissaient immorales et le plus souvent dépourvues de la moindre étincelle de marxisme-léninisme. À une autre époque de sa vie, elle se serait empressée de les dissimuler, ces productions suspectes, sous des paperasses anodines, sous des volumes irradiés de la Grande Encyclopédie soviétique, sous des revues de littérature, des manuels vétérinaires, des œuvres complètes de compagnons de route, des romans agricoles. Mais ici, aujourd'hui, elle ne se donnait pas cette peine. Elle savait que désormais elle ne subirait plus les tracasseries des autorités, des enquêteurs de la capitale ou des services. Quant à sa propre commission intérieure de contrôle, elle se manifestait de moins en moins.

L'ingénieur Bargouzine, qui assistait de son mieux la Mémé Oudgoul dans le tri et le traitement des déchets radioactifs, n'avait pas accès aux caisses contenant les archives de Solovieï, qui pourtant était son beau-père, comme on le verra par la suite. Il réparait ce qui était en panne dans le kolkhoze, il transportait et empilait les pièces destinées à être jetées en nourriture à la pile, mais il n'était pas invité à fouiller dans les souvenirs personnels de Solovieï, et, quand il voyait que la Mémé Oudgoul était occupée à les remuer jalousement, il allait fumer une cigarette à l'extérieur du hangar.

• Ce matin-là, la Mémé Oudgoul émergea du sommeil sans transition et, aussitôt, elle s'aperçut qu'elle allait être de mauvaise humeur.

Elle avait rêvé d'un prolétaire rouge avec qui elle dansait la valse à la fête du Travail, mais elle ne se rappelait pas ce qu'elle avait fait avec lui après le bal. Pour ne rien arranger, elle aurait été incapable de dire si elle avait été présente à la fête sous la forme d'une jeune bolchevique ou sous sa forme actuelle de vieillarde. Cette amnésie la chiffonnait, car dans le deuxième cas la suite du rêve ne pouvait être la même que dans le premier, et, au fond, elle espérait avoir eu une aventure onirique avec cet ouvrier héroïque qui l'avait tenue tendrement entre ses bras, qui l'avait fait tourner au son de l'accordéon jusqu'à ce que le vertige s'empare d'elle et l'oblige à quitter la piste de danse. Elle se souvenait encore du visage rieur de son cavalier, et, pendant quelques secondes, paupières closes, elle le conserva en elle avec bonheur, puis il s'effaça et il fut remplacé par une figure conventionnelle de komsomol qui ne ressemblait à rien de vivant. Après la disparition des événements marquants de son rêve, cet abâtardissement de son amoureux d'un soir avait vraiment de quoi la mettre en rogne.

Elle ouvrit les yeux et elle bougonna une malédiction à tiroirs au fond de laquelle même les classiques du marxisme en prenaient pour leur grade.

Ensuite elle se décolla du fauteuil dans lequel elle avait passé la nuit et, sans cesser de bougonner, elle décida d'aller s'enfermer dans les cabinets en attendant que quelque chose s'y produise. En réalité, il se produisait là-bas surtout de la méditation, car pour ce qui concerne les épisodes d'évacuation fécale ou urinaire, ils étaient fort rares. La plupart du temps depuis les trente ou quarante dernières années, la Mémé Oudgoul se contentait de grignoter une cuillère de farine grillée par-ci, un biscuit par-là, buvait très peu et ne prenait jamais un repas complet, ce qui avait presque fini par rendre caduques et en tout cas par rabougrir les parties terminales de son système digestif.

Dehors, le soleil s'était levé. Ses rayons filtraient à travers les bouches d'aération situées juste sous le toit. En haut d'un empilement de machines agricoles, une herse aux dents impeccables scintillait. Elle faisait partie d'une dotation de matériel neuf et elle n'avait jamais servi. La Mémé Oudgoul n'était pas pressée de la faire basculer dans le gouffre, car les radiations qu'elle émettait grillaient en plein vol les mouches qui tournaient autour des dents. Le meurtre s'accompagnait d'un bref crépitement. Les mouches avaient toujours agacé la Mémé Oudgoul et elle éprouvait un petit contentement quand elle entendait que l'une d'elles avait été réduite en braise.

Il devait être huit heures du matin.

Alors qu'elle avait levé la tête pour admirer les reflets du soleil sous la voûte en fibrociment, la Mémé Oudgoul trébucha dans un seau à lait. Le seau était vide et il racla bruyamment le sol et bascula. La Mémé Oudgoul poussa une exclamation de dépit.

– Qu'est-ce que ça fait là dans mes pattes, ce machin, protesta-t-elle. C'était pas là hier. Ça doit être l'ingénieur qui l'a apporté, comme si il pouvait pas le poser ailleurs que dans le chemin, cet idiot!

Elle scruta le labyrinthe des entassements pour voir si l'ingénieur était dans les parages, mais le hangar était silencieux et personne, pour l'instant, n'y travaillait.

– Bargouzine! cria-t-elle. Heï, Bargouzine!

Comme personne ne répondait, elle n'insista pas. Avoir crié l'avait calmée.

– Il est pas là, cet imbécile, marmonna-t-elle. Il est jamais là quand on a quelque chose à lui reprocher. Il doit être en train de fainéanter dehors.

Elle poussa le seau avec les pieds sur plusieurs mètres, puis elle le jeta sur un monticule de déchets. Le seau trouva une place entre un poste de télévision, deux oreillers et une couette.

Elle s'était arrêtée pour regarder les oreillers. On voyait dessus des auréoles de sueur. Elle ne se rappelait plus leur provenance exacte – un dortoir d'«Étoile rouge», une izba isolée dans la forêt, un placard dans une ferme de «Terminus radieux»? Elle chercha cinq ou six secondes dans sa mémoire, sans résultat. Va savoir quel dormeur a transpiré là-dessus, pensa-t-elle. Puis elle revint à Bargouzine et à sa fainéantise.

– Ou peut-être qu'il a respiré trop de becquerels et qu'il est mort, reprit-elle.

Elle était là, au milieu de l'allée, entre deux monceaux de ferraille radioactive, à ronchonner de nouveau.

– Ça serait pas la première fois, ronchonna-t-elle. C'est de la nouvelle génération, ça fait que mourir à tout bout de champ.

• Bargouzine, en effet, était fréquemment victime de ce que la sagesse populaire appelle le décès. Il ne respirait plus, son corps commençait à prendre des attitudes cadavériques et, en particulier, son cœur et son cerveau refusaient de s'activer. Sous ses paupières, le regard était terne, la pupille ne réagissait à rien. Sa chair se mettait à prendre des teintes cireuses peu ragoûtantes. La Mémé Oudgoul devait le secouer pendant des heures, l'exposer au soleil quand il y avait du soleil ou à la lune quand la lune brillait, et elle lui frictionnait le front avec de l'eau très-lourde, puis avec de l'eau très-morte, puis elle lui versait entre les yeux de l'eau très-vive, comme dans les contes chantés par les bardes. Bargouzine réagissait à ce traitement et reprenait des couleurs normales. Il se relevait, il la remerciait et il retournait traîner dans l'atelier de réparation du kolkhoze. Lui aussi avait eu l'organisme bouleversé à son avantage par les radiations, lui aussi s'était révélé résistant aux radionucléides, cependant sa résistance n'était pas de la même nature que celle qui permettait à la Mémé Oudgoul et à Solovieï de se tenir aux portes de l'immortalité. Bargouzine restait fragile et toujours à petite distance de l'agonie. Sans la Mémé Oudgoul et ses soins d'urgence, il y a longtemps qu'il aurait été transformé en simple résidu bon pour être jeté dans le puits, avec d'autres matières toxiques et objets agricoles.

• Après un brin de toilette, la Mémé Oudgoul revint se rasseoir dans son fauteuil préféré. Elle avait à côté d'elle une collection de journaux qui avaient été rassemblés par Solovieï, pour essayer de comprendre ce qui s'était passé sur le front de la révolution mondiale pendant ses séjours en camps de travail. Car c'est bien là qu'il s'était retrouvé après son départ d'Abakan, pendant quarante-cinq ans d'affilée pour commencer, suivis d'une existence chaotique, avec des périodes de libération conditionnelle, de relégation dans des régions inhospitalières, qui alternaient avec de nouvelles arrestations, de nouveaux envois en zones spéciales, sans oublier le baguenaudage dans la taïga avec des bandes de voleurs mystiques, avec des chamanes, des détenus évadés et des gueux. Il ne faisait de toute façon aucun effort pour s'assagir et il retournait régulièrement derrière les barbelés et même devant le peloton d'exécution, que ce fût pour de graves désaccords avec le pouvoir, ou pour diverses broutilles liées à son caractère ombrageux, tels une rixe avec un supérieur ou des tabassages inappropriés de bureaucrates.

Elle prit la gazette qui était en haut de la pile et elle se mit à en ânonner les gros titres. Le journal datait du siècle précédent, mais les nouvelles étaient encourageantes.

La révolution marquait des points sur tous les fronts et on observait une montée des luttes. La Deuxième Union soviétique s'étendait à présent sur la majeure partie du globe. Il y avait encore sur quelques continents éloignés des poches remplies de capitalistes agressifs, et, évidemment, on ne pouvait nier que les catastrophes du nucléaire civil avaient rendu problématique la survie de la population mondiale, mais, ne serait-ce que sur le plan militaire, la situation s'améliorait.

– Bon, commenta-t-elle. Comme prévu, on va vers la victoire totale, faut juste avoir un peu de patience. C'est plus qu'une question de temps.

Satisfaite, elle délaissa les gros titres et se plongea dans les pages intérieures. Elle cherchait la rubrique météo pour confronter les informations imprimées à la réalité du ciel au-dessus de «Terminus radieux», et en conclure une fois de plus que la presse était bourrée d'âneries.

• Solovieï entra dans le hangar par une porte latérale et il zigzagua entre les monceaux de déchets qui interdisaient tout déplacement en droite ligne. Sans être un dédale, le lieu donnait l'impression d'avoir été conçu pour empêcher l'accès direct au puits qui en constituait le centre. Solovieï laissa son regard errer sur les tas hétéroclites, repéra plusieurs trayeuses mécaniques, des cuves de laiterie, des barattes industrielles, de vieilles barattes manuelles, des claies à fromage, des malaxeurs en zinc. Tout paraissait en bon état. Tout était propre et en bon état, mais aspergeait les environs immédiats d'un orage de particules meurtrières.

Il pensa aux vaches qui avaient abondé dans la région et qui étaient à présent une espèce éteinte, et aux kolkhoziens et kolkhoziennes qui avaient passé une partie importante de leur vie à côtoyer ces ruminants énormes, leurs bouses et leurs mouches, leurs meuglements et leurs pis gonflés, et qui s'étaient éteints, eux aussi. Il se demanda si les vaches avaient eu une existence digne de considération et si les hommes et les femmes qui s'étaient occupés d'elles étaient morts en héros ou non. Il se le demandait sans sarcasmes, mais sans émotion, car il faut bien dire que cette question ne le turlupinait absolument pas. Il avait construit sa propre existence sur d'autres valeurs que l'héroïsme et, depuis qu'il était président du kolkhoze, il privilégiait la magie noire, les incursions dans le monde des rêves et dans des univers parallèles peuplés de morts-vivants, de filles merveilleuses, d'animaux et de flammes. L'héroïsme et les vaches occupaient là une place fort maigre.

Puis il continua à avancer. Non loin de la bâche qui cachait les lieux d'aisances, la Mémé Oudgoul était assise sur son fauteuil favori et elle fumait la pipe tout en lisant à mi-voix un journal qui décrivait l'actualité de quatre-vingts ans plus tôt. Soloviëï avait un pas pesant qui ne pouvait passer inaperçu, il ébranlait les environs comme l'eût fait un preux du Moyen Âge, mais la Mémé Oudgoul faisait comme si elle ne l'entendait pas.

Elle ne leva même pas un œil sur lui quand il se fut approché d'elle.

– Qu'est-ce que tu fiches là, à lire le journal? fit semblant de s'indigner le directeur du kolkhoze. Je croyais que tu avais commencé à mettre de l'ordre dans mes œuvres complètes. Tu t'es déjà découragée?

La Mémé Oudgoul remua les clavicules en soupirant puis elle reposa le journal sur la pile. Le papier s'abîmait dès qu'on le touchait. Des miettes de cellulose avaient saupoudré sa robe noire. Elle les brossa avant de parler.

– Tes proses, c'est trop dur pour moi, dit-elle en hochant la tête. Je sais pas comment m'y prendre. C'est que des élucubrations. C'est même pas daté. J'arrive pas à classer ça.

– C'est pas en lisant des vieilles gazettes que tu feras avancer les choses, observa Solovieï.

– Ben non, convint la Mémé Oudgoul.

Solovieï alla jusqu'à elle et il lui caressa tendrement la naissance du cou, comme on le fait sur une personne avec qui on a partagé son quotidien pendant des années, à une époque d'exaltation et de courage, puis qu'on a perdue pendant cent ans.

Elle leva les yeux vers lui et sourit. Ses yeux gris étaient couverts de taies qui en opacifiaient l'iris, mais, en leur centre, ils pétillaient.

– Peut-être que si tu commençais par les rouleaux, suggéra Solovieï. C'est du texte parlé. Ça te fatiguera pas les yeux. C'est du texte parlé pendant mes transes, pendant que je marchais dans le feu ou après que j'avais franchi les portes de la réalité ou de la mort. J'ai enregistré ça dans l'au-delà. C'est pas bien compliqué à classer.

– Il y a un moment que je les écoute, tes rouleaux, rétorqua la Mémé Oudgoul. C'est des espèces de bredouillis fantastiques déclamés par un fou. Ça me plaît pas. C'est des trucs à détruire. Si le Parti tombait dessus, il te renverrait en camp ou en asile pour schizophrénie.

– Mais oui, c'est ça, dit Solovieï.

– Quand je les aurai tous écoutés, je les rangerai avec ce qui doit être jeté à la pile, poursuivit la Mémé Oudgoul.

– Détruis pas ça, protesta Solovieï. J'ai prononcé ça pendant mes transes. Ça a jamais été traduit en langue terrestre. C'est des témoignages précieux. Ça pourra servir plus tard.

– À qui que tu veux que ça serve ? objecta la Mémé Oudgoul.

– Ça dépend de qui va rester sur terre, dit Solovieï.

– On a pas fait la révolution pour entendre ces insanités, dit la Mémé Oudgoul. Personne peut comprendre ça. C'est sabotage idéologique et compagnie. Tes rouleaux, je veux bien les numéroter, mais ensuite ça passera au gouffre. La pile en pensera ce qu'elle veut.

– Elle risque de les apprécier, promit Solovieï en riant. C'est aussi pour des lectrices comme elle que ça a été composé.

La Mémé Oudgoul marmonna on ne sait quoi d'un air fâché. Il prend tout à la rigolade, celui-là, sauf ses filles. Faudra que j'en parle à la pile un de ces jours.

– Eh ben moi je te dis que si une commission tombait là-dessus, tu serais bon pour une rallonge de quinze ou vingt ans en régime sévère. Au moins.

– Tu crois ? fit Solovieï. Même avec toi comme présidente, avec toutes tes médailles et une équipe de bons petits komsomols faciles à convaincre ?

– Avec moi comme présidente, tu échapperais pas au peloton, ricana gentiment la Mémé Oudgoul.

Puis elle se mit à ronronner sous la caresse qu'il continuait à lui faire derrière la tête.

La tendresse entre eux était palpable.

• Ils restèrent plusieurs minutes serrés l'un contre l'autre dans le hangar. Bargouzine ne s'étant pas manifesté, ils se savaient seuls et ils ne se gênaient pas pour se faire des mamours.

La Mémé Oudgoul avait retrouvé sa bonne humeur. Sous la main affectueuse de Solovieï, elle rêvassait de nouveau à l'exaltation de la valse, à l'accordéon et à l'ouvrier modèle qui lui avaient fait tourner la tête au lever du jour. Solovieï, de son côté, se laissait aller. La matinée n'en était qu'à son début, la journée était claire, l'entrepôt vrombissait agréablement sous l'effet combiné de la radioactivité et du réchauffement solaire, et lui, Solovieï, s'abandonnait à une danse presque immobile avec sa vieille amie. La danse était magique, comme toutes les danses amoureuses, mais elle ne comportait pas de véritable transport sexuel, et il n'en ressentait aucune frustration. Il se laissait aller à un peu de romantisme et il entrait dans une image au lieu de déchaîner son corps. Bien qu'il eût ailleurs d'autres pratiques et bien qu'il se sentît dans la force de l'âge et très éloigné de la fin de sa vie de mâle rugissant, il acceptait cette relation à peine charnelle. Il l'acceptait parce qu'en vérité elle était très profonde et très belle.

— Et si on en écoutait un ? demanda-t-il brusquement.

La Mémé Oudgoul sortit de sa béatitude.

— Un quoi ? Un rouleau ?

— Ben oui, si on en écoutait un, pour voir ?

Il mit fin à son étreinte et il alla ouvrir le placard où la Mémé Oudgoul remisait le phonographe.

L'appareil avait un mécanisme à ressorts. Solovieï l'installa sur la pile des journaux et tourna la manivelle jusqu'à ce qu'elle se bloque, puis il prit un rouleau au hasard dans un des cartons d'archives.

— Lequel que tu prends ? s'informa la Mémé Oudgoul.

— Je regarde pas, dit Solovieï en fixant le cylindre noir dans les encoches. Je choisis pas. Ça a jamais de titre ni de date. C'est une voix jaillie de l'espace noir. Elle appartient autant au présent qu'au passé. Ou même à l'avenir. Faut écouter ça avec son ventre plutôt qu'avec ses oreilles.

Puis il rabattit le bras et l'aiguille sur la cire.

– Tu vois, bougonna la Mémé Oudgoul. Toi-même tu dis que c'est à la fois de l'actuel et du pas actuel. Comment que tu veux que je classe ça ?

L'aiguille cracha deux secondes, puis ils eurent la voix à côté d'eux, bizarre, déformée, comme en effet surgie d'un monde intermédiaire, peu compréhensible et sans repères.

• Alors il fit ombre avec le couteau qu'il avait caché devant son visage, il ne fit plus qu'une ombre avec le couteau, une seule ombre tantôt noire, tantôt obscure, et, comme son visage sournoisement scintillait à chaque mouvement de la cendre, il rassembla ses voix de gorge et imagina autour de lui des dévotes, et, cristallisant sur l'arête infime de la lame des restes de courage, et tonnant des soupirs en ses registres les plus hautainement bas, en ses registres amples mais inouïs, soufflant sa malédiction terminale en ondes graves, roulant hors de sa langue des notes moins audibles encore que les éteintes étoiles, et aussi pensant à ses filles dispersées, et pensant à ses filles qu'on avait détournées de lui, et pensant à ses augustes filles perdues, à jamais éloignées de lui et perdues, et inventant à la diable de nouveaux styles de chuchotements qui vengent, inventant des murmures faits avec des mots tueurs, avec des paroles tueuses, et se drapant dans le souvenir de sa brève existence et de ses brefs rires et de ses défunts et de ses filles, et pensant aux avenirs que ses filles lui avaient promis de connaître, et cristallisant sur le fil un reste de vain mensonge, car il n'avait jamais eu l'occasion de parler à distance de bouche avec ses filles ni de correspondre avec elles à distance d'intelligence, cristallisant cela sur le fer effilé, et essayant de n'être terrassé ni par une soudaine avidité insolente d'horizon ni par la stupeur, et pensant à ses filles bien-aimées qu'il n'avait jamais eu l'occasion de choyer ni de défendre ni même d'apercevoir à la sauvette, entre deux grilles ou entre deux guerres, entre deux absences noires, et relevant la tête pour accompagner la danse lente de son coutelas et la lente danse de sa pointe, relevant sans bruit sa tête toute en ombre, cachant une fois de plus l'éteinte ombre, et pensant encore au destin catastrophique de ses filles dont il n'avait pu à aucun moment éviter le malheur, et qui, si elles avaient connu le bonheur, n'en avaient partagé avec lui aucune miette, et pensant à ses filles dont il n'avait pu approcher fût-ce par procuration les tremblements de bonheur, et grognant des discours d'ignorance douloureuse, des flots morts de mots déjà morts, grognant sans rage des palabres elles aussi depuis bien longtemps éteintes, il chercha au hasard une veine cave et il dit : « Viens ! » Puis, déjà en forts lambeaux, il se retourna vers l'image qui non moins déchirée que lui le suivait, elle-même dissimulée derrière du fer aigu, et ils échangèrent des regards, et, comme il souhaitait faire semblant de ne rien éprouver de sinistre et faire semblant de ne pas savoir quoi bégayer maintenant et comment conclure, il dit encore, mais nul alentour ne surprenait son râle indistinct : « Demain ou hier, ne mourir sous aucun prétexte ! » Puis il parla encore un peu de ses filles et s'éteignit.

• L'aiguille s'engagea sur de la cire non enregistrée et crachouilla désagréablement avant que Solovieï stoppe le mécanisme. La Mémé Oudgoul faisait la moue, mais le directeur du kolkhoze arborait une mine triomphante.

— Ça t'a plu ? demanda-t-il.

— C'est trop loin du réalisme socialiste pour moi, soupira-t-elle. C'est que des fadaises poétiques un peu perverses, du fantastique petit-bourgeois. Ça ressemble à des énigmes menaçantes. On comprend rien du tout.

– Il y a rien à comprendre, commenta Solovieï.

La Mémé Oudgoul se rembrunit.

– On voit pas la ligne de classe, reprit-elle. Le prolétariat détesterait ça.

Solovieï était en train de ranger le rouleau dans son carton.

– On s'en passe encore un petit ? proposa-t-il.

– Boh, objecta la Mémé Oudgoul.

– Avant que tu balances ça à la pile.

– Crois pas que je ferai ça de gaieté de cœur, fit remarquer la Mémé Oudgoul.

Ils se mesurèrent du regard. Solovieï souriait en fronçant les sourcils d'une manière exagérée. Il poursuivit encore sa pitrerie pendant une dizaine de secondes, jusqu'à ce que la Mémé Oudgoul se déride.

– Je fais que mon devoir, protesta-t-elle.

– Allez, j'en mets un autre, dit Solovieï. Ensuite je retourne au kolkhoze.

– Comme que tu veux, soupira encore la Mémé Oudgoul.

• Il était masqué de cuir et de cuivre, comme souvent, et ensuite il ôta sa tête d'oiseau terrible et, lorsque la fumée s'apaisa, il se décolla de la brique où le feu l'avait contraint de séjourner pendant près de mille ans. Du mercure coulait bruyamment le long de ses bras. Il pencha la tête vers ceux et celles qui se tenaient en face des reflets et, sans s'éclaircir la voix, il s'adressa au scribe qui était mort. « Allez, dit-il. Écris ce que personne d'autre ne t'a dicté pendant des siècles. » En tombant, le mercure faisait plus de vacarme que son souffle. Le scribe ne bougeait pas. Pendant une

71

année ou deux, il eut l'impression que cet écrivain à son service était une femme, puis l'impression se dissipa. Alors, il menaça le scribe avec des morceaux de mur brûlant et il reprit, mais, cette fois, en hurlant des paroles en langue crypte : « Allez ! Hadeff Kakaïne ! Hoddîm ! » Et, comme le scribe n'écrivait rien, il l'écrasa sous son talon et s'accroupit à côté des restes.

.3.

• Le jour s'était levé. Kronauer reprit conscience et se mit debout. L'étoffe grossière de son manteau était tachée de terre humide et de débris d'herbes. Des brins de lovouchkas, de solivaines. Un épi écrasé de boudardiane. Des fourmis erraient aussi sur les miettes végétales. Sept ou huit.

La nuit ne lui avait pas redonné beaucoup de forces et il perdit l'équilibre en essayant de chasser les fourmis. Les bouteilles vides qu'il portait en bandoulière le gênaient. Elles s'entrechoquèrent. Il tituba sur deux mètres avant de retrouver un peu de stabilité. Il avait du mal à récupérer son souffle.

Sous son crâne des élancements sonores.

Les nuages avec des nuances bleu de Prusse.

Il était planté à trois cents mètres des premiers arbres, au milieu des boudardianes bleutées qui frémissaient mollement contre ses jambes.

Tout était bleu, tout ondulait.

Son corps avait besoin de nourriture, d'eau, surtout. En dépit de mouvements de langue et de déglutition, la salive était rare derrière ses lèvres desséchées. Il toussa. La toux aggravait les sensations d'étouffement et de déchirure au fond de la gorge.

Il avança d'une centaine de pas en direction de la forêt toute proche. Le vertige l'obligeait à ralentir. Il s'arrêta.

Il jura en russe et en mongol. Puis en allemand, pour faire bonne mesure.

– Bon sang, Kronauer, espèce de mauviette pourrie, qu'est-ce qui te prend de zigzaguer comme un soûlard?… Tu avances jusqu'aux arbres. Tu traverses la forêt et tu cherches le village qui fumait hier après-midi. On te demande pas l'impossible. Tu arrives dans ce village. Tu mendies un peu de bouillie et des victuailles aux péquenots. Tu remplis tes bouteilles. Ensuite tu retournes près de la voie ferrée. C'est tout de même pas une prouesse à accomplir.

Une petite brise matinale soufflait, un peu aigre, véhiculant des parfums de végétaux en train de se préparer à la fin de l'été et à la mort.

À peine levé, le soleil avait disparu derrière une barrière de nuages. La température de l'air était automnale. Des oiseaux pépiaient quelque part dans les étendues de sarrasin dégénéré qui séparaient encore Kronauer de la lisière de la forêt. Une famille de passereaux des steppes qui avait survécu, bien qu'appartenant sans doute à une espèce déjà pratiquement éteinte. Kronauer les écouta un moment, puis ils se turent. Ils avaient décelé une présence, ils restaient cachés au milieu des herbes et ils se taisaient.

Cinq minutes plus tard, il franchit un fossé et entra dans la forêt.

• Les sous-bois n'étaient pas buissonneux, il n'y avait guère d'obstacles entre les arbres. De temps en temps un mélèze couché, une étendue de boue noire, mais, en résumé, presque rien. Il s'enfonça rapidement entre les troncs. La lumière avait baissé, elle avait des nuances brunes et rousses, en raison des aiguilles mortes qui tapissaient le sol. Il se rappelait l'endroit de l'horizon d'où étaient parties les fumées de la veille, et c'est vers cela qu'il allait, vers cet hypothétique village. Il n'avait rien d'autre en tête.

Dans la forêt dominait un silence pesant. Les pas de Kronauer. Un bruit atténué, des crissements sans écho. Quelques champignons. Girolles, vesses-de-loup, petits-gris, cortinaires.

Alors qu'il se préparait à des heures et des heures de marche monotone, au bout d'un kilomètre il aperçut sur sa gauche une construction qui ressemblait vaguement à une entrée de tombe souterraine et il s'en approcha. C'était une fontaine alimentée par une source. La vasque était protégée par un toit de pierres. L'eau était peu abondante, elle se limitait à quelques tasses au fond d'un creux de lave. Elle n'était guère habitée par les mousses et elle avait l'air pure. Au fond de la vasque, une fougère vert émeraude avait pris racine et étalait ses frondes ondulées, inquiétante, superbe.

De l'autre côté de la construction, assise par terre, il y avait une jeune femme qui paraissait morte.

Kronauer se pencha sur l'eau et d'abord il but en lapant, comme un animal. L'eau était froide. Il se retint de trop en absorber et il se redressa, puis il succomba à la tentation et il se remit à boire.

Ensuite, il essaya de remplir les deux bouteilles qu'il avait portées jusque-là à son cou, attachées à une ficelle. Il ne pouvait pas les plonger dans la vasque qui était trop peu profonde. Par le goulot ne rentrait pratiquement rien. Il bataillait trois minutes, manipulant en vain les bouteilles dans tous les sens. L'arrivée de l'eau se faisait par une petite faille sous laquelle il était impossible de placer un récipient. L'eau sortait de la vasque quand celle-ci débordait et suivait un chemin naturel pour retourner sous la terre, mais le débit était très faible et, pour l'instant, la vasque était à moitié vide. Il remit les bouteilles autour de son cou et but de nouveau en prenant le liquide au creux de sa paume.

• Le chant cristallin des gouttes retombant dans la vasque. Le goût de l'eau. Un lointain parfum de tourbe, de silice un peu poivrée. Une impression de transparence, d'éternité. L'émotion de pouvoir ressentir cela, de ne pas être mort encore.
  Le silence de la forêt.
  Le martèlement d'un pic creusant l'écorce avec violence, à quelques centaines de mètres de la fontaine.
  Puis, de nouveau, le silence.

• Kronauer alors se tourna vers la fille adossée à la fontaine et il l'examina. Elle était de petite taille, avec une tête guère plus large que celle d'une enfant, et, de fait, elle semblait à peine sortie de l'adolescence. À voir ses paupières immobiles, ainsi que sa position légèrement désarticulée, elle avait déjà quitté ce monde. Ses vêtements étaient usés, avec des marques de glaise et des déchirures. Elle avait un pantalon et des bottes de l'armée, une chemise militaire dont le haut était déboutonné. On voyait sa poitrine et son sein gauche jusqu'au mamelon. Une peau d'une blancheur de perle, une aréole sombre, presque brune. C'était une poitrine un peu plus abondante que ce qu'avait d'abord annoncé l'aspect menu de son corps. Kronauer avança la main. Il saisit le bord du col et fit glisser un peu d'étoffe pour cacher cette chair qui se montrait sans le vouloir. Sur le dessus de son poignet il sentit un souffle. La fille respirait. Il l'avait crue n'être qu'un cadavre, mais elle respirait.

Sa physionomie trahissait une ascendance sibérienne, le souvenir d'aïeux venus de nulle part pour nomadiser dans des trouées de la taïga, de nouveau au milieu de nulle part, mais, globalement et en raison à la fois de sa tenue et de son teint pâle, elle ressemblait à une Chinoise ayant voyagé depuis le vingtième siècle pour participer à une nouvelle campagne contre les droitiers. Une chevelure de jais l'enca-drait. Elle portait des tresses qui accentuaient encore son air d'adolescente. Les tresses étaient à moitié défaites et elles étaient sales. Comme toujours pour ce genre de visage, on pouvait dire qu'il était à la fois très commun et très beau. La joue gauche était souillée par des traînées de boue. La fille était tombée ou elle avait dormi sur le sol avant de s'adosser à la fontaine et de s'évanouir. Quels qu'aient pu être les événements qui avaient précédé sa perte de conscience, elle avait conservé, au-delà de l'exténuation et de la douleur, une expression de sévérité boudeuse. Elle continuait à avoir les mâchoires serrées et à froncer les sourcils. Elle devait avoir un caractère dur. Elle avait voulu résister jusqu'au bout à l'écroulement intérieur, à la nuit.

Elle ouvrit les yeux et, découvrant en face d'elle un homme qui avait tout l'aspect d'un évadé de camp sans foi ni loi, elle approcha la main de son col de chemise, comme si la première mesure à prendre au réveil devait être de protéger sa gorge d'un regard étranger. Ses doigts agrippèrent l'étoffe, refermèrent exagérément son vêtement, puis elle baissa les bras afin de s'appuyer contre la terre. Elle avait replié les jambes et maintenant elle essayait de se relever. La force lui manquait. Elle ne parvenait pas à se décoller du sol. Un gémissement s'échappa de ses lèvres.

— Qu'est-ce que tu as à me regarder? demanda-t-elle d'une voix qui se brisait.

Elle avait peur. Elle était incapable de se remettre debout, et, dans ce lieu désert, un homme la dominait sans rien dire. Depuis combien de temps se trouvait-il là? L'angoisse lui faisait trembler les cils et les lèvres.

— Je viens du sovkhoze «Étoile rouge», dit Kronauer.

Il n'avait pas parlé depuis la veille et les mots lui venaient difficilement. Il tenait à exprimer au plus vite sa propre lassitude. Qu'elle comprenne qu'elle n'avait rien à craindre de lui.

— J'ai des camarades là-bas. Un homme et une femme. La femme est épuisée. Ils ont plus rien à boire. J'ai essayé de remplir des bouteilles, mais j'y arrive pas. Il y a bien un village un peu plus loin?

La fille hocha la tête d'une façon confuse et elle referma les yeux. Elle avait des iris brun foncé, une bouche petite, très pâle dans son visage pâle. Elle réprima un nouveau geignement. Elle devait avoir des douleurs quelque part, derrière le front, dans le corps, et, en tout cas, elle était très, très fatiguée.

On ne pouvait pas savoir ce que signifiait son mouvement de tête, à supposer qu'il se fût agi d'une réponse.

• – Il faut que j'aille dans ce village, poursuivit Kronauer. C'est une question de vie ou de mort pour mes camarades.

– Je te crois pas, dit la fille.

Elle ne décollait pas les paupières pour parler. On avait l'impression qu'elle s'exprimait depuis son sommeil ou son agonie.

– « Étoile rouge » est abandonné, continua-t-elle. Ça existe plus. Tout est irradié. Personne vit là-bas.

– Attends, j'ai pas dit que j'étais un habitant du sovkhoze, expliqua Kronauer. J'ai pas dit ça. On est arrivés là-bas tous les trois en longeant la voie ferrée. On a rien à avoir avec ce sovkhoze.

Il s'interrompit pour reprendre son souffle. Il était debout au-dessus de cette femme exténuée, mais lui aussi se sentait mal. Par moments, les arbres se décalaient, se dédoublaient, les verticales fluctuaient. Il avait l'impression qu'il allait tomber dans une espèce de coma, comme la veille au soir juste à l'orée de la forêt.

Il ferma les yeux pendant trois, quatre secondes.

• Un homme. Une femme. Un couple de hasard. Deux figures de clochards, lui surtout, avec ses sacs en bandoulière, ses bouteilles. Une vasque de pierre sous un auvent de tuiles grises. L'humidité de l'endroit. Sa fraîcheur. Des gouttes qui tintent de temps en temps en tombant dans la vasque. Le sol roux. Les arbres à proximité, l'écorce presque noire. Les troncs nus, couverts de longues traces de bave verdâtre sur leur partie orientée au nord. La lumière tamisée, légèrement brumeuse. Un homme qui ferme les yeux, bien campé sur ses jambes mais souvent en déséquilibre, en train de lutter contre le tournis. Une femme qui ferme les yeux, avachie au pied de la fontaine. Deux respirations qui sont pendant quelques secondes l'unique bruit perceptible. Pendant ces quelques secondes, il n'y a rien de plus. La forêt reste silencieuse. Les respirations sont bruyantes. Puis le pic de tout à l'heure reprend son travail de recherche. Le martèlement et ses échos envahissent l'espace autour de la fontaine.

• Kronauer rouvrit les yeux. Les mélèzes continuaient à tanguer, mais il s'obligea à ne pas le remarquer.

— Il y a bien un village après les arbres ? demanda-t-il.

— Comment ? se fit répéter la jeune femme en conservant les yeux fermés.

— Un village, après les arbres. Il y en a un ?

— Oui. Un kolkhoze. Le Levanidovo.

— C'est loin ? s'informa Kronauer.

La femme fit un geste imprécis. Sa main n'indiquait ni direction ni distance.

— Faut que j'aille là-bas, dit Kronauer.

— C'est pas loin, seulement il faut passer par la vieille forêt, prévint la femme.

Elle hésita, puis elle continua.

— Des marécages, dit-elle. Des fourmilières hautes comme des maisons. Des arbres couchés dans tous les sens. Des rideaux de mousse. Pas de chemin.

Elle venait d'entrouvrir les cils. Kronauer croisa son regard : deux pierres brunes, intelligentes, méfiantes. Ses paupières étaient légèrement bridées. Dans ce visage enlaidi par la fatigue, par des traces de terre, encadré par des cheveux sales, les yeux étaient l'endroit où la beauté se focalisait.

Elle devina sur elle l'intérêt de Kronauer et, comme elle ne souhaitait pas que s'établît entre eux une complicité, elle se mit aussitôt à fixer un point situé derrière lui. Une écorchure sur un tronc.

— Quand on connaît pas, on se perd, poursuivit-elle.

— Et toi, tu connais ? demanda Kronauer.

— Ben oui, s'empressa-t-elle de dire. J'habite là-bas. Mon mari est tractoriste au kolkhoze.

— Si tu retournes au village, on pourrait y aller ensemble, proposa Kronauer. Ça m'éviterait de me perdre.

— Je peux pas marcher, dit-elle. Je suis pas en état. J'ai eu une crise.

— Une crise de quoi ? demanda Kronauer.

La femme resta un moment sans répondre. Puis elle respira lourdement.

— Et toi, tu es qui ? demanda-t-elle.

— Kronauer. J'étais dans l'Armée rouge.

— Tu viens de l'Orbise ?

— Ben oui. Ça s'est effondré. Les fascistes ont gagné. On a essayé de se battre le plus longtemps possible, mais c'est fini.

— L'Orbise s'est effondrée ?

— Ben oui. Tu sais bien. Ils nous encerclaient depuis des années. On était les derniers à tenir. Maintenant il y a plus rien. Ça a été une boucherie. Me dis pas qu'ici on a pas entendu parler de ça.

— On est à l'écart. Il y a pas de radio à cause des radiations. On est coupés du reste du monde.

— Tout de même, dit Kronauer. La fin de l'Orbise. Les massacres. La fin des nôtres. Comment que vous avez pu pas être au courant ?

– On vit dans un autre monde, dit la femme. Le Levanidovo, c'est un autre monde.

• Il y eut un silence. L'eau que Kronauer avait avalée gargouillait dans son estomac, et, dans la quiétude qui régnait autour d'eux, cela lui faisait honte. Il se força à parler pour couvrir le bruit.

– Tu pourrais me servir de guide, proposa-t-il précipitamment.

La femme ne répondait pas. Kronauer eut la sensation qu'il allait produire de nouveaux borborygmes. Afin de couvrir le chant obscène de ses entrailles, il dévida quelques phrases inutiles.

– J'ai pas envie de me perdre. Tu as dit qu'il y avait des marais et pas de chemin. J'ai pas envie de me retrouver tout seul là-dedans. Avec toi, ça serait pas pareil.

Il avait prononcé cela en forçant la voix, et aussitôt la femme se rendit compte qu'il dissimulait quelque chose. Son discours sonnait faux. Il se donnait une contenance. Elle se remit à avoir peur de lui en tant que mâle, en tant que soudard animé de mauvaises intentions, capable de violence, d'exigences sexuelles sordides, de meurtre sordide.

– Je peux pas marcher, de toute façon, rappela-t-elle.

– Je pourrais te porter sur mon dos, proposa Kronauer.

– Essaie pas de me faire du mal, prévint-elle. Je suis la fille de Solovieï, le président du kolkhoze. Si tu me fais du mal, il te poursuivra. Il entrera dans tes rêves, derrière tes rêves et dans ta mort. Même mort tu lui échapperas pas.

– Pourquoi que je te ferais du mal ? protesta Kronauer.

– Il a ce pouvoir, insista la femme. Il a des pouvoirs immenses. Ça sera horrible pour toi et ça durera. Ça durera mille ou deux mille ans si il le veut ou même plus. Jamais tu verras la fin.

De nouveau, Kronauer plongea un bref instant dans son regard. Ses yeux exprimaient de l'indignation, une indignation angoissée. Il secoua la tête, consterné à l'idée qu'elle avait peur de lui.

– Me fais aucun mal, répéta vivement la femme.

– Je vais te porter sur mon dos, c'est tout, dit Kronauer. Tu me montreras le chemin et je te porterai jusqu'au Levanidovo. C'est tout. Il y a pas de mal là-dedans.

Ils furent un instant immobiles, tous les deux, ne sachant quels gestes ébaucher pour passer à l'épisode suivant.

– Tu demandes pourquoi que tu me ferais du mal ? reprit la fille de Solovieï. Ben pourtant c'est vraiment pas la peine de poser la question. Tous les hommes essaient de faire du mal aux femmes. C'est leur spécialité.

– C'est pas la mienne, se défendit Kronauer.

– C'est leur raison d'être sur terre, philosopha la fille de Solovieï. Qu'ils le veuillent ou non, c'est ce qu'ils font. Ils disent que c'est naturel. Ils arrivent pas à se retenir. Et en plus ils appellent ça l'amour.

• Samiya Schmidt était la troisième fille de Solovieï. Elle était née de mère inconnue.

Comme ses deux sœurs aînées, également nées au Levanidovo de mères inconnues, elle habitait le kolkhoze « Terminus radieux » depuis à peu près toujours. Elle avait reçu une instruction primaire à l'école du Levanidovo, où une vachère du sovkhoze « Étoile rouge », dont les cancers ne s'étaient pas développés de manière foudroyante, avait assumé la fonction d'éducatrice. Pendant des années, cette femme avait consacré ses dernières forces à transmettre aux trois filles du village ce qu'elle savait, la lecture, le calcul, les bases du marxisme-léninisme, le matérialisme historique expliqué aux âmes simples, ainsi évidemment que des notions utiles d'art vétérinaire et d'hygiène animale, puis, comme cela avait été écrit à l'avance dans son destin mais avait été retardé suite à d'obscures incongruités physiologiques, elle s'était transformée en une taciturne poupée charbonneuse. Solovieï alors avait fait appel à ses propres talents de sorcier pour trouver quelqu'un qui pourrait la remplacer à la rentrée scolaire suivante.

Par une nuit de lune très-noire, il avait appelé les flammes du cœur nucléaire de la petite centrale du kolkhoze, et il était entré dans la mort par le feu, comme il en avait l'habitude depuis qu'il avait choisi de s'exiler à « Terminus radieux ». Une fois parvenu au-delà du feu, il était parti à la recherche d'un pédagogue. Ses exigences étaient doubles : d'une part, le pédagogue en question devrait s'engager à travailler au Levanidovo sans poser de questions sur le salaire ou les primes de risques, et d'autre part il faudrait qu'il fasse la classe sans lorgner lubriquement sur ses trois élèves, dont presque toutes étaient déjà nubiles. En fouillant sous les cendres des rêves, il avait déniché un ancien commissaire politique qui s'était pendant un temps reconverti dans la gestion d'une coopérative ouvrière, puis qui avait été fusillé pour corruption. Trop heureux de quitter les ténèbres où il se morfondait, l'homme – nommé Julius Togböd – avait accepté le poste et s'était installé dans l'école du Levanidovo, et il faisait progresser sa classe vers un niveau scolaire raisonnable. Seulement, au bout de trois semestres, il avait commencé à lorgner lubriquement sur Hannko, l'aînée des trois filles, et Solovieï avait dû intervenir.

Solovieï, en tant que parent d'élèves et président du kolkhoze, lui avait fait des remontrances, puis il l'avait assommé avec une pelle, et ensuite il l'avait traîné dans l'entrepôt de la Mémé Oudgoul jusqu'au puits. Bien que ce ne fût pas un jour d'ouverture, la Mémé Oudgoul n'avait pas fait de difficulté pour le laisser dévisser le lourd couvercle. L'instituteur avait terminé son parcours à deux kilomètres de profondeur et, sur la nature lubrique ou non des relations qu'il avait engagées avec la pile nucléaire, on ne pouvait émettre que des hypothèses. La Mémé Oudgoul n'abordait pas le sujet dans ses conversations avec la pile, considérant à juste titre qu'il s'agissait là d'une matière privée.

À la suite de cette expérience désagréable, l'école avait continué à exister, mais les filles de Solovieï avaient été priées de travailler en autodidactes. Elles s'y rendaient le matin et étudiaient ensemble d'une façon paresseuse et sans méthode. Elles lisaient beaucoup, car la bibliothèque de la Maison du peuple était abondamment fournie en brochures d'agit-prop et en classiques de l'économie et de la littérature. Tous les romanciers et les romancières importants de l'Orbise étaient là, Ellen Dawkes, Erdogan Mayayo, Maria Kwoll, Verena Nordstrand et une belle platée d'autres. Les filles les lisaient de préférence aux ouvrages techniques. Leur père les avait pourtant mises en garde contre les foutaises nihilistes des poètes et l'inutilité tragique de leurs fictions. En dépit de tels avertissements, elles s'abreuvaient aux chefs-d'œuvre du post-exotisme. Elles avaient compris que Solovieï, qui lui-même se piquait d'écrire, exprimait là une opinion où la susceptibilité d'auteur l'emportait sur l'impartialité critique.

De temps en temps, un adulte venait compléter leur éducation hasardeuse. Il leur racontait une histoire ou faisait part de son expérience. Les adultes étaient peu compétents pour transmettre leurs connaissances, ils n'avaient aucune pédagogie et ils ne se posaient même pas la question d'un programme adapté à leur maigre public, mais ils prenaient leur rôle à cœur. Ils s'efforçaient d'expliquer de leur mieux le fonctionnement du monde tel qu'ils l'avaient eux-mêmes affronté. Certains jours, la Mémé Oudgoul apprenait aux filles le maniement des carabines du kolkhoze et elle leur expliquait comment constituer un peloton d'exécution, et, à d'autres moments, elle décrivait les campagnes de liquidation auxquelles elle avait participé, l'agonie des liquidateurs, ses ennuis permanents avec le Parti et ses conflits avec les commissions médicales qui l'auscultaient en public pour étudier les mécanismes de son immortalité. L'ingénieur Bargouzine parlait des installations électriques et nucléaires, des courts-circuits et des colères de l'atome, et il évoquait aussi ses évanouissements et ses passages par la mort, ainsi que ses réveils dus au traitement à l'eau très-lourde, à l'eau très-morte et à l'eau très-vive. Il s'appliquait à ne jamais regarder ses élèves en face, de peur d'être accusé par Solovieï de conduite inappropriée et de finir avant l'heure au fond du puits de liquidation. Le manchot Abazaïev venait gesticuler devant le tableau noir pour narrer une fois de plus les circonstances confuses qui avaient conduit à la perte de son bras droit, un malheur lié à son passage à l'armée et qu'il désirait associer tantôt à un acte d'héroïsme, tantôt à une attaque surprise des suppôts du capitalisme, tantôt à un corps à corps avec un propriétaire foncier, alors que selon Solovieï il avait simplement été attaqué par des méningocoques et mal soigné. Quand Abazaïev s'était suffisamment embrouillé dans l'exposé des causes de son amputation, il changeait de sujet et il donnait des indications sur le nettoyage des canaux de drainage, le transport en charrette des matériels irradiés et l'enfumage des terriers de taupes, trois spécialités où il s'illustrait au Levanidovo. Le tractoriste Morgovian intervenait, lui aussi. Il n'était guère loquace, mais il intervenait. Comme il n'y avait plus au village de tracteurs en état de marche, il s'occupait des ruches du kolkhoze et du poulailler. Il dessinait au tableau le schéma d'organisation d'un rucher et il copiait à la craie la liste des symptômes de la grippe aviaire. Lui aussi s'abstenait de regarder les trois élèves de la classe, qui, les années passant, de plus en plus ressemblaient à de splendides jeunes femmes bonnes à courtiser ou à marier.

D'autres pédagogues improvisés faisaient parfois acte de présence devant les élèves. Il s'agissait principalement d'anciens membres de l'équipe de la Mémé Oudgoul qui n'avaient pas survécu aux radiations, ou de kolkhoziens décédés dans la forêt ou en plein champ, et mécontents d'avoir été laissés sans sépulture. Ils entraient dans la classe, renversaient des chaises et tentaient de prendre la parole, mais les filles les chassaient.

Solovieï quant à lui ne poussait jamais la porte de l'école pour parfaire l'éducation de ses filles. Il préférait se rendre à l'intérieur de leurs rêves. Qu'il choisît pour ce faire de traverser le feu, de s'engager corps et âme dans l'espace noir ou de se mettre à voler puissamment dans les ciels chamaniques, il aboutissait certaines nuits au cœur de leur sommeil et il y entrait sans frapper. Il leur tenait d'édifiants discours ou il leur déclamait d'une voix sifflante ses propres poèmes, mais surtout il profitait de son séjour pour explorer les arrières de leur conscience, leurs fantasmes, leurs désirs secrets. Il était obsédé par le mal que les hommes pouvaient leur faire et il les surveillait, estimant qu'elles étaient trop jeunes pour savoir se défendre seules contre les vilenies de leurs amoureux. Les filles respectaient Solovieï et elles ne lui refusaient pas leur affection, mais, du jour où elles eurent leurs premières règles, elles se mirent à détester ce genre d'intrusion, cette pénétration impériale et contre-nature, et, au matin, sourdement ou ouvertement, elles se rappelaient qu'il était apparu en elles, qu'il était venu troubler leur intimité et qu'il s'était imposé à elles pour explorer les énigmes cachées de leur inconscient et de leur personne en général. Elles se souvenaient du voyage qu'il s'était permis de faire en elles. C'était un souvenir qui les dégoûtait et qu'elles se refusaient à admettre comme négligeable ou furtif, qu'elles n'acceptaient pas de remiser parmi les innombrables impressions oniriques que le réveil dissipait. Elles ne lui pardonnaient pas cela. Le lendemain matin, si elles croisaient leur père en allant à l'école, elles lui disaient à peine bonjour et elles lui montraient clairement qu'elles boudaient.

• Samiya Schmidt avait à présent trente et un ans. Elle avait cessé d'aller à l'école douze ans plus tôt. Elle n'en était pas sortie avec une solide formation universitaire, mais elle avait des connaissances pratiques dans à peu près tous les domaines de la mécanique agricole ainsi que des notions théoriques en économie, en histoire des camps et en médecine du travail, car, outre les fictions de Maria Kwoll, elle avait, à défaut d'autre chose, avalé les uns après les autres les fascicules de vulgarisation de la bibliothèque de la Maison du peuple. Le président du kolkhoze lui avait décerné un diplôme de fin d'études avec mention, pour le cas où elle en aurait eu besoin à l'extérieur, mais elle était restée au Levanidovo et elle s'était mariée au tractoriste Morgovian.

• Son mariage avec Morgovian n'était pas une catastrophe, mais on ne peut pas dire qu'il l'avait rendue heureuse. Morgovian avait peur d'elle et il se comportait en conséquence. Elle lui inspirait une crainte animale. D'une part parce qu'elle était la fille du président du kolkhoze et d'autre part parce qu'elle avait un caractère autoritaire et des exigences intellectuelles et affectives qu'il ne comprenait pas. Et enfin, il était terrorisé par les crises de folie qui la prenaient, pendant lesquelles elle se déplaçait à toute vitesse dans leur maison et dans la rue principale du kolkhoze, touchant à peine le sol et murmurant des malédictions extrêmement violentes et bizarres. Elle allait et venait ainsi puis disparaissait des jours et des jours dans la forêt. Passé un court mois de lune de miel, la première de ces crises s'était déclarée. Morgovian en avait été paralysé d'horreur et de tristesse. Il avait dès lors commencé à l'éviter, passant le plus de temps possible à la collecte d'animaux morts à la lisière de la forêt ou à des réparations dans le grillage du poulailler – ou encore il prétextait avoir à combattre les frelons asiatiques pour aller camper des semaines entières près des ruches.

La décadence de leur union faisait plaisir à Soloviéï, qui avait eu du mal à en accepter le principe, et qui d'ailleurs portait une part importante de responsabilité dans le dérangement mental dont Samiya Schmidt était victime. Il continuait en effet à lui rendre des visites nocturnes et à se promener en maître à l'intérieur de ses rêves, ce qui provoquait en elle de forts déséquilibres et, en particulier, l'impression d'être possédée jour et nuit par une volonté extérieure. Soloviéï ne se souciait pas du désastre qui résultait de ses pratiques intrusives, sorcières. En revanche, il avait fait pression sur elle pour qu'elle engage une procédure de divorce. Il lui avait proposé de simplifier les formalités à présenter au soviet du kolkhoze. Mais elle avait refusé. Morgovian, malgré tout, lui convenait. Elle appréciait son mutisme, et aussi son effacement en tant qu'homme, son inappétence effrayée devant elle. Elle avait celui-là comme mari et elle savait qu'elle n'en aurait pas de meilleur. Et puis, à force de lire Maria Kwoll et Sonia Velazquez, elle avait tendance à détester les mâles, et celui-là ne l'importunait pas.

• À présent, juchée sur le dos de Kronauer, serrée contre lui, Samiya Schmidt se laissait transporter vers le village. Elle avait les bras passés autour de son cou et elle repliait les jambes au-dessus de ses hanches. Kronauer la maintenait tant bien que mal. Tantôt il lui agrippait les chevilles, tantôt il lui emprisonnait les mollets en croisant les bras. Samiya Schmidt avait d'abord exprimé des réticences à l'idée d'être en contact étroit avec cet inconnu, elle ne souhaitait nullement se plaquer contre lui et l'enlacer. Au début du parcours, elle s'était levée en refusant son aide et, quand ils s'étaient mis en marche, elle avait essayé de rester debout à sa hauteur. Les cent premiers mètres avaient été une épreuve. Elle chancelait et, pour ne pas tomber, elle se rattrapait sans arrêt à Kronauer. Puis elle s'était effondrée et il l'avait convaincue de se hisser derrière lui, sur lui.

Pour Kronauer, même s'il s'agissait d'une femme petite qui ne pesait guère plus qu'une enfant, elle représentait un fardeau difficile à porter. Les effets réparateurs de l'eau fraîche diminuaient un peu plus à chaque pas et son organisme était affaibli par le jeûne. Il n'avait pas mangé depuis des jours. Après un pénible demi-kilomètre il perdit son rythme et il se mit à tituber sous la charge. Il respirait avec bruit. Des gouttes de sueur lui couraient sur le front et sous les aisselles.

– Arrête, rauqua soudain Samiya Schmidt. On ira pas loin comme ça. Jamais on atteindra le Levanidovo.

– Tu m'avais dit que la distance était pas grande, s'obstina Kronauer.

– On va avoir la vieille forêt à traverser, rappela Samiya Schmidt.

Il la laissa glisser à terre. Elle se tint debout en oscillant à côté de lui, puis elle fut prise de nausées et elle alla s'appuyer contre un mélèze pour vomir. Kronauer la regarda hoqueter. Il sentait sur son visage la sueur sourdre puis rouler en grosses larmes. Il avisa un affleurement de pierre et il s'éloigna de cinq ou six pas pour s'asseoir dessus.

J'arriverai pas à me relever, pensa-t-il. J'ai plus aucune force. On va crever tous les deux dans les bois, cette fille à moitié mourante et moi.

Samiya Schmidt passa une minute courbée en deux, puis elle se redressa et s'approcha de Kronauer en chaloupant. Puis elle s'assit à son tour, à l'autre extrémité de l'affleurement. Tous deux avaient du mal à retrouver leur souffle.

– Ça ira mieux plus tard, dit-elle en indiquant clairement qu'elle parlait d'elle-même. Faut attendre que ça passe.

– Qu'est-ce que tu as ? demanda Kronauer.

– Ça va passer, répéta-t-elle avec difficulté. Mais faut attendre.

Elle était assise à trois mètres de lui. Elle se tourna vers lui et, furtivement, elle explora ses yeux. Dans les iris gris-bleu de Kronauer, il n'y avait pas trace d'ignominie. Il avait touché ses jambes, son corps s'était démené tandis que ses seins frottaient et s'écrasaient sur ses omoplates, il avait haleté en la tenant contre lui. Or maintenant il la regardait calmement, avec surtout de la fraternité et de la tristesse. Il ne ressemblait pas à un de ces mâles tiraillés par la frénésie sexuelle, prêts à grogner, à brutaliser et à arroser de sperme tout ce qui était féminin et à leur portée, tels que les décrivait Maria Kwoll dans ses proses féministes. Elle n'avait jamais rencontré ce type d'hommes au village, où tous les habitants, à l'exception de Solovieï, balançaient en permanence entre le coma et une indicible fatigue mentale et physique, mais elle savait qu'ils existaient et qu'on pouvait en croiser à tout bout de champ, et pas seulement dans les fictions incendiaires de Maria Kwoll ou de Sonia Velazquez. Elle connaissait en détail les cochonneries dont ils étaient capables. Maria Kwoll était assez crue pour les exposer sans frémir dans ses nombreuses proses vociférantes. Ce soldat n'avait pas du tout l'aspect d'un mâle en rut, mais va savoir.

L'image d'un viol la submergea.

– Songe pas une seconde à me faire du mal, ne put-elle s'empêcher de dire. Le président du kolkhoze est pas du genre à pardonner ça. Je suis sa fille, je te rappelle. C'est pas un petit président de kolkhoze de rien du tout. Il serait à tes trousses pendant au moins mille huit cent treize années lunaires et quelques. J'aime mieux te prévenir avant que tu imagines des saloperies.

Kronauer haussa les épaules. Cette fille était dérangée. S'il s'en était aperçu plus tôt, il aurait tenté de rejoindre le Levanidovo par ses propres moyens sans faire appel à elle pour le guider. Jusqu'ici, elle n'avait été d'aucune aide, et, au contraire, elle n'avait fait que compliquer et ralentir sa marche. Et si je l'abandonnais ? pensa-t-il. Puis il se reprit. Trop tard, Kronauer, que ça te plaise ou non maintenant tu es en charge de cette fille. Elle va pas bien dans sa tête, mais tu as commencé à t'occuper d'elle, alors continue. Tu as quand même pas perdu toute morale. Et à supposer que tu te lèves et que tu partes sans te retourner pour voir si elle te suit ou non, comment que tu expliqueras aux kolkhoziens que tu as laissé derrière toi, couchée par terre, la fille de leur président ?

– Parle-moi de ton père, proposa Kronauer.

– J'ai rien à te dire sur mon père, se rebiffa Samiya Schmidt. Le moins que tu le verras, le mieux que ça sera pour toi.

Sur ce, le dialogue prit fin.

Après s'être reposés une petite heure, ils repartirent. Kronauer avait l'impression d'avoir récupéré un peu d'énergie. Il proposa à la fille de grimper de nouveau sur son dos et elle accepta sans un mot.

• La vieille forêt.

Maintenant l'image se fait plus sombre.

Pas une découpure de ciel au-dessus des têtes. Seules des branches noires. Des couches opaques de branches noires. Un tissu épais, lourd et immobile.

Kronauer porte sur son dos Samiya Schmidt.

Des odeurs fortes.

Résine, sphaignes pourries, bois en décomposition, gaz des marais. Bouffées puantes issues des couches profondes de la terre. Senteurs des écorces, des viscosités stagnant sous les écorces, remugles de larves. Champignons. Souches humides. Monstrueuses accumulations de polypores, de langues-de-bœuf, de clavaires géantes, d'hydnes rameux. Larmes fétides sur les bords des tramètes.

Un silence intense que rien ne brise.

Le bruit irrégulier des pas de Kronauer, et le silence qu'aussitôt rien ne brise.

Des branchettes qui craquent sous ses bottes. Parfois, sous l'herbe et les fougères, le bruit de succion de la boue. Ensuite, de nouveau, le silence que rien ne trouble.

Le souffle de Samiya Schmidt dans le cou de Kronauer, derrière son oreille. Le halètement de Samiya Schmidt dans les cheveux de Kronauer qui empestent l'errance, le suint, la poussière.

Le balancement des bouteilles, des besaces, qui de temps en temps viennent heurter les mollets de Samiya Schmidt, les coudes de Kronauer.

Des troncs enchevêtrés, obliques, le plus souvent drapés dans de longues cascades de cheveux de sorcière. Des barricades mystérieuses couvertes de mousses. Des obstacles qu'on préfère contourner, parfois sur une centaine de mètres, au risque de s'enfoncer jusqu'aux chevilles dans des flaques d'eau sombre, dans des cuvettes remplies de glaise.

La couleur de ces mousses, un vert presque noir sans nuances. La désagréable texture de ces cheveux de sorcière qu'il faut repousser à tout moment avec son visage et ses épaules.

À tout moment, cette caresse froide et humide sur la figure.

À tout moment, l'impression que quelque chose de malveillant tâtonne à votre rencontre.

Aucun oiseau, aucun petit animal.

De loin en loin, des fourmilières géantes, sans agitation apparente mais peut-être habitées par des colonies noires et grouillantes.

Samiya Schmidt et Kronauer n'échangent plus la moindre parole.

La traversée est de plus en plus pénible.

L'image est de plus en plus sombre.

• La vieille forêt n'est pas un lieu terrestre comme les autres. Rien de comparable n'existe ni dans des forêts de taille moyenne, ni dans la taïga qui est sans frontières et où l'on meurt. À moins d'emprunter un chemin monstrueusement long et hasardeux, on ne peut atteindre le Levanidovo et son kolkhoze «Terminus radieux» sans la traverser. Mais la traverser signifie aussi errer sous ses arbres hostiles, avancer sans repères, en aveugle, signifie marcher avec effort au milieu de ses traquenards étranges, hors de toute durée, signifie avancer à la fois tout droit et en cercle, comme empoisonné, comme drogué, en respirant avec difficulté, comme dans un cauchemar où l'on s'entend ronfler et gémir mais où le réveil n'advient pas, signifie être oppressé sans discerner l'origine de sa peur, signifie redouter aussi bien les bruits que le silence, signifie perdre le jugement et, pour finir, ne comprendre ni les bruits ni le silence. Être au cœur de la vieille forêt signifie aussi parfois ne plus sentir sa fatigue, flotter entre vie et mort, demeurer suspendu entre apnée et halètement, entre sommeil et veille, signifie aussi s'apercevoir qu'on est un habitant bizarre de son propre corps, pas vraiment à sa place, comme un invité pas vraiment bienvenu mais qui s'incruste et qu'on supporte à défaut de pouvoir l'expulser, qu'on supporte en attendant d'avoir un prétexte pour se séparer de lui sans douceur, qu'on supporte en attendant de le chasser ou de le tuer.

La vieille forêt est un endroit qui appartient à Solovieï.

C'est l'entrée des mondes de Solovieï.

Quand on progresse dans la vieille forêt, quand on écrase sous ses bottes des branchettes perdues par les arbres, les sapins centenaires, les mélèzes noirs, quand on a le visage caressé ou battu par les mousses ruisselantes, on se trouve dans un univers intermédiaire, dans quelque chose où tout existe fortement, où rien n'est illusion, mais, en même temps, on a l'inquiétante sensation d'être prisonnier à l'intérieur d'une image, et de se déplacer dans un rêve étranger, dans un bardo où l'on est soi-même étranger, où l'on est un intrus peu sympathique, ni vivant ni mort, dans un rêve sans issue et sans durée.

Qu'on s'en rende compte ou pas, on est dans un domaine qui a Solovieï pour maître absolu. On bouge dans les ténèbres végétales, on essaie de bouger et de penser pour en sortir, mais, dans la vieille forêt, on est avant tout rêvé par Solovieï.

Et là-dedans, en résumé, on ne peut être autre chose qu'une créature de Solovieï.

• Confirmation de ce qui précède : depuis le dernier kilomètre, Kronauer était entré dans une sorte d'engourdissement hypnotique. Il avait cessé de réfléchir. Cette démission mentale s'accompagnait d'un soulagement physique. Il ne ressentait pas sa fatigue. Sur son dos, Samiya Schmidt ne pesait pas plus qu'une plume. Il foulait sans trébucher le sol marécageux, il franchissait les obstacles faits de branches pourries enchevêtrées, il escaladait les barricades des vieux troncs moussus et il en redescendait sans perdre l'équilibre. Il inspirait sans défaillir les gaz qui soufflaient depuis les eaux immobiles. Il repoussait d'un geste sûr les broussailles mouillées qui essayaient de le gifler. Il ne dérangeait pas les fourmilières plus hautes que lui, il les frôlait sans les écorner ni mettre leurs habitantes en furie ou en panique. Il ignorait toujours, d'ailleurs, si derrière leur croûte de terre et d'aiguilles des myriades d'insectes s'agitaient, ou si ces constructions étaient les vestiges d'une civilisation disparue, car à proximité jamais on ne remarquait la présence de la moindre bestiole. Il avançait comme à l'intérieur du sommeil, sans avoir vraiment conscience de son corps ni de celui de Samiya Schmidt. Il avançait ainsi et, autour de lui, la matinée s'étirait, peu lumineuse et comme dépourvue d'avenir.

Soudain, alors qu'ils s'engageaient dans une clairière couverte de fougères, un fort sifflement naquit devant eux, venu de l'endroit où les arbres reprenaient, comme surgi des touffes noires où se croisaient les basses branches. Un son qui avait ressemblé d'abord à un craillement d'oiseau de proie, et qui presque aussitôt s'était transformé en une note aiguë, de plus en plus stridente. Cette note ne subissait aucune modulation. Elle ne faisait qu'augmenter en violence. Elle vint se vriller à l'intérieur des tympans de Kronauer.

Celui-ci laissa Samiya Schmidt glisser à terre, ou plutôt il s'en débarrassa au plus vite pour se protéger les oreilles avec les mains. Il grimaçait. Il dit ou il cria quelque chose qui fut emporté.

Sur toute la surface de la clairière les fougères se balançaient, elles aussi comme essayant de se débattre contre un son qui les violentait. Le ciel n'était plus qu'un manteau gris plomb étouffant la terre. Il ne dispensait plus qu'une lumière de cave. À quelques dizaines de mètres de Kronauer, de l'autre côté de la clairière, la forêt avait pris l'allure d'une masse gigantesque, vert sombre, compactement vivante et hostile. Les arbres bougeaient, leurs cimes se croisaient et se décroisaient au-dessus de l'espace. Hautes ou basses, les branches avaient commencé à remuer avec frénésie. Aucun vent, aucune averse ne les secouait, mais elles s'agitaient. Elles balayaient l'air autour d'elles. Elles donnaient l'impression d'avoir délaissé leur nature végétale, de s'être animalisées, d'obéir à des ordres de chaos et de fureur. Certaines d'entre elles s'étaient mises à leur tour à siffler.

Là-dessus, Kronauer eut la certitude que les arbres le regardaient.

– Qu'est-ce que c'est? cria-t-il en se tournant vers Samiya Schmidt. Qu'est-ce que c'est que ça?

Samiya Schmidt avait reculé jusqu'à l'entrée de la clairière. Elle s'adossa à un tronc avant de répondre. Elle avait adopté une expression boudeuse. Ses yeux étaient obstinément dirigés vers l'extrémité de ses bottes, comme si elle ne tenait pas à voir ce qui était en train de se passer.

– C'est rien, finit-elle par dire. On est dans un rêve de Solovieï. Ça lui plaît pas que tu sois avec moi.

Kronauer s'approcha de Samiya Schmidt et il la fixa d'un air effaré. Il continuait à se boucher les oreilles et il croyait nécessaire de parler fort pour se faire entendre.

– Ça lui plaît pas que je sois avec toi ? cria-t-il.

Samiya Schmidt fit un geste d'impuissance.

– C'est mon père. Il veut pas que tu me fasses du mal, expliqua-t-elle.

L'insupportable sifflement de Solovieï se prolongeait.

Kronauer se baissait, se relevait. La douleur coulait de sa tête à son coccyx, le long de sa colonne vertébrale. La note acérée lui saccageait l'intérieur du crâne. Il essayait de moins souffrir en s'accroupissant, puis, comme cela ne l'apaisait pas, il se remettait debout. Il avait l'air d'un gymnaste en haillons saisi de démence.

– C'est rien, reprit Samiya Schmidt. Il va s'arrêter.

– C'est vraiment horrible, se plaignit Kronauer.

– Oui, c'est horrible, mais il va s'arrêter, promit Samiya Schmidt.

• Ils s'assirent côte à côte sur le sol tiède, sur des racines. Ils attendaient que le sifflement cesse. Samiya Schmidt ne se bouchait pas les oreilles. Elle avait l'air irritée, mais pas trop incommodée. C'était quand même une fille de Solovieï, elle devait avoir en elle une résistance particulière, quelque chose qu'il lui avait transmis avec ses gènes. Des défenses immunitaires contre les agressions venues de son père, sonores ou oniriques ou autres.

Dix minutes ainsi s'écoulèrent, puis le sifflement décrut, les arbres cessèrent de s'ébrouer et de gigoter avec une hargne effrayante, ils cessèrent de crier, ils cessèrent de se comporter comme un animal collectif aux dimensions invraisemblables. Kronauer déjà ne se comprimait plus les oreilles. Dans sa tête, dans son épine dorsale, la souffrance s'était instantanément évanouie. Toutefois, il avait toujours l'impression que les branches l'observaient avec hostilité, et bientôt au sifflement se substitua une voix surgie de nulle part.

Alors il prit le masque dans lequel vivait son visage de mendiant oiseau sous l'orage, de déguenillé oiseau assoiffé de tonnerre, déclamait quelqu'un avec une solennité autoritaire, méchante.

C'était une voix qui semblait transformée par de la cire, du feu, des crachotis, et qui traînait derrière elle des échos, comme si avant d'arriver au jour elle avait dû passer par des tunnels ou des tuyaux noirs. Elle était hideusement grelottante et en même temps hideusement distincte, et en réalité elle négligeait l'obstacle des tympans pour frapper au plus profond, dans des couches mal défendues de la cervelle, sous les souvenirs, là où informulés se tapissaient le malaise, la révolte animale et les peurs ancestrales.

– Et ça, qu'est-ce que c'est ? s'inquiéta de nouveau Kronauer.

– C'est des poèmes de mon père, expliqua Samiya Schmidt sans chercher à cacher son exaspération. Il va en déclamer un ou deux, et ensuite il va…

Elle hésita. Le verbe qu'elle allait utiliser avait des conno-
tations sexuelles qui lui inspiraient une immense répugnance.

– Il va quoi ? demanda Kronauer.

– Il va se retirer, compléta Samiya Schmidt d'une voix
blanche. Ensuite ce sera fini. Il va se retirer de nous et ce
sera fini.

• Il enfila la peau durcie de ce masque qui empestait l'huile
noire et les restes de feu, et, tandis que les éclairs tombaient
lentement sur la tourbe et les cendres autour de lui, il commença
à mendier du tonnerre, et, comme aucun bruit ne faisait l'effort
d'ébranler l'espace, il se baissa dans une attitude de feinte humilité
et il fouilla pendant une heure ou deux parmi les feuilles et
la terre mouillée d'eau saumâtre et de vin de foudre, il remua
l'humus dont les germes avaient été brûlés à l'électricité terrible,
et, quand il eut ainsi longuement fouillé la terre très-basse et ses
mucosités charogneuses, il se redressa et rouvrit les yeux, du
moins ceux qu'il avait fermés pour mimer la non-insolence. Rien
n'avait changé, sinon peut-être les parois de l'espace qui s'étaient
resserrées. Comme auparavant, l'obscurité était traversée de
foudre, mais celle-ci éclairait de moins en moins le paysage. Il
continua à mendier dans le silence. Il se déplaçait peu et en rond,
comptant ses pas par paquets de quatre ou de mille trente-cinq
selon son humeur, qui était mauvaise. Ce qu'il voyait ne suscitait
en lui que de vaines colères, qu'il dissimulait de son mieux ou
qu'il s'arrangeait pour adoucir en imaginant qu'il s'était dédoublé
et que son double se promenait ailleurs, en compagnie de ses
filles ou de ses épouses de hasard, de ses épouses de combat
ou de ses amantes de la taïga. Parfois il battait des ailes, mais
les ténèbres étaient trop prononcées pour que quiconque le

remarquât, et, du reste, il avait atteint un gouffre où sa solitude n'avait plus aucun témoin. À un moment, il se mit à penser plus fort à ses filles. Il les appelait au lieu de s'adresser au tonnerre. Ni ses filles ni le tonnerre ne lui répondaient. Pour finir il s'allongea sur la fange, souffla des malédictions atroces à travers les trous de son masque et disparut.

• Aussi brutalement qu'elle avait envahi la clairière et l'âme de Kronauer, la voix cessa de résonner. Soudain la forêt retrouvait son caractère banal. Quoique toujours sombre et épaisse, elle n'avait plus rien de fantastique, plus rien de magique, plus rien de terrorisant. Les arbres n'étaient plus dotés de regard ni de paroles. Solovieï avait quitté l'image.

Kronauer poussa un soupir. Même si cette déclamation ne s'était pas accompagnée de douleur, il l'avait reçue comme une intrusion ignoble. Le contenu du discours, fondamentalement hermétique, ne l'avait pas touché ni inquiété, bien qu'il eût deviné, en deçà des phrases, en amont, une pensée malveillante, une férocité égoïste et sans loi. Mais la manière de faire passer ce discours l'avait répugné. Il avait nettement senti que quelqu'un s'introduisait en lui, prenait ses aises et paradait sous sa voûte crânienne sans le moins du monde respecter son intimité. C'était à la fois psychique et physique. Celui qui parlait le violait. Celui qui disait le poème l'avait violé puis s'était retiré. Kronauer n'avait pas su comment se défendre contre cet outrage, comment interrompre l'agression, et, à présent, il s'en voulait. Sa passivité le dérangeait affreusement, et d'une certaine façon, il se sentait à la fois coupable et souillé.

– Voilà, dit Samiya Schmidt. C'est fini. Pour cette fois, c'est fini.

Elle était maintenant adossée à la base d'un mélèze, et, la tête en arrière, elle fermait les yeux pour parler d'une voix mourante.

Kronauer vérifia qu'elle ne l'observait pas entre ses cils et il se détourna. Il préférait qu'elle ne remarque pas sa gêne. Il continuait à penser qu'il avait subi un outrage.

– Il fait ça souvent? demanda-t-il.

– Ça quoi? murmura Samiya Schmidt.

Kronauer haussa les épaules.

Ils restèrent silencieux tous deux, comme préoccupés avant tout de se taire et d'oublier.

– Il fait ça quand ça lui chante, finit par rauquer Samiya Schmidt. Il entre et il sort quand ça lui chante.

Ils ruminèrent là-dessus pendant plusieurs minutes, sans bouger, puis Kronauer aida Samiya Schmidt à se relever et ils se mirent à cheminer l'un à côté de l'autre. Samiya Schmidt avait assuré qu'elle pourrait faire seule les deux kilomètres qui restaient à parcourir. Elle devait se reposer souvent. Elle prenait appui sur un arbre, elle cherchait sa respiration, elle patientait en attendant que son cœur redémarre ou reprenne un rythme normal. Kronauer s'arrêtait, il se rapprochait d'elle, il se tenait prêt à intervenir pour le cas où elle défaillirait. Il profitait de ces haltes pour récupérer un peu de forces, lui aussi.

Puis la forêt s'éclaircit. Derrière les arbres il y eut le ciel. Ils marchèrent vers l'est cinq cents mètres encore. Les bois étaient aérés, le sol élastique et propre. Kronauer remarqua des touffes de sorbiers nains, des framboisiers, des digitales-de-Sibérie, et ensuite ils sortirent de la forêt et ils descendirent la route goudronnée en direction du Levanidovo et de son kolkhoze «Terminus radieux».

Un homme était occupé un peu plus bas dans un fossé. Samiya Schmidt balbutia quelque chose qui laissait entendre qu'il s'agissait de son père, puis elle se tut.

.4.

• À deux cents mètres de la première maison du village, le président du kolkhoze était accroupi dans un fossé et il cueillait des champignons. Il venait de couper la base d'un cèpe de belle taille et, sans se tourner vers les deux ombres qui avaient quitté la forêt et s'approchaient, il examina le chapeau qui était d'un magnifique brun luisant et il en huma le parfum, les yeux mi-clos, en hochant la tête d'un air approbateur. L'odeur devait être délicieuse, comme celle de tous les produits gorgés de radionucléides, mais son soupir d'aise était exagéré et sonnait faux. En réalité, il n'avait que faire de sa récolte et il ne se souciait que d'une chose : surveiller la réapparition de sa fille Samiya Schmidt. Elle s'était absentée pendant quarante-huit heures, et la voilà qui était de retour en compagnie d'un inconnu, un soldat en capote militaire trop chaude pour la saison, aux poches déchirées et pendantes, avec des bouteilles qui se balançaient sur ses hanches et, en bandoulière, deux besaces de l'armée maculées de terre et de sang. Un déserteur.

Lorsque Kronauer et Samiya Schmidt arrivèrent à sa hauteur, Solovieï fourra le champignon dans un sac en plastique et il se redressa. Il conservait à la main son couteau paysan et, plutôt que de le rengainer dans son étui, il le pointait vaguement sur Kronauer.

C'était un homme de haute stature, barbu, broussailleux, avec une grosse figure de héros irascible. Ses cheveux et sa barbe étaient restés noirs, comme s'il avait toujours la quarantaine ou la cinquantaine, alors qu'il avait à peu de chose près le même âge que la Mémé Oudgoul. Il dominait Kronauer d'une bonne tête et, en largeur, les deux hommes n'étaient pas comparables. Avec son coffre et ses épaules de lutteur de foire, son ventre dont les abdominaux débordaient, le président du kolkhoze donnait une impression d'invincibilité. Ses iris, d'une couleur fauve, cuivrée, empiétaient sur l'espace réservé au blanc de l'œil – particularité qu'on observe généralement chez les rapaces et assez souvent aussi chez les thaumaturges. On ne pouvait rencontrer un tel regard sans tout faire pour ne pas s'y noyer, et on détournait les yeux, mais alors c'était avec un sentiment de petitesse et de défaite. Ce Solovieï était habillé d'une chemise blanche sans col, serrée à la taille par une ceinture de cuir dans laquelle il avait passé une hachette. Son pantalon en toile épaisse entrait en bouffant dans d'énormes bottes de cuir noir. Pour résumer, il paraissait être issu d'un récit de Tolstoï mettant en scène des moujiks et des koulaks, à une époque préhistorique, antérieure à la première collectivisation des campagnes.

• La route descendait derrière Solovieï et, après un demi-kilomètre, elle devenait l'artère principale du village du Levanidovo. Les installations du kolkhoze et les fermes étaient reliées entre elles par des chemins de terre et elles étaient dispersées sur une surface considérable, mais une espèce de cœur existait, avec des maisons qui s'alignaient et se faisaient face. On voyait en un clin d'œil celles qui étaient en voie de délabrement et celles qui hébergeaient des villageois vivants, ou du moins capables de balayer une fois par semaine devant leur porte. Il y avait là plusieurs types de construction, un ou deux petits immeubles à un ou deux étages, des habitations en bois entourées d'une palissade, des bicoques branlantes, et, bien au centre du Levanidovo, une imposante bâtisse dont la façade était alourdie de quatre colonnes en béton, ioniques et ridicules. Elle avait autrefois abrité le soviet. Sur le fronton une hampe était fixée, qui supportait un débris de drapeau rouge. La rue principale continuait en direction d'une colline que dominait un vaste hangar. Entouré de verdure, de prés et de forêt, le Levanidovo avait toutes les apparences d'un hameau tranquille et autonome, à l'écart des directives de la capitale, des offensives impérialistes et des soubresauts de la guerre civile.

Kronauer haletait, exténué, et, en même temps qu'il luttait contre la tentation de s'évanouir, il essayait de faire front au président du kolkhoze dont l'hostilité était évidente. Solovieï était campé devant lui sans rien dire, il semblait ne pas s'intéresser à sa fille et il ne rangeait toujours pas son couteau. Kronauer n'avait pas pu soutenir son regard plus d'une seconde et il s'en voulait. Pendant un temps d'hésitation il se tourna vers l'image relativement riante du village, puis il se reprit et à nouveau il leva la tête vers Solovieï. Te laisse pas abattre, Kronauer, ce type a une dégaine de koulak, des yeux de magnétiseur, et alors ? C'est rien qu'un colosse malgracieux. Il a aucune raison de te chercher querelle à propos de sa fille. Tu as fait ce que tu devais faire, tu l'as portée, tu l'as ramenée au Levanidovo. Que tu lui paraisses ou non sympathique, il représente l'autorité locale, et il peut pas abandonner des voyageurs en détresse dans la région. C'est ça qui compte. C'est de ça qu'il va être question avec lui.

Kronauer eut la vision de ses camarades allongés dans les herbes à proximité du sovkhoze « Étoile rouge », et, esquivant le rituel des politesses, et donc sans se donner la peine de saluer son interlocuteur ni d'attendre que celui-ci lui souhaite la bienvenue, il alla droit au but.

– J'ai laissé derrière moi un homme et une femme. Pas loin de la voie ferrée, en face d'un sovkhoze. Ils ont rien bu et rien mangé depuis des jours. On a besoin de votre assistance. Il faut de l'eau, des vivres. C'est urgent.

Sans un mot ni à son père ni à lui, Samiya Schmidt choisit ce moment pour les quitter. Kronauer en conçut aussitôt de l'amertume. Elle aurait quand même pu intervenir, relater à Solovieï leur marche pénible, décrire le dévouement de Kronauer et ainsi peut-être adoucir les angles entre les deux hommes. Mais déjà elle s'éloignait. Déjà elle cheminait d'un pas mal assuré en direction du centre du village. De dos, avec ses nattes mal tressées, sa tenue paramilitaire et sa manière indolente d'avancer, elle ressemblait à une jeune lettrée de la révolution culturelle chinoise, rentrant à son unité agricole et pas très en forme après cinq ou six ans de contact avec la dure réalité campagnarde.

Solovieï se renfrogna. Il remettait son couteau dans son étui, derrière son dos.

– Moi non plus, j'ai rien mangé depuis une semaine, ajouta Kronauer.

– Dis donc, soldat, demanda soudain Solovieï. Tu es vivant ?

– Ben oui, dit Kronauer.

– Alors, de quoi que tu te plains ? fit Solovieï. Être vivant, c'est pas donné à tout le monde.

Ils parlaient à présent sans se regarder, comme deux personnes qui se détestent mais qui, parce qu'elles attendent l'obscurité et l'absence de témoins, ont résolu de ne pas en découdre immédiatement.

• Solovieï fixa les yeux sur sa fille qui entrait dans la rue principale. Elle n'allait pas droit, son allure était lente. Elle avait l'air groggy.

– Samiya Schmidt a l'air groggy, fit remarquer Solovieï.

– Elle est malade, dit Kronauer.

– Ah, tu es docteur ? gronda Solovieï en fronçant les sourcils. J'avais pas compris ça.

Kronauer haussa les épaules et recula d'un pas pour préserver son équilibre. Cette conversation lui ôtait ses dernières forces. Derrière ses yeux, la rotation terrestre commençait à être de plus en plus perceptible. Des points scintillants tourbillonnaient sous son crâne. Il sut qu'il allait perdre conscience.

– Si jamais tu as fait du mal à Samiya Schmidt, prévint Solovieï, je donne pas cher de tes os.

Kronauer voulut formuler une objection. Il releva la tête vers le président du kolkhoze. Solovieï se dressait à contre-ciel, il paraissait auréolé de lumière brillante. Des étoiles de fatigue éclataient comme des bulles sous la conscience de Kronauer, elles éclaboussaient l'image que recevaient ses rétines, elles fusaient autour des cheveux de Solovieï. Sans s'arrêter sur

un point particulier, Kronauer vit la silhouette de Solovieï
basculer en avant, s'approcher, s'éloigner, tanguer. Solovieï
était énorme et maintenant il occupait une bonne partie
de l'univers visible. Il avait l'air de flotter colossalement
sur un fond de nuages et de météores. De temps en temps,
il posait sa main sur le haut de sa hache, comme s'il était
en train de définir l'instant où il la sortirait de sa ceinture
pour fracasser le crâne du soldat qui se tenait en face de lui.
De temps en temps aussi, il ouvrait la bouche pour dire des
mots que Kronauer n'entendait plus. On voyait ses dents
et on avait l'impression que, derrière, au lieu d'une langue,
il y avait des flammes.

Puis l'image se simplifia. Les flammes l'avaient envahie,
elles se contractèrent, elles avaient commencé à se rassembler
en son centre. Rapidement, tout ce qui existait en dehors
d'elles noircit et s'enténébra.

On ne voyait plus que cette tache vermillon intense, et,
tout autour, le vide gagnait.

Il y eut cela pendant cinq ou six secondes.

Et ensuite le noir se renforça, le rouge s'affadit, et il n'y
eut plus rien.

• Plus tard, des heures plus tard, Kronauer sort de son
évanouissement. Il a d'abord la vision d'un plafond qui a
été récemment chaulé, un plafond impeccable, sans craque-
lures ni toiles d'araignées. La pièce dans laquelle il se trouve
est peinte en blanc. La porte, les murs, l'encadrement de la
double fenêtre, tout est neige ou ivoire très clair. Sous un tel
déluge de blancheur, Kronauer a du mal à ouvrir les yeux.
Ses rétines souffrent en se réadaptant au jour.

On l'a couché sur un matelas sans lui avoir ôté ses vêtements. Comme il se hausse sur un coude pour regarder autour de lui, il reçoit soudain en pleines muqueuses la puanteur des guenilles qui lui collent à la peau. Des odeurs de guerre perdue, de nuits passées à même la terre humide, et là-dessus fleurit l'âcreté de la crasse maintes fois diluée de sueur et maintes fois réépaissie. On ne lui a pas retiré ses bottes boueuses et il est là, saugrenu et punais dans cet intérieur monacal.

Il pivote, pose ses pieds par terre et se dresse en se cramponnant à la tête du lit. La chambre aussitôt penche d'abord d'un côté, puis d'un autre. Sous ses jambes, le parquet de sapin est fuyant. Il se rassied avec lourdeur, puis il maudit sa faiblesse.

Déjà que tu pues comme un sanglier, tu vas longtemps continuer comme ça à jouer les gringalets? Me dis pas que tu recommences avec tes étourdissements de fillette! Va jusqu'à la fenêtre et ouvre-la, Kronauer! Qu'au moins une partie de ta pestilence soit évacuée hors de la pièce!

Il se remet debout et il marche en direction de la double fenêtre. Au-delà des vitres il voit la colonnade du soviet, quelques façades en bois, le ciel gris-bleu au-dessus de la rue principale du Levanidovo. Le sol dérive sous lui, le plancher craque. Il avance la main vers la poignée de la crémone de la fenêtre intérieure. Il se met à batailler vainement avec le mécanisme. Quelque chose le bloque. Il se penche sur la crémone, il constate qu'il faudrait avoir une clé carrée pour la déverrouiller. La fenêtre extérieure n'a pas de poignée, et ce qu'il a pris d'abord pour un voile de tulle est en réalité un fin grillage. Ben ils m'ont mis en prison, ou quoi? s'interroge-t-il.

La chambre ondule. En dehors du lit et d'une chaise, elle est vide.

Il trébuche et il se rattrape au mur. Il est parcouru de pensées imprécises.

Qu'est-ce que c'est que ça, une cellule ? Depuis quand que je suis là ? De quoi qu'ils m'accusent ? Ben c'est un kolkhoze ou une colonie pénitentiaire ?

• — Ah, il s'est réveillé, dit une voix féminine dans une pièce voisine.

Un instant plus tard, deux femmes firent jouer une clé dans la serrure et entrèrent dans la chambre en faisant à leur tour craquer les lattes qui couvraient le sol. Elles avaient à peu près la même taille et, dans l'encadrement de la porte, elles apparurent tout d'abord comme deux kolkhoziennes de l'ancien temps, vêtues pour l'automne, avec des jupes longues en laine brune et, sous des gilets à moitié boutonnés, des corsages brodés à col haut, reproduisant des motifs d'oiseaux et de fleurs pour l'une, des spirales de myosotis et des pâquerettes pour l'autre. Aucune d'elles ne portait de bijoux. Immédiatement, Kronauer les trouva belles, mais il était dans un tel état de faiblesse que son jugement resta brumeux, distancié, ne s'accompagnant d'absolument aucune divagation érotique.

Elles étaient nettement plus grandes que leur petite sœur, plus féminines, aussi. À côté de ces deux-là, Samiya Schmidt aurait eu l'air d'une gamine. Avec toutes trois Soloviei comme géniteur, mais des mères différentes et inconnues, elles ne se ressemblaient guère. Elles partageaient toutefois quelque chose qui était dû à l'attirance de leur père pour les femmes de Sibérie, que celles-ci fussent originaires d'Asie centrale ou d'Extrême-Orient. Leurs mères leur avaient transmis la grâce, les pommettes, les admirables sourcils courbes, les paupières étirées qu'elles avaient eus au moment où Solovieï les avait séduites ou violées. Samiya Schmidt avait une physionomie de fille chinoise mignonne mais fermée, un teint clair, des traits han assez passe-partout, mais il est vrai que Kronauer l'avait vue sous un jour défavorable, dans la pénombre de la forêt, au point qu'il l'avait confondue avec un cadavre, au début. La deuxième, Myriam Oumarik, avait des traits fortement altaïques, des pommettes charnues, des yeux étroits, une bouche et des paupières épaisses, un grand visage délicieusement ovale. Sa peau avait une teinte cuivrée, amérindienne, presque orange sous la lumière blanche de la pièce. Sa proximité physique avec Samiya Schmidt était à peu près nulle, en aucun cas on n'aurait pu la prendre pour une Chinoise. Autant Samiya Schmidt avait paru physiquement méfiante, timide, voire inhibée, autant Myriam Oumarik semblait resplendissante, avec de longs cheveux libres, très bruns, qui lui descendaient jusque sous la poitrine, et, même si elle conservait un dos très droit en marchant, elle avait une manière sensuelle de bouger les jambes, les hanches. Ses yeux pétillaient. Elle avait conscience que ses remuements pouvaient troubler les hommes, et en premier lieu Kronauer, mais cela ne la gênait pas le moins du monde.

Quant à Hannko Vogoulian, l'aînée, elle présentait une particularité qui, sans être une tare physique, provoquait de prime abord un mouvement de recul. Ses yeux n'avaient aucun blanc et ils étaient fortement dissemblables. Le gauche avait la même couleur fauve, rapace, que les iris de son père

Solovieï, le droit était une large obsidienne au milieu de laquelle on ne pouvait distinguer la pupille. Cela lui donnait un regard de mutante bizarre. Pourtant, cela mis à part, l'ensemble de sa personne possédait une grande perfection asiatique. Son visage était moins foncé que celui de Myriam Oumarik, avec des paupières plus fines, une bouche moins pulpeuse, des yeux dont le tracé obliquait à peine vers le dessus des tempes. Elle avait la stature élégante et la peau mate d'une princesse iakoute, et, visiblement, elle en avait aussi l'humeur fière, la réserve, mais c'est peut-être surtout qu'elle connaissait l'impression de gêne que ses prunelles étranges allaient produire sur Kronauer, et qu'elle préférait prendre les devants en lui signifiant qu'elle était indifférente à ses opinions. En somme, si Myriam Oumarik se fichait de son apparence de femme aguicheuse, Hannko Vogoulian se fichait d'avoir l'aspect d'une créature fantastique. Elle avait rejeté ses longs cheveux noirs derrière ses épaules et elle les avait divisés pour fabriquer une mince tresse qui lui enserrait le front et le crâne comme un diadème de fer.

• Les deux femmes s'avancèrent vers Kronauer. Celui-ci continuait à s'adosser au mur près de la fenêtre. Il luttait contre l'étourdissement tout en se demandant si ces deux paysannes superbes étaient ou non des geôlières. Elles viennent me délivrer, ou quoi? pensa-t-il. Toutefois, c'est pour exprimer sa honte qu'il prit la parole.

– Vous approchez pas, dit-il piteusement. Je suis sale et je sens pas bon. J'ai voyagé pendant des semaines sans pouvoir me laver.

Elles s'arrêtèrent quand elles furent à quatre ou cinq pas de lui.

– Ben pas la peine de nous le dire, remarqua Myriam Oumarik. C'est nous qui t'avons transporté et couché ici hier après-midi.

Elle donnait l'impression de se balancer. Sous sa robe, son ventre bougeait. Elle eut un sourire ironique.

Si Kronauer avait été moins affaibli, il se serait mis à rougir. Le sang cherchait à affluer à ses joues.

– J'aimerais bien prendre une douche ou me nettoyer quelque part, fit-il.

– On va te montrer le chemin de la salle d'eau, reprit Myriam Oumarik.

– Bon, dit Kronauer. Parce que je sens vraiment pas bon.

– Te fais pas de souci, soldat, intervint Hannko Vogoulian. On est pas des délicates. Ici on est dans un kolkhoze. Les odeurs de bétail nous font pas peur. Quand on doit s'occuper des bêtes, on est bien obligées de s'y coller.

Elle conservait une expression impavide et elle regardait Kronauer avec ses deux yeux différents et dépourvus de blanc, l'un doré, l'autre noir. Kronauer se détourna. Il n'avait aucune habitude de ce regard et il n'arrivait pas à décider s'il était attirant, magnifique ou monstrueux.

– Ben c'est vrai, ça, on est pas des délicates, enchérit Myriam Oumarik.

– On m'avait dit qu'après un accident nucléaire le bétail pouvait plus se reproduire, fit remarquer Kronauer. Qu'il disparaissait assez vite. Alors vous, vous avez encore des animaux ?

– Ben c'est vrai qu'il y a plus les troupeaux d'autrefois, dit Hannko Vogoulian. Mais quand par hasard il faut s'occuper d'une vache ou d'un mouton, on s'en occupe.

– Ou d'un cochon, ajouta Myriam Oumarik en remuant des fesses.

– T'inquiète pas, soldat, conclut Hannko Vogoulian.

Aucune des deux ne manifestait l'intention de s'apitoyer sur lui. Sans lui laisser le loisir de réfléchir avec elles aux conséquences de la radioactivité sur la population ovine, bovine, chevaline, sur la volaille, sur les cochons ou la paysannerie et plus généralement sur les survivants de la région, elles invitèrent Kronauer à aller faire sa toilette. Comme celui-ci oscillait sans réussir à se détacher du mur contre quoi il s'adossait, Myriam Oumarik alla vers lui, le saisit par la manche et le tira vers l'avant. Elle ne l'aidait pas à marcher, elle ne lui prêtait pas son bras ou son épaule afin qu'il préserve son équilibre, mais elle le guidait. En tout cas, même si elle s'écartait pour l'éviter quand il zigzaguait, elle ne marquait pas de répugnance excessive pour son odeur.

– Allez, soldat, l'exhorta-t-elle une fois ou deux. C'est juste au bout du couloir. Tu es pas malade. C'est rien qu'un peu de fatigue.

De temps en temps, Kronauer allongeait le bras pour s'appuyer sur le mur du couloir. Il avait des faiblesses dans les genoux. Hannko Vogoulian le précédait de deux pas, il avait l'impression qu'elle était trop proche et que, s'il trébuchait et tombait en avant, il l'entraînerait dans sa chute.

Elles le conduisirent jusqu'à la salle d'eau qui était fermée par une porte de fer. Elles l'ouvrirent et elles s'effacèrent pour le laisser franchir le seuil. De là où elles se trouvaient, encore dans le couloir, elles lui indiquèrent une corbeille dans laquelle elles avaient mis une épaisse serviette-éponge et des vêtements pour qu'il se change. Il y avait aussi une vaste bassine en zinc où elles lui dirent qu'il pourrait un peu plus tard laver ses hardes. Pour finir elles lui annoncèrent qu'après la douche il pourrait s'asseoir en face d'une collation, un repas léger, expliquait Hannko Vogoulian, rien d'indigeste, précisait Myriam Oumarik, pour que tu puisses récupérer physiquement avant de te remettre à manger normalement.

Kronauer sentait sur lui leurs regards sans bienveillance. Il évitait de lever les yeux sur elles. Il avait surtout pour souci de ne pas défaillir de nouveau, il ne voulait pas qu'une nouvelle fois elles soient contraintes de se pencher sur son corps inerte et puant. Le décor dérivait autour de lui – la porte de fer qui ressemblait à une porte de chaufferie, noire et lourde, les hauts murs carrelés, le sol en ciment, les lampes puissantes, toutes allumées. Il se trouvait maintenant à proximité d'une petite table et d'un banc de bois sur quoi avaient été déposés un bloc de savon, une brosse et la corbeille remplie de linge impeccablement plié.

Il dépassa la bassine en zinc puis il ôta son manteau et le laissa glisser à terre. La salle donnait une impression de démesure et de vide. Tout au fond, la paroi était couverte de céramique verte, ce qui constituait la seule fantaisie, mais, pour le reste, tout était blanc. De larges taches de moisissures salissaient le plafond. Huit pommes de douche surgissaient du mur de gauche, avec en dessous des vannes peintes en rouge. Elles étaient suffisamment espacées pour permettre à chacun de se débarbouiller sans gêner son voisin, mais il n'y avait aucune séparation entre elles.

Myriam Oumarik vit l'interrogation muette de Kronauer.

– C'étaient les douches de la maison d'arrêt, expliqua-t-elle. On a eu des prisonniers, à une époque.

Soudain, les filles devinrent bavardes. Elles voulaient parler avec Kronauer avant sa douche, soit pour le mettre au courant des affaires du kolkhoze, soit peut-être pour se moquer de lui, ou en tout cas insister sur son insignifiance par rapport à elles.

– Suite à une tentative de rekoulakisation, dit Hannko Vogoulian, il y a longtemps. Nous, on était pas nées. C'était avant que le kolkhoze soit rebaptisé « Terminus radieux ». Si les Organes étaient pas intervenus, c'était à coup sûr le retour du capitalisme et de toutes les saloperies qui vont avec. Ça a fonctionné deux ou trois ans comme centre de rééducation. Ensuite, Soloviei est devenu président et ça a fermé.

Myriam Oumarik enchaîna.

– Pendant l'accident, on l'a rouvert, dit-elle. On avait besoin d'un local pour entasser les irradiés en attendant que l'entrepôt de la Mémé Oudgoul soit opérationnel.

– On en trouvait dans tous les coins, des irradiés, compléta Hannko Vogoulian. Fallait bien qu'on les emmagasine quelque part.

Le jacassage des deux filles résonnait dans la salle d'eau. Il donnait le tournis à Kronauer qui n'avait pas besoin de cette avalanche de paroles pour se sentir mal.

– On continue à appeler ça la maison d'arrêt, dit Myriam Oumarik en se déhanchant, mais aujourd'hui on l'utilise plutôt comme maison commune. Il y a personne qui y habite vraiment. Des fois Soloviei vient y prendre une douche, quand celle du soviet est bouchée.

Kronauer profita d'une pause pour demander quelque chose qui lui tenait à cœur.

– Et moi, je suis prisonnier ? se renseigna-t-il.

– Prisonnier, non, mais tu es sous la surveillance de Solovieï, dit Myriam Oumarik.

– Ça veut dire quoi, sous sa surveillance ?

– Boh, ça veut pas dire grand-chose, précisa Hannko Vogoulian. Il a sur toi un droit de vie ou de mort, ça va pas plus loin.

Myriam Oumarik leva un bras et s'appuya sur le chambranle de la porte. Le geste tendit son corsage et mit en évidence son opulente poitrine.

– Tu es que sous surveillance, soldat, ajouta-t-elle. Tu es pas en prison.

– La fenêtre de la chambre s'ouvre pas. La porte est fermée à clé.

– Attention, l'eau est parfois presque bouillante, prévint Hannko Vogoulian sans répondre. Il faut ouvrir la vanne d'eau froide jusqu'à ce qu'elle se bloque. S'il y a quelque chose dont on manque pas, dans ce kolkhoze, c'est d'eau chaude.

– À cause de la pile, précisa Myriam Oumarik.

• Quand elles eurent tiré la porte derrière elles, Kronauer se déshabilla et s'installa sous les canalisations. Il avait choisi de se placer sous la cinquième douche, au milieu du local. Il avait appliqué le conseil de Hannko Vogoulian, d'abord ouvrir à fond la vanne d'arrivée froide, et l'eau, bien que très chaude, ne l'ébouillantait pas. Elle avait une forte odeur de pierraille, avec un arrière-goût de quelque chose qui devait être de l'iode ou du césium.

Les cheveux ras de Kronauer et son crâne semblaient imprégnés d'une sorte de graisse qu'il n'arrivait pas à faire disparaître. Son buste et ses membres étaient immondes. Le bas de son ventre perdait difficilement une espèce de suif excrémentiel qui s'y était incrusté. Comme il se frottait avec énergie, il sentit que des poils étaient emportés par ses mains, par le jet. Devenir chauve et imberbe lui était égal. Il savait que ce serait le prix minimum à payer pour avoir séjourné dans des zones nucléaires interdites et pour ne pas avoir évité plusieurs installations en naufrage, les toutes dernières étant celle du sovkhoze « Étoile rouge » et celle du Levanidovo.

La puanteur animale continuait à flotter autour de lui en dépit d'un récurage qu'il avait cru méticuleux. Rétrospectivement, le dégoût de lui-même l'accabla. Il pensait aux femmes qui avaient été en contact avec lui après qu'il s'était évanoui, Myriam Oumarik, Hannko Vogoulian. Elles avaient forcément éprouvé de la répulsion quand elles l'avaient manipulé pour le coucher dans sa cellule. Il pensait aussi à celles qui, plus tôt, avaient dû appuyer leur tête contre lui, d'abord Vassilissa Marachvili au cours de leur errance dans la steppe, et ensuite Samiya Schmidt pendant qu'ils traversaient tous deux la forêt. Quand elle ballait sur son dos comme une agonisante.

Il se savonna encore une fois et se renettoya, et, quand ce qui ruisselait en direction de la grille d'évacuation eut le caractère d'une eau simplement mousseuse et non grisâtre, il resta encore un long moment sous cette pluie battante. Il se sentait revivre. De nouvelles forces lui étaient transmises par l'eau, par la vapeur, par le savon. Et sans doute aussi par l'iode et le plutonium qui lui gouttaient dessus, comme dans les bylines l'eau morte et l'eau vive que les enchanteresses faisaient couler sur les morts pour les sortir de leur sommeil fatal.

Puis il ferma les vannes et il alla se sécher près du banc. Par terre, son manteau et ses oripeaux formaient un tas épouvantable. Il repoussa cela sans le toucher, avec le bord de la bassine en zinc, et il s'en écarta au plus vite. Puis il s'habilla. Il enfila les sous-vêtements qui avaient été choisis par Samiya Schmidt dans l'armoire de son mari le tractoriste Morgovian, et ensuite il passa une chemise de l'ingénieur Bargouzine. Le pantalon neuf et les bottes neuves avaient été récupérés dans le dépôt de la Mémé Oudgoul. Bien entendu, il y avait là de quoi affoler un détecteur de rayonnements ionisants. Kronauer n'avait aucun moyen de s'en rendre compte, mais, même si on lui avait signalé qu'il s'introduisait dans des tissus qui lui assuraient le cercueil à brève échéance, il aurait objecté que non, pas du tout et même au contraire, les radiations m'ont toujours remis merveilleusement en forme. Il aurait peut-être ajouté que les nuisances des fuites atomiques étaient grandement exagérées par la propagande ennemie, et que ce qui lui importait en ce moment était que ses pieds rentrent bien dans ses nouvelles chaussures.

Et qu'il se sente à l'aise dans sa nouvelle chemise. Or il s'y sentait à l'aise. Ces femmes avaient l'œil. Tout était exactement à sa taille.

• Trois femmes. Les trois seules femmes du village, si on met à part la Mémé Oudgoul.

Trois sœurs.

Trois filles ayant Solovieï comme père putatif, nées comme on l'a déjà dit de mères inconnues.

Samiya Schmidt, la plus jeune, mariée au tractoriste Morgovian.

Myriam Oumarik, la deuxième fille, mariée à l'ingénieur Bargouzine.

Hannko Vogoulian, l'aînée des trois, présumée veuve, mariée au musicien errant Schulhoff, un déporté en fuite qui n'avait pas passé plus d'une semaine au Levanidovo, et ensuite avait disparu, heureusement sans l'avoir mise enceinte.

• Hannko Vogoulian n'avait connu que trois jours de mariage, après un coup de foudre partagé qui avait conduit à une union précipitée et manifestement très amoureuse entre elle et Schulhoff.

Aldolaï Schulhoff était apparu au village un lundi et, le jeudi, sur le registre matrimonial du soviet dépoussiéré pour l'occasion, les deux jeunes gens avaient signé leur engagement à vivre ensemble quoi qu'il arrive jusqu'à leur mort. Solovieï, en tant que président du kolkhoze, avait bien été obligé d'apposer sa marque au bas de la page, mais c'était après avoir tenté pendant les quarante-huit heures précédentes de dissuader sa fille, et, en résumé, il avait manifesté un violent désaccord. Il avait menacé de s'opposer par tous les moyens à cette union, mais celle-ci avait bel et bien été scellée par un acte officiel et, une fois le registre remisé dans l'armoire adéquate, il avait dû se faire une raison et consi-dérer qu'il avait un nouveau gendre. Toutefois le mariage n'avait duré que jusqu'au dimanche suivant, jour où les recherches entreprises pour retrouver Schulhoff n'avaient rien donné. Dès le samedi soir, en effet, Schulhoff s'était volatilisé sans abandonner derrière lui explications ni traces. Hannko Vogoulian avait exigé l'organisation de battues ainsi que l'utilisation des haut-parleurs de la rue principale, afin que les appels déchirent l'ensemble de la campagne attenante, et le Levanidovo avait été pris de fébrilité tout le dimanche jusqu'à la nuit, mais Schulhoff n'avait pas reparu. Il avait en quelque sorte cessé d'exister au village et, dans la vie de Hannko Vogoulian, du moins dans sa vie non imaginaire, il n'était plus.

Sans ménager sa peine, Solovieï avait participé aux recherches comme chef de brigade, mais il n'avait pas eu le front de se montrer affligé par le veuvage soudain de sa fille. Il avait déclaré que la page du mariage de Hannko Vogoulian était tournée et ensuite, lorsqu'il était question de la disparition de Schulhoff, quand quelqu'un revenait sur ce mystère, il levait les yeux au ciel et prétendait n'avoir rien à en dire de spécial, alors que pourtant plusieurs kolkhoziens et ses filles le soupçonnaient d'avoir joué là-dedans un rôle décisif.

En dépit de la brièveté de son séjour au kolkhoze « Terminus radieux », Schulhoff avait laissé un souvenir durable, et pas seulement chez Hannko Vogoulian.

C'était un chanteur itinérant, de belle prestance, très brun, avec une voix splendide qu'il avait travaillée depuis son enfance, et qui lui permettait de passer instantanément des sons les plus graves aux harmoniques inhumaines des chants diphoniques. Il maîtrisait plusieurs langues, le beltir, le kaybal, le kizil, le katch, l'américain ancien, le russe des camps, l'oltcha, le khalka, et, selon son public, il choisissait un dialecte ou un autre, adaptant également ses histoires pour que ses auditeurs et ses auditrices y retrouvent des héros familiers à leur sensibilité et à leur culture. Il possédait des livres dans son bagage et tout indiquait qu'il était plein de douceur, intelligent et sensible. Hannko Vogoulian n'avait pas eu besoin de plus d'une minute pour tomber sous son charme et décider qu'il serait l'homme de sa vie. Ç'avait depuis toujours été une fille réfléchie, mais, là, elle s'était laissée aller complètement à son instinct et à ses pulsions et, dès la première nuit, elle était allée le rejoindre à la Maison des pionniers où il était hébergé et elle s'était donnée à lui. Elle s'était offerte à Aldolaï Schulhoff. Et lui, qui de son côté l'avait trouvée séduisante et ne tarissait ni d'éloges ni d'adjectifs sur la magnificence de ses yeux vairons, avait plongé avec bonheur dans cette passion soudaine. Peut-être lassé d'une errance qui le menait sans fin d'une extrémité à l'autre du pays, il avait aussitôt envisagé de s'établir pour de bon à «Terminus radieux». Parmi les délicieux murmures qu'ils avaient nocturnement échangés, il y avait eu des serments et l'immédiate perspective d'un mariage en bonne et due forme. Ce qu'en dépit de la mauvaise humeur de Solovieï ils avaient concrétisé trois jours plus tard dans la Salle des actes du soviet, avec le manchot Abazaïev, Myriam Oumarik et Samiya Schmidt pour témoins.

Le samedi soir, en hommage aux kolkhoziens qui l'avaient accueilli parmi eux, il avait sorti son attirail de rhapsode et il avait chanté la célèbre et longue byline qui mettait en scène, en prose poétique et en musique, Ilia Mouromietz et le Rossignol brigand. En réalité, il interprétait une légende bouriate, mais, comme son public était majoritairement tourné vers la mémoire collective russe, il l'avait avec une grande habileté refaçonnée afin qu'elle reprît les éléments communs à la geste héroïque d'Ilia Mouromietz.

Tout le monde au Levanidovo avait trouvé sa transcription originale, son interprétation admirable. Alors qu'il n'avait pas le coffre d'une basse et paraissait plutôt maigre, il réussissait à faire jaillir hors de sa poitrine des notes vibrantes, continues et graves, qui envoûtaient immédiatement l'assistance, puis il déroulait une narration mélodieuse, tranquille, sans jamais s'interrompre, et sa voix changeait dans les dialogues, passant instantanément des tons métalliques du chant harmonique à la douceur féminine du texte lyrique, puis au grondement du chant fondamental. Les larmes coulaient sur les joues des trois filles de Solovieï, qui n'étaient pas habituées à l'émotion provoquée par le chant et par la mélodie de la cithare, par la langue fleurie de la narration épique. Le démobilisé Abazaïev lui aussi était bouleversé par la musique et passait son temps à s'essuyer les joues avec la manche vide de sa vareuse, tachée de poison contre les taupes. L'ingénieur Bargouzine n'avait pas pu supporter la tension que provoquait tant de beauté. Il était décédé une fois de plus pendant la nuit. Il avait fallu que la Mémé Oudgoul lui administre son traitement de choc à l'eau très-lourde, à l'eau très-morte et à l'eau très-vive. De son côté, Solovieï, qui avait d'abord déclaré qu'il n'assisterait pas au concert, s'était ravisé et était entré dans la salle des fêtes habillé d'une chemise bleu nuit et de bottes parfaitement cirées qu'il mettait dans les grandes occasions. Il s'était assis solennellement en face de son nouveau gendre et de bout en bout il avait paru apprécier le spectacle. Il battait la mesure de la main sur sa cuisse énorme, avec sur le visage une manifeste expression de bienveillance, alors que la veille encore il avait tenu à sa fille des discours véhéments sur le peu de valeur du jeune marié, sur son statut de barde minable, contraint pour gagner sa vie de vendre son talent et de mendier dans des endroits perdus, dans des pêcheries, sur d'obscurs chantiers de bûcheronnage.

• Ce soir-là, ce samedi soir-là, Solovieï s'était retiré sans un mot après avoir donné l'accolade à Schulhoff. Les témoins racontaient qu'il avait l'air plutôt débonnaire au moment des adieux et, en tout cas, qu'il n'avait pas sa tête des mauvais jours. Mais à partir de minuit on avait entendu, venus des sous-sols du soviet, les sifflements qu'il émettait quand il pénétrait dans ses mondes ou dans les rêves des autres. Hannko Vogoulian était rentrée chez elle après le concert pour chauffer le lit et elle avait en vain attendu que Schulhoff vienne la rejoindre. Après avoir rangé sa cithare dans une housse, Schulhoff était sorti dans la rue fumer une cigarette devant la Maison des pionniers, regarder le ciel étoilé et redescendre sur terre après des heures et des heures de voyage poétique et musical. Puis toute trace de son existence sur terre s'était perdue. On n'avait retrouvé devant la Maison des pionniers ni mégot ni briquet, et, quand plus tard elle avait été consultée sur le sujet, la Mémé Oudgoul avait ronchonné que, selon toute vraisemblance, Schulhoff avait été aspiré par un trou noir, ce qui n'avait convaincu personne sinon elle-même et Solovieï.

Quant à Solovieï, même si la plupart des habitants du Levanidovo pensaient qu'il était entré dans la chaudière du soviet, dans le cœur de la centrale alternative qui fonctionnait sans accrocs depuis l'accident de la grande centrale, même si ses filles étaient persuadées qu'il avait traversé les flammes pour gagner l'espace chamanique de la non-vie et de la non-mort, et pour depuis cette obscurité-là organiser l'enlèvement et la liquidation de Schulhoff, il avait feint d'être étonné de ce départ inexpliqué du mari de Hannko Vogoulian. Il avait déployé tous les pouvoirs de police à sa disposition au kolkhoze pour que la battue organisée dès le dimanche aboutisse à une fin heureuse, puis, dans les jours qui avaient suivi, il avait mené une enquête énergique et rigoureuse, avec des perquisitions dans des masures abandonnées du village et dans les souterrains qui sillonnaient le Levanidovo pour faciliter les déplacements pendant les mois de glace et de neige, mais ses efforts n'avaient pas été concluants et il en avait publiquement manifesté du dépit. Quand Hannko Vogoulian avait compris qu'elle était veuve, il avait paru compatir à son chagrin, et il lui avait même assuré que son mari ressusciterait un jour, qu'elle le retrouverait, et que lui-même allait initier des recherches en recourant à des procédés de divination. Il n'avait jamais laissé entendre qu'il portait la moindre responsabilité dans cette histoire. Mais, de l'opinion générale, il la portait.

• Après la douche, Kronauer remonta le couloir de la maison d'arrêt jusqu'à sa cellule, la chambre où il avait été allongé pendant son évanouissement, puis, entendant du bruit, il alla dans cette direction et se retrouva dans la cuisine, qui était très peu fournie en ustensiles et en placards et ressemblait plutôt à un petit réfectoire. Les deux sœurs l'attendaient avec du thé et une assiette de farine grillée. Elles lui dirent qu'elles avaient oublié de lui laisser dans la salle d'eau du matériel pour se faire la barbe, et qu'il y avait pour lui un rasoir et une cuvette dans un réduit, juste à côté, pour le cas où il ait encore des poils.

— Bah, ces temps-ci, ils poussent pas vite, fit-il remarquer.

Les filles minaudaient un peu, surtout Myriam Oumarik, qui caressait avec satisfaction son ample et brillante chevelure de jais.

— Ici, si tu restes, ça va encore ralentir, prédit Hannko Vogoulian.

— Je vais pas rester, objecta Kronauer.

Hannko Vogoulian haussa les épaules. Après une poignée de secondes, elle l'informa que, d'une manière générale, il était libre de ses mouvements et qu'il pouvait se promener dans le village, mais qu'il devrait passer en fin de matinée chez la Mémé Oudgoul.

— Elle souhaite voir à quoi que tu ressembles, dit Myriam Oumarik. Elle veut vérifier que tu es pas un ennemi du peuple.

— La Mémé Oudgoul, ça sera pour plus tard, dit Kronauer en s'étouffant avec une cuillère de farine grillée. Désolé, mais j'ai pas le temps de faire le tour des personnalités du kolkhoze. Mes camarades sont en train de mourir de faim et de soif près de la voie ferrée. Je dois retourner là-bas. C'est urgent.

Il n'était pas sûr d'avoir la force de repartir immédiatement. De pouvoir traverser la forêt dans l'autre sens, sans guide, avec sur le dos un sac de vivres et à la main un jerrican d'eau plein à ras bord. Mais faire autre chose, paresser ici était tout bonnement exclu. Il ne s'imaginait pas en train de traînailler dans la rue unique du village, après s'être goinfré de tsampa, pour ensuite aller faire la conversation avec une vieille femme, tandis que ses camarades agonisaient près de la voie ferrée.

— Faut que je reparte, insista-t-il.

— Solovieï est parti là-bas avec Morgovian, dit Hannko Vogoulian.

— Morgovian ?

— Le mari de Samiya Schmidt.

— Ils ont emporté ce qu'il fallait, dit Myriam Oumarik.

Elle ondulait des épaules, de la poitrine. Kronauer essayait de ne pas y faire attention, mais ces ondulations le troublaient.

— Et des médicaments pour ta femme, ajouta-t-elle.

— C'est pas ma femme, précisa Kronauer aussitôt.

Il se sentait soulagé d'un grand poids. Le sauvetage de Vassilissa Marachvili et d'Iliouchenko était en bonne voie. Solovieï s'en occupait, donc. C'était un géant bourru, tout à fait antipathique, mais il s'en occupait.

.5.

• Hannko Vogoulian conduisit Kronauer jusqu'à l'extrémité du village, à deux cents mètres tout au plus de la maison d'arrêt qu'ils venaient de quitter. Elle lui nommait les bâtiments quand ils correspondaient à quelque chose de précis : le soviet, la maison de Myriam Oumarik, la cantine, la coopérative communiste, la bibliothèque populaire, la Maison des pionniers. Quand ils furent au bout de la rue, elle s'arrêta. La rue continuait dans la campagne sous la forme d'une route qui grimpait sur la colline. Elle lui indiqua d'un mouvement du bras l'immense dépôt administré par la Mémé Oudgoul. Elle avait les bras nus, une peau très pâle qu'aucun duvet même très fin ne recouvrait. Le soleil jouait sur son oreille gauche et, par transparence, il la rosissait de façon délicieuse.

– Je t'accompagne pas, dit-elle. J'ai à faire.

Kronauer acquiesça. Comme elle était placée à côté de lui, il pouvait éviter de croiser son regard étrange.

Il fit le reste du chemin en pensant à Hannko Vogoulian plus qu'à la Mémé Oudgoul et, quand il eut franchi le seuil de l'entrepôt, il fut presque surpris de trouver la vieille femme juste en face de lui. Elle s'agitait à la base d'une montagne de ferraille, avec peu d'énergie et en répétant les mêmes gestes infructueux. En réalité, elle se donnait une contenance pour accueillir Kronauer, qu'elle avait dû repérer sur la route dès qu'il était sorti du village et à qui elle voulait montrer que l'entrepôt était un lieu où l'on ne fainéantait pas.

La Mémé Oudgoul se redressa en posant ses mains sur ses reins, mais c'était surtout pour avoir la tête sévère et avoir une attitude de défi face à Kronauer, car elle ne ressentait aucune douleur dans le dos. Renforcées par l'effet salutaire de l'exposition aux rayons gamma, ses articulations ne connaissaient toujours pas l'arthrose et ne se préparaient pas à la connaître. Avant de parler, elle examina Kronauer lentement, des pieds à la tête, d'un air soupçonneux, malaimable.

– Tu portes une chemise de Bargouzine, dit-elle à la fin de son inspection.

Elle ne cachait pas qu'elle désapprouvait ce choix.

– C'est Myriam Oumarik qui me l'a prêtée, se défendit Kronauer. J'avais plus rien à me mettre.

– Bargouzine est pas encore mort, dit la Mémé Oudgoul. Je suis bien placée pour le savoir. Quand il meurt je le passe à l'eau pour qu'il revienne. Jusqu'à maintenant il est toujours revenu. Pas la peine de l'enterrer de son vivant.

– C'est juste une chemise, se justifia Kronauer avec un regard consterné.

– Myriam Oumarik est très belle, fit remarquer la Mémé Oudgoul.

– Oui, convint Kronauer. Il y a pas de doute là-dessus.

– C'est une fille à Solovieï, dit la Mémé Oudgoul sur un ton d'avertissement. Pense pas une seconde à lui faire du mal.

– Pourquoi que je lui ferais du mal ? protesta Kronauer.

– Elle est mariée, insista la Mémé Oudgoul. Compte pas qu'elle soit infidèle à Bargouzine tant qu'il est pas mort.

– J'ai jamais compté là-dessus, s'indigna Kronauer.

– Si tu fais du mal à elle ou à ses sœurs, Solovieï te le pardonnera pas.

Kronauer haussa les épaules.

– Pendant au moins mille sept cent neuf ans que tu l'auras à tes trousses, menaça la Mémé Oudgoul. Mille sept cent neuf ans et des poussières, et c'est possible que ça soit le double.

• Un peu plus tard, après avoir fait subir à Kronauer un interrogatoire serré sur ses antécédents militaro-politiques, ses convictions et son appartenance de classe, la Mémé Oudgoul organisa pour lui une visite du dépôt. Elle lui indiqua l'emplacement du puits et sa fonction, évoqua avec une évidente sympathie la pile qui bouillottait au fond, deux kilomètres plus bas, puis elle fit avec lui le tour de plusieurs montagnes de déchets flambant neufs et, pour finir, elle revint s'asseoir sur son fauteuil, devant le lourd rideau qui marquait la limite de son domaine strictement privé.

Kronauer considéra la masse imposante des archives de Solovieï au milieu de laquelle la Mémé Oudgoul trônait. Sur une petite table il y avait un appareil pour la lecture de cylindres enregistrés, et, entre les pieds de la table, plusieurs cartons remplis de rouleaux de cire ou de bakélite.

N'étant pas invité à faire de commentaires, Kronauer resta muet.

La Mémé Oudgoul quant à elle s'était radoucie, ou du moins elle parlait en évitant de faire preuve d'agressivité. Elle avait conclu de l'interrogatoire qu'à première vue ce jeune quadragénaire se rattachait à une catégorie de soldats rouges non suspects d'apostasie ou de traîtrise. Elle avait discuté avec lui des derniers territoires égalitaristes de l'Orbise et de leur effondrement, et le parcours politique de Kronauer lui avait plu. Elle savait, bien entendu, que pour avoir pleinement confiance en lui il aurait fallu des mois d'enquête et de réclusion, accompagnées de multiples autobiographies écrites pendant des moments de privation de sommeil, mais, pour l'instant, elle ne voyait pas de raison de s'en prendre à lui. Il avait dû lui raconter en détail l'épisode de la retraite, quand ses camarades et lui avaient fusillé un officier pris de démence. C'était là une zone d'ombre, un comportement typique d'aventurier, sensible aux pulsions anarchistes plus qu'à l'intelligence bolchevique. D'un côté, elle l'approuvait de ne pas s'être laissé entraîner dans une entreprise suicidaire, et d'un autre elle se demandait si faire feu sur un supérieur n'était pas, au bout du compte, un acte exagérément gauchiste.

• Elle fit un geste de la tête pour montrer les papiers et les boîtes de rouleaux.

– Tu vois, tout ça, dit-elle. Solovieï appelle ça ses œuvres complètes. Il plaisante, mais je vois bien qu'il y tient. Parfois aussi il dit que c'est un trésor, le seul exemple au monde de poésie post-chamanique. Eh bien en fait ça ressemble à rien, et politiquement c'est plus nauséabond et subversif qu'autre chose. Ça s'adresse à aucun public. C'est des œuvres complètes pour aucun public.

Kronauer hochait la tête d'un air faussement intéressé. Tout ce qui concernait Solovieï avait plutôt tendance à l'irriter, ces mentions incessantes, pleines d'ambiguïtés et de menaces, comme si le territoire et les habitants du kolkhoze étaient magiquement soumis à leur président. Par ailleurs, il ne croyait pas à la complicité que la Mémé Oudgoul semblait établir avec lui aux dépens des prétentions littéraires de Solovieï. Cette complicité n'avait aucune raison de naître entre eux en ce moment. La Mémé Oudgoul n'était pas gâteuse et, si elle donnait un tel tour à la conversation, ce devait être pour l'entraîner à dire du mal de Solovieï. Ce devait être un piège de vieillarde dans lequel il n'avait pas l'intention de tomber. Quant aux prouesses poétiques de Solovieï, il se rappelait en avoir eu un exemple tout à fait insupportable dans la forêt, avant son arrivée au Levanidovo, tout à fait insupportable et humiliant, et il ne comptait pas partager le souvenir de son expérience avec la Mémé Oudgoul.

— Ben il y aura peut-être quelqu'un qui sera un jour charmé par ça, ironisa-t-il.

— Jamais personne avec la tête sur les épaules aimera ça, dit la Mémé Oudgoul. C'est du bredouillis infâme. Un peu comme les écrivains post-exotiques, à une époque, pendant leur époque mystique. Mais en pire. Du bredouillis enregistré pendant qu'il se baguenaudait dans les flammes atomiques, dans la mort ou dans l'espace noir.

— Bah, commenta Kronauer.

La Mémé Oudgoul avait commencé à sortir d'une poche de son tablier son attirail de fumeuse, et, en prenant ses aises, elle bourra sa pipe de brins de tabac. Le silence s'était établi entre eux deux et dans tout le dépôt. Kronauer était plus ou moins au garde-à-vous devant elle et, de temps en temps, il passait sa main sur son crâne rasé, plus pour se donner une contenance que pour lisser le demi-millimètre de poils qui lui piquetaient la peau et qui, selon toute vraisemblance, tomberaient et ne repousseraient plus jusqu'à sa mort.

Comme le silence se prolongeait, Kronauer alla examiner de plus près le phonographe.

C'était un appareil comme on avait recommencé à en fabriquer, d'après des modèles anciens, quand soudain on avait cru que l'ennemi possédait des armes capables d'anéantir à distance les mécanismes des appareils électriques. Cette rumeur infondée avait provoqué une panique dans l'industrie et dans la population, et elle avait conduit une usine pilote à réinventer des engins à ressort ou mus par des forces qui ne faisaient pas intervenir le courant. La rumeur s'était vite étouffée, mais déjà les premiers exemplaires non électriques étaient sortis des chaînes, démontrant les capacités d'adaptation de nos ingénieurs et la supériorité de notre technologie, disons de notre technologie de survie, dans la course à l'abîme que nous menions avec l'impérialisme. Ces prototypes n'avaient pas été produits en grand nombre, mais ils avaient été distribués dans le réseau des coopératives pour que la population laborieuse reste en contact avec notre culture et enrichisse encore celle-ci avec des contributions locales. On continuait donc à trouver çà et là des phonographes performants, ainsi évidemment que les cylindres vierges sans lesquels l'objet aurait perdu une grande part de sa signification. Kronauer manipula le pavillon en cuivre, caressa la membrane du diaphragme, examina l'aiguille, puis il se pencha sur un carton rempli de cylindres et il en prit un pour le voir de plus près.

Il sentit dans son dos l'hostilité de la Mémé Oudgoul et il se retourna vers elle. Elle ôta la pipe de sa bouche.

— Tu as pas vu ce qui est écrit sur le rouleau? demanda-t-elle d'une voix glaciale.

Kronauer fit pivoter le cylindre qui, à première vue, paraissait dépourvu d'indication, et sur la section il découvrit une inscription en lettres grises. Il fallait l'orienter sous la lumière pour la lire. Comme des traits de graphite sur de l'ardoise.

— Ben il y a plusieurs caractères, dit-il. I A V A M E A C.

— C'est une abréviation, annonça inutilement la Mémé Oudgoul.

— Je sais pas déchiffrer ça.

La Mémé Oudgoul expulsa un jet de fumée en direction de Kronauer. Elle avait un visage brusquement tout à fait froncé et inamical.

— Tu es vraiment pas bien malin, soldat, fit-elle.

— Non, convint Kronauer.

— Ça veut dire «Interdit aux vivants, aux morts et aux chiens».

Elle avait prononcé ces mots avec une agressivité sinistre, comme s'il était coupable de quelque chose qui était indéniable, mais qu'il se refusait à reconnaître. Kronauer jugea bon de mettre les points sur les *i*.

— Je fais partie ni des uns ni des autres, dit-il.

— Ouais, on dit ça, grogna la Mémé Oudgoul.

Ils observèrent tous deux plusieurs secondes de silence.

— Aïe! s'exclama Kronauer tout à coup.

— Qu'est-ce qu'il y a? sursauta la Mémé Oudgoul.

– Rien, dit Kronauer. Je me suis piqué à l'aiguille du diaphragme. Je voulais insérer le cylindre dans le mandrin pour voir comment ça marche, et je me suis piqué.

• Kronauer s'est piqué un doigt à l'aiguille du phonographe. Une minuscule goutte de sang se forme à l'extrémité de son index.

Une piqûre et tout bascule.

La belle au bois dormant s'est écorchée à la pointe de son fuseau et cela lui a coûté cent ans de sommeil et d'immobilité.

Kronauer ne s'effondre pas, ne s'endort pas. Il ne songe pas un instant à la comparaison qui pourrait être faite entre la princesse du conte et lui, entre la vieille fileuse et la Mémé Oudgoul, entre la pointe du fuseau et l'aiguille du phonographe. Il n'a rien en tête qui ressemble à des histoires pour enfants et, simplement, il regarde la goutte de sang qui gonfle sur son doigt. Il la regarde, puis il l'approche de ses lèvres et il l'aspire.

Le goût du sang sur la langue. Là encore, comme sous la douche, une arrière-trace de césium et d'iode.

Kronauer s'est blessé au sang sur un objet qui appartient à Solovieï, qui fait partie des souvenirs de Solovieï, qui sert à diffuser la voix de Solovieï, une mécanique magique qui dit à haute voix les poèmes de Solovieï, les souvenirs, les braillements emphatiques de Solovieï, les admonestations terribles et les rêves de Solovieï.

Une blessure minuscule et tout bascule.

Kronauer éprouve un léger engourdissement dans la pulpe de l'index, un élancement négligeable. Une nouvelle petite perle de sang apparaît à l'extrémité de son doigt, il la laisse trembler avant de la lécher de nouveau, mais déjà tout bascule.

Kronauer ne se rend pas compte de ce basculement, il est silencieux en face de la Mémé Oudgoul qui l'observe sans aménité, silencieuse, elle aussi.

Il pense aux vivants, aux chiens et aux morts, et, bizarrement, il se demande à quelle catégorie il se rattache, et, non moins bizarrement, il se sent incapable de répondre.

En tout cas, s'oblige-t-il à conclure, cette interdiction sur le cylindre me concerne absolument pas.

Il se trompe. Même en admettant qu'il ne soit ni vivant, ni mort, ni chien, il a saigné sur le phonographe de Solovieï et il a basculé dans le monde des rêves de Solovieï.

Une piqûre a suffi, quelques microlitres de sang ont servi de passerelle pour passer d'un monde à l'autre. Maintenant tout est pareil, et Kronauer ne s'est aperçu de rien.

Tout est pareil, mais il a basculé.

• Il vient d'entrer dans une réalité parallèle, dans une réalité bardique, dans une mort magique et bredouillée, dans un bredouillis de réalité, de malveillance magique, dans une tumeur du présent, dans un piège de Solovieï, dans une phase terminale démesurément étirée, dans un fragment de sous-réel qui risque de durer au moins mille sept cent neuf années et des poussières, sinon le double, il est entré dans un théâtre innommable, dans un coma exalté, dans une fin sans fin, dans la poursuite trompeuse de son existence, dans une réalité factice, dans une mort improbable, dans une réalité marécageuse, dans les cendres de ses propres souvenirs, dans les cendres de son propre présent, dans une boucle délirante, dans des images sonores où il ne pourra être ni acteur ni spectateur, dans un cauchemar lumineux, dans un cauchemar ténébreux, dans des territoires interdits aux chiens, aux vivants et aux morts. Sa marche a commencé et maintenant, quoi qu'il arrive, elle n'aura pas de fin.

.6.

• Un moment de silence.

La Mémé Oudgoul tète sa pipe, puis lance de la fumée devant elle. Les volutes se dissipent. Elle les regarde devenir des nuages très fins, puis rejoindre le néant. Alors elle crache de nouveau une bouffée épaisse. Le tabac que fume la Mémé Oudgoul laisse autour d'elle un sillage de résine, de pierres moussues, de haschich de basse qualité. Les volutes sont belles et méritent qu'on se taise pour les admirer.

Kronauer a posé verticalement le cylindre interdit, à côté du phonographe, comme s'il attendait un ordre de la Mémé Oudgoul l'autorisant à l'insérer dans le mécanisme. Le cylindre est en attente, Kronauer lui aussi est en attente, passif devant la vieille femme. Il ne porte plus son index blessé à sa bouche pour en boire le sang. La coagulation a eu lieu et il n'y a plus qu'à patienter jusqu'à une initiative de la Mémé Oudgoul pour que la suite advienne. Telle est l'inactivité actuelle de Kronauer, due à un engourdissement physique et mental auquel la piqûre n'est pas étrangère. Due aussi au respect que suscite en lui la Mémé Oudgoul.

Kronauer en effet préfère conserver une attitude militairement correcte en face de la Mémé Oudgoul. Il ne se tient

pas au garde-à-vous, mais c'est tout comme. Cette liquidatrice héroïque l'impressionne. Tout à l'heure, tandis que
Hannko Vogoulian le mettait sur le chemin du dépôt,
elle lui a dit deux mots au sujet de la Mémé Oudgoul et il
s'est aperçu que ce nom ne lui était pas du tout inconnu.
Soudain il a compris que la vieille femme qu'il allait voir était
une des plus valeureuses figures de la Deuxième Union soviétique, une survivante légendaire, croulant sous les médailles
et mise en lumière et en scène dans une multitude de récits
édifiants. Il la croyait morte depuis plus d'un siècle tellement
elle était présentée dans les médias comme un phénomène du
passé, tellement souvent elle était mentionnée à l'imparfait.
Et voilà qu'on lui annonce qu'il va rencontrer une des plus
respectables divinités égalitaristes de l'Orbise. C'est pourquoi,
bien que cette divinité l'ait tutoyé abondamment, il ne lui
viendrait pas à l'idée de s'adresser à elle autrement qu'en la
vouvoyant. Et c'est aussi pourquoi il se tient à présent devant
elle comme un enfant sage devant un adulte.

Les volutes se font et se défont.

Dans les hauteurs, une mouche qui s'était aventurée entre
les dents d'une herse irradiée meurt foudroyée, après un bruit
qui évoque une décharge électrique.

Quand la fumée du tabac de la Mémé Oudgoul se
disperse, le dépôt sent la ferraille, les chiffons brûlés, la sueur
de vieillarde.

Une deuxième mouche vagabonde autour des dents de
la herse. De nouveau on entend une décharge électrique.
Dans le silence, le bruit provoqué par la carbonisation instan-
tanée de l'insecte est si fort que Kronauer lève la tête pour
en déterminer l'origine.

– C'est des mouches, dit la Mémé Oudgoul. Les araignées ont pas survécu, mais les mouches, si. Là-dessus aussi, les soi-disant spécialistes se sont trompés.

Kronauer acquiesce.

– Les savants, je les ai respectés dans ma jeunesse, mais après avoir beaucoup vécu je me suis aperçue qu'ils débitaient souvent que des conneries, ajoute la Mémé Oudgoul.

• La conversation ayant retrouvé un semblant d'énergie, la Mémé Oudgoul reprend l'interrogatoire biographique qu'elle avait fait subir à Kronauer au début de leur rencontre. Elle le questionne sur la vie quotidienne dans la capitale juste avant l'écroulement de l'Orbise. Puis elle l'oblige à s'exprimer sur son mariage avec Irina Etchenguyen. Il a du mal à parler d'elle. La souffrance qu'il a ressentie quand il a su que des fascistes à tête de chien s'étaient emparés d'elle dans la clinique où elle agonisait, l'avaient violée et assassinée, cette souffrance est toujours intense. Elle est enfouie sous des couches successives de présent, mais elle est toujours là, vive et éternelle. Il suffit qu'on lui pose des questions méchantes ou maladroites pour qu'elle ressorte à la surface de tout. La Mémé Oudgoul fouille un peu dans cette douleur, puis elle s'intéresse aux herbes dont Irina Etchenguyen dressait la liste. Elle demande à Kronauer de lui réciter quelques noms d'herbes sauvages, pour qu'elle les confronte avec ce qu'elle connaît des herbes de la steppe. Kronauer en cite deux ou trois, puis il s'arrête. Il a l'impression irrationnelle qu'il trahit la mémoire d'Irina Etchenguyen. Irrationnelle et surtout très désagréable. C'est comme s'il évoquait quelque chose de pur en présence d'un juge malveillant et impur.

– J'ai rien de plus en tête, ment-il.

– Boh, proteste la Mémé Oudgoul.

Son visage tout ridé se ferme sur une expression de dureté mécontente. De la main qui tient sa pipe, elle fait un geste d'exaspération à peine contenue.

– Tu fais pas preuve de sincérité, Kronauer, commente-t-elle. Si tu étais devant un tribunal populaire, tu indisposerais les masses.

– Quelles masses?… De quoi on parle?

– Fais attention à toujours bien délivrer la vérité devant le prolétariat, dit la Mémé Oudgoul.

Une voix sentencieuse et menaçante.

Par instinct du danger et par lassitude, Kronauer se soumet. Il se rappelle qu'il est sous la surveillance de Solovieï, et voilà que cette représentante de l'héroïsme soviétique se met, l'air de rien, à le menacer d'un passage devant un tribunal populaire. Elle mène un interrogatoire informel et désordonné, mais, au fil de leur entretien, elle essaie de le mettre en difficulté, comme si elle enquêtait sur lui et comme s'il avait quelque chose à se reprocher, qu'il finirait par avouer quand il serait suffisamment déstabilisé.

– La valdelame-à-bouclettes, la garlouve, la clé-de-Chine, la crizèle-du-marchand, la talmazine, l'oncroie, dit-il.

Il est resté au garde-à-vous. Dans la pulpe de son doigt, les élancements ont repris.

La Mémé Oudgoul se réfugie dans la fumée de sa pipe. Sa bouche remue pendant plusieurs secondes interminables, comme si après avoir entendu cette brève liste elle en goûtait physiquement les effets sur sa langue, entre ses joues affaissées de centenaire.

– Bon, fait-elle. Tu vois, soldat. Toi qui disais que tu avais plus rien en tête.

– J'ai des hauts et des bas, explique misérablement Kronauer. La marche dans la steppe, ça m'a affaibli.

– Il y a pas eu que la marche dans la steppe, il paraît. Il y a eu aussi la marche dans la forêt.

– Oh, pas très longtemps, corrige Kronauer.

– Dans la forêt, tu as quand même eu le temps de faire du mal à Samiya Schmidt, assène soudainement la Mémé Oudgoul.

– J'ai pas fait de mal à Samiya Schmidt, se défend Kronauer. Je l'ai portée sur mon dos. Elle pouvait plus marcher.

– C'est pas ce que prétend Solovieï, dit la vieille sur un ton inquisitorial.

Kronauer laisse passer quelques secondes. De nouveau cette accusation qui tourne en lui comme une ombre noire, épaisse, depuis qu'il est entré sur le territoire du kolkhoze.

– Je vois pas pourquoi il prétend ça, finit-il par dire.

– Ben, vous êtes bien passés dans la vieille forêt, toi et Samiya Schmidt ?

– Oui, dit Kronauer.

– Dans la vieille forêt, il t'a vu en train de faire du mal à Samiya Schmidt.

– Il était même pas là-bas, objecte Kronauer sans conviction.

Il se rend compte aussitôt que ce n'est pas le témoignage de Solovieï qu'il faut attaquer, mais l'absurdité de l'accusation. Que Solovieï ait été présent ou non dans la vieille forêt n'est pas l'essentiel. D'ailleurs, sa voix sifflante était bien là, à un moment, sifflante et stridente, sorcière, blessante. Ce qu'il doit dire, avec véhémence, ce qu'il doit répéter, c'est la vérité. Il faut nier encore et encore sans se préoccuper des élucubrations de Solovieï, ni d'ailleurs du silence de Samiya Schmidt. Celle-là, elle aurait pu raconter ce qui s'était passé en réalité. Et ce qui n'avait pas eu lieu. Ça aurait simplifié les choses.

Il se prépare donc à compléter ce qu'il vient de dire, mais la Mémé Oudgoul ne lui en laisse pas l'occasion.

– Oh, que si, qu'il était là-bas, triomphe-t-elle. Il est toujours à plusieurs endroits en même temps. Que ce soit en vrai, en rêve ou dans la réalité, il est toujours à moitié dans la taïga. Et là-bas, il t'a vu.

La Mémé Oudgoul a un petit rire satisfait de vieille, puis ses lèvres mâchonnent une réflexion qu'elle finit par faire à haute voix.

– Tu peux pas comprendre, dit-elle.

Kronauer hésite. Il regarde cette héroïne légendaire, assise sur un vieux fauteuil comme sur un trône, cette vieillarde increvable entourée de journaux, de caisses de souvenirs, de cylindres noirs et de paperasses qu'elle se donne le frisson de croire subversives. Elle remue la bouche sans émettre de sons autres que des schliks bulleux de salive. Et tout à coup il se dit qu'il a basculé, qu'il est passé d'un autre côté, du côté de cette vieille et des mondes incertains dans lesquels elle se sent comme un poisson dans l'eau, avec le président du kolkhoze et cette Samiya Schmidt déséquilibrée qui laisse courir le bruit qu'on lui a fait du mal dans la forêt, alors que.

Devant cette vieille qui reprend sans la mettre en doute la calomnie de Solovieï, il n'a rien de convaincant à produire. Il devine sa complicité totale avec Solovieï, son alliance organique et mentale avec Solovieï. Inutile d'essayer de se défendre avec des arguments de bon sens. D'elle il ne peut attendre que partialité, attaques venimeuses et absence de compassion.

Alors il baisse le regard, il suit en pensée, dans ses veines, le sang qui bat sous l'écorchure de son doigt, et il se tait.

La Mémé Oudgoul remue la bouche sans rien dire.

Kronauer attend qu'elle reprenne l'accusation qu'elle a portée, ou qu'elle fasse évoluer la conversation sur un sujet qui n'a pas été abordé jusqu'à maintenant, ou qu'elle lui signifie qu'il peut partir. Il attend une longue minute et, quand cette longue minute s'est écoulée, il en laisse écouler deux autres, un peu plus courtes. Puis, sans un mot, il se dirige vers la sortie de l'entrepôt.

• Alors la Mémé Oudgoul se penche sur l'appareil posé à côté de son fauteuil et elle y introduit le rouleau que Kronauer a manipulé un peu plus tôt. Manifestement, elle tient à ce que Kronauer entende du bredouillis post-chamanique avant de partir. À ce qu'il reçoive en pleine tête un poème post-chamanique interdit aux chiens, aux vivants et aux morts. Elle n'a pas dit au revoir à Kronauer, mais c'est sa manière de le raccompagner vers la sortie de l'entrepôt, sa manière de lui dire qu'elle a sur lui la même appréciation négative, très négative, la même opinion que le président du kolkhoze. Au bout d'un seul petit interrogatoire de rien du tout, ce soldat de pacotille a révélé qui il était : un type peu recommandable qui laisse sa femme se faire violenter par les fanatiques du capitalisme, qui fusille sans procès son officier de la dernière chance, qui abandonne ses camarades en pleine steppe et qui, dans la forêt, fait du mal à Samiya Schmidt.

Kronauer s'immobilise sur le seuil de l'entrepôt. Il est soudain enveloppé par la voix enregistrée, cireuse et crachante, du président du kolkhoze. Elle n'est pas stridente comme celle qui sifflait dans la vieille forêt, mais elle le paralyse. Sans se boucher les oreilles, il se fige pour l'écouter.

Les mots n'ont rien de véritablement étranger, mais les images qu'ils suscitent ne débouchent que sur des sensations de meurtre inaccompli, de cruauté diffuse et de malaise. On ne saisit pas l'intention de celui qui parle et on ne comprend même pas qui prend la parole. Quelque chose d'instable et d'hostile file directement sous la conscience de Kronauer. Comme dans la forêt, mais avec une violence moins impérieuse, les phrases étranges s'introduisent en lui par effraction et, une fois dans la place, elles ne lui demandent pas son avis pour se tapir ou s'épanouir.

Qu'est-ce que tu as, Kronauer, pense-t-il, pourquoi que tu te laisses abattre par ces insanités? C'est rien que des morceaux de prose obscure, c'est rien qu'une déclamation biscornue de poète-paysan. Tu as pas à te sentir concerné, Kronauer.

Mais il s'adosse au portail que tiédissent le soleil et les radiations, il regarde la goutte de sang qui a déjà séché sur son index gauche, il fait une grimace qui est presque une grimace de douleur, et il continue à écouter.

• Méprisant le chœur qui l'en dissuadait, il recula jusqu'à la paroi la plus brûlante de la pièce, et, l'ayant atteinte, il entra dans une agitation que ses camarades de cellule et ses sbires avaient rarement observée chez lui, qui le plus souvent prêchait le renoncement à tout geste ainsi que la pétrification pendant la carbonisation ou la chute. Il se mit à discourir, puis, doutant que quiconque l'écoutât ou le comprît, il se colla plus étroitement encore à la lave et prit l'allure d'un oiseau noir et illimité dont lui seul connaissait la langue et les pouvoirs. Pendant un temps que certains témoins peu fiables évaluaient en années, et que ses épouses plus aptes à mesurer cela dans leur chair affirmèrent être des siècles, il construisit des mondes dans les ténèbres, des mondes ni morts ni vivants, puis, indifférent à la réprobation générale, il les habita. Afin que ces terres fussent peuplées, il y jetait pêle-mêle des déchets vaguement humains sur lesquels il exerçait sans peine son autorité, ainsi que des filles qui résultaient de ses danses nuptiales et des coïts qui avaient suivi. Par respect des idéologies libertaires qui l'avaient enivré dans sa jeunesse, il s'efforçait de ne pas abuser de ses prérogatives de thaumaturge sur les femmes qu'il croisait, mais, si l'on résume, dans presque tous les cas il les approchait, il les pénétrait et il les aimait, et ensuite et sauf exception il les délaissait et en faisait venir d'autres depuis des régions obscures de la taïga, ou encore depuis des galeries situées au-delà du décès, et parfois aussi il allait les chercher dans des enfers concentrationnaires où il avait ses entrées aussi bien en tant que maître qu'en tant que détenu. Ubiquité et polychronie étaient depuis longtemps liées à son destin, ce qu'il se gardait de maudire, car il avait décidé d'errer à sa guise en se fichant de la dégradation et de l'extinction, et de bavarder amoureusement ou scélératement dès que l'occasion se présenterait. Il volait haut dans un ciel très noir ou il marchait pesamment sur la terre de plus en plus huileuse et noire. Quelquefois la perspective de vivre indéfiniment le blessait, et alors il retournait dans les brasiers, tenant des discours poétiques inouïs ou se taisant, ou suscitant de nouvelles images où tous et toutes étaient morts et mortes. Au cours d'un de ces éternels retours ses camarades de cellule et ses sbires lui firent signe, comme lui proposant pour la forme une aide que tous savaient d'avance dérisoire, et à son tour il leur adressa une légère phrase avec la main, une phrase que peu de gens comprirent, puis son dos s'enflamma et il disparut.

.7.

• À présent Kronauer descendait la colline en haut de laquelle se dressait le bâtiment de stockage des déchets contaminés. Il ne se hâtait pas. D'un côté il n'avait pas d'idée précise sur ce qu'il allait faire ensuite au village et, d'un autre côté, ses jambes lui obéissaient mal. Une longue nuit de sommeil à la maison d'arrêt du kolkhoze n'avait pas suffi à le remettre en forme. Ses muscles continuaient à lui rappeler à chaque instant l'épreuve de la marche dans la steppe, sans parler des dernières heures pénibles passées dans la vieille forêt. Et sans doute son organisme avait-il encore quelque difficulté d'adaptation aux radionucléides qui flottaient ou vibraient partout dans le village.

Tout en avançant, il se répétait les élucubrations étranges du président de «Terminus radieux». Elles se tordaient sourdement en lui, dans sa boîte crânienne, sous sa conscience, mais aussi au cœur même des moelles de ses os. Il les sentait aller et venir dans des zones grises de son corps. Ben c'est comme des formules d'hypnotiseur, pensa-t-il. Ça profite de tes faiblesses pour t'engourdir. Ça te rentre dans les intérieurs et tu peux plus réagir contre.

Il aurait bien aimé balayer Solovieï loin de ses pensées.

Toutefois, quand il s'engagea dans la rue principale du Levanidovo, il continuait à brasser des images d'éternité ténébreuse et de mondes aux règles d'existence indécryptables. De nouveau il entendait l'aiguille cracher, de nouveau la membrane du phonographe tremblait, docile aux inflexions méchantes de la voix de Solovieï. Lui aussi, non sans dépit, constatait qu'il se soumettait à cette voix. Elle lui déplaisait, mais il l'avait écoutée presque respectueusement, et maintenant elle s'était introduite en lui et elle y rôdait encore et encore, et, s'il ne réussissait pas à s'en débarrasser, c'était avant tout parce qu'il acceptait sa présence. Ben me dis pas qu'à partir d'aujourd'hui tu vas l'avoir dans les moelles et sous les rêves, me dis pas ça, Kronauer! grogna-t-il. Mais personne ne lui répondait et, tout en continuant à marcher, il resta coi.

• Il hésita dans la rue déserte. Il n'avait pas envie de regagner sa chambre ni de traîner dans la maison d'arrêt et il n'avait rien de précis à faire au Levanidovo, mais en même temps il se rendait compte que, s'il ne se trouvait pas une occupation, il risquait de passer pour un profiteur, un réfugié sans foi ni loi ou un marginal incapable de prendre part à la construction du bonheur collectif. Il ralentit, puis pour gagner du temps il s'arrêta plusieurs secondes devant la porte fermée de la coopérative communiste, puis comme se ravisant il reprit sa marche. Il ne voyait personne. Aucune tâche ne se présentait à lui. Il dépassa la Maison des pionniers, la bibliothèque populaire. Sur sa droite s'alignaient le petit immeuble où habitaient Samiya Schmidt et Morgovian, le soviet et la maison de Myriam Oumarik et Bargouzine. Il était arrivé à la hauteur du bâtiment du soviet et il songeait à faire demi-tour quand Myriam Oumarik sortit de chez elle et alla à sa rencontre.

Elle se dandinait légèrement et souplement et, sans que l'on pût déterminer si elle en avait conscience ou non, toute son attitude était celle d'une séductrice. Elle bougeait son corps en ajoutant à sa marche une nuance dansante, une invite à une danse qui avait quelque chose d'animal, de très sensuel, de nuptial, une invite à une complicité physique. Qu'elle le souhaitât ou non, elle donnait envie qu'on se rapproche d'elle et qu'on la touche. Ses cheveux étaient si sombres et brillants que le soleil se reflétait sur le haut de sa tête et le long de sa joue gauche, formant une petite cascade d'éblouissement qui menait à la naissance de sa poitrine. Son chemisier de lin n'était pas décolleté, mais on devinait ses seins abondants qui tressautaient avec douceur à chacun de ses pas.

Les yeux de Kronauer s'arrêtèrent sur elle et aussitôt, une demi-seconde plus tard, ils s'en détachèrent. Elle se déplaçait à contre-soleil et les scintillements le gênaient, mais surtout il tenait à ne pas paraître attiré par elle, même si, par atavisme mâle, il l'était.

Il ne voulait pas penser que sa silhouette était appétissante, il ne voulait pas penser à elle comme à un objet désirable, consommable, ni laisser grossir en lui les images salaces qui accompagnaient cette idée d'appétit.

Il s'interdisait ces images. D'une part parce qu'à l'Orbise il avait reçu une éducation prolétarienne qui associait toute manifestation sexuelle à un débordement immoral. D'autre part parce que, comme Samiya Schmidt, il avait lu plusieurs ouvrages de Maria Kwoll qui stigmatisaient les pulsions masculines et qui les peignaient sous les couleurs les plus odieuses, les plus révoltantes. Et pour finir parce qu'il avait en tête les avertissements de la Mémé Oudgoul sur le statut de femme mariée de Myriam Oumarik.

Une vague impression de vertige persistait en lui et il fit un effort pour rassembler quelques idées sur lui-même, sur ce qu'il était en train de vivre au Levanidovo. Enfin quoi, Kronauer, pensa-t-il, tu es pas venu au Levanidovo pour y avoir une aventure. On dirait que tu t'es installé ici et que tu as oublié que près de la voie ferrée Iliouchenko et Vassilissa Marachvili t'attendent. Et qu'il y a que ça qui importe.

Or déjà il avait du mal à se représenter ses camarades en détresse au milieu des herbes, immobilisés par l'exténuation, contraints au silence, obligés de rester couchés ou accroupis pour ne pas être repérés par les soldats. Déjà il était trop éloigné d'eux. Il devait faire un effort pour les évoquer, et c'était pour obtenir une image abstraite, avec des liens affectifs distendus. Il se rappelait la voie ferrée qui traversait le paysage, les ruines du sovkhoze « Étoile rouge », mais le souvenir de ses deux amis vibrait avec difficulté, comme s'ils appartenaient à une histoire dont il avait tourné la page. Ce sentiment était renforcé par le fait que Soloviéi et Morgovian étaient partis là-bas avec ce qu'il fallait pour s'occuper d'eux, pour les réconforter et les soigner. Soloviéi et Morgovian avaient pris la relève et bientôt, sans doute, Iliouchenko et Vassilissa Marachvili seraient à leur tour accueillis au Levanidovo.

Ben oui, pensa-t-il pauvrement. C'est comme ça.

Les élancements dans sa main, à l'endroit de la piqûre, lui répétaient avec une régularité démonstrative qu'il avait glissé dans un monde où la présence de Myriam Oumarik comptait plus que l'absence de Vassilissa Marachvili.

Puis quelque chose en lui sursauta, se réveilla. Tu sais bien, Kronauer, que tu es pas ici pour faire le joli cœur, demain ou après-demain tu seras reparti. Si Soloviëï ramène au kolkhoze Vassilissa Marachvili et Iliouchenko, vous repartirez ensemble tous les trois. « Terminus radieux » est pas ton monde. Et puis surtout ici il y a ce père jaloux qui t'est hostile et qui t'a placé sous sa surveillance, on comprend même pas ses relations avec ses filles. Cette Myriam Oumarik a rien à voir avec toi. Pas la peine de la regarder venir en frappant du sabot comme un taureau en rut.

– J'ai besoin de toi, Kronauer, dit Myriam Oumarik. Je peux t'appeler Kronauer ?

• Elle avait un service à lui demander. Juste devant chez elle, il y avait une bouche d'incendie qui s'était mise à goutter. Son mari, l'ingénieur Bargouzine, avait transporté dans la rue les outils nécessaires, et il allait se charger de la réparation, mais ensuite il était rentré à la maison et, après avoir prononcé une phrase pâteuse, il s'était écroulé. Sa perte de conscience n'était pas encore assimilable à un décès, aussi, jusque-là, n'avait-elle pas fait appel à la Mémé Oudgoul pour le ressusciter avec ses trois eaux, l'eau très-lourde, l'eau très-morte et l'eau très-vive.

– Tu veux que j'aille prévenir la Mémé Oudgoul ? proposa Kronauer.

Myriam Oumarik sourit largement, et elle eut un geste de refus qui mit en branle ses hanches et, jusqu'à ses épaules, son buste tout entier.

Il n'y avait pas urgence pour Bargouzine. C'était seulement une petite alerte. Non, ce qu'elle le priait de faire, et c'était là le service qu'elle lui demandait, c'était de remettre en état la bouche d'incendie. Il devait bien être capable de réparer ça, même s'il avait des connaissances limitées en plomberie.

– Bah oui, commenta Kronauer, il faut simplement la resserrer, cette vanne. Il faut débloquer deux ou trois écrous et les resserrer.

Il avait l'intuition que Myriam Oumarik le soumettait à un test. On désirait peut-être savoir à «Terminus radieux» si on pouvait l'insérer dans l'économie du kolkhoze, par exemple comme homme à tout faire, comme agent d'entretien ou comme employé du service des eaux.

Il alla vers la borne et il se baissa pour déballer le matériel qui avait été apporté par l'ingénieur Bargouzine – une clé à molette, des clés à pipe, deux tournevis, un marteau, des joints en caoutchouc noir, de taille imposante, tout cela enveloppé en vrac à l'intérieur d'un chiffon. Tandis qu'il manipulait les outils, il s'aperçut que sa minuscule blessure au doigt s'était rouverte et que le sang avait recommencé à perler le long de son index. Sous la pulpe, les élancements avaient augmenté.

– Tu saignes? s'intéressa Myriam Oumarik en se penchant vers lui.

– C'est rien du tout, précisa-t-il. C'est juste une piqûre de phonographe.

Myriam Oumarik fit une grimace. Elle était très proche de Kronauer. Elle sentait le propre, le savon ouvrier, et aussi la salive de Bargouzine, qui avait bavé sur sa jupe quand elle l'avait traîné jusqu'à son lit.

– Le phonographe de Soloviei? demanda-t-elle.

– Oui.

– Fallait pas jouer avec ça, gesticula-t-elle soudain. Qu'est-ce qui t'a pris ? Tu pouvais pas te retenir ? J'avais l'impression que tu étais moins idiot que ça. Tu aurais pu penser qu'il fallait pas toucher aux affaires de mon père.

Elle avait l'air sincèrement consternée.

– Je l'ai à peine touché, ce phonographe, expliqua Kronauer. J'ai juste avancé la main près de la membrane. Ça m'a piqué comme si c'était un animal de mauvaise humeur.

– C'est pas des objets normaux, dit Myriam Oumarik. Faut pas manipuler ça à la légère. C'est trop dangereux. Ça fait partie de Solovieï. Quand il se rend compte qu'on veut s'en emparer, il se fâche, et on en a pour mille ans.

– Bah, mille ans, fit Kronauer avec dépit.

– Mille huit cent vingt-six ans ou plus, précisa Myriam Oumarik.

Il esquissa un mouvement d'impatience. L'omniprésence de Solovieï l'agaçait, avec ces mentions permanentes de menaces sorcières, chiffrées et monstrueuses. Il se redressa vivement, il avait envie de maudire le président du kolkhoze devant sa fille. Il avait lâché la clé à molette qu'il avait en main. Le changement de position provoqua en lui un fort vertige. Des points brillants voltigèrent devant lui. Il chancela, prit appui sur la bouche d'incendie. La peinture rouge du capot s'effrita sous sa main. Il se tourna vers Myriam Oumarik et il la fixa, cette fois-ci plus longuement qu'une minute plus tôt, quand elle s'était approchée de lui, mais il ne la voyait plus distinctement. Il essayait de lutter contre le tournis, la nausée. Maintenant, le soleil éclairait Myriam Oumarik de face. Au milieu d'une gerbe d'étoiles il vit qu'elle lui souriait, il vit ses dents larges et blanches, sa bouche épaisse, ses incisives un peu trop grandes, et, au même moment, les couleurs s'affadirent et il sentit le monde se dérober sous ses jambes.

– Hé, Kronauer, qu'est-ce que tu as? s'écria Myriam Oumarik.

Il agita la main en guise de réponse. Il avait ouvert la bouche mais il n'était pas capable de parler.

– Tu vas pas nous faire le même coup que Bargouzine? demanda Myriam Oumarik.

– Quel coup? balbutia Kronauer.

Bargouzine, pensa-t-il brièvement. Le mari de Myriam Oumarik. Elle est pas veuve. La Mémé Oudgoul m'a prévenu. Surtout pas lui tourner autour. Surtout pas énerver Solovieï. Surtout faire aucun mal à ses filles.

Mille ans, pensa-t-il. Mille huit cent vingt-six ans ou plus.

Puis les ténèbres l'envahirent, et, si on prend le sien comme point de vue, il disparut.

.8.

• La perte de connaissance de Kronauer se prolongea, quelques heures ou un jour ou deux ou un peu plus, et, en gros, elle l'empêcha d'assister au retour de Solovieï et de Morgovian à «Terminus radieux».

Quand il se réveilla sur son lit spartiate, Kronauer eut une sensation de déjà-vu. Il ne répandait plus un fumet de vagabond crasseux, mais une fois encore les filles l'avaient transporté inanimé, lourd et inerte, pour l'allonger dans sa chambre de semi-prisonnier, et cette idée lui faisait honte. La porte n'était pas fermée à clé, la maison était déserte et il alla prendre une douche. Puis il sortit dans la rue et c'est alors que commença sa vie de réfugié au kolkhoze.

C'était une vie régulière, banale, au rythme établi une fois pour toutes par Hannko Vogoulian et Myriam Oumarik, qui l'avaient aidé à trouver ses marques mais qui tenaient aussi à le laisser libre d'agir à sa guise. Il rencontrait souvent les deux femmes et beaucoup moins Samiya Schmidt, qui l'évitait et ne lui adressait la parole que dans la bibliothèque populaire, où elle assurait une permanence quelques après-midi par semaine, et encore il s'agissait surtout pour elle de s'assurer qu'il n'emportait pas un livre sans avoir rendu celui qu'il avait emprunté la fois d'avant. Leurs conversations étaient maigres. Depuis qu'il s'était inscrit dans l'établissement comme lecteur non résident, elle lui avait conseillé essentiellement des romans ou des pamphlets écrits par Maria Kwoll et ses imitatrices, Rosa Wolff, Sonia Velazquez ou d'autres moins connues encore mais plus virulentes. Souhaitant ne pas la contrarier, il avait toujours accepté ses suggestions. Il lisait ces livres dans la solitude de sa chambre, assez mécontent de n'avoir que cela à dévorer, qu'il n'aurait pas choisi de lui-même, car ses préférences allaient vers des fictions réalistes socialistes, post-apocalyptiques ou historiques, ou de benêtes histoires sentimentales. Toutefois, puisque les ouvrages féministes lui étaient imposés, il faisait contre mauvaise fortune bon cœur et révisait docilement ses connaissances sur la brutalité des mâles, sur l'animalité ridicule de toute relation sexuelle, sur la pratique systématique du viol dans les rapports entre hommes et femmes, sur l'impossibilité de concevoir une activité sexuelle ludique et amoureusement partagée sans que celle-ci soit aussitôt contredite par la souillure du corps féminin.

Pendant la journée, il donnait un coup de main tantôt à Abazaïev, tantôt à Bargouzine, tantôt à Morgovian, tantôt aux filles de Solovieï quand elles réclamaient de l'aide, ce qui était rare. Le travail au kolkhoze ne demandait pas d'expérience particulière et il se limitait à des tâches élémentaires de nettoyage ou de maintenance. Aucune production agricole n'était en cours et il n'y avait aucun animal nulle part. Comme Kronauer s'étonnait de voir la coopérative communiste fournie en farine, en beurre de yack et en ingrédients destinés à faire du pemmican, sinon même en blocs de pemmican déjà préparé, Morgovian s'assombrit et se répandit en explications confuses sur le passage de caravanes de marchands, qu'il mettait en relation avec des cycles lunaires, puis il perdit toute confiance en ses propres paroles et, de fil en aiguille, il finit par se taire sans rien avoir lâché de compréhensible. Myriam Oumarik, sollicitée sur le même sujet, haussa les épaules et, d'un air provocant, lui demanda s'il avait été envoyé par l'Orbise pour vérifier la comptabilité de «Terminus radieux» et éplucher la liste des fournisseurs de la coopérative. Un peu plus tard, le manchot Abazaïev, avec qui il avait établi des relations de confiance mais assez frustes, agita son bras valide pour l'inviter à parler d'autre chose. La question de l'approvisionnement du kolkhoze en nourriture et en biens naturels ne fut plus soulevée par Kronauer. Celui-ci d'ailleurs ne cherchait pas à obtenir des informations sur tout ce qui pouvait paraître bizarre dans le fonctionnement du kolkhoze, car, d'une part, il ne voulait pas passer pour un fureteur soupçonneux, et, d'autre part, il s'en fichait. Il désirait désormais se fixer sans histoire au Levanidovo, puisque repartir dans la steppe n'avait plus aucun sens.

Repartir vers la mort sans compagnons, sans Vassilissa Marachvili, sans Iliouchenko.

Il avait appris que l'expédition vers le sovkhoze «Étoile rouge» n'avait donné aucun résultat. Après avoir cherché longuement et vainement dans les herbes, Solovieï et Morgovian étaient rentrés bredouilles au Levanidovo. Ni Iliouchenko ni Vassilissa Marachvili n'avaient laissé de message derrière eux, et, selon toute probabilité, ils étaient montés dans le train avec les soldats, dont le convoi avait lui aussi disparu. La nouvelle avait abattu Kronauer pendant plusieurs jours. Il savait qu'il n'y pouvait rien, mais il se rongeait en pensant que peut-être Vassilissa Marachvili avait été violentée et que peut-être, si elle n'avait pas succombé, elle avait servi d'esclave pour les fantaisies sexuelles des soudards. Par moments il imaginait aussi une aventure plus heureuse, un départ sans contrainte, et alors il ne se formalisait pas d'avoir été laissé en arrière sans explication, dans la mesure où ç'avait été pour Vassilissa Marachvili et Iliouchenko une manière d'avoir survécu. Ce qui ne l'empêchait pas d'avoir un pincement au cœur quand il évoquait Vassilissa Marachvili.

Le récit de l'expédition infructueuse à l'« Étoile rouge » lui avait été fait de façon synthétique par Hannko Vogoulian et non par ses acteurs directs. Quand ceux-ci étaient revenus au village, Kronauer se trouvait encore inconscient, et ensuite, à son réveil, Hannko Vogoulian s'était empressée de lui résumer l'affaire, non sans l'inciter à ne plus se soucier de ses camarades perdus. Il ne s'était épanché ni sur sa peine ni sur son étonnement, et, sans commentaire superflu, il avait montré qu'il digérait ce coup du destin et déclaré que son intention était désormais de s'intégrer au kolkhoze en acceptant d'accomplir les tâches qu'on lui confierait. Cependant, dans l'espoir d'avoir plus de détails il lui arrivait de redemander quelques précisions. Myriam Oumarik bavardait volontiers avec lui, mais elle avouait ne rien savoir de significatif. Morgovian, qui pourtant avait participé à l'expédition, n'arrivait pas à sortir trois phrases originales là-dessus. Il répétait qu'ils avaient, Soloviéï et lui, fouillé les herbes, fouillé les alentours de la voie, qu'ils avaient vu des traces de cendres, les restes d'un bivouac, mais rien d'autre. L'insistance de

Kronauer le mettait de mauvaise humeur. Quant au président du kolkhoze, Kronauer le trouvait rarement sur son chemin, et toujours à distance. Ils se croisaient sans se saluer, et il aurait été, bien entendu, tout à fait incongru de l'arrêter pour le questionner sur ce qu'il avait vu à « Étoile rouge ». L'idée d'entamer une conversation avec Solovieï ne le visitait même pas, tant celui-là, encore plus que la Mémé Oudgoul, lui paraissait ténébreusement hostile.

• En résumé, il s'était évanoui, il s'était réveillé, et, à présent, il appartenait à l'étroite cohorte des habitants plus ou moins morts ou vifs du Levanidovo, avec un statut qu'il avait du mal à apprécier, car il ne savait toujours pas ce qu'il était dans le kolkhoze – détenu en semi-liberté, hôte indésirable, réfugié accepté à contre-cœur, par devoir plus que par compassion, ou déjà membre à part entière de la communauté du Levanidovo. La surveillance du président Solovieï pesait sur lui, la forêt qui encerclait le village le dissuadait de partir ailleurs, dans la zone inhabitable où il savait qu'il ne survivrait que quelques jours. Physiquement, il n'avait pas récupéré son énergie de soldat de l'Orbise, il se sentait en mauvaise santé, fragile, proche de Bargouzine qui défaillait fréquemment et qui, sans les soins prodigués par la Mémé Oudgoul, aurait depuis longtemps dû être transporté sous sa forme terminale jusqu'à la margelle du puits, pour rejoindre, deux kilomètres plus bas, le cœur chaleureux et accueillant de la pile nucléaire. Et, sur le plan psychologique, il s'était mis à souffrir de confusion, l'esprit en permanence troublé de souvenirs brumeux, de rêves traînants et de certitudes d'avoir déjà vécu une ou plusieurs fois ce qu'il était en train de vivre dans le présent. Ces dysfonctionnements ne le gênaient pas beaucoup dans son existence quotidienne, mais ils avaient fini par l'assombrir, car il se demandait s'il n'était pas atteint d'une grave maladie dégénérative due à l'excès de radiations, ou encore si Solovieï ne s'était pas emparé de lui pour s'amuser méchamment avec lui, le manipulant comme une marionnette avant de le renvoyer dans la steppe, décervelé et idiot, ou vers les entrailles de la terre.

• Depuis des semaines, à présent, il s'habillait avec des vêtements empruntés à des morts ou à des invalides survivants dans le kolkhoze, à des maris inexistants, à des sovkhoziens disparus mais ayant eu la même taille que lui. Il se sentait parfaitement bien dedans. Les affaires qu'il portait lors de son arrivée étaient depuis longtemps propres et sèches, remisées dans sa chambre, dans un carton qu'il avait fermé et qu'il ne rouvrait plus. Son manteau surtout avait été difficile à laver. La doublure partait en lambeaux. Il avait mis du temps à la recoudre et à grossièrement raccommoder les poches, le pan droit, le col. Même chose pour le reste de ses guenilles. Il les avait reprisées de son mieux et renforcées. Il tenait à pouvoir ainsi réutiliser sa tenue d'origine si jamais on lui demandait de restituer la garde-robe prêtée par le kolkhoze. Mais, au fond, il savait qu'on ne lui réclamerait rien. «Terminus radieux» fonctionnait sur des bases idéologiques qui ne correspondaient pas à la norme collectiviste de l'Orbise, mais, sur la question de la répartition des biens, on arrivait au même résultat. Le dédain de la propriété régnait au Levanidovo comme il avait régné dans l'ensemble de la Deuxième Union soviétique. C'était un endroit où le Parti s'était éteint, où le

Parti n'existait plus, mais où manifestement l'idée de rétablir le capitalisme et les possédants ne traversait personne, et d'ailleurs on se demande un peu à quoi ça aurait ressemblé, le capitalisme, à «Terminus radieux», et à quels possédants on aurait pu faire appel pour opprimer la classe laborieuse. En tout cas, si par extraordinaire l'ennemi avait bravé les radiations pour venir appliquer au Levanidovo son programme barbare, il aurait rencontré une opposition si radicale que ses programmateurs et ses nervis auraient rapidement pris le chemin du puits, en compagnie d'autres déchets dangereux.

• Tandis que les rayons du soleil le caressaient, Kronauer pensait au kolkhoze, à son séjour provisoire dans le kolkhoze, au provisoire qui menaçait de devenir définitif, et à tout ce qui lui était ici étranger, mal compris ou incompréhensible. Il venait de s'agenouiller une nouvelle fois près de la borne d'incendie, en face de la maison de Myriam Oumarik. La fuite montrait de la mauvaise volonté et les réparations qu'effectuait Kronauer ne tenaient que quelques jours, suite à quoi les joints se desserraient et tout devait être repris à zéro. Bargouzine se désintéressait de la question et, même quand la flaque devant sa maison s'agrandissait, il comptait sur l'intervention de Kronauer pour remettre les choses en ordre.

Kronauer en ce moment écoutait l'eau chuinter sous le capot de la borne et, sans vraiment s'attaquer au problème, il demeurait oisif, immobile et comme ensommeillé.

Le claquement d'une lourde porte le fit sursauter. Hannko Vogoulian, la fille aînée de Solovieï, venait de sortir du bâtiment du soviet, qui était aussi l'endroit où habitait son père.

Elle se dirigea vers lui.

Son visage de princesse brillait sous le soleil, plus que jamais iakoute et plus que jamais sorcière. Elle avait changé de coiffure, rassemblé ses cheveux en deux longues nattes noires sans plus se serrer le front dans une tresse transversale. Depuis des semaines, Kronauer avait appris à la regarder en face. Il n'était plus gêné par la différence de couleur de ses yeux comme il l'avait été au début de son séjour et à présent, au contraire, il cherchait à s'immerger dedans, car il les trouvait à la fois admirables et émouvants. Bien que profondément troublé par la lecture de Maria Kwoll, il ne se privait pas d'imaginer Hannko Vogoulian allongée contre lui, tournant vers lui une figure adoucie par la fatigue de l'amour et où l'un de ses iris en pierre précieuse dominait, tantôt l'agate obscure, tantôt l'œil-de-tigre aux profondeurs flamboyantes. Il l'imaginait ou il se la rappelait. Elle murmurait dans la pénombre des syllabes magiques parfaitement indécryptables, peut-être affectueuses, peut-être méchantes. C'était une de ces scènes dont il ne savait pas si elle s'était déroulée dans la réalité, dans un rêve ou dans un des faux souvenirs qu'il soupçonnait Solovieï de lui instiller malignement sous la conscience, pendant son sommeil ou pendant ses périodes d'évanouissement. Il aurait aimé le savoir mais il n'aurait pas osé questionner Hannko Vogoulian pour en avoir le cœur net. Parfois il l'examinait avec l'idée de déceler en elle une marque de complicité, il l'interrogeait muettement en observant l'humidité de ses yeux, les mouvements de ses mains, sa manière d'avancer vers lui. Mais il faisait cela sans insister et il n'obtenait aucune réponse. Que ce fût en présence de ses sœurs ou dans le désert de la rue principale du Levanidovo,

Hannko Vogoulian restait sur son quant-à-soi et elle ne se départait jamais d'une raideur inamicale.

Elle s'arrêta à trois pas de lui.

– Tu vas être transféré, annonça-t-elle.

– Ben pourtant je m'étais habitué à ma cellule, plaisanta-t-il.

– Il y a pas de chauffage là où tu dors, dit Hannko Vogoulian. Les froids vont arriver. On va te transférer dans une autre chambre. Il y a un radiateur qui chauffe bien. C'est la même chaudière que pour les douches.

– Bon, dit Kronauer.

Il regardait son œil de tigre. Il avait plongé dedans et il y vivait une autre vie.

• Il se baissa et promena la main derrière la canalisation pour voir où en était la fuite. De temps en temps, au contact de quelque chose de dur, le doigt qui avait été piqué par l'aiguille du phonographe se rappelait à son souvenir et, pendant une fraction de seconde, il avait l'impression que l'aiguille de nouveau s'enfonçait dans la pulpe et le brûlait. La blessure n'avait pourtant même pas laissé de cicatrice. Mais, à ces occasions, une brève douleur lui traversait toute la main, comparable à un choc électrique. Il accrocha un relief de métal et il eut un rapide frisson. Il se maîtrisa, il ne souhaitait pas évoquer encore une fois devant Hannko Vogoulian l'histoire du phonographe de Solovieï. Mais elle avait remarqué le mouvement de son épaule.

– Qu'est-ce que tu as? demanda-t-elle.

– Rien, fit-il. Je crois qu'une bestiole m'a mordu. Une fourmi ou une araignée.

– Il y a plus d'araignées, dit Hannko Vogoulian.

– C'est pas quelque chose que je vais regretter, dit Kronauer en poursuivant son examen de la canalisation.

L'eau perlait entre ses doigts. Je peux rien faire contre ça, pensa-t-il. C'est même pas le joint. C'est le collier de serrage qui est déformé. Il faudrait tout démonter et porter ça à un ajusteur, ou plutôt trouver quelque chose d'équivalent dans le bric-à-brac de la Mémé Oudgoul. Une borne de rechange. C'est pas sûr qu'elle en ait une. Et puis c'est des trop gros travaux pour moi.

Hannko Vogoulian était nimbée de lumière et, même s'il sentait bien qu'elle continuait à le considérer avec dédain, il la fixa en souriant joyeusement. Il s'était depuis longtemps rendu compte qu'elle était encore plus jolie que Myriam Oumarik et, comme il savait à présent sans désarroi affronter son double regard, il ne se gênait pas pour la regarder en face.

Ils discutèrent une minute des araignées, de la steppe, des grosses araignées des steppes appelées mizguirs ou mazguirs et que les radiations avaient éradiquées à jamais en quelques mois, puis, on ne sait pourquoi, ils dérivèrent sur l'expédition de Soloviëi et Morgovian au lendemain de l'arrivée de Kronauer au Levanidovo.

Une fois de plus, Hannko Vogoulian récitait ce qui sonnait comme une version officielle de l'événement, un ensemble cohérent que Kronauer avait déjà entendu de diverses sources, et dont les termes variaient peu. Arrivés près de la voie ferrée, Soloviëi et Morgovian avaient arpenté la colline qui dominait le sovkhoze «Étoile rouge». Ils avaient appelé, fouillé dans les herbes, examiné les herbes et ce qu'elles révélaient du passage des hommes. Personne n'était là. En dehors des traces d'un bivouac qui avait été établi par des soldats à quelques mètres des rails, rien ne parlait. Ils avaient longuement exploré les environs, pour le cas où les camarades de Kronauer auraient été abandonnés après avoir été violentés ou exécutés. Ils avaient cherché dans les ruines du sovkhoze, y compris dans des bâtiments éloignés et dans le local où le générateur nucléaire continuait à vibrer, entouré de blocs brûlants jaillis de son cœur. Mais rien. Pas de cadavres, ni même d'ivraies froissées qui leur auraient permis de supposer qu'ils étaient sur une scène de crime.

— Peut-être que les soldats leur ont proposé de remonter avec eux dans le convoi. Si ils ont accepté, maintenant ils sont loin.

— J'arrive pas à croire ça, fit remarquer Kronauer.

C'était une phrase qu'il avait l'habitude de lâcher à cet endroit de la conversation.

— Ils auraient dû laisser un message, poursuivit-il.

— Ils ont rien laissé, dit Hannko Vogoulian.

— Un message pour moi, réfléchit Kronauer. De l'écrit ou autre chose. Ils m'attendaient. Ils savaient que j'allais revenir.

Ils restèrent pensifs tous deux un instant. Debout l'un en face de l'autre, au centre du Levanidovo.

— Vassilissa Marachvili était mourante, reprit Kronauer. Elle était intransportable. Elle a pas pu aller loin.

— Solovieï dit que c'est ton destin, dit Hannko Vogoulian.

— Quoi, mon destin, demanda Kronauer.

— D'avoir près de toi des femmes mourantes.

Kronauer haussa les épaules.

— Qu'est-ce qu'il en sait, murmura-t-il. Qu'est-ce qu'il sait de ma vie.

– Je sais pas, dit Hannko Vogoulian avec une petite
hésitation. Peut-être qu'il a vu ça dans les flammes.

Il chercha à lire un mot de sympathie dans l'œil fauve
de Hannko Vogoulian, il en admira une nouvelle fois, au
passage, la couleur nonpareille, mais sa lecture était infructueuse et, assez vite, il se détourna.

– Quelles flammes, finit-il par bougonner, sans conviction
et sans attendre de réponse.

• Comme il n'osait plus revenir au regard étourdisseur de
Hannko Vogoulian, estimant que peut-être elle y verrait
une insolence, il se tourna vers le paysage que désormais il
connaissait par cœur. La rue principale du village se prolongeait par une route qui menait à la forêt et s'interrompait
au niveau des premiers sapins. Elle se transformait ensuite
en un chemin forestier non carrossable, que Kronauer avait
emprunté pour sortir de la vieille forêt et qu'il n'aurait pour
rien au monde parcouru dans l'autre sens, en direction des
marécages, du silence noir, des arbres pris de furie et des
fourmilières géantes. Le Levanidovo était un territoire clos
et Kronauer ne savait plus exactement dans quelle direction
regarder pour imaginer l'endroit où se situait le sovkhoze
« Étoile rouge », la voie ferrée et la steppe. Pour le reste, les
autres directions, Morgovian avait laissé entendre qu'il n'y
avait pas d'au-delà des arbres, que les étendues de mélèzes
n'avaient plus aucune limite et que, si par malheur quelqu'un
s'aventurait là-dedans, il ne pourrait plus qu'avancer au hasard,
en s'enfonçant toujours plus tragiquement dans la taïga.

Kronauer ne s'attarda pas sur la ligne sombre qui encerclait
le kolkhoze et il se laissa aller à une courte contemplation des

prés totalement jaunes, des fermes éloignées et en ruine, puis il repéra le rucher d'Abazaïev et il vit que celui-ci marchait entre deux rangées de ruches en direction de la vallée. Le Levanidovo persistait à avoir un fonctionnement presque normal, en dépit de la disparition de ses habitants, de ses chiens et de son bétail.

– Cette Vassilissa Marachvili, tu la connaissais bien? l'interrompit Hannko Vogoulian. Vous étiez amoureux?

– On a combattu ensemble, dit Kronauer. On a fui ensemble.

– Et couché? Vous avez couché ensemble? se renseigna Hannko Vogoulian.

– Ben, je me rappelle pas, rougit Kronauer. Peut-être une fois ou deux. Ou peut-être pas.

– Si vous avez couché ensemble, c'était ta femme, conclut Hannko Vogoulian. Mais si vous avez pas couché, c'était qui?

– Je sais pas, dit Kronauer.

Ils se turent une poignée de secondes. Ils pensaient à eux-mêmes, au mariage, aux copulations telles que les décrivaient Maria Kwoll et ses disciples et telles qu'elles se déroulaient dans la réalité, à Vassilissa Marachvili, à Irina Etchenguyen qui avait bel et bien été la femme de Kronauer, à Schulhoff dont Hannko Vogoulian avait bel et bien été l'épouse, quoique fort brièvement.

– Elle était dans un très mauvais état quand je suis parti, dit Kronauer.

Il voulait de nouveau faire surgir l'image de Vassilissa Marachvili telle qu'il l'avait abandonnée, celle qu'il avait emportée avec lui en luttant de son mieux contre toute manifestation d'émotion et de chagrin, la dernière image de Vassilissa Marachvili.

– Tu vois, c'est bien ce que prétend Solovieï. Que ta spécialité, c'est d'être accompagné d'une mourante, fit remarquer Hannko Vogoulian. Tu es toujours flanqué d'une fille en mauvais état. D'une morte ou d'une mourante.

– Bah, objecta Kronauer.

– Il dit que toutes tes femmes agoniseront près de toi les unes après les autres. Déjà il y a eu Vassilissa Marachvili dans la steppe. Samiya Schmidt dans la forêt, pendant sa crise. Irina Etchenguyen à l'Orbise. Et certainement il y en a eu et il y en aura plein d'autres.

– Pourquoi que tu parles de Samiya Schmidt ? s'indigna Kronauer. Ça a jamais été ma femme. Et de toute façon, elle est pas morte.

– Qu'est-ce qu'on en sait, dit Hannko Vogoulian.

– Quoi, qu'est-ce qu'on en sait ? continuait à s'indigner Kronauer. Elle était sans connaissance au milieu de la forêt. Je l'ai ramenée au village sur mon dos. Il s'est rien passé d'autre entre nous. Elle est rentrée chez elle saine et sauve.

– C'est pas ce que dit Solovieï, fit remarquer Hannko Vogoulian.

– Au lieu de vous renseigner auprès de Solovieï, vous avez qu'à lui demander, à elle.

– On lui a demandé, justement.

– Et alors, qu'est-ce qu'elle a dit ?

– Elle a rien dit. Elle parle presque plus. Elle parle presque plus depuis qu'elle est revenue de la forêt avec toi.

• – Écoute, Kronauer. Tu es ici par hasard et pas par choix, observa Hannko Vogoulian. Tu es notre hôte. On te demande pas ton avis. Et si tu veux le mien, d'avis, tu ferais mieux de tourner sept fois ta langue dans ta bouche avant de parler de Solovieï.

– Pourquoi ? demanda Kronauer. Parce qu'il me surveille ?... Il nous écoute ? En ce moment, il nous écoute ?

– Peut-être, oui. En tout cas, il nous entend.

– Je crois pas à ça. Et puis, même si il nous entendait, je m'en fiche complètement.

– Il t'aime pas, dit Hannko Vogoulian.

– Boh, protesta Kronauer.

– Non, ça, il t'aime pas du tout, insista Hannko Vogoulian.

DEUXIÈME PARTIE

ÉLOGE DES CAMPS

.9.

• Vassilissa Marachvili avait fermé les yeux au moment où Kronauer s'éloignait. Elle les rouvrit un quart d'heure plus tard sans rien dire, et ensuite, comme pour elle c'était la fin, elle ne les rouvrit plus.

Iliouchenko devait lutter contre la somnolence. S'il ne se laissait pas aller complètement, c'était plus par solidarité avec Kronauer, qui marchait en ce moment vers la forêt, vers d'hypothétiques secours, que parce qu'il craignait d'interrompre sa surveillance des soldats au bas de la pente. Il se rapprocha encore de Vassilissa Marachvili et il la regarda respirer. Il s'obligeait à rester à genoux, dans une position douloureuse, afin de mieux résister à la tentation de s'allonger à côté d'elle et de ne plus penser à rien jusqu'à ce qu'il n'y ait plus rien. À ce moment, elle avait l'air paisible, mais l'approche du décès embuait son visage. Une rosée grise perçait sur sa peau crasseuse, au milieu des écailles racornies qui lui souillaient les joues. Le sang s'était retiré de ses lèvres desséchées. Elle avait vomi quand ils étaient arrivés devant l'«Étoile rouge». Son battle-dress loqueteux empestait.

Une demi-heure passa.

Une demi-heure avait passé.

Le ciel était moins brillant. Les coups de vent se raréfiaient. Les herbes exhalaient leurs odeurs de tiges menacées de putréfaction et elles se maintenaient figées dans leur vert jaunissant. Kronauer avait disparu en direction de la forêt.

– Il est en route, il va revenir, dit Iliouchenko à voix basse, comme pour répondre à une interrogation de Vassilissa Marachvili.

Celle-ci ne réagit pas. Iliouchenko soupira. J'espère qu'il va revenir, pensa-t-il.

C'était la fin de leur vagabondage à trois. Après l'errance, après les bivouacs dans les agglomérations fantômes, près des piles abandonnées, la faim, la soif, le silencieux bombardement des rayons gamma, l'amour partagé de Vassilissa Marachvili. Ils avaient cessé de former une petite compagnie d'inséparables. Kronauer était parti, il allait bientôt s'enfoncer dans la taïga, il risquait de mourir d'inanition sous les arbres. Quant aux deux qui restaient en arrière, Vassilissa Marachvili et lui Iliouchenko, on voyait bien qu'ils ne formaient plus un groupe actif. L'exténuation était en train de les désunir. Ils ne communiquaient pratiquement plus. Cachés en terrain découvert, contraints d'attendre sans bouger soit le départ des soldats, soit d'improbables secours, ils n'étaient plus en état de se réconforter mutuellement.

Si Vassilissa Marachvili passait de vie à trépas, l'idée même de l'entraide sombrerait, qui les avait si fortement soudés jusque-là.

• Plus bas, les soldats ne s'activaient guère, et toujours avec des mouvements ralentis, comme si les radiations ou une maladie leur avaient ôté toute énergie. Se tenir debout sans appui les accablait. À tout moment ils interrompaient leur déplacement, ils tendaient la main vers un wagon ou un camarade pour ne pas tomber, et, durant deux ou trois minutes, on les voyait au bord de la syncope, reprenant leur souffle avec des attitudes de vieillards. Certains, trahis par leurs jambes flageolantes, s'étaient écroulés et, dispersés dans les herbes, ils paraissaient morts. D'autres encore, touchés par une grande faiblesse ou par une non moins grande inertie, n'étaient pas sortis des voitures. Ceux-là se contentaient de rester assis sur le plancher, jambes pendantes et visage tourné vers le ciel, yeux clos face à la lumière. Par contraste, les plus vaillants semblaient hyperactifs. Ils avaient formé un petit détachement qui finissait de rassembler des éclats de bois et des planches pour faire une flambée sur le ballast. On avait l'impression que pas un seul ne se donnait la peine de parler aux autres, soit que pour accomplir des tâches matérielles élémentaires les paroles fussent jugées inutiles, soit que chacun préférât se cadenasser à l'intérieur d'une solitude bourrue, ou tragique, de toute manière imbrisable.

Craignant qu'un reflet sur l'optique de ses jumelles ne le désignât à la curiosité d'un tireur, Iliouchenko les observait à l'œil nu à travers les stries désordonnées des herbes. Les uniformes étaient en haillons, dépourvus de signes distinctifs, plus dignes de prisonniers de guerre que de soldats en exercice. On ne réussissait pas à déterminer leur arme d'origine. Quant à ce qui motivait leur stationnement à proximité du sovkhoze «Étoile rouge», c'était une totale inconnue. Ils s'étaient à peine écartés du train et aucun n'était parti explorer les ruines. Bien qu'éloignés de tout théâtre d'opérations, ils avaient disposé des fusils en faisceau à l'extérieur des wagons et, en résumé, ils respectaient une certaine logique militaire. Deux hommes avaient pris place aux extrémités du train et, même s'ils s'étaient vite assoupis, l'un entre les rails, l'autre adossé à la locomotive, ils étaient là pour monter la garde. De temps en temps, l'un d'eux émergeait du sommeil et vérifiait quelque chose d'abord dans le paysage, ensuite dans sa carabine, puis il se rendormait.

Plusieurs hypothèses. Iliouchenko ne cessait de les remuer. L'identité de ces types. Leur raison d'être. Leur provenance. Un corps de partisans qui essayaient de poursuivre l'expérience de l'Orbise dans les territoires vides, et qui faisaient la chasse aux traîtres?... Ou un corps franc qui avait rompu avec l'Orbise?... Ou s'agissait-il de déserteurs qui, comme nous, avaient abandonné l'armée par désespoir?... Des mutins qui n'avaient plus nulle part où aller?... Ou qui voulaient rejoindre l'ennemi?... Des partisans du retour au capitalisme? Ou des bandits?... Une bande d'irradiés suicidaires, ayant décidé qu'ils n'auraient plus rien à perdre, tentés par le pillage et le crime pour occuper leurs ultimes semaines de vie, ayant jeté aux orties l'idéal d'honnêteté et de fraternité de l'Orbise?... Dangereux? Pas dangereux?

Ils avaient hésité tout à l'heure, avec toutes ces questions sans réponse qui tournaient en eux – aller à la rencontre des soldats? continuer à se cacher?... Alors qu'il y réfléchissait, Kronauer devait certainement revoir des images de l'enfer qu'Irina Etchenguyen avait traversé, des images de l'hôpital investi par une troupe déchaînée de nervis à tête de chien. Ce cauchemar. Il en avait parlé une seule fois, un soir près du feu, sur un ton de confidence et en choisissant ses mots pour ne pas paraître écorché à jamais par le chagrin. Son récit évitait de s'arrêter sur des détails horribles, mais Vassi-lissa Marachvili s'était assombrie de plus en plus. Elle avait dû s'identifier à Irina Etchenguyen et, quand Kronauer s'était tu, elle n'avait émis aucun commentaire. Quant à lui, Iliouchenko, sans avoir connu de près une barbarie de ce genre, il en savait assez sur les comportements collectifs pour se méfier de cette brigade de zombies qui allait camper devant l'«Étoile rouge». Même apparemment tranquille, n'importe quelle horde de mâles pouvait tout à coup perdre la raison et devenir hargneuse. C'était valable aussi pour ces soldats aux gestes lents. Et puis, maintenant, le phare de l'Orbise n'éclairait ni le monde ni le petit territoire où s'étaient amassés ses ultimes partisans. Toutes les sauvageries allaient réappa-raître. Tout ce que nous n'avions pas eu le temps d'éradiquer pendant nos courts siècles de pouvoir. La morale des tueurs et des violeurs allait se substituer à la nôtre. Les cruautés ancestrales ne seraient plus taboues et, de nouveau, comme dans la période hideuse qui avait précédé l'instauration de la Deuxième Union soviétique, l'humanité allait régresser vers son stade initial d'homme des cavernes. Ses idéologues se rallieraient à ceux qui depuis autrefois prônaient l'iné-galité et les injustices. Ses poètes mercenaires chanteraient la culture des maîtres. La soldatesque ne serait plus tenue en laisse. La danse de l'idiotie et du sang allait reprendre.

• Les dernières lueurs du couchant avaient fondu derrière l'horizon. Le soir commençait à bleuir l'espace. Iliouchenko occupa les dernières minutes de jour à examiner encore et encore les soldats qui, au bas de la colline, s'installaient autour du feu. En vain il scrutait leurs visages de morts-vivants, inexpressifs et gris. Maintenant il utilisait les jumelles. Il n'y avait plus de risque d'être trahi par un reflet de lumière sur leur verre. Il interrogeait anxieusement ces têtes aux cheveux sales, ces corps habillés de guenilles de l'armée. Il n'essayait pas de lire sur leurs lèvres ce qu'ils disaient, car, la plupart du temps, ils étaient muets. Puis, comme son examen ne lui avait rien appris, il se tassa derrière le rideau des hautes herbes et il laissa pendre à son cou l'inutile instrument d'optique.

• La nuit tomba.

Vassilissa Marachvili gémissait sourdement, avec une telle faiblesse que sa voix ne portait pas à plus d'un mètre.

Puis, tous les deux, Iliouchenko et elle, ils dormirent. Iliouchenko s'assoupissait et rouvrait les yeux en sursaut. Le ciel était sombre, parcouru de nuages et sans lune. Les étoiles trop rares scintillaient derrière un voile et n'éclairaient rien. La nuit humidifiait la steppe. Les herbes et la terre laissaient s'épanouir leurs arômes d'automne, riches de pourriture et d'insectes assassinés par le gel précoce. Iliouchenko écoutait autour de lui les crissements indéfinis, peut-être ici l'ultime crispation des sauterelles et là le racornissement des racines obscures pour l'hiver, des rhizomes. Il n'avait en réalité qu'un seul souci – continuer à entendre la respiration de Vassilissa Marachvili. Au bas de la colline, les soldats étaient inactifs. Le feu près des rails avait cessé de rougeoyer. Iliouchenko essayait de rester aux aguets le plus longtemps possible, puis, paupières closes, il s'appliquait à analyser les rumeurs nocturnes. Puis il renonçait à tout effort et sombrait.

Ainsi passa la nuit. Ensuite vint le matin accompagné d'une brume légère, puis la brume se dissipa.

• Le ciel était gris-bleu et sans soleil. Il demeura ainsi toute la journée.

L'état de Vassilissa Marachvili était stationnaire. Elle ne réclamait rien, elle ne se plaignait pas, elle semblait ne pas souffrir, elle respirait avec régularité et presque sans bruit. Iliouchenko demeurait inerte sur son flanc et laissait passer les heures. Avec douceur il lui touchait le poignet, ou sa main s'arrêtait sur les veines de son cou, pour s'assurer que le sang y battait encore, ou sur son front, pour en nettoyer la moiteur. Plus tard, au début de l'après-midi, il s'intéressa de nouveau aux hommes qui campaient au pied de la colline. Dans la clarté de l'aurore il avait vérifié qu'ils étaient toujours là, puis il s'était recouché près de Vassilissa Marachvili, comme frappé d'une grande indifférence. Maintenant, le visage dissimulé, la peau irritée par le contact avec les barbes végétales, les tiges froides, le bord coupant des feuilles, il renouait avec sa tâche de guetteur.

Les sentinelles avaient été relevées. D'autres les remplaçaient, non armées, ce qui incita Iliouchenko à penser que peut-être le convoi comportait deux catégories de voyageurs, des militaires d'une part et des civils d'autre part, indifférenciés, vêtus des mêmes oripeaux interchangeables de la guerre perdue. Puis cette idée le quitta. Elle ne débouchait sur rien. Les uns et les autres pouvaient se révéler hostiles. Pas plus que la veille, il ne parvenait à comprendre ce que ces hommes attendaient. Ils étaient prostrés dans l'herbe, autour du feu de camp éteint, et, en dépit de la lumière du

jour qui aurait dû les tonifier, la plupart paressaient ou continuaient à dormir. Quelques-uns s'étaient aventurés sur le
territoire du sovkhoze et ils s'y promenaient avec une lourde
nonchalance. Parfois ils pénétraient dans des bâtiments en
ruine pour en extirper un objet qui leur avait paru récupérable, ou un bout de bois, une planche éclatée, et ensuite,
épuisés, ils s'asseyaient par terre et restaient sans bouger une
heure ou deux avant de repartir d'un pas précautionneux
vers un nouvel objectif.

• La journée se déroula de cette manière, dans la lenteur,
l'absence d'initiative collective, l'absence d'activité descrip-
tible. Tard dans l'après-midi, Iliouchenko fut pris de vertige.
Il cessa de regarder ce qui se passait près des voies ou dans
le sovkhoze et il s'étendit près de Vassilissa Marachvili.
Au-dessus d'eux les nuages dérivaient, en hauteur et chargés
d'ombre plutôt que de pluie. Les heures s'écoulaient l'une
après l'autre dans le silence, dans le frémissement des herbes,
dans quelques échos de très minces conversations nées près
des wagons ou de la locomotive. Puis le crépuscule s'avança.
Vassilissa Marachvili n'avait pas repris conscience.
Iliouchenko lui caressait tendrement le visage, le haut du
cou, les mains, mais il avait renoncé à la débarrasser des taches
de poussière terreuse, ravinées par des ruisseaux de sueur, qui
formaient sur elle des dessins de mort. Quand le crépuscule
s'épaissit, des gouttes de sang perlèrent depuis les coins de
ses paupières, sous ses narines, à la naissance de ses lèvres.
Elle ne respirait plus avec calme. Elle ne produisait aucun
son autre que des souffles irréguliers et rauques. Inconsciente
ou encore capable de recevoir en elle des fragments

compréhensibles du monde, elle s'accrochait à la main d'Iliouchenko qui ne la lâchait plus. Pendant la première partie de la nuit, son agonie ne connut pas d'évolution notable. Le cœur déchiré, Iliouchenko s'était assis tout contre elle, il se penchait sur elle, et dans l'obscurité il la regardait parcourir les derniers moments de sa vie.

• Dans l'obscurité, sous une poignée d'étoiles dispersées entre les nuages, sur la terre qui avait rapidement perdu la tiédeur du jour, au milieu de ce qui naguère avait peut-être été une surface cultivée mais qui, depuis la catastrophe nucléaire, avait rejoint la mer indistincte des herbes sans noms, à portée de voix des soldats et de leur convoi étrange, à courte distance du sovkhoze abandonné «Étoile rouge», de ses ruines et de son petit réacteur incontrôlable, Iliouchenko regardait Vassilissa Marachvili parcourir les derniers moments de sa vie. L'agonie durait, comme imposée par un destin sadique, amateur d'émotions et de souffrance. Enfin, bien avant l'aube, Vassilissa Marachvili poussa son dernier soupir. Elle se raidit puis se détendit, et Iliouchenko détacha les doigts qu'il avait entrecroisés aux siens, aida son bras à retrouver un emplacement naturel et tranquille le long de son corps. Il resta ensuite prostré pendant une heure, fermé au chagrin, ouvert seulement à des sensations élémentaires, à l'humidité de la nuit et des herbes, aux rares et infimes ruptures dans les ténèbres, aux mauvaises odeurs qu'exhalaient son corps et celui de Vassilissa Marachvili.

• Le ciel ne montrait pas l'intention de s'éclaircir prochainement. L'air se rafraîchit encore. Des crampes rôdaient dans les jambes d'Iliouchenko. Il se remit debout et remua les membres. Ses articulations étaient douloureuses. Il les réchauffa au moyen de mouvements qui ressemblaient à une gymnastique d'octogénaire. À l'horizon une demi-lune venait d'affleurer, n'apportant sur la steppe qu'une lumière dérisoire. Il se dit que malgré tout, si les sentinelles n'étaient pas endormies, elles avaient maintenant une occasion en or de le repérer, car en dehors de lui tout était rigoureusement pétrifié sur des kilomètres à la ronde. Il attendit un claquement de culasse, une détonation, mais rien ne vint, et la lune disparut. Alors, ne se posant même pas la question de savoir s'il s'agissait d'une bonne ou d'une mauvaise initiative, il souleva le haut du corps de Vassilissa Marachvili et il commença à le traîner en direction de la voie ferrée.

Après la chute du jour, les soldats avaient allumé un feu et quelques-uns s'étaient installés autour pour passer la nuit. Le feu à présent était éteint, mais Iliouchenko au cours des dernières heures l'avait scruté tant de fois depuis le haut de la colline qu'il connaissait exactement son emplacement, et en outre il se guidait sur une minuscule tache rouge qui palpitait encore dans les cendres. Il descendit la pente sans prendre la moindre précaution pour éviter d'être remarqué. Il consacrait toute son énergie à ne pas tomber et à ne pas manipuler la dépouille de Vassilissa Marachvili de façon irrespectueuse.

Quand il fut arrivé à quinze mètres des braises, l'un des soldats qui somnolaient en désordre près du feu sortit de sa léthargie, alluma une torche électrique et en dirigea le faisceau sur Iliouchenko. Celui-ci se tint immobile dans la lumière, ébloui, crasseux et muet, étrange figure de vagabond des steppes ayant pour tout bagage un cadavre de femme. Le soldat éteignit sa lampe sans l'interroger pour savoir ce qu'il voulait, qui il était, ni lui souhaiter la bienvenue ou l'inviter à prendre place parmi les dormeurs.

La nuit ne touchait pas encore à sa fin et elle était froide. Iliouchenko resta une demi-minute sans faire un pas, le temps que ses rétines provisoirement mises hors d'usage par le rayon de la torche récupèrent leur aptitude à distinguer le noir du blanc. Aucun des soldats rassemblés près du feu ne disait un mot et, comme ils ne ronflaient pas dans leur sommeil, Iliouchenko fut traversé par l'idée que peut-être eux aussi, comme Vassilissa Marachvili, n'avaient pas survécu. Il fit glisser à terre son fardeau lugubre, veillant à ce que la morte n'allât pas buter obscènement contre le sol, et ensuite il avança jusqu'au foyer et il s'assit très près des cendres pour remuer les tisons avec un éclat de bois. Une flamme pétilla sous une planchette, rouge et or, mais le feu ne reprit pas et, après des efforts inutiles, Iliouchenko abandonna la partie. Il n'avait même pas pu se réchauffer les mains.

Le soldat à la torche électrique engagea alors la conversation. Des restes de flammes se reflétèrent sur son épaule, dans ses yeux d'épuisé fiévreux, sur sa physionomie cartonneuse, puis la lumière baissa encore et il n'y eut plus que sa voix.

– On mange pas de viande humaine, dit-il.

– Ah, commenta Iliouchenko.

Il avait la gorge et la langue desséchées. La voyelle eut du mal à sortir, elle évolua vers un son sifflant, puis il toussa. Le soldat lui tendit une gourde. Iliouchenko laissa l'eau imprégner ses muqueuses avant de l'avaler. Elle avait un goût vinaigré. Il la mâcha avec prudence, afin de ne pas s'étouffer ou avoir des contractures qui lui tétaniseraient l'estomac.

— Le marxisme-léninisme l'interdit, poursuivit le soldat en reprenant la gourde.

— Il interdit quoi? demanda Iliouchenko.

— De manger de la viande humaine.

— Je sais bien, dit Iliouchenko.

— Alors, pourquoi que tu nous l'as apportée? objecta le soldat.

Iliouchenko vit enfin où se situait la source du malentendu, mais il se sentait trop harassé pour s'en offusquer.

— Vous pouvez m'aider à m'occuper d'elle. J'ai pas envie que les corbeaux et les rats la dévorent en pleine steppe.

Il eut une nouvelle quinte de toux. Son interlocuteur, qui ignorait dans quel état de déshydratation il se trouvait, ne lui proposait plus de se désaltérer.

— On a rien mangé depuis des semaines, mais jamais on se mettra à manger de la viande humaine, s'obstina celui-ci.

L'organisme d'Iliouchenko lui ordonnait de s'effondrer près des cendres. Ses paupières se fermaient lourdement, son cœur battait comme en plein sommeil. Les corps allongés autour de lui l'invitaient à ne plus lutter. Même la douleur causée par la perte de Vassilissa Marachvili était devenue cotonneuse. Brusquement, il ne pensa plus à rien, sinon aux odeurs de planches carbonisées et à l'absence de tiédeur et de lumière.

• Au lever du jour, les soldats ankylosés s'étirèrent et bâillèrent. Avec une grande mollesse ils se mettaient debout et commençaient à marcher. Quelques-uns allèrent à l'écart faire leurs maigres besoins, d'autres remontèrent dans les wagons pour s'y étendre. Certains demeurèrent couchés sur la terre, respirant sans hâte en attendant que le soleil apparaisse et les réchauffe.

Ils offrirent de l'eau à Iliouchenko et ils partagèrent avec lui des fragments de pemmican. Il fallut patienter jusqu'à l'aurore pour entendre enfin le son de leurs voix. Ils conversèrent un peu de choses et d'autres, de la fin de l'Orbise, de l'égalitarisme, des officiers qui se suicidaient ou qu'on était obligé de fusiller, de leur espoir d'en finir avec leur interminable voyage en train. Ils allaient et venaient depuis un mois dans les zones irradiées, sans rien trouver qui pût ressembler à un havre. Ils avaient l'impression de tourner en rond. Leur but était un camp de travail qui n'était pas indiqué sur les cartes ferroviaires, mais dont ils connaissaient l'existence par ouï-dire. Ils parcouraient l'ensemble du réseau à la recherche de ce qu'ils considéraient comme la fin heureuse de leur errance. Dans un camp, prétendait l'un d'eux, ils seraient pris en charge et enfin libres. Ils avaient des regards et des discours d'insanes. Ils parlèrent aussi de Vassilissa Marachvili. Celui qui avait une torche, et que les soldats avaient élu commandant pour une semaine, suggéra de l'entreposer là où se trouvait le générateur nucléaire, afin qu'elle y séjourne à l'abri des prédateurs. Ceux-là, argumentait le commandant, les radiations les éliminaient, et elles continueraient à les éliminer aussi longtemps que durerait l'éternité. Plusieurs soldats acquiesçaient. C'est sûr, dit l'un d'eux.

Iliouchenko se laissa aisément convaincre. Il n'avait absolument aucune envie d'ensevelir Vassilissa Marachvili. La laisser seule au contact de la pile était une forme d'incinération lente, et de toute façon bien préférable au pourrissement sous la terre, parmi les bêtes, les vers, les mille-pattes et les larves.

.10.

• Cinq fantassins se portèrent volontaires pour l'opération de transport de Vassilissa Marachvili jusqu'au réacteur défectueux. Ils s'arrangèrent pour l'agripper d'une manière presque fraternelle, en tout cas attentionnée, et, ayant contourné la locomotive et traversé les rails, ils partirent tous en vacillant à travers les hautes herbes et les broussailles, avec pour objectif la petite installation nucléaire du sovkhoze. Ils dépassèrent des bâtisses administratives écroulées, une ancienne porcherie qui sentait encore le lisier, deux résidences collectives qui n'exhalaient aucune odeur humaine, et, après avoir emprunté une allée autrefois goudronnée, ils arrivèrent devant la porte du générateur. Les soldats déposèrent Vassilissa Marachvili sur le seuil et, estimant que là se terminait leur bonne action, ils laissèrent Iliouchenko en compagnie du cadavre et repartirent en direction du portail d'« Étoile rouge » et de la voie ferrée.

• La porte du local était fermée, mais pas à clé. Iliouchenko gratta du bout du pied la terre qui s'était accumulée devant, pesa sur le loquet, tira le panneau vers lui et entra. C'était une pièce de contrôle technique, avec des canalisations de tailles variées, des moniteurs, des vannes, des compteurs.

Tout cela avait grillé et subi de gros dommages quand le béton de la cuve attenante avait éclaté, à la suite de quoi s'étaient répandues entre les murs de virulentes coulées de déchets en fusion. Mais ensuite l'éruption s'était assagie, et finalement, au bout de plusieurs décennies, la pièce ressemblait surtout à une salle de machines déglinguée, incendiée il y a longtemps et aujourd'hui en attente d'une réfection fondamentale. Par miracle, deux lampes fonctionnaient au milieu du plafond noir de suie. Le miracle était dû à l'intervention de liquidateurs héroïques, qui juste après l'explosion avaient réussi à rétablir une alimentation électrique provisoire afin de tenter sur la cuve des opérations de la dernière chance, et qui étaient morts en oubliant d'éteindre la lumière.

Sous les lampes, il y avait deux tabourets, et, sur les tabourets, deux hommes étaient assis.

Le premier était un personnage de taille impressionnante, un quinquagénaire hirsute et géant qui pour Iliouchenko paraissait surgi d'une byline russe, ou peut-être aussi d'un conte de Tolstoï mettant en scène des paysans dont l'apparence et le style de vie n'avaient pas changé depuis mille ans. Cet homme avait une houppelande en mouton retourné sur les épaules, il était habillé d'une chemise de moujik d'un bleu profond, impeccable, soyeuse et sans plis, avec un pantalon bouffant en serge grise qui rentrait dans des bottes cirées, et, s'il n'avait pas eu à l'épaule une carabine et, passée dans son énorme ceinture de cuir noir, une hache de bandit, il aurait pu s'insérer dans une histoire tranquille, de village éternel, russe ou sibérien, vivant au jour le jour et ayant échappé à l'écoulement des siècles et à leurs soubresauts, ayant ignoré l'invasion mongole, le servage et la collectivisation. Mais il y avait ces armes, et surtout son regard jaune de magnétiseur qu'on ne pouvait soutenir plus d'une seconde, un déversement de feu doré qui ouvrait une fenêtre sur l'au-delà, ajoutait à sa personne une dimension irrationnelle extrêmement inquiétante. Il s'agissait bien sûr de Solovieï. Il s'était rendu au sovkhoze « Étoile rouge » dès que Myriam Oumarik et Hannko Vogoulian avaient pris en charge Kronauer inconscient, et il était arrivé au petit matin dans le local du réacteur.

Solovieï avait à sa gauche Morgovian, un type qui parut aussitôt à Iliouchenko chétif, effrayé par son compagnon et globalement insignifiant.

Iliouchenko n'était pas prêt à cette rencontre et tout d'abord il cligna des yeux sans rien dire, se demandant si son cerveau éprouvé n'était pas en train de lui jouer des tours, et s'il n'avait pas commencé à délirer sous l'effet du bombardement trop fort des rayons issus de la cuve.

Je suis peut-être en train de rêver ou en train de mourir, pensa-t-il.

Il se retourna vers la porte. Vassilissa Marachvili gisait devant le seuil. Les soldats qui l'avaient transportée jusque-là étaient repartis.

Ou peut-être que je suis déjà mort, pensa-t-il.

• – Ah, c'est bien, dit l'énorme moujik d'une voix grave. Tu es venu avec ta fille.

– C'est pas ma fille, protesta Iliouchenko. C'est Vassilissa Marachvili.

– C'est ta femme ? s'informa l'énorme moujik.

Iliouchenko ne sut que répondre. Il trouvait cet interrogatoire déplacé.

— Elle est morte, dit-il.

L'énorme moujik approuva d'un mouvement de menton.
À défaut de pouvoir croiser son regard, Iliouchenko regardait
sa bouche noyée de barbe noire. Ce n'étaient pas des poils
postiches. S'il vivait dans la région, cet homme devait avoir
conclu un pacte avec les radiations, qui rendaient imberbe
avant de tuer.

— Pour moi, femme ou fille, c'est du pareil au même, dit
Solovieï d'un air bizarrement fier de lui. Amène-la par ici,
qu'on voie si elle est vraiment morte.

Iliouchenko broncha. Il n'avait jamais volontiers obéi à
des ordres.

— Et vous, vous êtes qui ? demanda-t-il.

L'autre eut un sourire de paysan roué, il décolla les mains
qu'il avait posées sur ses cuisses massives et il fit un geste qui
indiquait une direction imprécise dans son dos.

— Il y a un kolkhoze par là-bas. On vit en autarcie. C'est
moi le président. Et toi, tu t'appelles Iliouchenko, je me
trompe pas ?

Iliouchenko fit oui de la tête.

— Vous avez parlé avec Kronauer ? demanda-t-il.

Le moujik énorme se renfrogna. Comme cherchant
un avis sur la réponse qu'il allait faire, il se tourna vers le
kolkhozien neurasthénique qui assistait au dialogue, la tête
rentrée entre les épaules, taciturne et apeuré.

— Ce Kronauer, il perd rien pour attendre, finit-il par
gronder.

— Ben qu'est-ce qu'il a fait ? s'étonna Iliouchenko.

– Il a pris du bon temps avec ma fille, dit l'énorme moujik avec hargne.

Bien qu'exténué mentalement, Iliouchenko ne pouvait ajouter foi à une information aussi invraisemblable.

– Quelle fille ? s'indigna-t-il.

– La femme de Morgovian, fit le moujik en indiquant son compagnon sans cacher son mécontentement.

Ayant été ainsi désigné, Morgovian sursauta et bougonna deux ou trois paroles désarticulées. Il avait ôté sa casquette et il la triturait pour se donner une contenance. On voyait à présent son crâne dépourvu de cheveux et marqué de nombreuses cicatrices. Il avait une tête de zek n'ayant plus que quinze ans à tirer avant sa libération.

– Je crois pas ça, dit Iliouchenko.

– Tu dis qu'elle s'appelle Vassilissa Marachvili ? fit l'énorme moujik sans poursuivre sur le sujet.

Iliouchenko acquiesça en faisant la moue.

– Amène-la par ici, je t'ai dit, ordonna l'énorme moujik.

Iliouchenko sortit du local et traîna Vassilissa Marachvili à l'intérieur. Il l'allongea devant les deux hommes assis. Il avait l'impression de présenter une pièce de gibier à des chasseurs et cela le dégoûta et l'indigna tellement qu'il ne resta pas debout et qu'il s'assit tout contre Vassilissa Marachvili, lui effleurant le bras, le flanc, le visage, sans plus se préoccuper des types qui se trouvaient là, cherchant à faire corps avec elle. Il recevait son odeur de steppe et de terre, de vêtements sales et de chairs défuntes, et, par amitié et empathie, et aussi par hostilité envers ces deux kolkhoziens qui lui donnaient des ordres, il s'interdisait de penser à elle comme à un cadavre.

Vassia, pensa-t-il.

• Iliouchenko et Vassilissa Marachvili s'étaient rencontrés plusieurs fois à des réunions de cellule avant la chute de l'Orbise, et déjà entre eux existait une complicité amicale quand ils avaient rejoint une des unités de partisans qui souhaitaient défendre une dernière fois l'Orbise, pour l'honneur et sans aucune perspective de victoire même infime, même dans des batailles infimes. Le groupe auquel ils appartenaient avait été exterminé en quelques heures. Un soir, alors que le front avait été enfoncé et que l'ennemi sûr de son fait restait silencieux avant l'offensive du lendemain, ils avaient pénétré dans une maison bombardée, ils s'étaient couchés sur un lit intact et ils avaient fait l'amour, maladroitement et dans l'angoisse, en se disant que de toute façon il ne leur restait que quelques heures à vivre et que ce qui arrivait à leur corps n'avait plus aucune importance. Le matin suivant, ils étaient entrés tous deux dans une petite formation d'arrière-garde, une brigade improbable qui réunissait des survivants anxieux de harceler l'ennemi avant de disparaître. C'est alors qu'ils avaient fait la connaissance de Kronauer. Et il est vrai que Vassilissa Marachvili s'était un peu amourachée de celui-ci, mais ensuite tous les trois avaient été pris dans le tourbillon de la guerre civile, et ils n'avaient plus eu le temps de préciser l'état de leurs relations sentimentales triangulaires. Leur commandant voulait les entraîner dans d'absurdes opérations kamikazes, et surtout dans une alliance avec des créatures communistes d'autres systèmes solaires dont il prétendait avoir reçu des messages par télépathie. Ils avaient dû se séparer de lui en le mitraillant, comme cela a déjà été évoqué par ailleurs. Puis ils avaient entrepris de fuir en longeant la taïga, dans les steppes ponctuées de villes, de bourgades et de centres industriels et agricoles dont les nombreuses piles nucléaires s'étaient déréglées presque toutes en même temps, rendant inhabitable une région immense, grande comme un continent et désormais abandonnée. Derrière eux l'ennemi allait rétablir le capitalisme et, pour repartir sur de bonnes bases, procédait à de vastes tueries, mais dans ces territoires impropres à la vie humaine il n'y avait plus rien à craindre. Il n'y avait plus qu'à aller de l'avant, vers la mort, en s'entraidant. Vassilissa Marachvili n'avait flanché véritablement que pendant la dernière semaine de leur périple. Kronauer, qui résistait mieux à la fatigue due à la faim et aux radiations, l'avait souvent portée sur son dos, mais souvent aussi Iliouchenko l'avait relayé. Ils continuaient à progresser vers leur fin commune. Pour eux deux, Kronauer et lui Iliouchenko, Vassilissa Marachvili n'était pas une compagne de circonstance, mais bien plutôt une sœur précieuse. Une petite camarade très-précieuse.

Et soudain Iliouchenko se rendait compte qu'il allait l'abandonner ici, cette femme aimée, respectée et précieuse, dans cette pièce où un désastre nucléaire avait eu lieu et où, pendant des siècles et même plus, une silencieuse éruption se prolongerait, dévastatrice, inexorable. Certes, il y avait pensé avant, mais brusquement il en avait pleine conscience. Ici, dans ce local technique bouleversé, aux parois carbonisées, commençait l'immense solitude de Vassilissa Marachvili.

L'immense solitude de Vassilissa Marachvili.

Or la présence de ces deux kolkhoziens improbables empêchait Iliouchenko de se recueillir auprès d'elle, l'empêchait de prononcer à son chevet, mentalement ou à voix basse, des paroles d'adieu ou de réconfort. Il aurait voulu lui parler encore, dire sa peine. Et maintenant entre eux tout s'effilochait. Il lui aurait fallu de la tranquillité pour s'assurer que les quelques images à moitié effacées qui les liaient encore se fixeraient dans sa mémoire, ne se dégraderaient pas trop vite. Il aurait eu besoin de temps et d'absence, de vide. Soloviëi et Morgovian n'avaient aucune raison de participer à ce moment de chagrin. Ils étaient totalement extérieurs à ce deuil. Il fallait qu'il leur demande de quitter les lieux. Il allait leur demander de sortir, d'avoir la décence de ne pas s'imposer ici. Il allait expliquer qu'il s'agissait d'une cérémonie funéraire privée, qui concernait la défunte et lui-même et dont ils étaient naturellement exclus. Oui, c'est cela : il allait se mettre debout, et avec fermeté les prier de déguerpir et de l'attendre dehors. Et ensuite, si nécessaire, ils reprendraient la conversation interrompue.

• Sans se soucier de ce qu'Iliouchenko était en train de ruminer, Soloviëi fouillait dans une sacoche qu'il portait en bandoulière. Il en retira une motte de pemmican brun sombre, enveloppée dans un papier huilé. Par-dessus le cadavre de Vassilissa Marachvili, il tendit le paquet à Iliouchenko.

– Avec ça, tu pourras tenir des semaines en pleine steppe, dit-il. Continue vers le sud-ouest avec les soldats. Longez les voies. Vous finirez par vous établir quelque part. C'est des grandes distances, mais on arrive toujours quelque part et on s'y installe.

Iliouchenko se leva et, sans un mot, pris au dépourvu, il accepta le cadeau que lui faisait l'énorme moujik. La quantité de pemmican était impressionnante. Il y en avait au moins trois kilos.

– Et Vassilissa Marachvili ? demanda-t-il.

– Je vais l'examiner. Je vais m'occuper d'elle. Elle est au bout du rouleau. Elle peut pas aller plus loin.

– Ben non, surtout qu'elle est morte.

– Elle est ni morte ni vivante. C'est ça qui la sauve. C'est à partir de là qu'on va travailler sur elle.

Morgovian, qui était resté jusque-là nerveux mais sans ouvrir la bouche, on ne sait pourquoi choisit ce moment pour intervenir.

– On peut la ravoir, bégaya-t-il.

Dans son manteau sale de déserteur, Iliouchenko avait une grande poche vide. Il était en train d'y fourrer le bloc de pemmican. Il s'interrompit dans cette opération et leva les yeux sur le kolkhozien qui venait de parler. Il rencontra son regard fuyant de zek de petite envergure, capable de compromis avec les gardiens et les chefs de chambrée, cherchant le consensus plutôt que la querelle et les menaces physiques. Mais surtout il y surprenait une nuance vicieuse, une lugubre certitude de luxure. Maintenant il avait l'impression qu'il avait amené Vassilissa Marachvili non devant des villageois imperméables aux radiations, mais devant deux dégénérés, nécrophiles et pratiquement fiers de l'être.

– Je vous laisserai pas toucher à cette femme, dit-il.

Solovieï étendit le bras devant Morgovian pour l'empêcher de dire d'autres bêtises.

– Morgovian a raison, dit-il. On peut la ravoir. Mais c'est tout un travail.

– Je vais rester à côté d'elle, dit Iliouchenko. J'ai aucune raison de vous la confier. J'ai pas confiance. J'ai aucune idée de qui vous êtes. Je sais pas ce que c'est que cette histoire de kolkhoze.

Solovieï décolla les fesses du tabouret sur lequel il était assis et il se redressa. Tout en veillant à ce que sa houppelande ne glisse pas de ses épaules, il enjamba le corps de Vassilissa Marachvili et il se retrouva très près d'Iliouchenko, dans une posture qui en soi n'avait rien d'agressif mais qui ne pouvait pas non plus être interprétée comme neutre. Certes, ses mains ne caressaient pas le haut de sa hache et ballaient le long de ses hanches de colosse, ouvertes et innocentes, mais son corps tout entier était une masse dangereuse. Il ne faisait aucun doute qu'en cas de bagarre il aurait le dessus en moins de trois secondes. Il était gigantesque et, comme une des puissantes lampes du local éclairait sa tête par l'arrière, un halo se formait autour d'elle et lui donnait un air de créature fantastique. Iliouchenko leva les yeux vers lui, car il souhaitait ne pas paraître intimidé, et il eut d'abord la vision de sa face velue, carnassière et moqueuse, qui se prolongeait en flammes formidables, même pas torsadées, à la fois laineuses et aveuglantes. Ensuite il rencontra son regard jaune tigre, ses iris d'hypnotiseur où ne transperçait aucune bienveillance, et il l'affronta.

Ce président de kolkhoze me fait pas peur, pensa-t-il sans conviction. C'est rien qu'un koulak du temps de Tolstoï. Un péquenot non collectivisé que les rayons gamma ont rendu dépravé et fou. Il y a peut-être même pas de kolkhoze là où il habite. C'est un type qui vit dans son délire.

Iliouchenko soutint le regard de Solovieï pendant deux secondes, puis le duel évolua en sa défaveur. L'autre ne clignait pas des yeux et Iliouchenko sentit qu'un flot de mauvaise lumière pénétrait en lui, l'envahissait jusqu'aux moelles et le privait de toute volonté. Une nausée vertigineuse commençait à poindre, et déjà il se demandait s'il allait s'évanouir ou vomir, mais, avant tout, il était conscient qu'en profondeur il se ramollissait et qu'il était ramolli et vaincu. La comparaison vaut ce qu'elle vaut, mais c'est peut-être le genre de réflexion qui traverse une mouche quand, après avoir été immobilisée dans de la bave, elle s'aperçoit qu'on vient d'instiller en elle un acide gastrique qui va la transformer en nourriture.

– L'histoire du kolkhoze, c'est mon histoire, finit par dire Solovieï d'une voix forte et sifflante. C'est moi que ça regarde. Le kolkhoze, c'est mon rêve, et ça durera autant de temps que je voudrai. Ça durera autant de temps que j'existerai, et, là-dessus, j'ai de comptes à rendre à personne. Quant à ta fille, je la prends sous mon aile. Tu voulais qu'elle reste ici, de plus en plus noire et de plus en plus morte ? Tu voulais quoi ? Qu'elle soit sous les rayons de plus en plus seule et horrible ?

Iliouchenko ne savait que répondre. Il se démenait menta-lement pour savoir si le liquide doré qui le paralysait était extérieur à lui ou non. Des sous-pensées désordonnées murmuraient dans les souterrains de sa mémoire, formulées dans une langue sorcière dont il ne comprenait pas une syllabe. Plus généralement, le sens du monde lui échappait. Il avait à peine entendu la question de Solovieï.

Celui-ci répondit à sa place.

– Bien sûr que non, que tu veux pas ça. Tu voudrais qu'elle continue à exister, mais tu ignores ce qu'il faut faire pour que ça se produise. Eh bien, au lieu de la confier à ce réacteur fou, tu vas me la confier, à moi. Je vais la ravoir et je vais l'emmener au kolkhoze. À «Terminus radieux». Le nom du kolkhoze. C'est ça qu'il faut faire. Il y aura pas mieux pour elle.

À ce moment-là, Iliouchenko promena avec lourdeur son bras droit devant ses yeux, comme pour se protéger d'une lampe aveuglante, puis, sans un mot, il vacilla et perdit conscience. Il restait debout, comme pétrifié, il ne s'affaissait pas aux pieds de Solovieï, mais il n'avait pratiquement plus aucune conscience.

– Ben non, intervint alors Morgovian. Il y aura pas mieux pour elle. C'est ça qu'il faut qu'on fasse.

– Ben oui, confirma Solovieï. C'est ça qu'on va faire.

• Le décor était bordé de tuyaux déglingués et de compteurs qui pendaient dans le vide, au bout de câbles qui ressemblaient à des queues de renard calcinées, les écrans de contrôle avaient plus à voir avec des morceaux de lave refroidie qu'avec l'électronique, sur le plafond collait une épaisse poussière fuligineuse, les murs avaient subi un atroce nettoyage par la flamme, la cloison en béton qui séparait le local de la cuve était balafrée de plusieurs larges crevasses, le sol était jonché de concrétions noirâtres, de fragments charbonneux qui ne s'effritaient pas sous les pieds quand on marchait dessus. C'était une toile de fond plutôt repoussante. Pourtant la lumière électrique violente et crue baignait la scène d'une sorte de normalité théâtrale, un peu comme si elle avait été étudiée par un éclairagiste pour on ne sait quel spectacle post-exotique, on ne sait quelle petite saynète tragique du genre de celles qu'on appréciait après la fin de la Première Union soviétique, sans effets spéciaux, avec des comédiens qui se tenaient presque rigoureusement immobiles à proximité les uns des autres, dans cette nudité mentale effrayante qui caractérisait le travail de Leonor Ostiategui, de Maria Sauerbaum, de Maria Henkel ou d'autres dramaturges de l'époque.

Une scène de théâtre montrant ce qui arrivait après la fin.

Et ici on avait quatre personnages, d'abord une femme en guenilles qui mimait la rigidité cadavérique au pied des autres, puis un kolkhozien à l'air effacé, qui n'avait pas quitté son tabouret depuis les premières répliques, puis un déserteur tétanisé, en capote de soldat extrêmement sale, avec en bandoulière une besace et une paire de jumelles prises sur des morts et, sur le cou, une toile d'araignée qui essayait de marquer son appartenance au camp ouvrier et paysan, et enfin un moujik gigantesque, endimanché, avec une barbe et des cheveux en couronne, parfois dressés comme à la suite d'une charge d'électricité statique, avec aussi un regard jaune de thaumaturge, impossible à soutenir. Quatre acteurs dont on se demandait ce qu'ils avaient à échanger, tant ils étaient comme fondamentalement différents les uns des autres. Et, de fait, le dialogue entre eux était terminé. À présent, un seul interprète captait l'attention.

Seul Solovieï parlait.

Seul Solovieï avait à présent un rôle non muet. Il interprétait une pièce constituée d'un monologue, d'un bloc bavard qui s'adressait à des auditeurs qui étaient surtout des faire-valoir. Fondamentalement, il dirigeait et disait un rêve, comme le font les morts après leur décès, comme tentent de le faire les morts dans l'espoir que leur dernier parcours conscient ait encore un peu de chair, contienne encore un peu de non-solitude et d'aventure. Comme la plupart des morts essaient en vain de le faire. Mais lui Solovieï réussissait cela, il avait réussi à construire cela solidement et, sinon dans l'éternité, du moins pour toujours. Et ici il administrait son rêve sans plus se soucier de pudeur ou de vraisemblance. L'image était figée, la saynète en cours n'impliquait plus aucun déplacement des comédiens, et lui seul intervenait. Le temps de parole lui était désormais entièrement réservé. L'éclairage ne le mettait pas spécialement en valeur, bien qu'il occupât le centre de l'espace scénique, mais le son était tout à lui. Il dominait Iliouchenko et Vassilissa Marachvili, et, indifférent à la longueur cauchemardesque de son discours, il le dévidait.

• – J'ai pas l'intention de te faire la leçon, soldat, mais c'est idiot de ta part de parler de confiance. Qu'est-ce que la confiance vient faire là-dedans ?… La question est complètement ailleurs… Je vais te dire, Iliouchenko. Tu peux considérer que tu es déjà mort. Je suppose que tu le sais déjà plus ou moins. Alors, dans ces conditions, à quoi que ça te sert de faire des difficultés pour cette fille ? Si tu es déjà mort ou assimilé, proche du basculement ou en marche dans le décès, à quoi que ça te sert de te démener pour que rien arrive à ta fille ? Elle est ici dans la chambre des radiations et à cause de ça, mais surtout avec mon aide, elle peut reprendre un peu d'existence. Je m'avance pas, je promets pas qu'elle pourra ressusciter pleinement, mais qu'elle reprenne au moins un peu d'existence, oui… Ça, oui… Ça, c'est dans mes cordes… Toi de ton côté tu peux plus t'occuper d'elle. Tu as fait le maximum, mais maintenant c'est fini. Tu as fait ce que tu pouvais, c'est-à-dire rien... Tout à l'heure tu vas partir avec les soldats, pour toi il y a plus d'autre voie, et, si tu veux mon avis, tu as rien à y perdre. Eux aussi ils sont déjà morts ou assimilés. Proches du basculement, mais éloignés de l'extinction. Grâce à moi, d'une certaine manière, éloignés de l'extinction... Vous allez tous remonter dans ce train et repartir. Et avec quel objectif, dans quelle direction, que tu vas me demander ? Je vais te répondre... On a tous des rêves. Même en plein dans l'espace noir, on continue à fonctionner comme ça, dans l'espérance et dans les rêves... C'est notre destin de bêtes conscientes... Que ça nous plaise ou non... Avant la vie mais surtout après, qu'on le veuille ou non, on avance comme ça, dans les rêves... Et en plus bien souvent on est habité par un rêve de rêve... Toi, avec les autres, les prisonniers et les soldats du convoi, tu as quelque chose qui t'habite. Ça va être de plus en plus précis pour toi, avec le temps... Vous avez le rêve de vous fixer dans un endroit où vous serez enfin tranquilles. Que vous soyez déjà morts ou en passe de mourir ou de vous éteindre, ou encore soldats, ou déjà prisonniers, ou déjà transformés pour toujours en morts-vivants, ou déguisés en vivants ou en marionnettes mortes sans avoir conscience de qui vous êtes. C'est des distinctions qui ont aucune importance pour vous, et encore moins pour les autres qui ignorent tout de vous et qui s'en fichent... Vous rêvez de vous installer enfin dans un endroit où on vous imposera pas d'être différents de ce que vous êtes, vous avez le rêve d'entrer enfin dans un camp et de plus jamais en sortir. Enfin la récompense de vos efforts... de votre persistance... enfin l'incarcération dans un camp où vous serez protégés des horreurs de l'extérieur... Ce rêve, on l'a tous eu à un moment ou à un autre. Eh bien, moi je te dis, Iliouchenko, moi qui te parle et qui en ai vu de toutes les couleurs, c'est pas plus mal de rêver ça, même si ça paraît un peu bizarre aux vivants, aux morts et aux chiens. C'est pas plus mal. Et de toute façon tu vas partir avec eux et, dès que tu auras commencé à être bringuebalé dans un wagon à bestiaux, tu vas leur ressembler à cent pour cent. Ils sont plus de ce monde, et toi non plus… Moi non plus, Vassilissa Marachvili ta fille non plus… mais là, on parle pas des mêmes mondes, tu peux pas comprendre… Quoi qu'il en soit, tous les deux on va se séparer bientôt et plus se revoir… enfin, oui et non… quand je le veux je revois qui je veux dans l'espace noir ou dans les flammes. Essaie pas de comprendre ça. On est plus des créatures semblables ni comparables… Toi tu es un brave, un soldat de l'Orbise, tu as tes habitudes de générosité et de fraternité de l'Orbise, et moi… Moi, j'ai eu ça aussi dans le temps, ces habitudes, mais très tôt j'ai appris à traverser l'espace noir et les flammes, et ça… c'est des choses qui changent tout. Quand on sait aller et venir dans les flammes et quand on sait se coucher et se réveiller dans les vides noirs, l'existence est plus la même qu'à l'Orbise… on vit sa vie comme mille pièces de théâtre, mille comédies et mille tragédies sans conclusion, et pas comme une brève promenade minable dans la Deuxième Union soviétique ou je sais quoi de nettement pire encore… Tu peux pas comprendre et j'attends pas de toi que tu comprennes. Bon, alors pourquoi que je te raconte ça, et qu'est-ce que j'attends de toi ?… J'attends rien de spécial, soldat, j'attends rien de toi. Simplement que tu rejoignes le convoi, que tu abandonnes tout derrière toi et que tu me laisses m'occuper de ta fille. Cette Vassilissa Marachvili, elle est déjà sortie de ta vie. Que tu penses encore à elle ou non, ça compte plus du tout, maintenant. Elle est plus pour toi. Je la connais pas très bien encore, mais je peux te dire que c'est une jolie fille et une bonne fille, courageuse et idéologiquement saine. Elle a pas supporté l'épuisement de la steppe irradiée, c'est pas des choses qu'on peut lui reprocher. Elle a tellement de radiations dans le corps qu'elle est déjà composée d'autre chose que de chair réelle, et c'est justement pour ça qu'on va pouvoir la ravoir… À cause des radiations on peut la ravoir. Si on a le savoir-faire et qu'on renâcle pas devant le travail… C'est de la magie autant que de la science mais au fond c'est surtout de la science. Je dis pas de l'art parce que j'ai pas cette prétention. En tout cas, moi, je t'assure qu'on peut la ravoir… Et d'accord qu'elle sera plus comme avant, qu'elle aura plus aucun souvenir personnel de son existence d'avant, et que une fois réveillée elle paraîtra un peu molle et idiote, mais au moins on lui aura redonné le minimum vital. Elle saura pas qu'elle vit et elle aura pas beaucoup de raisonnement, mais ça sera un sacré progrès par rapport à la mort brute et simple. Ça sera ni une morte ni une vivante, ni une chienne, et de nouveau ce sera une jolie et bonne fille, courageuse et idéologiquement saine… Bon. Tu te demandes ce qui viendra ensuite… Eh bien je te cache pas qu'une fois récupérée je vais la donner à Morgovian… Morgovian, tu sais, le tractoriste qui est ici avec moi en ce moment… Morgovian est un type bien, il saura s'occuper d'elle. Il sait s'occuper des tracteurs, il parle pas trop, il est capable de fidélité et de tendresse. Il a commis une erreur en se mariant à une de mes filles. Ça m'a déplu.

Il s'est marié à Samiya Schmidt. C'est elle qui le lui a demandé, et, en gros, il y est pour rien, mais ça reste une erreur, une grosse erreur. Ça a été fait, on peut pas revenir dessus, mais ça m'a beaucoup déplu… Morgovian est un type bien, je viens de le dire et j'ai pas l'intention de dire le contraire. Mais je veux pas qu'il passe sa vie avec ce qui reste de ma fille Samiya Schmidt. Elle est pas pour lui. Je sais qu'il lui a pas fait beaucoup de mal, elle est contre les rapports… et lui, il est plutôt du genre impuissant… c'est sa nature, et puis les radiations ont rien arrangé… Mais tout de même c'est pas souhaitable que cette union s'éternise… On va arranger le coup une fois Vassilissa Marachvili remise en état. Samiya Schmidt redeviendra célibataire et c'est le mieux qui puisse lui arriver. Elle va pas bien et son mariage avec Morgovian lui a procuré que des déséquilibres. Quand elle empirera si elle empire je serai là. Je peux entrer dans ses rêves, elle sera jamais toute seule, il y aura pas à s'inquiéter pour elle. Je peux entrer et sortir comme je veux dans sa réalité et dans ses rêves. Qu'elle s'en offense ou non je peux entrer. C'est une sécurité pour elle. J'ai ma manière de m'occuper d'elle. Ça nous concerne tous les deux, elle et moi, et c'est pas ton problème, Iliouchenko… Ça regarde personne… Ça regarde pas Morgovian non plus. Quant à Vassilissa Marachvili, je vais l'installer dans le bâtiment du soviet à l'écart de tout, pour commencer. Dans les sous-sols… Ton camarade Kronauer saura rien d'elle. Morgovian lui rendra pas visite encore. Personne viendra me déranger pendant que je travaillerai sur elle… Combien de temps ? C'est ça qui t'inquiète ? Combien de temps je travaillerai avant qu'elle revienne ?… Ben ça, j'en sais rien… Ce que je

sais c'est qu'une fois rappelée à l'existence elle aura pas de
besoins et guère de tête. Mais on va bien s'occuper d'elle
ensuite au Levanidovo. Te fais aucun souci pour elle,
Iliouchenko. Au lieu qu'elle se carbonise lentement dans ce
réacteur affreux, on va la soigner à «Terminus radieux», on
va la récupérer et on va la prolonger comme si elle était née
dans l'immortalité… Ça va pas être un feu de paille,
rassure-toi. Elle va durer. On est tous un peu comme ça au
Levanidovo, on connaît la chanson… Simplement il y a ce
Kronauer. J'espère qu'il se mettra pas en travers de notre
chemin. Je l'ai mis sous surveillance, mais c'est un imprévisible et on a des destins qui vont pas ensemble. Il se retrouve
au Levanidovo alors qu'il aurait jamais dû y être. J'aurais
peut-être dû lui fracasser le crâne plutôt que de le loger dans
la maison d'arrêt. C'est un type qui me plaît pas. Il fait partie
d'aucune catégorie puante, politiquement il est pas trop sale,
mais il me plaît pas. Samiya Schmidt a été dans la forêt avec
lui et depuis elle dit plus un mot. C'est un type qui a du
malheur contagieux en lui. Si jamais il fait du mal à mes
filles ça sera l'enfer pour lui et ça aussi… ça aussi, on
s'arrangera pour que ça soit pas un feu de paille… Tiens, tu
peux imaginer mille six cent dix-neuf ans de confusion et
de peur, deux mille quatre cent une années de souffrance
ou un peu plus? C'est ça qui l'attend si jamais il fait du mal
à mes filles… Même chose si il essaie de retrouver Vassilissa
Marachvili et de la visiter et de lui faire du mal dans le
bâtiment du soviet, dans les sous-sols. Pour moi ce type sera
toujours accompagné d'une mourante ou d'une morte. J'ai
vu ça dans ses rêves et dans ses souvenirs. C'est à la surface,
il y a pas beaucoup à fouiller pour que ça apparaisse… Les

femmes qu'il a connues ont toujours terminé avec lui en mourantes ou en mortes. Et c'est aussi pour ça que je veux pas qu'il tourne autour de mes filles. D'abord parce que c'est mes filles et ensuite parce que j'ai pas envie qu'elles terminent à côté de lui en mourantes ou en mortes… En tout cas, pas pour l'instant… Il a eu un sale destin et ça continuera jusqu'à l'espace noir, pas la peine d'espérer autre chose pour lui… Ça continuera infiniment… C'est pas de sa faute, faudrait voir comment qu'il était avant sa naissance, de qui il a hérité son malheur, mais, bref, ça me plaît absolument pas qu'il soit au contact de mes filles… Il va falloir que j'entre en lui pour l'empêcher d'aller trop loin. J'aurais aimé qu'il vienne pas au kolkhoze mais il est venu et pour lui le mal est fait. C'est pas comme pour toi, Iliouchenko… toi je t'envoie rejoindre les soldats, tu vas voyager en train et tu vas t'organiser avec eux pour ta nouvelle vie… si on peut appeler ça comme ça… quelque chose d'assimilé… Tu iras avec eux en direction d'un camp… ça prendra le temps qu'il faudra… cinq cents ans, deux mille ans… et même si vous finissez par en trouver un, de camp, pas sûr qu'on vous accepte… Mais bon, ça sera ta vie à partir de maintenant, Iliouchenko… Quoi qu'il arrive, tu seras trop éloigné du Levanidovo et de mes filles pour que ça me gêne… Et tellement loin de Vassilissa Marachvili… Parce que je vais te dire, Iliouchenko…

Soloviéï parlait encore et encore, de façon puissante mais monocorde, ou parfois avec une intonation inappropriée qui laissait entendre que derrière le langage agissaient des forces sorcières difficilement contrôlables. Il tissait un cocon de paroles autour d'Iliouchenko, sans doute avec le but de s'emparer à jamais de l'esprit et du corps d'Iliouchenko, et de son destin par la même occasion. De temps en temps, il réajustait sa houppelande qui avait tendance à glisser sur ses épaules, sur le tissu brillant de sa chemise paysanne, ou il passait la main sur le haut de la hache qui reposait sur son ventre. On sentait qu'il éprouvait de la fierté à interpréter un personnage terrifiant et, en dépit de son public réduit, il surjouait un peu.

• Iliouchenko était pétrifié en face de lui, à un pas de distance, avec un regard trouble. Il ne manifestait ni irritation ni désapprobation. Il se tenait penaudement, les bras le long du corps, comme ayant renoncé à tout libre arbitre, et il écoutait avec patience et même déférence les explications qu'on lui donnait. Manifestement, il n'aurait plus une seule réplique à prononcer, et bientôt, comme un figurant n'ayant pas l'obligation de dire au revoir à qui que ce fût, il quitterait le local technique pour entamer sa nouvelle existence d'errant en quête de camp.

Morgovian faisait le dos rond, il avait son apparence habituelle d'ouvrier agricole accablé par la dureté du travail paysan et par la complexité immaîtrisable des relations humaines. Il était le seul des quatre à être assis. Quand il entendait prononcer son nom, il levait à peine les yeux, et certainement pas sur Solovieï, et il écoutait en battant des paupières ce que celui-ci avait décidé pour lui et pour son avenir conjugal, puis il se tassait encore un peu plus sur son tabouret.

Vassilissa Marachvili de son côté jouait un rôle plus muet encore que ne l'étaient les figures d'Iliouchenko et Morgovian. Elle n'exprimait rien qui fût audible, visible ou lisible. Elle restait allongée devant les tabourets, sur le sol dur parsemé de miettes obscures et de résidus compacts semblables à des excréments sculptés dans de l'ébonite. Elle n'était sans doute pas en état de comprendre les paroles du président de «Terminus radieux», mais la voix de Solovieï devait magiquement lui arriver au profond des moelles ou de ce qui en avait subsisté. Elle percevait ces très, très vagues échos, et elle attendait la suite.

.11.

• Iliouchenko quitta le local du réacteur sans jeter de regard derrière lui. Il trébucha sur les marches et faillit tomber et, pour commencer, il resta une minute à faire du surplace et à se balancer en ayant du mal à trouver son équilibre. Il tournait obstinément le dos à la construction qui abritait pour le moment le corps de Vassilissa Marachvili et les deux kolkhoziens qui avaient promis de procurer à celle-ci un semblant de renaissance. Lui Iliouchenko allait partir de son côté et il les abandonnait, ce corps et ce destin improbable, ce futur hypothétique, et c'était un crève-cœur, mais tout de même il y avait une chance que quelque chose de bon advienne pour elle, quelque chose qui, pour Vassilissa Marachvili, serait finalement moins lugubre que la mort – à supposer qu'une telle éventualité existe. L'idée d'une vie posthume n'avait jamais beaucoup mobilisé les méninges d'Iliouchenko. Il n'avait aucune prédisposition au mysticisme, et comme nous tous et toutes il préférait expliquer les bizarreries du monde par le matérialisme dialectique, les manigances criminelles des ennemis du peuple ou les divagations imprévues des plans quinquennaux. Mais, bizarrerie ou pas, il ne pouvait pas y avoir pour Vassilissa Marachvili meilleure perspective pour les jours à venir. Ce président de kolkhoze avait vraiment l'air de s'y connaître en ravalement de mortes par irradiation, et de toute façon il ne risquait pas de faire pire que les vers, les bactéries et les nécrophages qui auraient attaqué le cadavre si on l'avait mis en terre.

Voilà qu'il s'était remis en marche à travers les ruines du sovkhoze et, tandis qu'il s'éloignait des installations nucléaires, il se posait quelques questions de néophyte sur l'existence telle qu'elle pouvait se prolonger après le décès. Sur la durée du phénomène, sur ce qui se produisait pendant et après. Les questions étaient formulées de façon si brouillonne qu'il ne songeait même pas à élaborer une réponse. Vacillant sous le ciel gris-bleu, dans les herbes jusqu'aux genoux ou jusqu'aux hanches, il avait du mal à combattre le vide mental que Solovieï avait creusé en lui. Au torrent narcotique du monologue de Solovieï, à l'effet de son regard doré s'ajoutaient les étourdissements dus à son séjour d'une demi-heure à proximité des barres de combustible. Les images flottaient sans suite dans sa mémoire immédiate et c'était à peine s'il pouvait maintenir le souvenir de Vassilissa Marachvili au premier plan de ses pensées.

Il remuait les arguments qui justifiaient son adieu à Vassilissa Marachvili, et, plus précisément, la remise de son corps à un koulak tolstoïen et à un prolétaire idiot des campagnes. Il repoussait à plus tard les remords possibles et, surtout, le chagrin provoqué par son décès. Conscience cotonneuse, pas mal assurés, il changeait de direction, de rythme, il s'arrêtait. Il avait sur le visage le masque impavide, mais torturé, de ceux qui sortent d'une séance d'électrochocs.

Il demeura ainsi groggy pendant un quart d'heure,

déambulant en cercle, sans raison et lentement autour des ruines d'une porcherie, puis son malaise s'atténua.

Et maintenant il se dirigeait vers la voie ferrée d'un pas moins hésitant. Il remontait les allées jadis goudronnées du sovkhoze «Étoile rouge». Sous ses pieds, les herbes craquaient. Bon nombre d'entre elles avaient déjà pris leur forme desséchée d'automne. Il les écrasait, laissant en sillage une poussière à parfum de foin. Parfois il devait s'ouvrir un chemin dans des zones buissonnantes. Le convoi était à présent tout proche. Il dépassa le rectangle sinistre des habitations noircies par le temps, les fenêtres derrière lesquelles la végétation avait fait éclater meubles, planchers et vitres, puis il franchit le portail du sovkhoze. Au-dessus de lui, l'étoile rouge en fer-blanc n'avait pas complètement perdu ses couleurs d'origine. Peut-être parce qu'il avait envie de s'attendrir sur quelque chose qui ne fût pas lui-même ou son deuil, il pensa intensément à ce qu'elle avait représenté, cette étoile, et il l'approuva d'être toujours en place. Elle allait persister longtemps là-haut, sur ce frontispice solennel, pendant plusieurs décennies, protégée du vandalisme par le silence nucléaire, indifférente aux vilenies et aux défaites qui allaient accabler les métropoles, les continents tachés de capitalisme et de sang. Elle va continuer à nous éclairer, formula-t-il, elle va briller encore et encore dans les endroits où nous sommes, dans les terres et dans les rêves interdits aux vivants, aux morts et aux chiens. Voilà ce qu'il se répétait en marchant – des pensées moyennement personnelles, encore alourdies des résidus du monologue de Solovieï, dont une partie lui avait été transmise directement sous la conscience et dont le contenu sorcier lui échappait.

• Sans hâte, les soldats allaient et venaient autour des wagons. Le machiniste avait soulevé un des panneaux métalliques qui protégeaient le moteur Diesel. Un de ses camarades, qui n'était pas monté avec lui sur la passerelle, lui donnait de temps en temps un conseil monosyllabique. Le machiniste s'activait sur une pompe à huile, il essuyait quelque chose avec un chiffon et ensuite il approchait le visage du moteur comme pour le flairer. Les deux hommes étaient en combinaison de travail, ils avaient autant l'apparence de bagnards que de soldats. Le problème technique n'avait pas l'air de les mettre gravement en souci ni d'intéresser les cinq ou six spectateurs qui les entouraient, eux aussi vêtus de guenilles hybrides, à la fois militaires et carcérales. Quand le machiniste eut refermé le capot, son conseiller technique attendit qu'il fût redescendu au niveau du sol et lui offrit une cigarette. Ils s'assirent l'un à côté de l'autre sur le ballast. D'autres soldats chargeaient des morceaux de bois dans un des wagons. Le commandant, celui qui cette nuit avait pointé sa torche sur Iliouchenko, faisait le tour des groupes et donnait çà et là des ordres sur un ton de conversation informelle. De toute évidence, le convoi se préparait à partir.

Iliouchenko alla rejoindre le commandant et il lui demanda s'il pouvait s'intégrer à leur formation et partir en leur compagnie à l'aventure, ou du moins en direction de ce qu'ils avaient fixé comme direction. Ils avaient mentionné tout à l'heure l'existence d'un camp où ils espéraient être accueillis et finir leurs jours, et Iliouchenko déclara que cet objectif lui convenait et même qu'il n'attendait plus rien d'autre de l'existence. Il sortit de sa poche l'imposant morceau de pemmican que lui avait donné Solovieï.

Le commandant n'était pas du genre expansif, mais à la vue du pemmican il ne put retenir une mimique de surprise légèrement avide.

– Je compte pas en profiter tout seul, commenta Iliouchenko. On va partager ça en frères d'armes. Si on part ensemble, on va pouvoir durer un sacré bout de temps avec ça.

Le commandant demanda son nom à Iliouchenko et l'interrogea sur ses états de service, sur sa relation avec l'idéologie égalitariste, sur ses capacités militaires, mais aussi sur les camps, sur le bonheur humain en général, sur les assassinats des responsables du malheur en général, sur son rapport à l'animalité, à la fraternité, au bolchevisme et au chamanisme en général. L'interrogatoire une fois effectué, il dit à Iliouchenko qu'il hésitait encore à lui attribuer le statut de soldat ou celui de prisonnier, mais qu'il ne voyait pas pourquoi on refuserait sa présence dans le convoi.

– C'est quoi que tu as sur le cou, une araignée? s'informa-t-il soudain.

– Ça a été cochonné, expliqua Iliouchenko sur un ton las. On dirait un tatouage punk, mais c'est une faucille et un marteau. Ça a été gravé par un camarade qui possédait mal la technique.

– On n'accepte pas n'importe qui n'importe comment, hésita le commandant. Parfois on tombe sur des agents provocateurs de l'ennemi. Faut les exécuter avant qu'ils corrompent tout le monde.

Iliouchenko sentit qu'il y avait un flottement. Il fit un geste fataliste.

— Je te fais confiance pour la distribution du pemmican, conclut le commandant. Pas plus d'un fragment par jour et des parts strictement égales. On partira dans l'après-midi. Je te dirai dans quelle voiture monter.

• Le commandant s'appelait Oumroug Batiouchine. Sa vie avait connu des débuts un peu chaotiques. Son père, Choem Mendelssohn, était un oiseau, et sa mère Bagda Dolomidès était ybüre.

Choem Mendelssohn et Bagda Dolomidès travaillaient à la Colonie Broussovanian, un combinat forestier où ils occupaient lui un poste de contremaître sur les chantiers de coupe et elle un poste de responsable des expéditions de bois par voie fluviale. En tant qu'oiseau, le père d'Oumroug Batiouchine n'était apprécié ni par ses chefs, ni par les détenus de la brigade qui se trouvait sous ses ordres. Il avait échappé plusieurs fois à des chutes d'arbre suspectes et, à deux reprises, alors qu'après une réunion de cadres il regagnait sa maison par nuit noire, des inconnus l'avaient entraîné entre des baraquements et tabassé, lui cassant le nez et les dents, lui brisant des côtes et, pour finir, lui pissant dessus. Bagda Dolomidès, la mère d'Oumroug Batiouchine, allait se plaindre aux autorités, elle leur présentait objectivement les faits, ainsi que des rapports médicaux et des radiographies sur lesquelles la rupture des cartilages et des os était clairement lisible, mais, en l'absence de témoignages et de mobiles du crime, l'enquête concluait à une simple bagarre d'ivrognes comme il en éclatait quotidiennement à cet endroit, et la plainte n'aboutissait pas. Quand une troisième fois le père d'Oumroug Batiouchine fut agressé, il ne se releva pas.

Ayant enterré son mari, Bagda Dolomidès décida de quitter l'univers infernal du combinat et de chercher fortune ailleurs, même si cela signifiait s'exposer à tous les dangers d'une fuite dans la taïga. Elle avait plus d'énergie et de constance que Choem Mendelssohn, elle pouvait mettre de côté ses fragilités de femme quand elle devait affronter l'adversité, et elle serait déjà partie sans la moindre hésitation s'il n'y avait eu le petit Oumroug Batiouchine, dont à l'époque on ne pouvait exiger efforts et sacrifices. Oumroug Batiouchine allait avoir trois ans, mais il était plutôt chétif et il n'aurait pas trotté sans effort plus d'un kilomètre. Il aurait retardé sa mère si elle l'avait traîné avec elle en le tenant par la main. Bagda Dolomidès le ficela sur sa poitrine qui était forte, et elle en équilibra la charge avec un sac à dos dans lequel elle avait placé, outre des aliments séchés, un pistolet qu'elle avait subtilisé à un garde après l'avoir soûlé.

La taïga ne lui faisait pas peur, elle était habituée à son contact, à son odeur, à son obscurité oppressante, à son absence de fin. Elle était orpheline et les gens qui l'avaient recueillie vivaient dans une petite agglomération entourée de forêt, dont les habitants étaient, outre les représentants des autorités, en majorité chasseurs ou employés des scieries, des fabriques de meubles ou des entreprises de bûcheronnage. Elle avait ensuite été envoyée à la Colonie Broussovanian où son contrat spécifiait qu'elle devrait séjourner une bonne dizaine d'années, et de nouveau elle avait vécu très près des arbres et très près des limites noires au-delà desquelles le monde changeait, au-delà desquelles le monde obéissait seulement aux lois de l'immensité, de la pénombre et des animaux sauvages.

Aussitôt après avoir dépassé les barrières du combinat, elle s'enfonça sous les premières lignes de sapins, gagna une futaie de mélèzes et, pour commencer, elle mit la plus grande distance possible entre elle et la Colonie, dont les domaines s'étendaient loin et dans toutes les directions mais dont le réseau de chemins et de sentiers comportait des failles considérables. Elle comptait sur cette faiblesse d'infrastructure pour ne pas être importunée après le premier jour de marche et, pendant quinze heures d'affilée, elle ne s'arrêta pas une minute pour reprendre son souffle. Oumroug Batiouchine se tassait sur sa poitrine sans se plaindre. Elle ne l'avait pas fait boire avant de partir afin de ne pas être obligée de défaire ses liens pour qu'il urine, et, ayant compris que de toute manière il resterait fortement serré contre les seins de sa mère pendant l'interminable voyage, le petit garçon observait un silence obstiné et somnolait de son mieux.

Il leur arrivait de croiser des ruisseaux, des étangs et même des lacs de petite taille, dont Bagda Dolomidès avait les noms en tête, car pendant des années, étant chargée des acheminements de bois par flottage, elle avait eu sous les yeux les cartes de la région. Le deuxième jour, elle pêcha un poisson près de Kuduk, un autre près d'Oulakhane. Elle ne rencontrait personne, elle n'entendait jamais aboyer de chiens. On était en plein été et les loups étaient allés chasser plus au sud.

À la hauteur de Tcharang, après dix jours de marche sans histoire, elle fut attaquée par un ours. Il se dressa à dix mètres devant elle, montrant les crocs avec un ronflement dans la gorge qui ne laissait planer aucun doute sur ses intentions. Bagda Dolomidès écarta sa peur pour plus tard, elle ne perdit pas son sang-froid, et, tout en s'adressant à l'ours d'une voix criarde qui le déconcerta, elle glissa la main dans son sac à dos, en sortit le pistolet et immédiatement elle en vida le chargeur sur l'animal. Celui-ci, effrayé plus que blessé, prit la fuite. Bagda Dolomidès ne tenait plus sur ses jambes. Elle s'assit par terre et respira convulsivement durant plusieurs minutes. Oumroug Batiouchine pleurnichait et reniflait sous son menton. Ficelé sur elle comme il l'était, il n'avait même pas vu l'ours.

L'écho des coups de feu s'était répercuté fort loin dans la forêt silencieuse, et il avait éveillé l'attention d'un petit groupe de hors-la-loi. Ceux-ci, au nombre de cinq, se mirent sur sa piste. Ils eurent tôt fait de l'encercler et, après l'avoir collectivement violée, ils lui proposèrent de faire partie de leur bande et d'aller avec eux jusqu'à Moudougane où ils avaient une base, et où, d'après eux, elle pourrait laisser le petit Oumroug Batiouchine en toute sécurité, par exemple tandis qu'elle participerait avec eux à des raids d'expropriation ou à des assassinats de capitalistes locaux. Bagda Dolomidès n'était pas enchantée à l'idée de prendre le statut de femelle commune dans une bande de brigands, et de plus elle ignorait tout de ce lieu-dit Moudougane qu'ils avaient mentionné et dont ils lui vantaient le calme et le relatif confort, aussi elle exprima des réticences et hésita pendant quelques minutes. Mais comme la nuit menaçait et qu'Oumroug Batiouchine continuait à sangloter misérablement, et que d'autre part bien que criminels et violeurs ils avaient l'air de braves bougres, elle se décida et les suivit. Au fond d'elle-même elle se rendait compte qu'en dépit de ce qui était la meilleure période pour une évasion, la belle saison, elle n'aurait pas réussi toute seule la traversée de la taïga, et que la rencontre avec ces hommes avait un caractère providentiel. Elle ne l'aurait jamais reconnu à haute voix, afin de ne pas leur faire allégeance trop piteusement, mais soudain elle estimait qu'ils les avaient sauvés, le petit Oumroug Batiouchine et elle.

Le groupe était constitué de trois jeunes têtes brûlées et de deux vieux qui ne manquaient pas de bon sens. Les vieux commandaient. Ils avaient cinquante, soixante ans, et sur les bras des tatouages à l'encre bleue, avec des motifs de serpents entrelacés, des barbelés et des visages de filles angéliques comme les brigands en ont dans leurs rêves depuis des siècles. Le soir près du feu, ils participaient au viol collectif avec la même énergie néandertalienne et morose que les jeunes. Quand ils furent arrivés à Moudougane, Bagda Dolomidès négocia avec eux des périodes d'intimité et de repos qu'ils lui accordèrent de bonne grâce, tout heureux qu'ils étaient d'avoir retrouvé leur base, où ils pourraient enfin se laver et dormir sans être en permanence sur le qui-vive. Et puis, au fil des jours de voyage dans la forêt, ils l'avaient adoptée comme l'une des leurs.

Moudougane était un typique village de voleurs, construit en pleine forêt dans une trouée qui méritait à peine le nom de clairière tant les arbres enserraient les maisons en rondins. Aucun chemin n'avait été tracé pour s'y rendre et il était inaccessible pour qui ne connaissait pas très exactement les ravines et les broussailles des environs. C'est là qu'Oumroug Batiouchine apprit à vivre sa vie d'enfant autonome, là qu'il apprit à tirer à la carabine, à dépecer des élans et à endurer le froid et les privations, ainsi qu'à supporter les hurlements des loups qui avaient été rares dans les parages de la Colonie Broussovanian, mais qui ici tous les hivers se rapprochaient de la maison et venaient rôder sur le seuil ou flairer le pourtour des petites fenêtres dès que la nuit était tombée. Dans les maisons, pas une lampe n'était allumée après le repas du soir, par mesure d'économie et parce que l'idée de veiller près du poêle, avec un livre à la main, ne visitait guère les bandits. Il y avait pourtant une poignée d'ouvrages chez Bagda Dolomidès, souvenirs d'expéditions infructueuses dans des hameaux improbables, ou de rencontres avec des cadavres d'inconnus, dont la présence loin de tout était inexplicable. Outre des recueils de poésie lyrique officielle, il s'agissait de deux manuels d'agronomie bordighiste et d'une thèse sur l'application de l'égalitarisme dans des conditions climatiques extrêmes ou même après la mort, rebutants opuscules qui ne pouvaient passionner personne mais qui permettaient à Oumroug Batiouchine de réviser son alphabet et d'apprendre quelques nouveaux mots. Le petit Oumroug Batiouchine écoutait les loups gratter et gémir de l'autre côté du mur et cela ne lui faisait ni chaud ni froid. Il lui arrivait souvent d'être seul, soit parce que sa mère allait tenir compagnie à tel ou tel, soit parce qu'elle était partie avec les autres pour un raid. Afin de ne pas se faire repérer, la bande agissait à de grandes distances de sa base, et Oumroug Batiouchine pouvait très bien être l'unique habitant de Moudougane pendant des semaines.

Puis il y eut un début d'été marqué par une longue attente du retour des bandits, puis un milieu d'été. Les semaines passaient. Huit, bientôt neuf. Oumroug Batiouchine avait été deux fois malade après avoir mangé de massifs et appétissants champignons de souche, mais, après quelques jours de diarrhées, il s'en était remis. Il mangeait de la viande de lièvre, des soupes d'écureuils, de corbeaux. Les journées étaient interminables et il finissait de les remplir en ânonnant les textes grâce auxquels il avait appris à lire. Outre les nuées de mouches et de moustiques, un public de petite taille se rassemblait pour l'écouter, deux ou trois chenilles velues, quelques fourmis, parfois quelques renardeaux qui avaient encore tout à apprendre. Depuis le seuil de sa maisonnette, Oumroug Batiouchine reprenait l'essentiel de ses connaissances. Il faisait des leçons sur la nécessité de la discipline collective dans la toundra, il exposait les moyens d'éradiquer la notion de profit individuel quand il n'y avait plus que du lichen à ronger et que la température baissait en dessous de moins quarante. C'est au cours d'une de ces conférences que son existence bascula. L'oncle Ioura, le plus âgé des voleurs, surgit d'entre les premiers mélèzes sombre et essoufflé, puis il déclara que le raid avait mal tourné, que des milices d'auto-défense leur avaient tendu une embuscade, que tous les autres avaient été tués, y compris Bagda Dolomidès. Et que, bien qu'il eût semé ses poursuivants depuis une dizaine de jours, il fallait quitter Moudougane.

Le plus âgé des voleurs avait le sens des responsabilités. Il aimait bien Oumroug Batiouchine, mais il ne pouvait pas s'en encombrer pendant les années à venir, alors que sa formation au banditisme n'était pas terminée, et d'autre part dans les tréfonds de cet homme subsistait assez de morale prolétarienne pour qu'il se rendît compte que l'existence promise à cet enfant pouvait être autre chose qu'une mixture suicidaire de taïga, de violence et d'illégalité. C'est pourquoi, après avoir bouclé avec lui un paquetage rudimentaire, il le conduisit à travers bois jusqu'à un dépôt d'essence près de

Iounkiyour, où il avait eu autrefois de la famille. La traversée des bois leur demanda six semaines et, quand ils frappèrent à la porte des lointains cousins du vieux, la route venait d'être blanchie par la première neige d'automne. Le vieux salua ses parents, leur exposa la situation en peu de phrases, dit adieu à Oumroug Batiouchine et repartit dans la forêt.

À dater de ce jour, le quotidien et le destin d'Oumroug Batiouchine connurent un changement radical. Le couple de quinquagénaires à qui il avait été confié était formé de deux excellentes personnes, des communistes doués de générosité et de compassion et qui, bien qu'enthousiasmés par la perspective de veiller à l'avenir d'un enfant qui ainsi leur tombait du ciel, avaient assez de jugeote pour ne pas le laisser croupir chez eux, en vase clos et dans l'univers extrêmement limité de la base de distribution pétrolière de Iounkiyour. Une fois bien solidifiés les liens entre eux et Oumroug Batiouchine, et évidemment très fiers que leur fils adoptif eût des connaissances poussées en idéologie de la toundra et en versification officielle, ils envoyèrent celui-ci comme pensionnaire dans le collège de la ville la plus proche, Somodiokh, qui était accessible assez facilement l'hiver, quand on pouvait rouler sur le dos glacé du fleuve pour parcourir les trois cents kilomètres qui la séparaient de Ioukiyour.

Au collège, Oumroug Batiouchine, qui au vu de ses années de formation aurait pu sombrer dans l'échec scolaire et la voyouterie, devint un élève modèle. Il était certes parfois un peu fruste et taciturne en excès, et ses camarades voyaient surtout en lui quelqu'un qui savait équarrir les écureuils, imiter les aboiements de loups et raconter les copulations entre sa mère et les bandits, mais ses enseignants le décrivaient comme un garçon sain et dur à l'effort, attiré par les sciences exactes, certes balourd quand il s'agissait de justifier son enthousiasme pour les principes bordighistes en agriculture, mais capable de réciter par cœur un certain nombre de paragraphes du matérialisme dialectique de base. Quand on se moquait de lui, de son père oiseau assassiné, de sa mère ybüre et pute dans la taïga, de ses oncles sans foi ni loi ou de ses parents adoptifs qui sentaient le pétrole, il ne frappait qu'une fois, mais d'une façon si efficace que les moqueries cessaient net. Après une mise à l'épreuve d'un semestre suite à une bagarre, il eut le droit de porter le foulard des Pionniers, puis les années passèrent et, alors que la moustache déjà noircissait sa lèvre supérieure, il commença à fréquenter les réunions du Komsomol.

Tout allait bien pour lui, et, un été où il avait remonté le fleuve en bateau pour embrasser les deux vieux communistes de Iounkiyour, il leur annonça qu'il était admis au lycée technique dans une section qui le préparerait aux métiers du bois, et donc à une carrière professionnelle de nouveau liée à la taïga. Ils s'en réjouirent tous, et en premier lieu ses parents adoptifs, car ainsi non seulement il allait être utile à la société à qui il donnerait le meilleur de lui-même, mais aussi il pourrait se rapprocher de Iounkiyour, se faire embaucher sur un des nombreux chantiers locaux et, quand il leur rendrait visite à la base de distribution de carburant, recevoir d'eux affection et soutien moral et matériel. Le couple s'était mis à vieillir et, bien que continuant à refuser toute dérive petite-bourgeoise et égoïste, avait envie de savoir Oumroug Batiouchine à proximité et rêvait de repas en famille, de bocaux de champignons offerts au moment de la séparation, de tranquilles promenades dominicales au bord du fleuve, entre les dépôts et les cuves.

Pour Oumroug Batiouchine, une existence paisible de travailleur semblait toute tracée, mais la situation mondiale avait empiré et, dans la région comme ailleurs, les conséquences s'en faisaient sentir. Alors qu'on l'avait cru à jamais terrassé, l'ennemi avait repris des forces, resurgissait partout et déjà s'était transformé en un cyclone de plus en plus dévastateur. La Deuxième Union soviétique allait à toute vapeur vers son naufrage. Les guerres autrefois larvées flambaient de nouveau sans retenue. Les centrales nucléaires omniprésentes, sur lesquelles on avait compté pour aider au dépérissement de l'État et fournir aux régions les plus reculées une autonomie énergétique totale, ne remplissaient pas leurs promesses. La plupart s'étaient déréglées, créant sur les cinq continents d'immenses taches indélébiles que nul ne songeait plus à nettoyer. Énervées par la perspective de la fin de l'humanité, les populations avaient perdu toute loyauté envers le collectivisme, et se laissaient tenter par n'importe quelle monstruosité politique, pour peu que celle-ci contrariât leur maussade présent.

L'Orbise appelait au secours. Oumroug Batiouchine s'enrôla pour sa défense coûte que coûte, et au lieu de suivre une formation de menuisier ou de bûcheron il partit avec un régiment de volontaires en direction de la capitale, et ensuite il apprit à manier des armes dont il n'avait jamais entendu parler jusque-là, il apprit à combattre et à obéir sans discuter à des ordres catastrophiques, il apprit l'amertume, il apprit à survivre à l'intérieur de sanglantes déroutes, et, quand l'Orbise après des décennies de résistance s'effondra misérablement et que lui-même fut tué, il apprit à errer dans les zones irradiées et à aller plus loin avec les autres, quels que fussent les autres et quelle que fût la distance qu'il leur restait à parcourir avant de fermer pour de bon les yeux, ou du moins avant de trouver un hébergement concentrationnaire à leur convenance.

• Iliouchenko monta dans le wagon et juste dans son dos quelqu'un, sans doute le commandant Oumroug Batiouchine, tira la porte coulissante et la cadenassa. Fin de l'épisode, pensa-t-il. Début du voyage. Il s'assit sur le plancher qui sentait la pisse. Il y avait des affaires à côté de lui, des sacs, des fusils, une caisse de munitions. Le wagon était occupé par une demi-douzaine de soldats déjà assis qui se taisaient et regardaient devant eux avec des yeux vides. La place ne manquait pas. La lumière non plus, qui filtrait depuis les ouvertures d'aération situées en hauteur. Le sol était en planches et, pendant la halte, les soldats l'avaient nettoyé en le frottant avec des brassées d'herbes. Au bout d'un quart d'heure, la locomotive démarra. Une bouffée de gas-oil s'introduisit entre les parois du wagon et y demeura. Le wagon était à peine secoué. Comme conditions de transport, on avait vu bien pire. Iliouchenko se laissa aller à la somnolence jusqu'au soir, puis, quand la nuit tomba, il s'abandonna véritablement aux ténèbres.

.12.

• Le samedi suivant, vers le milieu de la matinée, le train stoppa en pleine terre de nulle part. On s'était rapproché d'une chaîne de montagnes. Le paysage était partagé entre des montuosités pierreuses, des bouquets clairsemés de sapins et des vallons couverts d'herbes mortes. Le ciel était bleu pâle. Il ne brillait pas. Les portes s'ouvrirent. Tout le monde était engourdi et peu désireux de bouger. Même décoller les paupières exigeait un effort. Après un quart d'heure de réadaptation au monde, Oumroug Batiouchine passa la tête à l'intérieur du wagon et annonça qu'une assemblée générale se tiendrait au milieu de l'après-midi, avec pour ordre du jour la répartition des tâches, la désignation d'un nouveau commandant et la préparation d'une soirée de chants folkloriques au cours de laquelle du pemmican serait distribué.

Iliouchenko fit comme s'il n'était pas ankylosé et il se laissa glisser jusqu'au ballast, puis il s'écarta des rails pour vider ses intestins et sa vessie. Il effectuait cette opération par pure routine. Il n'en ressentait pas le besoin et, bien que l'idée fût désagréable, il ne put expliquer cette absence d'envie que d'une seule manière : il n'appartenait plus vraiment au monde des vivants, avec ses exigences physiologiques et ses déjections rituelles. Il reficela son pantalon sans avoir expulsé liquide ni matière et il se dit maussadement quelques vérités qu'il valait mieux admettre une fois pour toutes. Qu'il était déjà mort, que Solovieï l'avait ensorcelé et abusé, qu'il ne verrait plus jamais Vassilissa Marachvili – des choses de ce genre.

Il faisait beau, mais le soleil chauffait peu. Autour du train flottait une vigoureuse puanteur de gas-oil. Le machiniste n'avait pas encore coupé le moteur. Il déambulait sur la passerelle et, sans soulever les panneaux de protection, il en écoutait le grondement d'un air satisfait. Puis il retourna dans la cabine et l'éteignit. Le silence alors régna sur la campagne, le nuage de gas-oil se dissipa et on se mit à respirer des odeurs de digitales fanées, de terre gelée et de pierraille.

Iliouchenko aida au déchargement d'un peu de bois pour la flambée du soir. Ensuite il se dégourdit les jambes en marchant sur la voie, en arrière du train. Maintenant qu'il avait été intégré à la collectivité, il comprenait mieux son fonctionnement. Il y avait là trente-deux personnes, qui au départ avaient été divisées en deux groupes distincts, les prisonniers et les soldats, et qui ensuite avaient perdu leurs caractères d'origine et se fichaient complètement de leur statut à l'intérieur du convoi. Tous ne pensaient qu'à une chose : rejoindre au plus vite un camp, un isolateur à régime sévère ou non, à jamais se retrouver ensemble derrière les barbelés.

Suite à un échange de réflexions avec ses compagnons de voyage, Iliouchenko en savait un peu plus sur la pérégrination à laquelle désormais il participait. Cette recherche ferroviaire d'un havre concentrationnaire durait déjà depuis des mois, pour ne pas dire depuis un temps bardique incalculable. Le tracteur Diesel ne tombait jamais en panne, la question de l'alimentation en carburant ne se posait pas, et, comme dans un cauchemar où tout sans cesse se répétait, le convoi avalait lentement les kilomètres, semaine après semaine, secouant et cahotant et malmenant jour et nuit sa charge humaine. Des haltes rendaient le trajet moins épouvantablement monotone, des moments de détente, en général le samedi soir. La tradition avait été établie d'immobiliser le train et d'organiser une veillée autour du feu. C'était l'occasion de resserrer les rangs, de rétablir la discipline lorsque celle-ci s'était relâchée, et, si le commandant l'estimait nécessaire, de rappeler sur quels fondements idéologiques impérissables se construisait le voyage, notre voyage terminal vers le camp. Les hommes écoutaient docilement les instructions et les discours, et ils manifestaient leur intention de les mettre en œuvre de leur mieux. Mais avant tout ils attendaient ce qui clôturait la soirée, le spectacle que tantôt les uns, tantôt les autres improvisaient après la tombée de la nuit, quand les flammes brunissaient et huilaient les visages. L'heure venait en effet où ceux qui en avaient le talent déclamaient des chants épiques, des monologues poétiques ou comiques de leur invention, ou récitaient des textes de propagande qui les avaient marqués dans leur vie antérieure, ou des extraits de romånces communistes, post-exotiques ou féministes. Le public les accompagnait par des approbations ou des interventions de gorge, comme autrefois nous le faisions au cours de séances de pansori coréen, quand la Corée encore existait et quand nous croyions encore à l'avenir, à la beauté et à l'impossibilité de la mort.

• Après la distribution minutieusement égalitaire des miettes de pemmican qu'il détachait de son bloc, Iliouchenko gagna en notoriété et même en popularité. Oumroug Batiouchine avait cédé le commandement à un prisonnier nommé Pedron Dardaf, qui aussitôt assuma ses tâches hiérarchiques, répartit les sentinelles en élargissant le périmètre de sécurité jusqu'aux monticules de pierraille derrière lesquels un éventuel assaillant aurait pu se dissimuler, et alla voir Iliouchenko pour lui annoncer qu'il était pressenti pour lui succéder la semaine suivante.

– Bah, commenta Iliouchenko.

– Tout le monde pense que tu seras un bon commandant, dit Pedron Dardaf.

– À cause de quoi qu'ils pensent ça ? demanda Iliouchenko.

– À cause que tu distribues la nourriture sans favoritisme, et aussi à cause que tu t'es bien occupé de ta fille, dit Pedron Dardaf.

– C'était pas ma fille, corrigea Iliouchenko. C'était Vassilissa Marachvili.

– C'était ta femme ?

Solovieï, pensa aussitôt Iliouchenko. Physiquement et socialement, Pedron Dardaf ne ressemblait pas au président du kolkhoze, mais il paraissait entretenir la même confusion incestueuse entre fille-enfant et femme-épouse. Cette impression de déjà-vu, de déjà-entendu, au lieu de s'effacer aussitôt comme un voile sans consistance, accabla Iliouchenko. Le voile léger pesait comme du plomb. Ce Solovieï s'est introduit en moi et il me suit, pensa-t-il. Il m'a implanté son ombre au moment où j'ai perdu conscience dans la petite centrale d'«Étoile rouge». Il serra les dents pour cacher à l'autre son vertige. Il avait soudain le soupçon qu'il était observé de l'intérieur par Solovieï. Puis il se rebella contre une intuition aussi dépourvue de fondement rationnel. Qu'est-ce que c'est que cette histoire de Solovieï, se dit-il. Je dois pas dériver vers ça. Je dois pas croire à ça. Le marxisme-léninisme l'interdit. C'est que des foutaises de dérangé.

Il se força à répondre à Pedron Dardaf. Il voulait entendre hors de sa bouche sonner des mots, plutôt que confier ses pensées à une voix intérieure.

— Ben oui, dit-il. Pas ma fille. Ma femme.

— Ben pour moi, femme ou fille, c'est du pareil au même, fit remarquer le nouveau commandant d'une voix morne.

Iliouchenko scruta les yeux de Pedron Dardaf. Il n'y décelait aucune zébrure dorée, aucune lueur jaune d'oiseau de proie ou de magicien, et pourtant Pedron Dardaf reprenait mot pour mot la phrase bizarre que Solovieï avait prononcée dans le local du réacteur nucléaire. Ça peut pas être une coïncidence, pensa-t-il avec un pincement au cœur. Le commandant reprend ces termes parce qu'ils lui sont dictés par Solovieï. Il est comme moi habité par Solovieï. Si ça se trouve, depuis qu'on a quitté le sovkhoze « Étoile rouge », on est tous des espèces de dépouilles habitées par Solovieï. Va savoir si ce moujik sorcier profite pas qu'on est tous morts, et si on est pas tous des marionnettes à l'intérieur d'un théâtre dont l'administrateur, les comédiens et les spectateurs sont une seule et même personne.

Et puis non, pensa-t-il encore. Des dépouilles habitées, un théâtre hermétique intime. Quelqu'un qui s'amuserait avec des morts, qui manipulerait des morts pour voir ce qui se passe avec eux. C'est des choses qui peuvent pas exister.

Iliouchenko passa la main sur son cou, sur ses tatouages. Il connaissait à un millimètre près l'emplacement de la faucille, du marteau et de la malheureuse frise de mitraillettes qui avait massacré le dessin. Il faisait semblant d'essuyer un peu de sueur, mais, en réalité, il cherchait à se rassurer avec des symboles simples et solides. Il se raccrochait à des bouées familières afin de ne pas se noyer dans les noirceurs mystérieuses du monde. Ouvriers, paysans et soldats unis pour que l'humanité échappe à l'abîme. Ça, c'est du concret, pensa-t-il. C'est pas des imaginations fumeuses, des rêves de Solovieï ou je sais pas quoi encore.

Heureusement qu'il y a encore le marxisme-léninisme, pensa-t-il. Autrement on serait entrés dans un sacré sale cauchemar. Va savoir si on serait capables de faire la différence entre les classes, et même entre les vivants, les morts et même les chiens ou assimilés.

• Quand la nuit fut tombée, tout le monde se rassembla autour du feu, à l'exception des sentinelles qui veillaient à la sécurité du groupe.

Deux détenus et un soldat avaient décidé d'animer la soirée ce jour-là. Le soldat possédait un harmonica qui avait subi de gros dommages, mais dont il pouvait tirer trois accords, ce qui, selon les autres interprètes, suffirait à maintenir au moins jusqu'à minuit le fond orchestral nécessaire. Le soldat s'appelait Idfuk Sobibian. Les détenus avaient pour nom Matthias Boyol et Schliffko Armanadji. Avant d'être intégrés dans le convoi ils se trouvaient dans un camp de transit pour mauvais éléments et droitiers. Leur camp avait été pris d'assaut par l'ennemi et ils avaient échappé par miracle à l'hécatombe. Matthias Boyol était un conteur remarquable, il avait appartenu à une troupe théâtrale et il avait une articulation parfaite, et, quand il déclamait certains passages en les chantant, il chantait juste. Schliffko Armanadji s'était porté volontaire pour faire la basse et lancer les harmoniques qui accompagneraient continuellement le récitant.

— On va vous exécuter une mélopée tragi-comique, annonça Matthias Boyol.

Pendant un moment, il n'y eut que le silence du bois qui flambait, avec parfois la plainte sifflante d'une vieille planche, un crépitement bref, un craquement, puis Idfuk Sobibian commença à souffler et à inspirer dans son harmonica. Les accords étaient mélancoliques et le musicien les répétait toujours dans le même ordre. Schliffko Armanadji attendait que Matthias Boyol commence à parler pour le seconder par un chant de gorge. Ainsi se déroulèrent les premières minutes.

Puis Matthias Boyol, qui s'était mis debout, prononça le début de son monologue.

Il se tourna vers le feu et il dit :

— L'éloge du camp s'impose sur la langue quelle que soit la langue, quelle que soit l'heure du jour ou de la nuit, et quel que soit le moment de la traversée ou du naufrage.

Nous l'écoutions en respirant le moins bruyamment possible.

La nuit était épaisse.

La nuit était froide et épaisse.

— Quel que soit le moment de la mort, de la traversée de la mort ou du naufrage de la mort, compléta Matthias Boyol. L'éloge du camp s'impose.

Schliffko Armanadji avait commencé à émettre un chant diphonique. De temps en temps il le ponctuait par un soupir qui se terminait par une note grave, puis il reprenait. Les sons étranges qui sortaient de sa gorge s'harmonisaient avec la mélodie squelettique de l'harmonica.

— Rien ne peut remplacer le camp, reprit Matthias Boyol, rien n'est aussi nécessaire que le camp. Personne ne peut nier que le camp est le degré supérieur de dignité et d'organisation à quoi puisse aspirer une société d'hommes et de femmes libres ou, du moins, déjà suffisamment affranchis de leur condition animale pour entreprendre de construire de la libération, du progrès moral et de l'histoire. On aura beau dire et gloser, rien jamais ne pourra égaler le camp, aucune architecture collective de la gent humaine ou assimilée n'atteindra jamais le niveau de cohérence et même de perfection et même de tranquillité face au destin que le camp offre à ceux et celles qui y vivent et qui y meurent. Chacun sait que le camp ne surgit pas brusquement de nulle part. On doit considérer qu'il est l'aboutissement de notre longue histoire, qu'il s'agit d'un stade suprême de l'histoire dont des générations entières ont favorisé l'émergence par leurs sacrifices. Le camp ne surgit pas soudain du néant, il vient au bout du compte, lorsque la noirceur animale quelque part commence à s'éclairer avec les enthousiasmes prémonitoires de quelques-uns, et ensuite quand cette aube se renforce grâce à la générosité et à l'abnégation du plus grand nombre. On est alors sur le chemin. Touchés par cette lumière, les lointains descendants des pionniers enfin se lancent dans le façonnage concret du camp, ils s'écorchent les mains sur les barbelés, ils se privent volontairement de nourriture et de sommeil pour aller plus vite, et, finalement, ils construisent sous toutes ses coutures le camp. Mais, même si on ne conserve pas en tête son caractère de parachèvement d'une millénaire construction, qui donne à la réalité du camp toute sa formidable et émouvante signification, on doit reconnaître que rien n'est plus justifié, quel que soit le point de vue qu'on adopte, que le séjour définitif et généralisé de tous et toutes à l'intérieur ou à l'extérieur du camp. Même les philosophes les plus obtus admettent désormais que s'enfermer soi-même à l'intérieur du camp est devenu le plus beau geste de liberté qu'il fût jamais possible d'accomplir à femme humaine ou à homme humain sur cette planète.

Matthias Boyol se tut. Schliffko Armanadji fit de même. Seul l'harmonica poursuivait sa monotone mise en musique, qui, maintenant que le discours s'était interrompu, ressemblait surtout à une mise en musique du rien.

Nous pensions au camp.

Nous avions tous en tête des images de camps.

Une fois là-bas, pensions-nous, tout ira bien.

Nous avions en tête l'espoir ambigu d'être enfin accueillis et pour toujours à l'intérieur d'un camp.

Pourvu qu'on y arrive avant qu'on nous oblige à vivre à l'extérieur, dans ce monde pourri, pensions-nous.

Le feu s'était assoupi. Notre commandant s'empara d'une planche qui traînait à côté de lui et s'en servit pour fourrager au cœur des flammes, produisant plusieurs gerbes d'étincelles. Le feu se réveilla. Tout le monde pensivement le regardait s'épanouir.

De nouveau, Schliffko Armanadji fit entendre un chant de gorge. La mélodie était d'une simplicité déchirante. On n'aurait pu dire si la voix de Schliffko Armanadji était féminine ou masculine. Elle empêchait toute caractérisation de ce genre. Elle n'était même ni humaine ni vivante. Pendant deux ou trois minutes, peut-être plus, l'harmonica se maria aux vocalises étranges de Schliffko Armanadji.

Le ciel très noir, à peine étoilé.

Le feu, ses flammes pétillantes, son odeur de goudron.

La terre peu herbue. À côté de nous, des éboulis. L'idée qu'au-delà s'étendait un paysage de montagne.

Les échos du feu sur la pierraille toute proche.

Des reflets mouvants sur nos visages ravinés de fatigue.

Les modulations métalliques de Schliffko Armanadji.

L'harmonica. Trois accords mineurs.

Puis Matthias Boyol reprit la parole.

— Rien n'est plus souhaitable, surtout pour quelqu'un né dans le camp, que la vie dans le camp. Ce n'est pas une question de décor, ni de qualité de l'air, ni même de qualité des aventures qu'on risque d'y connaître avant la mort. C'est surtout une question de contrat respecté entre le destin et soi. Il y a là un avantage supérieur qu'aucune des précédentes tentatives de société idéale n'avait réussi à mettre au point. À partir du moment où tous peuvent prétendre à entrer dans le camp et où jamais nul n'y est refusé ou n'en ressort, le camp devient l'unique endroit du monde où le destin ne déçoit personne, tant il est concrètement conforme à ce qu'on est en droit d'attendre de lui.

Sans nous regarder, Matthias Boyol se rassit et tendit les mains vers les flammes.

Ses accompagnateurs firent silence.

Pendant plusieurs minutes, Matthias Boyol se réchauffa les mains en les approchant des flammes, sans manifester autre chose que le désir d'avoir moins froid.

Quelqu'un, depuis les profondeurs de la nuit, lui demanda si c'était tout, s'il avait fini son discours.

– Oui, dit-il.

Puis il répéta sur un ton moins assuré, comme endormi :

— L'éloge du camp s'impose sur la langue quelle que soit la langue, quelle que soit l'heure du jour ou de la nuit, et quel que soit le moment de la traversée ou du naufrage.

• Matthias Boyol avait été comédien dans une troupe d'agit-prop. Il était allé porter la bonne parole sur le front, dans les usines, dans les zones évacuées, là où de simples articles de journaux ou des discours radiodiffusés ne suffisaient plus à convaincre la population qu'elle était en route vers le bonheur collectif ou, à défaut, vers la fin de ses malheurs. La compagnie s'appelait «343» et elle était composée de filles et de garçons dévoués à l'Orbise et profondément amoureux de leur propre activité théâtrale. Indifférents aux conditions précaires dans lesquelles ils devaient monter leurs spectacles, ils donnaient toujours le meilleur d'eux-mêmes. Ils mettaient en scène des piécettes qui principalement avaient pour thèmes d'une part la débâcle, l'enfer sur terre, la fin de l'humanité, et d'autre part les recettes les plus efficaces pour transformer la défaite en éclatante victoire. Au fil des répliques et des situations outrageusement noires se développait une atmosphère joyeuse, tout à fait optimiste, et les foules qui assistaient à ces présentations farcesques de l'apocalypse étaient souvent balayées par des vagues de rire. Elles étaient en train de fuir des radiations mortelles, leur terre d'origine était rayée de la carte, elles avaient les fosses communes pour seule perspective, mais, devant Matthias Boyol et ses camarades, elles s'esclaffaient.

La troupe avait été adoubée par les instances de la capitale, toutefois les sections locales du Parti n'appréciaient guère son humour, où elles discernaient des arrière-pensées contre-révolutionnaires. Après deux trimestres d'activité dans les villes de toile où les réfugiés attendaient leur départ vers l'ailleurs, les autorités avaient demandé à la compagnie de s'autodissoudre. Matthias Boyol, qui était le fondateur de « 343 » et qui s'était investi corps et âme dans son activité théâtrale, avait reçu cette demande comme une exigence de brutes incultes, mais aussi et surtout comme un désastre personnel. Et il est vrai qu'à partir de là il avait un peu perdu pied, socialement et intellectuellement parlant. Les membres de sa minuscule formation s'étaient dispersés et ils n'avaient plus donné de nouvelles, mais lui s'était obstiné à faire exister la compagnie « 343 » contre vents et marées, sans plus tenir compte de l'hostilité qu'il suscitait dans les organismes officiels. Il errait en lisière des dortoirs ou dans les interminables avenues bordées de tentes de l'armée, et il continuait à donner des représentations, quoique impromptues et à un seul personnage. Son répertoire se limitait à des monologues d'insane ou à des ruminations post-exotiques en vers libres. Il se fondait au milieu des chanteurs de rue et diseurs d'horoscope, mais de temps en temps il était arrêté et morigéné comme on le faisait depuis toujours avec les mauvais éléments. Ces interpellations l'exaspéraient, les entretiens avec les commissions de redressement le déprimaient. Bientôt il sombra tout à fait. Il fit plusieurs tentatives de suicide au cours de ses monologues. Puis l'une d'elles aboutit et on le transporta dans une morgue de quartier tenue par des bouddhistes, pompeusement baptisée « Avenir pour tous ». Incapables de faire face à l'afflux de cadavres, les bouddhistes étaient débordés et laissaient les morts se débrouiller tout seuls. Si le *Bardo Thödol* était lu quelque part, c'était dans une salle éloignée, et Matthias Boyol n'entendait rien. Après quelques jours d'attente dans un couloir bondé, on le transféra. Il se retrouva détenu dans un camp de transit pour droitiers, automutilés, suicidés et représentants de la quatrième catégorie puante. Il ne lui restait plus alors qu'à guetter une occasion favorable. Lorsque le camp fut touché par un raid de l'ennemi dont les bombardiers rasaient la ville voisine, il n'hésita pas et sauta à l'intérieur d'un convoi en partance pour un monde meilleur, pour un camp idéal – pour n'importe où.

.13.

• Dak dak, dak-dak. Le convoi avançait à petite vitesse.
Dak dak, dak-dak, dak dak, dak-dak. Après un passage dans
une région montagneuse, les rails retrouvèrent la monotonie
montueuse de la steppe. À l'horizon surgissaient puis disparaissaient des lignes de bouleaux, des touffes lointaines de
sapins. Parfois aussi la voie traversait une portion de forêt
terriblement inhospitalière et noire. Pendant des heures, le
train avançait en droite ligne, pris en étau entre deux rangées
compactes d'arbres centenaires. À droite et à gauche s'étendaient quelques mètres d'une herbe qui était restée très verte.
En dépit des froids de l'automne, elle avait conservé un
vert agressif. Elle formait un tapis dont l'épaisseur anormale,
dont la présence vierge faisaient peur. Immédiatement après,
les mélèzes se dressaient. Iliouchenko regardait cette image à
travers le disjoint de la porte coulissante. Le mur des arbres
était impénétrable. Iliouchenko ne ressentait pas à l'égard de
la taïga le même dégoût refoulé que son camarade Kronauer,
mais, à la longue, ce rideau lui paraissait lugubre, impropre
à la vie humaine, et il refermait les yeux en rêvassant. Il ne
les rouvrait que quand la lumière avait changé, soit que la

nuit fût tombée, soit que le convoi eût enfin laissé derrière lui les épaisseurs végétales.

Sans tenir compte du calendrier qui fixait au samedi les haltes régulières du convoi, le machiniste prenait de temps en temps l'initiative de stopper près de hameaux ou de petits kolkhozes abandonnés. C'étaient le plus souvent des centres trop minuscules pour avoir été dotés de piles à combustible. Leurs habitants avaient néanmoins fui vers des régions plus sûres, ou ils étaient morts et ne se manifestaient pas. On ouvrait grandes les portes, une sentinelle grimpait sur le toit de la première voiture, le commandant vacillait à proximité des rails, s'adossait à une roue et attendait que son organisme reprît un peu d'énergie. Le conducteur de la locomotive demeurait invisible, sans doute plongé dans un profond sommeil après la tension qu'avait exigée la conduite. Soldats et détenus mettaient des heures à se réveiller, quelquefois plus d'une nuit. Quand ils avaient retrouvé assez de forces, ils se répartissaient les tâches spontanément, s'écartaient pour aller faire leurs besoins ou ce qui en tenait lieu, zigzaguaient le long de la voie. Les ruines n'étaient pas toujours invisitables, et ils se mettaient à la recherche de bois à brûler, de tabac ou d'objets utiles. Ils dénichaient parfois des livres, et alors ils les apportaient au commandant. Celui-ci exerçait son rôle de détenteur naturel de l'idéologie et décidait, après un examen cursif, s'ils devaient servir de matériau d'allumage ou méritaient d'être ajoutés à la bibliothèque itinérante située dans la quatrième voiture. Le commandant procédait au tri de façon tout à fait arbitraire, en se laissant guider par des considérations où ce qui comptait était l'épaisseur et la qualité du papier et non la valeur littéraire du volume. Ainsi brûlèrent, illuminant la nuit, des ouvrages post-exotiques de premier plan, tels *Herbes et golems*, de Manuela Draeger, *Nous avons vingt ans*, d'Ellen Dawkes, *Autopsie d'une Coréenne*, du collectif Petra Kim, et d'autres.

• Le samedi suivant, le train s'arrêta près d'un ensemble de cinq masures. Elles étaient situées près de la voie, dans un paysage désert, manifestement sans vocation agricole. Et d'abord leur présence eut quelque chose de mystérieux, puis Pedron Dardaf proposa une explication – les paysans qui y habitaient devaient jadis assurer l'approvisionnement en pain et en eau des prisonniers en route pour les camps. Cette confirmation qu'ils étaient bien engagés sur un chemin menant à des structures concentrationnaires réjouit les hommes et se refléta aussitôt sur leur humeur. Alors qu'Iliouchenko terminait une distribution de pemmican, Pedron Dardaf procéda à une passation de pouvoir et lui confia la charge de commandant qu'il lui avait promise. L'opération se déroula sans la moindre solennité et sans accroc. Il n'était même pas utile de faire appel au consensus. Iliouchenko hésita quelques secondes sans dire un mot, poussa un soupir et ordonna que l'on démantelât une masure et qu'on en transportât les planches dans la deuxième voiture, afin de grossir la provision de bois à brûler pour la semaine à venir et même pour plus tard. Les soldats dressèrent leurs carabines en faisceau ou les appuyèrent contre les wagons puis se mêlèrent aux détenus et tous commencèrent à s'activer avec des gestes d'outre-tombe, comme d'habitude.

Au fond, il n'y avait jamais rien de nouveau dans le voyage. Seuls des détails sans importance. Par exemple, Oumroug

Batiouchine avait ramassé dans une chambre un livre qu'il apporta à Iliouchenko afin que celui-ci statuât sur son immédiat avenir – bûcher ou bibliothèque. La couverture avait été arrachée trente ans plus tôt. C'était une anthologie des petites proses de Maria Kwoll, auteur facile à identifier tant sa haine des relations sexuelles s'étalait ouvertement, à tout moment et à chaque page. Iliouchenko en parcourut trois paragraphes, qui faisaient remonter toute manifestation de désir et même de tendresse amoureuse à la brutalité originelle de la nuit animale, aux impérieuses obscurités nées pendant l'ère paléozoïque, contraignant les créatures vivantes à se déchirer, à se violer les unes les autres afin de perpétuer horriblement leur espèce. Maria Kwoll voyait dans les instants vertigineux de l'orgasme un raccourci qui menait instantanément quatre ou cinq cents millions d'années en arrière. Iliouchenko dit à Oumroug Batiouchine qu'il ne savait pas bien que faire de ce livre et que, pour le moment, il le conserverait sur lui. Oumroug Batiouchine attendait patiemment sa décision, dans la position qui correspond au garde-à-vous pour les soldats morts. En réalité, Iliouchenko ressentait une certaine honte à jeter un livre aux flammes, ce qui était plutôt une pratique des ennemis à tête de chien, mais, en même temps, il ne supportait pas et n'avait jamais supporté les élucubrations de Maria Kwoll. Et, finalement, quand le crépuscule descendit sur la steppe et que le feu eut besoin de petit bois et de papier pour prendre, il détacha les feuillets et il les envoya en bonne place au-dessus des flammèches. C'était le début de la soirée, personne ne se posait de questions douloureuses sur notre héritage génétique, et, pour lui personnellement, cet attentat à la littérature post-exotique ne s'accompagna pas de remords.

Les présents autour du feu étaient moins nombreux que lors de la soirée festive précédente. Plusieurs étaient restés à l'intérieur des voitures, incapables de bouger ou d'en manifester l'envie. L'un d'eux, selon des informations communiquées vers midi au commandant, s'était enfui. Il s'agissait d'Idfuk Sobibian, le joueur d'harmonica. Le commandant n'avait pas ordonné de se mettre à sa recherche. Cet homme était perdu, quoi qu'il arrive. Il s'était lui-même condamné à la solitude la plus affreuse. Et il était inutile de le pister pendant des heures pour, en fin de compte, le ramener vers le convoi et le fusiller pour désertion.

• Quand le feu eut pris ses belles teintes jaune orangé, jaune doré, rouge cuivre, avec souvent un filet d'or pur qui se dissolvait dans la nuit en sifflant, Iliouchenko se leva. Autour de lui, une petite vingtaine de corps étaient étendus, principalement apathiques, et cinq ou six se tenaient assis. Tous avaient les yeux braqués sur les flammes. Leurs yeux reflétaient uniformément la puissante couleur du feu, les jaunes inhumains, les jaunes rapaces, dévoreurs et hypnotiseurs qu'Iliouchenko n'avait vus dans un regard qu'une seule fois, peu de temps avant, au sovkhoze « Étoile rouge ».

Solovieï, pensa-t-il avec dépit. Lui de nouveau. Il m'était sorti de l'esprit. Ce nécromancien des steppes. Le voilà qui revient. Cet ignoble marieur de kolkhoze, ce récupérateur de cadavres, cette mauvaise ombre, ce géant imperméable aux radiations, cette autorité chamanique de nulle part, ce président de rien, ce vampire à apparence de koulak, ce type bizarre installé sur un tabouret, cet abuseur, ce type dominateur, ce type louche, ce type inquiétant, cette créature de réacteur nucléaire, ce magnétiseur sans dieu ni maître, ce manipulateur, ce monstre appartenant à on ne sait quelle catégorie puante. Il est là de nouveau. Il s'était fait discret pendant des jours, mais il rejaillit depuis les profondeurs. Il me regarde depuis les flammes. Il nous regarde tous et il nous dirige depuis les flammes.

C'était une réflexion destinée à être fugitive, mais Iliouchenko mit plusieurs secondes à s'en extraire. Ben enfin, pensa-t-il, ça repose sur rien, c'est l'effet d'avoir été bercé et bringuebalé pendant des jours. C'est de la pensée obsessionnelle dans un cerveau en compote. Des flatulences mentales, rien d'autre.

Quelques soldats avaient tourné la tête vers lui, et, comme il avait pris une posture d'orateur, ils manifestaient l'intention de l'écouter. Cela lui permit de se dégager plus facilement de l'emprise de Soloviëi. Il était à présent commandant, il avait des responsabilités bien plus importantes que de remuer intérieurement ses troubles et ses peurs irrationnelles. Il devait parler à ses hommes. Il se racla la gorge et il le fit. Sa voix sortait péniblement et il aurait souhaité qu'elle sonnât avec plus d'autorité, mais il ne s'interrompait pas pour la raffermir. Même si ses exclamations étaient prononcées avec un souffle rauque qui n'avait rien de martial, il continuait.

– Camarades soldats, camarades détenus!… Nous sommes engagés dans une expédition qui paraît infructueuse… Pourtant, forcément, nous approchons de notre but!… Notre objectif sera bientôt à portée… nous allons enfin voir se dresser devant nous les palissades et les rouleaux de barbelés derrière lesquels nous pourrons nous reposer, derrière lesquels notre survie prendra tout son sens… Restons unis comme nous l'avons été jusqu'à ce soir!… Ne rompons en aucun cas notre unité!… Ensemble, nous formons un corps fraternel que rien ne peut briser… ni notre sentiment de défaite finale… ni les aberrations politiques à présent partout en place sur la planète… ni les radiations qui nous brûlent en silence… ni les manigances des ennemis du peuple… ni la vacherie terminale de notre destin…

Il ne savait plus tellement quoi dire et, pendant une demi-minute, il chercha ses mots.

Le pétillement d'une planche qui s'allume.

Le ciel crépusculaire en train de virer au noir.

Tout autour la steppe illimitée, à peine vallonnée, exhalant ses derniers parfums de fleurs non pourries, ses nuances de foin encore non pourri.

Plus près, les remugles qui accompagnent le convoi, de fer rouillé, de gas-oil, de poussière, de cambouis, d'excréments et de crasse.

Le feu vivace.

Les hommes en cercle à petite distance des flammes, intérieurement de bonne humeur mais extérieurement loqueteux et déprimés.

Leurs paupières souvent baissées, mais assez ouvertes pour montrer des yeux où sclérotique et iris reflètent en même temps les flammes, jusqu'à se confondre en une unique tache jaune cuivrée.

— Restons unis dans notre belle adversité fraternelle, finit par dire Iliouchenko avant de se rasseoir comme une masse. Place à la musique!… Que la fête commence!…

• Matthias Boyol se leva et Schliffko Armanadji l'imita. Ils se préparèrent à donner le spectacle traditionnel du samedi soir. Avec la défection d'Idfuk Sobibian et de son harmonica, leur formation s'était musicalement appauvrie, ce pourquoi Matthias Boyol avait décidé de diviser son texte en alternant récitatifs à voix moyenne et parties chantées. Schliffko Armanadji devait le soutenir avec des mélodies de gorge et des harmoniques pendant les récitatifs. Un détenu du nom de Julius Togböd se proposa pour accompagner les chanteurs à la guimbarde. Il avait trouvé le petit instrument traînant parmi les débris de la deuxième masure et il avouait ne pas très bien savoir s'en servir.

– Ça fait rien, l'encouragea Schliffko Armanadji. Si tu perds le fil de la mélodie, on s'arrangera pour te rattraper.

– L'essentiel, c'est que tu les laisses pas tout seuls, fit remarquer Iliouchenko.

– On va vous interpréter un glorificat burlesque, annonça Matthias Boyol.

On ne sait pourquoi, car cela n'avait aucune importance, l'ancien commandant Pedron Dardaf sortit de son apparente torpeur, leva la main comme un gamin interrogeant son institutrice et demanda :

– Dis donc, Boyol, il y a une différence entre un glori-ficat burlesque et une mélopée tragi-comique, comme que vous nous en avez récité une la semaine dernière ?

Matthias Boyol eut l'air décontenancé pendant quelques secondes, parce qu'il était déjà absorbé par le spectacle qui avait commencé silencieusement en lui, mais il répondit de bonne grâce :

– Non, Pedron Dardaf. C'est exactement la même chose. C'est exactement la même foutaise poétique.

Puis la déclamation musicale commença.

• – Tout homme épris de liberté, chanta Schliffko Armanadji en guise de prologue, et toute femme pareillement éprise, poursuivit-il, doit avoir en tête l'idéal incomparable du camp, son absolu resplendissant, et ne pas s'arrêter à ce qui en général repousse dans le concret du camp, la pouillerie organisée, les conditions sanitaires déplorables, la promiscuité terrible nuit et jour, l'arbitraire des chefs de camp, la sauvagerie primitive des gardes, la violence entre détenus, les leçons des chiens que diffusent en permanence les haut-parleurs des chiens.

La guimbarde de Julius Togböd se mit alors à produire une aride mélodie. Il était trop tôt. Matthias Boyol laissa Julius Togböd faire de son mieux, sur deux notes, pendant deux longues minutes. Puis, lorsque le musicien hésitant se découragea, il lui fit un signe approbateur.

– Dans certains cas, dit-il d'une voix de conteur, le train stoppait en rase campagne, par exemple quand un aiguillage posait au conducteur un problème d'itinéraire, mais aussi pour des raisons qui tenaient plus d'un désintérêt général envers le voyage, partagé de façon égale entre les détenus, leurs convoyeurs en uniforme et les techniciens qui s'occupaient de la machine. Tout le monde se retrouvait dehors. Si cette pause intervenait après le crépuscule, nous revivions, après être descendus du train, certaines atmosphères de déplacement ferroviaire qui restaient indégradables dans notre mémoire, soit que nous eussions eu l'occasion de nous y plonger ailleurs dans notre propre existence ou dans une existence antérieure, beaucoup plus tôt, sur des lignes au destin obscur, des siècles plus tôt, telles Cuzco-Puno ou Irun-Lisboa, ou Vladivostok-Khabarovsk, ou Irkutsk-Oulan Bator, ou Kimchaek-Hongwon, soit que nous les eussions reçues et intégrées à nos émotions fondamentales lors de séances de cinéma, que nous les eussions traversées déjà au contact d'admirables pellicules en noir et blanc, muettes, ou rythmées seulement par le bruit des échappements de vapeur, avec souvent l'image de nous-mêmes ou d'autres semblables à nous, habillés en misérables ou en aventuriers, une image qui nous accablait, une image accablante qui nous paralysait de chagrin, car elle était pour nous associée à une imminente dérive des personnages vers le néant, elle signifiait l'échec et la fin, elle nous annonçait la séparation, la déchéance terminale et la fin, et, pour nous qui ne faisions pas de différence entre personnages et spectateurs, ce n'était plus de la fiction mais une page désastreuse de plus de notre réel, déjà écrite, déjà noircie à l'encre indélébile du destin pour être placée au hasard dans notre passé ou dans notre avenir.

Matthias Boyol marqua une légère pause. Il était essoufflé et il mit quelques secondes avant de retrouver une respiration égale. À son côté, Schliffko Armanadji avait gonflé ses poumons et, après un son qui ressemblait à un soupir, il fit monter vers le ciel une plainte ascendante, toute en *uts* et en *mis* bémols extraterrestres.

— Je pense ici, compléta Matthias Boyol, à certains films de Iouri MacMakarov qui ont tous marqué notre génération, à *Avant la défaite*, à *La première louve* ou au *Voyage de Myriam*, les plus représentatifs de son œuvre et de ces thèmes.

Un moment de silence, ponctué uniquement par les murmures diphoniques de Schliffko Armanadji.

Le crépitement du feu, parfois accompagné d'une gerbe d'étincelles.

Le reflet des flammes dans les yeux de tous les présents, comme si détenus et soldats étaient des mendiants morts imaginés par Solovieï.

La nuit aux senteurs d'herbes et de voie ferrée.

Des souvenirs fuyants d'images des films de Iouri MacMakarov.

Matthias Boyol déjà retournait à sa déclamation. Au bout d'une demi-minute, sa voix évolua vers le chant.

— Et donc nous sortions dans le vide nocturne, orientant le buste et les épaules pour éviter de recevoir de plein fouet l'air glacé, nous nous imaginions sur un quai désert, enveloppés brusquement dans un jet de vapeur, comme venant de dire adieu à la femme aimée, et déjà ne la voyant plus ; un soldat nous proposait une cigarette, nous en tirions une bouffée avant de la passer à quelqu'un d'autre, puis nous nous écartions pour nous accroupir et faire semblant de vider nos vessies et nos intestins qui ne contenaient plus rien depuis des semaines. C'était un rituel comme un autre, une façon de montrer que nous n'avions pas rompu avec l'existence et que nous avions encore du corps et des fonctions corporelles élémentaires. Ensuite, ayant remis de l'ordre dans nos culottes ou dans ce qui en tenait lieu, nous reprenions une activité plus verticale. Nous tournions lentement autour du train. Nous remontions le convoi jusqu'à la locomotive. Nous écoutions sous nos pieds sonner la terre, crier les herbes, les cristaux de givre.

• — L'arrêt durait une demi-heure, chantait Matthias Boyol, parfois beaucoup plus, et alors il était suivi d'une longue heure de rassemblement, d'avertissements par haut-parleur, de coups de sifflet et de coups de trompe. L'appel des présents s'effectuait dans la confusion mais sans violence. Les soldats responsables lisaient leurs listes avec difficulté, en se trompant dans les noms et les prénoms et, il faut bien le dire, en s'en fichant. Nous nous hissions à nouveau dans les wagons, en tout cas, tous autant que nous étions, peu désireux de rester abandonnés en pleine steppe, à jamais privés de nourriture et de secours, à mille lieues de toute terre habitée et coupés de la civilisation par les clôtures infranchissables de l'horizon. Quand quelqu'un manquait, nous le signalions aux soldats. Ceux-ci d'abord se perdaient en fouillant dans les listes, cherchant à retrouver le manquant dans leurs papiers, puis ils le déclaraient jamais inscrit et donc inexistant, puis, comme nous insistions, ils reprenaient à zéro la procédure de l'appel. Cela donnait au retardataire ou au demi-fuyard le temps de réintégrer discrètement son groupe d'origine et permettait au personnel d'accompagnement de mettre une fois de plus en question la véracité de nos dires. Mais parfois l'absence était confirmée, et alors les soldats s'agitaient plus que de coutume dans les alentours du convoi. Un soldat escaladait le wagon du milieu afin d'y allumer le projecteur. Après une ou deux minutes dites « de chauffe », le projecteur fonctionnait, et un pinceau large et éblouissant creusait un formidable tunnel à l'intérieur de la nuit, aboutissant très loin, sur de vagues obstacles naturels qui prenaient en une seconde des formes monstrueuses, sur des collines dont l'herbe avait été brûlée et rebrûlée par le givre. On distinguait soudain une oblongue parcelle de prairie, ponctuée ou tigrée de taches qui étaient des blessures géologiques ou des plaques de tourbe pourrie ou des plaques de glace. Les taches n'étaient jamais argentées, jamais agréables à voir, elles étaient toujours gris-noir ou brun foncé. Parfois la lampe puissantissime surprenait dans son faisceau un animal quadrupède, mammifère, lointain, que nous avions tendance à décrire comme une vache à longs poils mais à qui les Mongols et les Tibétains de notre compagnie, ayant sur ce sujet plus de science que les autres, refusaient le titre de yack.

À cet instant, Julius Togböd se réveilla et réintroduisit entre ses lèvres la guimbarde qu'il avait délaissée, et, comme les sons qu'il obtenait étaient soudain tout à fait réussis, les deux autres se turent. Ils se tenaient immobiles, entourés d'ombres et de reflets mouvants, les yeux clos, et écoutaient, tout en se balançant légèrement d'avant en arrière, le solo de Julius Togböd.

Le solo de Julius Togböd.

Un peu de vent porteur de parfums d'herbes anonymes.

La tiédeur venue du feu.

La terre plus humide au fur et à mesure qu'avançait la nuit.

La fin du solo de Julius Togböd.

• — Le projecteur était difficile à déplacer ou à réorienter, reprit Matthias Boyol, aussitôt secondé par le chant guttural de Schliffko Armanadji. Nous entendions le soldat sur le toit pester contre on ne sait quel système à manivelle ou contre on ne sait quelle crémaillère qui ne répondaient pas à ses objurgations et à ses pesées, à son attente. Il arrivait que le projecteur restât bloqué dans une seule direction, celle où la vache à poils longs avait été surprise et continuait à lever le mufle vers ce soleil insolite qui la perturbait dans son sommeil réparateur et lui gâchait sa longue nuit, mais, ce qui se produisait le plus souvent, c'était que le faisceau réussissait à atteindre une colline voisine, avec à mi-pente une seconde vache ou une vieille hutte démolie de berger, et qu'il s'immobilisait là sans plus réagir aux insultes et aux coups de godillot du soldat, jusqu'à ce qu'un officier ordonne qu'on éteigne l'appareil. Il y avait aussi des cas où le projecteur basculait et éclairait violemment le ciel, redevenant ainsi ce qu'il avait été avant le bricolage fatal de la crémaillère, un élément de défense contre avion. L'ensemble du convoi, soldats et prisonniers confondus, restait alors silencieusement bouche bée sous cette immense colonne lumineuse, songeant à des bombardiers ennemis improbables qui eussent surgi d'entre les nuages ou de l'éther, et il fallait, là aussi, qu'un gradé ou assimilé intervînt pour mettre fin à l'incongruité, et, seulement alors, après de nouvelles imprécations et une suite de blasphèmes amers, la lampe s'éteignait.

• Julius Togböd avait les lèvres en sang. Il jouait de la guimbarde en la tenant mal entre ses dents et il se blessait. Toutefois, après son solo de tout à l'heure, il avait acquis la conviction qu'il était indispensable, que le concert sans lui perdrait toute sa saveur symphonique, et il avait assez le sens du devoir pour jouer sa partie en dépit de la douleur qui lui tenaillait la bouche. Il pinça de nouveau le corps métallique entre ses incisives et recommença à battre la languette avec un doigt. Maintenant il obtenait une gamme de sons plus fournie qu'au début du spectacle. Il en avait conscience et il en ressentait une certaine fierté, qui l'incitait d'autant plus à dépasser les brûlures de ses lèvres.

Avec Schliffko Armanadji, Julius Togböd alors improvisa un duo d'où toute parole était exclue, car Matthias Boyol, au moment où il s'était rendu compte que le joueur de guimbarde allait de nouveau intervenir, avait laissé sa phrase mourir.

Un moment passa, de pur bonheur musical.

Plusieurs détenus ou soldats balançaient doucement le buste d'avant en arrière, comme des prieurs d'une religion préhistorique ou comme des insanes contemporains. Ils continuaient à regarder le feu et clignaient peu.

Un peu de vent contraignait les flammes à se tordre.

Pedron Dardaf rajouta une planche sur le brasier.

Iliouchenko en rajouta une autre.

Des étincelles tourbillonnèrent vers le ciel très noir.

Le duo s'arrêta. Il continuait dans les têtes en même temps que montait le bruit du feu.

Le ronflement inégal du feu.

Le regard du feu sur nous tous.

Le murmure froid du vent.

Une bouffée d'excréments venue des wagons.

Puis Matthias Boyol se réintroduisit dans son récit, d'une voix assurée et forte de comédien habitué à avoir devant lui un large public.

— En réalité, dit-il, on ne trouvait presque jamais aucun absent par cette méthode. On capturait bien de temps en temps un retardataire, en mauvaise posture entre les buissons et immobile au-dessus d'une prétendue diarrhée que la lumière en aucune manière ne mettait en évidence, et qui, au bout de quelques secondes d'illumination humiliante, gesticulait avec lassitude et se rhabillait, mais les fugitifs, à ma connaissance, les fugitifs authentiques échappaient aux recherches. Il fallait alors patienter jusqu'au lever du jour. Nous autres restions consignés dans nos wagons à bestiaux, derrière la porte roulante que les soldats pour l'occasion fermaient avec une rage particulière, ou encore nous devions nous regrouper, sous la menace des fusils, dans un quelconque vallon au voisinage de la voie, ce que nous préférions car ainsi nous avions la possibilité de passer une nuit à la belle étoile. Nous improvisions un bivouac, trouvant quelquefois assez d'herbe sèche pour l'entasser et y mettre le feu, avec l'espoir que la flambée ne serait pas trop éphémère, puis, dès que les braises avaient cessé de rougeoyer, c'est-à-dire dans la minute, nous nous roulions en boule pour dormir.

Depuis une bonne minute, l'accompagnement musical du texte montait en puissance. Julius Togböd était comme pris de frénésie. Il se tournait vers le feu, vers l'orateur, vers le feu, vers l'orateur, et il faisait vibrer sans interruption la languette de fer qui lui réduisait les lèvres en bouillie. Schliffko Armanadji le secondait, reprenait quelques-unes de ses phrases rythmiques, s'accordant magnifiquement à la fois à la guimbarde et au discours de Matthias Boyol.

— Quand l'aube venait, disait celui-ci, un gradé se hissait sur le wagon central, à côté du projecteur que le jour rendait encore plus inutile que la veille, et il observait les lointains à la jumelle. Nous étions unanimement suspendus à la narration qu'il allait faire, et il le savait. Je pense qu'il ne voyait rien, qu'il n'apercevait rien, qu'il ne réussissait pas à obtenir l'image d'un homme en train de courir éperdument, mais que, pour des raisons pédagogiques, il tenait à incruster dans nos esprits une peur salutaire. « Le voilà », disait-il d'une voix forte et décidée, comme s'il prenait la parole à un meeting anarcho-syndical, comme s'il comptait sur de très prochaines clameurs, sur des applaudissements, des vivats. « Il y a des loups qui trottent sur ses talons, il est perdu, il n'a plus aucune chance de s'en tirer, les loups se sont divisés, bientôt le plus gros va lui couper la route.» Puis il poursuivait son mensonge, décrivant l'attaque qui allait avoir lieu ou qui avait eu lieu déjà, décrivant la fourrure des loups, les regards teigneux qu'ils se jetaient les uns aux autres, leurs dos voûtés, leurs dents sales, décrivant le dépeçage. Nous écoutions ce rapport en silence, tandis que les tâches du matin nous occupaient : toilette sommaire, évacuations intestinales, préparation du café, relève.

Matthias Boyol se racla discrètement la gorge et poursuivit.

— Je dis relève, dit-il, je parle de la relève, car celle-ci se déroulait fréquemment, pas tous les jours mais fréquemment, et, lorsque nous étions tous dehors pour une raison ou pour une autre, cela facilitait les choses. Par «relève» j'entends ce moment où nous remplacions les soldats en tant que convoyeurs, tandis que les soldats prenaient notre place en tant que détenus. Il n'y avait que quelques ceinturons et quelques fusils à échanger. C'était un accord que nous avions conclu en rêve dès le départ, afin que nul d'entre nous ne bénéficie d'avantages exorbitants pendant l'errance, et que nous appliquions sans faillir, en rêve aussi bien que dans la réalité.

«Que ce triste exemple serve d'exemple, continuait pendant ce temps le gradé. Toute évasion est condamnée à la catastrophe. Fuir notre collectivité, c'est se jeter dans la gueule du loup. C'est affronter tout seul de terribles moments de peur et de douleur, comme s'il n'y en avait pas assez déjà quand nous sommes ensemble. L'évasion n'a aucun avenir. On aura beau dire et gloser, rien ne peut remplacer le camp, rien n'est aussi nécessaire et salutaire que le camp.»

Il avait toujours la même intonation triomphante de tribun, mais déjà nous ne savions plus nettement qui parlait, un gradé qui mentait au sujet d'un déserteur, ou un représentant des prisonniers qui profitait de sa position haut perchée pour nous raconter des histoires, nous faire la morale ou débiter une suite de sottises.

• On avait dépassé minuit. La voix de Matthias Boyol diminuait, laissant place aux dernières mélodies, puis Julius Togböd retira de sa bouche meurtrie la guimbarde où gouttait du sang, puis Schliffko Armanadji cessa d'émettre des harmoniques, revint à une voix brusquement très grave, poursuivit ainsi pendant quatre ou cinq secondes, et pour finir poussa un dernier soupir.

Une heure ensuite se déroula. Personne n'avait envie de s'éloigner du feu pour s'allonger sur le plancher sale des wagons ou grelotter sur la terre glacée.

En tant que commandant, Iliouchenko estima qu'il lui fallait prendre la parole, et demander aux trois interprètes une intervention complémentaire.

– Il faut conclure, dit-il en se tournant vers eux.

Il y eut un mouvement bref d'approbation parmi ceux qui, autour du feu toujours pétillant, n'avaient pas sombré complètement dans leur méditation ou le néant.

• Matthias Boyol s'était rassis en face des flammes, et, dès que son commandant eut parlé, il se releva sans un mot. On avait réservé une bonne place aux trois interprètes. Schliffko Armanadji et Julius Togböd s'animèrent, prêts à l'accompagner de nouveau, mais il leur fit signe. Il allait conclure à une voix, sans fioritures.

Il laissa s'écouler une demi-minute, se préparant mentalement à ce qu'il allait dire, puis il commença à parler. Il prononça son discours d'une voix lasse.

— Nul n'ignore, dit-il, personne n'ignore que le camp est le seul lieu non imaginaire où la vie vaille la peine d'être vécue, peut-être parce que la conscience de vivre s'y enrichit de la conscience d'agir en compagnie des autres, dans un effort de survie collectif, un effort certes vain et pénible, mais dont la noblesse est inconnue de l'autre côté des barbelés, et aussi parce que la conscience de vivre est satisfaite de voir qu'enfin tout autour de soi les classes ont été abolies. Ailleurs, à l'extérieur, il faut attendre les périodes de désastre ou les guerres pour qu'un sentiment équivalent se fasse jour. Le camp n'a pas besoin, lui, que se succèdent les cataclysmes ou que pleuvent les bombes pour que chez ses habitants fleurissent entraide et fraternité fatalistes. Nul n'ignore que le camp est plus inconfortable mais plus fraternel que les terres qui composent le reste du monde. Que ce soit au cœur ou à la périphérie du camp, aucun penseur n'y prononce des appels au meurtre collectif, des incitations aux pogromes ou à l'intolérance politique, religieuse ou ethnique. Le camp est un endroit où les assassins n'agissent que dans des cas de nécessité absolue, ou par lubie ou par passion, ou encore parce qu'ils ont un nouveau couteau à tester, mais jamais pour des raisons futiles et répugnantes comme cela se produit à l'extérieur. Qu'on choisisse une approche globale ou au contraire très détaillée pour l'analyser, le camp ne présente que des avantages pour la population qui s'y trouve rassemblée, et c'est pourquoi une large majorité des malheureux qui vivent encore à l'extérieur du camp essaie à tout prix d'y accéder, rêve en permanence du camp et jalouse ceux et celles qui ont pu y entrer avant eux. Rares sont les adversaires du camp à l'intérieur du camp, et décousue reste leur argumentation en faveur des modes d'existence qui à l'extérieur des barbelés stagnent ou dégénèrent dans la barbarie inégalitaire. En nombre infime sont les théoriciens du camp qui appellent à quitter le camp, qui dénigrent le camp ou songent à une abolition du système des camps, ou qui préconisent une ouverture plus grande sur l'au-delà des barbelés et recommandent la fusion du camp avec les territoires de l'extérieur. Tenus depuis les fenêtres des établissements psychiatriques, leurs discours sont écoutés, mais ne suscitent aucune adhésion. Si des applaudissements éclatent, c'est le plus souvent pour saluer l'humour dont ils ont fait preuve et leurs grimaces comiques. Il faudrait en effet avoir l'esprit aussi dérangé qu'eux pour apprécier sur le fond leurs divagations d'insanes. En résumé, dans le camp, nul individu doué de raison ne remet en cause la supériorité humaniste de la société qui s'épanouit en deçà des clôtures, et nul ne s'aventure à nier des siècles d'acquis carcéraux et d'améliorations incessantes dans les aménagements, dans la philosophie et dans la logique intime et fondamentale du camp. C'est comme ça.

.14.

Au milieu de la semaine suivante, la locomotive siffla de nombreuses fois, réveillant tout le monde ou du moins tous ceux qui étaient encore de ce monde, et le train freina, semble-t-il en urgence. On avait nettement dépassé midi. Le soleil brillait sans chaleur. Quelques-uns d'entre nous grognèrent en se demandant ce qui se passait et, sentant que le convoi n'avançait plus, ils s'approchèrent des portes. Elles n'étaient pas bloquées. Au moment du départ, Iliouchenko avait oublié ou fait semblant d'oublier qu'il fallait cadenasser les voitures qui hébergeaient des détenus. Les têtes épuisées qui reçurent la lumière du jour en furent éblouies pendant un quart d'heure. Des corps s'étirèrent, avec les bâillements et les plaintes qui en général accompagnent l'opération, mais, pendant un bon moment, personne ne se sentit assez en forme pour sortir.

Au-dessus du train des corbeaux croassèrent. La steppe un instant dérangée s'emplissait à nouveau de ses frémissements non humains. Il y avait près de la voie une demi-douzaine de jeunes sapins, isolés au milieu d'un paysage où les arbres étaient rares. Ils devaient servir de lieu de ralliement à toute une faune locale. Sur les branches, invisibles, pépiaient des verdiers, et entre les troncs se mirent à chicoter des gerboises, invisibles, elles aussi. Un criquet étourdi vola jusqu'à l'intérieur de la voiture où le commandant était encore allongé. Celui-ci tendit la main pour l'attraper et l'ajouter à sa provision de pemmican, qui était encore substantielle mais baissait. Si le marxisme-léninisme interdisait de manger de la viande humaine, il ne s'était pas prononcé sur la chair des insectes, ou alors dans des textes apocryphes qui n'avaient jamais fait l'objet de débat ni de diffusion au sein des masses. Les mouvements d'Iliouchenko étaient lents. Sans difficulté, le criquet échappa à son prédateur.

Puis le machiniste descendit de sa cabine et sauta dans l'herbe du fossé. Il s'appelait Noumak Ashariyev. Le deuxième conducteur sortit sur la passerelle, s'accouda à la rampe et alluma une cigarette. Il avait pour nom Hadzoböl Münzberg.

À quelques mètres de la locomotive, entre deux traverses, un gueux était assis en tailleur. Il marmonnait et, de temps en temps, d'un geste un peu énervé il remontait sur ses épaules un manteau fait de rubans et de déchirures de tissu qu'il avait dû emprunter à des autels chamaniques dans les montagnes. Les rubans avaient autrefois été multicolores, mais des années d'exposition en plein air les avaient délavés, ce qui réduisait le vêtement à deux ou trois brassées de langues brunâtres. Quand cette pelure glissait, elle découvrait la peau flasque de son buste mélangée à une chemise de mendiant et à des charpies de coton crasseux qui semblaient colmater les creux de sa cage thoracique.

– Eh! l'interpella Noumak Ashariyev. Tu veux mourir, vieille saloperie?

Le gueux leva sur lui un regard brumeux.

– Je suis pas aussi vieux que j'en ai l'air, dit-il.

– Ben je vois que t'es pas sourd, alors tu veux mourir, ou quoi ? insista le machiniste.

– Si je veux mourir, voilà ce qu'il me demande, ce camarade, marmonna le gueux. C'est des questions qu'on pose, ça ?

Noumak Ashariyev haussa les épaules. Il tourna la tête et échangea avec Hadzoböl Münzberg un regard de complicité ébahie.

– Un train approche, et toi tu restes assis au milieu de la voie. Tu voulais qu'on te passe dessus ?

– Tu as pas entendu qu'on sifflait ? intervint Hadzoböl Münzberg du haut de la passerelle.

– Les sifflements, j'en ai ma claque, répliqua le gueux en remontant une fois de plus son innommable pelure sur ses épaules.

Là-dessus, un soldat arriva et toucha la poitrine du gueux avec le bout de sa carabine pour l'inviter à se lever. Comme il constatait l'inamovibilité de celui-ci, il n'essaya pas de le menacer plus avant et il dit :

– Faut en référer au commandant. Je peux pas le fusiller comme ça sans procès.

– Et celui-là qui voudrait me fusiller, bougonna le gueux qui se parlait à lui-même, mais qui avait haussé le ton pour être entendu. Mais où qu'on est tombé, ma parole ! Dans quel monde qu'on vit !

• Le gueux suicidaire fut interrogé par Iliouchenko au milieu de l'après-midi. Plusieurs détenus et une poignée de soldats assistaient à l'interrogatoire qui se déroulait en pleine voie, à l'endroit même où le gueux était assis. Afin d'élargir le public, car il ne souhaitait pas abuser de ses prérogatives et mener une enquête de façon discrétionnaire, donc arbitraire, Iliouchenko décida de procéder à une distribution exceptionnelle de pemmican. Seuls les présents y avaient droit, encore qu'il ne s'agît que d'une miette par personne. Cela suffit toutefois à attirer une petite assistance. Chacun s'installa un peu au hasard tout en mastiquant avec componction sa bouchée, moins de trois grammes sans doute. Avant lui-même d'enfourner une minuscule portion de nourriture, Iliouchenko en proposa une à l'homme qu'il allait questionner. L'autre refusa.

– Non, j'ai perdu l'habitude, dit-il, ça va me faire mal au ventre. Une fois que les crampes commencent, j'en ai pour un mois.

Il avait une voix bien posée d'acteur ou de chanteur de rue. Un peu éraillée, mais bien posée. Il ne fit aucune difficulté pour répondre aux interrogations et, tandis que les heures passaient, il raconta son histoire.

Il s'appelait Aldolaï Schulhoff.

• Aldolaï Schulhoff était né dans une région qui, deux ans après sa venue au monde, avait connu l'incendie d'une piscine où baignaient des barres de combustible. Les flammes avaient été peu spectaculaires, mais les équipes qui avaient tenté de les maîtriser avaient vu fondre leurs effectifs et leur moelle épinière en quelques jours, et, comme les experts avaient estimé que le flux de radiations mortelles qui s'échappaient des cuves baisserait de lui-même au cours des décennies à venir, on avait laissé les choses en l'état. Un vaste cortège de réfugiés s'était mis en marche vers l'ouest, vers un ouest légendaire où les victimes des radiations pensaient que se trouvait la capitale de l'Orbise, et le petit Aldolaï Schulhoff y avait pris place, mais le tohu-bohu et la panique étaient si grands que, dès le troisième jour d'exode, ses parents l'avaient perdu. Après quelques heures d'errance parmi des milliers d'inconnus, il avait été recueilli par un couple de charcutiers qui l'avaient engraissé plus qu'élevé, dans le dessein jamais ouvertement formulé mais manifeste de l'avoir près d'eux en cas de famine. La famine ne s'étant pas produite, ils avaient renoncé à disposer de lui et, un an plus tard, ils l'avaient remis à une organisation de bienfaisance, «Les Frères de la Onzième Heure», dont les objectifs caritatifs étaient également plus cannibales qu'altruistes. À six ans, il avait enfin réussi à échapper aux Frères, qui d'ailleurs ne le maltraitaient pas, mais le considéraient comme un animal pensant de boucherie et au contraire se réjouissaient de lui voir prendre des rondeurs. La chance avait joué en sa faveur. Suite à des combats au sud de Bogrovietsk, il s'était retrouvé seul dans un quartier en flammes, abandonné à son sort par les Frères qui, voyant leur onzième heure arrivée, avaient préféré sacrifier un festin potentiel plutôt que leur propre peau. Quand une escouade de l'Orbise s'était approchée du cœur de l'incendie, les soldats avaient repéré le petit garçon et l'avaient tiré d'affaire. Après un court séjour à l'hôpital où on l'avait admis pour des brûlures mineures, Aldolaï Schulhoff avait été pris en charge par un orphelinat du Parti. On lui avait assuré la sécurité, le gîte et le couvert, et surtout on l'avait éduqué en fonction de ses capacités intellectuelles, qui étaient considérables. Outre les sciences fondamentales et les piliers de la connaissance révolutionnaire, on avait tenu compte de ses aptitudes aux langues et à la musique. À quinze ans, il dominait le beltir, le kaybal, le kizil, le katch, l'américain ancien, le russe des camps, l'oltcha, le khalka, et il jouait déjà à la perfection de la cithare asiatique, du chatkhan, du yatga, du guzheng, et parfois aussi il pouvait s'emparer d'un igil et en tirer des sons extrêmement enthousiasmants, d'autant plus qu'il s'en servait pour accompagner des chants diphoniques traditionnels ou de son invention. Sa voix allait du plus grave au plus aigu et, comme il articulait bien, c'était un délice de l'entendre interpréter de longues cérémonies chamaniques ou des épopées lyriques, que ce fût en style de la steppe, de la taïga ou des déserts pierreux. Bientôt il fut en âge de quitter l'école et de choisir sa voie dans l'existence, et, tout en maintenant le contact avec l'institution qui l'avait formé et qui l'invitait de temps en temps à donner des soirées, il avait décidé de partir dans les rues, d'aller de ville en ville, de village en village, et de faire profiter de ses talents le public dispersé et humble des prolétaires, des paysans et des misérables. Pendant des années, il s'était ainsi partagé entre la capitale et les chemins qui menaient aux régions en naufrage, frappées par les désastres écologiques et le silence radioactif. Que l'assemblée qui l'écoutait fût fournie ou se réduisît à un groupe de loqueteux, il était toujours chaleureusement applaudi. Dans plus d'un trou perdu on lui avait proposé de rester à demeure en tant que musicien officiel, lui promettant des émoluments en nature, l'accès illimité à la cantine collective et une paix royale. Les femmes lui tournaient autour et il lui arrivait assez souvent de rompre sa monacalité prolétarienne et de céder à leurs avances.

Toutefois, il ne s'installait nulle part. Il préférait toujours changer d'air, porter ailleurs ses chants, et, même quand cela signifiait pour lui mettre fin à une liaison amoureuse, il affrontait le chagrin de la séparation et ne s'attardait pas. Puis il s'était enfoncé dans de vieilles contrées irradiées, dans des régions de forêts impénétrables, et, bien qu'il continuât à donner des concerts, les humains ou assimilés susceptibles de constituer une assistance devenaient de plus en plus rares. Et un jour il avait abouti au kolkhoze «Terminus radieux», et là son existence avait radicalement basculé.

— J'ai déjà entendu parler de ce kolkhoze, l'interrompit Iliouchenko. J'ai rencontré son président.

— Bah, s'étonna Schulhoff, tu as rencontré son président?

— Oui, dit Iliouchenko. Ce type m'a pas plu.

— Solovieï? Un énorme moujik avec des yeux dorés, une hache à la ceinture?

— Oui, dit Iliouchenko. Il est intervenu pendant les obsèques de ma femme. Il m'a emberlificoté en échange d'un bloc de pemmican. Il m'a pas plu.

Schulhoff fit une grimace et réclama une cigarette. Hadzoböl Münzberg, le machiniste en second, lui en tendit une et l'alluma. Il possédait un lourd briquet d'éclaireur de l'Armée rouge qu'il avait trouvé dans les poches d'un mort.

La steppe frémissante.

Les derniers rayons du soleil.

L'odeur de ferraille des roues du train.

Le moteur Diesel qui, bien qu'arrêté, continuait à lâcher une puanteur de gas-oil.

Un glatissement de rapace dans les hauteurs.

Un ronflement de vent presque glacé, puis une accalmie, puis un deuxième souffle, puis le calme dans la steppe alentour.

La fumée qui s'échappe d'entre les lèvres de Schulhoff, d'Iliouchenko, de Hadzoböl Münzberg, d'Oumroug Batiouchine, de Noumak Ashariyev et de quelques autres détenus ou soldats.

Un long moment de silence.

• – On va pas repartir tout de suite, décida Iliouchenko. On va bivouaquer ici.

En commandant responsable de tout, il donna des instructions pour placer des sentinelles, préparer un feu, sortir des voitures ceux qui n'avaient pas survécu et éloigner leurs cadavres à distance respectable. On transporta ainsi derrière les sapins Pedron Dardaf, Babour Malone et Douglas Flanagan, et on leur fit sur le corps les incisions nécessaires pour attirer les vautours et accélérer leurs funérailles célestes.

Puis l'interrogatoire reprit.

De nouveaux passagers s'étaient extirpés de leur somnolence, étaient descendus sur le ballast et avaient rejoint le lieu où se tenait la séance dont Aldolaï Schulhoff était l'attraction principale. Il y avait maintenant une petite foule devant la locomotive. Les hommes étaient plutôt apathiques, mais ils se préparaient à écouter ce qui se disait. Certains étaient vautrés dans le fossé et tournaient le dos à Schulhoff et à Iliouchenko, mais la plupart attendaient que le gueux suicidaire se libérât de son histoire et fît naître en eux des images.

Aldolaï Schulhoff redemanda une cigarette. Il en goûta les premières bouffées sans fermer les yeux mais avec un air rêveur et sans rien dire. Puis il poursuivit son récit.

• Il décrivit son arrivée au Levanidovo. Le kolkhoze «Terminus radieux» lui avait paru bizarre, mais accueillant.

– À quoi que ça ressemblait? demanda Iliouchenko.

– Je dirais que ça ressemblait à un village de la Deuxième Union soviétique, dit Schulhoff. Des fermettes dispersées dans une petite vallée encerclée de forêt, une rue principale avec le bâtiment du soviet en faux style classique, en haut d'une pente un horrible hangar pour entreposer les objets irradiés, et l'impression qu'en dehors d'une poignée de coriaces, personne avait survécu. L'impression que la plupart des maisons étaient inhabitées. Et d'ailleurs c'était pas qu'une impression. Il y avait même pas une douzaine de kolkhoziens encore en vie, d'après ce que j'ai pu voir. Peut-être qu'il y avait encore des humains intermédiaires, ni morts ni vivants, capables de se lever et de faire quelques pas, à défaut de penser et de parler, mais ils restaient entre leurs murs. Ils se montraient pas. Ceux-là, je peux pas dire combien qu'ils étaient. Peut-être aussi qu'ils existaient même pas. En tout cas, dans la totalité des kolkhoziens qui eux aussi étaient bizarres, il y avait un ingénieur entre la vie et la mort, des paysans qui valaient guère mieux, une vieille pluricentenaire couverte de médailles parce qu'elle avait été une liquidatrice héroïque, et les trois filles du président du kolkhoze. Les filles étaient toutes les trois manifestement détraquées et mutantes. Elles étaient chauves mais on pouvait pas s'en apercevoir, sinon en passant la nuit avec elles. Elles portaient des perruques très travaillées, très réussies, qui leur donnaient l'air d'être normales et attirantes, avec de longs cheveux fins et très noirs. Enfin, normales, oui et non. Au premier coup d'œil, peut-être, mais vite on voyait bien que quelque chose clochait. Dans leurs yeux et dans leur manière d'être. Elles paraissaient à l'aise mais quelque chose clochait. Il faisait vite aucun doute qu'elles bénéficiaient d'une existence surnaturelle, soit qu'elles avaient des prédispositions génétiques qui leur permettaient de pas être affectées par les radiations, soit qu'elles avaient un soutien magique dans leur entourage. J'ai d'abord pensé que le soutien magique venait de la vieille mémé qui logeait en haut du village, dans un hangar à ordures nucléaires. Elle passait son temps près d'un puits que la pile nucléaire avait creusé, quand la centrale avait échappé à tout contrôle. Ben peut-être, oui, qu'elle ajoutait son grain de sel magique dans la mécanique du kolkhoze. Mais en réalité c'était le président du kolkhoze qui ordonnait tout ça avec ses pouvoirs de sorcier. Le dénommé Soloviei. C'est lui qui maintenait le kolkhoze à l'écart du reste du monde et c'est lui qui empêchait ses habitants et ses habitantes de sombrer dans le néant. Il avait cette puissance. Il avait dû cristalliser là-bas une de ses visions oniriques et il l'avait greffée sur un village qui existait avant lui, ou peut-être que le village avait été créé par lui de toutes pièces. Ça, je sais pas. Une de ses filles, la plus jeune, prétendait qu'il habitait à l'intérieur d'un nid de flammes, et que depuis là il dirigeait l'univers du village et de ses environs. Elle le détestait. Ce qui est sûr, c'est qu'il était le maître absolu de «Terminus radieux». Personne pouvait exister au kolkhoze sans qu'il s'en soit emparé jusqu'à la moelle des songes. Pas un et pas une qui puisse se débattre dans son destin sans qu'il s'introduise dedans et sans qu'il oriente tout à sa guise. Il transformait tout le monde en des espèces de marionnettes, et, pour pas s'ennuyer, il créait des marionnettes qui lui résistaient ou qui pouvaient lui causer des déceptions ou des problèmes, mais, à la fin, c'était lui qui avait la haute main sur tout. «Terminus radieux», c'était pas vraiment un kolkhoze, c'était plutôt un théâtre pour l'empêcher de passer l'éternité à bâiller en attendant que le monde se désagrège, et, pour ceux qui vivaient au village, c'était un sale rêve dont ils pourraient jamais sortir. Mais ça, il m'a fallu du temps pour le comprendre. Je l'ai compris après. Bien après. Là-bas j'ai rencontré une de ses filles. J'ai dit qu'elles étaient toutes les trois détraquées et mutantes. Elles étaient aussi très belles. Celle que j'ai rencontrée avait un œil comme ceux qu'avait son père, jaune étincelant, et l'autre était d'un noir profond, magnifiquement profond. J'ai été envoûté par son regard, et c'était aussi une fille réfléchie, un peu réservée d'aspect, un peu froide au premier abord, mais qui s'est révélée sensuelle, d'une générosité intime je vous dis pas. On est tombés dans les bras l'un de l'autre et on s'est mariés. Mais son père était pas d'accord. Son père était jaloux, possessif, il la voulait pour lui tout seul. C'est pour ça que tout est parti en cauchemar.

— Comment qu'elle s'appelait? demanda Iliouchenko.

Schulhoff baissa la tête et gémit.

— Je sais pas. Je sais plus. Son père m'a ôté son nom de la tête, juste avant de m'expulser du Levanidovo, juste au début de mon voyage. Il m'a sali la mémoire pour que je puisse pas m'y réfugier pendant mon voyage.

— Qu'est-ce que tu veux dire, il t'a ôté son nom de la tête? intervint Oumroug Batiouchine.

— Je vais raconter ça, dit Schulhoff.

Un silence s'instaura.

Soldats et détenus le regardaient, certains avec indifférence, d'autres en ayant pitié de lui.

Schulhoff ne racontait plus rien.

Il se tenait assis, crasseux et déchiré, vaguement inhumain, le visage émacié et sale, et il respirait fort, avec des inspirations inégales, comme pendant une crise de sanglots.

• Iliouchenko se passa la main sur le cou, caressant avec rudesse les gravures qui exprimaient sa fidélité à l'Orbise. Le contact avec ces talismans ne l'inspirait pas. Il avait écouté Schulhoff avec attention, mais il avait du mal à évaluer sa sincérité, le degré d'affabulation et de rouerie qui pouvait se glisser dans son récit, et il n'avait toujours pas écarté la possibilité qu'il pût s'agir d'une créature mandatée par l'ennemi, d'un leurre humain ou presque humain destiné à empêcher le convoi de progresser vers son objectif.

Le crépuscule du soir s'étendait sur la steppe.

Trois ou quatre corbeaux s'étaient posés dans les branches des sapins et, du coin de l'œil, avec méfiance, ils examinaient les cadavres de Pedron Dardaf, Babour Malone et Douglas Flanagan. Ils ne croassaient pas. Ils devaient réfléchir à ce qu'ils feraient le lendemain, quand le déroulé des funérailles célestes dépendrait entièrement de leurs initiatives.

Le ciel n'était déjà ni gris ni noir.

Iliouchenko ordonna au groupe de se déplacer pour s'installer à une vingtaine de mètres des voies, à l'endroit prévu pour un feu de camp. Il toucha Schulhoff à l'épaule pour l'inviter à se lever et Schulhoff, qui jusque-là avait refusé de quitter les voies, s'exécuta sans protester et suivit Iliouchenko vers le creux de terre herbue où l'entretien allait continuer.

Il marchait avec hésitation, sans respecter vraiment une ligne droite, comme un grand malade, et tous les deux pas Iliouchenko le rattrapait et l'aidait à reprendre son équilibre. Il sentait la bouse, le foin pourri, le cheval irradié, les étoffes de récupération, les nuits passées à attendre la mort, les autels de pierre, la solitude.

• La fumée des premières planches qui brûlent.

Comme allume-feu quelques éclats de bois mineurs, mais surtout du matériel choisi par des détenus dans la bibliothèque itinérante : des pages de românces post-exotiques qui prennent bien, un essai sur les langues de l'Altaï, des brochures de propagande sur l'hygiène dans des conditions sibériennes extrêmes, sur les modalités de la dictature du prolétariat en cas de disparition totale du monde ouvrier, sur la persistance de la musique, de l'art, des croyances religieuses et magiques après la mort. L'odeur de charbon aigre-doux de tous ces textes.

Puis la fumée incertaine des premières planches.

Une tache de vernis qui caramélise sur une latte arrachée à on ne sait quelle ruine.

Des lâchers de gaz, issus de vésicules cachées sous l'écorce.

Des fibres qui prennent, qui brûlent déjà apparemment sans flammes, puis on voit naître un voile de chaleur qui dissipe les fumées.

Puis le feu pétille et se colore.

Enfin il se colore magnifiquement, et déjà on ne pense plus à sa naissance miraculeuse.

• Assis près du foyer, soldats et détenus nous fixions le jaune doré des flammes. Nous faisions peu de mouvements, nous laissions la nuit gagner du terrain à la fois au-dessus de la steppe et à l'intérieur de nos corps. Comme engourdis, nous admirions les spirales éphémères, les torsades qui montaient vers le ciel, veinées de rouge cuivré pendant un très court instant, puis se volatilisaient, puis se reproduisaient au même endroit, pas exactement identiques, merveilleusement différentes, inépuisablement nerveuses et belles. La danse comme toujours était surprenante autant que répétitive, et, comme toujours, nous avions l'impression qu'elle s'adressait mystérieusement à nous, ou plutôt à chacun de nous individuellement, et qu'au moyen d'un langage qui ne faisait pas intervenir la parole elle réveillait en nous de vieilles images, des images enfouies dans notre animalité, des images de soumission, de peur et d'émerveillement qui nous incitaient à faire allégeance au feu. Nous ne clignions pas assez des yeux et, au bout d'un moment, nous avions picotements et fièvre dans les globes oculaires. À vrai dire, tout en étant oniriquement mobilisés par notre échange personnel avec le feu, nous ne perdions pas une miette de la conversation qui se prolongeait entre notre commandant et le gueux suicidaire. De temps en temps, nous avancions la main vers le feu pour y allumer nos cigarettes. Nous avions le visage cuit et le dos glacé. L'assoupissement progressait dans nos muscles. Nos intelligences n'étaient pas loin non plus d'être endormies.

– Tu en étais à l'expulsion hors du kolkhoze, dit Iliouchenko. Le père de la fille t'a retiré la mémoire après l'expulsion.

— Pas toute la mémoire, corrigea Schulhoff. Une partie seulement.

Il avait donné un concert dans l'ancienne Maison des pionniers. La salle de réunion jouissait d'une bonne acoustique. La plupart des habitants valides du Levanidovo étaient venus l'écouter et avaient semblé émus par ses chants et sa narration. Même le président du kolkhoze avait montré de l'intérêt pour le spectacle et l'avait bruyamment applaudi. Puis, alors que tout le monde s'était dispersé et qu'il allumait une cigarette, un des kolkhoziens l'avait invité à traverser la rue et à entrer dans le bâtiment du soviet afin, prétendait-il, d'y « recevoir sa récompense ». Il s'y était rendu sans méfiance. À peine avait-il franchi le seuil qu'il se trouvait déjà au pouvoir de Solovieï. Derrière lui la porte s'était refermée sans bruit, comme si au lieu d'être en bois elle avait été un matelas s'encastrant dans un rectangle molletonné. Il avait fait trois pas dans l'obscurité du hall d'entrée et déjà il marchait ailleurs qu'entre quatre murs, déjà il se déplaçait dans un couloir noir qui menait dans les territoires infernaux de Solovieï. L'angoisse alors l'avait saisi. Il avait essayé de retourner sur ses pas, mais le chemin était à présent dépourvu de repères et, dans quelque direction qu'il avançât, il ne faisait que s'enfoncer dans un piège ténébreux. Plus il marchait et plus il se rapprochait du président de « Terminus radieux ». Celui-ci l'attendait en bout de parcours. Il était calme et géant, avec une hache. Ses cheveux volaient autour de lui comme électrisés, sa barbe ressemblait à une collerette de lave hirsute. Incandescente et hirsute. Il accueillit Schulhoff sans sourire, mais son affreux regard jaune rapace pétillait d'une méchanceté satisfaite. Ils étaient tous deux face à face, à distance de duel, dans un espace éclairé par un projecteur qui aveuglait Schulhoff même quand il fermait les yeux ou pivotait pour tenter d'éviter la lumière. «Que tu aies ou non encore des paupières, annonça Soloviëï d'une voix grave, moqueuse, tu verras plus jamais rien par tes yeux de façon indépendante. Tu verras ce que je veux que tu voies, seulement cela jusqu'à la fin.» Ils restèrent un long moment sans rien se dire. Soloviëï prenait son temps et Schulhoff savait qu'il était fichu. Le lieu évoquait un cratère lunaire, ou l'intérieur d'une gigantesque chaudière très encrassée, ou une station-service après un bombardement au phosphore. Il était encombré d'objets disparates, de machines agricoles carbonisées et de petites vasques, de cuvettes et de baquets dans lesquels à tout instant des braises se réveillaient en pétillant. Depuis les hauteurs tombaient des gouttes d'huile noire. Schulhoff pensa à une variante onirique du dépôt de la Mémé Oudgoul et il pensa aussi que Soloviëï l'avait attiré sous terre, au fond du puits que la pile nucléaire avait creusé dans sa fureur imbécile, après avoir cassé les chaînes qui l'emprisonnaient. «Tu te trompes pas énormément», fit Soloviëï en réponse, alors que Schulhoff ne s'était pas exprimé à haute voix. «En réalité, on est chez moi, c'est-à-dire partout. On est à l'intérieur de la vieille forêt, dans les rêves de mes amantes et au cœur des flammes. On est avant et après, même s'il y a ni avant ni après, juste un présent qui commence pas et qui finit pas. On est dans mon nid. Tu peux pas t'en rendre compte, tu peux même pas imaginer ça, tu as aucun sens de l'ubiquité et des durées paradoxales. Mais, sans comprendre, tu vas le subir. C'est une énigme à quoi tu t'habitueras jamais. Et je te cache pas que ça va te faire souffrir, Schulhoff. Jamais que tu t'y habitueras. Même dans quarante-neuf fois quarante-neuf années tu y seras pas encore habitué. Deux mille quatre cent un ans, si je calcule bien. Tu vas trouver le temps long, Schulhoff. Rien comprendre est très, très pénible. Pour toi, ce sera douloureux et sans fin.» Tandis qu'il parlait de cette manière effrayante, Soloveï s'écarta de quelques mètres puis revint tout près de Schulhoff en transportant un phonographe et quelques cylindres. Il posa le tout sur une table bancale dont un incendie avait tordu les pieds.

— Va plus vite, Schulhoff, l'interrompit Iliouchenko. Tu nous soûles avec tes détails. On est pas dans une soirée festive, avec chants et accompagnement musical. On est dans un interrogatoire. Les fioritures comptent pas. Si on t'écoute, si on perd notre temps de sommeil à écouter tes balivernes, c'est tout de même pour savoir si tu mérites ou non d'être fusillé.

— Je sais, dit Schulhoff.

— Et donc comment qu'il t'a retiré la mémoire, soi-disant? demanda Iliouchenko.

— Une partie seulement, précisa de nouveau Schulhoff.

— Oui, s'impatienta Iliouchenko. Tu l'as déjà dit.

— Il a fait ça avec le phonographe et avec la hache, murmura Schulhoff. Mais d'abord il m'a raconté ce qui m'attendait. Errer dans la steppe et la taïga sans jamais pouvoir mourir. «Jamais pouvoir mourir, jamais se consoler avec l'idée d'un avenir meilleur, jamais se rappeler les trésors du passé.» C'est là-dessus qu'il insistait. Une marche brouillonne, monotone et sans joie, pendant des milliers d'années. Une éternité confuse et idiote. Il me promettait que jamais je retrouverais sa fille, ni en rêve ni dans mes souvenirs. Que je penserais à elle sans réussir à me remémorer les moments de bonheur que j'avais connus avec elle, ni même son nom. Il m'annonçait aussi que pendant les périodes de somnolence ou de repos, quand je serais tenté par l'oubli, il me ferait entendre ses poèmes ou ses sifflements. Ça surgirait en moi sans que j'y comprenne rien, uniquement pour que je me rappelle que je lui avais causé du tort. « Et quel tort que je t'ai causé? » ai-je alors demandé. « Mes filles sont à moi, a dit Solovieï. Tu leur as fait du mal. Tu t'es interposé entre moi et elles. Tu t'es marié avec l'une d'elles. Tu étais libre de le faire ou pas. Maintenant tu commences à payer le prix. Crois pas qu'on possède impunément ce qui m'appartient. Tu t'es emparé d'une de mes filles. Tu as enfilé ta sale queue dans son ventre et, même si elle s'en est pas plainte, tu lui as fait du mal. Aujourd'hui c'est le premier jour de l'expiation. Il y en aura des dizaines de milliers comme ça pour commencer, et ensuite des centaines de milliers. Des jours de misère. Des nuits de peur et de lassitude. Tu saisis, Schulhoff? Aujourd'hui c'est le début de ton enfer. Tu y resteras jusqu'à ta mort, sauf que jamais tu arriveras à mourir. »

• Schulhoff s'attarda un peu pour décrire la manipulation que Solovieï lui avait fait subir. Le président de « Terminus radieux » ne lui avait pas imposé une souffrance physique particulière, mais à la fin de son discours d'avertissement il l'avait immobilisé, ou plutôt pétrifié de la peau à la moelle des os. En une seconde, Schulhoff était devenu un bloc de cire durcie. Solovieï avait détaché le bras articulé du phono-graphe pour lui écrire avec l'aiguille des poèmes sur le front, sur la bouche, sur les yeux. De temps en temps, le président du kolkhoze prenait sa hache en main et il s'en servait pour effacer avec le plat de la lame ce qu'il avait gravé. Il lissait la surface qu'il venait de raboter, puis il s'attaquait à un autre poème ou à une autre série d'instructions magiques. Les phrases énigmatiques l'une après l'autre creusaient des gouffres en Schulhoff, posaient des balises sorcières qui étaient destinées à guider et à empoisonner son voyage des siècles et des siècles plus tard. « Ça a été long, expliquait Schulhoff. Ça se passait dans un espace noir sans durée, mais c'était très long. » Tantôt Solovieï écrivait, tantôt il sifflait de façon assourdissante, abominablement, ou encore il se taisait et se balançait en conservant toujours le même rythme. Ou encore il allait remettre la pointe et la membrane du phono-graphe en place sur l'appareil, et il insérait un rouleau. Tandis que le pavillon débitait une des compositions verbales étranges dont il était l'auteur, il observait méchamment Schulhoff et il battait la mesure avec ses pieds de colosse. Le temps était malléable et affreusement étiré, il n'y avait plus ni lumière ni ténèbres, et tout autour, dans les récipients les plus divers, des flammèches grésillaient et formaient des gerbes, des torches s'épanouissaient, devenaient des rideaux orange, s'éteignaient en ronflant, ressuscitaient. Elles émettaient certainement des fumées, des radiations et des gaz toxiques, mais Schulhoff ne respirait plus et les odeurs agressives ne le concernaient plus. Déjà il était immunisé contre ce qui était mortel. Des gouttes d'huile noire se détachaient d'on ne sait quelle voûte et s'écrasaient visqueusement sur le sol. Le phonographe poursuivait son soliloque d'une voix parfois enjôleuse, parfois insupportablement pédante et autoritaire.

Souvent Solovieï intervenait dans le texte que le rouleau reproduisait. Il l'agrémentait de syllabes supplémentaires ou d'exclamations approbatrices, ou il le renforçait par un bourdon qui en soulignait le caractère fondamental de chant chamanique. La lumière du projecteur cependant continuait à aveugler Schulhoff, qui depuis longtemps ne battait plus des paupières, même quand Solovieï lui intaillait des mots et des phrases directement sur la cornée. Elle faisait partie de l'image qui s'était fixée dans sa conscience au tout début de l'opération, et que rien ne modifiait. Pourtant, à l'intérieur de cette image et principalement à son premier plan, Solovieï bougeait, allait et venait et changeait fréquemment d'aspect. C'était tantôt une ombre hirsute et fuligineuse, tantôt une silhouette sculptée dans le feu, tantôt un paysan riche en habits de fête.

— Bon, dit Iliouchenko. Et ensuite?

— Ensuite il m'a laissé seul et j'ai commencé à marcher, dit Schulhoff. J'avais cessé d'être une statue inerte. C'était le matin dans une région déserte, une plaine herbue avec des montagnes au loin et, à mi-chemin, les reflets gris-bleu d'un petit lac. À tout hasard je me suis dirigé vers le lac. J'avais retrouvé l'usage de mon corps, de mes yeux. Je souffrais pas de ces inscriptions qu'il m'avait burinées dans la peau. Elles avaient laissé aucune trace. J'essayais de me rappeler ce qui venait de se passer, et ce que j'avais vécu pendant les jours qui avaient précédé. J'avais la tête vide. Rien me revenait. Pendant six ou huit mois, j'ai été totalement amnésique, puis j'ai retrouvé un peu de mémoire. Puis un peu plus. Ça s'est reconstruit par bribes au fil des années. Et finalement tout m'est revenu, sauf le nom de la femme que j'ai épousée au

Levanidovo. Sans son nom, je peux pas faire remonter mes souvenirs. J'ai pas non plus d'image très précise d'elle. Le regard qu'elle avait quand on était tout près l'un de l'autre, son regard à la fois très jaune et très noir, je sais même pas si je le confonds pas avec l'horrible regard de son père. Sans son nom, sans son image, c'est impossible de me souvenir vraiment d'elle.

Schulhoff soupira profondément.

– Je l'ai perdue, dit-il. Je vais errer comme ça vingt-quatre siècles et demi et des poussières sans son nom, sans son image, et en la cherchant en permanence.

– Bah, philosopha un des détenus qui allongeait les mains vers le feu, ça passe. Quand on a perdu quelqu'un, ça passe.

– Non, dit Schulhoff en secouant la tête d'un air désolé. Solovieï s'arrange pour que ça passe pas. Il me fait avancer de forêt en forêt, de lac en lac, et, quand l'absence de la femme que j'aime me paraît un peu moins insupportable, quand le manque me fait moins souffrir, il se réintroduit en moi et il ravive mon envie de souvenir. Il siffle dans ma tête jusqu'à ce que je m'effondre. Il pousse des sifflements, il chante ses espèces de poèmes. Ça dure des jours et des nuits. J'arrive pas à y échapper. J'arrive pas à mourir. Je suis entre ses mains. Entre ses rêves. Aucune mort m'est accessible. Je me dis aussi que peut-être je suis carrément à l'intérieur d'un de ses rêves. Ça passe pas et on s'en échappe pas.

– Et après les vingt-quatre siècles et demi et des poussières ? s'informa Hadzoböl Münzberg.

– Après, pareil, fit Schulhoff.

– Le désir d'en finir, commenta soudain Matthias Boyol.
C'est vrai que c'est quelque chose qui diminue pas.

– Ben oui, compléta un détenu. Qu'on soit vivant ou
mort, ça diminue pas.

• Quand la nuit fut terminée, Iliouchenko donna l'ordre
au machiniste de rallumer le moteur de la locomotive.
On écrasa les derniers charbons du feu de camp et on
retourna prendre place dans les voitures. Les sentinelles
firent une dernière ronde autour du convoi et rapportèrent
au commandant qu'il n'y avait rien à signaler, sinon que les
funérailles célestes avaient commencé à l'aube, avec quelques
coups de bec des corbeaux sur les mains des cadavres, puis
s'étaient interrompues, sans doute parce que les oiseaux
préféraient accomplir leur tâche en l'absence de témoins. Les
corbeaux s'étaient envolés vers le nord et ils avaient provisoirement cédé la place aux rats et aux insectes nécrophages.
Iliouchenko se rendit derrière les sapins pour dire au revoir
à Pedron Dardaf, Babour Malone et Douglas Flanagan. Les
trois hommes étaient allongés dans l'herbe. En dépit de leurs
paupières closes et de quelques écorchures blêmes sur le dos
des mains ou sur le front, ils n'avaient l'air ni plus morts ni
plus vivants que la plupart de leurs camarades du convoi,
c'est-à-dire de nous autres.

Iliouchenko resta sans bouger une minute en leur
compagnie, puis il se retourna, conscient qu'il n'était pas
seul. À sept ou huit pas à l'écart, Schulhoff était posté sur
une taupinière et il attendait. Quand il vit qu'Iliouchenko
le regardait, il remua les épaules à l'intérieur de ses déchirures puantes.

– Maintenant tu pourrais ordonner qu'on me fusille, dit-il.

– J'ai aucun motif pour qu'on te fusille, dit Iliouchenko.

– J'étais sur la voie, plaida Schulhoff. J'ai obligé le train à s'arrêter. Ça peut être assimilé à un sabotage ou à un acte de guerre. On en a abattu pour moins que ça.

– Bah, fit Iliouchenko.

– D'un autre côté, plaida Schulhoff, j'ai raconté des balivernes au lieu de répondre sincèrement à tes questions. J'ai abusé de la bienveillance des enquêteurs. J'ai fait que tromper tout le monde avec des inventions.

– Alors c'était des mensonges ? demanda Iliouchenko.

– Oui, mentit Schulhoff.

Là-bas, sur les voies, le tracteur Diesel ronflait.

On fait jamais le plein de carburant, pensa brusquement Iliouchenko. On se ravitaille jamais. On avance comme si on était ailleurs que dans la réalité. La locomotive pourrait continuer comme ça pendant des années. Pourquoi pas pendant vingt-quatre siècles et demi et des poussières. Nous aussi, on fait partie d'un rêve de Solovieï.

– Et en outre, continua à s'auto-accuser Schulhoff, j'ai en ma possession, gravés en moi, des recueils entiers de poèmes contre-révolutionnaires. C'est de la diversion idéologique. Ça se punit de mort.

– Bah, fit encore Iliouchenko, qui hésitait fortement sur la décision à prendre.

– Tu sais bien, insista Schulhoff. Tu as qu'un ordre à donner. Et puis, serait-ce que pour me soulager. Serait-ce que pour abréger mes souffrances.

– Tu es pas un chien, fit remarquer Iliouchenko. Si tu

étais une bête, on aurait pitié de toi. Mais non, tu es pas un chien. On peut pas t'achever comme ça.

— Bah, regretta Schulhoff.

.15.

- Il ou Je peu importe. Lui ou moi même chose. Il est là, à
proximité des sapins, en rien remarquable, à première vue.
Il ressemble à tous les corbeaux mâles dans cette région du
monde. Un peu replet, avec un regard peut-être anormalement profond, mais il leur ressemble. Il s'est approché des
cadavres et il les examine en prenant son temps. Il se dandine
et il sautille entre les corps, il réfléchit. Il donne un coup de
bec sur la main froide de Pedron Dardaf, comme pour tester
sa réaction. Et brusquement, comme dérangé par un bruit
ou par l'intuition d'une présence hostile, il étend les ailes
et il les agite avec puissance et il quitte l'appui des herbes
et de la terre. Pendant deux secondes il s'élève en biais, à
peu de distance du sol il donne l'impression de flotter sans
effort, puis il frappe l'air et il pousse dessus et il le repousse,
il bat l'espace transparent, l'espace fluide, et il entend le
claquement de ses ailes et cela lui procure une satisfaction
ineffable, j'entends avec plaisir le claquement de mes ailes
qui m'indiquent sans ambiguïté que je suis là, concret et
noir, comme pleinement vivant, et il craille deux fois, un
cri de contentement pur, pas de joie mais de contentement,
la première fois sans y avoir mis plus que de l'instinct, et

la deuxième fois en connaissance de cause. C'est une affirmation de soi, mais c'est aussi un appel. Il ne s'adresse à personne en particulier, pas à des congénères qui de toute façon n'admettent que très passivement son existence. C'est plutôt un appel qui est destiné aux forces qui l'entourent et qui le portent, pas une prière et encore moins une supplique, plutôt un salut, plutôt une marque d'affection qu'il lance vers le Premier Ciel gris et vers le Troisième Ciel gris, vers Madame la Gauche-Mort, vers Notre-Dame des vibrations très-chaudes, vers Grande-Dame des vibrations très-froides, une caresse sonore pour les Sept Flux étranges, pour les Cinq Museaux, pour les Flammes du Silence étrange et pour les Flammes du Silence nucléaire, pour les Labyrinthes immenses, pour la Mémé Oudgoul qui a toujours été et restera vivante dans son cœur, et je n'oublie pas dans la liste la Deuxième Union soviétique et les Poètes immortels de l'Orbise. Continuant à s'élever il se perche au faîte d'un sapin, le plus haut du petit groupe de sapins au pied de quoi ces pauvres imbéciles ont allongé trois des leurs pour que se déroulent leurs funérailles célestes.

• Du haut de l'arbre, on voit tout, et, si on s'applique ne serait-ce qu'un petit peu, on voit presque tout.

• Il incline sa tête de corbeau très noir, une fois à gauche et une fois à droite. Il entrouvre les membranes légèrement granuleuses et grises derrière lesquelles se cachent ses paupières vitreuses et, en deçà, l'indescriptible regard d'ambre jaune qui explique l'ostracisme dont il est victime de la part de ses congénères. Son regard d'or, son regard d'incendie sans chaleur. Que ses paupières soient ou non closes il voit tout, qu'il dorme ou ne dorme pas ou ne rêve pas il voit tout. La tête en arrière il passe le dessous du bec sur une des rémiges les plus importantes. Il respire son parfum de plume, l'odeur écœurante de nuages en fin de nuit, l'odeur des arbres mouillés d'obscurité, l'odeur des herbes dans quoi ont pissé des souris des steppes, dans quoi l'humidité a travaillé des pourritures, l'odeur de la terre gelée sur quoi ces imbéciles ont décidé de coucher leurs morts. Il étire son aile gauche et il la replie, il ébauche un geste de l'aile droite puis il ramène la tête dans sa position la plus habituelle, face au vent quand il y a du vent. Toutes ses articulations sont en bon ordre, rien n'est douloureux en dépit des mauvaises rencontres qu'il a faites en traversant les longs tunnels de l'espace noir, des oiseaux furtifs mais agressifs, aux ailes coupantes comme des sabres, et des vents horriblement inodores, chargés de peste atomique et de radiations. Il laisse passer une minute et, comme souvent quand il est en habits de plumes, il répète «Je ou Il peu importe». Et en effet je ne suis pas très sensible à l'emploi d'un pronom plutôt que d'un autre, puisque c'est tout de même toujours moi qui parle, et il ouvre les yeux, et avec cette clarté jaune qui s'ajoute à celle du monde le paysage se modifie imperceptiblement, le paysage devient une image à l'intérieur de laquelle les imbéciles entrent comme dans une nasse, sans pouvoir s'en échapper même en rêve, et il suit des yeux la longue double ligne de la voie ferrée qui parcourt la steppe morne, ici à peine vallonnée, et, au loin, cherchant à disparaître à l'horizon comme si la disparition était possible, il ne manque pas d'apercevoir le convoi de ces imbéciles qui poursuivent leur errance infiniment répétitive. Et je craille.

• Le train cahote sur sa route à petite allure. Les passagers sont affalés dans la pénombre des voitures. Ils ne sont pas tous morts, mais prétendre qu'ils sont vivants serait excessif. Le machiniste et le deuxième conducteur sont les seuls à conserver un semblant de conscience, quoique souvent ils s'égarent dans de tortueuses périodes de somnolence. Eux aussi, comme le commandant, sont nommés par roulement à ce poste, et, même s'ils ont des notions élémentaires de mécanique, même s'ils font de leur mieux, ils n'accomplissent pas de prouesse autre que celle qui consiste à se maintenir plus ou moins en éveil tandis que les autres dorment. De toute façon, ils n'ont pas beaucoup à se démener pour que tout fonctionne. La locomotive avance en ronflant comme si son moteur obéissait à autre chose qu'à un miracle que j'ordonne et alors que les réservoirs d'huile et de gas-oil sont secs depuis des années. Le convoi avance. Dak dak, dak-dak, dak dak. La nuit tombe, l'obscurité s'étend sur toutes choses. Un des conducteurs, par exemple Hadzoböl Münzberg, allume les phares, mais parfois il oublie de le faire et le train traverse la nuit sans que la voie devant lui soit éclairée, de toute façon elle ne contient aucun traquenard et elle est déserte. Pas d'autre convoi sur des milliers de kilomètres. L'aube point, suivie d'une journée ensoleillée mais fraîche, puis la nuit tombe, le ciel s'étoile. Au matin, une averse. Le temps véritablement se couvre, puis le soir s'épaissit, devient encre. La nuit est rythmée par la mitraille d'une pluie incessante. Au matin, la pluie s'alourdit de neige fondue. Pendant quelques heures, la journée s'éclaircit. Ensuite vient une nuit de gel. Noumak Ashariyev, qui occupe ici le poste de deuxième conducteur, s'efforce de déclencher le chauffage dans la cabine, mais l'installation est défectueuse depuis l'hiver précédent. Elle empêche la glace de s'accumuler sur les commandes, mais c'est tout, il ne faut pas lui en demander plus. Hadzoböl Münzberg et Noumak Ashariyev s'engourdissent. De temps en temps ils pensent que la halte du samedi approche, et l'idée de la distribution du pemmican et d'une soirée autour du feu les anime pendant quelques secondes, mais pour le reste ils se laissent ballotter et ils somnolent. Après la nuit vient le jour. La steppe a pris ses couleurs d'hiver. Dak dak, dak-dak, dak dak. Au bout d'une demi-semaine la neige crépite contre la vitre de la locomotive. Elle réveille les deux hommes. Et comme la matinée est, malgré tout, déjà engagée et suffisamment claire, à travers les rideaux mouvants des flocons je sais qu'ils vont soudain voir un camp, le camp, et j'anticipe sur leur surprise, et je pousse un croassement qu'ils n'entendent pas.

• Hadzoböl Münzberg s'était réveillé le premier et, d'un coup de coude, il avait mis un terme à l'assoupissement prolongé de Noumak Ashariyev. À présent les deux conducteurs étaient penchés au-dessus du tableau de bord, l'air soucieux, essayant d'interpréter les formes qui se jetaient à leur rencontre, ou celles qui grisoyaient au-delà des flocons. La neige était comme sale et ocre. Elle se plaquait par mottes irrégulières sur la vitre. L'essuie-glace la balayait, mais parfois le mécanisme peinait et il se bloquait, ne repartant qu'après deux pénibles secondes et avec un grincement d'effort. Les conducteurs obliquaient vers la vitre au point que leur front la frôlait. Ils ne disaient rien mais marmonnaient pour eux-mêmes des imprécations et des promesses de mauvais traitements adressées aux éléments, aux caoutchoucs de l'essuie-glace et à sa tringlerie et ses bielles capricieuses. La cabine était parcourue de sifflements froids. Elle vibrait sous le ronronnement du moteur. La lame située à l'avant de la locomotive fendait à tout moment des congères qui s'étaient accumulées entre les rails. L'entaille dans la neige provoquait un mugissement et des giclures. On entendait beaucoup moins, dans ces conditions, le dak-dak des roues.

Noumak Ashariyev avait avancé le visage très près du pare-brise. Il paraissait regretter cette protection transparente et, par toute son attitude, il donnait l'impression de souhaiter recevoir de plein fouet les paquets de neige qui cognaient contre le verre. Il demeura ainsi plusieurs minutes, et brusquement il émit une phrase fiévreuse. Il prétendait avoir distingué à tribord avant un mirador et une muraille de barbelés haute de trois mètres, et presque immédiatement il y eut dans les tourbillons de neige deux autres miradors et une longue barrière.

– Un camp! rugit-il sans dissimuler son enthousiasme rauque.

Je venais de crailler en même temps que lui.

Hadzoböl Münzberg aussitôt abaissa le levier de freinage et, quand le train se fut immobilisé, il ouvrit une fenêtre latérale et passa la tête par l'ouverture. Noumak Ashariyev était penché par-dessus le tableau de commandes. L'essuie-glace poursuivait ses va-et-vient et on voyait plus distinctement que pendant la marche. La neige tombait en cascades drues et paisibles. Elle uniformisait l'ensemble du paysage visible, qui était plat et dépourvu d'arbres jusqu'à une lointaine et très sombre ligne de mélèzes, la lisière de la taïga. Sur la droite de la voie, le vide se heurtait à un autre obstacle, celui-là moins naturel, constitué de clôtures hautes et piquantes, derrière quoi se dressaient des contreforts en bois, des miradors et une deuxième enceinte. C'était un chemin de ronde. En deçà, en profondeur, s'alignaient des baraquements, des maisons en bois.

• – Depuis le temps, commenta Noumak Ashariyev.
Hadzoböl Münzberg rentra la tête dans la cabine. Sa casquette était saupoudrée de flocons, la neige s'était accrochée à ses rides, à ses sourcils presque inexistants.
– Ça valait le coup de s'acharner, fit-il.
– Oui, dit Noumak Ashariyev. Il y a eu des fois où j'avais des doutes.
– Moi aussi. Je me demandais à quoi que ça servait de tenir bon.
– Ben oui, sauf qu'on a tenu bon. On est allés jusqu'au bout.
– Ça a vraiment valu le coup, reprit Hadzoböl Münzberg.

• Le camp se dressait à cent cinquante mètres des rails. Une voie secondaire conduisait de la voie principale au portail d'entrée. Elle était couverte de neige vierge, mais son tracé était nettement visible. La bifurcation commençait à quelques dizaines de mètres devant l'endroit où la locomotive avait stoppé.
– Je vais débloquer l'aiguillage, annonça Hadzoböl Münzberg.

Déjà il décrochait à l'arrière de la cabine une longue veste en mouton retourné. Elle était déchirée et graisseuse. Il y a longtemps, lors d'une halte dans une bourgade radioactive, elle avait été retirée à un corps sans vie. Il l'enfila et se prépara à sortir.

– Faut attendre les ordres du commandant, objecta Noumak Ashariyev.

– Ben pourquoi? D'ici à ce qu'il se réveille…

– D'accord, convint le machiniste. Quand tu auras vérifié que la glace empêche pas le mécanisme, lève la main. J'avancerai au pas.

Hadzoböl Münzberg ouvrit la porte et se faufila sur la passerelle.

– J'arrive à peine à y croire, dit-il.

– Ben oui, on est arrivés, compléta Noumak Ashariyev. C'est pas croyable.

La matinée était très peu lumineuse. Hadzoböl Münzberg fut aussitôt surpris par le froid et, quand il eut posé le pied sur le sol, il resserra autour de son cou le col de fourrure de sa veste.

Derrière lui maintenant le train maculé de neige semblait ne contenir que des marchandises et rien de vivant. Personne encore n'avait réagi à l'arrêt du convoi. Le commandant n'avait pas encore repris assez de forces pour glisser le nez dehors et s'informer des raisons qui avaient conduit à cette immobilisation brutale et non planifiée. Les portes coulissantes restaient fermées. Hadzoböl Münzberg dépassa la locomotive qui continuait à ahaner petitement, comme rêveuse, comme méditative après l'effort du voyage. La neige tombait.

Hadzoböl Münzberg suivit les rails jusqu'à la bifurcation, sans se retourner vers son camarade qui l'observait du haut de la machine. Le sol crissait. Du bout du pied, il dégagea grossièrement les rails à l'endroit où les roues tout à l'heure s'engageraient sur la voie auxiliaire. Les lames étaient en bon état, et, même si le câble de tirage était entouré de terre glacée, aucun tapon de neige durcie ne menaçait de gêner le mécanisme. Comme pour tester le chemin qu'allait bientôt emprunter le convoi, il progressait à présent lentement sur la courbe qui s'amorçait. Le levier d'aiguillage se trouvait à quinze mètres de l'aiguillage proprement dit. Il parcourut cette distance en regardant au loin plutôt qu'immédiatement devant lui. Il regardait le camp. La voie auxiliaire après une courbe plongeait à angle droit vers le portail de l'enceinte extérieure. Au-delà du portail de l'enceinte intérieure on voyait à travers la neige une plate-forme de déchargement, puis les rails s'enfonçaient entre les bâtiments et l'image, déjà fortement estompée, n'était plus lisible.

Le camp ne montrait aucune animation, en tout cas ce secteur du camp, soit que l'on eût déjà atteint une heure de la journée où détenus, administratifs et soldats étaient partis en mission quelque part ailleurs, soit que tous fussent consignés dans les baraquements en raison des mauvaises conditions atmosphériques, soit que cette partie des installations fût désaffectée, soit que l'ensemble du personnel eût subi jusqu'aux moelles l'exposition à des bourrasques atomiques dévastatrices et n'eût pas trouvé de moyens ou de raisons de s'y opposer et de survivre. Ouaté et rendu silencieux par la chute continue de la neige, le camp ne laissait toutefois aucun doute sur sa nature de camp. Les portails étaient renforcés de plaques de métal, les barrières barbelées et les miradors n'avaient pas été dégradés par le temps.

Au-dessus du camp, le ciel bas crachait sans discontinuer son duvet gris.

Hadzoböl Münzberg se sentait le cœur à la fête. L'errance se terminait. Quelques heures encore de manœuvres, de formalités administratives, et elle serait terminée.

• Il essuya la neige qui lui glaçait le visage et il fit le tour du levier d'aiguillage pour l'examiner avant de peser dessus.

À ce moment, il eut dans le ventre la sensation que quelque chose clochait.

Il leva la tête à contre-neige, regarda une poignée de flocons qui se précipitaient directement dans ses yeux, puis il se retourna vers le convoi arrêté derrière lui, à cinquante mètres. Noumak Ashariyev était appuyé contre la vitre de la locomotive et, à l'intérieur de la cabine, il attendait le signal pour redémarrer et s'engager sur la voie secondaire. Tout était figé dans la blancheur du sol et dans la grisaille jaunâtre de l'air. Rien n'avait l'air bizarre, ou peut-être si, quelque chose dans l'immobilité soudaine de tout. L'essuie-glace ne bougeait plus devant le visage du machiniste. Les flocons tombaient toujours, mais avec une lenteur telle qu'ils paraissaient suspendus dans leur chute. Hadzoböl Münzberg pivota vers le levier d'aiguillage, avec son contrepoids ventru, peint en jaune et noir, comme si on avait voulu reproduire dessus les couleurs fondamentales d'un frelon des steppes. Il n'avait encore touché à rien, et pourtant le contrepoids s'était ébranlé et dérivait en direction du ciel, énorme et flottant. Et puis, non. Le contrepoids ne basculait pas, c'était lui, Hadzoböl Münzberg, qui avait commencé à se renverser face au ciel et à perdre l'équilibre. Et seulement à cet instant il entendit la détonation. Il lui fallut encore une seconde pour comprendre qu'un coup de feu avait été tiré depuis le mirador le plus proche et qu'il avait reçu un projectile dans le ventre. Il avait reçu une balle. Sans doute dans le foie ou dans le cœur.

Il tournoya, les bras en croix, et très vite il s'affala au pied du levier d'aiguillage et ne bougea plus.

Les échos de la détonation allèrent buter contre la ligne des mélèzes. Ils revinrent très affaiblis mourir contre les vieux wagons dont les portes étaient toujours obstinément fermées. Puis la scène se tranquillisa.

• Le silence d'une scène hivernale.

Le sol blanc brillant. En dehors du sol, tout est sombre.

Des stries grises, des taches grises innombrables.

Le ciel invisible.

La locomotive Diesel qui halète en sourdine, sa passe-relle couverte de neige.

Le train immobilisé, ses quatre voitures fermées, dont on ne sait à première vue si elles transportent des marchandises, des déportés ou pire encore.

Loin sur la gauche, sur toute la longueur du paysage, l'impénétrable frontière noire de la taïga.

À droite, moins loin que la forêt par rapport à la voie, le chemin de ronde, les tours en bois, les ronces métalliques.

Puis les rails gainés de neige, ceux qui continuent vers l'inconnu et ceux qui se dirigent vers la porte du camp. Des boursouflures blanches sur la terre. Des sillons inversés.

Les miradors qui encadrent le portail.

Pas d'inscription solennelle au-dessus du portail, pas de slogan d'accueil ronflant, pas de nom, pas de numéro.

S'il y a des soldats dans les miradors, ils s'appliquent à ne pas être vus.

Hadzoböl Münzberg couché près du levier d'aiguillage, déjà saupoudré, comme raidi bien que ce ne soit pas l'heure encore, ne respirant plus, ne réagissant plus à rien.

Un corbeau égaré se pose à proximité de sa tête puis pousse un croassement et repart aussitôt à tire-d'aile, s'évanouit au-dessus du camp.

Puis rien.

Le rien dure plusieurs minutes.

La neige qui tombe.

L'immobilité.

Le silence blanc. On ne sait même pas si le moteur de la locomotive continue à grognonner là-derrière, ou non.

• Un peu plus tard Noumak Ashariyev s'extirpa de la torpeur accablée qui l'avait saisi et cessa de contempler la forme allongée de Hadzoböl Münzberg, maintenant blanchâtre, de plus en plus blanchâtre au fil des minutes. Il prit une capote de feutre dans le réduit, enfila des gants de laine et sortit sur la passerelle du côté opposé au camp. Il n'avait vu aucune fumée, aucun soldat, mais il avait la conviction que le tir était venu d'un des miradors dressés près du portail. La forêt était beaucoup trop éloignée et l'idée d'un sniper dissimulé entre les arbres n'avait aucun sens.

Il descendit l'échelle et il sauta sur la neige. Il glissa, se rattrapa à la paroi de la locomotive. Il n'avait pas coupé le moteur et la paroi était suffisamment tiède pour empêcher la neige d'adhérer. L'odeur du gas-oil imprégnait l'air. On ne sait pourquoi, elle lui redonna du courage, dont il manquait après avoir assisté à la mort de son camarade.

Il dépassa la locomotive et il se courba vers l'avant et pressa le pas quand il franchit l'espace ouvert entre le tracteur et le premier wagon. Il valait mieux ne pas s'exposer aux tirs, même si la distance, la brièveté du passage et le rideau de neige composaient une protection assez fiable.

La porte de la première voiture coulissa sur un demi-mètre et, essoufflé et, les yeux fermés, à genoux parce qu'il n'avait pas songé à quitter autrement la paillasse sur quoi il était jusque-là étendu, Iliouchenko apparut dans l'embrasure. Il avait tout l'aspect d'un grand malade. Il demanda ce qui se passait. Noumak Ashariyev le mit au courant.

L'incrédulité se dessina sur le visage du commandant.

– Ils nous ont pris pour des autres, hasarda-t-il.

Sa voix manquait de conviction.

– Va falloir éclaircir le malentendu, compléta-t-il.

• La matinée ensuite évolua peu. En raison des basses températures, les passagers du train mettaient du temps à récupérer de l'énergie et un état mental compatible avec la compréhension du langage. Le conducteur et le commandant se relayaient pour délivrer au-dessus d'eux le même message : On a enfin atteint le camp mais il y a encore un problème à résoudre avant qu'on nous accueille derrière les barbelés, on va peut-être devoir forcer l'entrée pour que les malentendus se dissipent, parfois les choses se présentent bien et tout se déroule sans anicroches et parfois elles se présentent mal,

Hadzoböl Münzberg a été tué par le tir d'un garde, branle-bas de combat, les fusils seront distribués dès que tout le monde sera sur pied, si on veut dormir ce soir ou demain dans des baraquements chauffés on va devoir remplacer les formalités administratives d'admission par des formalités militaires. Détenus et soldats approuvaient de la tête et des paupières. Les autres parties de leur corps étaient toujours ankylosées et il était inutile de les brusquer.

Au début de l'après-midi, Iliouchenko rassembla les hommes à l'intérieur de la deuxième voiture. Trois d'entre eux restaient couchés dans la pénombre, raides et paisibles, n'ayant pas réémergé du Bardo où les cahots réguliers du voyage et le froid les avaient plongés. Schliffko Armanadji, Tristram Bokanowski, Olfan Nunes. Le commandant tenait à ce que l'ensemble de la troupe entendît ses instructions, les vivants comme les morts, et il ne souhaitait pas mettre injustement à l'écart ces trois-là. Il ne voulait pas que ces braves eussent l'impression d'avoir été exclus du collectif pour de futiles motifs organiques. Une fois les instructions exposées en détail, les hommes se répartirent dans les voitures et transportèrent les morts dans le wagon de queue, qui avait toujours servi de réserve et éventuellement de morgue depuis les débuts du voyage, et où Aldolaï Schulhoff les veillerait. Compte tenu de la confusion mentale de celui-ci, on ne pouvait décemment le munir d'une carabine. En revanche, il était tout à fait dans ses cordes de fournir un soutien moral aux trépassés, de bougonner des histoires au-dessus d'eux et de faire preuve auprès d'eux d'une présence que le reste de la troupe se trouvait empêché d'assurer.

Iliouchenko avait attribué à chacun des postes de combat en rappelant qu'il faudrait déclencher un feu nourri seulement dans le cas où le dialogue avec les autorités du camp s'envenimerait de façon irréversible. La fusillade ne serait pas suivie d'un assaut que notre mauvaise connaissance des lieux rendrait à coup sûr catastrophique. Le feu signifierait notre volonté d'être écoutés, ce serait un témoignage de notre détermination, un cri. Il faudrait attendre un moment après les salves, un moment raisonnable, au moins un jour, et si par malheur ce feu plein de désespoir n'était pas compris, nous reprendrions la route pour chercher un camp plus accueillant.

Juste avant de partir négocier en compagnie de Matthias Boyol, Iliouchenko régla ses affaires comme s'il allait immanquablement se faire tuer devant le portail du camp. Pour diriger les opérations en son absence, il fit approuver par les hommes la nomination de Shamno Driff. Celui-ci resterait dans le convoi pendant les négociations, et il hériterait de son autorité et de son titre pour le cas où celles-ci tourneraient mal.

• Matthias Boyol avait été choisi pour son aisance dans le maniement de la parole.

Iliouchenko et lui longèrent le train jusqu'à l'avant de la machine, puis, après un soupir, ils se mirent à marcher en terrain découvert.

Ils savaient qu'ils pouvaient à tout instant être la cible d'un sniper et ils avançaient lentement et en silence, chacun d'eux faisant le bilan de son existence jusqu'à sa mort et revoyant ce qui avait suivi, le morne voyage, les cahots pendant des semaines, des mois et des années, la camaraderie lugubre autour des feux de camp, l'interminable attente. Ils avaient la poitrine oppressée, la respiration courte. En parallèle à l'évocation du passé, ils s'attachaient à vivre chaque seconde avec la plus grande intensité possible. L'air vif. Le bruissement des flocons qui grésillaient en se heurtant l'un l'autre pendant leur chute ou s'écrasaient sur la couche épaisse, ce sous-tintement cristallin, continuel, sans variation aucune. Le grincement de la neige sous les semelles. La quasi-pénombre qui baignait le paysage. La silhouette un peu brouillée, mais très propre, des enceintes barbelées, des tours de bois. L'impression qu'ils avaient atteint le bout du monde.

Ils allèrent jusqu'à l'aiguillage et ils s'engagèrent sur la voie auxiliaire. Sans marquer d'arrêt à la hauteur du corps de Hadzoböl Münzberg, qui était devenu une masse dont toutes les formes étaient maintenant imprécises, ils se dirigèrent vers le portail du camp. Ils ne posaient pas les pieds sur les rails afin de ne pas déraper. Le ballast était soigné, avec une part importante de mâchefer. Comme les traverses étaient fixées à intervalles réguliers et prévisibles, ils ne trébuchaient pas dessus et les enjambaient. L'air renfrogné, Iliouchenko serrait les mâchoires. Matthias Boyol n'arrivait pas à conserver la tête droite. Il ne regardait ni la plaine blanche, ni la clôture qui se rapprochait. Il haletait et semblait examiner avec beaucoup d'intérêt les cinquante centimètres de neige qui s'étendaient devant lui, les longs boudins de neige qui signalaient la présence de la voie, le bout de ses chaussures.

À dix mètres du portail, ils s'arrêtèrent. Les rails continuaient sans eux et se glissaient sous les panneaux de métal peints en vert camouflage. Il n'y avait personne dans l'espace qui séparait les deux enceintes, aucun garde à l'entrée, aucune ombre derrière la deuxième clôture barbelée, sur la plate-forme de déchargement qu'on devinait à travers les blindages et les piquants, et, si des soldats faisaient le guet dans les miradors, ils évitaient de se laisser voir. Tout était désert et fermé.

Iliouchenko leva les bras au-dessus de sa tête, dans une attitude de reddition humble et totale. Matthias Boyol l'imita.

– Le commandant Iliouchenko est arrivé devant le portail, beugla soudain Iliouchenko, il demande à être reçu par l'autorité !

Dans la poche de sa capote, il n'avait trouvé qu'un seul gant. Sa main découverte ressentait les piqûres infimes des branches de glace des flocons. Dans les doigts de l'autre, il y avait les élancements dus à la nervosité de son sang.

Matthias Boyol jugea bon de beugler quelque chose à son tour.

– Le détenu Matthias Boyol accompagne son commandant et attend avec lui les ordres de la direction du camp ! criat-il.

• Il ou Je peu importe. Neige ou absence de neige un équivalent absolu. Tunnels de flammes, taïga, kolkhoze ou paysages de steppe même chose. Ici ou ailleurs une même pâte onirique. Épaisse ou fluide peu importe. Même chose pour l'immobilité et l'agitation, le présent proche ou le présent lointain. Même chose évidemment pour la vie d'après le décès ou la mort vécue en rêve, ou la vie tout court et la mort tout court. Une seule et même flambée. Qu'elle dévore rapidement ou non peu importe. Que les flammes brûlent ou fassent grelotter peu importe. Dans tous les cas une même cendre narrative. Il n'y a que des mots à mettre dessus pour que le paysage s'éclaire ou s'éteigne. Les vivants ou les morts mêmes personnages de théâtre. Théâtre ou rêve mal dirigé peu importe. Théâtre des survivants ou séance étrange d'agit-prop peu importe. Que j'aille ou que je vienne le lieu pour mes semelles ou mes griffes ne change pas. Que celui qui parle se taise ou déclame, les spectateurs n'existent pas ou sont les mêmes. Qu'il débite des énigmes maléfiques ou des charades puériles personne n'écoute sinon lui-même. Parfois il revêt un masque de charbon pour mieux dire le présent impossible. Parfois il hurle au cœur nucléaire du feu pour essayer de ravoir ceux qui sont vivants, ceux qui sont morts et ceux qui rêvent. Ceux ou celles. Bien que détenteur de tous les pouvoirs il n'arrive pas toujours à ses fins et se désole. Qu'il se désole ou se réjouisse peu importe. Pendant un moment, seules ses filles comptent, puis il s'en va. Parfois il gémit en tempête au profond du feu pour essayer de ravoir celles qui sont vivantes, celles qui sont mortes et celles qui rêvent. Puis il s'en va. Ses filles sont innombrables, il les visite de l'intérieur et souvent au fil des siècles il oublie leurs noms. Filles ou femmes une même pâte onirique destinée à satisfaire son corps ou ses masques. Que son corps se couvre de plumes ou d'écailles ou de peau humaine peu importe. Qu'il ressemble à un vent démoniaque, à un oiseau ou à un moujik inquiétant peu importe. Que les flammes me détruisent ou me construisent peu importe.

• Le détenu Matthias Boyol attend devant le portail, les mains en l'air et le cœur serré à l'idée de la mort imminente.

Mes filles vaquent à leurs occupations au Levanidovo, tournant sottement autour de cet imbécile de Kronauer. Celui-là ne perd rien pour attendre. J'ai bien l'impression que sa mort durera mille sept cent quarante-sept ans ou même le double si j'en ai la patience. Le Levanidovo se prépare à la neige, comme ici, mais les premiers flocons tardent encore. Le vent sent les mélèzes mouillés de gel. Cet imbécile de soldat Kronauer ne sait même pas qu'il est déjà mort et que son corps pourrit depuis des semaines dans un buisson d'herbes de la steppe, gorgé de radioactivité et de fourmis. Il se pavane à «Terminus radieux» comme avant lui ce crétin d'Aldolaï Schulhoff, comme s'il avait été adopté à jamais par les kolkhoziens. Je vois cela comme si tout se déroulait au même moment, du haut du sapin où je me suis juché pour mieux voir les choses du monde et même vous voir vous aussi. Pour les voir ou pour les imaginer ou vous imaginer peu importe et pour les dire. Une minute ne s'est pas écoulée depuis que le train a disparu à l'horizon et il y a déjà plusieurs cadavres.

Pedron Dardaf, Babour Malone et Douglas Flanagan à quelques mètres du bouquet de sapins, objet déjà de l'attention de quelques rapaces qui tournent sous les nuages et de huit ou neuf corbeaux qui sautillent dans l'herbe et s'interpellent bruyamment à côté de moi, comme eux aussi en attente d'instructions pour engager le dépeçage.

Schliffko Armanadji, Tristram Bokanowski, Olfan Nunes, allongés dans la deuxième voiture, avec au-dessus d'eux des soldats muets, tendus, tout à leur guet, essayant de comprendre à travers les planches du wagon et à travers la neige ce que font les deux silhouettes arrêtées devant le portail, les silhouettes de leurs camarades, de nos camarades, nos silhouettes ou les leurs peu importe.

Hadzoböl Münzberg, près de l'aiguillage, déjà disparaissant sous les épaisseurs blanches.

Tous ceux-là ou tous les autres, détenus, soldats peu importe. Je sais que je pourrai les récupérer quand j'en aurai besoin. Qu'ils soient vivants ou morts ou autre chose peu importe. Ce sont des corps vides dans mon théâtre. À ma demande ils peuvent s'animer si je le désire ou se taire ou ramper deux mille six cent trois ans et des poussières sous les arbres jusqu'à ce que leur reptation me lasse.

Je craille et lui aussi, au millième de seconde près, en même temps. Il craille au milieu des corbeaux. Il les rejoint un moment, donne quelques coups de bec sur le front de Pedron Dardaf, près des yeux. Celui-là, il va en avoir besoin plus tard. Il va le ravoir. Peu importe que les oiseaux lui aient picoré ou non ce qui pour l'instant lui tient lieu de chair. Puis il rejoint son perchoir en craillant. Il préfère se tenir en hauteur pour voir presque tout. Le camp, la vieille forêt ou le Levanidovo peu importe. Et, en effet, tout se vaut. Tout se trouve au même endroit, comme dans une espèce de livre, si on veut bien se donner la peine de réfléchir. C'est ça l'ambiguïté de l'ubiquité et de l'achronie.

• Prenons Kronauer par exemple. Une fois de plus il avait tenté de réparer la fuite de la borne d'incendie et il se sentait de mauvaise humeur, parce que le joint continuait à goutter. Avec l'arrivée du froid, la flaque dans la rue principale se couvrait de plus en plus souvent d'une pellicule de glace et perdait son caractère boueux, mais sa taille ne diminuait pas.

Comme il était désormais le seul en charge de ce dysfonctionnement, sa maladresse et son manque de réussite en plomberie commençaient à être un motif de raillerie de la part des villageois, et, bien qu'humilié, il en riait avec les filles de Solovieï. Il rassembla les outils, il les enveloppa dans un chiffon et il les déposa sur le seuil de la maison de Bargouzine et de Myriam Oumarik, puis il traversa la rue, entra dans la maison d'arrêt et rejoignit sa chambre.

Au moment où il ouvrit la porte, il surprit Myriam Oumarik en train de secouer et de feuilleter un des livres que Samiya Schmidt avait choisis pour lui à la bibliothèque de la Maison des pionniers. Elle cherchait manifestement entre les pages une lettre, une photographie ou un quelconque papier avec des annotations.

– Ben dis donc, s'exclama Kronauer, tu travailles pour le renseignement, maintenant?

Prise sur le fait, Myriam Oumarik se retourna avec un sourire enjôleur. Elle ne montrait aucun trouble. Elle reposa le livre sur la table, avec élégance et en lissant la couverture du dos de la main, comme pour poursuivre avec l'objet une conversation intime que Kronauer avait interrompue, et qui avait peu de rapport avec l'espionnage.

– Tiens, dit-elle, c'est vrai, à une époque, avec Bargouzine, on a pensé envoyer notre candidature. On avait envie de sortir du Levanidovo. Mais finalement, on est restés.

– Votre candidature pour faire partie des Organes?

– Oui. Pour faire partie des Organes et ficher le camp d'ici.

Kronauer hocha la tête. Il ne lui venait à l'esprit aucun commentaire. Lui-même avait travaillé pour les Organes, à

un moment. Personne ne l'avait su, ni même Irina Etchenguyen avec qui pourtant il n'avait guère eu de secrets. Il avait
fait le serment à ses officiers de ne jamais en parler, même
après sa mort, et il n'était pas du genre à tomber dans le
piège d'une conversation anodine pour bêtement se trahir,
en tout cas sur ce sujet. Le souvenir de sa collaboration avec
les Organes était enfoui et indésenfouissable.

Myriam Oumarik revint à la minuscule pile de livres et
elle en ouvrit un deuxième, comme si au fond elle s'intéressait
aux lectures de Kronauer plus qu'aux documents qu'il avait
pu glisser à l'intérieur. C'était un romånce de Maria Kwoll,
La mendiante de Pokrovsk, tout aussi radical et anti-mâles
que les autres écrits du même auteur, où, de la sexualité, ou
du moins de la sexualité entre humains, il ne subsistait que
des cendres obscènes.

— Tu lis ça ? demanda Myriam Oumarik.

— Oui, répondit Kronauer. Je l'ai emprunté hier à la
Maison des pionniers. Samiya Schmidt me l'a conseillé.

— C'est pas pour les hommes, minauda Myriam Oumarik.

Kronauer fit la moue, haussa les épaules.

— C'est pas pour les filles non plus, bougonna-t-il.

Ils restèrent face à face plusieurs secondes sans rien dire.
Myriam Oumarik vit que Kronauer était de mauvaise humeur
et elle changea de sujet.

— Tu vas être transféré, dit-elle.

— Je sais, dit Kronauer. Un problème de chauffage.

• Avec docilité, il transporta ses affaires dans la nouvelle
chambre que Myriam Oumarik lui avait désignée. Elle lui en
avait vanté les mérites puis elle l'avait laissé seul. La chambre

était plus proche des douches et nettement plus chaude que la première, mais, comme elle ne donnait pas sur la rue principale, elle n'avait pas autant de lumière. La fenêtre était double, là aussi, garantissant une bonne protection contre les températures glaciales de l'hiver à venir, et garnie d'un grillage qui n'aurait pas empêché une évasion mais l'aurait contrariée. Dehors, après une demi-douzaine de mètres d'un terrain vague embroussaillé d'herbes sèches – des cramoisines, des rauques-du-fossé, des solfeboutes, des gaviantes –, on voyait un mur. C'était la maison où habitait Hannko Vogoulian. Sur cette paroi-là il n'y avait pratiquement aucune ouverture, à l'exception d'une lucarne près du toit et d'une porte de service qui paraissait condamnée.

La pièce était propre, plus petite que la chambre précédente, avec un ameublement de bureau et un lit étroit, ainsi qu'un radiateur qui fonctionnait trop fort pour la saison. Tout était peint en gris. Le sommier métallique et le matelas roulé, plutôt maigre, ne donnaient pas une impression de confort. Les draps pourtant étaient en lin et sentaient bon. Ma nouvelle cellule, pensa Kronauer en les dépliant et en enfilant l'un d'eux autour de la couette. Peut-être qu'un jour ici on avait interrogé des kolkhoziens suspects de déviationnisme, des agronomes ayant mal interprété les injonctions de la morale prolétarienne, des apiculteurs tentés par l'anarchisme, des vachers appliquant avec trop d'assiduité les principes de base de l'union libre, des sympathisants des Organes qui avaient travaillé de travers, ceux qui n'avaient pas travaillé avec eux, ceux qui avaient travaillé avec trop de zèle.

Il s'écarta de la fenêtre et, comme le crépuscule avançait, il alla allumer la lampe. Il appuya sur l'interrupteur, l'ampoule clignota, rougeoya le temps de deux ou trois respirations, puis fit son office. On ne sait pourquoi, peut-être pour compenser sa frustration de tout à l'heure devant ses insuffisances en plomberie, il passa plusieurs secondes à méditer sur le courant électrique au village. Pendant la première liquidation, presque immédiatement après la catastrophe, les ingénieurs avaient bricolé une petite centrale alternative dans le bâtiment du soviet, dans le sous-sol, en utilisant des barres récupérées dans la cuve du sovkhoze «Étoile rouge». Cette installation de fortune avait des fuites radioactives, elle aussi, mais, d'après Bargouzine, elle pourrait alimenter le Levanidovo pendant au moins cent ans, à la suite de quoi elle s'emballerait et carboni-serait le village, puis s'enfoncerait sous terre. Ce qui laissait le temps de se retourner, remarquait Bargouzine. De se retourner et de vieillir. Ou autre chose. Quoi, autre chose, avait demandé Kronauer. Ben quoi, avait biaisé l'ingénieur. Tu sais bien. Puis il avait pris un air boudeur et avait ainsi mis fin à la conversation.

Au moment où Kronauer se remémorait l'air embêté de Bargouzine, Myriam Oumarik frappa à la porte et aussitôt, sans attendre sa réponse, elle l'ouvrit. Sous la lampe elle était de nouveau épanouie, bronzée orange, avec son sourire qui s'ouvrait à chaque instant, facile, moqueur, généreux, avec ses yeux en fente, très noirs, ses sourcils allongés, ses mouve-ments onctueux.

– J'avais oublié de t'apporter ça, dit-elle.

Ils se tinrent tous les deux debout près de la fenêtre et ils se mirent à bavarder sans regarder le jour qui tombait sur le mur de la maison de Hannko Vogoulian.

Myriam Oumarik avait apporté une corbeille de linge propre, des chemises de Bargouzine, des sous-vêtements piochés dans les réserves de la Mémé Oudgoul. Manifestement, elle tenait à faire oublier qu'une demi-heure plus tôt elle avait été surprise en train de perquisitionner chez lui sans mandat. En réalité, le motif de sa recherche n'était pas de trouver des preuves du rattachement de Kronauer à un quelconque réseau d'espionnage, mais plutôt de s'assurer qu'il n'avait pas échangé de lettres d'amour avec l'une de ses sœurs. Cet après-midi-là, alors qu'elle réfléchissait à la relative indifférence de Kronauer à son égard, elle avait eu soudain l'intuition déchirante qu'une intrigue pouvait s'être nouée secrètement entre lui et Hannko Vogoulian et même Samiya Schmidt. Elle avait soigneusement exploré toutes les cachettes possibles dans la chambre de Kronauer, et par manque de chance il était rentré chez lui juste au moment où elle inspectait l'intérieur des livres, qu'elle avait gardé pour la fin.

Pendant un moment, ils parlèrent de la radioactivité au Levanidovo. Le taux avait atteint des sommets pendant la crise de démence de la pile, et ensuite, contredisant les études scientifiques, il n'avait pas baissé. Au début, tous les habitants étaient morts, de même qu'un peu plus tard les sauveteurs héroïques et les liquidateurs. La polyclinique s'était transformée en morgue, les malades qui y étaient admis allaient se coucher directement dans les casiers frigorifiés et, quand il y avait des draps, ils s'enveloppaient intégralement dedans, la tête y compris, et ils commençaient à se taire. Les kolkhoziens les moins aguerris ne résistaient pas plus d'une semaine. Rapidement, alors qu'on venait à peine de terminer la construction de l'entrepôt qui allait servir de couvercle symbolique au puits creusé par la pile, il n'y avait plus eu un seul être vivant au kolkhoze «Terminus radieux».

• — Ben, et toi, qui as vécu toute ta vie ici ? objecte Kronauer. Et les autres habitants du kolkhoze, tes sœurs, ton mari ?

— Nous, on est aguerris. C'est pas pareil.

— Et moi ? Normalement, je devrais déjà être en train de me liquéfier.

— Toi, tu es aguerri aussi, affirme Myriam Oumarik.

Puis elle éclate de rire. Elle montre ses dents entre ses lèvres charnues. Un homme lubrique imaginerait peut-être, à partir de là, qu'il passe sa langue sur cet émail blanc, qu'il écrase contre lui cette bouche scintillante. Si l'on en croit Maria Kwoll, aucun homme ne peut éviter de constantes pulsions de lubricité. Selon Maria Kwoll, la pensée des mâles est entièrement dominée et imprégnée par ce qu'elle appelle le langage de queue. Quels que soient leurs discours et même leurs convictions, qu'ils en soient conscients ou non, les mâles n'échappent pas une seconde au langage de queue.

Kronauer ne s'attarde pas sur le spectacle de cette bouche troublante. Il détourne le regard.

Ils observent dix ou douze secondes de silence. Ils pensent aux radiations, aux kolkhoziens morts, aux liquidateurs, aux hommes lubriques. Peut-être, oui, tous les deux pensent au moins un peu aux hommes lubriques. En tout cas, Myriam Oumarik, elle, est visitée par cette idée, et par les images qui l'accompagnent.

— Tu sais, dit-elle, soudain extrêmement sérieuse. Si tu fais le moindre mal à l'une d'entre nous, si tu t'approches de l'une d'entre nous pour l'embrasser ou la pénétrer, Solovieï le saura et il te punira horriblement.

— Et ton mari ? finit-il par demander.

— Quoi, mon mari ? fait Myriam Oumarik.

— Bargouzine.

— Quoi, Bargouzine.

— Il aurait pas son mot à dire, si tu étais concernée ?

— Concernée par quoi ?

— Si je te faisais du mal.

— Tu plaisantes, Kronauer ? demande Myriam Oumarik.

— Non, je pose une question.

— Quel mal ? se tortille soudain Myriam Oumarik.

— Ben, par exemple, si je m'approchais de toi pour t'embrasser ou te pénétrer.

— Ça regarde pas Bargouzine, ce que tu comptes me faire, dit Myriam Oumarik. Ça regarde que moi et mon père.

— Remarque, j'ai jamais dit que c'était mon intention de te faire ça, se défend Kronauer. C'était qu'une hypothèse lancée comme ça, pour parler.

Mais il avale sa salive, son regard tremble, ses cils papillotent, et Myriam Oumarik le remarque. Elle a un sourire moqueur. Elle ne dit rien, mais ses hanches sont agitées par une brève ondulation venue d'on ne sait où, et, en résumé, tout son corps s'épanouit dans son sourire moqueur.

Dehors, des corbeaux graillent. Ils se sont perchés sur le toit de la maison d'arrêt et ils commentent l'avancée du crépuscule.

• Ou encore, autre exemple, presque en même temps, Iliouchenko devant le portail du camp.

— Le commandant Iliouchenko demande l'admission d'un convoi de déportés dont il assure le commandement ! beugla une nouvelle fois Iliouchenko.

L'absence de réponse pesa de nouveau sur le silence, sur le décor duveteux, sur le décor tout en barbelés et en duvet glacial. Iliouchenko et Matthias Boyol enfonçaient dans la neige jusqu'à mi-mollet. Ils trépignaient de temps à autre pour ne pas avoir les pieds gelés. Ils continuaient à lever les mains en l'air comme si on leur en avait donné l'ordre.

– Nous avons parcouru des milliers de kilomètres, dit soudain Matthias Boyol à mi-voix, comme pour lui-même mais en articulant assez pour être entendu de l'autre côté du portail. Nous avions en tête l'image heureuse de notre arrivée au camp, notre enregistrement au nombre des bénéficiaires du camp, notre affectation dans une équipe de manutention ou de nettoyage, la reconnaissance de notre statut de déchets politiques et sociaux, notre inscription dans le registre des fusillables. Nous avons erré dans l'attente de ce moment qui allait couronner notre existence. Nous avons tout misé sur notre entrée dans le camp. Nous sommes aux portes du camp, aux portes de la mort, aux portes de l'enfer. Nous demandons notre admission.

Puis il se mit à crier, avec une aisance d'acteur :

– Le détenu Matthias Boyol est aux portes du camp, aux portes de la mort, aux portes de l'enfer ! Il demande son admission et celle de ses camarades !

Il se produisit alors un remue-ménage invisible derrière le mirador d'où était parti le tir mortel de tout à l'heure. Un amplificateur venait d'être branché. Une voix vulgaire de sous-officier monta dans les circuits électroniques et éclaboussa lourdement, comme une vomissure, le seuil du camp, le portail et la neige fraîche dans laquelle patientaient notre commandant et Matthias Boyol.

– Retournez d'où que vous venez!… On est complet!…
Foutez le camp avant qu'on vous extermine!…

– Le commandant Iliouchenko peut pas croire ça! beugla
aussitôt Iliouchenko.

Comme il cherchait ses mots pour argumenter sa protes-
tation, Matthias Boyol intervint. Ils s'étaient mis d'accord
pour procéder de cette manière, Matthias Boyol avait été
sélectionné parmi d'autres pour son bagout et Iliouchenko
lui avait recommandé de prendre la parole, indépendamment
de toute échelle hiérarchique, dès qu'il sentirait un flottement
dans le dialogue avec les autorités.

– Le commandant Iliouchenko se permet d'insister,
hurla-t-il avec plus d'élégance qu'Iliouchenko. Il propose
l'intégration au camp de détenus et de soldats en bonne
santé, travailleurs et résolus à poursuivre avec abnégation
derrière les grilles la construction d'une société égalitaire et
fraternelle!

Le haut-parleur laissa passer quelques secondes. Matthias
Boyol, qui devinait qu'on l'écoutait, en profita pour reprendre
mot pour mot un paragraphe d'un de ses glorificats burlesques,
à moins que ce ne fût un bref extrait d'une de ses mélopées
tragi-comiques.

– Personne ne peut nier, déclama-t-il, que le camp est le
degré supérieur de dignité et d'organisation à quoi puisse
aspirer une société d'hommes et de femmes libres ou, du
moins, déjà suffisamment affranchis de leur condition animale
pour entreprendre de construire de la libération, du progrès
moral et de l'histoire. On aura beau dire et gloser, rien jamais
ne pourra égaler le camp, aucune architecture collective de
la gent humaine ou assimilée n'atteindra jamais le niveau de

cohérence et même de perfection et même de tranquillité face au destin que le camp offre à ceux et celles qui y vivent et qui y meurent.

La neige tombait. De l'autre côté du portail, le sous-officier crachotait dans le haut-parleur un silence ahuri d'homme ivre. Le discours de Matthias Boyol franchissait quelques mètres et il était aussitôt absorbé par la cascade continue des flocons.

– C'est pourquoi, poursuivit-il, nous demandons à l'autorité du camp de répondre favorablement à notre requête.

– On a assez de pouilleux ici!... vomit le haut-parleur. Allez crever ailleurs!... Ici c'est pas une institution de charité!... Dernière sommation avant qu'on ouvre le feu!...

• Alors que la conversation ainsi se nouait, se présentant mal certes mais encore indécise, un incident survint qui gâcha tout.

Aldolaï Schulhoff, qui faisait plus ou moins partie du convoi mais à qui – en raison de ce plus ou moins – on n'avait pas confié de carabine, avait quitté la quatrième voiture. Il s'y morfondait en présence des morts qu'on avait transportés là et du bric-à-brac militaire, des réserves de couvertures, de munitions et de pelisses d'hiver qu'on avait toujours économisées pour plus tard, quand le besoin s'en ferait vraiment sentir. On l'avait posté dans un coin sans tenir compte ni de ses bougonnements ni des fortes odeurs de suint et de pisse animale qu'exhalaient ses frusques en lambeaux, ses chairs, et même ses pensées insanes. Les soldats n'avaient pas reçu de consigne le concernant et ils s'occupaient surtout de surveiller la plaine enneigée et, derrière la chute ininterrompue des franges grises, la silhouette héroïque de leurs deux camarades qui menaient la négociation avec les autorités du camp. Ils tendaient l'oreille et ne surprenaient rien, et, dans les fentes du bois qui leur tenaient lieu de meurtrières, ils pointaient l'extrémité de leur fusil, puis, comme la situation n'était pas encore critique, ils la retiraient et remettaient l'arme au pied, redevenant apparemment apathiques mais ne l'étant pas.

Totalement étranger aux impératifs tactiques de patience et d'immobilité qui avaient été fixés pour les occupants du train, Aldolaï Schulhoff avait décidé de sauter hors du wagon. Il était tombé dans la neige et il s'était immédiatement relevé, puis il avait longé le convoi jusqu'à la locomotive. Le commandant par intérim, Shamno Driff, l'avait vu passer, or il avait d'autres chats à fouetter que de se préoccuper d'un loqueteux fou, et c'est seulement quand celui-ci avait pris la direction de l'aiguillage qu'il avait regretté de ne pas l'avoir abattu alors qu'il était encore inoffensif, car maintenant il se rendait compte que l'apparition d'Aldolaï Schulhoff au milieu des discussions risquait de compromettre celles-ci.

Aldolaï Schulhoff dépassa le cadavre de Hadzoböl Münzberg et, au lieu de suivre la voie auxiliaire pour se retrouver juste à côté de Matthias Boyol et Iliouchenko, qui pour l'instant ne le voyaient pas venir, il se mit à zigzaguer dans le champ de neige sans direction précise. Il enfonçait considérablement dans la neige, il marchait avec difficulté et ses oripeaux répugnants de chamane lui donnaient l'air d'une bête imaginaire, caractérisée par une démarche hésitante et de longues squames sales.

Pendant une minute il progressa ainsi en silence, examiné avec consternation par Shamno Driff qui le visait sans oser tirer, puis il se mit à gémir des objurgations incompréhensibles et les deux parlementaires prirent conscience de sa présence, se retournèrent, l'aperçurent à trente mètres d'eux et ne surent que faire.

Aldolaï Schulhoff avait de la neige jusqu'aux genoux. On ne savait trop s'il souhaitait chasser la neige qui l'empêchait d'avancer ou s'il se trouvait bien ainsi, immobilisé par une manifestation blanche de la nature, et s'il se préparait ou non à ajouter son grain de sel à la conversation que son surgissement avait interrompue.

– Le torturé Aldolaï Schulhoff t'a reconnu, cria-t-il soudain. Le torturé Aldolaï Schulhoff demande que tu mettes fin à sa torture !

Il y eut un silence. Le nouveau venu gesticulait, soulevant la neige autour de lui et la lançant puérilement en direction des barbelés, dont il était éloigné et qu'il n'atteignait pas. Les déchirures de vêtements qui l'habillaient voletèrent pendant une dizaine de secondes, donnant l'impression qu'il était massif et occupait beaucoup d'espace, puis elles retombèrent et il redevint ce qu'il était au départ, une créature épuisée et chétive, ayant pour destin de frôler la mort mille ans ou plus sans pouvoir jamais s'y reposer.

– Le commandant Iliouchenko informe l'autorité du camp que le torturé Aldolaï Schulhoff n'a ni le statut de soldat, ni le statut de détenu ! lança Iliouchenko qui sentait que la maîtrise des négociations lui échappait.

Derrière le portail, en haut des miradors, la réponse se faisait attendre. Le haut-parleur grésillait, puis il n'émit plus rien, même pas l'angoissante friture qui remplaçait l'absence de paroles.

– Je t'ai reconnu ! hurla encore Aldolaï Schulhoff.

• La neige qui tombe à gros flocons, en lignes verticales, sans un souffle de vent.

Non le silence, mais un formidable croustillement tantôt inaudible, tantôt audible selon l'importance qu'on lui accorde.

La lumière tamisée par des millions de lignes plumeteuses.

Trois hommes à l'entrée du camp, immobiles après avoir braillé en direction des miradors, des barbelés et du portail, et le temps s'écoule.

Dix-sept secondes, dix-huit peut-être.

Le haut-parleur se tait, comme si de l'autre côté, à la source des bruits et de la fureur électriques, le sous-officier ou son représentant sur terre ou ailleurs étaient trop abasourdis devant l'audace d'Aldolaï Schulhoff pour envisager une réplique immédiate. Puis le contact est rétabli. L'amplificateur se réveille. Le haut-parleur éructe et il se met à siffler hideusement. Le son est si perçant qu'Iliouchenko baisse les bras et applique les paumes de ses mains gelées sur ses oreilles gelées. Matthias Boyol fait de même.

Le sifflement augmente en intensité. Les miradors de part et d'autre du portail bougent comme des arbres que le vent secoue. Les barrières tremblent. Tout tremble, à l'exception de la neige, qui tombe de façon tranquille, imperturbablement, comme appartenant à une autre couche du réel. De loin, par exemple depuis les meurtrières du train, on voit mal ce qui se passe. On se bouche les oreilles, mais on ne voit rien de spécial, rien de nouveau. Le commandant par intérim a l'impression que les autorités du camp ont déclenché une espèce de sirène d'alerte et il ne sait pas comment interpréter cette initiative, si elle signifie une conclusion heureuse des négociations ou une fin de non-recevoir.

Dix-neuf secondes. Vingt.

Deux événements se produisent alors en même temps.

D'une part, plusieurs coups de feu sont tirés depuis les miradors, sans que les soldats qui en sont à l'origine se soient montrés. Les deux négociateurs, Iliouchenko et Matthias Boyol, reçoivent chacun trois balles et vacillent, puis s'effondrent dans la neige sans se débattre. Iliouchenko s'écroule en arrière, Matthias Boyol se couche de tout son long, tête la première. Ils ne se bouchent plus les oreilles. Ils ne remuent plus. Quant à Aldolaï Schulhoff, qui ne participait à la négociation que de façon très secondaire et peu orthodoxe, il fait voler autour de lui les multiples déchirures de tissu qui semblent appartenir à ses vêtements tout autant qu'à son corps. On dirait que les projectiles lui ont fourni un surcroît d'énergie et, le temps de plusieurs souffles, il ne tombe pas et tourne sur lui-même avec lenteur, comme souhaitant, en guise de vie, réaliser les figures d'une danse rêveuse. Il a été transpercé et il souffre de ses blessures, mais il n'accède pas à une inconscience immédiate. Il crie quelque chose en direction du camp, mais c'est dans une langue que personne ne parle dans le train, peut-être en américain ancien ou en ölöt, et de toute façon sa voix a été rendue pâteuse par la rage et par le sang. Il crie assez fort, sa voix porte au-delà des barbelés et au-delà des voies, mais dans sa phrase il y a plus de bulles que de consonnes.

Et d'autre part.

• D'autre part, je constate avec plaisir que quelqu'un s'occupe de donner un peu de relief étrange à cette scène banale. Un peu de panache onirique supplémentaire. Quelqu'un ou moi, peu importe. Je me retiens de crailler et je laisse les choses se faire. Le haut-parleur met provisoirement fin à ses siffle-ments et on entend une aiguille qui se pose sur la cire d'un cylindre, on entend ce qui crache et crachote avant la parole. On entend ce qui racle avant le poème.

Tout à coup Aldolaï Schulhoff se reprend et il hurle quelques phrases en russe des camps – enfin dans un idiome intelligible.

– On est dans un de tes rêves! braille-t-il. Le torturé Aldolaï Schulhoff parle au nom de tous!… On ne peut pas mourir!… Les balles nous tuent mais on ne peut pas mourir!…

Une nouvelle salve le fait taire.

Sur la plaine enneigée le haut-parleur à présent projette du verbe. Qu'on y prête l'oreille ou pas, le verbe domine le paysage. Nul ne peut s'en abstraire. Même déjà recouverts d'une couche blanche, les cadavres l'entendent distinctement. D'une certaine manière, eux aussi ressentent les affres de l'ubiquité. Ils se trouvent tout à la fois devant le camp, dans le monde flottant qui suit le décès et dans un rêve de Solovieï, et, qu'ils se tendent ou non vers ce que diffuse le haut-parleur, ils n'ont aucun moyen d'échapper à la nappe sonore qui les enveloppe. Plus loin, dans le train, les hommes nerveux ou terrorisés sont dans le même cas. Ils n'ont pas exactement le même statut que les cadavres abattus devant le portail, mais infime est la marge qui sépare les uns des autres et, pour parler vulgairement, on peut les mettre dans le même sac. Le poème, tout incompréhensible qu'il leur paraisse, s'impose à eux. Il s'insinue très profondément en eux, et très vite il ne surgit plus de l'extérieur, il ne passe plus par leurs tympans, et au contraire il jaillit en eux et les envahit depuis des moelles et des sous-moelles cachées, secrètes, qui attendaient ce moment magique pour se révéler, qui attendaient ce moment depuis la minute de leur naissance. Soldats et détenus chancellent, soudain ne sachant pas s'ils sont exténués, envoûtés ou malades, ou déjà trépassés. Ils scrutent le champ de neige, attendant l'ordre de tirer et terrifiés par cette voix qui vient du dehors et naît ou renaît au cœur de leur cœur. Ils crispent leurs mains glacées sur les carabines silencieuses. Leur nuque se durcit. Leurs lèvres frémissent, leurs paupières papillotent. En dépit de leurs visages fermés, on dirait qu'ils sont tous sur le point de pleurer. Certains grelottent, de dégoût et d'accablement beaucoup plus que de froid. Une voix déroule en eux des images si obscures et si fondamentalement étrangères qu'ils n'entendent rien de saisissable et ne voient aucune image.

Les images. Ils sont sur le point de pleurer. Ils n'en voient aucune.

• Alors, songeant que ses sbires et ses filles étaient sur le point de lui échapper, de le trahir et même de le meurtrir, il s'immergea jusqu'aux os dans le cœur vibrant des flammes et il en inventa d'autres, d'autres affidés, d'autres filles, d'autres femmes, d'autres flammes, et d'abord il compta jusqu'à vingt-sept, et, quand le noir se fit, il marcha en biais, là encore comptant jusqu'à vingt-sept ou plutôt vingt-sept mille sept cent quatre-vingt-trois, puis, usant des pattes qui lui restaient, il alla de moelle en moelle sans réparmer ses efforts, ajoutant çà et là des chambres et des tunnels, ajoutant des crépitements aux crépitements, des flambées moites aux flambées moites, des ciels aux Sept-Ciels, puis il se recroquevilla, prenant prétexte d'un soudain accès de fièvre, et siffla quelques-uns de ses hymnes, disant à plusieurs reprises « Hadeff, derek! Hadeff, dzwek! Hadeff Kakaïne! » et, sans attendre l'écho de son cri, sans attendre que depuis les suies impossibles et à travers les rideaux impossibles revînt l'écho de son cri, il s'accoupla en hâte avec les épouses et les créatures femelles qui roulaient à côté de lui en direction du gouffre, et, comme certaines d'entre elles s'étaient plaintes et résistaient à ses coups de boutoir oniriques, il renonça à l'idée d'une descendance et avança à grandes enjambées et à grand bruit vers un rêve où les protestations de ses éphémères compagnes n'étaient plus audibles, disant avec force gestes de sorcellerie « Ceci est une forêt, ceci est un village, ceci est un camp de travail à l'abandon depuis onze cent treize ans et quelques, ceci est une terre irradiée où dépérissent les ultimes mendiants, ceci est un sac de voyage où je fourre ma tête pour que l'infini me réserve encore des surprises », puis il fit un faux mouvement et se retrouva entre six parois de briques dépourvues d'ouverture, à l'intérieur d'un four qui ne possédait ni porte ni cheminée, et, une fois là, il lança des appels pour faire venir ses sbires et, convaincu que ceux-ci ne tarderaient pas, il se fabriqua un siège avec de l'huile naphteuse qu'il solidifiait en la léchant, puis il s'assit et resta tranquille pendant un moment. Les briques qui l'incarcé- raient étaient tantôt brûlantes, à quelques degrés de la liquéfaction, tantôt glacées, fort proches des températures de l'espace profond, de l'espace noir et de l'espace zéro qui sépare les galaxies. Ni vivants ni morts, ses sbires l'entourèrent; tous oscillaient comme des pantins suspendus à des clous et même s'entrechoquaient, agités par la désintégration nucléaire et le silence ; la durée était arrêtée. Il en profita pour repenser à ses filles et à leurs mères, à ses maîtresses, à ses épouses et à ses rejetonnes, qu'il confondait volontiers dans ses souvenirs et dans ses fantasmes. Puis, après un long passage dans la lubricité et le crime, il revint à lui. Les sbires patientaient dans les ténèbres, en habits de mendiants-ouvriers ou de mendiants-soldats. Il leur ordonna de prendre des noms, de renforcer encore l'obscurité autour de lui et de danser selon des trames d'histoires et des saynètes qu'il imaginait et leur dictait. Ainsi naquit un théâtre aveugle dont il était l'unique auditeur. Il battait la mesure des entrées et des sorties de personnages et ainsi il se divertissait, chassant sa peine immense et les immenses soucis que lui apportait le destin de vivre et de ne pas mourir. Le noir était épais comme du goudron et longtemps il choisit d'y demeurer, réduisant tout écoulement de durée aux seuls coups de tambour de ses mains contre ses cuisses. Dans la solitude il prononçait des débuts et des fins de romans, disant d'une voix tantôt sifflante, tantôt rocailleuse, tantôt veloutée, et parfois l'entrecoupant de ricanements, « Ceci est de la neige, ceci est de la mort, ceci est une journée et une nuit, celle-ci est ma fille, celui-ci va être envoyé dans son propre enfer pendant deux mille trente-trois ans et des poussières ». Ainsi crailla-t-il longuement dans le goudron, énumérant les décennies par paquets de vingt-sept ou de cent douze et quelques, puis, la lassitude venant, il se tut.

• Quand ce déluge incompréhensible de mots se termina, le commandant par intérim, Shamno Driff, donna l'ordre d'ouvrir le feu sur les miradors pour que la tension accumulée dans l'âme des hommes baisse d'un cran, puis, après une minute de tir à volonté, il fit passer la consigne de cesser le feu. La fusillade n'avait guère de sens. Le camp ne ripostait pas et ne subissait aucune perte. D'un point de vue strictement militaire, la situation n'évoluait pas. Dans les voitures, au milieu des gaz, des fumées et des odeurs de poudre, les combattants se mirent à ramasser les douilles sans rien dire. Le commandant alla consulter Noumak Ashariyev. Il lui demanda où en était l'aiguillage.

– Hadzoböl Münzberg a eu le temps de manœuvrer le levier ou pas ?

– Je sais pas, dit Noumak Ashariyev. Je l'ai vu tomber sous le tir du sniper. Je me rappelle rien d'autre.

– Tu vas remonter dans la locomotive et tu vas nous emmener à pas d'escargot jusqu'à la jonction, préconisa Shamno Driff. Si on dévie en direction du camp, mets les gaz et accélère. On foncera sur le portail à toute vitesse. Ça m'étonnerait qu'il résiste. Au passage, nous, on tirera dans tous les sens. Une fois les barrières franchies, freine pas. Avance jusqu'à ce qu'il y ait plus de rails. Si ça se trouve, on va arriver comme ça au cœur du camp. Ils seront bien obligés de nous accepter. Tant pis s'ils nous punissent à cause qu'on aura fait des dégâts en entrant.

– Et si on s'engage pas sur la voie qui mène au camp ? objecta Noumak Ashariyev. Si l'aiguillage donne rien et qu'on continue sur la voie principale ?

– Ben alors on s'en ira, fit le commandant avec un geste d'impuissance. On roulera plus loin, jusqu'à ce qu'on trouve un camp avec des autorités moins butées que celles-ci.

Il y eut un silence.

– Et nos morts ? s'immisça quelqu'un.

Il y eut un nouveau silence.

– Tu as une solution ? finit par demander le commandant.

• La voiture était plongée dans la pénombre. Dehors, le crépuscule s'intensifiait. Les odeurs de métal chaud, de graisse et de poudre continuaient à sinuer entre les hommes. La porte coulissante était à moitié ouverte, mais les remugles du combat ne se dispersaient pas. On voyait la fin d'après-midi, la neige grise en train de tomber et la neige blanche qui tapissait le monde visible jusqu'à la muraille noire des mélèzes. Comme il n'y avait aucun souffle de vent, le froid était supportable, et de toute façon l'excitation de la guerre l'avait relégué au nombre des impressions auxquelles on n'attachait pas d'importance. Dans les voitures voisines, on entendait les détenus et les soldats qui se disputaient à mi-voix à propos de cigarettes, de l'élimination des parasites sociaux et des meilleures tactiques pour prendre le camp d'assaut et éviter les tirs venus des miradors. Nous avions posé nos carabines à nos pieds et nous attendions les ordres.

– Et nos morts ? fit quelqu'un. On va les laisser là-bas ?

– Tu as une solution à proposer ? demanda le commandant.

– Si on part, qui c'est qui s'occupera d'eux ? demandai-je.

– Au bout d'un moment, les autorités du camp iront les récupérer, spécula quelqu'un.

– Si le train disparaît, ils vont pas rester comme ça dans la neige, délira quelqu'un. Ils vont se relever et ils vont continuer à pied en suivant les rails. Ils pourront compter sur Aldolaï Schulhoff. Ce type connaît la région comme sa poche. Ils vont pas se perdre. Vous allez voir qu'on va finir par les croiser encore une fois sur notre route.

— Je crois pas à ça, dit Noumak Ashariyev.

— C'est l'hiver, dit un détenu. Ils vont pas rester longtemps ici. Les loups vont sortir de la forêt. Ils s'occuperont d'eux sur place ou ils les traîneront à l'abri des arbres.

— Qu'est-ce qu'on sait de ce qui va se passer ? philosopha le commandant.

— Ben oui, dit quelqu'un d'autre. Ça dépend ni d'eux, ni de nous.

— Ben non, conclut quelqu'un.

TROISIÈME PARTIE

AMOK

.16.

• Au Levanidovo, pendant ce temps, la nuit était tombée. La rue principale était vide et, bien qu'aucun flocon encore ne voletât dans l'air, elle sentait le verglas et l'hiver. Myriam Oumarik avait annoncé l'arrivée de la neige pour le lendemain, et Samiya Schmidt, dans la bibliothèque, avait sèchement fait remarquer à Kronauer que personne n'avait besoin des prophéties de sa sœur ni de ses tortillements de fesses pour constater des évidences météorologiques. Elle avait brusquement tourné le dos à Kronauer quand celui-ci lui avait dit qu'il aimerait emprunter un livre d'aventures plutôt qu'une nouvelle leçon sur la sexualité répugnante des mâles. «Du James Oliver Curwood ou du Jack London», proposait-il en regardant les nattes noires de Samiya Schmidt, dont le dos frémissait d'indignation à l'idée qu'il essayât d'échapper aux saines théories de Maria Kwoll et de ses disciples. Petite, sévère, avec cette coiffure stricte, elle n'avait jamais cessé d'avoir la dégaine d'une Chinoise de la révolution culturelle. «Des histoires de trappeurs dans la forêt», insistait Kronauer. «On n'a pas ça», avait fini par déclarer Samiya Schmidt sans consulter ses fiches. «On l'a plus. C'était trop souillé de particules, ça a terminé dans le puits.»

La soirée ressembla à toutes les autres.

À l'heure du repas, Kronauer quitta sa nouvelle chambre et se rendit à la cantine. Il n'y avait qu'une trentaine de mètres à faire depuis la maison d'arrêt.

À la cantine il fit griller quatre cuillères de farine diluée dans de l'eau et du beurre, comme toujours s'étonnant que le beurre ne manquât pas et constatant que les réserves de farine semblaient inépuisables, puis il se servit un bol de bouillon qui chauffait doucement sur la cuisinière. Il était seul. Les repas étaient très peu variés mais les ingrédients ne faisaient jamais défaut, il le savait puisque régulièrement son tour venait de faire la cuisine. Un jour qu'il demandait au manchot Abazaïev comment s'expliquait cette relative abondance au Levanidovo de denrées alimentaires que le kolkhoze n'était plus en état de produire depuis des décennies, Abazaïev regarda derrière son épaule valide pour vérifier que personne ne les écoutait, et chuchota qu'il s'agissait de marchandises volées. « Volées à qui ? » s'était intéressé Kronauer, chuchotant à son tour. « À des marchands », avait prétendu Abazaïev. « À des caravanes de marchands perdus dans la vieille forêt. » Kronauer avait objecté qu'aucune caravane de marchands n'avait traversé la taïga depuis plusieurs siècles, et Abazaïev s'était vexé. Il avait estimé offensante l'incrédulité de Kronauer, mais surtout il avait eu peur d'en avoir beaucoup trop dit et, à partir de là, il était resté totalement et comme à jamais muet sur la question. « C'est le président qui organise le pillage ? » avait demandé Kronauer pour relancer la conversation. « C'est Solovieï ? Il agit seul ? » Mais Abazaïev ne répondait plus et paraissait mentalement foudroyé. « Et les marchands ? » avait encore vainement interrogé Kronauer.

« Qu'est-ce qu'ils deviennent ? Qu'est-ce qui se passe avec eux quand ils ont été dévalisés ? Solovieï les tue ? »

• Kronauer acheva son repas, lava la vaisselle et sortit. La rue était éclairée, il vit Hannko Vogoulian qui rentrait chez elle comme une ombre, venant d'on ne sait où, puis il aperçut Morgovian, Bargouzine et Myriam Oumarik qui sortaient du soviet en discutant de façon amicale. Ils s'étaient arrêtés devant le perron du bâtiment pour mieux partager une anecdote qui avait l'air drôle, car en même temps ils éclatèrent de rire. Puis ils se remirent en marche. Derrière eux, sur trois cents mètres, les lampadaires brillaient, jusqu'à ce que les maisons s'espacent, et ensuite la route noire menait à la forêt encore plus noire. En dehors de ces échos de voix joyeuses, le village était silencieux. Kronauer frissonna. La fille et les deux gendres de Solovieï se dirigeaient à présent vers la cantine. Ils avaient cessé de rire. Kronauer les salua de la main, de loin, et sans attendre qu'ils arrivent à sa hauteur il ouvrit la porte de la maison d'arrêt et rejoignit sa cellule.

Il lut quelques pages de *La mendiante de Pokrovsk*, se laissa captiver par l'intrigue qui était bien construite, mais dès que Maria Kwoll commença à s'épancher avec une verve acide sur les hommes et leur langage de queue, leur pensée de queue et leur monde de queue, il reposa le livre sur le plancher, à côté du lit au sommier grinçant, éteignit la lumière et s'endormit.

• Peu de temps après minuit, il se réveilla en sursaut. Il avait rêvé de Vassilissa Marachvili. Elle sortait d'un hôpital, d'un bâtiment qui avait été épargné par les hommes à tête de chien, alors que tout le reste avait été saccagé et incendié.

Elle était sauve. Elle était très affaiblie, mais elle était guérie. Il l'étreignait avec un intense sentiment de bonheur. Ils se serraient l'un contre l'autre à l'arrêt du bus qui allait les ramener chez eux. Juste avant de se réveiller, il s'était aperçu qu'il la confondait avec Irina Etchenguyen.

Il y avait une légère odeur de fumée dans la chambre. Il se redressa sur un coude et huma l'air sombre autour de lui. Ça vient peut-être du radiateur qui brûle des poussières, pensa-t-il. Il y a aucune raison que quelqu'un dans le village allume un feu de bois. Personne fait ça ici.

Maintenant qu'on l'avait transféré, l'image du dehors avait changé. La rue n'était plus visible. Dans l'encadrement de la double fenêtre il ne voyait rien, sinon le mur de la maison de Hannko Vogoulian. Sur cet écran maussade, mal éclairé, il projeta de nouveau ce qui subsistait de son rêve – en gros plan, le visage mixte de Vassilissa Marachvili et d'Irina Etchenguyen, mais surtout il essayait de préserver dans son corps l'émotion d'avoir retrouvé sa compagne après une longue épreuve, la complicité silencieuse qui les liait, cette étreinte ivre dans la rue, en face des ruines de l'hôpital. Images et impressions s'affadissaient à toute vitesse, mais la langueur affectueuse restait. Il demeura une ou deux minutes sans bouger, essayant de ne pas la dissiper, cette langueur, mais, à son tour, elle devint simplement l'empreinte d'un souvenir, quelque chose d'inatteignable et triste, pratiquement sans saveur.

C'est alors qu'il entendit une rumeur naître quelque part dans ou au-dessus du village, des cris lointains. Comme il se levait pour aller à la fenêtre, les haut-parleurs de la rue principale commencèrent à se signaler par plusieurs effets

Larsen, et sans transition ils se mirent à diffuser d'atroces clameurs stridentes, si difficiles à supporter que Kronauer se figea, puis recula en gémissant. Il se mit à aller et venir dans la chambre comme un animal pris de panique. Crispées sur ses oreilles, ses mains ne faisaient pas barrage à l'agression sonore. Il essayait de trouver un endroit où le son le frapperait avec moins de force. Dans les angles, près de la fenêtre ou à distance, les sifflements lui perforaient et lui ravageaient les tympans de la même manière. Ils provenaient de plusieurs lieux à la fois, avec des relais manifestes à l'intérieur même de son crâne. Il sortit dans le couloir ténébreux, gagna les toilettes, ouvrit la porte de fer des douches collectives. C'était pire. Les sifflements avaient envahi la nuit et ils profitaient des espaces vides pour s'amplifier, des caisses de résonance de la maison d'arrêt, des tuyaux vibreurs et des canalisations de toutes sortes. Kronauer revint dans la chambre et il s'assit sur le lit, puis, de nouveau, il bondit de droite et de gauche à travers la pièce. À tout hasard, il s'habilla. Il pensait qu'un événement grave se déroulait au Levanidovo, un incendie, une nouvelle alerte nucléaire, une attaque d'on ne sait quel ennemi naturel ou surnaturel, et que peut-être il devrait quitter la maison en urgence. L'air continuait à sentir la flambée de bûches, la pénombre vibrait, les stridences se prolongeaient, avec des modulations et des accélérations rythmiques qui suggéraient, derrière la douleur térébrante qui était infligée à l'auditeur, un langage, des avertissements, peut-être, ou des appels.

Soudain les sifflements cessèrent. Pendant une minute il y eut seulement dans les haut-parleurs un silence électrique et des crachements. Puis la voix enregistrée de Soloviei

enveloppa le village, tonnante et pleine d'emphase, transformée, déformée par les membranes et les sursauts d'aiguille,
par les imperfections de la bakélite, par le cuivre, par le silence
accablé du kolkhoze, par la nuit.

• Ils ne reconnurent pas d'abord sa silhouette, car le feu était fort
et on pouvait difficilement voir au-delà des flammes, et d'autre part
il s'était tapi dans un recoin de brique, adoptant une pose extrêmement animale et non terrestre, une pose qui correspondait
peu à la structure originelle de son squelette et qui violait toutes
les règles de l'esthétique vertébrée et soulignait à quel point
s'étaient relâchées les relations entre sa chair et ses os, et, quand
ils l'eurent reconnu, un murmure les parcourut, sans doute parce
qu'ils n'aimaient pas assister à des prodiges, quels qu'ils fussent,
et aussi parce qu'ils éprouvaient une grande contrariété à l'idée
que celui qui recourait ainsi publiquement à des transes sorcières
fût un des leurs, un mort ou un vivant tel qu'eux-mêmes se décrivaient quand on leur donnait la parole, un individu qu'ils avaient
cru jusque-là fort ordinaire et même inférieur à eux et qu'ils
avaient méprisé avec indulgence, comme toujours on méprise son
semblable ou ses propres excréments, et qui en fin de compte
se révélait d'une très-autre nature et très-étrange, et, dans ce
murmure qui enflait, on pouvait entendre autant de dépit que de
peur et de dégoût, et lui, sensible à cette vague qui venait battre
sur lui depuis l'extérieur du four et depuis un temps et un espace
extérieurs au feu, se rencogna plus encore contre le mur, et, peu
désireux d'offrir aux présents le spectacle de sa combustion,
il tourna sa tête vers le dedans, assombrissant sa bouche et
son langage et se consacrant à des chuchotis intimes plus qu'à
des admonestations tonitruantes, et, ne s'adressant désormais

qu'à sa propre personne de plus en plus noire et indéchiffrable, il commença à délivrer pour lui-même des instructions sur le voyage au cœur du feu et à donner des conseils pour le séjour parmi les braises, et il décida de ne plus prêter oreille qu'à ses propres souffles, et, pendant un moment, il ne fit qu'ahaner des ordres destinés à ses organes les moins dociles et qui souvent désobéissaient en dépit de l'urgence, car il avait laissé fleurir en ses propres profondeurs les principes anarchistes que sa bouche n'avait eu de cesse de proférer pendant toute son existence, puis il se contracta de nouveau et laissa siffler hors de ses lèvres des images cryptes, et alors l'assistance, vexée de ne recevoir de lui que de vilains échos et des fumées, se mit à maugréer et à se raréfier, et, comme il persistait à marmonner en langage crypte, refusant de proférer des harangues qu'elle eût pu apprécier et même répéter avec ferveur, elle accentua son mouvement de repli et quitta les lieux, et c'est pourquoi nul n'assista à la danse lente qu'il exécuta ensuite pendant plusieurs heures et, en tout cas, plusieurs siècles, une danse magnifique, en silence, au milieu des crépitements et des nuées rouges.

• Il y eut trois cylindres, cette nuit-là. Ils furent diffusés l'un après l'autre, mais, quand le troisième fut terminé, après une brève transition grésillante le premier reprit, et de nouveau la phrase difficilement interprétable de Soloviëï retentit dans la nuit, à pleine puissance dans le circuit de radiodiffusion interne au village, le long des rues, de la rue principale comme des chemins secondaires, de nouveau les trois poèmes opaques de Soloviëï déferlèrent sur toute la vallée, de la limite des arbres à l'orée opposée de la forêt, de la route menant à la vieille forêt au dépôt administré par la Mémé Oudgoul, de nouveau il fallut entendre cela dans son intégralité. Kronauer était à présent assis par terre, sur le parquet qui exhalait des odeurs de sapin, de poussière et de savon noir, il était adossé à la carcasse métallique de son lit et il dodelinait, comme sous hypnose, comme un homme ou un mort dépossédé de toute volonté d'aller plus loin dans l'existence.

• Et, ayant parcouru cent soixante-trois pas sur le chemin orange, il en parcourut encore trente-neuf mille deux cent vingt-quatre, puis de nouveau cent soixante-trois, puis il recula de vingt-deux pas et marqua un temps d'arrêt pour se repérer, car tout était autour de lui ondulant et braillard, et rien ne se dessinait de stable à travers les flammes, et, écartant un rideau de grêle brûlante qui s'abattait sur son visage et le devant de sa poitrine, il se mit à appeler, prononçant pour commencer des paroles inarticulées, comme pour se faire la voix, puis scandant le nom de ses filles et scandant son propre nom, affirmant de cette manière sa présence au milieu du feu et des vents, puis, comme les flammes ne cessaient pas et, au contraire, redoublaient, il reprit sa marche pesante, désormais sans plus jamais interrompre le bourdonnement de sa bouche et ses bruits de langue et la forge de ses poumons, allant droit même quand il fallait enfoncer dans la braise jusqu'aux genoux, allant droit quelle que fût la température souvent atroce des obstacles, se refusant à tousser quand la gorge lui piquait et se refusant à trébucher plus d'une fois tous les quatorze pas et se refusant à croire au grésillement de ses yeux ou du moins à y attacher une signification et se refusant à perdre haleine et se refusant à rester allongé ou recroquevillé sur le sol quand il tombait et se refusant à façonner avec sa salive des mots de douleur ou de désarroi, toujours allant avec fermeté dans la direction qu'au fond de son cœur il savait être l'unique et donc la meilleure, une direction qui n'était ni nuit ni jour, ni crépuscule, puis il avança de trente-huit pas sans bouger ni pieds ni jambes, puis il avança de treize cent sept pas supplémentaires, lourdement et en se courbant vers l'avant comme si une tempête le repoussait, puis il manifesta l'intention de chanter des hymnes, puis il déclara à tue-tête qu'il se trouvait tellement à son aise dans le feu et si bien intégré à la texture du feu que bientôt il pourrait voler sur de grandes distances tout en restant cloué au même endroit, et que bientôt les paradoxes par sa bouche s'annuleraient, et soudain, alors que l'espace autour de lui hurlait et tourbillonnait en flammèches jaunes, il enfila un masque de suie et il s'enveloppa tout entier de suie et il dit à on ne sait qui qu'il venait, qu'il allait venir, mais la phrase sonnait plus comme une menace que comme une annonce.

• De temps en temps Kronauer jetait un coup d'œil par la fenêtre. Le mur de la maison de Hannko Vogoulian était parcouru de reflets, comme si, quelque part dans le village, mais assez loin du centre, assez loin du soviet, une ferme était en train de brûler. Qu'est-ce que tu fais dans ce kolkhoze, se répétait Kronauer, qu'est-ce qui te retient ici, Kronauer? Tu comprends rien à ces gens, tu comprends rien à ce qui se passe, si tu restes englué ici tu vas finir par finir mal, ce Solovieï t'emprisonne et t'ensorcelle avec ses sifflements magiques, il y a qu'une chose à faire, Kronauer, pars avec une des filles, sauve une des filles et enfuis-toi avec elle, et ensuite, advienne que pourra! Sauve Samiya Schmidt ou Hannko Vogoulian ou même Myriam Oumarik, l'une ou l'autre, peu importe, prenez la fuite, traverse avec elle la forêt, cachez-vous, mettez entre vous et « Terminus radieux » des dizaines, des centaines de kilomètres, vous retournez jamais, fuis à toute vitesse pendant qu'il est encore temps !

Toutefois ses résolutions ne débouchaient sur rien. Il demeurait prostré sur le parquet, quasi cadavérique, de temps en temps secoué par un bougonnement ou des frissons, et il continuait à écouter les trois cylindres qui tournaient en boucle, sans jamais rien y reconnaître de familier alors que pourtant il en recevait les mots pour la cinquième, pour la septième, pour la onzième fois. Il continuait à les écouter, et, comme un moribond à qui on donne des conseils dont il n'a que faire, il grelottait et il bougonnait.

• Il se racla la gorge, et, en raison du noir absolu qui troublait la perception des choses, les rares spectateurs qui l'avaient suivi eurent l'impression qu'il avait effectué ce raclement de gorge en utilisant le tisonnier, à la manière d'un avaleur de sabres, et plusieurs, qui trouvaient ce tour de passe-passe insultant, déplacé et hideux, s'émurent. Cependant il allait le long des débris brûlants et des poudres, insensible à la violence des flammes sans lumière qui léchaient cruellement ce qui persistait de sa chair, et il n'écoutait ni les récriminations qui derrière lui surgissaient ni la parole acerbe des commentateurs. Il les prévint soudain que le pire était encore à venir et il leur dit qu'ils pouvaient, s'ils le souhaitaient, s'en retourner sur leurs pas et rejoindre ou du moins tenter de rejoindre le monde extérieur. C'était faux. L'un de ses suivants, nommé Kronauer – en réalité un soldat idiot –, le découvrit presque aussitôt à ses dépens. À peine avait-il commencé à inverser le cours de sa marche qu'il se sentit comme nimbé d'une lourde faiblesse, à peine eut-il compté quatre pas en direction de l'arrière qu'une amertume jaillit en lui, et que sa peau se crevassa sur tout son corps, ainsi que sur ses jambes et sur le rêve de mains et de visage qu'il entretenait depuis le début du feu. Ses os sifflèrent, ses cartilages déjà n'étaient que cendre et vapeur. C'était un soldat de piètre catégorie, bon communiste mais sans valeur magique aucune, comme ceux qu'on ramasse à la pelle dans les fosses communes des camps. Il aurait voulu appeler ses camarades à l'aide, mais sa voix ne portait pas et sa pensée, qu'il cherchait à expulser, ne réussissait pas à se cristalliser en mots. Alors il s'assit tant bien que mal dans les braises, sanglotant, les poumons agités de vilains sursauts, essayant encore d'écarter le poids de l'obscurité bitumineuse qui l'encerclait. À quelques mètres de lui, mais déjà séparés de lui à jamais, les autres s'accordaient une pause et l'ignoraient. « Le pire nous a été épargné jusqu'ici », reprit à voix basse notre timonier qui avait laissé tomber à ses pieds la tige de fer. « Mais maintenant la donne a changé. Ceux et celles qui feront demi-tour mettront tout le groupe en péril. » Ses voyelles étaient grinçantes, ses consonnes se fissuraient au moindre contact avec la réalité ou avec les émanations. « Ceux-là, poursuivit-il, il faudra les tuer avant qu'ils ne nous nuisent. » Dans l'instant, son discours se désorganisa, la parole sombra. Toutefois le nom de Kronauer fut prononcé, et on l'entendit. Mais celui-ci était déjà hors d'atteinte, en train de se consumer dans la solitude, et nul n'entreprit de l'aller retirer du noir pour l'occire avant le pire.

• Ce fut une nuit de cauchemar. Mais pas seulement pour Kronauer.

.17.

• Vers dix heures du soir, à peu près au moment où Kronauer dans la maison d'arrêt posait son livre par terre, éteignait et se préparait à dormir, Samiya Schmidt entendit Morgovian faire sa toilette et s'habiller. Cela ne correspondait ni à ses heures ni à ses habitudes. Elle en fut intriguée et décida d'aller voir de quoi il s'agissait.

Elle s'était couchée tôt, dans cette chambre où elle vivait pratiquement en recluse depuis plusieurs semaines, comme elle le faisait toujours après une de ses crises. La dernière crise avait coïncidé avec sa rencontre avec Kronauer dans la forêt et avec l'arrivée de celui-ci dans le kolkhoze «Terminus radieux», et elle était ensuite très peu sortie dans le village, évitant de parler à ses sœurs, aux kolkhoziens et à son père, et ne croisant Kronauer qu'à la bibliothèque de la Maison des pionniers, où elle n'échangeait avec lui que par monosyllabes.

La lumière chaude et paisible de la lampe de chevet laissait dans l'ombre la majeure partie de la pièce et éclairait bien la portion de lit où Samiya Schmidt se tassait douillettement, tournant de temps en temps les pages de *Bari, chien-loup*, l'unique ouvrage de James Oliver Curwood qui eût échappé aux liquidateurs dans les armoires à livres de la Maison des pionniers. Ce roman du Grand Nord avait été mentionné plus tôt dans la journée par Kronauer et elle tenait à le lire avant de lui annoncer qu'elle en avait finalement trouvé un exemplaire oublié dans un carton de livres avariés. Elle avait plaisir à s'y plonger. Cette prose généreuse, remplie du souffle de la nature, la changeait des imprécations de Maria Kwoll, de Rosa Wolff et de Tatiana Damianopoulos, qui remplaçaient l'expression « faire l'amour » par « faire le sexe » ou « faire le rut » et quel que fût le sujet de leurs fictions s'arrangeaient toujours pour exprimer des opinions intransigeantes à l'égard du corps, de ses mécanismes physiologiques inacceptables, des pulsions sexuelles et du langage de queue qui rôdait sous la pensée des mâles. Il y avait des années que Samiya Schmidt ne lisait que des românces ou des recueils d'entrevoûtes inspirés par ces considérations. *Bari, chien-loup* lui donnait une bouffée d'air.

Bien que regrettant de devoir abandonner sa lecture, elle repoussa les draps et se leva. Le miroir lui renvoya son pyjama froissé et l'image de son crâne totalement chauve. Par réflexe elle promena sa main droite sur la peau lisse, essayant en vain d'y déceler les traces d'une repousse. Puis elle assujettit sa perruque, des cheveux noirs denses et luisants avec des nattes d'adolescente dont l'extrémité était serrée par deux nœuds de tissu rouge. Elle cacha sa poitrine qu'elle trouvait trop fournie sous une chemise blanche unisexe, épaisse, enfila un pantalon kaki et une veste molletonnée qui lui permettait de sortir dans la rue par tous les temps et, en tout cas, dans la fraîcheur nocturne de l'automne. De nouveau elle ressemblait à une jeune lettrée envoyée se rééduquer à la campagne après avoir répandu l'anarchie dans les villes. Elle accentua encore la ressemblance en enfonçant sur sa tête une casquette militaire avec un badge en forme d'étoile.

Puis elle ouvrit la porte de sa chambre.

• Depuis son mariage avec Morgovian, Samiya Schmidt habitait une maison dont une grande moitié lui était exclusivement réservée. Morgovian la craignait en tant que femme et encore plus en tant que fille de Solovieï. Pour rien au monde il n'aurait franchi la frontière invisible derrière laquelle elle se claquemurait. Elle restait pour lui une épouse théorique, une épouse de façade envers laquelle il ne manifestait ni tendresse ni absence de tendresse, contrairement à elle qui ne se gênait pas pour le rabrouer ou le dédaigner ostensiblement. Elle ne partageait rien avec lui et elle demeurait avec obstination dans son monde, rêvassant au-dessus de vociférations féministes ou se plongeant dans des brochures idéologiques ou agronomiques, ou écoutant avec avidité le bruit abstrait des radios qui n'émettaient plus ni musique ni discours, mais quelquefois lançaient vers l'éther des crachements mystérieux au fond desquels elle espérait toujours, comme une petite fille, entendre distinctement son nom. Personne, à vrai dire, ne s'aventurait dans sa sphère privée, sinon, à son grand dépit, Solovieï, qui ne respectait aucune frontière et, dès qu'il en avait envie et sans lui demander jamais ce qu'elle en pensait, forçait toutes ses défenses, s'introduisait en elle quelle que pût être sa résistance et allait et venait en elle comme en terrain conquis, observant ses rêves de l'intérieur et la possédant tout entière, dominant tout, n'établissant aucune différence entre physique et mental, s'emparant de tout puis, sans prévenir et sans commentaire, ayant obtenu ce qu'il désirait, la laissant.

• La maison sentait la peinture qui chauffait sur les radiateurs de fonte, elle sentait la poussière d'avant l'hiver, elle sentait le savon noir du plancher frotté il y a peu et la savonnette à la bruyère que Morgovian venait d'utiliser sous sa douche. Samiya Schmidt dépassa la salle de bains et la chambre où vivait Morgovian dans sa désastreuse solitude conjugale. Elle y jeta un coup d'œil mais n'y entra pas. Aux murs étaient punaisés des diplômes de tractoriste modèle et des affiches récupérées dans des fermes irradiées, prônant la vaccination des ovins contre la fièvre aphteuse et l'enrôlement dans l'Armée des volontaires rouges. L'ameublement était rustique mais pas vraiment spartiate. Il comportait un chiffonnier à tiroirs où Samiya Schmidt savait que Morgovian cachait une collection d'images pornographiques qui avaient été réquisitionnées sur le cadavre d'un colporteur lors d'une expédition dans la forêt. Car de telles expéditions n'appartenaient pas à la légende. On s'était appliqué à donner à Kronauer, qui n'était pas intégré à «Terminus radieux», le moins de précisions possible sur la question, mais elles avaient bel et bien lieu, ces expéditions. Elles se déroulaient régulièrement, disons une ou deux fois par an, au printemps. Les marchands remontaient depuis le Moyen Âge avec leurs cargaisons de vivres, ils cherchaient un raccourci dans les pièges métaphysiques que Solovieï disposait sur leur route, et, malheureusement pour eux, ils s'égaraient dans la vieille forêt où les attendaient le président du kolkhoze et quelques kolkhoziens armés de grappins, de cordes et de haches. Les photographies obscènes, donc, qui à proprement parler ne faisaient pas partie du butin, avaient été confiées par Solovieï à Morgovian, avec pour consigne de ne pas les faire circuler dans la population. Il avait été convenu qu'elles serviraient à illustrer une conférence sur l'immoralité dans les sociétés marchandes, mais la conférence n'avait pas eu lieu et les illustrations, qui étaient en effet immorales, et en tout cas fortement lubriques, avaient fini par aboutir dans un tiroir fermé à clé, où, perdues sous un innocent monceau de boulons, de pointes et de tiges filetées, elles attendaient des nuits de détresse animale pour resurgir.

La cuisine et la salle de séjour étaient vides. L'ampoule du couloir éclairait les escaliers qui descendaient vers le sous-sol. Morgovian avait déjà quitté la maison. C'est par là qu'il était sorti et non par la porte de façade.

Longtemps auparavant, pour permettre les mouvements dans le kolkhoze même quand la neige, le vent chargé d'aiguilles coupantes et les températures hivernales inter-disaient de se déplacer à l'air libre, un réseau de galeries avait été creusé, en effet. Il suivait le tracé des canalisations d'eau chaude et, sur certaines parties du parcours, les souter-rains n'avaient rien de sinistre, bénéficiaient d'un éclairage satisfaisant et n'étaient envahis ni par la vermine, ni par l'humidité. Les travaux dataient du début de la Deuxième Union soviétique et ils avaient été réalisés par des ingénieurs, des sapeurs et des soldats qui avaient à cœur de laisser derrière eux un ouvrage maçonné à la perfection, un ouvrage qui leur vaudrait une médaille ou une réduction de peine, et qui de plus résisterait au temps, aux éventuelles guerres atomiques et au laisser-aller prévisible des générations à venir.

• Samiya Schmidt s'engagea dans les escaliers et gagna le tunnel qui menait au bâtiment du soviet. Il y avait tout au plus soixante-dix mètres de souterrain à parcourir. Elle les parcourut et aboutit à l'ancienne et immense buanderie municipale, dans laquelle, comme on l'a déjà dit, les techniciens qui avaient survécu aux premières semaines de liquidation avaient eu le temps de concevoir une installation nucléaire alternative, de la munir de barres de combustible retirées des piscines qui bouillonnaient dans le sovkhoze « Étoile rouge », et de la mettre en service avant que leur squelette se répande en boue à l'intérieur et à l'extérieur de leurs organismes carbonisés. L'ancienne buanderie était donc depuis plusieurs décennies l'endroit d'où partait l'énergie qui alimentait le Levanidovo, ses chauffe-eau, ses chaudières, ses lampes et ses diverses installations collectives et individuelles, ses robustes machines à laver, ses garde-manger, ses barattes électriques, ses grille-farine, ses réchauds, ses postes de radio muets suite à l'absence d'émetteurs et ses haut-parleurs bavards.

C'était aussi un vaste enchevêtrement de conduites folles, de cuivre, de plomb, de briques réfractaires et de panneaux électroniques. Au premier abord, on pensait qu'on avait pénétré sur une décharge de matériel industriel ou dans les sous-sols d'une usine après un cataclysme. Mais assez vite on devait reconnaître que les pièces même incongrues étaient reliées entre elles et obéissaient à un dessein général, qui donnait une unité sinon à l'ensemble du moins à des portions de cet ensemble. On pensait alors qu'on se trouvait dans une galerie d'art, visiteur malgré soi d'une rétrospective de sculptures particulièrement agressives et complexes, se réclamant de l'art destructionniste ou d'autres aberrations d'avant-garde. Les profondeurs et leur chaos, les emboîtements se multipliaient, mais en réalité aucun artiste n'était intervenu dans l'histoire avec le projet de construire du beau ou du conceptuellement torturé. Cette pagaille métallique avait pour cause l'extrême urgence, l'hécatombe parmi les ingénieurs, et aussi les hallucinations des travailleurs soumis à un déluge permanent de neutrons. Les techniciens se succédaient sans avoir le temps ni d'évacuer les cadavres de leurs collègues, ni d'organiser et de rationaliser leurs assemblages. Certains, malgré leur décès, continuaient à assurer des permanences autour des cuves, des pompes et des turbines, ne se plaignant plus de brûlures atroces mais gênant les efforts des vivants. Le chantier progressait sans plan préalable, dans l'improvisation et les râles, et, tandis que quelques intrépides liquidateurs entassaient dans un coin des barres de combustible qu'ils avaient transportées sur leur dos et manipulaient à mains nues, les glorieux bricoleurs essayaient de se rappeler pour quelles raisons les travailleurs de l'équipe précédente avaient ici fait aboutir des tuyaux et des câbles, ici soudé une plaque de fonte, là construit une chambre sans ouverture. Leurs interrogations restaient sans réponse. Tout en luttant contre la peur, d'abominables maux de tête, la liquéfaction de leur foie et une rapide perte de la vue et du sens de l'équilibre, ils réalisaient de nouvelles dérivations, de nouveaux embranchements. C'est pourquoi beaucoup d'éléments essentiels avaient été doublés, multipliés ou bizarrement suspendus à des endroits qui les rendaient superflus, monstrueux, même.

Quand Bargouzine avait été affecté sur le chantier, la station auxiliaire avait commencé à fonctionner et promettait de le faire pour plusieurs siècles encore, bien qu'avec des fuites et des dysfonctionnements de sécurité gravissimes. En présence du fouillis de câbles, de tubes et de compresseurs, il avait renoncé à rétablir là-dedans un peu d'ordre. Il s'était contenté d'annuler des circuits qui ne pouvaient provoquer que des avaries et, avec l'aide de quelques défunts encore vaguement valides, il avait essayé de sceller le compartiment central du réacteur. Morgovian, Abazaïev et les filles du président du kolkhoze lui avaient donné un coup de main, personne n'avait renâclé devant le danger et l'énormité de la tâche, mais, faute de renseignements précis sur ce qui se passait dans la chaudière, le chantier n'avait pas abouti et, globalement, il était resté en l'état. Solovieï entrait régulièrement dans la chaudière, mais il prétendait se rendre là-dedans pour des raisons personnelles et non techniques, et il en ressortait sans un mot, crépitant et noirci, alourdi de radiations et de poèmes opaques. Quand la routine avait fini par s'emparer de «Terminus radieux», les kolkhoziens avaient mis fin à leurs visites dans l'ancienne buanderie et seuls s'y rencontraient encore Bargouzine, qui s'occupait de la maintenance, et Solovieï, qui s'y livrait à ses activités thaumaturgiques.

• Le président du kolkhoze affectionnait cet endroit aussi bien pour y développer ses sorcelleries que pour s'y reposer pendant les brèves périodes de somnolence qui remplaçaient pour lui le sommeil. Il quittait les étages du bâtiment du soviet, il enjambait les canalisations et les pompes qui ronronnaient sur le sol tiède, et il se faufilait jusqu'au compartiment qui hébergeait le cœur du réacteur. Dans un coin il avait installé un matelas. Avec un balai de fer ou à la main il brossait l'excédent de flammèches qui couraient sur le mur, ou en soufflant dessus il les chassait. Puis il s'allongeait au milieu des grondements réguliers, berceurs. Le matelas était ignifugé mais devait être remplacé fréquemment, car en dépit du traitement contre le feu il finissait par rapidement se racornir et par empester le bistre et la cadmie. Quand Solovië ne réussissait pas à s'assoupir et quand il n'avait rien de spécial à faire, il s'adossait au béton et il chantonnait, en suivant le rythme des frémissements que la cuve et la fièvre des barres de combustible imprimaient à sa colonne vertébrale. C'était un de ses nids préférés au Levanidovo et, même quand il se démenait et sévissait ailleurs, que ce fût dans la forêt, dans la steppe ou à l'intérieur des âmes de ceux et de celles qu'il possédait ou hantait, il recourait à ses facultés d'ubiquité pour demeurer là encore et encore. Souvent c'était à partir de là qu'il s'élançait vers des univers parallèles, vers des flammes étrangères, vers des espaces vides et des rêves où il était tantôt un chamane épouvantablement rancunier et invincible, tantôt un amant magnifique, tantôt un voyageur des mondes noirs, tantôt un nécromancien spécialisé dans la punition et les camps, tantôt un poète cryptique inoubliable, aux proses sans équivalent, interdites aux morts, aux vivants et aux chiens.

• Ce soir-là Morgovian avait revêtu une tenue de paysan se rendant à des obsèques ou à un mariage, et, avec ses chaussures de ville et sa veste aux manches trop longues, il était à la fois ridicule, attendrissant et humble. Il contourna un bloc de surveillance électronique sur lequel aucun voyant n'était allumé, enjamba une énorme conduite d'eau et s'approcha de ce qu'il savait être à la fois l'entrée du réacteur et le seuil d'un des domaines sacrés de Solovieï.

Celui-ci, qui était dans l'ombre, bougea.

— Je t'avais dit d'attendre que je t'appelle, dit-il.

— Je voulais au moins la voir, expliqua Morgovian d'une voix soumise. Juste jeter un coup d'œil.

— C'est encore pas aujourd'hui que vous pourrez vous marier, dit Solovieï. Elle a fait que régresser depuis qu'elle est là. J'arrive pas à la ravoir.

— Mais c'est en bonne voie ? demanda bêtement Morgovian.

— Quoi, en bonne voie, grinça Solovieï. J'arrive pas à la ravoir, c'est là où on en est.

— Ça se présente mal, alors ? soupira Morgovian.

— Ben oui, confirma Solovieï.

Morgovian prononça quelque chose d'inarticulé. Il tirait sur le bas de sa veste.

— Hein ? fit Solovieï.

— Peut-être que je peux la voir ? balbutia Morgovian.

— C'est pas une bonne idée, dit le président du kolkhoze. Elle a pas évolué dans le bon sens.

À ce moment, Samiya Schmidt s'avança.

— De quoi que vous parlez ? demanda-t-elle.

• Pour Solovieï, l'opération Vassilissa Marachvili ne représentait rien de bien délicat et devait se dérouler en plusieurs phases. Première phase, transporter Vassilissa Marachvili jusqu'au Levanidovo et l'installer discrètement dans le sous-sol du soviet, près du réacteur de secours. Comme Solovieï et Morgovian étaient revenus à trois heures du matin de leur expédition au sovkhoze «Étoile rouge», cette première phase avait été couronnée de succès. Personne n'avait assisté à l'arrivée nocturne de la jeune femme. La deuxième consistait à se pencher magiquement sur Vassilissa Marachvili, avec pour objectif de la ramener à l'existence sous forme de créature ni vivante ni morte. La troisième, après le réveil de Vassilissa Marachvili, devait conduire à son union avec Morgovian, au déménagement du nouveau couple pour leur lune de miel dans une des fermes abandonnées du village, et à la mise en œuvre immédiate d'une procédure de divorce entre Morgovian et Samiya Schmidt. Ainsi, et d'une façon qu'il jugeait relativement douce et imparable, Solovieï pensait libérer sa fille d'un mariage raté et la rendre de nouveau indépendante, donc plus disponible pour lui-même. Il n'avait pas prévu l'irruption de Samiya Schmidt en plein au milieu de la deuxième phase, à un moment où ses efforts pour ranimer Vassilissa Marachvili ne donnaient pas les résultats escomptés.

• Pendant quelques secondes, seul le décor émit des bruits. Grésillements ponctuels dans la masse confuse des câbles. Bulles d'huile crevant dans des chambres à huile. Crépitement des flammèches le long des murs, le long des canalisations et des tuyaux aux embranchements irrationnels. Constant ronron des machines. Craquement régulier des barres de combustible essayant de gagner encore quelques degrés. Murmure des flux de vapeur brûlante et d'eau, à l'intérieur des circuits et des pompes. Échos de plusieurs gouttes se précipitant dans plusieurs flaques, dans l'ombre ou en pleine lumière. Souffle presque silencieux de la radioactivité poussée à son maximum.

Solovieï se tenait debout dans la pénombre de son réduit, à l'entrée du réacteur, avec à ses pieds le cadavre de Vassilissa Marachvili. La jeune femme était allongée sur le matelas à moitié goudronneux et, vêtue de guenilles ignobles, elle attendait en vain le résultat du traitement qu'on avait préconisé pour elle. Elle n'était pas dans un pire état qu'au moment où le président du kolkhoze avait commencé à l'exposer aux radiations et à ses passes magiques. Mais tout de même, à première vue, son état était catastrophique. La pénombre était parfois ponctuée de nappes de flammes naines. Elles se répandaient lentement sur Vassilissa Marachvili puis s'évanouissaient.

Dans son absurde tenue de kolkhozien endimanché, Morgovian savait qu'il avait été pris en faute. Il grelottait d'accablement sans lever le regard sur Samiya Schmidt. Il fixait le sol et son odeur de savonnette était déjà en train de se dégrader. Le local sentait le plutonium, l'eau bouillante, le métal surchauffé, mais autour du tractoriste on devinait déjà les parfums acides du désarroi total et de la peur.

Samiya Schmidt, elle, commençait à se métamorphoser en furie. Elle se concentrait, muscles tendus, yeux écarquillés. Une garde rouge stupéfaite en face de deux ennemis du peuple. Une petite créature de la révolution culturelle, confrontée aux noirs forfaits des ennemis du peuple, incrédulement contemplant la victime de leur crime, contemplant cette abjection dont elle ne saisissait pas tout mais dont elle savait qu'ils ne pourraient nier la dégoûtante horreur. Très petite, soudain très en colère et au bord de la crise.

Soudain hors de tout contrôle.
Soudain vraiment hors de tout contrôle.

• Le président du kolkhoze leva les bras puis les laissa retomber le long de ses flancs comme pour dire que la situation était pénible, mais qu'en même temps on ne pouvait rien faire, sinon l'accepter. Il cherchait ses mots pour une prochaine vérité ou un mensonge. Sa barbe était électrisée et, comme sa chevelure l'était aussi, il avait une tête cerclée de poils et de cheveux noirs qui semblaient vouloir s'envoler en tous sens, un visage nimbé d'un rayonnement noir. Ses yeux dorés étincelaient au-dessus du matelas qu'une nouvelle vague de flammèches venait d'éclairer, ainsi que sa malheureuse occupante.

– Qui c'est? Qu'est-ce qu'elle fait ici? hurla Samiya Schmidt en pointant l'index sur le corps de Vassilissa Marachvili couvert de guenilles caramélisées, sur le visage que la mort avait rendu indifférent à tout, en contraste avec la naissance charbonneuse des épaules, des chairs que l'on devinait tordues sous les effets de la sorcellerie et des radiations.

Alors qu'il se tenait habituellement sur la réserve, hésitant le plus souvent à prendre la parole en présence de Solovieï dont il devinait le mépris, Morgovian, pris d'une mauvaise inspiration, jugea bon de répondre du tac au tac.

– On essaie de la ravoir, dit-il.

– Mais pourquoi? s'exclama Samiya Schmidt.

Elle s'avançait. Elle bouscula Morgovian et se plaça à un mètre de Solovieï.

– Qu'est-ce que tu fais avec cette fille? demanda-t-elle.

Une nouvelle fois, Soloviëi leva les bras et les laissa retomber pesamment.

– C'était la femme de Kronauer, soupira-t-il. Vassilissa Marachvili. Elle est entrée dans un tunnel noir. Elle est ni morte ni vivante. On peut encore l'extirper du noir, mais c'est déjà limite.

Samiya Schmidt fut déformée par un spasme. Elle sentait monter en elle la première houle d'une crise à venir et elle savait que le délire et l'agitation allaient bientôt la submerger. Elle commençait à entendre sa peau changer de nature et le crissement des écailles qui prenaient en elle le chemin de la surface.

Elle cogna de la main sur un des compresseurs. Le bruit résonna beaucoup plus que s'il s'était agi d'une simple claque. Déjà sa chair avait durci. Elle cogna sur un tuyau qui partait en direction de Soloviëi, puis elle se tourna vers Morgovian et le poussa violemment vers l'arrière.

– Vous voulez faire du mal à cette fille, cria-t-elle.

– Mais non, tenta d'expliquer Soloviëi.

Il allait vers elle, bras tendu et main ouverte pour la saisir à l'épaule. Il voulait l'empêcher de s'en prendre à l'installation.

– Vous êtes que des monstres, hurla-t-elle en tapant de nouveau sur le compresseur. Vous voulez faire le rut avec elle !

• La nuit est longue. Très mouvementée, très bizarre et très longue. En quelques minutes, Samiya Schmidt prend sa forme de furie. Puis elle échappe à toute norme. Ni Soloviëi avec ses pouvoirs pourtant considérables, ni Morgovian évidemment ne peuvent la calmer.

Elle se couvre d'écailles très dures.

Elle donne des coups terribles.

Elle se déplace à une vitesse invraisemblable.

Elle transforme son cri en énergie.

Elle n'a plus de sang, ou plutôt elle n'a plus ni sang ni absence de sang.

Elle n'est ni morte ni vivante, ni dans le rêve ni dans la réalité, ni dans l'espace ni dans l'absence d'espace. Elle fait théâtre.

Elle fait alliance avec le combustible.

Elle provoque des incendies de flammes froides.

Elle fait alliance avec le vide, avec le combustible maîtrisé, avec le combustible suspect, avec le combustible pris de démence et immaîtrisable.

Elle va et vient à vive allure entre les deux piles, entre le puits que surveille la Mémé Oudgoul et le réacteur de secours bricolé sous le bâtiment du soviet.

Elle prononce des malédictions, des invocations aux forces, aux forces qu'elle connaît, aux forces dont elle a entendu parler et aux forces qui n'existent pas.

Elle court dans l'obscurité plus vite qu'une balle de fusil. Elle court dans la forêt nocturne. Elle s'aventure sous les mélèzes jusqu'à la vieille forêt puis elle revient. Elle fait plusieurs fois le tour du Levanidovo en courant à la lisière des arbres noirs.

Elle revient vers les crépitements nucléaires, elle trace des cercles autour des cœurs nucléaires jusqu'à ce que les huiles des pompes prennent feu, elle trace des cercles jusqu'à ce que des flammes glacées tonnent et tourbillonnent autour des barres de combustible.

Elle énumère les crimes de son père et elle ordonne aux forces surnaturelles de ramener son père dans la région des camps, de le contraindre à rester derrière un nid de barbelés, dans un isolateur à régime sévère.

Elle ne rencontre personne ou plutôt elle se refuse à voir ceux et celles qui sont sur son chemin, qu'ils appartiennent ou non à la horde des vivants, à la cohorte des chiens ou au troupeau infini des morts.

Elle se couvre d'écailles dures et bruissantes.

Elle se couvre de gouttelettes noires.

Elle se couvre d'étincelles.

Ses cheveux repoussent brièvement et s'allongent jusqu'à ses chevilles, puis de nouveau son crâne est chauve.

Elle fait vent, elle fait théâtre, elle fait ciel noir, elle fait quatre-ciels-noirs.

Elle appelle les forces quand elle est contre la forêt, elle appelle les forces quand elle devine autour d'elle la terre des tunnels, elle appelle les forces dès qu'elle est à proximité des barres de combustible.

Elle va jusqu'à l'origine des temps et elle souffle dessus en hurlant, puis elle atteint la fin des temps et elle souffle dessus.

Elle invoque les anciens leaders de la révolution mondiale, elle invoque les grandes figures, les masses anonymes, les peuples disparus.

En récitant des listes compactes, réduites à un court bredouillis strident, elle invoque les héros de la Première et de la Deuxième Union soviétique, ceux qu'elle connaît et ceux qu'elle vient d'inventer, les grands et petits savants, les prolétaires inflexibles, les ingénieurs, les vétérinaires, les archivistes ayant laissé leur contribution aux mondes en marche, les liquidateurs sacrificiels qui ont donné leur vie sur les chantiers des centrales déréglées, les détenus et les soldats héroïques, les musiciens héroïques, les cosmonautes.

Quand elle se retrouve dans la chaufferie en face de Solovieï, elle renverse Solovieï et elle le tabasse, elle lui demande pourquoi il n'est pas encore mort, et, quand il se défend, elle le gifle avec ses mains plus solides que du fer et elle lui demande de cesser d'entrer en elle comme dans un objet sans pensée, et elle le tabasse avec rage.

Elle lui demande aussi de cesser d'entrer dans ses sœurs comme dans des territoires de chair inerte, sans pensée ni sensibilité au chaud et au froid.

Elle fait jaillir des flammes froides et des flammes tièdes du corps de Solovieï dès qu'elle le touche.

Elle le bat, elle lui demande de mettre fin à son immortalité de pacotille et de ne plus infliger à ceux et à celles qui l'entourent une immortalité de pacotille.

Afin d'humilier son père elle exige de lui qu'il ne réponde pas à la grêle de coups qu'elle lui inflige.

Elle parcourt le Levanidovo en tous sens, elle traverse les murs sans dommage, à la manière des neutrinos qui traversent la terre de part en part sans démolir ni la terre ni eux-mêmes.

Elle oblige Solovieï à courir derrière elle pour l'empêcher de mettre le feu à tout le village et pour éteindre les incendies qu'elle allume, elle l'entend haleter derrière elle et parfois elle opère un brusque demi-tour pour se cogner contre lui, le bousculer et le maudire.

Elle se couvre d'une suie qui ne s'efface ni ne se craquelle, et soudain elle est lumineusement belle, puis de nouveau elle ressemble à une créature filante et obscure.

Elle va de la chaufferie du soviet à l'entrepôt de la Mémé Oudgoul, elle glisse le long du puits jusqu'au cœur de la pile dans les profondeurs ténébreuses, elle remonte après avoir touché le cœur, elle court de nouveau à très grande vitesse vers le centre du village, elle passe par sa maison, par sa chambre, elle ne se regarde pas dans le miroir, elle descend les escaliers, elle retourne à la chaufferie, elle cogne sur les tuyaux, sur les pompes, sur les portes dispersées irrationnellement dans le fatras des conduites brûlantes, elle va jusqu'au nid de Solovieï et, quand celui-ci est sur son chemin, elle le tabasse.

Elle va et vole sous la terre aussi bien que sur la terre et parfois elle file si vite qu'elle n'est ni ici ni là.

Jamais elle ne touche les restes de Vassilissa Marachvili.

Jamais elle ne contemple ou n'examine le corps de Vassilissa Marachvili.

Elle traverse les rideaux de flammèches qui s'agitent sur le mur du réacteur, elle enjambe le cadavre de Vassilissa Marachvili, mais elle ne le contemple ni ne l'examine au passage.

Elle ne tient aucun compte des récriminations de la Mémé Oudgoul, qui l'exhorte à se calmer et à accepter son destin, à accepter les mutations qui se sont emparées d'elle mais qui lui garantissent de durer infiniment à l'intérieur du Levanidovo, qui l'encourage encore et encore à accepter la vie sans mort offerte par son père, à accepter les monstruosités de son père, à accepter son père tel qu'il est.

Elle se couvre de paillettes de glace coupante.

Elle se couvre de nuit.

Elle fait nuit aveuglante, elle fait tempête immobile, elle fait théâtre, elle fait souffle, elle fait ciel, elle fait douze-ciels-noirs.

Elle convoque des tribunaux exceptionnels pour juger Solovieï.

Elle se couvre d'un plumage terne.

Elle se couvre d'un duvet urticant et noir.

Elle fait nuit d'encre, elle fait théâtre, elle fait blizzard, elle fait nuit de goudron, elle fait millième catégorie puante.

Quand Solovieï fait passer par haut-parleurs ses affreux poèmes divagatoires afin de couvrir les clameurs qui sortent de la bouche de sa fille, elle trace des spirales autour des haut-parleurs en murmurant des extraits de littérature épique qu'elle connaît par cœur, ou des accusations fondamentales contre son père.

Elle rassemble un tribunal populaire, elle constitue un jury avec des tchékistes incorruptibles, des soldats de l'Armée rouge, des vengeurs de la Deuxième Union soviétique, des zeks exemplaires, des détenus modèles.

Elle accuse son père de manipulations et de sorcellerie sur des humains décédés et fiers de l'être.

Elle l'accuse de vilenies et de relations incestueuses avec des filles imaginaires, avec des épouses réelles, défuntes ou imaginaires, elle l'accuse d'actes de débauche commis sur des victimes consentantes, de fornication avec la Mémé Oudgoul, elle l'accuse aussi d'avoir fait le rut avec ses propres filles, avec une liste de filles dont elle égrène les noms sans cesser d'aller et venir dans les rues et les souterrains du village, avec des filles dont elle lance les noms au hasard dans les ténèbres, avec des inconnues dont elle invente les noms, avec des filles telles que Solaïane Mercourine, Imiriya Good, Nadiyane Beck, Keti Birobidjan, Maria Djibil, Maria Dongfang, Loulli Grünewald, Barbara Rock, avec des kolkhoziennes dont la mémoire s'est perdue, avec des poétesses dont la postérité n'a retenu ni le nom, ni le visage, ni les poèmes, avec des prisonnières communistes enfermées avec lui dans les camps, avec des femmes contre-révolutionnaires et des représentantes de la première, de la deuxième et de la troisième catégorie puante, et, pour clore la liste, elle l'accuse encore une fois d'avoir eu des rapports ignominieux avec ses propres filles.

Elle l'accuse de crimes génétiques.

Elle traverse le Levanidovo en répandant des rumeurs insanes et de douloureux souvenirs d'enfance.

Elle prétend qu'elle n'est même pas née de mère inconnue, elle dit qu'elle n'est pas née, elle se couvre d'une buée goudronneuse.

Elle se couvre de poussières brillantes, elle se couvre de pointes vibrantes.

Elle se couvre de lanières de peaux, elle se couvre de givre, elle continue à parcourir les chemins et les souterrains du Levanidovo à une vitesse telle que personne n'est témoin de son passage.

Elle fait poison, elle fait ouragan, elle fait théâtre.

Soudain elle est vertigineusement épanouie, soudain elle resplendit, et presque aussitôt elle est une poignée de chair sorcière qui court et court dans la campagne et qui tape sur les troncs des arbres, sur les murs des fermes dont tous les animaux sont morts, sur Morgovian quand il surgit stupidement sur son parcours.

Elle déchire Morgovian, elle déchire ses vêtements de vieux marié de la campagne, elle lacère Morgovian, elle détruit son corps attardé, maintenu en vie frauduleuse par les magies de Solovieï, elle retire de son corps les magies de Solovieï, elle essaie de tuer Morgovian quand il s'interpose entre elle et le réacteur du soviet, à chaque rencontre elle essaie de le tuer.

Elle tape sur les canalisations jusqu'à ce que le métal chante.

Elle se couvre d'un pelage de louve blanche, et dans l'instant de nouveau elle ressemble à une jeune fille perdue dans la révolution culturelle, fragile dans sa tenue militaire asexuée, avec pour seule coquetterie un ruban rouge au bas de ses nattes et un badge rouge sur son informe casquette verte, et ensuite elle reprend sa course effrénée au milieu des flammes de la nuit.

Elle cogne sur les barres de combustible, elle les manipule, elle agite l'eau des cuves, elle n'en peut plus de désespoir, elle se jette sur les parois silencieuses et elle y laisse des traces de suie et de désespoir, elle bat l'eau des cuves, elle rebondit de conduite en canalisation, elle rebondit avec des bruits de viande contre les murs, avec des bruits de ferraille, avec des bruits d'avalanche.

Elle fait vengeance, elle fait profondeur, elle fait obscurité, elle fait théâtre.

Elle lit un acte d'accusation interminable, elle accuse Soloviéï d'immortalité contre-révolutionnaire, elle lui reproche d'avoir coutume de pénétrer illégalement dans les rêves de ses filles et dans ses filles afin de leur transmettre à leur insu un excès d'immortalité dont elles n'ont que faire.

Elle bat son père, elle cogne sur sa mémoire, elle souille sa mémoire comme il a souillé la mémoire de tous ceux et de toutes celles dans lesquels il a pénétré afin de les maintenir dans un état frauduleux, entre vie et mort, elle accuse son père d'orchestrer le Levanidovo comme un rêve ignoble,

AMOK

d'orchestrer la forêt, d'orchestrer la steppe et l'au-delà concentrationnaire des camps, elle l'accuse d'emprisonner en lui
l'ensemble des vivants et des morts du Levanidovo et de son
au-delà.

Elle dénonce devant le tribunal populaire l'ubiquité
suspecte de Solovieï, son appartenance à plusieurs catégories
puantes en même temps, sa mauvaise gestion du kolkhoze
«Terminus radieux», ses sources d'approvisionnement crimi-
nelles, elle l'accuse d'assassinats de marchands dans la forêt,
elle l'accuse de pillage de caravanes, elle dénonce la stature
effrayante de Solovieï, son apparence de koulak triomphant,
ses haches magiques, sa luxure.

Elle fait théâtre, elle fait opéra, elle fait cantopéra.

Elle fait de gros dégâts dans les endroits où elle passe et
sur les corps qu'elle tabasse.

En compactant au maximum le flot des mots, elle récite
dans leur intégralité les brochures marxistes-léninistes qui
parlent de la révolution mondiale, de la fin de l'histoire et
des bonheurs qui attendent les générations à venir, les modes
d'emploi des piles à combustible, les manuels d'hygiène pour
kolkhoziens, les românces post-exotiques de son enfance, les
manifestes féministes pour femmes ni vivantes ni mortes,
les traités d'oncologie pratique, les fascicules destinés aux
éleveurs de cochons, aux éleveurs de yacks, aux éleveurs
d'abeilles, aux institutrices placées dans des conditions
pédagogiques extrêmes, les romans d'aventures dans le Grand
Nord.

Elle se suspend aux conduites dans lesquelles siffle de la
vapeur sous pression, elle casse des portes, elle jette derrière
elle des planches, des copeaux, elle jette par-dessus son épaule

des plaques de fer, des serrures entourées encore de la chair des portes, elle file à travers la nuit et à travers les murs, les cuves, les circuits bouillants, puis elle revient vers Morgovian et elle le bat, elle s'approche encore une fois de Solovieï et elle le tabasse.

Elle ne fait qu'alimenter en images et en vitesse sa colère impuissante.

Elle se couvre de lambeaux de chair, d'excroissances métalliques, de vapeurs organiques, et une seconde plus tard elle est déjà de nouveau habillée d'une cuirasse d'écailles invraisemblablement dures et bruissantes.

Elle continue à aller et venir dans le Levanidovo, en surface et sous la terre.

Elle fait éclair, elle fait foudre, elle court, elle imagine qu'elle met tout à feu et à sang.

Puis brusquement on ignore où elle se trouve.

Elle fait silence.

Elle fait théâtre dans le silence brusquement revenu.

Elle fait absence.

Elle a disparu et elle se tait.

.18.

• Presque au même instant à quelques heures près, la nuit déclina, déclina et se transforma en un vilain jour. Dès les premières lueurs de l'aube il avait commencé à neiger sur le Levanidovo. Pour Kronauer, le matin succédait à une nuit de reflets d'incendie, de sifflements hypnotiques, d'imprécations diffusées par haut-parleur, de pointes de feu en pleine matière cérébrale, de phases d'évanouissement, de sidération, de catatonie. Il était allongé sur le plancher de sa nouvelle chambre et il avait le plus grand mal à croire qu'il était sorti de son cauchemar. Passivement il voyait à travers la double fenêtre la paroi lugubre de la maison de Hannko Vogoulian et, au-dessus, un bout de ciel métamorphosé en une fourmilière grise à une seule dimension. Sur cette toile de fond décourageante filaient des flocons qui paraissaient gris, eux aussi, sales et gris. Du dehors ne venait aucun bruit. Après avoir diffusé en boucle la diarrhée verbale de Solovieï, les haut-parleurs n'avaient plus pipé. La tranquillité à présent était, dans tout le village, absolue. Personne ne marchait dans la rue principale. La maison d'arrêt était silencieuse. Kronauer se sentait abruti, aussi cotonneux que la neige. En lui continuaient à tourner les discours de Solovieï. Son esprit était parcouru de boue épaisse et de nausée et, des événements de la nuit, il se rappelait avant tout ses propres contorsions, son désespoir quand, après une minute d'accalmie, les haut-parleurs recommençaient à envoyer sous son crâne des signaux stridents, des phrases qui mutilaient la réalité et l'empoisonnaient. Il était resté des heures près de la fenêtre, et quand il n'avait plus pu supporter les sifflements et les abîmes poétiques de Solovieï, il avait tenté de se réfugier dans le lit, mais il s'était écroulé à côté sans avoir pu l'atteindre, sans pouvoir se calfeutrer les oreilles ni se cacher sous la couette, et ensuite il avait perdu toute notion de durée et même d'espace.

Il changea de position, et sans la moindre transition il vit que Myriam Oumarik était allongée contre lui et le regardait. Elle le regardait avec une attention qui pouvait aussi bien être prédatrice qu'affectueuse. De très près, Kronauer distinguait dans ses sensuels yeux noirs les minuscules paillettes d'argent et d'or qui y brillaient. Elle était couchée par terre à si petite distance qu'il reçut soudain son haleine : chaude, un peu chargée, avec peut-être des relents de la farine grillée qu'il avait confectionnée la veille au soir dans la cuisine collective. Et d'abord il pensa qu'il était en train de rêver, qu'il était en train de poursuivre la cicatrisation de sa nuit en se consolant avec un rêve érotique. Mais ce n'était pas le cas. Tout était réel. La réalité l'angoissa pendant une seconde, puis de l'angoisse il passa à la terreur. Depuis quand est-elle ici ? pensa-t-il. Qu'est-ce qu'elle veut ? Qu'est-ce qu'on a fait ensemble cette nuit ?… Kronauer, espèce d'animal à langage de queue, j'espère quand même que tu lui as pas fait de mal, sinon tu es fichu !… Kronauer, j'espère que tu l'as ni embrassée ni pénétrée!… Si vous avez fait le rut, tu échapperas plus à Solovieï!… Le type t'infligera mille ans d'enfer!… Ton compte est bon, mille ans ou trois mille, à partir d'un certain stade, on fait plus la différence!…

Il ne se rappelait absolument rien de ce qui avait pu lui arriver avec cette femme. En tant qu'animal à langage et à pensée de queue, mais pas seulement, en tant qu'animal tout court, il se rendait compte que la proximité de Myriam Oumarik agissait. Entre les jambes sa malheureuse queue gonflait et remuait et il commençait à désirer fortement ce corps presque lové contre lui, mais en même temps il avait l'impression de ne pas avoir satisfait cette envie ni pendant l'aurore, ni avant. Dans la pièce ne flottait aucune odeur de copulation, et par ailleurs Myriam Oumarik et lui étaient habillés d'une manière qui ne révélait pas un récent désordre sexuel.

Alors qu'il hésitait sur ce qu'il allait lui poser comme question, elle prit la parole la première.

– Bouge pas, Kronauer, dit-elle. Dis rien.

Cette double interdiction eut pour résultat de le troubler un peu plus. Des trois filles de Solovieï, Myriam Oumarik était la seule qui lui avait toujours semblé s'intéresser aux hommes et être peu sensible aux théories de Maria Kwoll sur l'ignominie des mâles – la seule des trois qu'il estimait capable un jour de se glisser dans son lit sans lui demander son avis, quitte ensuite à l'accuser d'abus de faiblesse ou même de viol pur et simple. Elle avait eu en permanence des attitudes d'allumeuse, mais c'était aussi celle dont depuis le début il s'était le plus méfié, conservant autant que possible à son égard une froideur qu'il souhaitait dissuasive. Il avait toujours eu l'impression qu'elle voulait l'attirer dans un piège et que, derrière son comportement de séductrice, parfois lourdement appuyé, se dissimulait l'intention vicieuse de voir Solovieï intervenir et sévir. Il lui était même arrivé de se demander si elle n'était pas de mèche avec son père, en train d'ourdir à ses dépens un cruel traquenard dont ils avaient secrètement étudié les moindres détails, pour le plaisir d'assister à sa chute et à son châtiment, au début de son millénaire châtiment, pour rompre l'ennui du quotidien villageois, pour respecter un quota quinquennal de répression à «Terminus radieux», ou tout bêtement parce que sa présence de soldat vaincu avait déplu dès le début au directeur du kolkhoze.

– Faut pas qu'on sache que je suis ici, compléta-t-elle. Cette nuit, il s'est passé des choses. Il faut pas qu'on sache que je me suis cachée chez toi.

– Quelles choses? s'inquiéta Kronauer.

– Parle pas, dit Myriam Oumarik. Fais le mort.

• En quelques phrases, Myriam Oumarik établit à mi-voix le bilan de la nuit précédente. Samiya Schmidt avait eu une crise, la plus forte qui l'ait jamais frappée. Elle avait parcouru des milliers de kilomètres en tournant à toute vitesse dans le Levanidovo. Elle avait détruit plusieurs installations et provoqué des incendies çà et là dans le kolkhoze, dans les sous-sols du soviet, à la lisière de la forêt. Elle avait ouvert le puits dans l'entrepôt de la Mémé Oudgoul, elle s'était penchée au-dessus du gouffre et elle avait hurlé des insanités et des accusations tellement violentes contre Solovieï que, deux mille mètres plus bas, la pile nucléaire était sortie de son assoupissement, s'était indignée et avait vomi de la lave.

La Mémé Oudgoul avait dû à son tour se pencher sur la margelle et parler à la pile pour l'apaiser. Samiya Schmidt l'avait bousculée, elle avait refermé le couvercle du puits et, une fois revenue dans la chaufferie municipale, elle s'était acharnée sur Morgovian et elle l'avait réduit en une bouillie nauséabonde et très difficile à contempler sans haut-le-cœur. Elle avait attaqué Solovieï et elle lui avait enfoncé un tuyau de cuivre dans l'œil droit, qui était ressorti par l'oreille gauche. Elle s'était déchaînée, et maintenant elle avait disparu.

– J'ai du mal à croire tout ça, commenta Kronauer.

– C'est parce que tu es nouveau au kolkhoze, chuchota Myriam Oumarik. Ça a l'air d'un endroit normal, mais ça l'est pas.

– J'ai jamais pensé que c'était un endroit normal, fit remarquer Kronauer.

• Myriam Oumarik de nouveau invita Kronauer à se taire. Elle qui d'ordinaire émettait une sorte de rayonnement charnel, elle si facilement souriante, si quémandeuse de cajoleries, avait à présent une attitude de réserve effrayée et communicative. Sa position allongée tout contre Kronauer n'exprimait pas le moins du monde un abandon lascif, une complicité amoureuse ou l'attente d'une caresse. On ne pouvait y lire que de la gêne, du désarroi, et une anxiété qui grandissait de seconde en seconde. Son visage était bloqué sur une grimace sévère, ses yeux fuyaient. Son front était plus haut que d'habitude et Kronauer s'aperçut soudain que ses beaux cheveux étaient postiches, et que, dans la confusion de la nuit, ils avaient glissé vers l'arrière. Son crâne était aussi lisse qu'une coquille d'œuf. Il en éprouva un immédiat sentiment de répulsion, comme si elle s'était subitement métamorphosée en guenon, et, au même instant, il se raisonna. Qu'est-ce qui t'arrive, Kronauer, tu réagis comme un maquignon en face d'une vache dont il découvre un défaut caché, tu voulais l'acheter?... Tu pensais que tu avais des droits sur elle et qu'elle t'a trompé?... Cette femme est pas une marchandise de foire, qu'est-ce qui te prend de porter des jugements sur elle, sur son physique, comme si tu étais une des ordures machistes décrites par Maria Kwoll?...

Mais il était déçu et, un peu rudement, il désobéit à la consigne de silence qu'elle venait de lui donner.

– Pourquoi que tu es entrée dans ma chambre? demanda-t-il. Qu'est-ce que tu fais ici?

Myriam Oumarik le regarda d'un air perdu et soudain elle se colla contre lui et se frotta contre lui, puis aussitôt, peut-être sentant son émoi à lui ou leur émoi à tous deux, ayant compris en tout cas qu'il était en proie à une érection formidable, elle se dégagea de ses bras et le repoussa, comme si l'initiative était venue de lui et l'avait choquée. Ils ne s'étaient pas embrassés.

– Pense pas en langage de queue, se rebiffa-t-elle.

Kronauer haussa les épaules. Il aurait eu du mal à soutenir qu'après ce début d'étreinte il ne pensait pas en langage de queue. Il se méfiait de Myriam Oumarik et du désir qu'il éprouvait pour elle, il redoutait d'être un pion dans une machination diabolique de son père, et, plus généralement, Maria Kwoll ou pas, féminisme ou pas, il avait été éduqué dans le mépris de la sensualité. Mais, indéniablement, il s'était mis à penser en langage de queue.

– Je suis pas de bois, dit-il.

Le ventre de Myriam Oumarik fut soulevé par une vaguelette, puis resta tranquille.

– Ben non, sourit-elle soudain, alors qu'elle s'en était abstenue jusque-là. Tu as plutôt l'air d'être dur comme du fer.

C'était un sourire franc, même pas aguicheur. Amical, d'une certaine manière. Puis cette manifestation de douceur s'éteignit. La bouche de Myriam Oumarik était redevenue sérieuse.

Kronauer se dressa sur son séant, s'adossa au sommier et se tourna vers la fenêtre.

Derrière les vitres, la neige voletait. On ne voyait pas le ciel.

• Ils restèrent ainsi une minute, lui absorbé par la contemplation de la neige, elle bizarrement couchée tout près de lui, immobile et muette. Sur une photographie, ils auraient pu être la parfaite illustration d'une brouille entre amants.

– Il faut que tu nous aides, finit-elle par dire.

– Qui ça, nous ?

– Bargouzine et moi. Il faut que tu nous aides. On en a plus qu'assez d'être au Levanidovo. On veut s'enfuir. Ici c'est ni une vie, ni une mort. On veut dire adieu à tout ça.

– Bah, commenta Kronauer.

– On veut tout recommencer à zéro, reprit Myriam Oumarik.

– Ben alors pourquoi que tu te frottes contre moi ? demanda Kronauer, sans la regarder, en continuant de fixer la fenêtre. Tu as pas honte pour Bargouzine ?

– Si, j'ai honte. Mais je sais pas comment faire pour que tu acceptes.

– Que j'accepte quoi?

– De nous aider.

Kronauer se leva et s'approcha de la fenêtre. La neige brouillait tout, et de toute manière le panorama même par temps clair était celui d'une impasse vide, avec pour immédiate limite le mur de la maison de Hannko Vogoulian. Une surface sombre, deux marches, une porte noire qui de toute évidence n'était jamais ouverte. Il n'y avait aucune perspective et il aurait fallu se pencher pour voir l'entrée sur la rue principale. Sur le sol, la neige tenait. Elle atteignait déjà une épaisseur d'une demi-douzaine de centimètres. Aucune empreinte d'aucune sorte ne contrariait la perfection de ce manteau. Pendant une seconde, Kronauer regretta de ne pas voir entre les deux bâtisses la trace qu'aurait laissée Hannko Vogoulian si elle s'était nuitamment dirigée vers la maison d'arrêt. À l'exubérance de Myriam Oumarik, qui la plupart du temps paraissait insincère, il préférait la sobriété toujours un peu hostile de sa sœur aînée. Hannko Vogoulian, Hannko Vogoulian, pensa-t-il furtivement en langage de queue. Il aurait été plus à l'aise en la trouvant allongée à côté de lui plutôt que la plantureuse Myriam Oumarik. Il aurait été plus sûr de comprendre ce qu'elle voulait.

– Je comprends pas ce que tu veux, dit-il.

Il continuait à tourner le dos à sa visiteuse.

Celle-ci se leva. Il l'entendit s'appuyer sur le lit puis rajuster sa chevelure sur son crâne chauve, défroisser sa jupe du plat de la main.

– Parle pas si fort, chuchota-t-elle. Il faut pas qu'il sache que je suis ici et il faut pas qu'il nous entende.

– De qui tu parles ? De Bargouzine ?

– Ben non, Kronauer, t'es idiot, ou quoi ? Je parle de Solovieï.

– Tout à l'heure tu m'as dit que Samiya Schmidt lui avait percé l'œil et l'oreille avec un tuyau. Quand on a la cervelle traversée par un bout de fer, en général, on s'occupe pas d'espionner les conversations des autres. Si ça se trouve, il est déjà mort.

– Parle pas si fort, supplia Myriam Oumarik.

Elle avait vraiment l'air d'avoir peur. Il se rapprocha d'elle et baissa le ton.

– Il a eu le cerveau bousillé, dit-il. Il pourra pas s'en sortir.

Maintenant ils étaient assis sur le bord du lit, côte à côte. Il devinait son angoisse vibrante. Il eut envie de lui passer le bras autour des épaules et d'attendre que sa tête vienne s'appuyer contre sa joue, mais il se retint. Il n'arrivait pas à être fraternel avec cette fille. Le désir l'emportait, les associations tout en queue et la pensée de rut. Sur l'image du geste consolateur se greffaient des images licencieuses et des sensations de peau, de chair, de pelotage, d'empoignage mâle, de halètements possiblement partagés, de culbute sur le lit et de pénétrations impérieuses. La nostalgie physique de l'accouplement, vieille de deux cents millions d'années animales. Il refoulait cela de son mieux, cette montée de boue graveleuse. Mais, sur sa conscience et en dessous, la boue débordait.

– Il s'en sortira très bien, murmura-t-elle. C'est pas la première fois que quelque chose de pareil lui arrive. Il s'en sort toujours. Il est ni mort ni vivant depuis sa naissance.

Les radiations lui font rien. Les bouts de fer dans le crâne non plus lui font rien.

— Tout de même, la tête transpercée par un tuyau, objecta Kronauer à voix basse.

— C'est que du théâtre, dit Myriam Oumarik. C'est que du rêve. Sa tête transpercée ou pas peu importe. On est tous ni morts ni vivants à «Terminus radieux». On est tous des morceaux de rêves de Solovieï. On est tous des espèces de bouts de rêves ou de poèmes dans son crâne. Ce qu'on lui fait, ça compte pas pour lui. Ce que lui a fait Samiya Schmidt cette nuit, c'est comme un épisode dans un livre. Ça compte pour du beurre. C'est rien. Ça va s'effacer. Ensuite tout va recommencer comme avant. Ça l'amuse de tourner en rond, ici, au Levanidovo, même si ailleurs il paraît qu'il a des aventures dans d'autres mondes. Il entre dans les flammes et il va ailleurs, à l'aventure. Mais ici, au Levanidovo, il a ses manières de s'amuser, et nous on est ses jouets. Des fois il nous élimine, des fois il nous fait renaître. Il fait que répéter avec nous les mêmes situations. Il nous passe les mêmes cylindres sur ses phonographes et ses haut-parleurs. C'est lui qui décide de tout. Des fois il introduit des inventions dans son théâtre, des foutaises dangereuses pour lui ou inattendues, comme toi. Mais à la fin de l'épisode c'est bien lui toujours qui gagne.

Elle était essoufflée et interrompit son murmure. Ses yeux se levèrent vers le rectangle gris terne de la fenêtre. La neige tombait, de plus en plus drue.

— On en peut plus, reprit-elle.

— Je suis pas une foutaise, précisa Kronauer. Je me sens pas comme que si j'étais une invention de ce type.

— Va savoir ce que tu es, au fond, grelotta Myriam Oumarik.

Ils restèrent sans parler une poignée de secondes. Dehors, le silence était total.

— Je vois pas ce que je peux faire pour t'aider, dit Kronauer.

— Parce que tu veux bien nous aider, alors ? demanda-t-elle.

— Ben oui, mais je vois pas comment.

— Tu veux bien nous aider sans que je sois obligée de faire le rut avec toi ?

Kronauer marmonna une réflexion. Après tous les efforts qu'il accomplissait pour s'interdire les pensées et le langage de queue, il trouvait la question de Myriam Oumarik particulièrement déplacée et idiote.

• Au contraire de ce qu'on aurait pu imaginer à première vue, Myriam Oumarik aimait l'ingénieur Bargouzine et elle n'avait jamais eu la moindre intention de lui être infidèle et de chercher à faire le rut avec quelqu'un d'autre. Certes, depuis quelques semaines elle se tortillait de façon provocante en présence de Kronauer, et elle lui adressait à tout bout de champ des œillades et des propos ambigus, mais ce soldat venu de la capitale la laissait indifférente. L'idée de faire avec lui le sexe, le rut ou des cochonneries humides ne l'attirait nullement, et, même si elle ne renâclait pas à plaisanter là-dessus, elle aurait été horrifiée s'il avait été question d'aller vers quelque chose de concret et soudain de devoir accepter qu'il la serre contre lui, qu'il la pétrisse, qu'il la pénètre et l'inonde de ses suints et de ses déjections poisseuses.

Kronauer n'était rien pour elle. Ce qu'elle avait compris, c'était qu'après avoir traversé la vieille forêt en compagnie de Samiya Schmidt il s'était retrouvé sous la coupe de Solovieï, toutefois avec un statut organique intermédiaire, différent de cet état de ni vie ni mort qui régnait au Levanidovo depuis des décennies. Comme toute personne ayant séjourné plus de quelques jours dans les territoires interdits, dans la steppe crépitante de sauterelles mutantes et de plutonium, Kronauer avait bien certainement atteint l'au-delà du décès, un point de non-retour dans le Bardo des morts. Solovieï l'avait vu s'approcher du Levanidovo en compagnie de Samiya Schmidt, il l'avait soumis à une séance de sifflements dans la vieille forêt, et, au lieu de l'anéantir comme un intrus ou un chien sauvage, il avait préféré l'accueillir au village sans lui retirer sa mort, sans lui ôter sa vie de défunt en marche dans le Bardo, sans non plus l'assujettir complètement à ses mondes de rêve et de flammes. Par désœuvrement ou par négligence, il n'en avait pas fait une marionnette à l'intellect désarticulé à cent pour cent. Au contraire des autres habitants actuels du Levanidovo, au contraire des trois filles de Solovieï, Kronauer avait encore en lui des ressources indépendantes. Il pouvait encore facilement, estimait Myriam Oumarik, agir à l'insu de Solovieï, ce qui représentait pour les kolkhoziens et elle-même une prouesse pratiquement insurmontable.

— Tu as prévenu Bargouzine que tu allais chez moi? demanda Kronauer.

— J'ai profité de la confusion de la nuit, chuchota Myriam Oumarik sans répondre directement. Quand mon père a eu l'œil et la cervelle transpercés par Samiya Schmidt, il a perdu ses moyens. C'était provisoire, mais c'est sûr qu'il les a perdus. Il est venu chez nous demander que Bargouzine l'escorte jusqu'à l'entrepôt de la Mémé Oudgoul. S'il y a quelqu'un qui peut le soigner dans ces cas-là, c'est bien la Mémé Oudgoul. Bargouzine l'a aidé à monter la pente jusqu'à l'entrepôt. Et moi je me suis habillée et je suis entrée dans ta chambre. Il faisait encore nuit noire. Tu étais couché par terre. Je t'ai secoué, secoué. Je savais bien que tu étais pas mort pour de bon, mais tu bougeais plus.

– Bah, commenta Kronauer. À un moment, la tête m'a tourné. J'avais l'impression de vivre un cauchemar où je comprenais rien.

– C'est comme si tu avais cessé de survivre pour de bon, insista Myriam Oumarik. Je me suis couchée à côté de toi. J'ai pensé qu'il fallait attendre. Je voyais pas quoi faire d'autre.

– Ben tu vois, commenta pauvrement Kronauer.

Ils restèrent une demi-minute sans parler, puis Myriam Oumarik reprit la parole.

– Il y a que toi qui peux tuer Solovieï, dit-elle.

• Kronauer admit qu'il était peut-être, dans le village, en meilleure position que les autres pour assassiner Solovieï, et il reconnut qu'en tant que soldat infliger la mort à un ennemi du peuple était dans ses cordes, et il ajouta que personnellement il détestait cette brute chamanique qui tenait sous sa coupe magique le kolkhoze «Terminus radieux», mais il fit remarquer qu'il n'avait pas de raison objective pour passer à l'acte. Il préférait que la sanction fût décidée par une commission extraordinaire plutôt qu'appliquée par un individu isolé, auquel ensuite on reprocherait d'avoir agi pour des motifs privés, indignes d'un révolutionnaire prolétarien. Voilà pourquoi il préconisait la constitution d'un tribunal populaire dans lequel les filles et les gendres de

Solovieï siégeraient comme juges, avec la Mémé Oudgoul jouant le rôle d'avocat ou de complice de l'accusé, et par exemple le manchot Abazaïev dans le rôle des masses pauvres et indignées. De plus, il observa que Solovieï n'était pas un être à la constitution fragile, qu'il avait certainement des ressources physiques cachées, sans parler de ses pouvoirs de sorcier, et que son exécution risquait de se dérouler dans des conditions atroces et même d'échouer.

— Ça serait plus un combat qu'une mise à mort, dit-il. J'ai pas toutes mes chances, même si je le prends par surprise.

Sur la physionomie de Myriam Oumarik, une ombre passa.

— Faut savoir ce qu'on veut, fit-elle observer avec une aigreur qui ne lui était pas habituelle. Rien est jamais joué d'avance.

• Myriam Oumarik était à présent devant la fenêtre de la chambre, à un demi-pas de Kronauer, elle regardait tomber la neige. Sans se tourner vers elle, Kronauer devinait dans la grisaille ses courbes attirantes, fréquemment agitées d'ondulations à peine perceptibles. Elle avait remis en place sa coiffure postiche et, noirs et fournis, luisants, soyeux, ses cheveux de nouveau descendaient jusqu'à ses reins avec un naturel enthousiasmant. Les mains de Kronauer imaginaient le contact avec eux, les mouvements qu'elles feraient dans cette masse doucement bruissante, l'éparpillement ludique de cette masse au cours de caresses qui iraient au-delà des cheveux, au cours de caresses qui auraient pour aboutissement la prise de possession de la peau, de la chair, du corps de cette femme, l'accomplissement mâle de ce que dictait le langage de queue, de ce qu'ordonnait le langage de queue depuis la nuit des temps. Il divagua sur ce sujet pendant sept à huit secondes, puis il mit un terme à sa rêverie, ou du moins il s'appliqua à bloquer, à censurer et à repousser les suggestions animales qui lui envahissaient la tête et, en deçà de la tête, les fibres musculaires et les terminaisons nerveuses qui anticipaient le toucher, la palpation et le frottement.

— Je vais sortir, dit Myriam Oumarik sans se retourner. Je vais traverser la rue. Tant pis si quelqu'un me voit ou voit mes traces. Je dirai que je suis passée à la maison d'arrêt pour t'apporter du linge propre.

— Bah, personne va t'interroger, la rassura Kronauer.

Myriam Oumarik ondula.

— Peut-être pas m'interroger, mais fouiller à l'intérieur de moi, dit-elle.

Elle s'attardait devant la fenêtre, comme attendant de sa part une initiative brûlante, des gestes polissons ou lubriques qui ne venaient pas. Dehors régnait le silence. L'ouate épaississait. On avait l'impression qu'il n'y avait aucune activité dans le kolkhoze.

— Ça bouge guère dans le village, lâcha Kronauer pour s'obliger à penser à haute voix à autre chose qu'à une copulation avec Myriam Oumarik.

— Ben pourtant je te promets que ça va bouger, promit Myriam Oumarik. Et pas qu'un peu. Aujourd'hui c'est un jour où la Mémé Oudgoul fait ouvrir le puits et fait jeter vers la pile les déchets qu'elle a sélectionnés. C'est programmé depuis des semaines. Il y a pas de raisons que ça soit annulé. On va tous aider à la manœuvre. Et toi aussi, tu vas monter au dépôt de la Mémé Oudgoul.

– On m'avait rien dit de ça, protesta Kronauer. J'ai pas été mis au courant. J'ai pas été convoqué.

– Ben maintenant tu l'es, dit Myriam Oumarik.

.19.

• Une fois Myriam Oumarik sortie de sa chambre, Kronauer grignota un biscuit au pemmican, s'allongea tout habillé sur son lit et essaya de trouver quelques bonnes raisons de continuer à vivre à «Terminus radieux», et, n'en trouvant pas, il reconstitua tous les moments de sa conversation matinale avec la fille de Solovieï. Il y avait là-dedans trop d'éléments qui lui échappaient. Il valait mieux, sans doute, faire comme si le dialogue n'avait pas eu lieu. Ils s'étaient séparés sans promesse d'aucune sorte, et par exemple Kronauer ne s'était pas engagé à tenter d'assassiner le président du kolkhoze. L'idée était là, mais elle n'aboutissait pas à une ébauche de concrétisation sous forme de plan d'action. Kronauer imagina pendant une minute son combat contre Solovieï, sa défaite presque immédiate et de toute manière inévitable, et il haussa les épaules. Au fond, il n'avait pas de raison de se lancer dans une entreprise aussi clairement foireuse. S'il devait faire quelque chose dans les prochains jours, c'était partir du Levanidovo, les laisser tous et toutes entre les mains sales et insanes de leur président et géniteur, et chercher ailleurs un refuge pour mourir, faire semblant de vivre ou pratiquer une quelconque variante de survie, de sous-vie ou de surmort.

Le temps de la réflexion s'étant écoulé, il somnola un peu pour récupérer des fatigues de la nuit. En fin de matinée, il quitta la maison d'arrêt.

Le ciel était noir, le froid sentait les loups. Provisoirement, la neige ne tombait plus qu'en rares cristaux que l'absence de vent avait transformés en étoiles tournoyantes, démesurées. Le tracé de la chaussée était à peine reconnaissable sous les vingt ou trente centimètres qui la recouvraient et, une fois dépassé le Foyer des vétérans qui n'avait plus accueilli personne depuis un demi-siècle et qui était la dernière construction à donner sur la rue principale, la route qui menait à l'entrepôt de la Mémé Oudgoul se confondait en congères avec les fossés. Kronauer se repéra aux empreintes des villageois qui convergeaient vers la colline et il y joignit les siennes. Muni de bottes fourrées, d'une chapka en renard et d'un manteau d'hiver, il profitait de l'instant. C'était la philosophie qu'il avait choisi d'adopter pour éviter de remuer ce qui s'était accumulé en lui depuis des semaines, ses lourdes pensées d'insatisfaction, d'incompréhension et de malaise, tous les arguments qui le poussaient à ficher le camp du Levanidovo et à reprendre son errance dans la steppe. Il prenait plaisir à entendre ses semelles écraser la neige toute fraîche. Dans peu de temps je serai entre les parois tièdes de l'entrepôt, pensait-il, au milieu du capharnaüm irradié. Il n'avait encore jamais assisté à une ouverture du puits et il se demandait quelle impression cela lui ferait, une fois le couvercle retiré, de recevoir l'haleine chaude soufflant depuis la pile. L'idée ne l'effrayait pas et au contraire s'ajoutait avec légèreté aux sensations de la marche, à la musique des crissements, au goût des flocons qui voletaient jusqu'à ses lèvres et qu'il happait d'un coup de langue. Une ou deux heures de sommeil l'avaient remis sur pied. Il avançait dans la neige comme un ours bourru, mais il était de bonne humeur.

• Quand il eut franchi le seuil de l'entrepôt, il vit qu'on l'avait attendu et qu'on lui en voulait de son retard. Tout le monde le regardait en silence s'avancer le long de l'allée qui menait au puits. L'opération de décerclage et de dévissage du couvercle n'avait pas été entamée en son absence. Il s'approcha du centre de l'entrepôt et il se débarrassa de son manteau et de sa chapka en les accrochant à un tas de ferraille qui jouxtait l'espace privé de la Mémé Oudgoul. L'air était tiède contrairement à l'atmosphère du dehors. Le bruit de ses pas s'accompagnait de grésillements infimes dans la masse des déchets, et d'un ou deux brefs chuintements provoqués par la lyophilisation brutale des mouches qui par imprudence s'étaient aventurées entre les dents électrisées d'une herse ou d'une fourche. C'est l'hiver, et il y a encore des mouches, pensa Kronauer. Il chassa de son esprit cette anomalie, l'image des mouches instantanément carbonisées, l'apparence mutante des insectes juste avant leur passage en pleine flamme.

À trois ou quatre mètres de la margelle, assise sur le moteur d'une trayeuse sans doute condamnée à une chute prochaine dans le gouffre, la Mémé Oudgoul fumait la pipe d'un air méchant. Elle la retira de sa bouche et en pointa le tuyau sur Kronauer.

— Ben dis donc, soldat, protesta-t-elle sans desserrer les dents qu'elle avait encore dans la bouche.

– Quoi ? demanda Kronauer.

– J'avais pas compris que tu étais au kolkhoze pour te la couler douce, gronda la vieille. Ça fait une heure qu'on t'attend.

– J'ai pas été convoqué à une heure précise, rétorqua Kronauer.

La Mémé Oudgoul postillonna deux syllabes de dépit et glissa à nouveau le tuyau quelque part entre ses lèvres. Elle trônait sur la partie centrale de la trayeuse. Les boyaux de succion qui l'entouraient donnaient l'impression d'être des tentacules qui rayonnaient depuis son arrière-train.

– Mets-toi au travail avec les autres, marmonna-t-elle. On est pas à ta disposition.

– Pas la peine de me faire des reproches, se rebella Kronauer. Je vois pas pourquoi que vous me parlez comme si j'étais un tire-au-flanc.

Autour du puits, il y avait le tractoriste Morgovian, l'ingénieur Bargouzine, Myriam Oumarik, Hannko Vogoulian, Abazaïev le manchot et trois kolkhoziens que Kronauer n'avait jamais vus jusque-là. Ils avaient le regard vide, des gestes lents et une manifeste absence d'énergie, et, bien qu'ayant revêtu une combinaison de liquidateurs, ils ressemblaient beaucoup plus à des détenus envoyés en mission-suicide qu'à des ouvriers agricoles. Kronauer immédiatement les soupçonna de ne pas être membres à part entière de «Terminus radieux», et, bien qu'il ne fût pas capable de définir exactement de qui il s'agissait, il pensa que sans doute ils appartenaient à une réserve de travailleurs anciens, zombifiés par Solovieï des décennies plus tôt – des morts qu'il ressortait et réactivait selon ses besoins, après les avoir remisés quelque part dans des univers oniriques auxquels lui seul avait accès, ou dans des caveaux.

Abazaïev fumait. Kronauer s'approcha de lui et lui demanda qui étaient ces hommes. La question était directe et l'autre ne put l'esquiver, mais manifestement il n'avait aucune envie de répondre.

— Tu veux savoir leur nom ? chuchota-t-il.

— Ben oui.

— Pedron Dardaf, Idfuk Sobibian, Hadzoböl Münzberg, énuméra Abazaïev.

— Jamais entendu parler, commenta Kronauer. Je savais pas qu'ils habitaient ici.

— Tu sais pas grand-chose, mon pauvre Kronauer, s'immisça Hannko Vogoulian qui se tenait juste à côté d'Abazaïev.

Kronauer eut à peine le temps de croiser son regard double et troublant, à moitié œil-de-tigre, à moitié onyx noir, que déjà la Mémé Oudgoul intervenait.

— Vous faites la causette, ou vous vous mettez enfin à ouvrir ce couvercle ? lança-t-elle sur un ton de chef de chantier.

Il n'y eut pas de réaction servile immédiate, mais la conversation cessa aussitôt et chacun rejoignit un poste de travail. Abazaïev écrasa sa cigarette sous son talon et commença à peser vaguement, à une main, sur un des volants qui assuraient la fermeture hermétique du puits. Kronauer lui aussi se pencha sur un volant et le débloqua. Le plomb du couvercle n'était pas assez épais et des bouffées de radiations arrivaient sur les visages de tous, chaudes et caressantes en dépit de leur nocivité. De temps en temps, Bargouzine toussait. Il avait pris froid quelque part, peut-être cette nuit en accompagnant Solovieï jusqu'au hangar.

• Si un écrivain post-exotique avait assisté à la scène, il l'aurait certainement décrite selon les techniques du réalisme socialiste magique, avec les envolées lyriques, les gouttes de sueur et l'exaltation prolétarienne qui font partie du genre. On aurait eu droit à de l'épopée propagandiste et à des réflexions sur l'endurance de l'individu au service du collectif. Comme fond sonore on aurait peut-être entendu une marche de Georgiï Sviridov ou de Kaanto Djylas, rythmée et parcourue d'une euphorie communicative et idéologiquement irréprochable. Mais personne sous le hangar de la Mémé Oudgoul n'avait la moindre prétention littéraire, sans parler d'une prétention musicale qui y aurait été considérée comme radicalement farfelue. Quant au président de « Terminus radieux », qui se piquait d'être poète, il n'était pas présent ce matin-là et, de toute façon, il avait en horreur le réalisme socialiste magique, comme nombre de sorciers et de sorcières ayant passé une bonne partie de leur existence derrière des barbelés. La scène se déroula donc sans héros positif et sans la participation cinématographique des visages de mineurs souriants ni des détachements anonymes de métallurgistes casqués, sans que flotte fièrement au-dessus des kolkhoziens le drapeau des masses laborieuses, sans appel à des sacrifices supplémentaires et sans l'inévitable discours final du cadre du Parti revenu du front avec une médaille et une jambe en moins. Nous nous en excusons à l'avance.

La première tâche consistait à ouvrir le puits. La chape métallique était vissée sur un socle de fer qui avait été cimenté sur la margelle. Pour pouvoir déplacer le couvercle, il fallait déjà le débarrasser des tuiles de plomb qui le recouvraient, et, afin ensuite de ne pas être gêné quand on approcherait les déchets du gouffre, il fallait transporter et empiler les tuiles à l'écart. Tout était lourd. L'endroit choisi pour entasser les tuiles se situait au-delà du coin privé où vivait la Mémé Oudgoul et pendant un quart d'heure tout le monde fit des allées et venues, sans dire un mot, les bras chargés de rectangles pesants et ternes, qui au moment où ils se heurtaient ou prenaient leur place dans la pile ne résonnaient absolument pas. Une sorte de suie grasse imprégnait la surface de ces plaques. Au troisième voyage Kronauer se passa la main sur le visage et aussitôt sa peau fut tigrée de traînées noires. D'autres avaient eu un geste similaire, avaient écrasé par mégarde une goutte de sueur sur leur joue, sur leur front, et se retrouvaient à présent avec des physionomies de mineurs de fond. Hannko Vogoulian, qui prenait soin de sa perruque tressée, l'avait ôtée et posée dans un coin, sur la pelisse d'hiver qu'elle avait revêtue pour venir. Elle exhibait sans gêne aucune son crâne totalement dépourvu du moindre duvet. Myriam Oumarik ne s'était pas débarrassée de ses cheveux postiches, mais son chemisier et sa robe étaient déjà sales et, contrairement à son habitude, elle ressemblait soudain à une souillon malgracieuse et étrange. Personne ne parlait, il n'y avait d'échange ni de réflexions ni de regards. Le plomb une fois mis de côté, quatre hommes dont Kronauer finirent de décoincer le couvercle et le firent glisser à terre, puis tout le monde se cassa en deux pour le déménager vers un endroit que Pedron Dardaf, Idfuk Sobibian, Hadzoböl Münzberg, les trois seuls à être habillés comme des liquidateurs, avaient passé le début de la matinée à dégager dans le bric-à-brac.

L'équipe observa alors une petite pause. Bargouzine vacillait, il partit s'adosser à un container qui avait été autrefois une benne à ordures et qui maintenant débordait de vêtements, d'objets ménagers, de livres et de chaussures. Abazaïev alla le rejoindre et ils se partagèrent une cigarette. La Mémé Oudgoul était descendue de la trayeuse, elle avait réintégré l'intérieur de son périmètre privé et elle rassemblait bouilloire et verres dépareillés pour servir du thé à ceux qui en avaient envie. Hannko Vogoulian avait allumé un minuscule réchaud électrique pour faire chauffer l'eau. Myriam Oumarik venait de se débarrasser à son tour de ses cheveux. Les deux sœurs, bien que leur tête nue les rendît extraordinaires, restaient belles, peut-être parce que leurs sourcils n'avaient pas été effacés et continuaient à souligner la merveille de leur regard. Il n'y avait aucune différence de couleur entre la peau de leur visage et celle de leur crâne. Myriam Oumarik avait une teinte bronze orangé, Hannko Vogoulian était comme modelée dans un ivoire très clair. Toutes les deux s'étaient sali les joues pendant le travail qu'elles venaient d'accomplir, mais elles ne se nettoyaient pas le visage. Elles n'attachaient plus aucun prix à leur apparence.

Pedron Dardaf et Hadzoböl Münzberg s'étaient assis dans l'allée, les bras autour des genoux, les yeux inexpressifs, le souffle court. Kronauer les dépassa et il alla s'accouder à côté d'Idfuk Sobibian. Celui-ci se penchait au-dessus de la margelle du puits pour regarder vers le bas.

Ils demeurèrent tous deux muettement dans cette position propice à la conversation. Dans les profondeurs ténébreuses, le vent ronflait. Au niveau de la margelle, le souffle était très léger. Près du rebord et même sous les coudes de Kronauer, une espèce de lichen brillait doucement, et, quand on passait la main dessus, il s'écrasait puis s'effaçait avec un bruit de déchirure, mettant une bonne dizaine de secondes avant de renaître.

– Deux mille mètres, et ensuite c'est l'enfer, dit Kronauer pour rompre le silence.

– Ben non, fit Idfuk Sobibian.

Kronauer lui lança un regard interrogateur.

– L'enfer, c'est en surface, c'est ici, dit Idfuk Sobibian. Pas besoin de plonger jusqu'à la pile.

• Avant de s'engager dans la Troisième Armée et de partir défendre l'Orbise en tant que simple soldat, Idfuk Sobibian avait connu une existence plutôt instable. Il était né dans une famille d'éleveurs de chiens et, comme il en avait été séparé à l'âge de dix-huit mois, il n'avait jamais vraiment su de quels chiens il s'agissait, des chiens de combat, des chiens de traîneau ou des chiens dont les dépouilles étaient vendues sur les marchés aux Coréens et aux Chinois, malgré les interdictions, et il n'avait jamais su non plus si ses parents avaient été affectueux pour lui, ou si par méchanceté ils l'avaient nourri et logé avec les bêtes. Il rêvait de temps en temps qu'il était couché dans l'obscurité et qu'il mâchouillait les tétines d'une chienne, mais il préférait imaginer qu'il ne s'agissait pas d'un souvenir d'enfance, et, quand il se réveillait avec dans la bouche le goût aigre du lait de husky, il poussait un soupir d'exaspération et essayait de se rendormir sans approfondir le sujet.

Ses premières années avaient été marquées par des zigzags perpétuels du destin. Les éleveurs l'avaient donné ou vendu à des nomades qui presque aussitôt l'avaient confié à une de leurs vieilles. La vieille, nommée Malka Mohonne, ne voyageait pas avec sa tribu et habitait dans un village de toile dressé dans la banlieue de Bouirkott, qui était à l'époque une agglomération au développement prometteur. Elle passait son temps à fumer des poissons et à parler avec Idfuk Sobibian dans un dialecte personnel principalement composé d'obscénités et de gémissements qui pouvaient être indifféremment ultra-gauchistes ou contre-révolutionnaires. Elle aimait Idfuk Sobibian et elle le protégeait des coups du sort, de la faim et des maladies en l'entourant de grigris et de sonnailles. Le petit garçon tenait à peine sur ses jambes et avait pour bagage linguistique tout au plus douze impré-cations tchékistes quand la vieille mourut dans l'incendie de sa tente. Une voisine, plus âgée mais moins mal embouchée, recueillit Idfuk Sobibian et, pendant deux ans, s'occupa de lui avec dévouement et gentillesse. Elle s'appelait Mona Heifetz et assumait sans faillir son rôle de grand-mère, nourrissant l'enfant de son mieux avec les denrées alimentaires dispo-nibles en banlieue et lui apprenant les rudiments du langage, l'hygiène des conditions extrêmes et, le soir, lui lisant la section des faits divers et les communiqués du Commissariat du peuple à la Santé publique, qui alertaient les populations situées à proximité des centrales sur les mesures à prévoir en cas d'incident majeur. Et justement, alors qu'elle était en train de décrire à Idfuk Sobibian l'ordre et le calme qui devaient caractériser une évacuation massive, les sirènes du complexe atomique de Bouirkott déchirèrent l'obscurité et l'exode commença, mais dans une confusion telle que très vite Idfuk Sobibian se retrouva seul sur le chemin, entouré de mendiants affolés dont certains, ayant approché de trop près le réacteur en fusion, prétendaient déjà sentir l'odeur de charbon que dégageaient leurs entrailles en train de se couvrir de tumeurs. La tension et l'agressivité augmentaient au fil des heures. Personne ne faisait attention à lui. Des gens qui empestaient la fumée et le sang passaient à côté de lui en hurlant des programmes de représailles contre les responsables politiques et contre plusieurs minorités ethniques dont le petit garçon n'avait jamais entendu parler bien qu'il en fît partie. Les seuls adultes qui remarquaient sa présence le fixaient d'un regard insistant et bizarre, comme s'il était un chien bon à dépiauter et à rôtir. L'aube s'était levée et Idfuk Sobibian prit peur. Il s'écarta de la foule en mouvement et, bien que terrorisé, il s'engagea seul sur un sentier de forêt et marcha sous les arbres pendant une grosse et angoissante demi-journée. Ç'avait été une bonne initiative. Le sentier menait à une route pratiquement déserte sur laquelle circulaient des cars de ramassage du Secours rouge. Invité à monter dans l'un d'eux, Idfuk Sobibian parcourut ensuite environ mille huit cents kilomètres sans manger ni boire, sur des routes défoncées que parfois des restes de glace rendaient dangereuses, puis on le fit sortir, on lui demanda son identité, on l'enveloppa dans une couverture et on le pria d'attendre. Il était debout dans la cour sombre d'un orphelinat, à Ourdouriya. Il avait cinq ans. Désormais pris en charge par une institution gouvernementale, il avait toutes ses chances de mener une vie normale, ou du moins de rester sain et sauf jusqu'à sa mort. Et il est vrai qu'il bénéficia pendant une demi-douzaine d'années de tous les avantages qu'apportait son foyer d'accueil : absence de problèmes matériels, encadrement par des quadragénaires, éducation collective, pratique de la fraternité, formation aux savoirs élémentaires et en particulier aux métiers de chiffonnier et de guide pour aveugles ou grands irradiés, professions très en vogue à cette époque où les visions d'avenir commençaient à se teinter de réalisme. Malheureusement, l'orphelinat était situé dans une zone à risques, sans cesse frappée par des incursions et des sabotages de militaires impérialistes, et l'explosion en chaîne des réacteurs qui alimentaient la région en électricité mit fin brusquement à la tranquillité des orphelins, ainsi évidemment qu'à leur apprentissage. Instruit par les souvenirs de la première évacuation hystérique qu'il avait vécue près de Bouirkott, Idfuk Sobibian ne se joignit pas au flot hagard et, quand les éducateurs passèrent en courant dans les couloirs pour vérifier qu'ils ne laissaient derrière eux aucun retardataire, il se cacha.

L'existence indépendante d'Idfuk Sobibian commença à Ourdouriya. On était en avril, le printemps était précoce et agréable. Le petit garçon faisait partie d'une bande de gamins et de gamines qui vivaient en autarcie, profitant des réserves inépuisables abandonnées par les évacués, et qui se défendaient ensemble contre d'autres bandes, contre les miliciens chargés d'empêcher le pillage, contre les groupes de pillards authentiques et contre l'épouvante que souvent suscitait le funèbre silence de la ville. Par désœuvrement, le premier mois, ils avaient donné un coup de main aux liquidateurs qui s'activaient près de la centrale, mais ensuite ceux-ci avaient renoncé à leurs objectifs et avaient disparu, précédés d'ailleurs dans la disparition par les miliciens et les ultimes médecins et infirmières de l'antenne sanitaire. Bien qu'évitant les incursions à grande proximité des réacteurs, la plupart des habitants qui restaient à Ourdouriya, jeunes et vieux, connaissaient une fin lamentable et rapide. Idfuk Sobibian faisait partie des rares individus que la nature avait dotés d'un organisme résistant aux radiations. Bientôt il fut seul, allant et venant dans les rues, sans but et parlant à haute voix, sans interlocuteur, comme un fou. Les chiens errants, dont il avait prévu de se nourrir pour le cas où il serait tenaillé par une envie de viande, n'étaient plus visibles nulle part. Dans la plupart des quartiers régnait une puanteur de charnier. Toutes les nuits, les sirènes automatiques de la centrale se déclenchaient. Le jeune garçon était assez intelligent pour se rendre compte qu'il n'aurait pas la force de grandir dans cet endroit lugubre, de résister à la solitude, de faire face à l'hiver. Il sombrerait s'il ne partait pas. C'était l'été. Sur le porte-bagages d'une bicyclette il chargea des vivres, du savon et des vêtements épais, des chaussures et des pneus de rechange, et il quitta Ourdouriya en pédalant sans vitesse excessive, comme un randonneur.

Les routes étaient désertes. Elles étaient droites, malcommodes pour la circulation à vélo et interminables. La campagne et la forêt étaient vides. On dit que dans les zones irradiées les animaux débarrassés de la présence humaine reprennent possession de leurs territoires naturels et surgissent à tout instant, oiseaux, rennes, ours et loups, mais il ne rencontra, en tout et pour tout, qu'une renarde agonisante. Elle était couchée dans un creux de terre et il s'arrêta pour l'examiner. Sans tourner la tête, elle mordait un cadavre de renardeau placé juste devant son museau, puis clignait ses yeux vitreux, puis de nouveau mordait son rejeton mort. Ce fut la seule preuve d'existence d'une faune pendant tout son voyage. Il lui fallut quatre jours avant de croiser un camion et cinq jours pour tomber sur un camp de réfugiés.

Jusqu'à son engagement dans la Troisième Armée, il connut plusieurs camps : Gargang, Bürlük, Tchamoldjin, Badarambaza, et Thotchodor où se déroula son adolescence. Il était complètement alphabétisé et, quand on lui proposa d'entrer au Komsomol, il accepta. Dans les camps il participait aux réunions politiques, progressait dans sa connaissance de la situation internationale, écoutait les conférences des poètes du Parti, s'entraînait pour des courses de demi-fond et, chaque semaine, il allait à la caserne compléter son instruction de base par le maniement des armes. À dix-huit ans il se présenta à un bureau de recrutement et, après ses classes, on l'envoya à la capitale. Il y demeura cinq mois dans une compagnie d'autodéfense, puis, alors que l'étau se resserrait autour de l'Orbise, il demanda à partir pour la Troisième Armée. Il fut envoyé sur le front sud-est, près de Goldanovka. Il avait été affecté à une unité de décontamination. Avec une quarantaine de ses camarades, il passa un mois à déshabiller et à doucher des soldats qui s'étaient aventurés dans des zones dangereuses. L'ennemi ne se manifestait pas. Il faisait un temps merveilleux, les nuits étaient courtes, le ciel brillait. Un nouvel été venait de commencer. Dès qu'on s'écartait des bassins et des installations de décontamination, dès qu'on quittait le campement, l'air embaumait, poussé depuis la taïga par un vent tiède. Lors d'une promenade vespérale au-delà de la banlieue de Goldanovka, Idfuk Sobibian fut pris sous un feu de mitrailleuse tout à fait imprévisible et fauché. Contre sa joue la terre, en dépit de la douceur ambiante, était gelée. Il eut le temps de se faire cette remarque, puis il poussa un dernier râle et se recroquevilla autour de sa mort. Comme les combats avaient repris autour de Goldanovka, personne ne vint récupérer sa dépouille.

Au cours des quarante-neuf jours qui suivirent, il fit seul le chemin entre Goldanovka et Djindo, une bourgade morose, abandonnée. Il s'y installa un moment pour réfléchir et reprendre du poil de la bête. Il avait l'impression d'être engourdi, dans un état proche de l'hibernation. Ses souvenirs étaient difficiles à rassembler. Après quelques semaines, il se demanda s'il n'était pas en train de flotter dans une variante onirique ou bardique de son séjour solitaire dans la ville d'Ourdouriya. Puis quelque chose le poussa confusément vers le départ et il se mit en route vers le nord, puis vers l'est. Il marchait d'un pas lourd sans tenir compte des obstacles. La région était couverte de forêt, de pierraille, aux vallées succédaient des montagnes. Il n'y avait aucune agglomération et, s'il s'en était trouvé une sur sa route, il aurait fait un détour pour l'éviter, car il savait qu'il serait tenté de s'y arrêter – or il voulait aller le plus loin possible. Il éprouvait un violent besoin de solitude, ainsi qu'une profonde méfiance envers les vivants, humains, bêtes et morts confondus. Avant les premiers grands froids il approcha de Kounaleï et, jugeant qu'il avait tout de même assez marché, ou du moins qu'il ne pouvait aller plus loin, il y entra. C'était une ville de petite taille. Il chercha un abri pour y passer l'hiver. Il trouva tout d'abord la maison d'une veuve qui l'accueillit avec effusion, comme si elle renouait avec un vieil amant disparu, puis qui se mit à l'insulter, après quelques jours, à l'insulter et à le battre. La vieille empestait l'eau de Cologne avec quoi elle pensait cacher son odeur de plutonium et d'os pourris. Idfuk Sobibian ne resta chez elle qu'une quinzaine, mais, quand il partit, la neige tombait. Alors que, cherchant fortune, il traversait la gare qui avait été bombardée ou incendiée cinq ans plus tôt, il avisa un convoi qui était composé de wagons de marchandises et de voitures pour chevaux ou pour soldats, et il monta dedans, sans penser que le train pouvait démarrer et le mener ailleurs. Or c'est ce qui se produisit. À peine vingt-quatre heures s'étaient-elles écoulées que des détenus montèrent à bord, s'affalèrent à côté de lui et s'endormirent, épuisés. Peu de temps après, la locomotive siffla, et le convoi s'ébranla, bientôt quittant Kounaleï pour une destination inconnue.

Le train se mit à rouler à petite vitesse. De temps en temps, le tracteur Diesel dont on entendait les halètements perpétuels faisait entendre un sifflement aigu, comparable à ce qu'aurait émis une locomotive à vapeur, ou un avertissement à deux notes, dont la tonalité funèbre faisait sursauter en chacun des souvenirs de nuit et de détresse. Les portes étaient fermées, on ne voyait pas ce qui se passait à l'extérieur. Quelques planches à côté d'Idfuk Sobibian étaient disjointes et il aurait pu coller l'œil à une fente pour examiner le paysage, mais il n'en avait pas envie. Ni lui ni ses compagnons de voyage ne se donnaient cette peine. Ils étaient huit dans la voiture et restaient vautrés sur le plancher ou assis tant bien que mal, adossés aux parois et se protégeant des courants d'air avec des couvertures ou de la paille. Personne ne parlait, ou plutôt les échanges se limitaient à des interjections, mais aussi parfois à des monologues plaintifs, imprégnés d'auto-dérision et de fatalisme. Quand quelqu'un avait conclu son récit, le silence ensuite régnait pendant plusieurs jours, le temps nécessaire pour en digérer collectivement les informations et la drôlerie goudronneuse. Le train ne s'arrêtait jamais. Quelqu'un fit remarquer qu'entre deux cahots s'écoulaient tantôt trois secondes, tantôt trois heures, tantôt trois semaines. Et pourquoi pas trois saisons? intervint un des détenus, nommé Matthias Boyol. Ainsi se nouaient de minuscules conversations et, peu à peu, les habitants du wagon apprirent à se connaître. Détenus et soldats partageaient, en gros, le même destin, la même fidélité aux idéologies égalitaristes de la Deuxième Union soviétique et de l'Orbise. Ils n'avaient pas toujours fait les mêmes choix, et certains d'entre eux appartenaient à des catégories puantes, mais, si on résume, ils étaient tous camarades de combat, et, depuis qu'ils étaient montés dans ce train, la différence entre eux n'avait cessé de diminuer.

Le train finalement freina et stoppa, et la carcasse exténuée des passagers mit un certain temps à oublier le roulis qui l'avait secouée continûment pendant des jours ou des mois, ou plus encore peut-être. Un homme qui assumait la fonction de commandant décadenassa les portes et Idfuk Sobibian sortit sur le ballast. Le convoi s'était arrêté à la hauteur d'un sovkhoze en ruine, l'«Étoile rouge». Il ne neigeait pas. On avait au contraire l'impression d'avoir atteint un endroit paisible, estival, au milieu d'une steppe verte, argentée, dorée, à peine vallonnée, qui du côté du sovkhoze s'étendait à l'infini et, de l'autre, semblait fermée par la ligne sombre de la forêt.

Le commandant passa l'après-midi à faire l'appel, à préparer ce qu'il appelait la relève, c'est-à-dire l'élection d'un soldat ou d'un détenu qui à son tour serait chargé de donner les ordres et de veiller à la sauvegarde du convoi. Il avait promis à tous une distribution de pemmican lors de la veillée autour du feu. Quelques cigarettes s'allumèrent. Idfuk Sobibian en trouva plusieurs paquets dans une sacoche qui était restée accrochée au-dessus de sa tête pendant le voyage et à laquelle il n'avait pas touché, par superstition et par manque total d'initiative. Il n'avait envie d'avaler ni fumée ni miettes de nourriture, toutefois il se joignit aux autres et, quand tous furent rassemblés autour d'un feu de camp, il ne bouda pas l'occasion de mâchonner ce qu'on avait mis au creux de sa main, quelques grammes de ce mélange énergétique que consomment les nomades et les morts quand ils souhaitent tenir jusqu'au bout de leur aventure personnelle. Et pendant la veillée, en prêtant l'oreille aux bavardages, il en apprit plus sur le fonctionnement et les objectifs de ce groupe étrange. Il faisait partie des nouveaux, de ceux qui avaient été recrutés en cours de route. La plupart de ses compagnons étaient au contraire des vieux de la vieille, et avaient déjà plus d'une fois fait halte devant le sovkhoze «Étoile rouge».

— On tourne en rond, expliqua Julius Togböd, le commandant qui avait été coopté en fin d'après-midi. Ça prend un temps infini, mais on tourne en rond. On arrive pas à arriver là où qu'on voudrait se rendre.

— C'est qu'une répétition insupportable, fit remarquer Noumak Ashariyev, un des membres de l'équipe de conduite et d'entretien de la motrice Diesel qui se relayaient jour et nuit. C'est sans durée et c'est sans fin.

– Boh, c'est pas si insupportable que ça, tempéra Hadzoböl Münzberg, un autre machiniste.

– C'est qu'une répétition, insista Noumak Ashariyev. C'est l'enfer.

– C'est pas que de l'enfer, corrigea Matthias Boyol. C'est surtout qu'on est pris à l'intérieur d'un rêve dont les mécanismes nous échappent. On est pris là-dedans et on a aucun moyen de s'en sortir.

– Personne t'empêche de profiter d'une halte pour t'enfuir, suggéra un détenu.

– Tu en connais, toi, des qui ont pu s'enfuir ? demanda quelqu'un.

– Je serai sans pitié pour ceux qui tentent de s'enfuir, intervint Julius Togböd. On les rattrapera et on les fusillera pour désertion. On a toujours fait ça et c'est pas parce que le commandant a changé que le laxisme va pointer son nez ici. On a des pelotons et des balles. C'est pour se battre contre les ennemis et c'est aussi pour faire justice.

– Bah, chipota Matthias Boyol. On les fusille ou on les laisse disparaître sans pouvoir leur mettre la main au collet. Et puis, à un moment ou à un autre, on s'aperçoit qu'ils sont revenus dans le convoi.

– Même chose pour ceux qui sont morts dans les wagons et qu'on abandonne sur la voie, dit un soldat.

– Bah oui, on est toujours à peu près le même nombre, dit Matthias Boyol.

– C'est qu'une répétition insupportable, reprit Noumak Ashariyev.

– On est dans un rêve, conclut Matthias Boyol. Il fait de nous ce qu'il veut.

– Qui ça, il ? demanda Idfuk Sobibian.

– On sait pas, dit Noumak Ashariyev. Mais ce qu'on sait, c'est qu'il fait de nous ce qu'il veut. On est dans son enfer. On est pris là-dedans et on n'a aucun moyen d'en sortir.

• Alors qu'Idfuk Sobibian s'apprêtait à demander à Kronauer s'il avait une cigarette, la voix autoritaire de la Mémé Oudgoul mit fin à la pause. Les filles de Solovieï avaient terminé leur thé. Déjà elles revenaient vers le puits. Hannko Vogoulian d'un pas assuré, militaire, presque, et Myriam Oumarik en ondulant des hanches d'une manière qui soudain parut à Kronauer forcée, avec même quelque chose de pitoyable. Abazaïev et Bargouzine, qui étaient adossés au container de déchets que la Mémé Oudgoul avait sélectionnés pour liquidation immédiate, s'en détachèrent et entreprirent d'en déverrouiller la paroi mobile. Ils tapaient sur le levier qui commandait l'ouverture. Pedron Dardaf et Hadzoböl Münzberg venaient d'abandonner leur position accroupie de coolies. Ils s'étaient relevés et debout, pantelants, ils attendaient les ordres.

Quand Abazaïev et Bargouzine eurent ouvert le container, une partie de ce qui y avait été amassé s'en écoula avec un murmure bref d'avalanche.

Kronauer et Idfuk Sobibian étaient encore assis sur la margelle. La Mémé Oudgoul leur fonça dessus et les écarta en bougonnant on ne sait quel reproche, puis elle se pencha vers le gouffre et parla à la pile. À constater l'immobilité quasiment religieuse qui avait saisi l'assistance, Kronauer pensa qu'il s'agissait d'un rituel initial, indispensable à la bonne marche de la liquidation, et il se figea, lui aussi, les yeux fixés sur la vieille femme. De tous les participants, elle était la seule à avoir des cheveux sur le crâne. Ils étaient dépeignés et peu fournis, mais ils avaient une implantation naturelle. Les autres, femmes et hommes, étaient soit totalement rasés ou dégarnis, soit complètement chauves.

La Mémé Oudgoul annonça à la pile l'arrivée imminente de la nourriture qu'elle attendait, qu'elle avait attendue depuis des semaines, et elle lui demanda de recevoir cela non comme une offrande, mais comme la preuve que la Deuxième Union soviétique continuait à faire face à ses responsabilités et continuait à mobiliser des héros, de nouvelles générations de liquidateurs enthousiastes et désintéressés. Elle priait la pile de jouer son rôle dans cette grandiose entreprise de nettoyage et de poursuivre sa collaboration avec ceux et celles qui étaient restés en surface. Grâce à cette alliance indéfectible, expliquait la Mémé Oudgoul, un jour la terre serait de nouveau propre, de nouveau prête à reprendre la construction d'une société plus juste et la réindustrialisation collective des villes et des campagnes. On s'attacherait cette fois-ci à ne pas laisser s'accumuler les déchets nucléaires, promettait la Mémé Oudgoul, et surtout à tenir la bride aux savants qui avaient défiguré la civilisation, sans doute parce qu'on avait été trop indulgent avec leur marge d'erreur et aussi avec leur tendance à aimer les balivernes propagandistes de l'ennemi, les théories non marxistes de l'ennemi et les dollars de l'ennemi. Puis elle flatta la pile d'une façon appuyée et même éhontée. Elle la remercia de s'être retirée suffisamment en profondeur pour que l'existence au Levanidovo pût se poursuivre en toute quiétude, sans la proximité de ses panaches mortels et de ses imprévisibles sautes d'humeur. Elle l'assura de l'amour et du respect de l'ensemble du personnel du kolkhoze, y compris de ceux qui étaient déjà tombés au champ d'honneur. La voix de la Mémé Oudgoul, qu'elle souhaitait vigoureuse, était un peu chevrotante, et Kronauer se demanda si elle pouvait vraiment parvenir à celle qui se tenait en bas, informe et liquéfiée, et peut-être dure d'oreille, car, bien que le discours fût amplifié par les échos que renvoyaient les premiers mètres de l'abîme, il était repoussé vers le plafond de l'entrepôt par le vent qui soufflait depuis les entrailles brûlantes du puits.

Son allocution une fois conclue par un appel à la mobilisation des masses laborieuses du Levanidovo et des régions avoisinantes, la Mémé Oudgoul se redressa. Elle passa sur ses mèches grises clairsemées une main de momie tout aussi grise et regarda fièrement, un à un, tous les présents, puis elle ordonna à Kronauer et à Idfuk Sobibian d'accomplir le premier geste concret de liquidation de ce jour-là. Il s'agissait d'envoyer par le vide la trayeuse sur laquelle elle s'était assise un peu plus tôt. Kronauer empoigna le corps de la machine et le fit rouler sur la margelle puis basculer. Idfuk Sobibian avait pendant ce temps plus ou moins rassemblé les tuyaux et les suçoirs. L'objet était indescriptible, mais il avait quelque chose d'un calmar géant et, quand il glissa vers le vide, les tuyaux lâchés par Idfuk Sobibian fouettèrent l'air. Pendant trois ou quatre dixièmes de seconde, l'image d'un mollusque géant se renforça, puis la bête sous-marine disparut. Elle rebondit bruyamment sur les parois du puits lors des premiers cent mètres de sa chute, et ensuite on n'entendit plus rien. La chute devait continuer, mais l'écho des chocs ne parvenait plus à la surface.

Aussitôt tous se mirent à l'ouvrage. La tâche principale consistait à vider le container. Les liquidateurs prenaient une brassée d'objets qu'ils transportaient sur une vingtaine de mètres et jetaient mécaniquement, mais parfois aussi violemment et avec plaisir, dans les ténèbres du puits. Ils se croisaient dans les allées, échangeaient à l'occasion des réflexions sur les horaires de travail et l'absence de pause. Les allées et venues étaient incessantes, mais il n'y avait pas assez de monde pour que l'on pût comparer le travail à celui de fourmis infatigables, parler d'une file montante et d'une file descendante. Les déchets étaient de toute nature mais généralement de petite taille. Des chaises, des pioches, des bottes de paille, des fourchettes et des couverts, du linge de maison, des fours à micro-ondes, des ordinateurs, des pelisses, des blocs de viande racornie, des masses poisseuses de provenance indéterminée, des matelas, des pyjamas de détenus, des moteurs de congélateurs, des portes de placard, des portions de clapier, des encyclopédies rééditées sur papier après la fin d'Internet, des livres pour enfants, des boîtes de conserve, des outils, des restes de chauves-souris, des tenues anti-radiations retirées à des cadavres de pompiers, des restes de chiens, de la vaisselle de fête, des portraits de leaders. Quand le déchet était trop volumineux pour être porté sans aide, Kronauer s'adressait au liquidateur le plus proche. Il évitait Abazaïev dont le bras unique était à l'origine de déséquilibres et de zigzags. Souvent il faisait équipe avec Hannko Vogoulian. Ils haletaient tous deux, les hanches basses, l'échine ployée, et ils se regardaient sans un mot, ou en émettant de brèves instructions pour mener leur charge à bon port, c'est-à-dire dans l'abîme. Kronauer admirait les yeux de Hannko Vogoulian et, prenant prétexte de la tâche en cours d'accomplissement, qui nécessitait une harmonie des mouvements et de l'effort, il plongeait dedans.

• La Mémé Oudgoul posa sur la margelle un carton rempli de cylindres ayant appartenu à Solovieï et elle hésita, puis elle le rapporta à côté de son fauteuil. Elle était essoufflée.

– Je peux pas jeter ça, marmonna-t-elle. Je peux vraiment pas jeter ça.

Comme le ballet des liquidateurs se poursuivait avec monotonie, et que plusieurs d'entre eux montraient des signes de fatigue, la Mémé Oudgoul se pencha sur le phonographe et elle introduisit un rouleau entre les agrafes, puis elle tourna la manivelle et approcha l'aiguille de la surface noire. Une mélodie stimulante se propagea sous les voûtes du hangar et l'atmosphère se modifia, qui jusque-là avait été plutôt morose. C'était une marche de la Première Union soviétique, du temps de la guerre civile. Elle appelait les soldats rouges à écraser les bourreaux du peuple et à en finir avec les malédictions du vieux monde. On avait là un programme minimum sur lequel tout le monde pouvait s'entendre. L'ensemble des présents reçut la musique avec un frémissement d'optimisme, et le rythme de travail s'améliora. La Mémé Oudgoul marquait la mesure avec les pieds et les mains et, quand le cylindre finissait, elle remettait l'aiguille au début.

Pendant une heure, il n'y eut pas d'incident notable. La nourriture de la pile filait vers les profondeurs. Les poussières radioactives brunissaient la peau des uns et des autres. La marche des soldats rouges tournait en boucle dans l'entrepôt.

Le container se vidait peu à peu. Pedron Dardaf et Hadzoböl
Münzberg vacillaient, de moins en moins capables de transporter une charge même légère. Idfuk Sobibian traînait
dans les allées comme un automate en fin de course. Bien
que n'ayant pas perdu totalement leur éclat, les deux filles
de Solovieï ressemblaient à des errantes sales et chauves.
Abazaïev s'était blessé au bras contre une pièce métallique, et, quand il envoyait quelque chose par-dessus la
margelle, des gouttes de sang quittaient sa main unique et
voletaient d'abord dans toutes les directions, puis vers la
pile. Bargouzine somnambulait entre le container et le puits,
parfois dépassant son objectif sans s'en rendre compte puis
mettant une demi-minute avant de retourner sur ses pas.
Kronauer essayait de choisir des déchets encombrants, afin
de faire équipe tantôt avec Hannko Vogoulian, dont il buvait
avidement le regard étrange, tantôt avec Idfuk Sobibian,
dont il appréciait la morosité tranquille. Par suite de déplacements soigneusement calculés qui avaient l'apparence
du hasard, il n'avait jamais eu à travailler directement avec
Myriam Oumarik.

• Vers trois heures de l'après-midi, le déménagement du
container fut achevé. Tout le monde, y compris la Mémé
Oudgoul, s'était lassé de l'appel des soldats rouges à balayer
les tsars et la vermine exploiteuse, et maintenant le silence
régnait, habité par les respirations lourdes, les gémissements
de fatigue, et aussi par le léger rauquement atomique venu
des entrailles de la terre. La lumière avait baissé, car dehors la
neige recommençait à tomber. Plusieurs d'entre nous s'étaient
assis sur les tas de débris et se massaient lentement les mollets

ou fermaient les yeux, comme si feindre le sommeil aidait le corps à récupérer un peu de force.

La Mémé Oudgoul proposa du thé. Kronauer fut le seul à se lever pour aller en boire un verre.

– C'est pas encore fini, dit la Mémé Oudgoul. Il y a encore des carcasses et des corps.

– Où ça ? demanda Kronauer.

La Mémé Oudgoul indiqua un coin du dépôt.

– C'est pas beaucoup, dit la Mémé Oudgoul. Ça sera fait en cinq minutes. Ensuite on refermera le couvercle.

– Bon, dit Kronauer.

Il but son thé et rinça le verre dans un seau. L'eau froide n'attendait que cela à côté de la table. Elle clapota puis se calma.

Kronauer rejoignit Hannko Vogoulian. Elle était appuyée à l'un des piliers qui soutenaient le toit de l'entrepôt. Elle ne s'avachissait pas et, au contraire, elle donnait l'impression d'avoir étiré sa colonne vertébrale pour être encore plus droite et sévère que d'habitude.

– Il y a encore des carcasses et des corps à jeter dans le puits, dit Kronauer.

Hannko Vogoulian abaissa sa paupière gauche, complètement et sans que l'autre paupière en fût affectée, comme peuvent le faire les oiseaux de nuit. Elle regardait à présent Kronauer en ne lui montrant que l'obsidienne qui lui remplaçait l'œil droit. Kronauer en eut le souffle coupé. La beauté brillante de ce regard lui donnait le vertige.

La fille de Solovieï eut un mouvement imprécis de la tête.

– Tu viens m'aider ? demanda Kronauer.

– Bah, dit Hannko Vogoulian. Tu vas pas aimer.

– C'est pas la question d'aimer ou de pas aimer, fit remarquer Kronauer. C'est qu'il y a encore ça à faire, et qu'après ça sera fini.

– D'accord, dit Hannko Vogoulian d'une voix lasse, et elle le suivit.

• Derrière un entassement qui correspondait en gros à une moissonneuse-batteuse en pièces détachées, une surface avait été dégagée. Quelqu'un y avait aligné pendant la nuit deux dépouilles recouvertes de rectangles de feutre, ainsi que deux cadavres de loups. Les fauves avaient dû s'aventurer sur les terres du Levanidovo et immédiatement sentir dans leur moelle les effets des radiations. Les animaux gisaient par terre sans linceul. Kronauer en prit un par les pattes et le traîna jusqu'au puits. Hannko fit la même chose avec le deuxième. Ils lancèrent en même temps leur fardeau dans les ténèbres verticales puis ils retournèrent vers la moissonneuse. Les autres liquidateurs les observaient de là où ils étaient assis, en spectateurs passifs, incapables de se relever pour leur donner un coup de main. La tête à la renverse, Bargouzine était affalé sur une pile de journaux. Il ne bougeait plus. De toute évidence, il avait une nouvelle fois franchi la frontière qui séparait son espèce de vie et son espèce de mort, et, pour qu'il revienne à l'existence, la Mémé Oudgoul avant que la nuit tombe allait devoir lui appliquer son traitement aux trois eaux – des frictions à l'eau très-lourde et à l'eau très-morte, complétées par une onction à l'eau très-vive.

Maintenant Kronauer et Hannko Vogoulian observaient un temps de recueillement. Ils dominaient les corps enveloppés. Des dépouilles sous des couvertures.

— On va les transporter à deux, proposa Hannko Vogoulian.

— Qui c'est ? s'intéressa Kronauer.

Hannko Vogoulian ne répondait pas. Kronauer se baissa pour tirer la couverture qui cachait le premier cadavre.

— Je serais de toi, je ferais pas ça, dit Hannko Vogoulian.

— Pourquoi ? demanda Kronauer en interrompant son geste.

— Autant pas savoir, dit Hannko Vogoulian. C'est toujours mieux quand on sait pas.

Kronauer hésita puis il décida d'ignorer le conseil de Hannko Vogoulian. Il allongea le bras et, avec précaution, il découvrit le visage de celui qui gisait à ses pieds. La moitié de la tête était abîmée et, dès la naissance du cou, on voyait que le corps avait été horriblement saccagé. Il exhalait une odeur de viande faisandée, une odeur très sale.

— Morgovian, murmura Kronauer.

Il remit la couverture en place. Pendant sept ou huit secondes, il pensa à Morgovian. Il se rappelait des discussions laborieuses avec lui, ses réponses embarrassées au sujet des caravanes de marchands qui permettaient au kolkhoze de s'approvisionner en denrées alimentaires et autres. Il revit son allure de tractoriste complexé, assombri par des secrets intimes, par la conscience de sa trop grande soumission à Solovieï, par son impuissance, par son mariage raté avec Samiya Schmidt. Et ensuite il considéra l'autre dépouille. Sous l'étoffe on devinait un corps qui n'avait rien d'imposant. Malgré tout, comme s'il ressentait le besoin d'entendre une phrase de Hannko Vogoulian avant de procéder à l'identification, il marqua de nouveau un temps d'indécision.

– Et là, c'est Solovieï? demanda-t-il.

– Solovieï? sursauta Hannko Vogoulian. Ça va pas, soldat?

Kronauer se pencha et il agrippa un coin du lourd linceul. À peine l'eut-il soulevé que sa main eut une faiblesse et qu'il le lâcha. Puis il le saisit plus fermement et répéta son geste. Il ne croyait pas à ce qu'il voyait. C'était choquant, mais surtout aberrant. En écartant l'étoffe il venait de mettre au jour la figure de Vassilissa Marachvili. La figure décrépite et abîmée, mais reconnaissable, de Vassilissa Marachvili.

D'abord il resta pétrifié. Huit, neuf secondes. Il ressentait une immense fatigue. Il n'examinait pas le visage de la morte. Il le regardait sans comprendre. Sans essayer de penser que peut-être il s'agissait d'une autre femme, d'une femme qui ressemblait à Vassilissa Marachvili, ou encore qu'il était en train de traverser un moment de rêve éveillé et que l'hallucination allait se dissiper. Il se tenait au-dessus d'elle sans réagir. Il ne réussissait pas à dépasser son état de stupeur. Ce cadavre ne lui parlait pas, se refusait à lui parler, ses traits, après tant de semaines de séparation, demeuraient imperméables aux souvenirs qu'aurait pu éveiller une physionomie de vivante. Il n'en était pas encore à associer cela, qui gisait à ses pieds, et la fille courageuse qu'il avait laissée, en très mauvais état, mourante, sur la colline qui dominait la voie ferrée et le sovkhoze «Étoile rouge». Il n'avait pas oublié Vassilissa Marachvili, leur fuite après la défaite, les épreuves, la marche interminable dans la steppe irradiée, il se rappelait les frôlements qui les avaient unis, le poids de son corps affaibli quand, les derniers jours, Iliouchenko et lui la portaient à tour de rôle sur leur dos. Mais il était incapable d'établir un lien entre la vivante dans sa mémoire et la morte couchée dans le dépôt de la Mémé Oudgoul.

Puis quelque chose se déclencha en lui et le lien se noua. Et, aussitôt, un torrent l'emporta.

Il rabattit le morceau de feutre sur les épaules de Vassilissa Marachvili, laissant la tête à découvert. Elle n'avait pas perdu ses cheveux. Sa bouche exprimait une moue de lassitude, l'ombre de ce qui aurait pu être jadis un sourire, mais c'était un vague sourire d'exténuation finale et, pour le reste, rien ne subsistait de la beauté touchante, joyeuse, qui faisait intimement partie d'elle et qu'elle avait essayé d'entretenir le plus longtemps possible, pour ses deux amis de désastre, jusqu'à la dernière partie du chemin.

Hannko Vogoulian jugea bon de briser le silence.

– Solovieï l'a ramenée d'« Étoile rouge », dit-elle. Il a essayé de la ravoir. Il voulait vraiment la ravoir, mais il a pas pu.

Kronauer se tourna vers elle. Il n'en pouvait plus du Levanidovo, de ses habitants, des horreurs et des aberrations oniriques qui s'y succédaient. Il en avait assez des manigances de Solovieï, de cette présence permanente en arrière-plan dans le décor et dans les esprits. Sous sa conscience grossissait à toute vitesse une gigantesque fureur. Tout ce qui s'était accumulé de frustrations, de non-dits et de mensonges depuis qu'il était arrivé au Levanidovo, depuis qu'il s'était égratigné la main contre une aiguille du phonographe, tout ce qui participait de ce cauchemar éveillé gonflait et roulait sous sa pensée, menaçait de jaillir sans retenue et de tout détruire à l'extérieur. De Hannko Vogoulian il ne fixait rien de précis, ni son corps, ni même sa silhouette, ni son regard. Mais il tremblait et il ne songeait même pas à cacher qu'il était au bord d'une explosion de haine. Presque rien ne le retenait de se précipiter sur elle et de la tuer, et d'ailleurs il ne mettait plus que très vaguement un nom sur elle et ce nom n'évoquait rien pour lui, ou très peu, vraiment très peu, pas une femme connue, en tout cas. Sa mémoire et ses yeux ne voyaient qu'une nuit sans lumière, sa pensée consciente était bloquée sur l'image du cadavre manipulé de Vassilissa Marachvili. Quant à ses mains, elles ne vibraient que pour une seule chose, étrangler le premier ou la première qui se présenterait à leur portée, et, si cela ne suffisait pas à les calmer, étrangler n'importe qui, étrangler l'une après l'autre toutes les créatures de Soloviei qui habitaient au Levanidovo, qu'il s'agisse de complices, de victimes consentantes ou de morts-vivants étranges. Les étrangler, leur faire mal, les annuler, et ensuite, d'une façon ou d'une autre, en finir avec Soloviei et avec « Terminus radieux ». Voilà ce qu'était devenu Kronauer en une poignée de secondes : un homme pétrifié, entièrement habité par de l'exécration, par le souhait de représailles crimi-nelles, par de la nuit.

• Là-dessus, la Mémé Oudgoul inséra un cylindre entre les griffes du phonographe qu'elle venait de remonter à bloc. Pour des raisons qui n'appartenaient qu'à elle, mais qui n'eurent pas pour conséquence de détendre l'atmosphère, elle ne proposait plus aux liquidateurs d'écouter une marche de soldats rouges. Elle venait de fouiller dans le carton qu'elle avait renoncé à jeter dans l'abîme, et elle en avait retiré un rouleau au hasard. Elle referma les agrafes du mécanisme et posa l'aiguille sur la cire. La voix de Soloviei monta dans le dépôt. En dehors de ces divagations hermétiques, plus rien ne bruissait autour de Kronauer et de Hannko Vogoulian.

• Soudain il rassembla ses forces pour faire surgir de la parole, et, s'étant placé le dos au miroir, il alluma successivement onze bougies en les approchant de sa bouche. Ne bougeant guère, il faisait comme si quelqu'un se tenait juste derrière lui et l'écoutait entre deux songes. Le reflet en effet lui obéissait et se conformait en tous points à ses désirs, et il se conforta dans l'idée que tout allait bien du côté de son public, qui s'entêtait à lui tourner le dos sans toutefois se répandre en remarques désobligeantes. Il toussa, testant ce dispositif – le reflet eut une secousse des sacs pulmonaires, mais ne se déclara pas incommodé. Puis déjà il pensait exclusivement à son dire immédiat, il préparait du discours et des musiques. La mémoire qui lui versait des idées derrière la langue était blessée et douloureuse ; la douleur avait pour source un savoir qu'il avait acquis depuis quelque temps, lorsque, ayant consulté des entrailles de volatiles et ayant croisé les informations obtenues avec la forme des flammes qui hurlaient autour de lui dans la chambre, il avait soupçonné que sa fille était en péril quelque part dans l'univers, l'une de ses nombreuses filles uniques et épouses uniques, nées de mères inconnues et à lui soumises. Il se plaça ainsi devant le tain obscur et il attendit, et, alors que les blessures sous son crâne ne se refermaient pas et qu'il se sentait quasiment en phase terminale, il fit gonfler en lui le flot des puissances et il se projeta en une image où il apparaissait sous les espèces d'un démiurge dont chaque mot bouleversait les labyrinthes mauvais du monde. Au loin, sa fille Hannko mourait ou déjà reposait morte, ou était en passe de naître ou de renaître, et lui : « Il me suffit d'égrener des minutes

contraires, je vais égrener du temps à l'envers du temps, dans le
sens inverse, minute par minute je détruirai l'image de ta mort
jusqu'à ce que recule ta mort et jusqu'à ce que tes ennemis un
à un finissent terrassés, je les meurtrirai dans le sens inverse et
ils se tairont, terrassés et muets. » Cela il le disait, en réalité, à
tâtons : les bougies n'éclairaient rien, elles pétillaient dans leur
boue de suif et s'éteignaient et, même quand il les rallumait près
de sa bouche, elles répandaient son odeur plutôt que la leur, une
vive puanteur de couenne grillée et de ténèbres. Dans la chambre,
seule une personne flambait et s'engoudronnait, et c'était lui.
Il demanda au miroir son avis sur les choses, sur l'avenir immédiat
des choses du monde et sur leur inverse. Le reflet se taisait lui
aussi, comme un monstre hostile, terrassé et muet. Il l'effaça avec
colère. Il cherchait à partager l'image avec quelqu'un, or l'image
ne se créait pas et personne ne répondait. Parmi des milliers de
filles possibles, Hannko ne s'avançait pas. Les autres erraient à côté
d'elle, semblables à elle, détruites, elles aussi hostiles, terrassées et
muettes. Il voyait de la neige, des camps, une solitude effroyable,
les siècles dans la forêt qui se succédaient en un désordre indémê-
lable, mais Hannko n'allait pas nettement vers lui ou à l'inverse
du chemin qu'il avait tracé pour elle. Il la distinguait de loin, mais
au milieu des autres il ne savait même pas s'il s'agissait de sa
petite sœur ou de sa maîtresse, ou d'un animal, ou d'une mère
ancestrale issue de son sang mais nourrissant à son égard une
rancœur fanatique. Il aurait été incapable d'affirmer la nature des
liens qui l'un à l'autre les attachaient. Plissant les yeux devant le
miroir qui à tout moment s'enténébrait, il examinait Hannko
dans la distance, comme une étrangère énigmatique qu'un vertige
lui ordonnait de séduire ou de massacrer sans attendre. Tantôt
elle gisait inconsciente dans la taïga, entourée de louves qui la

protégeaient ou qui la mangeaient; tantôt elle tournait autour d'un cœur en fusion, se refusant à admettre que son père existait et qu'il pouvait la ravoir, si seulement elle se donnait à lui; tantôt elle se tenait silencieuse et opaque, entourée d'arbres centenaires et de livres qu'avec le temps elle avait appris à lire et à écrire. Et lui se fâcha soudain et cria: « Hannko, petite sœur, fille Hannko, avance-toi! Femme Hannko, oublie tes haines, oublie tout! J'égrène des minutes contraires! Viens! Aujourd'hui ou dans mille six cent quatre-vingt-dix-neuf ans ou plus, peu importe! »

.20.

• La voix de Solovieï se répercutait dans l'entrepôt, le long des charpentes métalliques et entre les montagnes de déchets. Au sommet des empilements, des objets de temps en temps vibraient, comme sensibles aux stridences de certaines voyelles. Des rouleaux de fils de fer, des tôles à tarte, des bouts de grillage, des harnais.

Kronauer n'émettait aucun son. La tension psychique s'était déversée dans ses muscles. Son organisme pesait des tonnes, son cerveau s'était mis en veilleuse. Des brouillons de pensée planaient au ralenti derrière son front. Ça peut pas être elle. Et pourtant c'est elle. Non, pas possible. Ils auraient pas pu la cacher tout ce temps sans que je m'en aperçoive. Solovieï aurait pas pu travailler sur son cadavre pendant tout ce temps. Quelque chose aurait transpiré à l'extérieur. Des semaines. Les filles de Solovieï auraient pas pu garder ça secret. Myriam Oumarik est trop bavarde. Samiya Schmidt aurait pas eu un tel cynisme. Hannko Vogoulian a de la droiture en elle. Ou alors elles non plus savaient pas. Vassilissa Marachvili au village pendant tout ce temps, des semaines, sans que personne le sache. Vassia. Non.

Je peux pas croire ça, pensa-t-il.

Il frissonnait. Il n'en avait pas conscience. Il se répétait des bouts de pensée élémentaires. Venu de très loin, le nom d'Irina Etchenguyen se superposait de temps en temps à celui de Vassilissa Marachvili. Deux femmes aimées qu'il avait perdues, à chaque fois dans des circonstances abominables. Des femmes qu'il n'avait pas aimées de la même manière mais qu'il n'avait pas su défendre. Leur passage entre les mains des bourreaux. Irina Etchenguyen. Des ennemis à tête de chien. Vassilissa Marachvili. Ce Solovieï avec sa tête de thaumaturge des campagnes.

Le phonographe débitait toujours ses insanités. Devant Hannko Vogoulian, Kronauer avait le buste agité de secousses. Il sanglotait sans larmes. Ses yeux se posaient sur le cadavre de Vassilissa Marachvili sans qu'il eût à fournir un effort pour ne rien voir. Ses oreilles n'écoutaient pas. Du discours vicieux de Solovieï il ne saisissait ni ne retenait rien.

Puis le rouleau se termina. L'aiguille cracha encore du silence sale pendant cinq secondes, puis la Mémé Oudgoul arrêta le mécanisme et tout se tut. Dans l'entrepôt plus rien ne vibrait.

Kronauer bougea. Il sortait de son engourdissement. Il avait cessé de frissonner.

Il se baissa, souleva le linceul de feutre, puis il en recouvrit avec précaution le visage de Vassilissa Marachvili. Vassia, petite sœur, pensa-t-il. C'est terminé pour toi. C'est enfin terminé. Le reste, ça dépend de moi.

De nouveau la jeune morte se trouvait dissimulée aux regards. Sous son enveloppe gris sombre, elle était déjà fondue

à la masse infinie des morts, déjà plus proche du tractoriste
Morgovian, allongé à côté d'elle, que de Kronauer qui
pourtant était le seul ici à posséder des souvenirs d'elle.
Puis Kronauer ne s'attarda pas à adresser un adieu aux
corps étendus et déjà il s'en écartait. Hannko Vogoulian se
tenait sur son chemin, au milieu de l'allée. Il la contourna.
Elle essayait en vain de capter son regard, peut-être pour
muettement lui dire qu'elle n'avait pris aucune part dans
l'infamie que son père avait commise. Il la frôla sans orienter
la tête vers elle, il la dépassa sans marquer la moindre pause
et il commença à marcher entre deux falaises de débris, dans
un couloir bordé de roues de camions, de bâches hâtivement
pliées, de caisses, de tuyaux jetés en vrac, de casseroles et de
poêles à frire qui exhalaient encore des parfums de viande,
de champignons.

Il faisait un détour par des allées moins larges, qu'on
empruntait rarement. Il voulait gagner la sortie sans devoir
repasser devant les kolkhoziens qui attendaient près du
container ni devant la Mémé Oudgoul. Il ne supportait
plus le contact avec ces gens et il se demandait comment il
avait pu les côtoyer jour après jour et se plier à leurs usages,
et, aussi lâchement qu'eux, aussi passivement, tolérer les
pratiques sorcières, obscures et incestueuses qui faisaient le
quotidien du Levanidovo.

Tout en marchant il fouillait du regard parmi les déchets.
Il cherchait une arme. Quelque chose qu'il pourrait enfoncer
ou planter dans les chairs de Solovieï, quelque chose de
méchant, de pointu et de coupant. Près du portail d'entrée
il avisa un piquet de chantier et il le retira du tas de ferraille
qui l'entourait. C'était une tige solide, avec une pointe acérée,

et l'objet était bien équilibré dans sa main, à peine taché de rouille, aussi redoutable qu'un javelot. Il le soupesa pendant une dizaine de secondes. Puis il l'envoya dinguer au milieu du bric-à-brac.

Non, ça convient pas, pensa-t-il. À la rigueur ça serait bon pour repousser un loup ou un ours. Mais je me vois pas me servir de ça pour affronter Soloviéï.

Et d'ailleurs, pensa-t-il encore, je me demande s'il y a une arme pour ça.

• Maintenant il se tenait sur le seuil du hangar, à la frontière entre la tiédeur de l'intérieur et l'air glacé du dehors. L'entrepôt fournissait constamment de la chaleur, et comme la Mémé Oudgoul aujourd'hui ne s'était pas plainte des courants d'air personne ne s'était donné le souci de fermer le portail. La neige avait repris, elle tombait à gros flocons très gris, fortement pelucheux, avec violence. La lumière très basse annonçait la proximité du soir. Avec ce crépuscule et les rideaux de neige, c'est à peine si on distinguait au bas de la pente les premières maisons du kolkhoze. Il n'y avait ni fumée ni mouvement. La rue principale se perdait dans la blancheur. Ce qu'on en voyait était vierge de toute trace.

Kronauer hésitait en regardant ce village mort. Sans vêtement chaud, il ne pouvait quitter l'entrepôt. Son manteau était pendu près du puits et il ne souhaitait surtout pas revenir sur ses pas et approcher de nouveau la tanière de la Mémé Oudgoul, avec sa petite cuisine, son fauteuil, ses piles de journaux, son phonographe et son désordre organisé de vieillarde. Il ne voulait pas non plus se trouver encore une

fois en face des autres, les kolkhoziens, les zombies de
Solovieï, les filles de Solovieï.

Comme si son départ n'avait provoqué aucun émoi,
l'agitation avait repris dans l'entrepôt. Il entendait des racle-
ments de semelles sur le sol, des chocs contre la margelle
du puits. Ceux et celles qui avaient encore des forces avaient
mis fin à leur temps de repos. Ils liquident les compléments
que la Mémé Oudgoul leur désigne, pensa Kronauer.
Quelques objets oubliés, et, bien entendu, les corps de
Morgovian et de Vassilissa Marachvili. Ils jettent tout ça à
la pile sans se poser de questions. Il les avait en rage, tous.
S'il n'allait pas jusqu'à les accuser d'une complicité directe
dans la mort de Vassilissa Marachvili, il les soupçonnait
d'avoir su que son cadavre était là, n'ignorant rien, n'ignorant pas que Solovieï travaillait dessus jour et nuit avec des
pratiques révoltantes. Ils avaient comploté tous ensemble.
Et lui, pendant ces semaines d'automne, comme un
idiot. Enivré par la proximité des filles de Solovieï, toute
morale endormie. Attendant stupidement que des rêves
de queue se réalisent. N'ayant aucune dignité ni avenir.
Pendant que Vassia. Pendant qu'on tripotait magiquement
Vassia.

Il se tenait là, pour l'instant protégé du froid par les
ondes radioactives, à un demi-mètre du rail sur lequel on
faisait coulisser le portail. Il voyait à deux mètres de lui la
neige s'épaissir, et, dans l'intervalle des bruits que faisaient
les liquidateurs près du puits, il percevait le tintement
monotone des étoiles glacées qui s'écrasaient ou se posaient
sur leurs sœurs déjà à terre. Il se sentait accablé, incapable
de prendre la moindre initiative. Bien que confus, hébété,

presque, il avait conscience qu'il ne pourrait pas affronter en vêtements légers les conditions atmosphériques du dehors.

Au bout d'un moment, et alors qu'il se balançait comme un malade mental au bord du rail, il devina derrière lui une présence.

Une présence. Il la devina sans savoir comment réagir.

Quelques secondes. Puis, avec douceur, quelqu'un lui posa une pelisse sur les épaules. Il se retourna. C'était Hannko Vogoulian.

• Il rencontra le double regard beau et étrange de Hannko Vogoulian et, aussitôt, quelque chose d'inattendu se produisit. Un renversement, une inversion radicale de ses sentiments. Peu de temps auparavant, en présence de la dépouille de Vassilissa Marachvili, il avait failli bondir sur cette femme pour la frapper à mort. Ils étaient seuls tous les deux et, à portée immédiate de son désir de meurtre, il n'y avait aucune autre représentante de «Terminus radieux». Il avait failli passer à l'acte. Or en une fraction d'instant cette passion assassine s'était volatilisée, laissant place à de la tendresse. L'effet de ce regard beau et étrange. De nouveau, comme pendant tout l'automne, Hannko Vogoulian l'attirait. Au fil des dernières semaines, il avait souvent cherché à se perdre dans ses yeux et, en espérant qu'elle ne se rendrait pas compte du trouble qu'elle suscitait en lui, il nageait magnétiquement vers elle. Parfois même il avait l'impression qu'elle attendait cela de lui, qu'il aille doucement s'accoster à elle. Et ici, alors que les circonstances ne s'y prêtaient pas, tout revenait de ce besoin physique d'approche et de fusion, de cet élan.

Et si j'allais me réfugier dans ses bras, pensa-t-il. Et si j'allais pleurer contre elle?

Ses lèvres frémirent, mais il ne savait comment exprimer ce qui avait surgi en lui. C'était une seconde lumineuse, mais elle s'écoula et tout, à nouveau, se brouilla. Moins évidente paraissait l'idée de franchir la courte distance qui les séparait, d'ouvrir les bras et de s'abandonner contre elle. Moins clair, moins défendable l'élan amoureux, à supposer qu'il pût s'agir de cela. Hannko Vogoulian, de son côté, ne laissait transparaître aucune émotion. Elle se tenait très près de lui, elle lui offrait son regard extraordinaire, mais elle ne l'invitait à rien.

Il rattrapa la pelisse qui était en train de glisser et il l'enfila en prenant son temps, sans poursuivre sa contemplation des yeux de la fille. Bon sang, Kronauer, se reprocha-t-il, tu viens de dire adieu à Vassilissa Marachvili, et il suffit que cette fille de Solovieï se présente pour que tu songes à te frotter contre elle? Comme si tu savais pas que toutes ces pulsions, ça a rien à voir avec les sentiments… c'est rien d'autre qu'une soif de rut!

Hannko Vogoulian lui tendit une grosse chapka en fourrure brune qu'elle avait prise, comme le manteau, dans une pile de vêtements irradiés, et il s'en empara sans brusquerie, regrettant presque la normalité paisible de son geste. Elle avait reculé d'un demi-pas. Elle restait droite, rigide, dans sa tenue de travail souillée de limaille, de suie et de poussière, avec des taches de graisse sur le visage et sur son crâne lisse comme un œuf, car elle n'avait pas encore remis sa perruque de princesse tchouktche ou iakoute. Ses yeux ne clignaient pas. Kronauer les rencontra une fraction d'instant et s'en sépara aussitôt. Ses yeux monstrueusement différents, beaux et étranges. Ils ne clignaient pas.

— Tu vas chez Solovieï ? demanda-t-elle.

Il acquiesça furtivement d'un signe de tête puis il enfila la chapka, finit de refermer les agrafes de son manteau et se retourna vers le seuil. Dans le rail du portail, une couche duveteuse de plusieurs centimètres était en train de geler. Il leva les yeux sur les tentures crépusculaires qui annulaient une bonne part du paysage. Maintenant il pouvait affronter le froid. Maintenant il allait descendre vers le village et combattre le président du kolkhoze. Il avait eu un moment de faiblesse pendant lequel il avait relégué au deuxième plan Vassilissa Marachvili pour fantasmer sur Hannko Vogoulian, mais ce moment était en train de s'achever. Déjà il se laissait envahir par l'idée de l'action à venir.

Toutefois, au moment de s'engager dans la neige, il marqua un léger temps d'hésitation. Une seconde, deux secondes. Il considérait le paysage brouillé et il ne faisait pas le pas décisif. Il attendait.

Trois secondes.

Hannko Vogoulian venait de murmurer quelque chose dans son dos.

Les oreillères de fourrure étaient rabattues sur ses joues, elles l'avaient empêché de comprendre ce qu'elle avait dit. Il se concentra, il essayait de reconstituer les syllabes que l'obstacle avait déformées ou annulées.

— Tu m'entends, Kronauer ? reprit Hannko Vogoulian, cette fois un peu plus fort. Je suis avec toi.

Elle avança le bras et elle effleura son épaule. Il le sentit mais il ne réagit pas, ne pivota pas vers elle.

– Rappelle-toi bien ça tout à l'heure, que je suis avec toi, dit-elle alors qu'il franchissait le seuil. Tout à l'heure et aussi plus tard.

.21.

• Il fit un premier pas dans la neige, puis un deuxième, puis il descendit la colline en laissant derrière lui l'affreux dépôt de la Mémé Oudgoul, ses affreux déchets et ses diverses et affreuses créatures. Les flocons se plaquaient sur son visage. Il devait fréquemment battre des cils ou souffler pour les éloigner de ses lèvres. Ils étaient cassants. Ils ne fondaient pas. Sous ses semelles, la neige grinçait. Pendant l'accalmie de la journée, le vent avait durci une croûte qui maintenant se dissimulait à quelques centimètres de profondeur, et de temps en temps quelque chose de fragile cédait sous la pesée de son corps. Quand la pente s'accentuait, la glace résistait, et alors il dérapait. Comme il n'avait pas de gants, il gardait les mains dans ses poches, et, au lieu de se servir de ses bras comme balancier, il ralentissait pour ne pas perdre l'équilibre. La lumière devenait de plus en plus grise. Un corbeau isolé surgit de nulle part à quelques mètres de lui, lança un croassement et disparut à tire-d'aile sur la gauche du chemin, sans doute pour aller s'abriter dans la forêt qui était déjà invisible, noyée de nuit tombante et de neige.

L'après-midi s'achevait. Il se dépêcha d'entrer dans le village. La rue principale s'étirait, couverte d'une couche uniforme, très blanche et parfaitement vierge. Personne ne l'avait foulée depuis des heures. À gauche, à droite, les premières bâtisses du kolkhoze «Terminus radieux» étaient en train de prendre des formes arrondies et ouatées, dépourvues d'angles. Le reste du Levanidovo était fantomatique. La forêt qui encerclait le village n'était plus discernable.

Quel est ton plan, Kronauer, soldat de pacotille? songea-t-il brusquement. Qu'est-ce que tu as prévu de faire, guerrier minable, tu veux tuer Solovieï? Et comment, pourquoi? Et ta solution de repli si tu le rates?... Et avec qui que tu partiras ensuite, si tu le rates pas?... Et pour aller où? Avec Myriam Oumarik et Bargouzine, le couple modèle, une nymphomane et un agonisant? Avec Samiya Schmidt et ses manuels anti-mâles, si elle existe encore? Avec la princesse froide Hannko Vogoulian?... Pour aller où? Pour faire quoi?... Tu as pensé à ça?...

• Au moment où il arrivait à hauteur de la Maison des pionniers, une rafale de vent souleva la neige du chemin et l'aveugla. Il se protégea le visage sous son bras replié. Sans gants, ses mains se couvraient de givre. Il s'était arrêté de marcher. Jusque-là, la neige était tombée à peu près verticalement et en silence. Manquerait plus que ça, que le vent s'en mêle, pensa-t-il. La neige battait contre son manteau, crépitait contre son coude, au-dessus de sa tête. Une croûte glacée s'accumulait entre le bord de sa chapka et ses arcades sourcilières. Sur sa langue quelques cristaux fondaient, libérant des saveurs d'hiver.

La neige sifflait.

Le jour finissait, la rue déjà était obscure.

Il se pencha en avant et reprit sa progression. Il avait remis les mains dans les poches de son manteau et il plissait les yeux pour mieux supporter les picotements qu'infligeaient à sa figure les flocons agressifs, les demi-flocons, les aiguilles minuscules. Ses paupières étaient pratiquement fermées et il fit une cinquantaine de mètres sans rien voir, puis, alors qu'il allait se heurter contre la borne à incendie qui se dressait devant la maison de Myriam Oumarik, il fit un écart et obliqua vers le bâtiment du soviet. Quarante pas le séparaient encore des colonnes et des quelques marches du perron. Il parcourut cette distance sans penser à rien, sinon au froid contre ses joues et aux bousculades du vent qui l'attaquait de façon traître, tantôt de face, tantôt de flanc, s'efforçant de le déséquilibrer ou de le faire changer de direction. Quarante pas, puis douze ou quinze. Sans plus marquer d'arrêt, il monta l'escalier qui disparaissait sous une couche immaculée et il poussa la porte d'entrée.

Le hall était éclairé uniquement par la très mauvaise lumière venue de la rue. Kronauer ne se soucia pas de l'éclairage et tout d'abord il cogna et racla ses bottes contre le mur afin de ne pas conserver sous les pieds une masse glissante. Il ne pouvait pas se permettre de déraper sur le carrelage si le combat contre Solovieï se déroulait ici et tout de suite. Quand il fut sûr de ne plus risquer de perdre son assise au moindre geste un peu vif, il referma la porte derrière lui. La porte claqua, les sifflements du dehors s'interrompirent. Après le bruit du vent, le silence soudain l'entourait.

Il n'avait pénétré là qu'une seule fois, pour s'inscrire sur les registres du kolkhoze comme résident temporaire. S'il ignorait tout de la demeure de Solovieï proprement dite – partie du bâtiment où bien entendu il n'avait jamais mis les pieds –, il savait, en gros, à quoi ressemblait la partie administrative. En dehors d'un couloir latéral qui menait chez Solovieï, il y avait deux portes matelassées donnant sur des bureaux, et l'entrée d'un débarras où les liquidateurs avaient autrefois remisé du petit matériel irradié, et où aujourd'hui on continuait à déposer des objets sensibles qui devaient être répertoriés avant de rejoindre les monceaux innommables de la Mémé Oudgoul. Kronauer traversa le hall et, à tout hasard, il essaya d'ouvrir la porte du débarras. Elle n'était pas verrouillée.

Il entra.

Il tendit le bras vers l'interrupteur et alluma le plafonnier.

• Comme si le destin avait décidé qu'à présent pour lui tout serait très simple, au fond de la pièce il y avait un râtelier dépourvu de cadenas qui contenait deux fusils de chasse et trois armes de guerre. Il en retira une carabine Simonov datant de la Première Union soviétique, une SKS à la crosse éraflée mais qui n'avait pas l'air trop vieillotte. Des cartouches et des chargeurs traînaient en vrac dans une boîte posée à côté du râtelier. Sans perdre de temps il s'empara d'un chargeur qu'il introduisit dans la carabine, puis d'un deuxième qu'il glissa dans une poche. Puis il se dit qu'il pourrait peut-être en prendre un troisième et il s'apprêtait à fouiller de nouveau dans la boîte de munitions quand il entendit du bruit dans le hall. Quelqu'un approchait, d'un pas relativement tranquille. En militaire avisé, Kronauer enclencha une première cartouche dans la chambre et pointa le canon de son arme vers la porte. Au même moment, une forme assez imposante se campa sur le seuil du local. La forme avait la tête dissimulée à l'intérieur d'un sac de voyage. Elle ne parut pas troublée par la menace dirigée sur elle et son premier geste fut d'éteindre le plafonnier, comme si elle respectait une circulaire sur les économies d'énergie, ou comme si elle préférait que le dialogue, ou la confrontation, eussent lieu dans une épaisse pénombre.

Quelque chose tordit les entrailles de Kronauer. L'angoisse, l'incertitude. Le noir s'était fait trop vite. Il n'avait pas eu le temps de se convaincre que cette apparition était bien Soloviei. La tête de son adversaire était cachée sous une sorte de housse semi-rigide, assez large et invertébrée pour évoquer beaucoup plus un bagage qu'un visage grotesque de carnaval. Dans cette enveloppe de cuir brunâtre, vaguement rectangulaire, deux trous avaient été percés pour permettre de voir, mais sous la très faible lumière venue de la rue Kronauer n'arrivait pas à capter le moindre regard, et certainement pas le flamboiement fauve qui était caractéristique de Soloviei. Peut-être le président du kolkhoze avait-il choisi cet accoutrement absurde pour dissimuler la blessure que Samiya Schmidt lui avait infligée la nuit précédente? Une barre de métal lui avait transpercé le crâne de l'œil droit à l'oreille gauche. Peut-être le masque servait-il à protéger un pansement gigantesque ou une plaie hideuse? Et si, derrière le cuir, se cachait une figure qui n'avait rien à voir avec Soloviei, une figure inconnue? Celui qui se tenait sur le seuil du débarras avait une taille indéfinie, en raison du sac informe qui le grandissait. Quant à sa corpulence, on ne pouvait pas l'évaluer vraiment, car il était drapé dans une lourde pelisse en poil de chien, un manteau que Kronauer n'avait encore jamais remarqué sur quiconque au Levanidovo. Sous cette masse de fourrure, presque n'importe qui du village aurait pu paraître aussi imposant que Solovieï.

Après le bruit de bascule de l'interrupteur, il se fit un silence pesant. Les deux protagonistes ne se défiaient pas, ils avaient l'air d'attendre. La pelisse en poil de chien occupait une bonne partie de l'embrasure et elle ne reculait pas devant la menace de Kronauer. Celui-ci avait braqué dessus sa carabine et ne baissait pas son arme.

On entendait dans la rue des coups de vent qui éparpillaient de la neige sur les fenêtres du hall.

Le hall vide.

Les ombres du soir et de la tempête avaient annulé les couleurs, réduisant l'affrontement à une image en noir et blanc.

Une forme figée devant la porte, semi-humaine, semi-animale, surmontée d'un sac de voyage renversé qui lui donnait un aspect farfelu et inquiétant, comme si elle sortait d'un recueil de collages surréalistes.

La carabine Simonov entre les mains de Kronauer. Une SKS de fabrication chinoise, peut-être précisément le modèle appelé autrefois Type 56 par les Chinois, ou peut-être pas.

Le silence entre les rafales de vent.

La légère odeur de graisse industrielle qui émanait de la carabine.

Les odeurs de renfermé, de carton et de bakélite radioactive qui flottaient dans le débarras.

C'est alors que la forme mystérieuse émit un souffle, un soupir de bête puissante. Puis, derrière la protection de cuir, une bouche commença à produire un fredonnement marmonné qui avait quelque chose de religieux dans sa musicalité élémentaire. Le vide du hall l'amplifiait suffisamment pour que les mots soient distincts. Pendant deux secondes, peut-être trois, Kronauer pensa qu'il s'agissait d'une imprécation sortie d'un esprit dérangé, et ensuite…

Kronauer n'avait plus de cheveux, mais, s'il en avait eu encore, ils se seraient dressés sur sa tête. Sous la doublure en coton de la chapka, la peau de son crâne se contractait.

– Quel est ton plan, Kronauer, soldat de pacotille? marmonnait la forme masquée.

Mot pour mot ce qu'il avait pensé à l'entrée de la rue principale, au moment où sous les coups de vent il hésitait encore sur la marche à suivre.

– Qu'est-ce que tu as prévu de faire, guerrier minable, tu veux tuer Solovieï? poursuivait la forme masquée. Et comment, pourquoi? Et ta solution de repli si tu le rates?… Et avec qui que tu partiras ensuite, si tu le rates pas?… Et pour aller où? Avec Myriam Oumarik et Bargouzine, le couple modèle, une nymphomane et un agonisant? Avec Samiya Schmidt et ses manuels anti-mâles, si elle existe encore? Avec la princesse froide Hannko Vogoulian?… Pour aller où? Pour faire quoi?… Tu as pensé à ça?…

La voix était déformée par l'épaisse membrane de cuir qu'elle devait traverser et elle reproduisait exactement les interrogations formulées dans la rue par Kronauer. On dirait ma voix, pensa celui-ci avec désespoir. Pas complètement, mais on le dirait. Mais non, pensa-t-il encore, c'est pas moi qui parle.

La créature masquée introduisait des modulations et des ruptures dans son discours, comme si elle était en train de se remémorer une ébauche de chant plutôt que des réflexions anxieuses, et de plus comme si elle n'attachait pas d'importance au texte qu'elle prononçait. Quand elle eut terminé sa récitation, elle la reprit intégralement, mais cette fois en haussant le ton et en parsemant les phrases de notes geignardes ou moqueuses. Le résultat était atroce. Puis elle se tut.

Ça peut être rien d'autre qu'un tour de passe-passe de ce sale sorcier, pensa Kronauer. C'est sa manière de faire. Un enregistrement à travers une membrane et, quand ça se termine, il le repasse. Et même si c'est pas lui qui se cache sous ce déguisement, c'est forcément une de ses créatures.

Il tenait fermement la carabine et son index était prêt à appuyer sur la détente, mais, comme il avait toujours des doutes sur la nature de sa cible, il observa encore un temps d'attente.

Il savait que, si le coup partait, la balle irait droit dans la poitrine de l'autre.

Inutile de faire durer ça, pensa-t-il.

Allez, pensa-t-il. De toute façon je suis fichu.

Et il tira.

• L'autre accusa le coup et se plia vers l'avant comme s'il venait de recevoir sur le ventre un sac de sable plutôt qu'une balle, puis il recula et s'éclipsa subitement sur la gauche, et seulement alors il commença à émettre des glapissements qui ne ressemblaient pas à des cris de douleur mais plutôt à des gémissements grotesques comme en produisent les clowns victimes d'outrages dans des numéros de cirque. Les plaintes se répercutaient dans le hall et Kronauer, galvanisé par un afflux d'adrénaline, se précipita vers la porte avec l'idée de voir l'état du blessé et, si nécessaire, de l'achever. Le sol du débarras était encombré, il faisait sombre, et il perdit du temps en trébuchant sur des cartons qui contenaient des écrans de télévision ou d'ordinateurs. Son cœur battait à un rythme accéléré, ses tempes avaient gonflé et palpitaient. À l'instant où il déboucha dans le hall, le blessé était en train de se glisser au-dehors. Il avait traversé le hall à grande vitesse, ouvert la porte, et déjà il disparaissait à l'extérieur.

Il n'y avait aucune trace de sang sur le carrelage du hall.

Je l'ai touché, pensa Kronauer. Mais l'hémorragie a pas encore eu le temps de tremper ses vêtements. Ça va bientôt dégouliner le long de son ventre et de ses jambes.

Il était un peu vexé de constater que sa victime tenait encore suffisamment debout pour s'être échappée du bâtiment.

Ben pourtant il a été blessé à mort, pensa-t-il. C'est parti en pleine poitrine. Il va aller mourir dans la rue.

Il traversa le hall à son tour, presque en courant car l'excitation assassine de la chasse l'avait saisi, et il souhaitait avant tout s'assurer qu'il n'avait pas raté sa proie. Il voulait voir sa proie couchée dans la neige, le manteau ouvert sur une plaie béante, il voulait s'approcher d'elle, se pencher sur elle, écouter ses râles et lui arracher son immonde cache-tête.

• Dans la rue principale, le jour n'était plus qu'un souvenir. Les dernières lueurs venaient du sol. Kronauer balaya les alentours du regard et ne vit rien. La neige continuait à tomber avec la même force que tout à l'heure. Le vent soufflait de façon irrégulière, sans direction bien arrêtée, en violentes rafales suivies d'accalmies imprévisibles.

Où est passé ce type ? se demanda Kronauer.

Sur les escaliers, on remarquait seulement les empreintes que lui-même avait laissées juste avant de pénétrer dans le bâtiment du soviet. Personne n'avait descendu les escaliers récemment. Si le blessé n'était pas un fantôme, il devait encore se trouver sur le seuil.

Tendu, prêt à faire feu une deuxième fois, Kronauer fit le tour de la dalle, explora l'arrière des colonnes qui agrémentaient la façade. Il n'y avait aucune cachette possible et la neige était vierge.

De nouveau, Kronauer sentit la peau de son crâne se contracter de peur sous sa chapka. Il se baissa et vérifia encore minutieusement les traces sur le sol. Personne, sinon lui-même, n'avait foulé le haut des marches. L'adrénaline qui l'avait propulsé à l'extérieur du bâtiment, qui l'avait porté en avant comme un prédateur sûr de son fait, était déjà tellement diluée qu'elle ne produisait plus aucun effet. Il sentit que ses jambes tremblaient nerveusement.

Solovieï, pensa-t-il. Crois pas que je sois impressionné par tes sorcelleries. Tes apparitions, tes disparitions, imagine pas une seconde que ça me fasse quelque chose. C'est du spectacle d'illusionniste. Je suis pas dupe.

Mais l'arrière de ses cuisses et ses mollets montraient de nets signes d'affaiblissement et il s'adossa à l'une des colonnes. Il avait la chair de poule.

Le vent, qui s'était calmé, reprit et tourbillonna autour de lui. Les flocons grésillaient sur ses paupières, des agglomérats d'étoiles. Il les sentait aussi s'écraser sur ses mains. Il n'avait pas encore les doigts gelés mais il savait que dans peu de temps il ne pourrait plus compter sur son index engourdi pour presser la détente au bon moment. Il mit sa carabine en bandoulière et enfonça ses mains dans ses poches.

La nuit était là. Les lampadaires du Levanidovo ne s'allumaient pas, soit que l'éclairage public eût été mis hors d'usage par Samiya Schmidt lors de la nuit précédente, soit que Solovieï l'eût délibérément coupé afin d'avoir l'avantage de l'obscurité. Le village paraissait mort. Personne ne descendait la colline après la journée de travail à l'entrepôt. Les kolkhoziens, les supplétifs recrutés dans l'au-delà, les filles de Solovieï restaient là-haut, dans la tiédeur, avec les rayonnements ionisants et la Mémé Oudgoul. Ils avaient peut-être jugé sage de ne pas s'aventurer pour l'instant dans la tempête de neige, ou encore, prévoyant des épisodes de violence au village, ils avaient préféré attendre que revienne le calme. Ils doivent être en train de s'organiser là-bas pour passer ensemble une soirée à côté du puits, pensa Kronauer.

Il avait l'impression de se retrouver seul au cœur du Levanidovo, pour un duel avec Solovieï dont la première manche se terminait en ce moment d'une manière inintelligible. Inintelligible et effrayante.

Il scrutait la rue, ce que la luminescence naturelle de la neige laissait voir. Des nuances dans les ténèbres. Des masses noires. Des stries en mouvement, incessantes, tourbillonnaires ou verticales. Des espaces clairs que l'habitude obligeait à dire blancs.

Aucune fenêtre n'était éclairée.

Le village s'évanouissait.

La neige sifflait en rafales qui lui fouettaient le visage.

Quand le vent se renforçait, les flocons frappaient les colonnes du soviet avec une multitude de bruits aigus, presque métalliques.

Rien de vivant ne se manifestait.

Je vais attendre ici un moment, pensa-t-il. Surveiller ce qui se passe et réfléchir à ce que je dois faire.

La neige battait contre ses paupières, sa bouche. Il resserra le lien de coton qui maintenait ses oreillères et lissa la courroie qui tenait sa carabine sur son épaule. Rapidement il remit sa main glacée à l'intérieur de la fourrure.

Pas la peine que j'aie les articulations qui répondent plus, pensa-t-il.

• Il se détacha de la colonne contre laquelle il s'appuyait et il descendit l'escalier, puis il se mit à marcher contre le vent sur une vingtaine de mètres. La rue était obscure mais il avait assez de repères pour s'y déplacer sans dévier. La neige et le vent le malmenaient. Il alla jusqu'à la maison de Hannko Vogoulian et il essaya d'ouvrir la porte. Contrairement à ce qui était à peu près la règle dans le village, elle était fermée à clé. Il s'y adossa et dirigea son arme sur le bâtiment du soviet. Si quelqu'un en était sorti à cet instant, il aurait tiré sans se poser de questions sur la nature de sa cible, sur sa ressemblance ou non avec la silhouette du président du kolkhoze. Il resta ainsi pendant une minute, assailli par des souffles polaires, avec le cliquètement des cristaux de glace qui rebondissaient sur sa pelisse, sa chapka, les oreillères de sa chapka. Il tenait sa carabine pour un tir au jugé, intuitif, suffisant pour atteindre n'importe quelle créature qui se fût présentée sur les marches du bâtiment du soviet. Mais personne ne sortait. Sans remettre sa carabine à l'épaule, il en épousseta le dessus, débarrassa ses mains de la couche de neige qui les couvrait et les glissa de nouveau dans ses poches, afin de les réchauffer.

La neige qui avait pénétré à l'intérieur de ses poches fondait avec réticence.

Il n'arrivait pas à se concentrer sur un plan d'action précis.

Et si je fichais le camp une bonne fois et tout de suite ? pensa-t-il. Si j'allais jusqu'à la forêt ? Il y a une cabane près de la première rangée d'arbres, je pourrais y passer la nuit, et ensuite… Ensuite, adieu « Terminus radieux »…

Ben non, se corrigea-t-il. Il faut d'abord que je venge Vassilissa Marachvili. Que j'en finisse avec ce monstre. Et d'ailleurs, la cabane, j'aurais du mal à la trouver, dans l'obscurité et le vent.

Puis il repensa à Vassilissa Marachvili. Il se forçait à susciter des images de sa courte union avec elle. Les images étaient pauvres, répétitives et sans vie. Un visage souriant, intemporel, toujours tourné vers lui selon le même angle. Son corps allongé dans les herbes au moment où il l'avait quittée. Un baiser au crépuscule, à l'insu d'Iliouchenko, des lèvres pressées contre les siennes, des mains qui se refermaient sur son dos, mais, finalement, il s'agissait de sensations anonymes, comme il en avait vécu aussi avec d'autres filles. Il devait admettre que l'attachement qu'il éprouvait pour elle était aujourd'hui plus abstrait que réel. En vérité, seule Irina Etchenguyen était inscrite pour toujours dans sa mémoire, et, au-delà du choc qu'il avait reçu en découvrant le cadavre de Vassilissa Marachvili, un cadavre qui avait été souillé magiquement, travaillé magiquement par Solovieï pour reprendre vie ou presque vie, au-delà du dégoût et de la rage que cette découverte avait provoqués en lui, il se rendait compte que sa volonté de tuer le président du kolkhoze avait des racines moins évidentes et moins avouables.

Pas la peine de finasser, Kronauer, articula-t-il muettement en entrouvrant les lèvres pour souffler sur les flocons qui y prenaient leurs aises, tu veux aussi descendre Solovieï en tant que mâle dominant, parce que c'est le vieux mâle qui domine la horde à «Terminus radieux». C'est des raisons de l'ère secondaire ou tertiaire. Ça vient de la nuit des temps et pour toi c'est pas une gloire.

Il bougeait à peine la bouche. Il mâchait autant de flocons que de mots et, à la fin de chaque proposition, il soufflait.

Il y a du langage de queue derrière toute l'affaire, pensa-t-il encore à voix muette. Tu supportes plus que les kolkhoziens tournent autour de leur président comme des planètes autour de leur soleil, tu en veux terriblement aux trois filles d'avoir été les complices de leur père pendant que toi tu allais et venais au Levanidovo comme un idiot. Tu veux punir Solovieï pour les abominations que Vassilissa Marachvili a dû subir. Tu as un fusil et tu as envie de tirer sur tout ce qui bouge. Mais, en dessous de tout ça, sous la couche de boue ignoble de meurtre et de vengeance, il y a tes spasmes de machine mâle frustrée, il y a cent millions d'années de queue animale qui te dictent tes faits et gestes de queue et tes pensées de queue. Et c'est surtout ça qu'il y a.

• À cet instant de son discours il lui sembla que quelqu'un avançait sur la rue principale, bien au milieu, à la hauteur de la Maison des pionniers.

On traversait alors un épisode plus calme entre les rafales, et la neige tombait verticalement. Elle était drue et noire, en flocons de moins en moins aériens, camouflant toute image sous un rideau épais et gris très, très foncé.

La forme que Kronauer avait imaginé voir marcher à la hauteur de la Maison des pionniers disparut dans l'obscurité puis réapparut, toujours en mouvement, mais sans avoir progressé depuis sa disparition. En réalité, bien qu'agitant les bras et se déhanchant, elle était enfoncée dans la neige jusqu'aux genoux et elle faisait du surplace. Elle faisait semblant d'avancer. Elle faisait théâtralement et grotesquement semblant d'avancer. L'énorme pelisse noire qui la protégeait empêchait de déterminer avec certitude s'il s'agissait d'un homme ou d'une femme. Son visage était dissimulé sous une écharpe et sur la tête elle portait un couvre-chef gigantesque, une sorte de papakha turkmène aux poils démesurément hirsutes, presque aussi volumineuse que tout à l'heure le sac de voyage qui servait de masque à la première créature de Solovieï. On pouvait penser à une sphère flamboyante sans flamboiement, à un soleil éteint, lançant dans toutes les directions, à défaut de rayons, ses longs tentacules gelés.

Kronauer épaula et visa. La pelisse noire se trouvait à cinquante ou soixante mètres. Il ne connaissait pas sa carabine et ce n'était pas une arme de sniper, mais il sentit que la balle volerait vers son objectif et frapperait à coup sûr, en pleine poitrine.

Et si c'était une des filles de Solovieï? pensa-t-il brusquement. Si c'était Myriam Oumarik?

Le déhanchement de l'autre pouvait effectivement rappeler les ondulations voluptueuses qui agitaient souvent le ventre et les fesses de Myriam Oumarik. Mais la pelisse annulait toute forme de corps, la neige brouillait l'image, la nuit interdisait toute certitude. À cette distance et dans le noir, Kronauer se préparait à tirer sur quelqu'un dont en fait il ne connaissait ni l'identité, ni les intentions.

Je peux pas faire ça, se dit-il. Ça a aucun sens.

Dans sa ligne de mire, la pelisse noire avait cessé de s'agiter. C'était à présent une meule de foin noire surmontée d'un semblant d'astre éteint et noir. Elle était bloquée en pleine neige, entre la Maison des pionniers et la coopérative communiste. Son immobilité totale rendait plus absurde encore un tir dirigé contre elle.

De la pétrification considérée comme un système de défense, se rappela-t-il. Un ouvrage post-exotique dont la réédition, au moment où il venait de faire connaissance avec Irina Etchenguyen, avait provoqué une polémique et quelques arrestations. Sous prétexte d'humour, le livre flirtait avec des positions contre-révolutionnaires. Irina Etchenguyen ne l'avait pas terminé et elle en disait pis que pendre.

Il pensa furtivement à Irina Etchenguyen, se détourna de sa fin malheureuse, puis, l'index replié sur la détente, il revint à l'observation de la forme pétrifiée. Il resta ainsi une demi-minute, toujours persuadé que l'infime déplacement de son doigt sur la détente pouvait envoyer vers sa cible une ogive qui se ficherait exactement en son centre. Le vent n'avait pas repris. La neige grêlait sur le col de son manteau, sur ses bras, sur la culasse de la Simonov. À l'autre extrémité de la trajectoire possible de la balle, la pelisse noire occupait le milieu de la rue et, peu à peu saupoudrée de gel, elle commençait à blanchoyer dans l'obscurité.

Kronauer baissa le canon de son arme. Il avait l'idée de tirer à quelques mètres devant la forme immobile, afin de tester sa réaction et de prendre une décision sur le sort qu'il lui réservait, mais à l'instant où il entamait son mouvement et changeait sa ligne de mire, son index pressa impatiemment la queue de détente et le coup partit. La détonation l'assourdit, il ferma les paupières. Il les rouvrit aussitôt, mais à cet instant précis il capta une lumière à l'extrémité de son champ de vision. Un éclat de lumière sur sa gauche. Sans avoir eu le temps de vérifier si la pelisse noire avait été touchée ou non, il tourna la tête vers le bâtiment du soviet.

Sur le seuil, quelqu'un venait d'apparaître, muni d'une torche électrique à la puissance défaillante dont le faisceau se dirigeait vers les escaliers, comme pour examiner les traces que Kronauer avait gravées dans la neige. Dans le cône jaune clair que projetait l'ampoule on voyait filer des milliers de flocons. Le personnage qui tenait la lampe était vêtu d'un manteau en poil de chien ou de loup, et sur les épaules, enveloppant et cachant sa tête, il portait une espèce de sacoche de cuir aux proportions extravagantes.

Kronauer modifia vivement l'orientation de sa carabine, visa la demi-valise qui occupait le sommet de son adversaire et tira. L'autre poussa un glapissement strident, éteignit sa torche et recula vers le hall du soviet où il disparut. Pendant huit à dix secondes, il enchaîna des plaintes qui paraissaient insincères et bizarres. Les cris résonnaient puissamment dans le hall. Puis tout se tut.

À ce moment, le vent reprit.

La neige gifla Kronauer, il s'aperçut soudain qu'il avait commencé à haleter comme après un violent effort.

La rue tourbillonnait.

Le vent se mit à hululer au-dessus du Levanidovo. Des paquets de glace éclataient autour de Kronauer, sur toutes les surfaces verticales à côté de lui et sur son manteau.

On voyait de moins en moins. À la hauteur de la Maison des pionniers, si la pelisse noire était toujours à la même place, on ne la discernait plus.

La nuit promettait d'être longue.

• La carabine pointée vers l'avant, Kronauer traversa la rue et se rapprocha du bâtiment du soviet. La lumière était misérable. Le vent projetait sur lui des éclaboussures hurlantes de neige et le poussait violemment sur le côté, sans le déséquilibrer véritablement, mais en l'obligeant à zigzaguer. Le froid lui pinçait le dessus des mains. Son index droit, qui hésitait entre le pontet et la détente, était en train de perdre sa sensibilité. Il le déplaça et le colla contre la carcasse en bois afin de ne pas risquer un tir accidentel. Le bois était aussi glacé que le métal. Avant d'escalader les marches, il scruta les alentours. La neige lui battait les paupières et, au-delà des premiers mètres, il ne distinguait que des sifflements grisâtres. Dans l'obscurité lui aussi était devenu une forme ininterprétable, semi-animale et dangereuse.

Il monta les marches avec prudence, plus par crainte de glisser que parce qu'il redoutait un assaut venu de l'ombre. Toutes sortes d'agressions étaient possibles – un coup de feu, un lancer de poignard, un coup de hache, un corps à corps avec un adversaire pesant deux fois plus que lui, qui dès la première seconde lui arracherait son fusil en même temps qu'une moitié de main. Toutes sortes d'attaques. Pourtant, dans l'affrontement en cours, il se voyait toujours chasseur plutôt que gibier. Il faisait attention au sol mais il avait la certitude d'avoir les choses bien en mains. Sous une mince couche de neige, la glace menaçait. Elle avait une bonne épaisseur et elle ne se fragmentait pas quand il posait le pied dessus.

Sans avoir dérapé et sans incident il pénétra dans l'espace ténébreux du hall et referma la porte derrière lui. Les gémissements irréguliers du blizzard se faisaient encore entendre, mais tellement affaiblis qu'au lieu de le contrarier ils soulignaient le silence qui régnait au rez-de-chaussée et dans le bâtiment tout entier.

Sur le qui-vive, Kronauer demeura longuement immobile près de la porte. Au moins une minute. Son index de nouveau était en place pour frôler la détente. Il essayait de surprendre des mouvements ou des souffles à petite distance ou plus loin dans le bâtiment, mais il ne surprenait rien. Après ce temps de vigilance, il brossa le plus gros de la neige qu'il transportait sur lui et sur son arme et, comme il l'avait déjà fait tout à l'heure, il secoua ses bottes en donnant des coups de pied contre le mur. Le bruit se répercuta dans le vide du hall. Il ne prenait aucune précaution pour se faire discret. Il savait que son entrée n'avait pas pu passer inaperçue et que son adversaire, s'il était encore dans les parages et l'observait depuis l'ombre, connaissait sa position à quelques centimètres près.

Afin de mieux entendre ce qui se passait autour de lui, il avait dénoué le lacet qui rabattait sur ses joues les oreillères de sa chapka. Où qu'il fût caché, son adversaire ne se manifestait pas. Paradoxalement, la lumière à l'intérieur du hall était meilleure que dans la rue. La clarté naturelle de la neige, ici, n'était plus contrariée par les tourbillons. Elle filtrait faiblement à travers les fenêtres, mais elle suffisait à Kronauer pour qu'il se repère et qu'il distingue les contrastes entre les murs badigeonnés de plâtre et les ouvertures noires qui lui faisaient face : le couloir menant aux appartements de Solovieï, les portes capitonnées qui donnaient sur les bureaux, l'entrée du débarras. Il attendit encore un petit quart d'heure que ses doigts se réchauffent, que la neige sur son arme ait fondu et que ses yeux s'habituent complètement à l'obscurité. Puis, alors qu'il n'avait toujours pas remarqué le moindre bruit suspect devant lui, il bougea. Tout en promenant sa carabine tantôt vers le couloir, tantôt vers les diverses portes du rez-de-chaussée, il se dirigea vers le débarras. Il n'avait pas eu le temps, tout à l'heure, de prendre un troisième chargeur, et il voulait avoir sur lui une bonne réserve de munitions. C'était d'autre part un endroit que maintenant il connaissait et qui, pour cette raison, lui semblait plus sûr qu'ailleurs. Il allait entrer là-dedans, chercher de nouvelles cartouches, faire une pause et réfléchir.

• Quand il fut arrivé sur le seuil du débarras, une sensation brutale de déjà-vu le paralysa. J'ai déjà vécu ça, pensa-t-il, tandis que l'anxiété montait en lui. Il se tenait dans l'encadrure de la porte, campé solidement, massif comme un ours et menaçant l'ombre devant lui. Je me suis déjà tenu comme ça sur ce seuil, pensa-t-il encore. Il hésita une seconde puis il retrouva l'usage de ses muscles. Il se dominait. Sans lâcher sa carabine, il tendit le bras gauche vers l'interrupteur. L'interrupteur produisit un bruit familier de culbute mécanique, mais le plafonnier réagit par un claquement sec accompagné d'un flash qui aveugla Kronauer et n'éclaira rien. L'ampoule avait grillé. Pendant un instant, l'empreinte blanche puis rouge de l'amorce incandescente persista sur les rétines de Kronauer et, devant lui, il n'eut plus qu'une image totalement noire sans la moindre nuance. Ça va être compliqué de retrouver le carton avec des cartouches, bougonna-t-il à moitié intérieurement, à moitié en soupirant. C'est trop pagailleux là-dedans pour trouver à tâtons les bonnes cartouches, poursuivit-il. Sa bouche remuait, un faible son geignard lui échappa. Puis, poussé par on ne sait quelle volonté d'être entendu ou de s'entendre lui-même, il se mit à marmonner de façon distincte, comme un ivrogne ou un chamane en train de s'échauffer avant une prière.

– Qu'est-ce que tu imagines, Kronauer? marmonna-t-il. Tu veux des cartouches?... Et contre qui que tu penses combattre, pauvre imbécile?... Tu vas soutenir un siège?... Tu as planifié une hécatombe?... Tu as un plan, Kronauer, soldat de pacotille?...

Alors qu'il formulait cette dernière interrogation, il reçut dans le ventre quelque chose de lourd qui lui coupa le souffle et l'obligea à se plier en avant. Une masse indéfinissable, jaillie du fond des ténèbres, s'était précipitée sur lui pour le frapper entre le sternum et la ceinture. La fourrure et le cuir de son manteau avaient en partie absorbé le choc. Il se plia et recula sous le coup. Ce qui l'avait bousculé était volumineux, désarticulé et mou. Il avait immédiatement écarté l'hypothèse d'une balle tirée par une arme dont il n'aurait pas entendu la détonation. Le silence dans le débarras était intense. C'était plutôt un sac de sable ou un animal mort qui avait volé vers lui horizontalement à grande vitesse. Un projectile magique ou une saloperie inventée par Solovieï, pensa-t-il, puis, comme il perdait l'équilibre, il fit un deuxième pas en arrière.

Il recula encore d'un mètre en glissant sur le carrelage. Il avait poussé un gémissement de surprise et de douleur et, maintenant, il se taisait. Le sac de sable ou le cadavre qu'on avait projeté sur lui avait rebondi quelque part au milieu des ténèbres et s'était pesamment immobilisé, sans doute en travers du seuil. Un cadavre de gros chien ou d'humain, pensa-t-il.

Dans le débarras, personne ne donnait signe de vie. C'est pourtant venu de là, pensa-t-il. Il était en train de se redresser lentement. Il avait toujours sur l'estomac l'impression d'une pesée violente. Un animal mort, un gros chien ou un loup, pensa-t-il encore. C'est ça qu'on m'a jeté dessus. Ou un corps de quelqu'un.

Bah, ça a pas de sens, pensa-t-il encore. Il essayait de ne pas se représenter les choses. La peur rôdait dans ses entrailles et il voulait à toute force la nier.

Maintenant il avait retrouvé une position verticale. Sous sa semelle droite, une petite bosse de glace s'était incrustée et chassait sa botte sur le côté quand il s'appuyait dessus. Son ventre et ses hanches étaient endoloris. Ce que je sais, c'est qu'on m'a attaqué, pensa-t-il. Il orienta la SKS vers les profondeurs du débarras et il fit feu à deux reprises. Les balles filèrent dans de la ferraille, ricochèrent. Quelque chose tomba, une boîte métallique, son contenu s'éparpilla brièvement, peut-être des pièces de monnaie ou des médailles, puis rien. Dans le hall, l'écho des détonations courait d'angle en angle avec une évidente jouissance et mettait de la mauvaise volonté à décroître. Le vacarme était considérable. Puis les coups de feu appartinrent véritablement au passé et de nouveau Kronauer sentit son cœur battre entre ses côtes et sa gorge.

Il était à présent debout devant l'embrasure noire du débarras, au centre d'une bouffée de graisse chaude et de poudre. Et, comme aucun signe de vie ou de mort ne naissait dans les ténèbres, il ne savait plus quelle attitude adopter face à l'obscurité, face aux sortilèges qui se succédaient et face à la peur qu'il écartait sans cesse mais qui revenait encore et encore.

La peur. Elle rôdait, elle s'effaçait, il la refoulait. Mais elle était là.

• Il excluait d'entrer dans le débarras. Impossible de savoir si les deux balles lâchées au hasard avaient touché celui qui se cachait dans le local – celui qui se tapissait là-dedans, totalement immobile et silencieux, sans doute ni blessé ni tué, retenant sa respiration et guettant la meilleure occasion pour contre-attaquer. Le président du kolkhoze, ou une des créatures qui l'entouraient servilement dans ses hideux poèmes. De toute façon quelqu'un qui possédait assez de pouvoirs magiques pour faire voler une carcasse humaine ou semi-humaine ou animale, ou peut-être simplement un sac rempli d'organes et de viande. Si ça se trouve, pensa Kronauer, il compte que je vais mourir de peur. Il était prêt à faire feu une nouvelle fois et il se concentrait pour déceler rumeur ou mouvement. Mais il ne décelait que de l'absence.

À reculons, sans cesser de scruter l'entrée noire du débarras, il traversa le hall. La lumière était misérable mais, une fois qu'il eut senti dans son dos un mur à quoi s'appuyer, il l'estima suffisante pour surveiller le théâtre des opérations et il alla se poster dans un coin. Il était à l'écart des fenêtres. Si des traces de lueur venaient du dehors, aucune ne le frappait directement. Il avait l'impression d'avoir trouvé un endroit qu'un regard hostile pourrait difficilement atteindre. C'était absurde, surtout si l'on considère à quel adversaire il avait affaire. Mais il avait cette impression. La SKS en position de tir, il se mit à prendre en ligne de mire tantôt l'entrée du débarras, tantôt l'entrée du couloir qui menait chez Solovieï, tantôt la porte de la rue.

Avec ces mouvements de carabine continuels, il n'était pas du tout discret, et, ayant admis que de toute façon il serait détecté par l'ennemi, il s'autorisa à bouger un peu pour se réchauffer. Il ne se trouvait plus exposé au vent glacial, et la pelisse que Hannko Vogoulian avait choisie pour lui était chaude, ses bottes fourrées à l'intérieur le protégeaient du froid qui montait du sol, mais l'anxiété avait affaibli son organisme et il était parcouru de frissons. La température de ses mains ne remontait pas. Il souffla dessus et il s'agita un peu afin de se dégourdir tout entier. Il avait encore sur le ventre la sensation du contact avec cette masse volumineuse qu'on avait lancée sur lui depuis les ténèbres et, plus il y réfléchissait, plus il était convaincu qu'il avait reçu sur le ventre une chose répugnante. Un cadavre ou un gros balluchon rempli de graisse et de viande, se répétait-il en tapant des pieds sur le dallage, autant pour accélérer la circulation de son sang dans les jambes que pour faire du bruit et distraire son corps du dégoût et de la frayeur qui l'empoisonnaient.

Quand il pointait sa carabine vers le débarras, il s'efforçait de déchiffrer l'ombre épaisse et d'y apercevoir cette masse qui, après l'avoir violemment bousculé, s'était affalée sur le seuil. Elle aurait dû être en travers de l'entrée ou sur le carrelage, tout près de la porte. Or le carrelage semblait net de toute présence. Je sais bien pourtant que j'ai pas rêvé, pensait-il. Ça m'a foncé dessus à l'horizontale, c'était lourd, ça a volé vers moi à toute allure et ensuite j'ai entendu que ça retombait par terre. Ça devrait être juste à cheval sur le seuil. Ou alors ça a rampé en arrière sans que je l'aie remarqué. Ça a rampé en arrière, ça a glissé sans bruit, c'est retourné d'où que c'était venu.

J'aurais dû tirer dessus au bon moment, se reprocha-t-il.

Va savoir si ça va pas se reprécipiter sur moi sans que je puisse rien faire, pensa-t-il. Aussi vite ou même plus vite que la première fois. Aussi vite qu'une balle.

Il resta tranquille plusieurs minutes. Il visait l'entrée du débarras, un rectangle noir sur noir. De là pouvait aussi partir un tir mortel et, s'il était bien ajusté, il serait incapable d'y répondre. L'idée de recevoir une balle ne le dérangeait pas. Sans appeler la mort de ses vœux, il en acceptait l'éventualité, d'une part parce qu'il était soldat et d'autre part parce que ç'aurait été une manière rapide de quitter le Levanidovo et son atmosphère délétère, ses entre-deux et ses pièges oniriques. Et au moins cela mettrait fin à cette traque amok, à cette rage amok et à cette peur amok et à tout ce qui les accompagnait – une régression sinistre à l'état de chasseur primitif, une mise en veilleuse de l'intelligence au bénéfice de l'instinct, et surtout, au fond, une volonté irrépressible de tuer, d'abattre et de meurtrir, quitte à ne même plus se souvenir de ce qui avait motivé ce cauchemar.

Je sais même plus si j'ai déraillé ou non des principes marxistes, pensa-t-il. Puis il n'y pensa plus.

Une demi-heure s'écoula. Kronauer s'était remis à un peu s'agiter. Il était tantôt debout, tantôt accroupi. La plupart du temps, il pointait sa SKS sur l'ouverture du débarras, mais là-bas rien ne bougeait et il n'y avait aucune raison de déclencher un tir.

• Dans le bâtiment du soviet régnait une paix surnaturelle. Si l'on excepte quelques gestes de Kronauer, il ne s'y produisait plus aucun événement. Seuls les bruits du dehors emplissaient l'espace. Les bruits venus du dehors et l'obscurité.

Les assauts du blizzard dans la rue.

Les paquets de neige qui s'éparpillaient violemment contre les fenêtres.

Les hululements du vent qui prenait la rue en enfilade.

Et, à l'intérieur des murs, rien à signaler.

De l'attente. Un guet interminable. Parfois une respiration un peu plus forte, un hoquet d'angoisse que Kronauer n'avait pu réprimer.

Du noir. Une attente noire. Les minutes passaient, chacune plus oppressante que la précédente. Est-ce que je suis en train de combattre ou en train de dormir ? pensa Kronauer. Une incertitude noire.

Une deuxième demi-heure s'écoula.

N'y tenant plus, Kronauer traversa vivement le hall, se planta à l'entrée du débarras et tira dedans une série de trois balles, privilégiant des directions où il pensait que quelqu'un aurait pu être étendu ou debout. Les balles touchèrent des obstacles durs, des murs. On entendait des objets en métal s'envoler puis tomber avec fracas sur le sol. Manifestement, aucun adversaire vivant ou mort, composé de viande et de graisse, n'avait reçu le moindre projectile. Les douilles vides rebondissaient sur le carrelage au pied de Kronauer. Il laissa s'effacer les échos des détonations, l'odeur de la poudre. Les brèves secondes de la fusillade s'étirèrent un moment encore puis se dissipèrent. Elles n'avaient abouti à rien. Kronauer avait espéré un cri, un soupir ou au moins le bruit de l'acier trouant un organisme ennemi. Mais rien de tel. Il ne bougeait pas sa carabine, il était bien en équilibre devant la porte, comme consterné par l'absence de résultat de son offensive, ou peut-être aussi en méditation avant de recevoir de la mitraille, car il se savait plus que jamais exposé à un tir de riposte. Il avait envie de se balancer comme un ours en face du danger, ou comme un malade mental en face de lui-même, mais il se retenait de le faire. Le temps d'un éclair, il se demanda s'il ne devrait pas dire quelque chose, autant pour s'adresser aux menaces qui l'entouraient, et qui avaient de moins en moins forme humaine, que pour entendre une preuve de vie venant de lui. Puis l'idée s'éteignit. Le reste de ses pensées était confus. Il resta ainsi une minute, peut-être deux, pétrifié et indécis. Puis, comme rien ne se passait, il s'écarta.

• Il dépassa les portes capitonnées qui ouvraient sur des salons administratifs et, après un dernier regard circulaire sur le hall désert, il s'engagea dans le couloir qui menait aux domaines privés de Solovieï. Maintenant il était entré dans une partie du bâtiment qu'il ne connaissait pas et il avançait avec lenteur. À la suite d'on ne sait quel raisonnement ténébreux, il lui semblait qu'il ne rencontrerait pas de traquenard à cet étage, ce qui ne l'empêchait pas d'être prêt à faire feu au moindre changement de densité de l'ombre, à la moindre impression de présence suspecte. Il progressa dans le couloir d'abord sur un mètre et demi, puis il fit deux mètres. Le sol était parqueté, les lattes grinçaient. Le bruit signalait à tout moment sa position. Il se baissa brusquement et se figea. À quoi que ça te sert de t'accroupir, Kronauer ? pensa-t-il. Tu fais trop de bruit, même ton manteau en finit pas de chuchoter en frottant par terre. Tu attires l'attention sur toi. C'est ça que tu veux ?... Tu veux qu'un salaud te descende avant que toi tu aies eu le temps de faire le nettoyage à « Terminus radieux » ?

Après quelques instants de réflexion il se dit que l'obscurité le désavantageait et qu'il ne perdrait rien à essayer de faire de la lumière. Il se releva et recula jusqu'au début du couloir. Le parquet craqua violemment sous lui. Tout en continuant à braquer son arme vers les ténèbres, il promenait à présent la main gauche sur le mur. Il ne mit pas longtemps à sentir sous ses doigts la forme saillante d'un interrupteur. Il appuya dessus aussitôt. Le président du kolkhoze n'avait pas songé à couper le courant, ou il avait estimé que ce n'était pas nécessaire. Sans transition, Kronauer se retrouva sous la lumière des trois plafonniers qui éclairaient le corridor sur toute sa longueur. Le corridor était vide. Il n'y avait là personne sur qui décharger sa carabine.

Le décor ne présentait rien de particulier, et on peut même dire qu'après l'action des heures précédentes, et sous cette lumière vive, il était d'une banalité effarante. Tout était peint en couleurs claires, jaune paille, vert administratif. L'air tiède sentait les radiateurs chauds et le vernis. À la droite de Kronauer, un escalier montait vers l'étage. Kronauer orienta sa SKS sur les marches puis de nouveau l'aligna sur le couloir. Il avait la certitude qu'il était inutile de chercher dans les hauteurs. Une certitude fondée sur rien, mais très forte. À l'extrémité opposée débutait un escalier qui allait vers le bas. C'est par là, pensa-t-il. Il ne raisonnait guère, il avait l'esprit traversé de phrases décharnées et pauvres.

Deux pièces donnaient dans le couloir. C'étaient des lieux sans âme, avec des meubles de bureau, des chaises dépareillées ou démolies. Des salles d'attente plus que des salons ou des chambres. Dans la première il y avait un divan et une table basse sur laquelle patientaient minablement une carafe brisée et des verres noirs de poussière. La carabine en avant, Kronauer donnait un coup de pied dans la porte, allumait, balayait l'espace du regard, puis il revenait dans le couloir. Il respectait ainsi le théâtre de l'intervention commando en milieu fermé. Toutefois, il continuait à être persuadé que Solovieï ne se cachait pas là, que Solovieï l'attendait ailleurs, dans les sous-sols du bâtiment, et il ne faisait que repousser le moment où il devrait s'enfoncer sous terre à la recherche de sa cible. Une fois ressorti de la deuxième pièce, il sut qu'il ne pouvait plus différer l'épisode suivant. Il allait devoir descendre l'escalier au bout du couloir.

• Il ne compta pas les marches. Il y en avait peut-être vingt ou vingt-cinq. Quand il eut atteint la dernière, il fut alerté par un bruit venu d'en haut. Dans l'embrasure venait d'apparaître une silhouette dont la tête était cachée par un baril de plastique dans lequel deux trous avaient été percés pour la vue. Ce récipient avait été découpé pour pouvoir tenir sur les épaules et ainsi ressemblait très approximativement à un casque de cosmonaute aux proportions monstrueuses. Par contraste, et bien qu'élargi et gonflé par un manteau en queues de renard, le corps de l'intrus semblait de dimension modeste.

C'est peut-être une femme, pensa Kronauer.

Ben oui, peut-être une femme, mais, qui que ce soit, c'est une créature de Solovieï, compléta-t-il.

Il leva sa carabine vers le couloir et tira. Une première balle sans doute trop haut et, immédiatement, une deuxième balle qui alla au but.

Homme ou femme ou autre chose, la silhouette bondit en arrière et, une fois invisible, elle se mit à pousser des cris sinistres et inarticulés, stridents, de douleur, de désespoir ou de fureur.

Kronauer se réjouit de ne pas avoir manqué sa cible. Les cris l'impressionnaient et lui pinçaient le cœur, mais la joie idiote du chasseur dominait, cette satisfaction physique que ressentent les prédateurs pendant la mise à mort. Ben voilà, pensa-t-il sans développer.

Il regarda plusieurs secondes vers le haut. Ses mains tremblaient.

Ses mains de tueur amok, d'insane infligeant la mort à toute personne de rencontre. Elles tremblaient.

Les cris cessèrent brusquement. Il était debout sur la dernière marche de l'escalier et il sentait en lui la vibration frénétique de l'après-meurtre.

Là-haut, la lumière s'éteignit.

Ben oui, ça s'éteint, pensa-t-il encore, sans pousser plus avant le raisonnement.

• Il descendit la dernière marche et il fut dans la chaufferie, et, aussitôt, un peu d'esprit lui revint. Maintenant il se trouvait tout près du nid de Solovieï. Maintenant il allait avancer dans un territoire dont il ne connaissait rien et où la moindre attaque contre lui serait fatale. Ça sera dur de se protéger, pensa-t-il. L'endroit était éclairé et, en dépit du fouillis de tubes, de câbles, de canalisations et de machines, présentait à première vue peu de cachettes. Kronauer serra les dents, fit quelques pas et se faufila derrière une cuve posée sur des cales de béton. Ainsi au moins il éviterait un tir de face, et d'autre part c'était un bon poste d'observation pour se familiariser avec l'espace où maintenant allait se dérouler la bataille.

Outre les installations qui s'étendaient avec exubérance sur toute la surface du sous-sol, il y avait des entrées de tunnels. Kronauer les découvrait et il n'avait pas l'intention de s'y aventurer. Tu as aucune idée du tracé de ces galeries, pensa-t-il. Va pas t'enfiler là-dedans, ça serait ta fin au premier tournant. Il n'avait jamais été averti de l'existence d'un tel réseau souterrain qui, comme on le sait, permettait d'assurer la circulation des villageois quand les températures trop basses et les murs de neige s'y opposaient. Ils m'ont rien dit de pareil, pensa-t-il. Comme pour Vassilissa Marachvili, ils m'ont tenu à l'écart. Ils m'ont livré aucune information sur rien. La rage l'étouffa à nouveau. Il jura à voix basse, contre les habitants du Levanidovo, contre Solovieï, des imprécations en russe et en mongol des camps, en allemand des fosses communes. Ils m'ont piqué avec leurs sales aiguilles de phonographe, se plaignit-il, ils m'ont engourdi l'intelligence jusqu'à l'os, toujours ils se sont arrangés pour que je raisonne petit et mollement, sans rien comprendre à leurs manigances !

Il se ressaisit. La carabine de nouveau tremblait entre ses mains, cette fois plus à cause de l'inquiétude que par l'effet d'une excitation assassine. Il s'appuya contre le mur. Faut que tu te concentres, Kronauer, c'est la guerre. Perds pas ton énergie en récriminations. L'ennemi t'a peut-être déjà mis en joue, c'est pas le moment de flancher. Il marmonna encore quelques jurons mongols pour se donner du cœur au ventre. En quelques instants, le tremblement de ses mains s'atténua. Il avait réussi à retrouver au moins une partie du calme nécessaire pour attaquer et pour essayer de tuer.

Devant lui, sur des dizaines de mètres, s'épanouissait le conglomérat complexe, désordonné et absurde que les ingénieurs agonisants avaient conçu pour garantir l'éternité électrique du Levanidovo. Tout en évaluant la configuration des lieux, Kronauer eut une pensée pour ces héros et ces héroïnes, ces techniciens hors pair envoyés par la capitale pour réaliser l'impossible et sauver la population, ou du moins assurer aux survivants un confort minimum. Les nôtres, pensa-t-il. Ces hommes et ces femmes courageux, n'hésitant pas à l'heure du sacrifice, qui avaient dit adieu au repos et au sommeil, avec l'abnégation qui caractérisait depuis toujours les partisans, les non-repentis et les égalitaristes purs et durs. En moins de trois semaines, tandis que leurs intestins et leur cervelet se défaisaient en serpillières charbonneuses, ils avaient mis en route les circuits indispensables pour que les turbines tournent et que le courant se rétablisse. Puis ils s'étaient enfin séparés de leur corps douloureux, de leur chair nauséabonde.

Kronauer mit fin à son hommage fraternel et pendant la minute suivante il fut entièrement occupé par des repérages militaires. Pour s'approcher de la pile il allait devoir franchir un lacis compliqué de tuyaux et de tubes, longer des pompes, des cuves, des chaudières à mazout transformées en chaudières à vapeur, des containers faisant office de piscines de maintenance, ainsi que des portes goudronnées, n'ouvrant sur rien, qui étaient peut-être l'ébauche d'un espace de confinement qui n'avait pas eu le temps de se concrétiser. Cet univers compact était alourdi encore par un réseau de câbles et une multitude de boîtes de dérivation qui pendaient et serpentaient en tous sens. Les déprédations commises la nuit précédente par Samiya Schmidt avaient ajouté à cela des fuites de vapeur ou des écoulements d'huile et d'eau chaude le long des murs. Le ciment sur quoi Kronauer se préparait à avancer était souillé de flaques noires. Va savoir si c'est de l'eau lourde, de l'eau de vie et de mort, ou des goudrons, pensa-t-il. Il observait la surface qui paraissait brillante, quelques bulles qui de temps en temps augmentaient de volume puis éclataient. Va savoir, pensa-t-il.

• Il commença à avancer vers la pile. Il ignorait nombre de secrets du kolkhoze, mais, par des indiscrétions des uns et des autres, il savait que Solovieï avait coutume de dormir ou de se reposer dans la chaufferie du soviet, à proximité du cœur atomique. Il avait appris cela et, une semaine plus tôt, il avait rêvé que lui-même était entré dans une petite centrale

nucléaire, à la suite de Solovieï et dans le but de l'espionner.
Il avait alors vu Solovieï s'introduire dans un compartiment
où rougeoyaient des tubes remplis d'une matière grondeuse,
secouer sa touloupe de paysan et débiter devant les flammes et
pour les flammes un poème insane, incestueux. Cette image
onirique l'avait frappé à son réveil, mais il l'avait oubliée,
et voilà que maintenant elle revenait avec force devant lui,
se plaquant sans grande distorsion sur l'univers réel. De
nouveau il se trouvait dans une petite installation atomique,
sur un chemin qui menait à la fois à Solovieï et vers un espace
de braises radioactives, de ténèbres et de magie. S'il y avait
un endroit où le président du kolkhoze pouvait s'être réfugié
en attendant que cicatrise la blessure que lui avait infligée
Samiya Schmidt, c'était bien là.

• L'ensemble du sous-sol était baigné de chaleur. Derrière
des boucliers dérisoires, les matériaux fissiles rayonnaient.
Les canalisations étaient brûlantes. Certaines se couvraient
d'étincelles qui ressemblaient à des coulées d'insectes et,
après quelques secondes de grésillement, s'évanouissaient.
Des lueurs se succédaient, atténuées par l'éclairage électrique,
mais blanches, bleues, parfois d'un noir corbeau très brillant.
On ne pouvait guère s'approcher des murs de béton qui
émettaient des vibrations de four. À l'entrée d'un des tunnels,
les conduites d'évacuation aspiraient jusqu'à la forêt les
nuages expulsés par les turbines, mais en amont les joints
gigantesques fuyaient. Les jets de vapeur qui s'échappaient
continûment n'arrangeaient pas la température. Sous son
lourd manteau de fourrure, Kronauer à présent étouffait. La
sueur lui roulait sur tout le corps. Il sentait sur son front que

la digue formée par le rebord trempé de sa chapka était en train de céder. Déjà des gouttes ruisselaient sur ses tempes, suintaient vers ses paupières, lui piquaient les yeux. Aux endroits où il l'agrippait, sa carabine était mouillée. Il essuya sa paume droite sur sa pelisse. Les poils avaient emprisonné de la neige fondue. Il replaça sa main sous le pontet. Elle était encore plus humide qu'avant.

• Combien de fois que j'ai tiré ? se demanda-t-il subitement. Combien de balles qui me restent ?

Il essaya de compter les tirs qu'il avait effectués dans le bâtiment ou dans la rue, mais il se perdit dans son calcul et il laissa la question sans réponse. Il était arrivé trop près du nid de Solovieï pour désarmer sa SKS et examiner le magasin, ou reprendre ses exercices de mémorisation. Ce n'était pas non plus le moment de dégager sa main droite pour se mettre à fouiller dans sa poche à la recherche de la lame-chargeur qu'il avait réquisitionnée dans le débarras. Il n'était pas très sûr qu'il y eût encore une cartouche dans la culasse de son arme. Il l'espérait, mais il n'en était pas très sûr.

Maintenant il longeait centimètre par centimètre la paroi d'un cube de béton à l'intérieur duquel bourdonnait la pile nucléaire bricolée par les ingénieurs et les héros. Il avait atteint le nid de Solovieï. Le mur sentait la viande carbonisée, les actinides. Des canalisations zigzaguaient sur le sol, à tout moment parcourues de vagues d'étincelles qui s'éteignaient puis renaissaient presque aussitôt, comme des frissons, comme un duvet soulevé par le vent, comme un phénomène lié à de la vie, à du vivant ou à une espèce de mort du même genre. Les étincelles étaient grises, quelquefois orange. Quand Kronauer posait le pied sur un de ces tubes, les crépitements cessaient, mais il sentait qu'ils se communiquaient à son corps et traversaient ses os, et, l'instant d'après, le canon de la SKS à son tour se hérissait de minuscules flammèches. Par terre s'étalaient des flaques huileuses, secouées de rides, anormalement brillantes. Kronauer les évitait mais, quand il ne pouvait faire autrement, il marchait dedans avec répugnance.

Puis il se faufila jusqu'à l'entrée du cube de béton qu'il venait de contourner. Il ne pouvait accéder à l'entrée proprement dite qu'en franchissant une demi-barricade faite de câbles goudronnés et de conduites brûlantes. Il fut alors en face d'un matelas racorni, crasseux ou saupoudré de suie, qui était entouré d'eau naphteuse et de pénombre. Une étourdissante odeur de bakélite en fusion sinuait depuis l'espace noir. Comme Kronauer l'avait à la fois prévu et redouté, Solovieï était dans son nid. Il se tenait assis sur le matelas, jambes repliées, les bottes ramenées sans précaution sur sa couche, contribuant à la salir encore un peu plus.

On ne sait pourquoi, ce détail insignifiant choqua Kronauer. Regardez-moi ça, cette brute, pensa-t-il en un éclair, cet animal, il met les pieds là où on s'allonge pour dormir.

• Le président du kolkhoze avait une horrible blessure à la tête. Déjà en voie de guérison, certes, grâce aux onguents et à l'eau vivante que la Mémé Oudgoul avait appliqués dessus à la fin de la nuit précédente, et Solovieï appartenait à une catégorie de créatures qui se reconstituent vite quelle que soit l'étendue des dommages physiques subis, mais elle restait encore tout à fait hideuse, cette blessure. La tige de fer que Samiya Schmidt lui avait enfoncée dans l'œil était toujours en place. Solovieï avait sans doute demandé à quelqu'un de tirer dessus, ou peut-être lui-même s'était-il chargé de le faire, mais la douleur avait interrompu l'opération et la tige pointait plus que jamais hors de l'oreille gauche, marbrée de cervelle grumeleuse et d'éclats d'os. De ce côté-là, la broussaille des cheveux de Solovieï était poisseuse, comme imprégnée de vase. L'endroit par lequel la tige de fer avait pénétré jusqu'à l'oreille gauche n'était plus qu'une poche de bouillie sanguinolente. Le visage du président du kolkhoze avait perdu sa prestance léonine et il fallait faire un effort pour y déceler autre chose que la mutilation et la souffrance. Son œil valide était fermé. Il l'entrouvrit et Kronauer reçut en une demi-seconde toute la méchanceté méprisante dont Solovieï était capable, toute sa moquerie maléfique et sa colère.

Sur le matelas, il y avait des bandages défaits, des compresses imprégnées de liquides brunâtres, des linges souillés d'un emplâtre semblable à une bouse de vache. Et un sac en cuir semi-rigide, qui avait été aménagé et taillé pour devenir un masque colossal.

Il a enlevé son masque, pensa Kronauer. Puis, sous l'effet du regard qui l'avait fusillé l'instant d'avant, il ne réussit pas à en conclure quoi que ce fût. J'ai été à la guerre, pensa-t-il. Des gueules cassées, j'en ai vu. Ça fait toujours impression.

Ben oui, pensa-t-il avec lourdeur. Ça fait toujours une sacrée impression.

Il se tenait debout dans une mare de liquide noir.

• La carabine de Kronauer pointée droit sur le haut de la poitrine de Solovieï, à la naissance du cou.

Le ronronnement discret des turbines.

Une odeur écœurante de bakélite fondue.

D'autres odeurs, de métal chaud, de plutonium furibond.

Solovieï assis sur un matelas sale, un sans-abri surpris au fond d'une cave.

Autour du matelas, le sol couvert d'une eau bulleuse, épaisse comme une encre.

La tête mutilée de Solovieï.

Son œil droit soudain grand ouvert, méchant, doré.

Les tuyaux qui se croisent anarchiquement au deuxième plan de l'image, devant, derrière, sur les côtés, formant des mini-labyrinthes, respectant des plans dessinés par des plombiers schizophrènes.

Une chaleur de sauna sec.

Parfois de brèves lueurs intenses dans la chaufferie, comme des flambées de magnésium.

Les envols d'étincelles depuis les soudures, depuis le matelas, depuis le manteau et la carabine de Kronauer, depuis les blessures de Solovieï.

Une porte enduite d'un velours de petites flammes immobiles.

Parfois le clapotis de l'eau très-noire, qui s'énerve toute seule.

L'enfer atomique derrière la porte.

Kronauer trempé de sueur, aveuglé par la sueur, sentant monter autour de lui l'odeur de sa peur.

De temps en temps un reniflement de Solovieï, puis rien.

La pénombre.

L'attente.

• Soloviei ne bougeait pas, il se contentait de fixer d'un œil hypnotiseur celui qui le menaçait.

Kronauer, en position de prononcer quelques mots avant de tirer sur l'autre, chercha pendant quelques secondes ce qu'il pourrait dire. Rien ne lui venait à l'esprit, aucune proclamation vengeresse, aucun argument justifiant l'exécution à venir. Ben pourtant, pensa-t-il. Aucune image ne flamboyait devant lui, aucune représentation des vilenies dont il aurait pu accuser le président du soviet. Il ne se rappelait que très confusément la raison pour laquelle il était là, dans ce sous-sol, avec un fusil de guerre pointé sur un blessé silencieux. Une femme apparut à sa conscience, mais il ne la reconnaissait pas ou si mal qu'elle se réduisait à une ombre conventionnelle. Il avait oublié à quoi ressemblait Vassilissa Marachvili avant, pendant et après les manipulations que Soloviei lui avait fait subir. Il revit Irina Etchenguyen dans ses bras, heureuse et jeune, puis mourante à l'hôpital, puis morte, massacrée. Il se rappelait que quelqu'un lui avait dit récemment « Je suis avec toi », certainement une femme, mais il se demandait si la phrase avait été prononcée dans la réalité ou dans un rêve. Quant à savoir comment s'appelait cette femme qui l'avait ainsi assuré de sa sympathie, et quelle espèce de relation il avait entretenue avec elle, il était incapable de s'en souvenir. C'était peut-être de nouveau Irina Etchenguyen, ou Vassilissa Marachvili, ou une fille de Soloviei, la plus jeune, celle qui avait eu le cran de tabasser Soloviei et de lui planter un tuyau de cuivre dans la cervelle.

Il n'essayait même plus de faire surgir en lui le nom ou la figure de cette fille. Il était épuisé. La crise de violence amok allait vers sa fin, et, comme une crise d'épilepsie, elle entamait sa phase de reflux en substituant à sa conscience une pâte laiteuse, faite d'images inachevées et de déchirures. Il se sentait las, extrêmement las. Pas la peine de faire des phrases, pensa-t-il. Pas la peine de remuer toutes les boues de ta mémoire, Kronauer, pensa-t-il. Une atroce fatigue lui tombait dessus. Son cerveau ne s'attachait plus qu'à des vétilles : son odeur de sueur, la saleté du matelas, l'avenir du marxisme-léninisme.

Il se raccrocha à son arme. Ben j'ai rien à dire, pensa-t-il. J'ai seulement à terminer le travail.

Là-dessus, il appuya sur la détente. Le percuteur cliqua dans le vide.

— Dis donc, je croyais que tu étais un bon soldat, fit remarquer Solovieï d'une voix pleine de gouaille, déformée par sa bouche tuméfiée.

— J'ai épuisé mon chargeur, expliqua Kronauer.

Il se tenait, penaud, hébété de sueur et de chaleur, les mains gourdes.

Trois secondes passèrent.

— Regardez-moi ça, cette brute, commenta méchamment Solovieï. Cet animal. Il met les pieds là où on s'allonge pour mourir.

— Quoi, qu'est-ce que… bredouilla Kronauer.

Il baissa les yeux puis la tête. Les semelles de ses bottes trempaient dans une mare d'eau noire. En dessous, quelque chose de brûlant vibrait. Du ciment irradié, ou peut-être déjà la matière indescriptible dans laquelle on marche pendant quarante-neuf jours après la mort, quand du moins on a ce courage ou cette chance.

— Ben quoi, c'est que de l'eau noire, dit-il.

C'était de l'eau noire, en effet, ou de l'huile, et, comme elle avait les propriétés d'un miroir, il aperçut dedans son reflet. Il vit, outre une toque de fourrure, une physionomie de tueur bestial, son regard sans lumière, et, presque aussitôt, une pelle ou une bêche qui s'abattait sur lui. Quelqu'un s'était approché de lui par-derrière et, sans sommation, venait de le mettre hors d'état de nuire.

Ben ça y est, pensa-t-il, quelqu'un m'a fracassé le crâne.

Puis il s'affaissa et il se coucha là où Solovieï l'avait annoncé, dans l'eau noire.

.22.

• Tandis que la mitraille volait il infléchit sa route puissamment ténébreuse et, sans arrêter de sautiller de braise en braise, il lança derrière lui des leurres qui lui ressemblaient, leur donnant vie et mouvement grâce à des souvenirs qu'il puisait à la fois dans la mémoire de ses ennemis et dans ses propres matrices noires. Les leurres recevaient à sa place les flèches ou les projectiles de cuivre qui lui étaient destinés, et parfois il leur donnait une voix pour feindre douleur et indignation, parfois il s'arrangeait pour qu'à peine touchés ils s'effondrassent ou disparussent dans un grand silence qui était comme une démission face au réel. Nous assistions à cela depuis nos caches, sans mot dire nous étions là-dedans comme dans un mauvais rêve ou un mauvais livre. On ne nous avait pas dotés des sens du subtil, nous étions grossièrement équarris du côté de l'intelligence. Nous comprenions peu et notre terreur ne décroissait pas. Elle ne cessait de gonfler, au contraire, et elle circulait en nous nauséeusement, en raclant et maltraitant nos conduits secrets et nos glandes oniriques. Les soldats eux aussi avaient peur et tiraient sans discernement, conscients peut-être qu'ils pataugeaient dans des espaces étrangers dont ils ne sortiraient pas, ou dont à la rigueur ils sortiraient, mais ni vivants ni morts, sans avoir vaincu. Lui, au contraire et comme souvent, prenait plaisir à cette traque menée contre lui, qu'il savait destinée à échouer, et il s'en amusait, tenant à intervenir dans l'âme des soldats et comme construisant lui-même les épisodes de la tuerie dont il était la soi-disant victime, répétant jusqu'à notre écœurement, mais avec délectation, les scènes dont il avait apprécié le déroulement bizarre, conduisant les soldats au bord du gouffre de leur sottise et de son cauchemar. La chaleur était intense. Il s'appuya contre le mur en flammes et, se désintéressant soudain des événements en cours, il chantonna de vieilles chansons de prisonnier apprises pendant sa jeunesse, et, après un moment, il éprouva de la nostalgie pour son existence passée, la comparant à l'éternité sans issue dont il jouissait depuis son entrée dans l'espace noir, dans notre réalité et dans bien d'autres espaces intermédiaires dont jalousement il gardait les clés. L'incendie bourdonnait avec lui sous forme de basse continue. Il laissa encore passer treize siècles, puis il commença à murmurer le nom de ses femmes et des filles innombrables qu'il avait eues avec elles, et qui toutes l'avaient aidé à ne pas périr d'ennui ou à ne pas s'étioler dans ses rêves, et ensuite il se mit à énumérer le nom des camps également fort nombreux où il avait traîné ses hardes et ses os, puis il en vint à psalmodier les identités des ennemis qu'il avait décidé de châtier quand l'occasion s'en présenterait, dans quelque univers qu'ils se fussent réfugiés pour échapper à sa vengeance. Il inventait sans cesse des golems-corbeaux qu'il envoyait en observation dans les mondes mineurs de la taïga. La durée gouttait autour de lui par petits paquets, faisant penser à de la cire ou à du basalte liquide. Quand la chaleur devint trop éprouvante, il enfila de nouveau ses gants et son masque, qui lui aussi ruisselait de lave, puis il s'accroupit comme il en avait coutume, montrant à qui en avait curiosité qu'il avait surtout le

désir de rejoindre la cendre. Autour de lui des semaines s'écoulèrent, puis des années, puis il s'ébroua de son mutisme, se remit
debout et brusquement démarra, non sans ricaner, la diction de
plusieurs longs poèmes. Les soldats maintenant étaient loin et ils
étaient poussière. Nous-mêmes avions renoncé à sa compagnie
et à la manne de ses discours, et, dispersés ou errant ailleurs
parmi les décédés, nous n'étions plus en mesure de l'entendre.

QUATRIÈME PARTIE

TAÏGA

narrats

.23.

• Je me suis réveillé plus tard. Beaucoup plus tard. Je sentais mauvais, l'huile de vidange, la viande pourrie, l'urine, la fatigue du monde. La mauvaise huile, la mauvaise viande, l'urine de fusillé ou de fusilleur, la très mauvaise fatigue. Une odeur épouvantable. Je remuai un peu et la puanteur redoubla. Ça va faire qu'empirer, ai-je pensé. Tiens-toi donc tranquille.

Toutes les articulations me faisaient souffrir. Au bas de ma cage thoracique, les courbatures étaient brûlantes. Chaque battement de cœur me soulevait sous le crâne une vague migraineuse. Elle s'affalait à l'arrière de ma cervelle et se répandait jusqu'à mes mâchoires. Elle se fragmentait, elle se dispersait, mais, sans avoir eu le temps de s'éteindre, elle était remplacée par la suivante.

Je n'avais pas envie d'ouvrir les yeux. Accoutume-toi d'abord à la douleur et à l'odeur, pensais-je. Habitue-toi d'abord aux cognements dans ta tête. Ça s'écoule au-delà de tes orbites, ça passe de la couche graisseuse des globes oculaires à la moitié supérieure de l'humeur vitrée, ça atteint le dessus des pommettes, débrouille-toi pour supporter ça. Ensuite tu soulèveras les paupières ou tu vomiras, ou les deux.

Cinq minutes ont filé. Je ne bougeais pas d'un milli-mètre. J'étais allongé contre un mur. Je devinais dans mon dos et sous moi des planches mal rabotées, couvertes de saleté et de boue séchée. Elles exhalaient une odeur de terre et de bois, que j'ai toujours appréciée même si c'est aussi celle des cercueils. La puanteur vient pas du sol, ai-je pensé. Elle vient de toi.

J'avais les paupières soudées par des reliefs de larmes et de sang, et, comme j'avais du mal à les décoller, j'y ai renoncé. Ben j'ai dû pleurer sans m'en rendre compte, ai-je pensé.

Je continuais à recevoir sous le crâne de terribles défer-lantes et je prenais mon temps avant d'ajouter à ce ressac les images forcément consternantes de l'endroit où je me trouvais. Ben oui, ai-je répété. J'ai dû pleurer. Va savoir si c'était de douleur ou de chagrin.

Plusieurs secondes se sont égrenées.

Ou de honte, ai-je pensé.

• Que s'est-il passé ? Avant ? Cette nuit, les jours d'avant ? Avant que je sombre ?

Les souvenirs s'abattaient derrière mes yeux au même rythme que les vagues de migraine. Des lambeaux d'images écumeuses. Apparaissaient, disparaissaient.

Je me rappelle rien, ai-je pensé.

C'était exagéré, comme constat. Mais, pour l'instant, j'en restais là.

• La température n'était pas glaciale mais je ne regrettais pas d'être enveloppé dans une pelisse. Entre mon corps et ce manteau, il n'y avait que d'indescriptibles guenilles, grises, informes, comme on en trouve autour des morts dans les fosses communes. Mon corps empestait, de ces étoffes montaient des relents de crasse, mais c'était la pelisse qui puait le plus. La fourrure avait été trempée dans le cambouis, le désespoir et le sang, les poils se rassemblaient en touffes gluantes. Contre le froid, on aurait pu trouver mieux.

J'ai respiré à fond, plusieurs fois, même si, pour tout dire, je me rendais bien compte que je n'avais ni envie ni besoin de beaucoup d'air. Les remugles étaient puissants, mais les images manquaient. Quelques traînées de mémoire en tenaient lieu. Ça fulgurait chaotiquement. Une nuit de poursuites, de meurtres. Les informations étaient distillées au compte-gouttes. J'avais quitté l'entrepôt de la Mémé Oudgoul. J'étais redescendu dans la neige jusqu'au village. Du vent, des aiguilles de glace, la tombée brutale de la nuit. Ensuite et sans transition une espèce de danse funèbre pleine de violence et d'obscurité étrange. Une espèce de danse funèbre, ai-je pensé. À un moment tu as tenu un fusil, ai-je pensé. À un moment tu as parlé avec Soloviei. Mais à quel sujet, et ce que tu as fait avec ce fusil, aucune idée, ai-je ajouté.

• La cellule n'avait en soi rien de spécial : une couchette en bois, étroite, tenue par deux chaînes, et un trou à pisse qui devait donner sur une évacuation extérieure. En l'absence de fenêtre, l'aération et l'éclairage étaient assurés par un guichet grillagé ouvert dans la porte, ainsi que par le trou à pisse.

Ben j'ai encore été transféré, ai-je pensé.

Ça serait bien si j'arrivais à ouvrir les yeux, ai-je pensé. Ben ils sont déjà ouverts, ai-je pensé en me forçant à raisonner.

Autrement je saurais pas pour le grillage, pour les chaînes qui tiennent le bat-flanc, pour le trou.

Essaie quand même de les ouvrir, ai-je insisté.

Depuis une ou deux minutes, j'avais moins mal à la tête. J'étais toujours allongé par terre, je ne remuais pratiquement pas, je n'avais pas l'impression de respirer, mais va savoir. En permanence m'arrivaient de nouvelles odeurs, des odeurs mauvaises qui me souillaient les muqueuses, qui serpentaient depuis ma pelisse, depuis l'air extérieur ou depuis les cavernes et les intérieurs mal clos de ma chair, foie, estomac, rate et moelle compris, des nuances abjectes de puanteurs internes et externes. Ça serait mieux si tu ouvrais les yeux maintenant, ai-je pensé. Pourquoi mieux? suis-je intervenu. Parce que, à rester ainsi prostré au milieu des gaz délétères, tu vas finir par plus rien comprendre, par t'évanouir de nouveau ou par te morfondre. Il y a rien de spécial à comprendre, ai-je objecté. J'ai été transféré. Ça m'est déjà arrivé et ça arrive à tout le monde. Bah, ai-je pensé. C'est vrai que ça t'est déjà arrivé et que ça t'arrivera mille quarante-sept fois encore, et même dix mille cent onze fois.

J'ai haussé les épaules. Mille quarante-sept et même dix mille cent onze fois étaient des nombres qui n'étaient pas courants dans ma bouche et qui appartenaient plutôt au langage de Solovieï, à ses imprécations et à ses menaces. Raison de plus pour ouvrir les yeux, ai-je pensé encore, sans raison.

J'ai ouvert les yeux. Je n'avais presque plus mal à la tête. Autour de moi l'obscurité était totale. Le grillage, le trou à pisse et le bat-flanc existaient peut-être à proximité, mais, que je soulève les paupières ou que je les laisse en l'état, l'obscurité était totale. Elle était totale, pesante et huileuse.

Ben je suis dans l'huile noire, ai-je pensé. Dans l'huile lourde, dans l'huile très-lourde, dans l'huile très-noire.

• Bon sang, ai-je juré en russe, en touva et en allemand des camps, me voilà au cœur de l'huile noire, et, comme c'est parti, il y en a pour mille quarante-sept ans, ou même pour dix mille quatre cent une années tout rond!

.24.

• À peine en eut-il terminé avec son délire sanguinaire que je le fis assommer par un de mes sbires, nommé Münzberg, puis, alors qu'il était déjà imprégné des huiles noires et terribles du décès, je le transportai jusqu'au cœur des flammes et l'installai, veillant à ce qu'il restât à sécher à bonne hauteur contre les barres de combustible et lui glissant entre les os les formules indispensables à son éternel malheur, au châtiment que j'avais prévu pour lui et, conséquemment, au maintien des activités tant mentales que physiques qu'il aurait à mettre en œuvre dans les mondes réels et imaginaires où l'incessant ressac des incarnations le pousserait, lui donnerait quelque semblant d'activité et le broierait. Au bout de huit heures d'horloge et des poussières il recommença à gémir, puis treize ans passèrent. J'avais à faire et je ne m'occupais guère de lui, et, s'il est vrai que de temps à autre je venais fourrager dans son âme afin d'en entretenir confusion et douleur de souvenirs, je préférais le laisser errer interminablement d'image en image sans qu'il pût se raccrocher à rien de tangible. Le plus souvent, je l'abandonnais à Münzberg et à mes sbires, ainsi bien sûr qu'aux cruelles spirales de l'espace noir. Je sais qu'il se plaignait fréquemment de broutilles, négligeant l'essentiel, évitant de s'interroger sur ce que l'avenir lui réservait, plongeant ceux et celles qu'il avait connus dans un même marigot jaunâtre d'idiotie, refusant avec obstination de mesurer le bas degré d'inexistence auquel il était parvenu, refusant de voir qu'il serait dorénavant éternellement mort et soumis aux caprices du néant et du hasard. Sa lucidité fonctionnait par à-coups et très mal. Sa bêtise animale était patente. Au point de vue militaire, idéologique et sexuel, il était constitué de miettes et de lambeaux plus ou moins carbonisés qui entre eux s'agré-geaient au petit bonheur pendant ses années de veille et se détri-cotaient atrocement pendant ses années de sommeil. Le destin fort médiocre de ce Kronauer m'avait indisposé dès notre première rencontre, mais surtout c'était sa personne que je détestais. Dès son apparition dans la région il avait commencé à tourner autour de mes épouses. Épouses ou filles peu importe. Assez vite, quand il fut à ma merci, je l'enveloppai de peau et de fourrure et j'augmentai la pestilence du réacteur noir dans lequel je l'avais coincé. Ainsi, que j'intervinsse ou non, il aurait des cauchemars pendant au moins mille quarante-sept siècles ou semestres lunaires. Sous son crâne les lumières faiblirent. Tout en lui se brouilla. Je m'en amusai un moment, puis quatre cent quatre années se succédèrent. La chaleur n'avait pas baissé, j'étais resté tout ce temps collé à la brique, chantant et chuchotant tantôt dans un songe, tantôt dans un autre. Münzberg et les autres étaient depuis longtemps oubliés sous la cendre. Je demeurai encore quelques décennies dans l'immobilité la plus complète, puis je me mis à siffler afin que de nouveaux sbires se concré-tisassent et que filles, épouses et merveilleuses une fois encore surgissent des gouffres mous, des steppes goudronneuses et des forêts en flammes. Les tunnels autour de moi rugirent puis se turent. Des insectes flottaient entre le mur et moi comme des braises mouvantes. Je n'avais pas cessé de siffler et de voleter. Parfois mes plumes s'embrasaient, parfois non. Je me tenais contre la brique et j'étais ailleurs, à grande distance. Le soldat se remit à gémir entre les barres de combustible. Une fois de plus, je le secouai et le travaillai au tisonnier. Cette routine nécessaire ne me lassait pas. Toutefois, après avoir regardé brasiller l'enfer en sa tête, je déployai mes ailes et quittai l'endroit.

.25.

- Ensuite, qu'on le veuille ou non, un trou de sept siècles.

- La voie ferrée n'avait plus été empruntée depuis sept cents ans et, sur des kilomètres, les rails s'étaient enfoncés dans la terre. Ou encore ils s'évanouissaient parmi les herbes. Les traverses en bois avaient pourri, celles que les ouvriers et les prisonniers avaient façonnées avec du ciment s'étaient désagrégées. Parfois une portion intacte de rails persistait dans un endroit inattendu, au fond d'une combe ou entre deux murailles de mélèzes. Le métal se défaisait dès qu'on pesait dessus. Les voies n'existaient plus et elles étaient tellement discontinues qu'elles n'auraient plus pu servir comme repère pour d'éventuels errants, que ce fût dans la steppe ou dans la forêt qui empiétaient l'une sur l'autre en permanence. Il est vrai que la traversée de la région et même celle du continent n'étaient plus entreprises par quiconque et que les indications utiles aux voyageurs ne concernaient plus grand monde.
La population avait formidablement diminué. Les éclopés et les morts n'étaient guère animés par l'esprit d'aventure ni par le besoin d'exil. Les conditions de vie avaient changé. Ceux et celles qui étaient encore aptes à mener un bout

d'existence préféraient, en général, ne pas s'écarter de leur territoire individuel, du refuge qu'ils avaient tant bien que mal sécurisé en attendant l'extinction – une cabane avec un potager et quelques poules, un ancien kolkhoze, les ruines d'un camp de travail, un silo à grain, une centrale nucléaire abandonnée.

• Hannko Vogoulian avait élu domicile dans une clairière de la taïga, à quelques kilomètres d'un long fossé où l'on devinait les restes du chemin de fer. Un village de bûcherons avait sans doute été établi là, à l'époque déjà difficilement imaginable de la Deuxième Union soviétique, mais, des habitations et des routes d'alors, il ne subsistait plus la moindre trace. Le village avait eu son autonomie énergétique et la maisonnette de Hannko Vogoulian avait été construite sur les résidus du minuscule cœur nucléaire. Construite par on ne sait qui, peut-être par une équipe d'ingénieurs fantasques qui comptaient y séjourner jusqu'à ce que la colère de l'atome s'apaise, ou par des liquidateurs désireux de se rendre utiles une dernière fois avant que leurs muscles sentent le brûlé. Les rondins solides défiaient le temps. La bâtisse avait pris un peu de gîte, mais elle continuait depuis des centaines d'années à remplir parfaitement son office : protéger Hannko Vogoulian des intempéries, en hiver des vents de neige, en été des nuées de mouches, qui il est vrai étaient en voie d'extinction, et en toute saison des attaques de soldats égarés, de psychotiques et de loups. L'architecture de cette izba aux petites fenêtres n'avait rien de spécial, sinon qu'elle avait été édifiée au-dessus et autour d'un puits, comme autrefois l'avait été le hangar de la Mémé Oudgoul. Hannko Vogoulian, qui n'avait pas la nostalgie du Levanidovo, avait néanmoins apprécié de s'installer dans un endroit aux caractéristiques familières puisqu'il communiquait avec un gouffre d'où jaillissait en permanence une brume invisible de radionucléides. Le puits n'avait pas l'impressionnante largeur de celui qu'avait administré la Mémé Oudgoul, et le magma bouillonnant n'était pas descendu à des profondeurs spectaculaires. La pile avait d'ailleurs assez vite perdu une part importante de sa radioactivité, ce qui ne l'empêchait pas de répandre une tiédeur agréable, propre à rendre moins pénibles les mois de blizzard et de glace. En dehors de cet avantage, Hannko Vogoulian voyait en elle une sorte de compagnie, d'interlocutrice muette, et, si pendant plusieurs décennies elle avait évité de le faire – par dégoût à l'idée de reproduire le comportement de vieille sorcière de la Mémé Oudgoul –, maintenant de temps en temps elle se penchait sur la margelle et racontait à la pile son quotidien, ou des anecdotes de son passé qui remontaient à sa mémoire, et, quand sa voix, par lassitude, s'éteignait, elle restait longtemps à la même place, immobile, comme cherchant à voir où en était la fusion du corium, ou comme en attente d'une réponse.

• Hannko Vogoulian était vieille, à présent, très vieille, et elle vivait en recluse. Au début, Soloviëi avait continué à la visiter, prenant appui sur ses rêves pour la pénétrer et l'envahir, s'emparant entièrement d'elle et de son espace pour se promener dans sa maison et fureter autour du puits à la recherche du souvenir de la Mémé Oudgoul. Il l'avait ainsi harcelée pendant quelque chose comme trois siècles et des poussières, mais ensuite il avait cessé de se manifester, sans raison apparente et sans au revoir.

Elle menait son existence en totale autarcie. Quand elle en avait terminé avec les tâches ménagères, quand elle avait relevé ses pièges à lièvres et, ce qui arrivait une ou deux fois tous les douze ou quinze ans, quand elle avait enterré un vagabond qu'elle avait tué parce qu'il l'importunait, elle se retirait chez elle, elle vérifiait ses fusils et elle se barricadait. Puis, afin de ne pas passer ses soirées à se morfondre lugubrement, elle écrivait.

Du dépôt de la Mémé Oudgoul elle avait sauvé du matériel scolaire vierge et de l'encre. Cela lui permettait de tenir un journal de bord qu'elle délaissait parfois pendant plusieurs années, quitte à le reprendre brusquement, sur un coup de tête et sans s'embarrasser d'explications. Elle couchait sur le papier des remarques anodines sur ses journées. Cependant ce qui l'occupait en priorité était de faire ce qu'elle appelait « ressusciter les proses ». Elle s'appliquait à restituer sur ses petits cahiers les souvenirs de ses lectures de jadis, au kolkhoze « Terminus radieux ». Elle avait lu beaucoup moins de livres que sa sœur Samiya Schmidt, mais à présent qu'elle n'avait plus accès à la moindre bibliothèque elle regrettait de n'avoir aucun ouvrage par quoi elle eût pu briser la monotonie de ses nuits, affronter l'éloignement de tout et la conscience d'être une des uniques survivantes. Elle s'attachait donc à reproduire, sur le papier jaunâtre des classes élémentaires, ce qui en elle avait subsisté de la littérature défunte.

Or elle n'avait jamais été une lectrice attentive, une lectrice modèle, jamais une bonne lectrice, et le contenu des romans qu'elle avait parcourus autrefois s'était volatilisé, sans parler de

la forme qui pour elle avait toujours été un élément complètement dépourvu d'importance. En dehors des titres, que
d'ailleurs elle avait du mal à retrouver exactement, les textes
lui posaient problème. Les fictions post-exotiques ou les
fresques réalistes socialistes, au départ fort amples, devenaient
sous sa plume un patouillis de quelques pages obscures, plus
décevantes encore que leur lointain original. Elle était le plus
souvent écœurée par le résultat et, quand elle avait terminé
un volume, elle l'archivait dans un coin de l'izba sans le
relire. Elle était plus fière d'elle-même quand elle s'attaquait à
ce qui lui avait laissé plus de souvenirs, les recueils de poésie
lyrique et les brochures consacrées aux techniques agricoles,
à l'hygiène des porcheries, à la maintenance du matériel des
laiteries, barattes, écrémeuses et stérilisateurs, à la comptabilité des exploitations, à la sécurité dans les centrales. Sur
tous ces sujets, les informations détaillées lui revenaient,
et, peu à peu, elle réussissait à reconstituer l'essentiel de ces
fascicules, avec leurs encadrés pour paysans souffrant d'illet-
trisme, et même avec leurs illustrations les plus marquantes.

Mais c'étaient les pamphlets anti-mâles de Maria Kwoll,
de Rosa Wolff, de Sonia Velazquez ou de Louna Galiani qui
mieux que les autres écrits resurgissaient à la pointe de son
stylo. Plus lumineusement que les autres ils avaient gravé des
traces dans sa mémoire. La matière de ces petits livres avait
toujours répondu à ses interrogations, à ses angoisses de jeune
femme, ce que n'avaient pas réussi à faire les classiques du
marxisme ou les manuels de savoir-vivre envoyés par l'Orbise.
Elle allumait la lampe, elle se mettait à écrire et elle considérait que Sonia Velazquez ou Rosa Wolff lui tenaient la
main et la guidaient, l'autorisant généreusement à elle-même

prendre la parole et à s'épancher contre les violences subies par les femelles depuis le milieu de l'ère primaire et, plus près de nous, au cours des vingt mille dernières années de l'histoire humaine. Elle avait déjà refaçonné ainsi, presque sans rature ni repentir, une bonne quinzaine des productions incendiaires du féminisme de la Deuxième Union soviétique.

• Cependant sa résurrection des proses comportait aussi une section, liée non à la littérature en général mais exclusivement à la vie culturelle dans le kolkhoze «Terminus radieux». Une section dont les sources n'étaient pas à proprement parler des livres, puisqu'il s'agissait des rouleaux de Solovieï qui avaient rythmé les moments de crise, le quotidien, les nuits de crime et d'inceste au Levanidovo, les journées de travail parmi les déchets entreposés chez la Mémé Oudgoul. Figée sur des cylindres sonores, la voix de Solovieï vibrait dans les haut-parleurs de la rue principale, mais elle retentissait aussi dans les rêves de ses filles, et donc dans ceux de Hannko Vogoulian, où le président du kolkhoze pénétrait par effraction pour vaquer à ses libidineuses ou obscures affaires.

Tant que Solovieï avait poursuivi ses visites nocturnes, Hannko Vogoulian n'avait pas songé à retranscrire ces averses de phrases qu'elle avait toujours jugées aussi infâmes et détestables que l'intrusion qui les accompagnait. Mais ensuite Solovieï avait cessé de se matérialiser en elle, et, après un siècle ou deux, elle avait commencé à éprouver de la nostalgie, non à l'égard de son père, dont elle persistait à haïr la monstruosité, mais à l'égard de ses créations vociférantes. Les sombres poésies de Solovieï avaient trouvé refuge dans des parties souterraines de sa mémoire, elle les avait refoulées le plus loin possible sous sa conscience, et pourtant, maintenant qu'elle les appelait, elles s'exhumaient volontiers et sans dégradation apparente. Elles étaient de nouveau bien articulées, imprécatoires et pompeuses, de nouveau peu compréhensibles et inquiétantes. Hannko Vogoulian les copiait vite, comme sous la dictée. Elle n'omettait pratiquement aucune figure de style et parfois elle regrettait de ne pas pouvoir rendre par l'écriture les crachements de l'aiguille sur la cire et les variations de tonalité que son père affectionnait, car elles hypnotisaient ou effrayaient son public.

• Lorsqu'elle était ainsi captivée par sa tâche de copiste, il lui arrivait de psalmodier ou de bourdonner les chaînes de mots qui s'agitaient devant elle, et alors il lui venait en tête, mais de façon confuse ou brève, que sa proximité d'avec Solovieï n'avait pas connu de véritable rupture, qu'aucune séparation n'avait eu lieu, et qu'elle était restée, ou du moins qu'elle était pleinement redevenue, une créature imaginée, possédée et animée par Solovieï. Une fille de Solovieï, une fille pour Solovieï.

Une annexe femelle dans le destin de Solovieï : seulement cela.

.26.

• Il se mit debout en prenant appui sur le bat-flanc. Les chaînes grincèrent. Il alla jusqu'au trou à pisse et expulsa les quelques gouttes qu'il avait dans la vessie, puis il se rhabilla. Au moindre mouvement qu'il faisait, d'exécrables pestilences s'échappaient de son corps et de ses vêtements. Elles tournaient lentement autour de lui et le dérangeaient.

Dis donc, Kronauer, grimaça-t-il. La prochaine fois que tu choisis le séjour en prison, débrouille-toi pour prendre un bain avant, autrement je t'accompagnerai pas !

Il s'éloigna du trou à pisse et, comme la cellule était étroite, au bout de quatre pas il toucha la porte. Par le guichet il distinguait l'ombre épaisse d'un couloir. Il approcha le nez de la petite grille. À cet endroit l'air était un peu moins nauséabond que dans la geôle.

Son mal de tête allait et venait. Derrière le front, dans les yeux, le mal cognait, tantôt étale, tantôt gonflé en vagues puissantes.

Bah, pensa-t-il. C'est toujours mieux qu'être couché dehors, piqueté par les corbeaux et les nécrophages.

L'odeur de métal de la grille se mélangeait à des résidus de reniflements et de souffles. D'autres avant lui s'étaient tenus là, anxieux de surprendre dans le couloir un changement d'atmosphère, une indication sur l'heure, sur le jour, sur la proximité ou non de la mort.

D'autres odeurs.

L'odeur de la neige boueuse transportée par les bottes des détenus.

L'odeur de neige boueuse, de sang carcéral, d'épuisement musculaire, de froid carcéral et de crasse.

L'odeur des trous à pisse dans d'autres cellules, et l'odeur que lui-même crachait contre la grille, d'animal hirsute, affamé, crotté et mort.

Il quitta le guichet et revint vers le bat-flanc.

Maintenant il était assis sur la planche, tête baissée, les mains entourant le front. Il cherchait paresseusement à savoir ce qui s'était passé avant. Il ne pouvait guère reconstituer le déroulé des jours et des nuits qui avaient précédé son incarcération. Les fragments jaillissaient dans le désordre et ne s'ordonnaient pas pour former une anecdote ou une vie.

À un moment il ôta sa pelisse et il la posa en tas à côté de lui, avec le sentiment qu'il accomplissait une action difficile.

Il avait la conscience traversée par des vides immenses.

Il se tint ainsi sans bouger pendant deux ou trois heures. Sans sa pelisse il était en guenilles. Par éclairs il avait à l'esprit une représentation de lui-même, et il se trouvait tout à fait semblable à un détenu ordinaire, principalement mâle, en tenue déchirée de forçat, de mendiant, de soldat ou de simple déterré d'une fosse.

• Vers onze heures du matin, un gardien vint ouvrir la porte. La serrure eut plusieurs hoquets lugubres, puis le panneau de fer pleura sur ses gonds et Kronauer se mit debout à côté du bat-flanc, dans un garde-à-vous qu'il observa de façon mécanique, comme ayant intégré depuis la nuit des temps le comportement discipliné de l'égalitariste de base en milieu concentrationnaire.

Le gardien se nommait Hadzoböl Münzberg. Kronauer le reconnut sans peine. Le jour de la nourriture de la pile, ils avaient ensemble dégagé du container un carton où s'entassaient des marionnettes et des jeux vidéo. Hadzoböl Münzberg avait alors un regard vitreux, des mouvements lents d'épuisé, et Kronauer en avait déduit qu'il s'agissait d'un zombie de Solovieï. Il avait pensé aussi aux enfants qui avaient autrefois joué avec ces objets et qui n'avaient pas survécu aux radiations. Quand Hadzoböl Münzberg et lui avaient renversé la caisse au-dessus du vide, les poupées avaient glissé vers l'abîme avec nonchalance. Des pantins désarticulés, des demoiselles en celluloïd. «On est peu de chose», avait alors commenté Hadzoböl Münzberg en un soupir.

Et maintenant Hadzoböl Münzberg faisait signe à Kronauer de sortir de la cellule.

Kronauer montra son manteau et demanda s'il fallait l'enfiler.

— Je t'emmène aux douches, dit Münzberg.

— Bon, fit Kronauer en lui emboîtant le pas.

— Tu as pas mal à la tête, des fois? s'informa soudain Münzberg.

— Si, confia Kronauer. Horrible.

Ils marchaient le long du couloir. Il y avait plusieurs portes grillagées, mais, derrière, Kronauer ne décelait ni souffle ni trace de vie.

– C'est moi qui t'ai assommé, précisa Münzberg alors qu'ils arrivaient au local des douches.

– Pourquoi? demanda Kronauer.

– Il le fallait, expliqua Münzberg.

– Bah, protesta Kronauer.

– Ben oui.

– Alors, comme ça, tu m'as assommé?

– Oui, dit Hadzoböl Münzberg. Avec une pelle. Il le fallait. Tu étais devenu incontrôlable.

.27.

• Le local des douches était parcouru d'un courant d'air glacial. Kronauer ôta sa pelisse et frissonna. Ben je croyais que je l'avais pas enfilée en quittant la cellule, pensa-t-il brusquement. Ben non, je l'avais pas prise, cette pelisse puante, pensa-t-il. Je l'ai laissée sur le bat-flanc quand Münzberg m'a dit qu'on allait aux douches. Alors pourquoi que je l'ai sur moi? se demanda-t-il.

L'instant d'avant, il marchait dans le couloir. Je l'avais ou je l'avais pas sur moi? rumina-t-il pendant une ou deux secondes. Il ne parvenait à aucune conclusion. Pour l'importance que ça a, pensa-t-il.

Tout de même, Kronauer, pensa-t-il. Si tu es pas capable de te souvenir de ce qui s'est passé trois minutes plus tôt, je donne pas cher de ta caboche. Va savoir ce qu'il y a dedans, quelle espèce de bouillie. Si ça se trouve, tu es déjà mort. Ou fou. Ou alors tu tournes en rond dans un rêve sans pouvoir en sortir.

Il se déshabilla. Ses hardes étaient si infectes qu'il les entassa par terre, sous le banc du vestiaire. Peut-être que l'administration pénitentiaire me fournira une tenue propre après ma toilette, pensa-t-il.

Une ampoule nue éclairait le vestiaire. En dehors de bouches d'aération et de la porte d'entrée par laquelle Hadzoböl Münzberg s'était éclipsé après lui avoir posé dans la main un bloc de savon, il n'y avait pas d'ouverture. L'endroit, en dépit de la lampe, souffrait d'un éclairage insuffisant. Tout était en bois, le sol, les murs, le plafond, avec des rondins, des planches, des claies au-dessus des trous d'évacuation. Ça prend à la gorge, pensa-t-il. Les remugles d'humidité, de sapin moisi et de linge sale. Au-delà du vestiaire s'étendait l'espace des douches proprement dit. Pas très large, long d'une quinzaine de mètres. Curieusement, il fallait aller jusqu'au fond pour trouver une arrivée d'eau, une pomme d'arrosoir suspendue, unique.

• Tu veux que je te dise, Kronauer ? pensa-t-il tandis qu'il marchait pieds nus sur les claies à la surface noire, légèrement visqueuse. Une seule douche, dans un local collectif, c'est pas possible. C'est des choses qui existent pas.

Tu es pas dans la réalité, voilà tout, pensa-t-il.

• Pourtant il sentait sous lui les lattes moussues, glissantes, et, outre sa propre puanteur, il humait autour de lui les parfums violents du mélèze trempé, arrosé de mauvais savon, d'eau sordide, avec une arrière-odeur d'excréments, d'urine et de sang. C'était concret et ça n'appartenait pas à un monde onirique. Incapable d'y voir plus clair sur le statut de l'univers dans lequel il évoluait, il dévissa la vanne devant lui et il s'accroupit sous la pomme de douche. Après quelques litres d'eau froide, le jet devint agréable, très chaud sans être brûlant.

Il s'abandonna à l'eau sans bouger. La pluie lui bombardait le crâne et il se rendit compte que depuis que Hadzoböl Münzberg l'avait quitté, il avait oublié son mal de tête. Raison de plus pour pas croire complètement à ce qui se passe, pensa-t-il. Ça a reflué, je vais pas m'en plaindre. Mais c'est pas naturel. Les gouttes tapaient sur son crâne lisse. Il fermait les yeux. Il avait accédé sans transition à une minute de passivité tranquille.

Liquide ruisselant, à la température délicieuse.

Position proche de la position fœtale.

Semi-obscurité.

Solitude.

Il n'avait pas encore commencé à se savonner et il restait béatement immobile quand il entendit que quelqu'un ouvrait la porte du local. Bon, pensa-t-il sans décoller les paupières. Münzberg revient avec du linge propre. Un souffle d'air acide lui heurta les mollets. Il se replia plus étroitement sous l'eau.

Ça pourrait pas être mieux, pensa-t-il. Je pourrais pas être mieux.

Là-dessus, il commit l'erreur d'ouvrir les yeux.

Dans le vestiaire, il y avait plusieurs personnes. Hadzoböl Münzberg était là, en effet, traînant un énorme paquet qui ne ressemblait pas à du linge propre. Il était accompagné de la Mémé Oudgoul, de Samiya Schmidt et de Solovieï.

Kronauer referma en hâte les paupières.

Ben non, finalement, pensa-t-il. Ça pourrait pas être pire.

• Münzberg allait et venait. Il allait chercher dans le couloir plusieurs paquets entourés de toile cirée, de draps ou de guenilles diverses. Il les traînait et les disposait entre le vestiaire et l'espace réservé aux douches, à la douche. Parfois on voyait nettement de quel type de paquets il s'agissait. Parfois un bras dépassait, pris dans une manche de veste d'hiver, un pied, chaussé pour pouvoir affronter la neige. Hadzoböl Münzberg transportait des cadavres. Il se débarrassait de sa charge sans manifester d'émotion, comme indifférent à son caractère lugubre, puis il retournait dans le couloir en prendre une autre.

Quand Münzberg en eut terminé, Solovieï tira le banc pour s'asseoir juste derrière la barricade des corps allongés. La Mémé Oudgoul s'installa à côté de lui. Ils ressemblaient à un couple de paysans dans la salle d'attente d'une gare de campagne et ils avaient tous deux l'air d'être de mauvaise humeur. Samiya Schmidt disparut un instant puis revint avec un tabouret. Elle s'assit à l'écart, près du tas répugnant que formaient les hardes de Kronauer. Dans ce qui avait maintenant toute l'apparence d'un tribunal, on ne comprenait pas si elle jouait le rôle de troisième juge, de représentante des masses populaires ou de témoin de l'accusation. Elle baissait la tête, boudeuse et accablée.

Puis Münzberg referma la porte et se tint en faction. À l'autre extrémité de la pièce, Kronauer avait croisé les mains devant son sexe et il restait sous la pluie chaude, dans une attitude de nudiste effarouché. Il hésitait sous l'eau ruisselante. Il ne savait que faire.

• Les deux yeux jaunes de Solovieï lançaient des éclairs. S'il avait été blessé naguère, sa figure n'en avait pas conservé de trace. Son œil crevé avait repris sa puissance mauvaise et son éclat. Son crâne troué s'était ressoudé.

– Laissez-moi m'habiller, mendia Kronauer.

– Ici, c'est moi qui donne les ordres, dit le président du kolkhoze.

Le bois des douches garantissait une bonne acoustique et sa voix roula jusqu'à Kronauer avec puissance.

La Mémé Oudgoul bourrait du tabac dans le fourneau de sa pipe. Solovieï posa ses énormes mains sur ses énormes cuisses et fit mine de se remémorer solennellement les grandes lignes de l'affaire à juger. Ses longs cheveux naturels partaient en couronne autour de sa grosse tête de moujik hostile. Ils brillaient sous la lampe avec des reflets huileux. La tige de fer qui l'avait transpercé de l'œil à l'oreille appartenait dorénavant au registre des vagues souvenirs.

Le président du kolkhoze leva les yeux sur Kronauer, ses yeux dorés sans sclérotique visible, ses yeux fauves qui ne faisaient pas penser à un paysan mais à une créature innommable, n'ayant avec la paysannerie et même avec l'espèce humaine que des relations de pure convenance.

– Ben est-ce que je peux sortir de la douche? proposa Kronauer.

– Tais-toi, intervint la Mémé Oudgoul.

• Solovieï passait du coq à l'âne afin de décontenancer l'accusé et de rendre impossible sa défense. De temps en temps, il reprenait l'ensemble des chefs d'inculpation, et alors il mettait sur le même plan les crimes de sang et les misérables détails du quotidien à «Terminus radieux». Selon lui, Kronauer avait fait exprès de réparer de travers la bouche à incendie située devant la maison de Myriam Oumarik, ce qui avait eu pour conséquence de rendre boueuse une moitié de la rue principale. Il s'était indûment approprié des chemises de Bargouzine. Quand son tour était venu de travailler dans les cuisines, il avait préparé de la bouillie d'orge grillée avec de la farine et du beurre rance sans respecter les doses, confectionnant ainsi plusieurs fois des repas infects. Il avait fait du mal à Samiya Schmidt lorsqu'il l'avait ramenée de la forêt, le jour de son arrivée. Il avait ensuite tourné autour de toutes les femmes du kolkhoze, dans l'intention évidente de coucher avec elles et de leur faire du mal, exception faite de la Mémé Oudgoul qu'il avait, certes, épargnée, mais sans doute surtout parce qu'elle avait mis au jour sa participation à l'assassinat d'un officier de l'Armée rouge, et parce qu'elle l'avait démasqué en tant que déserteur. Dans le cadre de ses manœuvres donjua-nesques, il avait incité Samiya Schmidt à lire et à relire des pamphlets malsains écrits par Maria Kwoll et sa bande d'ama-zones, au point que Samiya Schmidt avait perdu l'esprit et s'était déchaînée contre son père. Il avait passé son temps au kolkhoze sans respecter la moindre ligne idéologique, en se laissant flotter sur les événements comme l'aurait fait un ennemi de l'Orbise ou un idiot. Dans l'entrepôt de la Mémé Oudgoul, il avait essayé de déglinguer un des rares phonographes ayant échappé aux désastres de la Deuxième Union soviétique, un appareil d'une grande valeur historique et sentimentale. D'autre part, pendant la nuit du blizzard, il avait tiré au fusil sur des kolkhoziens et des kolkhoziennes innocents, faisant mouche presque à chaque fois et causant une hémorragie considérable dans les effectifs de «Terminus radieux».

- – J'ai jamais tiré au fusil sur personne, se récria Kronauer.
– Une carabine de guerre semi-automatique, dit Solovieï. Une SKS Type 56.
– J'ai tiré sur personne, répéta Kronauer.
– Et ça, c'est personne? demanda Solovieï.

Sur son ordre, Hadzoböl Münzberg se détacha de la porte contre laquelle il s'adossait et alla dépaqueter partiellement les cadavres allongés au pied des juges.

Bien que l'eau l'aveuglât, Kronauer reconnut successivement le manchot Abazaïev, le tractoriste Morgovian, Hannko Vogoulian et Myriam Oumarik. On ne distinguait ni sang ni blessure sur les visages, mais, plus bas, sur le tronc, le ventre, tous étaient ensanglantés.

Comme Hadzoböl Münzberg hésitait, le président du kolkhoze l'incita par gestes à ôter le drap qui couvrait les deux dernières dépouilles. Avec des mouvements dociles et lents de zombie, Münzberg s'exécuta. Apparurent alors les têtes à moitié fracassées de la Mémé Oudgoul et de Samiya Schmidt. Assises à proximité, l'une sur le banc des juges, l'autre sur un petit tabouret, les deux intéressées ne semblèrent pas en ressentir la moindre émotion. Elles ne réagissaient pas. Münzberg se retira pour de nouveau s'appuyer contre la porte. Il y eut un moment de vide.

Le crépitement des gouttes sur la peau de Kronauer, sur la claie autour de lui.

La buée.

L'eau légèrement grise près de sa cheville gauche, à l'endroit où il avait posé le morceau de savon. Le savon continuait à fondre, laissant partir vers la grille d'évacuation de fines moirures parfois compliquées de bulles vite crevées.

La pénombre autour de Kronauer.

La lumière crue de l'ampoule dans le vestiaire.

La honte d'être nu comme un animal devant des juges, devant des cadavres, devant Samiya Schmidt sur son tabouret et devant Samiya Schmidt couchée par terre, crâne explosé.

– Et pourquoi que ça serait moi qui les aurais tués? se défendit Kronauer.

– Tuer, c'est évidemment un grand mot, convint Solovieï. Mais tu as passé une nuit à leur tirer dessus au fusil de guerre. Ils étaient pas dans un bel état quand on les a ramassés. Dès qu'il y en avait un qui essayait de s'approcher de toi pour te calmer, tu le descendais. Ça a duré toute la nuit jusqu'à ce qu'on t'assomme.

– Je me rappelle rien de ça, dit Kronauer. Ils sont morts?

– Et toi, soldat? se fâcha Solovieï. Qu'est-ce que tu crois que tu es?

.28.

• Samiya Schmidt paraissait droguée ou exténuée. Elle assistait aux débats d'une façon distante et, quand son nom était mentionné dans l'acte d'accusation de Solovieï, quand le président du kolkhoze le prononçait d'une voix irritée, elle ne sursautait pas. Elle avait posé ses mains à plat sur ses jambes et elle ne remuait pas, ou parfois seulement elle levait un bras pour tortiller une de ses nattes de jeune garde rouge.

Dans un de ses développements et comme en passant, comme cruellement indiquant que cela n'avait aucune importance à ses yeux, Solovieï avait signalé que Samiya Schmidt, après le procès, serait exclue du monde rassurant de «Terminus radieux» et entamerait une marche en aveugle de mille six cent huit ou deux mille trois cent deux ans ou plus, sans soutien d'aucune sorte, condamnation assortie d'une impossibilité de trouver le repos, que ce soit dans le monde des vivants ou dans celui des morts. Les faits motivant une telle condamnation étaient principalement l'attentat parricide, les menées incestueuses tant oniriques que concrètes, les divagations féministes contraires à l'idéal d'égalité prolétarienne, des incendies et des destructions de bâtiments publics, le refus de la morale collective, la divulgation de secrets à l'ennemi, le sabotage.

Mais ensuite Solovieï avait de nouveau pontifié méchamment en prenant pour cible l'accusé Kronauer. Ensuite l'interrogatoire avait repris.

— Tu as fait du mal à mes filles, prétendait-il. Il n'y a pas eu un jour sans que tu leur fasses du mal ou sans que tu essaies de le faire. Tu as été au village une espèce de chien lubrique. Tu étais obnubilé par ta queue. Tu faisais du mal à Myriam Oumarik, à Hannko Vogoulian et à Samiya Schmidt.

— Je faisais aucun mal à personne, protestait Kronauer.

De temps en temps, il levait les yeux au-delà de ses juges, en direction de Samiya Schmidt qui ne lui rendait pas son regard. Il clignait des yeux pour évacuer les larmes qui pleuvaient sur ses joues depuis la douche et il examinait Samiya Schmidt. Il avait entendu les menaces de Solovieï la concernant et il se demandait ce qu'elle allait devenir et si, pendant cette longue et pénible route qui les attendait tous deux, pendant ces siècles interminables, ils seraient séparés ou ensemble, ou parfois simplement se rencontrant par hasard, par suite d'une erreur de leurs gardiens. Et soudain il s'apercevait qu'il pensait à elle en langage de queue et qu'il ne pouvait s'empêcher de s'imaginer, certes de manière furtive mais tout de même, son entrejambe triste, aussi paramilitaire que ses vêtements mais tout de même.

— Tu entrais dans tes propres rêves pour leur faire du mal, dit Solovieï.

— C'est une accusation qui tient pas debout, dit Kronauer.

— J'ai vu tes rêves d'un bout à l'autre. Je suis rentré làdedans. Tu leur faisais du mal toutes les nuits.

– Je me rappelle pas mes rêves, dit Kronauer en haussant la voix pour parler plus fort que le bruit de cascade autour de lui.

– Eh bien moi, je me rappelle. J'y étais. Tu allais et venais comme un chien lubrique. Tu confondais les femmes que tu avais connues et les femmes que tu voulais connaître. Ta queue vibrait comme celle d'un monstre de l'âge de pierre.

– Boh, protesta Kronauer, accablé.

– Souvent tu étais accompagné de mourantes, tonna Solovieï d'une voix triomphale, comme assénant un argument imparable. Ta femme Irina Etchenguyen. Ta femme Vassilissa Marachvili.

– Ça a jamais été ma femme, cria Kronauer. C'était la femme d'un de mes camarades, Iliouchenko. On était ensemble dans la steppe après l'écroulement de l'Orbise. On a été irradiés ensemble dans les territoires interdits. On était tous à l'agonie et plus encore.

– Ben oui, et elle, Vassilissa Marachvili, elle était mourante, fit Solovieï. Tu as toujours été accompagné de filles ni mortes ni vivantes. Tu voulais que mes filles soient comme elles. En rêve tu leur faisais du mal. Et dans la réalité tu leur as tiré dessus avec une SKS Type 56.

– J'ai pas tiré sur qui que ce soit au village, nia Kronauer. C'est des accusations absurdes.

• Il se replia dans les sensations brutes. Bruits de douche. Ruisseaux sur la poitrine, les jambes. Sa tête ne le faisait plus souffrir. Il ne regardait plus les cadavres couchés aux pieds des juges, ni les juges. Il ne regardait pas non plus Samiya Schmidt mais, en arrière-plan de ses réflexions, il ne pouvait contrarier la vase qui montait et descendait en lui et brunissait lourdement le peu de raison qui subsistait en lui. Il ne se rappelait pas avoir tenu de carabine, il ne se rappelait pas avoir assassiné les filles du kolkhoze, mais les accusations de Solovieï avaient fini par s'incruster en lui et il se demandait à présent si quelque chose de scandaleux ne l'avait pas habité, récemment ou non, lié ou non à son séjour au Levanidovo. Et ce qui remontait des profondeurs n'avait pas de rapport avec des activités militaires blâmables, ni avec son abandon de la morale marxiste-léniniste, ce qui remontait avait beaucoup plus à voir avec des images de copulation inscrites en lui depuis des millions d'années, avec des fantasmes immémoriaux, des envies de viol, de secousses animales et de tripotage ou de prise impérieuse de vulves. Avec du langage de queue.

Au milieu des bruits d'eau, de gouttes et d'écoulement, il revenait contre son gré à Samiya Schmidt assise sur son tabouret et, par moments, il lui ôtait ses vêtements et il considérait de façon rêveuse, sans désir particulier, son entrejambe doucement laineux.

– J'ai fusillé personne, finit-il par dire une nouvelle fois.

– Si c'est pour raconter des salades pareilles, s'exaspéra soudain la Mémé Oudgoul, tu ferais mieux de te taire, Kronauer.

• L'eau savonneuse s'éparpillait en moirures grisâtres sous la claie puis laissait place à une eau limpide.

Maintenant Kronauer ne pensait plus à rien, n'écoutait plus ses juges et ne tentait plus de faire venir des souvenirs à sa conscience. Il balbutiait une argumentation puérile, pour lui-même plus que pour son auditoire, et, comme un handicapé mental, il frappait du plat de la main sur le sol à côté de sa cuisse gauche pour produire des giclements et des bulles.

.29.

• Après des années de réclusion dans une obscurité nauséabonde, Kronauer un matin constata que la porte de son
cachot était ouverte. Il en profita pour sortir.

Comme il n'avait pas marché depuis longtemps, il
parcourut le couloir avec difficulté. Il vacillait. Il dut s'arrêter
à plusieurs reprises. Les cellules qu'il dépassait semblaient
vides, et d'ailleurs il n'avait jamais entendu de bruits venus de
là, ou plutôt de bruits qui fussent attribuables à une source
humaine. Il en avait conclu qu'il était l'unique prisonnier
enfermé dans ce bâtiment. Quand il fut arrivé sur le palier
qui donnait sur l'extérieur, il hésita. Si un gardien m'aperçoit,
pensa-t-il, il se gênera pas pour me tirer dessus. Puis il poussa
le lourd battant. La serrure n'était pas verrouillée.

Le brusque contact avec la lumière naturelle l'éblouit.
Il eut besoin de plusieurs minutes pour se réhabituer au jour.
Le ciel pourtant ne brillait pas, il était bas, formé exclusivement de nuages gris ardoise. Une journée d'automne,
pensa Kronauer.

Une journée très sombre d'automne, pensa-t-il.

Il avançait en économisant ses gestes, les bras décollés du
corps, comme si, venant d'apprendre à se tenir debout, il

avait encore des progrès à faire. Il clignait des yeux pour en évacuer les larmes. Ça coule à cause du froid, pensa-t-il. Il n'avait pas pris sa pelisse et, bien que dérangé par la fraîcheur de l'air, il excluait de retourner en arrière. Tant pis, pensa-t-il. Je m'habillerai plus tard. Je trouverai bien quelque chose sur mon chemin. Une couverture, une capote de soldat, une peau de loup.

• Le camp était infiniment étendu mais désert. Aucune clôture n'en matérialisait les limites. Délabrés ou en ruine, les baraquements s'alignaient de manière monotone. Ils se succédèrent pendant deux kilomètres puis ils s'espacèrent, laissant place à des routes de moins en moins bien dessinées, à des bourbiers noirs, à des fondrières et à des bouquets de sapins sur lesquels étaient perchés des corbeaux énormes. Les oiseaux observaient Kronauer. Ils remuaient parfois les ailes et le bec et ils se dandinaient sur les branches en s'abstenant de croasser. Ils penchaient la tête sur le côté, et, même s'ils faisaient semblant de ne pas s'intéresser à lui, ils l'examinaient.

Les constructions avaient subi les attaques de centaines de mauvaises saisons, et la plupart n'étaient plus que d'immondes tas de planches. Comme le vent devenait acide, Kronauer enjamba les restes d'un seuil, écarta les restes d'une porte et se mit à fouiller dans les restes d'un dortoir sans fenêtres. Il se disait qu'il y dénicherait peut-être de quoi affronter le froid, ou des moyens de subsistance pour les jours à venir. Le dortoir ne contenait rien d'utile. Sous l'action de la vieillesse, les châlits s'étaient affaissés. Le plancher ne tenait bon nulle part, il donnait l'impression d'être sur le point de céder, il fallait suivre les solives pour ne pas passer au travers. Le sol et les murs avaient été crevés en plusieurs endroits, ce qui donnait de la lumière mais aussi provoquait un courant d'air aux sifflements sinistres. La bâtisse se terminait sur une pièce qui avait été peut-être un local de rangement ou une extension sanitaire. Une infirmerie, pensa-t-il.

Il y avait là un lit médical, l'armoire était pourrie et vide. Toutefois dans un coin les derniers occupants avaient oublié une caisse, dans la confusion d'une évacuation ou pour toute autre cause inexplicable. Elle était noire de poussière mais solide. Kronauer mit une demi-heure à la desceller. Il avait perdu son habileté, sa jeunesse et sa rage de combattant, et d'autre part il n'avait aucun outil à sa disposition. Il faisait sombre. La caisse avait été clouée et entourée d'un ruban métallique qui n'avait pas assez rouillé pour obéir aux torsions que lui infligeait Kronauer – avec obstination, mais sans force.

Après avoir longtemps résisté, la caisse finit par s'ouvrir. Kronauer en retira d'abord une combinaison blanche de liquidateur, avec des gants, un masque filtrant et des bottes isolantes. C'était un matériel incongru dont il savait qu'il n'aurait pas l'usage, mais qui avait le mérite d'avoir protégé tout ce qui se trouvait en dessous – des tenues propres, des vestes molletonnées, des chaussures de l'armée et des casquettes fourrées de prisonniers. Kronauer se débarrassa aussitôt de ses guenilles et enfila un uniforme de zek flambant neuf. Il ne voulait pas trop se l'avouer, mais il savait que, là-dedans, il avait fière allure.

Quand il sortit de l'infirmerie, un vent gris soufflait depuis la forêt. Il se sentait au chaud dans ses nouveaux vêtements et il renifla avec plaisir la puissante odeur de résineux qui balayait le camp. Je sais pas si je suis en train de m'évader ou pas, pensa-t-il, en tout cas faudrait que j'atteigne la forêt avant la nuit. Faudrait que je quitte le camp une bonne fois et que j'arrive à la forêt avant la nuit.

- Parfois des fossés au fond desquels stagne une huile noire. Une fois ou deux, des corbeaux volant vers le nord.

Parfois des tas de ferraille qui ont été des camions, des jeeps, des groupes électrogènes.

De nouveau des bouffées odorantes venues de la taïga, en compagnie de souffles aigres annonçant le grésil ou la neige.

Parfois un mirador, oblique, proche de l'effondrement, parfois un mirador bien vertical, mais dépourvu de l'échelle qui aurait pu permettre d'accéder à la plate-forme.

Pas de clôture. Pas de chemin de ronde. Pas de barrière. Le même monde en continu.

Ben peut-être que les clôtures ont été inutiles, à un moment, pensait Kronauer. Peut-être que plus personne s'est mis à faire la différence entre l'intérieur carcéral et l'extérieur concentrationnaire.

Des coups de vent, des sifflements, puis le silence.

Çà et là des sapins, des bosquets de bouleaux.

Les arbres poussant n'importe où entre les restes du camp.

Le sol dur, comme gelé.

Des plaques de goudron.

L'herbe en touffes rases, très jaunes, parfois brun sombre.

Ben je sais même pas le nom de ces herbes, pensa soudain Kronauer. C'est des nouvelles espèces. C'est des nouvelles espèces, mais elles sont mortes.

• Des corbeaux étaient posés sur des hautes branches. Trois, quatre. Ils s'épouillaient et, l'air de rien, ils surveillaient les allées et venues ou ce qui en tenait lieu. Kronauer cheminait entre les baraquements du camp abandonné. Ils l'observaient.

Eux ou moi peu importe.

Parfois je craillais en écartant les ailes et je faisais semblant de ne m'intéresser qu'à moi-même, mais en fait, non.

• Jamais j'atteindrai la forêt en marchant à cette allure, pensa Kronauer.

Alors qu'il se retournait pour voir le chemin parcouru, il avisa une forme humaine qui marchait dans la même direction que lui. Une construction en ruine la cacha, puis des arbres empêchèrent Kronauer de la suivre, puis elle réapparut. Ils étaient maintenant séparés par environ deux cents mètres et Kronauer ne distinguait toujours pas les traits de son visage. Nulle carabine à l'épaule, pas trace d'un pistolet à la ceinture, une apparence globalement grise. Un prisonnier, pensa Kronauer.

L'autre était de corpulence réduite et, en dépit de vêtements molletonnés qui l'élargissaient, avait plus l'apparence d'un adolescent que d'un adulte.

Kronauer s'immobilisa entre deux sapins et attendit.

Pas possible que ça soit Samiya Schmidt, pensa-t-il.

C'était elle.

Elle s'approcha et, quand elle fut à quatre pas de lui, elle s'arrêta. Elle était essoufflée et, sous la chapka qui la coiffait, sa figure était terreuse. L'épuisement avait fait enfler ses paupières. Sa physionomie de poupée révolutionnaire chinoise s'était dégradée au point qu'on avait du mal à l'associer maintenant à l'enthousiasme juvénile de la lutte contre les quatre vieilleries. Seule la bouderie était restée, seule une sorte de colère féministe rentrée dont Kronauer en tant que mâle risquait à tout moment de faire les frais. De près, on voyait qu'elle était habillée de vêtements trop grands pour elle et en mauvais état. On voyait aussi qu'elle avait fait effort pour rejoindre Kronauer au plus vite, et qu'elle se trouvait à présent au bord de l'évanouissement.

Ils se dévisagèrent mutuellement un bon moment sans rien se dire.

Dans un mouvement inattendu de coquetterie, Samiya Schmidt leva une main, alla fouiller sous sa chapka et en dégagea les deux tresses artificielles qui y avaient été remisées. Les tresses désormais encadraient sa tête, terminées par un nœud vermillon pas trop froissé et joyeux, rétablissant un peu de puérilité joyeuse dans l'ensemble.

— Tu me reconnais ? finit par hasarder Samiya Schmidt d'une voix tremblante.

— Ben oui, dit Kronauer qui ne savait pas quoi dire. On a travaillé dans le même kolkhoze.

• Parfois je craillais en écartant les ailes et je faisais semblant de ne m'intéresser qu'à moi-même, mais en fait, non.

Les herbes, par exemple. Les herbes mortes. Si on me l'avait demandé, j'aurais pu en nommer quelques-unes.

La toute-en-bois, la torfeliane, la grassemaudite, la solfe-boute, la garveviandre, la vaine-virevolte, l'oulbe-baïane, la graindoiseille, l'ourphonge, la sotte-éternelle, la rauque-du-fossé, la vierge-tatare.

.30.

• L'aube se prolongea pendant une demi-heure, laissant place à une grisaille persistante qui déjà annonçait le crépuscule du soir. Hannko Vogoulian vérifia que sa carabine était chargée et sortit. Devant la maison la neige était intacte. Plus loin elle repéra des empreintes de loups et, autour de la carcasse de l'homme qu'elle avait tué une semaine plus tôt, les oiseaux de proie avaient gravé une quantité impressionnante de signes. Ils s'étaient posés, ils avaient becqueté, ils s'étaient poursuivis et chamaillés, ils étaient partis en sautillant, à l'écart, pour déchiqueter le morceau dont ils s'étaient emparés, et, après avoir digéré, ils avaient déféqué à droite et à gauche. La carcasse avait été déplacée sur des dizaines de mètres, comme si les bêtes avaient voulu la faire disparaître dans la forêt. Les loups en avaient déchiré une bonne partie et les oiseaux s'étaient attaqués au visage. Hannko ne se pencha pas là-dessus pour établir un bilan organique ou boucher. Elle était incapable d'identifier la personne sur qui elle avait tiré. Elle savait simplement, d'instinct, qu'elle ne la connaissait pas. Elle savait aussi qu'il n'en resterait rien à la fin de l'hiver, car les charognards petits et grands allaient poursuivre leur nettoyage. Et si jamais aux premiers jours du dégel elle trouvait encore des résidus humains et des charpies, elle les disperserait sous les buissons, comme elle l'avait toujours fait depuis un temps immémorial, depuis huit cent quatre-vingt-neuf ans ou plus. Il y avait déjà plusieurs sites de ce genre dans les environs. Pas un grand nombre, parce que les visiteurs étaient rares, mais tout de même plusieurs.

• Plus loin Hannko Vogoulian tomba sur les restes d'un campement. Elle s'attendait à cette découverte. Une semaine plus tôt, elle avait senti une odeur de bois brûlé, si extra-ordinaire au milieu de son hiver et de sa solitude qu'elle s'était immédiatement préparée à un assaut ennemi. Le campement avait été établi dans une ravine, à un kilomètre de la maison, dans une ancienne tanière d'ours. L'homme avait tendu une toile sur des bâtons pour protéger l'entrée des coups de vent et de la neige. Sur un endroit plat, juste à côté, il avait fait un feu d'aiguilles, de pommes de pin et de branchettes. Il avait suspendu hors de portée des bêtes sa casserole, une espèce de bouilloire, quelques loques innommables et une sacoche. Il avait donc eu l'intention de revenir, sans doute après avoir exploré les environs et après avoir mis au point un plan d'action pour se rendre maître de la maison de Hannko, en éliminer l'occupante, s'y installer ou en dérober les armes et les vivres.

Hannko Vogoulian dénoua les ficelles et les cordelettes et elle les récupéra. Elle n'en avait jamais assez. Les usten-siles de cuisine étaient répugnants et elle leur jeta à peine un coup d'œil, les laissant dans la neige où ils étaient tombés. Le contenu de la sacoche, en revanche, attira sur ses lèvres un sourire de satisfaction. Il y avait là de la viande de renne séchée, des baies pour faire du thé, des ciseaux, du matériel pour le dépeçage du gibier, des pelotes de fil goudronné, des ferrures utilisables pour des pièges. En fouillant dans une poche intérieure elle mit la main sur un briquet de trappeur comme en possédaient les éclaireurs de l'Armée rouge, lourds et inépuisables, et aussi elle retira des liasses de feuilles issues d'un livre disloqué, manifestement destinées à allumer le feu plutôt qu'à procurer à leur lecteur des émotions poétiques. Elle rassembla son butin et revint à travers bois à sa demeure solitaire.

– Ben je l'ai échappé belle, marmonnait-elle en évitant les buissons couverts de givre. Ça avait l'air d'être un sacré débrouillard, celui-là.

Elle appréciait d'entendre quelqu'un donner son avis. Il y avait des siècles qu'elle parlait toute seule et qu'elle considérait cela comme un dialogue.

– Si je lui avais ouvert la porte, il m'aurait fait passer un mauvais quart d'heure, poursuivit-elle.

– Ben oui, acquiesça-t-elle.

Quand elle arriva dans la clairière, elle fit un détour et d'abord elle évita de regarder ce qui subsistait du cadavre de l'homme, puis elle se ravisa, s'en approcha et s'arrêta au-dessus des lambeaux de sa veste maculée de sang. En dépit du froid, les odeurs de chair malmenée, d'excréments et de crasse étaient fortes. Bien en évidence sous l'étoffe pointait une cage thoracique défoncée, peu nettoyée encore de ses viandes. Pendant plusieurs nuits, l'agitation des prédateurs ne cesserait pas.

Sans trop examiner de près la tête de l'homme, elle s'adressa à lui.

– Ben mon gars, dit-elle d'une voix forte, comme persuadée qu'ainsi la phrase lui parviendrait, après avoir traversé l'air glacé puis l'espace noir du Bardo. Ben mon gars, dans quel état qu'ils t'ont mis, tous ces assassins!

• À la veillée, elle sortit son journal, qu'elle n'avait pas tenu depuis un mois, et elle se mit à écrire. Les dates étaient fantaisistes. Elle les inscrivait au hasard, sachant surtout qu'il restait encore quinze ou seize semaines avant le dégel, et se basant sur cette approximation pour donner à son calendrier un air de vraisemblance.

• *Vendredi 2 novembre.* Ai identifié, venue de l'est, une odeur humaine. Me suis barricadée dans la maison et tenue prête. Une odeur de soldat vagabond et de feu de camp. Au soir n'ai pas allumé la lampe. Me suis mise en position de tir toute la nuit.

Samedi 3 novembre. Au petit matin, ai repéré le rôdeur qui se cachait derrière les arbres pour examiner la maison. Le vent avait effacé les traces de mes pas et il devait se demander si la maison était inhabitée ou non. Le vent avait dévié et ne m'apportait pas les odeurs du type. Ce rôdeur avait une patience de chasseur. Il ne sortait pas à découvert et se déplaçait peu. À la jumelle j'ai examiné son visage. Un survivant ou un mort. Barbu et sale. Ai vérifié ainsi qu'il ne s'agissait pas d'Aldolaï Schulhoff. Savais cela d'instinct mais ai vérifié. En fin d'après-midi le rôdeur s'est décidé à sortir du taillis et, comme je l'avais en ligne de mire, je l'ai abattu. J'avais visé le milieu de la poitrine. Il s'est effondré et il n'a plus bougé. Comme je ne voulais pas avoir de doutes sur son état et pas d'ennuis supplémentaires, et comme la nuit menaçait de tomber, je l'ai ajusté encore mieux que la première fois et je lui ai envoyé une deuxième balle. À la naissance du cou et de l'épaule. Ai décidé de rester claquemurée pendant les jours suivants. Le cadavre allait attirer des bêtes. Ai décidé de rester claquemurée pendant les jours suivants, à l'écart des bêtes.

Jeudi 8 novembre. Suis sortie. Temps crépusculaire et froid. Le rôdeur a été considérablement dépecé par les loups. Picoré aussi par les corbeaux. M'occuperai des restes au printemps. On voit à peine ça depuis la fenêtre, pas besoin de dégager le paysage. Me suis mise en quête de l'endroit d'où l'homme était parti en expédition vers la maison. Ai trouvé son campement et ai réquisitionné ce qui m'était utile. Un briquet de l'armée. Des hameçons pour les pièges, des cordelettes. Aussi la moitié d'un livre. Pas de couverture, pas de titre. Des narrats post-exotiques. En ai parcouru deux ou trois. Que de la foutaise. Bon pour allumer le feu.

.31.

• À la seconde où les flammes cessèrent de gronder, et d'ailleurs peut-être un peu plus tard, quelques années plus tard, car maintenant et depuis longtemps tu ne calculais plus les durées comme autrefois, depuis longtemps tu te fichais des horloges et des calendriers, à cette seconde donc tu pénétras dans un endroit qui devait être un lac noir de goudron et de naphte, et pendant les premiers temps tu y demeuras sans idée préconçue et même sans idée du tout, occupé à prendre tes aises et à attendre paresseusement la suite, le temps qu'à l'extérieur se succèdent deux ou trois générations, te satisfaisant du silence épais qui t'entourait, aimant cette épaisseur à nulle autre pareille, parfois assailli par l'infime vacarme d'une bulle qui remontait lentement depuis les lointains, et alors tu écoutais ce bruit à vrai dire peu perceptible et tu en faisais la base d'une longue musique, dont la mélodie certes peu variée ne te charmait pas mais dans quoi tu introduisais quelques modulations dansantes et les sons diphoniques issus de tes cavités glottiques et de tes diaphragmes divers ou de ce qui en tenait lieu, te satisfaisant aussi du loisir dont tu disposais, qui te permettait de revoir sans hâte ou en boucle les films de tes existences passées, de t'arrêter au besoin sur leurs plus fortes images et de méditer sur les rêves qui s'y étaient associés et qui s'étaient cristallisés dans ta mémoire sans plus se soucier de différence avec les souvenirs du réel, et, étant demeuré là en bougeant peu, tu repris quelques-uns des hauts faits qui avaient brique à brique construit ta vie et ses innombrables variantes, tu les repris pour les dire et donc pour les revivre, ne négligeant pas à côté de ces moments héroïques ni les vilenies oniriques ni les nombreuses traversées de trouble et de confusion, car, au fond, ton existence, quoique bien ordonnée par une idéologie de fer et sans cesse retrempée aux sources de la magie noire, qui à elle seule multipliait les domaines visités et les agrémentait de matières incompréhensibles tant aux morts humains qu'aux vivants humains et aux chiens ou assimilés, sans mentionner les mortes humaines, les vivantes humaines et les chiennes, ton existence donc quoique riche en événements clairs et situables avait aussi été désastreusement brouillonne, au point que tu avais fini, ou plutôt que tu avais commencé, par confondre filles, épouses et maîtresses, crimes simples et massacres, morale prolétarienne et rêveries infâmes, gardes-chiourmes et prisonniers, naissance et décès, et que, pendant une période, tu avais justifié cette pénible dérive en t'appuyant sur la théorie fumeuse bien que bardique de l'annulation des contraires, de la dissolution des contraires en une masse onirique indéterminée et, il est vrai, parfois cauchemardesque, parfois non, et, comme tu tenais malgré tout à préserver face à l'histoire ces interminables voyages dans l'errance et dans le rien, et ne pas limiter tes dires à un récit hagiographique dont tu aurais monopolisé la première place, tu refusas la méthode qui t'eût incité à trier le bon grain narratif de l'ivraie baroque et tu entamas ta déclamation, d'abord, comme prière introductive, en appelant à toi tes sbires secrets, puis en façonnant à proximité de ta bouche les ombres de ceux et de celles qui avaient croisé ton chemin ou erré par mégarde sur le même destin que toi, puis, la prière prononcée et les ombres modelées, tu revêtis les oripeaux d'un de tes personnages qui n'était pas le plus glorieux, tu te réincarnas en la figure peu aimable de Solovieï, et, durant quelques années bien pleines et sans lune, car dans le goudron et le naphte qui te baignaient il n'y avait plus de ciel ni même idée de ciel, durant ces années pesantes et obscures tu fus tout à ta narration, puis l'accumulation des anecdotes te fatigua, tu te sentis repu et tu songeas à te taire. Tes sbires secrets n'avaient pas rappliqué à ton appel, ou si cois et mineurs ils s'étaient tenus que tu ne les avais pas remarqués. La noirceur de ta solitude avait tendance à t'endormir. Tu bramas encore quelques noms, tu invoquas d'autres sbires, Altoufan Dzoyïek, Döröm Börök, Elli Kronauer, Toghtaga Özbeg le Vieux, Maria Kwoll, et plusieurs centaines d'autres qui avaient joué un rôle dans quelques-unes de tes aventures les moins anciennes, puis tu énuméras tes filles, tes épouses et tes maîtresses. Les jours passaient, nul ne se manifestait, et, comme le son de ta voix te faisait horreur, tu refermas les lèvres. Ce qui te tenait lieu de grimace exprimait du mécontentement. La durée de ta bouderie nous importe peu. Ta bouderie ou la nôtre peu importe. Puis les flammes se réveillèrent.

.32.

• Pas de lune pendant mille ans. On s'habitue. Oui, c'est ce qu'il y a de mieux à faire, s'habituer. Plus de clair de lune, plus de promenade en amoureux hors de la yourte, plus l'insomnie carcérale ponctuée de cauchemars bizarres. On ne lève plus les yeux vers le firmanent velouté, vers les trouées bleues qui surlignent les nuages, vers la fuite fantasque des nuages, vers les étoiles, on ne s'attendrit plus face aux immensités grises de la steppe. Tout cela n'existe plus. Seules la ténèbre très-noire et la marche. Ils appellent cela l'ambre dans leurs poèmes illisibles. Mille ans dans l'ambre, et ensuite nitchevo. Ils ou Je peu importe. Ils proclament cela d'une voix éraillée ou abattue, et ensuite ils vocifèrent sur des sujets incompréhensibles. L'ambre, non. Pas la moindre lumière, ce serait plutôt l'espace noir, une solitude absolue et un silence noir que rien ne rompt, sinon quelquefois d'infimes avalanches, d'infimes crissements, comme si sous les pieds on froissait quelque chose, par exemple une suie hideuse ou du mâchefer réduit en poudre, oui, ce pourrait bien être l'espace noir. Seulement, la durée du voyage ne correspond pas à ce qu'on avait en tête, autrefois, quand on était mort ou défunt ou vivant, ce genre d'état, et qu'on écoutait les discours des moines sur la question. Ici la durée du voyage s'étire de manière insupportable.

Quarante-neuf jours passent, puis trois cent quarante-trois, puis on doit compter par paquets d'années, puis en siècles. Sous les pieds la cendre émet peu de sonorités, sinon quand on perd conscience et qu'on entre dans un cauchemar. On perd rarement conscience, si vous voulez savoir, on rêve peu, c'est surtout la marche qui vous mobilise. Autrefois, pendant l'incarcération pour faits d'armes ou pour dissidence, le temps pareillement s'étirait, monotone et usant, mais au moins la perspective de mourir en fin de séjour calmait les angoisses. La délivrance n'était pas une vaine promesse. On avait d'ailleurs toujours un codétenu bouddhiste qui décrivait la suite, une transition de quarante-neuf jours et, presque aussitôt, l'entrée dans une nouvelle peau. Tandis qu'ici toute perspective s'est éteinte, comme la lumière et comme la lune. On s'habitue aussi à l'absence de perspective, que ce soit avec une résignation amère ou par passivité naturelle on s'habitue. Mille ans. C'est plus un ordre d'idées qu'un nombre vérifiable. On compte très approximativement, bien sûr, on ne compte plus en jours ni en années et assez vite on n'est plus du tout à un siècle près. Mille ans dans l'ambre, à déambuler dans la ténèbre très-noire, à marcher sans cesse et en rêvant peu, et ensuite nitchevo. Parfois on débouche dans une ramification imprévue, on se fait tabasser par Solovieï ou par des zeks inconnus ou par des sbires et des filles de Solovieï. Parfois on sort à l'air libre, dans un paradis concentrationnaire ou dans un convoi d'agonisants, mais ça ne s'éternise pas, presque aussitôt le noir revient, et pendant les deux cent trois années suivantes on n'entend plus parler de rien, on n'entend plus aucune voix à proximité et on doit se recroqueviller mentalement pour ne pas hurler de peur. On s'habitue aussi à ces épisodes, et, au fond, on les considère comme de pures bouffées délirantes ou oniriques. Dans tous les cas, la lune est absente. Parfois aussi on arrive à un cul-de-sac, on se heurte de tous côtés à des murs que, par manque d'imagination ou par lassitude, on prétend faits de briques comme ceux des fours, on suppose être arrivé dans un four tant les parois sont brûlantes. On tourne en rond et à tâtons on essaie de reconnaître l'espace qui est rempli de vibrations silencieuses et de chaleur. Soudain il n'y a plus d'issue. Partout il y a des barres qui ont atteint les températures maximales de la matière, il y a des parois hermétiques qu'il est douloureux d'approcher, et on est submergé par les vagues d'un incendie noir, au milieu de flammes dévoreuses et huileusement noires. Alors on hurle de peur, on gémit ou on craille des poèmes, des biographies improbables, des morceaux déchirés de vie ou des souvenirs. Puis, quand on s'est accoutumé à sa énième prison, on fait comme si de rien n'était, on fait contre mauvaise fortune bon cœur, on fait de son mieux pour n'être ni mort ni vivant et, après un autre paquet de siècles, on fait silence.

• Ayant tracé de son écriture malhabile «on fait contre mauvaise fortune bon cœur, on fait de son mieux pour n'être ni mort ni vivant et, après un autre paquet de siècles, on fait silence», Hannko Vogoulian rajouta un correctif dans la marge : «de son mieux pour n'être ni *morte* ni *vivante*, si on est une fille, une épouse ou une veuve». Puis elle referma son cahier et le rangea sur une étagère, et, au même instant, elle eut l'intuition violente, physique, que quelqu'un l'observait.

— Me dis pas que tu reviens? gronda-t-elle comme un animal, en se contractant pour esquiver ou subir une attaque.

Elle pivota. Elle avait des mouvements de louve.

En dehors du cône jaune dessiné par la lampe, la maison était plongée dans une pénombre confortable. Le couvercle du puits était entrouvert, le corium enfoui plus bas diffusait une bonne tiédeur, de douces radiations qui annulaient entre les murs les basses températures du dehors. Tout autour, un ameublement forestier, des fourrures, des ustensiles de toilette et de cuisine, un seau dans lequel l'eau retirée du puits finissait de refroidir. Et sur des planches servant d'étagère, des cahiers vierges, des cahiers déjà remplis. Et deux carabines accrochées à côté d'une peau d'ours.

Elle ne remarquait rien d'anormal.

La certitude qu'on l'observait ne faisait que croître.

Il y a longtemps, à l'époque où Solovieï allait à sa guise dans son monde et dans des mondes parallèles et où il entrait dans les rêves de n'importe qui, cette sensation horrible précédait le plus souvent une intrusion de son père. Cela servait d'alarme, une alarme qui la prévenait d'un danger contre quoi elle ne pouvait rien. À l'intérieur d'elle-même, physiquement et mentalement, l'angoisse montait. Cela durait, augmentait, pendant une demi-journée, une demi-nuit. Puis Solovieï pénétrait en elle et se promenait en elle sans égards, dans ses rêves, dans ses souvenirs intimes, comme en territoire conquis, parfois il est vrai la considérant comme une compagne digne d'attention, voire de tendresse, mais le plus souvent ne tenant aucun compte de ses bonheurs et de ses malheurs, allant et venant de façon insane, construisant en elle des refuges auxquels elle n'avait pas accès, monologuant d'opaques poèmes. Ensuite, tout cessait, mais elle se réveillait dévastée, humiliée et extrêmement triste.

Et cette impression atroce venait de renaître en elle, sans crier gare et avec une puissance que la surprise multipliait.

• Elle alla renforcer la fermeture de la porte avec une barre de fer, puis elle s'empara d'une carabine et elle éteignit la lampe.

Derrière les fenêtres, la neige scintillait faiblement.

– Si ça se trouve, c'est pas Solovieï qui s'approche, marmonna-t-elle. C'est peut-être seulement un rôdeur qui a repéré la maison et qui veut me faire du mal.

Maintenant elle passait d'une petite fenêtre à l'autre pour scruter le paysage. Elle reniflait les odeurs apportées par le vent, les suints et les traces de suint, mais elle ne décelait aucune présence particulière. Elle tâchait de ne pas s'exposer aux projectiles d'un hypothétique tireur. De son œil d'agate obscure elle essayait de surprendre les infimes variations de température là où se dressait la première barrière des arbres, elle balayait les tas de neige et les fourrés entre les troncs, de son œil d'agate obscure elle cherchait les traces du vivant. Elle recourait à son œil jaune de tigre pour analyser les fissures dans le néant et dans la nuit, afin de mettre en évidence quelque chose de mort. Elle ne distinguait ni une chose ni une autre. La clairière était éclairée par de la lumière résiduelle emprisonnée dans les congères, et, pour le reste, tout était ténébreux. Étoiles et lune appartenaient à un autre univers.

Puis, très nettement, elle repéra une forme agenouillée en position de sniper, cachée au pied d'un mélèze derrière un buisson. La forme la visait. Un dixième de seconde plus tard elle aperçut la flamme de la cartouche qui venait d'être percutée, puis un autre dixième s'écoula et, près de sa tête qu'elle avait eu le réflexe et le temps d'écarter, la vitre de la fenêtre explosa.

Aussitôt elle s'accroupit.

Avançant en canard, piétinant les éclats de verre qui avaient volé loin sur le plancher de l'izba, elle rejoignit un poste de tir qu'elle savait indécelable de l'extérieur, une meurtrière percée entre les rondins. Elle avait retrouvé le calme qu'elle avait perdu après avoir remis son cahier en place. Maintenant, à l'heure de l'affrontement, elle était beaucoup plus maîtresse d'elle-même. Hannko Vogoulian était une guerrière. Elle allait appuyer le canon de sa carabine dans la minuscule gouttière creusée dans le mur. Elle était sûre de pouvoir ajuster là, en toute sécurité, un tir mortel. Au fil des siècles et avant que les espèces déclinent, elle avait abattu depuis cette fente invisible des loups, des rennes, des ours et des vagabonds divers.

Elle se mit en place. Son adversaire venait de bouger et, au fond de la nuit, elle reconnut sans doute possible la figure chafouine et boudeuse de Samiya Schmidt. La fille avait vieilli, ses traits avaient évolué sous l'effet du temps et de la folie, mais elle persistait à porter des nattes ridicules d'adolescente qui lui encadraient le visage. Hannko Vogoulian eut une rapide vision synthétique des années passées à «Terminus radieux» et elle se rappela que Samiya Schmidt se débrouillait toujours pour échapper aux tâches collectives. Entre deux crises, elle s'arrangeait systématiquement pour ne rien faire, ou alors se déclarer surmenée par les tâches de gestion et de conservation de la bibliothèque de la Maison du peuple. Hannko Vogoulian l'avait toujours détestée et, au contraire de ce qui se passait pour Myriam Oumarik, envers qui elle éprouvait une affection parfois complice, elle évitait de la considérer comme une sœur.

Elle visa soigneusement. Quoique dissimulée derrière des branches et un rideau épais d'obscurité, Samiya Schmidt n'avait aucune chance. Sans savoir pourquoi, Hannko Vogoulian décida d'attendre un peu avant d'appuyer sur la détente. L'autre, de son côté, ne se pressait pas de renouveler son tir.

• Pendant de longues minutes, les deux femmes s'observèrent ainsi, en silence, dans l'immobilité et les ténèbres.

Et soudain la voix aiguë de Samiya Schmidt déchira la nuit :

– Hannko Vogoulian ! criait Samiya Schmidt. Princesse des salopes ! Tu couchais avec Solovieï ! Toutes les nuits tu couchais avec ton père !

Qu'est-ce que c'est que ces balivernes, pensa Hannko Vogoulian. Qu'est-ce qu'elle veut, cette petite conne ? C'est plutôt elle qui recevait Solovieï dans son lit, pendant que cet idiot de Morgovian tremblait de peur !

– Tu aimais qu'il te fasse mal ! poursuivit Samiya Schmidt.

Sa voix était tellement glatissante et forte qu'on avait l'impression d'entendre brailler un oiseau gigantesque.

Elle est plus du tout humaine, pensa Hannko Vogoulian. Elle l'a jamais été, mais là, elle l'est vraiment plus. Va savoir si elle s'est pas déjà laissé pousser des ailes dans le dos !

– Tu as comploté avec Solovieï pour faire disparaître Aldolaï Schulhoff ! continuait Samiya Schmidt.

Hannko Vogoulian avait en ligne de mire la naissance du cou de Samiya Schmidt. Elle abaissa imperceptiblement le canon de sa carabine et elle fit feu.

Dans les taillis le remue-ménage fut aussitôt effroyable. Samiya Schmidt était instantanément devenue une monstruosité stridente et furieuse. Ses vêtements de soldat s'étaient transformés en milliers de lanières sifflantes et de plumes qui volaient en tous sens et occupaient un espace immense, ne correspondant absolument plus à quoi que ce fût de vivant ou de mort. C'était sans structure, cela partait dans les sous-bois et, en même temps, cela restait à la même place, comme une sorte de tourbillon de gouttelettes et de miettes lourdes et noires. Hannko Vogoulian tira là-dedans une deuxième balle.

— Retourne d'où tu viens, petite conne, marmonna-t-elle. Retourne dans les bouses de Solovieï. Tu aurais jamais dû en sortir.

• Plus tard tout s'était apaisé. Il n'y avait plus sur le sol le moindre débris de verre. La vitre qui avait explosé était de nouveau intacte. Hannko se désaccroupit. Elle appuya sa carabine contre le mur de rondins, alluma la lampe, alla chercher le cahier sur lequel elle tenait son journal.

Elle était fatiguée, mais elle s'assit à table, elle se pencha sur le papier et elle écrivit :

Dimanche 9 décembre. Rêvé de ma petite sœur Samiya Schmidt. Presque pas changée. Égale à elle-même, toujours ses petites tresses, son allure de Chinoise en rééducation. Avons pas eu le temps de beaucoup parler. Nostalgie de l'époque où on était toutes ensemble au kolkhoze. Les siècles ont passé. Sept ou huit, peut-être plus. Plus personne pour se rappeler «Terminus radieux» ou la Deuxième Union soviétique. Nostalgie de tout ça.

.34.

• Ayant laissé derrière eux les derniers miradors, Kronauer et Samiya Schmidt s'enfoncèrent dans la forêt. Ils étaient séparés par une centaine de mètres et parfois même un peu plus mais ils veillaient à ne pas perdre trop longtemps le contact visuel. Quand Samiya Schmidt traînait trop, Kronauer diminuait son allure. Ils marchaient tous deux avec effort. Après le premier kilomètre les sous-bois s'étaient épaissis. Ils devaient franchir des passes buissonneuses, ou piétiner des parterres de petites broussailles agressives, qui pendant l'été avaient été alourdies par les baies mais à présent n'étaient plus que branchettes mortes et épines. Assez souvent aussi ils devaient contourner des surfaces où leurs pieds commençaient à se faire aspirer par la boue. Ils craignaient de s'aventurer dans des pièges marécageux et de ne pas pouvoir s'en extraire. Sous l'humus par moments glougloutait de l'eau vaseuse ou de l'huile noire, ou les deux désagréablement mêlées. L'huile venait d'anciennes villes qui avaient été recouvertes ou d'anciennes bases militaires. La taïga avait fini par s'imposer au-dessus de ces ruines, il n'avait fallu que quelques siècles, mais la pollution industrielle restait omniprésente quoique fantôme, et tout indiquait qu'elle aurait besoin de millénaires pour disparaître. Samiya Schmidt et Kronauer avançaient de plus en plus lentement et, en fin de journée, quand l'ombre augmenta, la distance entre eux se réduisit et ils finirent par se retrouver côte à côte, essoufflés et vacillants.

Ils n'avaient toujours pas échangé le moindre mot.

Depuis leur départ du camp. Ils ne s'étaient toujours pas adressé la parole.

• Samiya Schmidt alla s'adosser à un tronc. Kronauer la rejoignit. Pour avoir un peu de chaleur, ils se serrèrent l'un contre l'autre et, quand ils furent assis au pied de l'arbre, ils restèrent collés épaule contre épaule, cuisse contre cuisse. Ils avaient les jambes repliées contre le ventre, les mains dans les poches. Maintenant l'obscurité était complète.

La forêt bruissait, frottements de fougères, craquements d'écorce, presque rien. Il n'y avait pas d'animaux à proximité. La température baissa encore un peu, puis elle se stabilisa au-dessus de zéro.

Kronauer humait les odeurs issues de la terre et des arbres. Des ours étaient passés là quelques jours plus tôt, sans doute pour se gaver de baies avant d'entrer en hibernation. Leurs puissantes émanations d'urine avaient imprégné les mousses, les aiguilles mortes. Qu'est-ce que tu racontes, Kronauer, pensa-t-il. Qu'est-ce que tu t'y connais en ours. Va savoir si ils ont pas disparu, depuis le temps. Tu sais rien sur eux. Tu connais que les camps et l'huile noire.

Tu penses que des conneries, pensa-t-il encore.

Et tout à coup il sursauta. Et Solovieï? C'était un teigneux, il t'avait promis l'éternité dans la souffrance. Et si que tu étais toujours une marionnette de Solovieï, ni morte ni vivante, à l'intérieur d'un rêve de Solovieï?

Une pensée insupportable. Il la chassa en fronçant le nez, il flairait de nouveau ce qui flottait autour de lui. Outre les traces laissées par les ours, il sentait monter à ses narines les odeurs de Samiya Schmidt, tout ce qu'exhalaient son corps et les déchirures de ses habits molletonnés, huit cent douze ans et quelques de souvenirs pénibles, la crasse des prisons, la boue des nuits passées dans des abris de fortune, le long de la voie ferrée ou ailleurs sous les mélèzes. Comme Kronauer, elle n'avait pas pris de bain depuis une ou deux générations et peut-être beaucoup plus. Elle sent la même chose que moi, pensa-t-il.

• Après plusieurs heures de nuit, un son ténu, cristallin, s'imposa. Des gouttes tombaient, dans la distance, sur une surface déjà gorgée d'eau.

– Tu entends? demanda Samiya Schmidt.

Kronauer eut un vague sursaut. C'était la première fois que Samiya Schmidt sortait de son mutisme. Et oui, il entendait.

– Ben voilà, continua Samiya Schmidt. Quand on s'est vus pour la première fois, c'était déjà dans la forêt et c'était près d'une source.

Elle murmurait. Après cette absence totale de communication verbale, deux ou trois phrases qui s'enchaînaient avaient une allure de logorrhée.

– Il y a longtemps, l'interrompit Kronauer. Tu étais mourante.

Lui aussi parlait de façon bizarrement fluide, comme s'il était vivant ou du moins mort depuis peu.

– Je t'ai transportée sur mon dos, continua-t-il.

– Oui, je me rappelle, dit-elle. Merci.

Ils passèrent plusieurs minutes à écouter le bruit éloigné de la source. Kronauer s'étonna de ne rien avoir remarqué jusque-là. Peut-être l'arrivée d'eau était-elle faible et intermittente.

– Aujourd'hui, tu vaux guère mieux, reprit Kronauer.

– C'est que j'ai été touchée à des points vitaux, dit Samiya Schmidt.

Voilà qu'elle rejetait ses tresses en arrière et qu'elle ouvrait le haut de ses hardes pour montrer un trou à la naissance de sa gorge et un autre juste au nord-ouest du sein droit.

– Ben qui c'est qui t'a tiré dessus ? demanda Kronauer.

– Hannko Vogoulian, cette salope, murmura Samiya Schmidt.

Elle laissa Kronauer digérer l'information. Elle-même avait besoin d'un silence. Elle se remémorait l'affrontement ou tentait de le faire.

– Elle a les yeux magiques de son père, finit-elle par dire.

On percevait du dégoût dans sa voix.

– Boh, la consola Kronauer.

Il se rappelait avec netteté l'étrange regard de Hannko Vogoulian, l'admirable et étrange regard qu'il avait fini par apprécier, au temps du kolkhoze, au temps du Levanidovo, à des siècles de là.

– Elle atteint qui elle veut au millimètre, même dans les ténèbres. C'est une salope. C'est la copie conforme de son père. Il habite en elle.

– Eh ben, dit encore Kronauer pour entretenir la conversation.

— Il la visite. Quand il est en elle, il y a pas de différence entre lui et elle.

Sur ce, les confidences de Samiya Schmidt s'éteignirent. De longues minutes s'écoulèrent, puis une demi-nuit. Ni l'un ni l'autre ne s'assoupissait.

On ne sait pourquoi, Kronauer jugea bon, à l'heure la plus noire, la plus froide, la plus sinistre, de reprendre leur dialogue.

— Et toi? demanda-t-il maladroitement.

— Quoi, moi? s'énerva aussitôt Samiya Schmidt.

Elle se leva brusquement. Alors qu'elle semblait prostrée et incapable de faire un mouvement, Kronauer l'entendit s'écarter de lui, marcher entre les arbres, frapper des troncs, des arbustes, marmonner et glapir. Elle courait et bondissait à une allure folle. Elle avait découvert la source et, de temps en temps, elle allait gifler la flaque qui dormait à proximité. Elle s'agita jusqu'à l'aube, puis elle revint s'asseoir à côté de Kronauer, et, pendant les jours suivants, elle ne lui adressa plus la parole.

.35.

• Avancer sans objectif dans la taïga était pour Kronauer une permanente épreuve. Il ne le montrait pas forcément, mais la peur lui tordait l'estomac beaucoup plus régulièrement que la faim. S'égarer ne signifiait plus rien, maintenant qu'il était à jamais errant et perdu, mais, par exemple quand il s'était assoupi un moment et réémergeait à la conscience, le tout premier sentiment qui accompagnait sa renaissance se confondait avec une terreur ancestrale de la forêt. Pendant des heures ensuite il se rappelait ce réveil pénible, la sensation nauséeuse d'avoir à de nouveau affronter le silence et les bruits, l'ombre, les odeurs de végétaux pourris ou condamnés à l'être, les odeurs laissées par les bêtes, l'absence de ciel, la solitude, les trouées vite refermées, la confusion entre la route parcourue déjà et celle qu'il faudrait incessamment reprendre.

• Des quatre saisons, seul l'automne était agréable. Le sol durcissait, facilitant la marche, les herbes folles et les brous-sailles de l'été s'affaissaient, se repliaient sur la terre, les insectes volants se raréfiaient. On souffrait moins qu'en hiver, où la survie dans la neige induisait des comportements d'homme paléolithique, ou qu'au printemps, quand il fallait affronter la boue, le vacarme des oiseaux et l'énervement des carnassiers qui cherchaient à refaire leur graisse. Les semaines d'été avaient du bon, mais elles étaient courtes et gâchées par la présence cauchemardesque des dernières mouches, des moucherons et des moustiques.

• Il y avait des années où Samiya Schmidt disparaissait totalement. Un matin, elle n'était plus là, par exemple, sans raison apparente, et son absence pouvait durer un mois, mais aussi trois ou quatre ans ou même cinquante-six ou plus. Cette défection convenait à Kronauer. Il s'était habitué à elle mais il ne pouvait s'empêcher de la considérer comme une créature de Solovieï, et donc comme quelqu'un qui jouait un rôle dans le châtiment millénaire que Solovieï lui avait réservé. Ses relations avec Samiya Schmidt étaient vaguement fraternelles et surtout marquées, de son côté à elle et en dépit d'une longue coexistence qui aurait dû apaiser toutes les tensions, par une méfiance irrationnelle, des accès de bouderie, des gesticulations colériques. Ils se parlaient très peu, chacun se renfermant dans sa méditation solitaire, parfois restant plusieurs semaines sans échanger un mot. Ils ne se touchaient pas, même si le contact physique ne leur posait pas problème. Ils pouvaient s'empoigner sans répugnance aucune dans les cas d'urgence, lorsque l'un des deux était en mauvaise posture, une jambe engluée dans une flaque de bitume, ou tombé par épuisement à proximité d'une fourmilière. Quand elle avait brûlé ses dernières forces, il la portait sur son dos jusqu'à un abri et, quand ils avaient vraiment trop froid, ils se serraient l'un contre l'autre. Mais, en gros, ils se comportaient comme deux individus n'ayant aucune raison de se palper, de se caresser, de se tâter ou même de se tenir par la main et de s'effleurer. La seule chose qu'ils faisaient ensemble de façon continue était de marcher entre les arbres du matin au soir, d'automne à automne, une décennie après l'autre.

Aussi, pendant les périodes où Samiya Schmidt ne l'accompagnait plus, Kronauer ne ressentait aucune impression de vide. Son quotidien n'en était pas affecté et il n'éprouvait aucune nostalgie de leur association muette, heurtée et vaine. Après un laps de temps variable, souvent démesuré, Samiya Schmidt un beau jour surgissait au pied d'un mélèze, et ils reprenaient, sans explication particulière, sans qu'elle songeât à s'exprimer sur son absence, leur progression commune.

Si l'on résume : les années sans Samiya Schmidt ne dérangeaient ni ne déstabilisaient Kronauer.

• Lorsqu'il se retrouvait seul dans la taïga, Kronauer parfois s'arrêtait, allumait un feu de branchettes et se lançait dans un monologue à la fois intérieur et concrétisé en mots ébauchés, prononcés complètement ou gémis. Il parlait de la Deuxième Union soviétique, de l'Orbise et de ses camarades morts au combat, tués par l'ennemi ou par les radiations reçues dans les campagnes ou les villes empoisonnées. Il récitait quelques extraits des manuels d'éducation marxiste-léniniste dont il se souvenait encore, puis, à la nuit venue, il parlait à l'unique amour de sa vie, à Irina Etchenguyen, et il lui racontait sa peine quand il avait de la peine, ses minuscules aventures au cœur de la forêt, ses rêves quand il avait rêvé, et, s'il en avait le temps avant que la somnolence s'abatte sur lui, il essayait de mettre un chiffre derrière les immensités temporelles qui le séparaient à présent d'Irina Etchenguyen. Huit cent trente ans, grognait-il, tandis qu'un mal de tête épouvantable l'aveuglait. Neuf cent quatorze ans cinq mois. Mille neuf cent soixante-dix-sept ans et des poussières.

• Je ne suis plus rien et tu me manques.

• Dans le labyrinthe de la taïga je marche en compagnie d'une fille, Samiya Schmidt. Tu me manques. Depuis les deux cents dernières années je me suis mis à penser plus souvent à toi qu'avant. Samiya Schmidt est imprévisible, elle porte en elle la violence criminelle de son père, elle continue à être hantée par son père alors que celui-ci ne s'est plus manifesté depuis un demi-millénaire. Elle a hérité des mauvais rêves de son père. Fréquemment elle perd tout contrôle sur elle-même. Elle déchire les liens qui la rattachent à une forme humaine. Autrefois elle ressemblait à une soldate de la révolution culturelle, et, quand je l'ai retrouvée à la sortie du camp, et même si elle avait considérablement vieilli, elle en avait encore un peu la dégaine, mais là, pendant ces crises, elle ne ressemble plus à rien. Elle s'étire, elle s'élargit, elle gonfle, et en quelques secondes là où il y avait une fille fatiguée ou nerveuse il n'y a plus qu'une masse mouvante, une masse indescriptible faite de plumes noires, de tourbillons noirâtres et de sifflements stridents. Les arbres s'agitent, les ténèbres palpitent, le défilement du temps s'accélère brutalement ou ralentit. C'est une scène horrible. On ne peut y assister sans être troublé en profondeur. On est pétrifié, on a l'impression d'être à l'intérieur d'une image étrangère, de s'être égaré dans un territoire mental hostile, on a l'impression d'être retombé dans les peurs atroces de l'enfance, d'être observé par des adultes inconnus, ou encore d'être une pâte à modeler entre les mains d'un sorcier malveillant. Samiya Schmidt s'étend, elle n'a plus de limites, sur des centaines de mètres elle crie et laisse ruisseler sa colère, sa rage, elle secoue les arbres, sur des centaines de mètres nuit et forêt hurlent de façon assourdissante, les hurlements sont entrecoupés de phrases sanglotées ou solennelles et de malédictions. J'essaie de me réfugier dans des souvenirs, je me recroqueville au pied d'un mélèze qui tremble, sur la neige qui se soulève en spirales étouffantes. Le noir s'épaissit, le ciel craille, on entend aussi des crépitements de flammes mais il n'y a de feu nulle part. Je me réfugie dans le passé lointain, dans les traces qui subsistent de notre vie commune et de notre amour. Tu me manques.

• Les ennemis à tête de chien. Après ton assassinat à la clinique, j'en ai tué plusieurs. Sept, peut-être huit. Dans des guets-apens, avec l'aide évidemment de nos meilleurs camarades. On les a identifiés, on les a fixés. L'un après l'autre, sur une période de quinze jours, on les a tués. Je ne te raconte pas dans quelles conditions, une fois ou deux ça a été carrément sale. Le huitième, on n'a pas eu le temps de vérifier, il fallait décrocher, des gens arrivaient. Les types qu'on a tués avaient des têtes de chien, mais, en dessous, il n'y avait aucune différence corporelle entre eux et nous. On avait toutes les peines du monde à comprendre comment ils avaient pu adhérer aux théories sordides de l'ennemi au point de prendre les armes contre l'Orbise et de devenir un groupe de monstres avec des pratiques de monstres sadiques. En tout cas, ils avaient massacré et violé. Je ne sais pas si ceux qu'on a tués étaient bien ceux qui avaient participé à l'attaque de l'hôpital. On ne les a pas interrogés. On les a tués sans perdre de temps à des discours. Même entre nous on ne disait rien. On les tuait et on se séparait. J'ai oublié les noms de nos meilleurs camarades. Pendant longtemps, ils ont subsisté dans un coin de ma mémoire, mais j'avais comme instruction de ne jamais en révéler la liste à quiconque. Pendant des années j'ai tout fait pour que jamais ils ne resurgissent. Nous avions agi de notre propre chef et il était convenu entre nous que l'action demeurerait à jamais secrète. La guerre civile flambait, les exactions et les représailles se succédaient, l'Orbise se fracassait, mais, sur cette série précise d'exécutions, nous sommes restés bouche close. Par amitié et par respect, en souvenir de toi, je ne sais pas. Ce n'était pas un fait d'armes héroïque. Nous avons été comme des tombes. Et aujourd'hui que j'essaie de retrouver ces noms, ils ne viennent pas. J'aimerais les prononcer en ta direction, pour que tu saches quels hommes ont pensé à toi pendant qu'ils assassinaient des brutes à tête de chien, pour que tu leur parles avec affection si tu les rencontres, mais les noms se sont évanouis. J'en invente ici quelques-uns. Dobronia Izaayel, Rouda Bielougone, Yaïr Kroms, Solaf Onéguine, Anastasia Vivaldian. Ce sont de beaux noms, mais ce ne sont pas les bons.

• Quand je suis arrivé à la clinique, dans l'aile qu'ils avaient dévastée, rien n'avait été nettoyé ni déblayé, rien n'avait été remis en place, mais les corps avaient été enlevés. Les gardes m'ont autorisé à entrer dans la salle commune où la boucherie avait eu lieu. Les flacons des perfusions avaient été jetés à terre, certains pendaient encore sur les supports qui n'avaient pas été renversés. Le sérum s'était mélangé aux flaques de sang. Les miliciens chargés du transport des corps avaient essayé de ne pas poser les pieds dans les liquides répandus, mais ils n'avaient pas réussi à le faire et il y avait tant de traces et de traînées immondes qu'il était impossible d'avancer dans la salle. Je n'ai pas marché sur le carrelage sale. J'ai fait quatre ou cinq pas et je me suis arrêté. La salle sentait la maladie, les produits de pharmacie et la pourriture animale. Il y avait peu d'impacts de balles sur les murs. Les hommes à tête de chien s'étaient acharnés sur leurs victimes sans les achever au pistolet. Je n'avais pas l'intention de me représenter exactement les détails de l'horreur, les étapes de son déroulement. Je me tenais là sans volonté et sans force. J'ai vu sur une table de nuit, à l'endroit où tu étais habituellement couchée quand on ne t'avait pas emmenée en salle de soins, un livre qui t'avait récemment été offert par une visiteuse, un livre que tu m'avais dit ne pas apprécier, mais dont tu me disais que malgré tout tu souhaitais terminer la lecture avant de mourir, un romånce de Maria Kwoll qui dénonçait une fois de plus le caractère sauvage, le caractère grotesquement hideux de toute sexualité. Je ne sais pas si tu as eu le temps de finir ce romånce avant d'être martyrisée. Moi-même j'ai décidé de ne jamais le lire avant ma mort, et ensuite, quand j'ai été au kolkhoze «Terminus radieux», je l'ai cherché à la bibliothèque, mais Samiya Schmidt ne l'avait pas. Je me suis tenu là debout un moment, sans bouger. Je suis resté deux minutes, trois, peut-être, mais pas plus. J'avais l'esprit vide. Je ne faisais aucun serment. Je pensais à toi sans te voir.

Je regardais à peine la scène du crime. J'avais les yeux fixés sur la couverture de ce livre. Depuis des centaines d'années j'essaie de me rappeler son titre, mais je l'ai oublié.

.36.

• Des rideaux de sang, des rideaux de flammes, l'obscurité
absolue, l'oubli absolu, la connaissance absolue, plus de lieu ni de
temps, et toi tu tires vers toi les fils qui prolongent tes doigts,
tu tires vers toi les plumes qui prolongent des ailes, tu tires à
toi les âmes errantes, le tambour tonne en toi ce n'est pas un
cœur c'est un tambour, ce n'est pas un tambour c'est le pilon
effroyable du monde et des enfers, plus rien n'existe, l'absence
absolue, et toi tu tords tes mains en hurlant, tu agites tes ailes
en sifflant, plus de lieu mais tu es au cœur des murs ruisselants
de plutonium, tu es au milieu des arbres, tu es debout entre les
nuages, au-dessus de la steppe, plus de lieu mais tu es au centre
des ruines du kolkhoze et autour de toi ce n'est qu'un ronflement
silencieux de mort brûlante, le tambour tonne et résonne, les
arbres centenaires sont tes sbires, le tambour tonne ce n'est pas
un tambour c'est la lente giclure de la sève dans les artères et
les veines des mélèzes, le tambour bat avec des notes si basses
qu'elles sont inaudibles mais qu'elles ébranlent la terre et les
herbes, qu'elles ébranlent les flammes, qu'elles enlèvent toute
stabilité aux flammes et les dérangent, c'est ta voix, ce n'est pas
un tambour c'est ta voix, tes rauquements quand tu t'agites en
sifflant, tes craillements, ce n'est pas ta voix c'est ta pensée sorcière

au milieu de nulle part, des rideaux de sang autour de toi tu n'es ni né ni à naître, des rideaux de flammes t'enveloppent tu n'es ni mort ni à renaître, tu bats tes ailes immenses tu es immobile comme un chien crevé, tu siffles abominablement, les arbres se courbent en désordre et se redressent, rien ne danse, rien ne danse ni ne bouge, aucun tremblement, aucune marée, tu écartes tes ailes comme pour t'envoler mais tu ne voles pas, tu tires vers toi les corbeaux qui ont volé à ta place, pas un seul corbeau ne te désobéit, tu tires et tu empoignes les fils qui te lient aux marionnettes humaines qui ont survécu, ni mortes ni vivantes elles ont survécu, parfois tu les nommes en craillant ou en croassant, tu les nommes dans des langues cryptes que nul n'a appris ni désappris, parfois tu les appelles l'une après l'autre pendant des heures, mais le plus souvent tu ne leur accordes qu'un anonymat dérisoire et tu les lances vers nulle part, tu les obliges à errer sans ton aide sous prétexte de respecter leur individualité, à errer sans ton assistance dans l'inconnu, ou bien tu les dépèces, ou, si ce sont tes filles ou tes femmes, tu les épouses, le tambour tonne ce n'est pas un tambour c'est le souffle dans les gouffres, c'est le ressac dans les gouffres, le tambour tonne les mélèzes courent en tous sens puis se couchent puis se redressent, se couchent puis se redressent, il n'y a ni ténèbres ni lumière, ce n'est pas un tambour c'est ta volonté de fer et ta colère de flammes qui s'exercent sur ce qui est absent et sur ce qui n'a jamais existé, c'est ton impitoyable et insane parole qui pétrit avec violence le néant et le rien, tu fais voler jusqu'au ciel plumes et aiguilles comme si tu étais une tempête, mais le ciel est absent et il n'a jamais existé, seules tes marionnettes mentalement éclopées et mutiques, seules tes marionnettes sans jugeote sont témoins des tourbillons que tu crées, tu tires à toi les fils qui te rattachent à elles, seules elles sont auditrices de ta parole, pour le reste il n'y a personne parmi les morts et personne parmi les vivants, l'humanité a été balayée, l'humanité s'est dissoute dans le rien, avec exaltation elle s'est engagée sur le chemin des abîmes et elle n'a pas laissé de miettes organiques récupérables, oubli absolu, absence absolue, obscurité absolue après les rideaux de sang et les rideaux de flammes et après l'huile noire, et toi tu tangues et tu te balances en fabriquant des résidus d'éternité, tu danses sur la pointe des ailes en employant des débris de comédiens et de comédiennes pour ton théâtre, tu n'es ni ici ni ailleurs, tu parcours la taïga en stridulant des restes de chants et des restes de théâtre, si tu étais vivant tu serais un oiseau noir immense, tu occuperais des portions immenses de la vieille forêt, tu vivrais caché dans ton nid ou dans un kolkhoze conçu pour toi seul, avec patience attendant le passage de mendiants fous ou de voyageurs, attendant vingt ans l'arrivée sous les arbres d'un rescapé ou d'une rescapée, cent quarante-neuf ans, onze siècles attendant la présence d'un survivant épuisé ou déjà mort, douze mille années lunaires bien pleines, avec patience attendant la résurrection d'au moins un vivant ou d'au moins un mort, attendant cela en vain, le tambour sonne un glas sans limite, le tambour tonne il égrène la dissolution totale, l'écoulement sans fin de la fin, si tu étais mort tu serais un animal sans fin, tu posséderais à toi seul la forêt jusqu'aux océans, la forêt avec toutes ses bêtes qui t'obéi-raient, ses bêtes grincheuses, avides, lubriques et puantes, et pour te désennuyer, pour sortir de la forêt et de cette promiscuité animale tu creuserais dans le rien des tunnels débouchant sur de nouveaux univers, mais il n'y a plus ni lieu ni temps, seulement le tambour qui ne cesse de frapper et de frapper, ce n'est pas tes ailes qui frappent le sol c'est le tambour, ce n'est pas le battement des ailes de ceux qui ont survécu et qui t'obéissent, ni le martè-lement des pieds des danseurs et des danseuses que tu animes en tirant vers toi des cordes magiques et des soies, et des plumes noires qui vibrent, il n'y a personne à l'extrémité de tes fils, quand ce sont des danseurs tu les élimines par jalousie et quand ce sont des danseuses tu les épouses, puis tu les répudies, puis tu les oublies, puis tu les réinventes avec leurs restes, le tambour ne cesse de frapper, oubli absolu et définitif, obscurité absolue, ni espoir ni désespérance, déversement de l'oubli et du rien, et toi tu prends ton essor au milieu de nulle part, tu ne fais pas un mouvement au milieu des flammes et du sang, tu aimes le rythme du tambour, tu l'accompagnes en sifflant le nom de tes marion-nettes de désastre, tu es au fond de ton théâtre noir, même les marionnettes sont absentes, même ces marionnettes misérables, le tambour tonne, il n'y a pas de marionnettes, seulement leur misère, seulement leur confusion et leur misère.

.37.

• Kronauer avait allumé un petit feu de camp. À proximité, à moins de quinze pas, des loups reniflaient et, de temps en temps, ils levaient la tête pour hurler. Ils étaient trois. Kronauer sentait arriver à lui leurs odeurs de poils pisseux. Un pelage sale, des corps efflanqués et sales, une haleine de fauve affamé. Ils devinaient la présence du feu. Grâce à leur intuition animale, à leur sixième sens capable de discerner le surnaturel et les anomalies dans l'univers, ils savaient qu'une créature ni morte ni vivante se mouvait près d'eux, mais ils ne voyaient rien de précis. Cela les rendait nerveux. Ils interrogeaient en vain la neige et l'obscurité, claquaient des dents et hurlaient.

Il faisait nuit depuis des heures. Kronauer ajoutait régulièrement des morceaux de bois dans les flammes. Autour du foyer la glace avait fondu, mais la chaleur ne montait pas jusqu'aux premières branches et aucun paquet de neige ne s'en détachait pour saupoudrer la forme qui se tenait assise juste en dessous. Kronauer bougeait peu. Il supposait à juste titre que, pour les loups, il n'était qu'une ombre bizarre, et que même son feu ne se reflétait pas sur leurs rétines. Après s'être un moment demandé comment réagir, il avait fini par se détendre. Il ne risquait rien. Il détestait ces grands carnassiers de l'hiver qui rôdaient derrière les buissons, il détestait leurs souffles, leurs grognements, leurs remugles d'urine. Il n'aimait pas croiser leurs beaux regards de tueurs. Mais il n'avait rien à craindre et, au fond, il le regrettait, car s'il avait appartenu à un monde normal les loups auraient pu abréger son cauchemar en l'attaquant et en le mangeant. Crois pas qu'on sort comme ça de la mort, Kronauer, pensa-t-il. Crois pas qu'on finisse en douceur sous les crocs. Que Solovieï s'intéresse encore à toi ou qu'il t'ait oublié, tu vas continuer à attendre. Mille ou deux mille ans peu importe. Ça va continuer. Faut pas compter sur autre chose.

Il se sentait extrêmement fatigué. Il avait des absences. Maintenant les loups étaient partis. Il avait dû s'assoupir. Il rajouta une bûche dans le feu et se mit à bougonner au hasard.

• Tu me manques, bougonna-t-il.
Nos meilleurs camarades, bougonna-t-il.
Ouvriers, paysans, soldats, ruminait-il.
Prisonniers. Chanteurs. Commissaires, moines.
Il énuméra quelques noms d'une voix tremblante, pâteuse, avec des pauses qui duraient plusieurs minutes ou plusieurs semaines, ce genre d'intervalle. Sa mémoire et ses facultés d'invention fonctionnaient de plus en plus mal.

• Mikitia Ieroussalim, bougonnait-il avec difficulté. Bölögdar Mourmanski, Gansour Yagakoriane, Anaïs Apfelstein, Noria Izmaïlbekov. Jean Petitjean. Dondör Zek. Sirène Mavrani. Molnia Krahn. Werner Örgöldaï.

• Il s'était assoupi de nouveau. Le buste trop penché sur les flammes. La manche droite de sa veste avait pris feu. De petites flammèches silencieuses, accompagnées d'une nauséabonde fumée noire. Puis les lambeaux qui entouraient la fermeture centrale de son vêtement, puis une oreillère de sa chapka. La puanteur du brûlé ne le réveillait pas.

• Ça passera, dis-je pour prendre la suite. Il en a vu d'autres. Nos meilleures marionnettes, dis-je. Lui ou moi peu importe. Quand il est empêché je prends la suite. Zombies, ombres fortes, servantes dévouées. Défunts bloqués à jamais dans le Bardo. Mortes issues de mortes. Épouses issues de mères inconnues. Sbires. Meilleurs fantoches et meilleures poupées.

— Samiya Schmidt, commençai-je à énumérer d'une voix neutre mais puissante. Irina Etchenguyen. Elli Kronauer. Vassilissa Marachvili. Bargouzine. Hannko Vogoulian. Iliouchenko. Myriam Oumarik…

Il y eut un coup de vent. Le jour s'était levé, le feu s'était éteint. Les loups hurlaient. Les branches s'agitaient fortement. Les cendres volèrent, s'éparpillèrent sur la neige mêlée de boue et de débris. Plusieurs corbeaux assistaient à la scène et, de temps en temps, ils entrouvraient ailes et becs et graillaient. Je n'avais aucune raison de poursuivre mon énumération. Le bruit était trop assourdissant autour de moi.

Nos meilleures marionnettes, dis-je encore en voix sourde. La liste n'est pas close.

Puis je me tus.

.38.

• Au même instant, ou peut-être un peu avant, disons par exemple treize cent quarante-deux mois lunaires plus tôt, Myriam Oumarik entendit un bruit au loin et se réveilla. Elle était en train de rêver que son père lui rendait visite dans sa maison du Levanidovo, qu'il la séduisait brièvement, puis cassait tous les meubles et toutes les vitres et la violait. Elle avait ouvert les yeux au pire de l'action et d'abord elle éprouva des difficultés pour évacuer sa terreur, pour surmonter son envie de vomir et pour comprendre qu'elle était hors d'atteinte de Solovieï, dans une réalité moins pénible que celle de son cauchemar.

Elle se redressa. Elle avait dormi assise sur le petit banc qui prolongeait la cabane de garde-barrière dont elle avait fait sa demeure. Elle avait emménagé là soixante-sept ans auparavant en compagnie de son mari, l'ingénieur Bargouzine. La nuit était étouffante et elle était sortie somnoler à l'air libre, en vêtements légers et en se fichant des moustiques qui étaient aussi nombreux à l'intérieur de la cabane qu'à l'extérieur.

Le soleil s'était levé et parsemait d'or la cime des bouleaux. Il faisait déjà tiède. On était à la fin de juillet, en pleine canicule.

Elle cogna sur la cloison de bois, juste derrière elle, pour que Bargouzine soit prévenu qu'il se passait quelque chose dehors. C'était par pur respect des convenances. En réalité, depuis des années, Bargouzine était allongé sur le lit, inerte et muet, et, comme la Mémé Oudgoul n'était plus là pour lui frictionner la figure avec de l'eau très-lourde, puis avec de l'eau très-morte, puis pour le ranimer en lui versant entre les yeux de l'eau très-vive, son état n'évoluait pas.

– Hé, Bargouzine! rauqua-t-elle pour que sa voix ne porte pas jusqu'aux intrus. Je crois qu'il nous vient du monde!

• Ils s'étaient tous les deux enfuis du Levanidovo. «Terminus radieux» était devenu invivable. Peu de temps après l'héca-tombe, la centrale nucléaire provisoire avait explosé dans les sous-sols du soviet, l'accident avait mis fin à toute distri-bution d'électricité et d'eau chaude dans le kolkhoze. Par le réseau des souterrains s'était propagée une vague brûlante qui avait mis le feu à une grande partie des maisons du kolkhoze. La plupart des habitants ne donnaient plus signe de vie. Solovieï déambulait dans la rue principale, humant les fumées et les émanations silencieuses, marchant sur les tas de débris calcinés, murmurant ou déclamant des poèmes. Il marchait pesamment et fièrement comme si de rien n'était, et il ne se calmait qu'à la nuit, quand il allait rejoindre la Mémé Oudgoul dans son hangar qui avait moins souffer que le reste du village.

Transis de froid et de peur, séduits toujours par leur vieill rêverie de collaboration avec les Organes, Myriam Oumari et Bargouzine avaient quitté «Terminus radieux» une semair avant le dégel, sans dire adieu à quiconque. Ils s'étaie chargés de plusieurs pains de pemmican, assez pour tenir jusqu'au printemps et pendant tous les hivers qui allaient suivre. Dans une enveloppe plastifiée, capable de résister à des décennies de pluie et de neige, ils avaient inséré une lettre adressée à la Commission régionale de recrutement des Organes, où ils offraient leurs services pour toute inspection, mission de surveillance ou même exécution d'ennemis du peuple qu'on jugerait bon de leur confier.

En l'absence de bureau de poste, la lettre n'avait pas été envoyée, et d'ailleurs aussi bien Myriam Oumarik que Bargouzine savaient intimement qu'il n'existait plus ni Commission régionale des Organes, ni Organes, ni même population à surveiller, qu'il n'existait plus rien de tel sur des milliers de kilomètres, mais ils considéraient qu'ils avaient ainsi accompli une démarche fondamentale, qui marquait leur rupture avec le kolkhoze et avec son président démoniaque, et qui surtout signifiait leur retour à la société en général, celle qui était composée de vivants, ou du moins de morts. Et lorsqu'ils avaient trouvé cette maisonnette de garde-barrière après des mois d'errance, ils s'y étaient installés avec l'idée qu'ils commençaient là une nouvelle existence. Ils allaient se rendre utiles en tenant scrupuleusement le compte du passage des trains et des vagabonds sortant de la taïga pour rejoindre nulle part. Ils avaient eu assez de formation marxiste-léniniste de base pour s'auto-investir d'un pouvoir de police.

La ligne était désaffectée et nul voyageur ne s'égarait aux alentours. Toutefois ils prenaient leur travail au sérieux et restaient en permanence sur le qui-vive, persuadés qu'ils avaient pour devoir de contrôler les mouvements dans la région, tant militaires que civils, et, dans cet esprit, ils préparaient mensuellement des rapports exhaustifs sur le sujet, oraux puisqu'ils n'avaient pas de papier pour les rédiger.

• Myriam Oumarik se décolla du banc et regarda dans la direction d'où venait le bruit qui l'avait réveillée. Comme il y avait des arbres et des broussailles tout autour, elle ne voyait encore à peu près rien de précis.

Devant la maisonnette, les rails étaient immergés dans les herbes et, au bout de quarante mètres, la voie rejoignait un bosquet de bouleaux et disparaissait. Entre deux traverses un sapin d'une bonne trentaine d'années avait pris racine et semblait remplir le rôle d'avant-garde de la végétation triomphante. À l'opposé, les rails continuaient sur trois cents mètres, puis s'enfonçaient dans un tumulus. Il y avait des arbres partout, d'essences mêlées, comme souvent en lisière de la taïga. Autrefois ici la steppe avait dominé, et la forêt l'avait peu à peu envahie.

Au-delà d'un petit rideau de sapins, Myriam Oumarik aperçut un mouvement, des couleurs qui n'étaient pas celles de la forêt, puis cela fut caché par un pli de terrain, puis cela réapparut. On entendait des craquements de branches qui faisaient écho sous la futaie.

Myriam Oumarik eut un coup au cœur. Elle n'avait vu personne depuis des années et elle avait peur de ne plus savoir gérer une rencontre avec des voyageurs. Soudain, elle pensa qu'elle était à moitié nue. Elle se précipita dans la cabane pour mettre en hâte une jupe et s'envelopper d'un châle. Elle secoua Bargouzine qui ne réagit pas et aussitôt elle ressortit sur le seuil. Maintenant elle était plantée à côté du banc et elle attendait que les visiteurs s'approchent.

C'était une petite caravane de colporteurs comme il en circulait de village en village avant même la naissance du capitalisme industriel. Elle était composée de trois hommes, dont un adolescent, et de deux bêtes de somme surchargées qui avaient l'air d'avoir pour ancêtres des bovidés mutants, et qui en résumé ressemblaient surtout à des masses obstinées et muettes, avec des poils qui balayaient le sol et empêchaient de vérifier le nombre exact de leurs pattes. Tous émettaient des effluves irrespirables de suint, qui les précédaient horriblement sur une bonne vingtaine de mètres et donnaient à Myriam Oumarik l'envie de vomir.

Les hommes étaient vêtus de touloupes, ils portaient des chemises colorées, des bonnets de marchands, mais tout se trouvait dans un tel état de délabrement que ces guenilles n'avaient aucune élégance. Ils avaient des figures noircies par la crasse, et ils portaient des barbes fournies, ce qui déplut à Myriam Oumarik qui avait perdu toute pilosité au Levanidovo, au contact du plutonium, et qui, pour sa part, devait se contenter de postiches.

• Elle les laissa approcher en restant droite, immobile à quelques mètres de la cabane, puis elle les salua à la manière des Mongols de l'Altaï, qui lui semblait la plus appropriée, leur souhaita la bienvenue et leur proposa de se désaltérer. Ils firent tous trois la moue et elle alla chercher une casserole remplie d'eau qu'ils se partagèrent avec avidité.

Il y avait deux hommes d'une quarantaine d'années, robustes et extrêmement punais, et un jeune adulte qui était plus sale encore que ses aînés. Myriam Oumarik avait du mal à cacher son dégoût, mais elle leur souriait et se balançait aimablement d'un pied sur l'autre, ce qui lui donnait l'apparence de quelqu'un qu'une envie impétueuse d'uriner affolait.

Une conversation s'engagea. Ils étaient récupérateurs autant que colporteurs. Ils écumaient les ruines et cherchaient un camp de réfugiés ou un camp de travail pour écouler trouvailles et produits. Ils interrogèrent Myriam Oumarik sur les structures concentrationnaires des environs et sur les routes qui pouvaient y mener.

— Il y a rien de ce genre par ici, répondit Myriam Oumarik.

Ces individus ne lui plaisaient absolument pas, leurs activités s'apparentaient clairement à celles des ennemis du peuple, et leurs odeurs fétides lui donnaient la nausée.

Ils lui demandèrent alors ce qu'elle faisait, dans la forêt, dans cette cabane éloignée de tout.

— Je suis de la Deuxième Union soviétique, déclara Myriam Oumarik nerveusement, toutefois en rejetant la tête en arrière de façon orgueilleuse. Avec mon mari, ici, nous veillons au grain. Même dans les endroits les plus reculés, la loi suprême du prolétariat révolutionnaire s'impose. Ici nous invitons les gens à ne pas stationner sur les voies, à les franchir avec précaution, à ne pas dégrader le bien commun. Nous signalons aux autorités les hooligans, les suspects et les partisans du capitalisme.

Les trois hommes rirent dans leur barbe.

Puis ils la ligotèrent. L'un d'eux alla voir à l'intérieur de la cabane si le mari dont elle avait parlé pouvait leur poser problème, puis il revint en disant qu'il était inoffensif. Puis, à tour de rôle, ils la violèrent.

.39.

• Hannko Vogoulian mit son stylo de côté et compta les pages qu'elle venait d'écrire. Quatre. En une semaine, elle en avait noirci vingt-deux. Elle eut un petit sourire de fierté. Son travail avançait.

Tout était calme dans la maison et aux alentours. Il y avait eu un coup de froid et la neige avait durci. Le moindre bruit dans la forêt se répercutait sur des kilomètres. Rien d'alarmant ne se produisait dehors depuis la tombée de la nuit. Elle n'avait même pas besoin d'aller à la fenêtre pour surveiller la clairière et ses abords. Il lui suffisait d'écouter. Elle pouvait aussi analyser l'air qui s'introduisait à travers les interstices. Des odeurs de neige, de mélèzes en hibernation. Elle prit plusieurs inspirations profondes pour en savoir plus. Dehors, un renard avait fait le guet pendant un moment avant le crépuscule. Il avait abandonné son âcre pestilence dans le carré des airelles. Plus loin un deuxième renard, peut-être une femelle, avait déterré un cadavre de pie et l'avait emporté. Comme traces récentes, c'était tout.

Hannko Vogoulian régla la lumière de la lampe qui avait un peu baissé et reprit son stylo. Elle écrivait lentement et sans ratures. Elle essayait de retrouver phrase à phrase le texte original de *Chiens dans la taïga*, un petit roman de Maria Kwoll qu'elle avait lu des centaines d'années plus tôt à la bibliothèque du kolkhoze. Elle transcrivait de son mieux ce que lui dictait sa mémoire, mais souvent elle avait conscience qu'elle inventait, et d'ailleurs elle remplaçait volontiers les passages oubliés par des synthèses et des raccourcis de son cru, ou des aphorismes qu'elle jugeait appropriés. D'un strict point de vue littéraire, ce qu'elle faisait était une aberration, mais elle s'en fichait. Je pourrais en dire autant, pour ce qui me concerne. Elle ou moi peu importe. Ce qui comptait, au fond, c'était qu'elle noircît son cahier avec de la prose.

• Ici, une scène de viol, écrivit Hannko Vogoulian en reprenant sa tâche de copiste, mais elle ne savait pas très bien si elle parlait au nom de Maria Kwoll ou en son nom propre.

Ici une nouvelle scène de viol. Encore une. J'ai systématiquement évité de les décrire en détail. Les évoquer suffit. Pour les victimes, c'est insupportable. Pour les témoins, c'est également insupportable. On est obligée de se frotter aux laideurs du langage de queue, à un moment ou à un autre on doit accompagner le souffle du langage de queue, on a l'impression qu'on partage quelque chose avec les violeurs. Dans toute description de viol entre une part de complaisance. J'ai toujours évité cela et ce n'est pas parce que je connais Myriam Oumarik que je vais me mettre à regarder objectivement la scène, en tant que témoin, ou à me replonger dans l'horreur de manière subjective, en m'incarnant en elle.

Trois marchands enveloppés d'une aura fétide, des hommes qui surgissent de la forêt après des semaines de voyage sans s'être jamais nettoyés ni de leurs excréments ni de leur poussière, trois brutes puant les sueurs dues à l'effort et à la solitude, puant les émanations de leurs glandes, trois mâles âpres au gain, trafiquants de déchets et violeurs.

Je n'ai aucune envie de les faire apparaître dans mes proses, écrivait Hannko Vogoulian, sinon pour les tuer, pour aider Myriam Oumarik à se venger, à les saigner salement et à les tuer.

• Hannko Vogoulian soupira. Elle avait changé le nom de l'héroïne malheureuse de *Chiens dans la taïga* et elle lui avait attribué le nom de sa sœur.

Elle renâclait à reprendre l'histoire là où elle l'avait laissée. Dans *Chiens dans la taïga*, la vengeance de l'héroïne finissait bien par advenir, mais l'héroïne mettait au moins trente pages avant de trouver l'occasion propice, et Hannko Vogoulian était tiraillée entre le souvenir confus, amputé, du texte de Maria Kwoll, et son souhait de voir Myriam Oumarik assassiner au plus vite ses tortionnaires.

Elle remit au lendemain soir la suite du roman. Comme elle disposait encore de plusieurs heures avant de s'assoupir, elle décida d'insérer quelques aphorismes et réflexions de Maria Kwoll au lieu de retranscrire les descriptions de paysage que l'auteur plaçait toujours aux moments où elle n'avait pas le courage de poursuivre sa narration. Toutes ces images de nature, d'arbres ou d'herbes qu'elle utilisait pour se dégager des enfers où elle avait conduit ses personnages.

• Le marécage de leur corps, écrivit Hannko Vogoulian, le brouillard de queue de leur corps, le langage du sang et de la queue, une idéologie forgée pendant l'ère secondaire, les exigences hormonales pitoyables de leurs organes sexuels, leur culture ancestrale du viol, leur éducation sexuelle entièrement tournée vers la pénétration des uns par les autres, des comportements prédateurs que rien n'a modifiés, la normalité salace, l'attente du rut, la complaisance des femelles obtenue par un conditionnement incessant et dominateur, la soumission des femelles au langage de queue, leur apprentissage permanent du désastre et du viol, leur culture femelle ancestrale du viol, les sentiments de honte, d'anormalité ou de ridicule imposés aux femelles si elles répugnent à la pénétration. L'attente des gémissements, des secousses, des excrétions. Cette catastrophe sexuelle abyssale dans laquelle tout le monde tombe sans se débattre, vivants et morts confondus, camarades et ennemis confondus, mélangés dans la même boue, les égalitaristes modèles comme les partisans du capitalisme et de l'esclavage, sans se débattre, dans cette même gadoue hideuse.

• Puis elle referma son cahier et le rangea sur l'étagère.
  – Ben je continuerai plus tard, dit-elle.
  Elle éteignit la lampe. Elle alla décrocher une peau de louve blanche et elle s'en enveloppa les jambes avant de s'asseoir dans un fauteuil qui faisait face à la fenêtre. À côté du fauteuil, à portée de main, elle avait calé une carabine chargée.
  Maintenant – c'est-à-dire depuis plusieurs siècles –, elle était comme jadis la Mémé Oudgoul, elle ne dormait jamais

véritablement. Elle se contentait de somnoler dans l'obscurité, en marmonnant des rêves plus qu'en les projetant
inconsciemment sur ses écrans intérieurs.

Et elle attendait.

.40.

• Un oiseau sous les nuages. Très gris, les nuages, très noir, l'oiseau, et quand il clappe des ailes pour reprendre de l'altitude, on se rend compte qu'il est aussi assez gros, disons de la taille d'un humain ou à peu près, ou d'un mort. Il clappe puissamment des ailes dans le vent, à la limite des nuées, mais personne ne l'entend ni ne l'aperçoit. On est au-dessus de la taïga et il n'y a pas grand monde, que ce soit au sol ou dans les airs. L'oiseau se maintient à la même place, s'abandonne à un courant, glisse, revient. Sous lui, des séries de petites collines à perte de vue, quelques ravines, des millions d'arbres, aucun chemin, de rares plaques chauves occupées par des lacs aux eaux sombres ou des étendues d'huile. On ne voit pas le ciel depuis la terre, les branches font obstacle, mais lui, l'oiseau, il distingue le moindre détail à travers les feuilles, les aiguilles, comme si la terre était nue et déserte. Il a ce don. Il a ce type de regard. Il clappe les ailes pour jouer avec le vent, il plane, il dérive, il se déguise en objet flottant, immobile. Lui ou moi peu importe. Il ne plonge pas, il reste en hauteur, mais, quelle que soit l'essence des arbres qu'il domine, quelles que soient l'épaisseur et la densité des cimes, c'est pour lui comme si tout était transparent. Il voit tout. Mais tout ne l'intéresse pas. Ce qu'il surveille, c'est la caravane qui avance, avec ses deux animaux surchargés, ses trois marchands crapuleux et leur captive.

• Myriam Oumarik ballotte lourdement en travers d'une des bêtes de somme, poignets et chevilles entravés, elle est posée comme un sac parmi les paquets de vêtements et les ustensiles de récupération qui constituent le fonds de commerce des marchands. Quand ils ont découvert la nature postiche de sa belle chevelure, ils se sont sentis floués, et le plus jeune a même été pris d'une telle rage qu'il a dégainé un couteau pour l'égorger. Les autres l'ont retenu au dernier moment. Oublie pas qu'elle pourra, si on l'emmène avec nous, tous les jours nous ouvrir les jambes, et que par la suite, si on en a assez d'elle, on pourra l'équarrir, la faire sécher et la transformer en pemmican. Et c'est ainsi qu'elle a quitté son mari Bargouzine : en tant qu'esclave sexuelle et en tant que futur ingrédient de base dans une préparation énergétique.

Elle est malade, son bas-ventre est enflammé et douloureux. Ses ravisseurs la traitent mal, ils accumulent les gestes de mépris ignoble et ils l'injurient pendant qu'ils la jettent par terre pour la pénétrer. Elle alterne nausées, somnolence fiévreuse et prostration. Quand ils la violent, elle est à présent si inerte qu'ils ne se mettent plus à deux pour la maintenir pendant qu'un troisième soubresaute et se soulage en elle.

Depuis une semaine le paysage ne varie guère. Myriam Oumarik ne se donne pas la peine d'ouvrir les yeux pour le confirmer. Des sapins noirs, des mélèzes, parfois des bois de bouleaux. L'espèce de yack qui la porte sur son dos frôle des troncs moussus, de temps à autre des buissons semés de baies, des tiges souples et pleines de sucs. On n'a pas encore abordé l'automne. Myriam Oumarik est giflée par les plantes mutantes de la taïga et, le visage maculé de boue, de restes de sperme et de sèves diverses, elle étouffe sous les émanations que produisent la peau, le suint et la laine de sa monture. Elle est à demi consciente, dans un état voisin de l'hébétude.

Mais c'est une hébétude chargée de visions et de rêves répétitifs, et, parmi ces rêves, un oiseau surgit, qui examine le monde à sa place et lui donne l'impression qu'elle continue à vivre.

• Gauche, gauche, croasse silencieusement l'oiseau, en commentant pour Myriam Oumarik ses clappements d'ailes. Droite. Tu es couchée en travers de la première bête. Droite, droite. Vous traversez un bois de bouleaux, sous les arbres poussent des plantes mutantes que nul encore n'a nommées. Je vais le faire. La ballerine-à-fruits-rouges, la têtebrisse, la soumançonne-poivrée, le cron-des-oiseleurs, la sans-épines. Gauche, gauche, droite. La forêt silencieuse. Seuls les bruits de pas des brigands et des bêtes, leurs souffles. Sur ta bête il n'y a rien d'utile. Des vêtements, des sacoches remplies de bijoux, des ustensiles de cuisine, des fusils sans munitions. Sur la bête qui suit il y a des pyramides d'objets. Gauche. Gauche, gauche. Droite, droite, gauche. Un ordinateur. Intérêt : nul. Des scies. Beaucoup plus utiles. Du matériel de bûcheronnage. Un écorçoir à portée de main. Tu vas t'en servir. Au bon moment tu vas t'en servir pour les tuer. Je te dirai. Droite, gauche. Quand ils feront halte. Ils sont fatigués. Gauche, gauche. Ils ne vont pas se précipiter sur toi. Pas immédiatement et pas tous ensemble. Je te guiderai.

• À la nuit ils attachent les bêtes, allument un feu à l'écart et se partagent une poignée de pemmican. Ils ont descendu Myriam Oumarik, ils l'ont jetée par terre et pour l'instant ils ne s'occupent pas d'elle. Elle en profite pour ramper de son mieux vers la bête qui transporte le matériel de bûcheronnage. Une fois couchée près de cette bête, elle se tient tranquille. Un oiseau lui parle en pleine tête, noir et puissant, depuis l'obscurité toute proche. Les bêtes, d'ordinaire imperturbables, marquent un peu de nervosité en cognant du sabot contre la terre, les feuilles pourries. C'est un signe. Le moment approche, l'oiseau va la guider pour sa vengeance.

Le plus jeune s'éloigne du feu et vient la retrouver. Elle l'exècre plus que les autres car maintenant que les viols ont pris un caractère non collectif il lui arrive, au lieu de tout de suite la pénétrer par le vagin, de s'accroupir au-dessus de sa tête, de lui frapper et de lui frotter le visage avec sa queue immonde et d'introduire cette queue entre ses lèvres en grognant des insanités obscènes. Or, ce soir-là, après lui avoir désentravé les chevilles, et sans doute parce qu'il obéit à une suggestion télépathique de l'oiseau, il se met, tout en lui faisant part de ses souhaits, à dénouer la corde qui lui immobilisait les poignets. Il l'insulte et, en même temps, il la supplie grossièrement de faire le rut avec entrain, pour changer. Pas comme une masse inerte. Plus comme une fille qui aime le sexe.

À droite, au-dessus, dit l'oiseau.

Elle n'a eu aucune réaction jusque-là, se contentant de respirer le moins possible afin de ne pas recevoir l'haleine épouvantable du jeune violeur. Elle gémit une sorte d'approbation, un début de mot que le violeur interprète comme une approbation pâteuse, et elle se met lentement debout, donnant l'impression qu'elle réfléchit à une manière de le satisfaire, et, quand elle est plantée en face de lui, elle attend que l'oiseau lui donne des ordres.

Lève le bras comme pour amorcer une accolade, conseille l'oiseau.

Enivré par la demande qu'il a faite, le violeur ne soupçonne rien. L'oiseau l'incite à se détendre, et même à fermer les yeux pour accueillir la surprise qui l'attend. De toute façon, les ténèbres sont épaisses, et les flammes du feu de camp n'éclairent que très, très médiocrement la scène.

Le manche de l'écorçoir, reprend l'oiseau en s'adressant à Myriam Oumarik. Un peu plus à droite encore.

Myriam Oumarik tâtonne pendant une seconde.

Maintenant, ordonne l'oiseau.

Myriam Oumarik retire l'écorçoir de l'endroit où il se trouve, en effet facilement accessible et retenu par rien, et elle en promène horizontalement la lame entre les épaules du violeur, à la base du cou. Juste sous le larynx, comme on le lui dit.

• Elle fait cela d'une main sûre, légère, guidée par une image que projette l'oiseau à l'intérieur de ses doigts. Veines et artères de l'homme sont épargnées, mais la trachée ne résiste pas, elle est sectionnée entre deux anneaux de cartilage. Et c'est tout.

L'intérêt d'une coupe de cette nature est que l'adversaire se voit immédiatement privé de cri. Les gargouillis ne portent pas à cinq mètres. Stupéfait et blessé sans remède, il s'effondre sur lui-même en pensant à sa sottise et à sa vie désormais privée d'air, de viols et de perspective à long terme. Il est d'abord à genoux, les mains agrippées à sa gorge dans l'idée peut-être d'une réparation en urgence de son conduit essentiel, puis recroquevillé au sol, les jambes battant mollement dans le noir. Il n'est pas mort. Myriam Oumarik ne scrute pas l'obscurité pour le voir. L'oiseau le prend sous les aisselles, l'empêche de se tortiller et le tire à l'écart, il l'allonge derrière quelques arbres. On entend un râle mais ininterprétable.

• Puis Myriam Oumarik est de nouveau couchée sur le sol, à deux pas de la bête qui lui a fourni le matériel nécessaire. La bête s'agite un peu, sans toutefois ruer ou mordre nerveusement sa longe. Peut-être, dans son obtus sommeil de bête, est-elle victime de visions désagréables.

Myriam Oumarik attend.

Le ronflement de la respiration des ruminants.

Un gargouillis ininterprétable derrière un bouquet de bouleaux.

Il fait très noir.

• Le deuxième marchand arrive et il n'exige d'elle rien de particulier, il se débraguette en bafouillant quelques jurons salaces. Elle attend qu'il s'allonge sur elle pour lui trancher la gorge. Bien que dirigée tous les quarts de seconde par l'oiseau, elle appuie trop sur le cou quand elle passe dessus la lame. Le brigand s'effondre, il ne hurle pas, mais en même temps que la trachée elle a ouvert plusieurs vaisseaux qui projettent sur elle du sang bouillant. L'autre se cabre. Il est au-dessus d'elle à califourchon, il est cabré et de lui s'échappe une cascade de sang. Elle pivote pour éviter sa chute d'homme lourd et, quand il tombe en avant, elle se dégage rapidement. L'oiseau se détache de l'obscurité et il traîne le marchand à côté du premier.

La bête, juste à côté, lâche une bouse qui va se perdre au milieu de son pelage répugnant.

Plus de bruit.

Pendant un moment, plus de bruit. Puis le craquement d'une bûche dans le feu. Puis le troisième homme s'avance vers Myriam Oumarik. Il ne s'inquiète pas de l'absence des deux autres. Il devrait, peut-être, mais le langage de queue beugle en lui des envies qui se superposent à ses jugements et les repoussent à plus tard. Il se baisse pour voir où il va faire entrer sa verge. Or à l'instant où il commence à dégrafer la ceinture de son pantalon, ce qui lui mobilise les deux mains, Myriam Oumarik reçoit un nouvel ordre et elle lui caresse le dessous du menton avec l'écorçoir. Le geste atteint de nouveau la perfection, le troisième violeur est hors de combat, instantanément condamné au silence et à la terreur de devoir respirer pendant possiblement plusieurs minutes d'une agonie interminable, sans se vider trop vite de son sang, au milieu de pensées confuses où le langage de queue ne jouera plus qu'un rôle secondaire et parasite.

• Gauche. Plus à gauche. Encore un peu plus.

L'oiseau encourage Myriam Oumarik à poursuivre ses représailles sur les trois hommes allongés au pied des bouleaux. Elle lui obéit. Un peu plus à gauche encore. Un peu plus à gauche dans ce fatras.

Elle fouille parmi les instruments que la deuxième bête transporte sur son échine puante. Ils sont regroupés en vrac dans des panières, des caissettes, des ballots. L'écorçoir était accessible. Les autres outils de bûcheronnage le sont moins. Dans l'obscurité, elle doit s'en remettre entièrement aux indications de l'oiseau. Maintenant, à droite. Plus à gauche. Un peu à gauche. En dessous.

Finalement, elle met la main sur une cognée et elle l'extrait du bric-à-brac. En la prenant, elle pense à Solovieï, à la hachette qu'il portait souvent à la ceinture. Puis elle l'oublie. Solovieï est loin, perdu dans les abîmes du passé, depuis des siècles inatteignable, disparu.

Elle revient vers les hommes en trébuchant. Elle revient avec la hache. Elle a jeté l'écorçoir après le troisième égorgement. Elle a l'impression de n'avoir plus aucune force. Elle marche vers les trois hommes dans l'obscurité, sans trop savoir ce qu'elle va faire. Ça dépend d'elle, mais surtout de l'oiseau.

Quand elle arrive au pied des bouleaux, elle attend un moment.

Les trois marchands sont allongés l'un à côté de l'autre, jambes écartées. Tous ont les mains autour de la gorge. Deux émettent un rauquement gras, presque régulier, ils ont réussi à trouver le moyen de tendre leur trachée vers la nuit noire, de respirer et de survivre. Moyen provisoire mais moyen quand même. Le troisième, celui du milieu, est mort.

De l'autre côté des arbres, Myriam Oumarik entend le feu qui pétille, les bêtes qui lâchent des bouses. La température de l'air est tiède. C'est une nuit agréable d'été, mais le ciel est totalement noir et, de toute façon, les branches l'occultent. C'est une nuit agréable d'été dans la taïga et il n'y a même pas de mouches pour la gâcher.

Myriam Oumarik lève sa hache. Elle obéit à l'oiseau.

Gauche, milieu, droite, ordonne l'oiseau.

Entre les jambes, ordonne l'oiseau. Gauche, milieu, droite.

.41.

• – Et maintenant? murmura Myriam Oumarik. Maintenant, je fais quoi?

– Il vaut mieux que tu continues, dit l'oiseau.

L'aube poignait. Ils s'étaient tous deux assis devant les cendres du feu de camp. Les braises avaient fini de rougeoyer et ils étaient restés là en silence, à méditer sur les choses du monde ou sur des sujets équivalents. Et maintenant une lumière bleutée rôdait entre les troncs, et la forêt, jusque-là construite seulement de bruits et de silence, devenait image.

Myriam Oumarik ne tournait pas la tête du côté des bêtes. Un peu plus loin, derrière des touffes de ballerines-à-fruits-rouges dont on ne voyait pas la couleur, se situait la petite esplanade où elle avait fait justice. Justice avait été rendue sans longues tirades tragiques ni même ébauche de bref discours. Au cœur des ténèbres, elle avait abattu trois fois sa hache et elle avait quitté l'endroit sans plus attendre. Trois coups portés à la cognée sur le bassin, dans l'entrejambe de ses tortionnaires, pour en finir avec deux vivants et un mort.

– Je peux retourner vers Bargouzine, murmura Myriam

Oumarik. Je ne sais pas si je retrouverai le chemin, mais je peux essayer.

– Boh, dit l'oiseau. La forêt est un labyrinthe. Tu te perdras. Il vaudrait mieux que tu ailles de l'avant.

– Pour aller où ? demanda Myriam Oumarik à mi-voix.

– De toute manière, Bargouzine est en état de décès, assura pompeusement l'oiseau, puis il croassa.

On avait du mal à déterminer s'il s'agissait d'un humain avec ailes ou d'un oiseau doté de jugeote et de voix, ou s'il s'agissait d'une créature magique ou d'un mort. Ce qui était sûr, c'est qu'il croassait.

Ils restèrent tous deux silencieux tandis que le jour se levait. La tiédeur de l'été se faufila jusqu'à eux, avec des odeurs de feuilles sèches, de champignons et de myrtilles, de baies noires, de soumançonne-poivrée. À trente mètres de là, une des bêtes secoua sa grosse tête laineuse et lâcha une bouse. L'autre l'imita, provoquant les cliquetis des ustensiles qui maintenant étaient en désordre sur son dos, puis s'apaisa. Tout se tut.

• Ils ne parlaient pas de ce qui s'était passé la veille, ni de l'atroce semaine qui avait précédé. Elle était couverte de souillures et de sang, mais elle ne voulait pas qu'on évoque cela à haute voix, cette voix fût-elle la sienne. Quand le moment viendrait, elle s'immergerait dans un ruisseau, un lac, et elle se laverait. Pour l'instant, elle devait oublier ou faire semblant d'oublier la saleté, le crime subi et le crime accompli en représailles.

– Autrefois, là où j'ai vécu, il y avait Solovieï, dit-elle soudain. Tu l'as connu ?

– Jamais entendu ça, mentit l'oiseau, puis il montra son intention de partir.

Il remuait les ailes. Elles étaient formidablement noires.

• – Et les bêtes? demanda Myriam Oumarik.

– Je serais de toi, j'en ferais du pemmican, conseilla l'oiseau.

.42.

• Non loin de là, si l'on ne tient pas compte de quelques milliers de kilomètres et, il est vrai, si l'on néglige un décalage de plusieurs centaines d'années, une nouvelle mare noire se forma dans la taïga, en bordure d'une tourbière déjà amplement chargée en eau visqueuse et en naphte.

Aldolaï Schulhoff était adossé à un tronc de sapin et il la regarda surgir, cette flaque. Il la regarda apparaître, sourdre, se développer et cesser de croître. L'ensemble du processus n'avait pas demandé plus de onze mois et, quand tout fut terminé, Aldolaï Schulhoff soupira.

– Ça remonte depuis les villes enfouies, dit-il.

À côté de lui, appuyé contre un autre sapin, Kronauer acquiesça d'un grognement. Il se sentait fatigué. Il n'avait pas envie de parler, mais il fit un effort pour lier conversation avec son compagnon.

– C'est comme les souvenirs, bredouilla-t-il avec difficulté.

Ses idées tout autant que sa voix étaient pâteuses.

– C'est comme les souvenirs, dit-il. C'est l'huile noire. Ça remonte depuis les vies enfouies.

– Ben oui, convint Aldolaï Schulhoff.

• Ils avaient fait connaissance un printemps plus tôt. L'un comme l'autre avaient été aimantés par les vestiges d'un wagon qu'ils avaient aperçu à travers les arbres. Ils s'étaient dirigés vers cette forme incongrue et, alors qu'ils en faisaient le tour, ils s'étaient littéralement rentrés dedans. Leurs relations avaient mis du temps à s'établir, en raison des difficultés qu'ils éprouvaient à échanger dans une même langue. Suite à des décennies ou des siècles de marche solitaire, leur vocabulaire s'était considérablement réduit et tardait à revenir. Mais il était revenu, finalement. Entre les deux hommes une complicité bourrue s'était nouée, et, en tout cas, nul n'agressait l'autre. En ces temps où l'humanité n'existait plus, parler ici d'amitié n'avait rien d'excessif.

Le wagon était à moitié enfoncé dans la terre et son toit était crevé. Quand l'automne était venu, Aldolaï Schulhoff avait longuement émis en direction de Kronauer le projet d'escalader le flanc du wagon, de ramper jusqu'au trou et de se laisser tomber dans l'ouverture afin d'avoir un abri pour l'hiver, mais, après une discussion qui avait duré jusqu'à la première chute de la neige, ils avaient renoncé à cette audacieuse expédition, estimant peut-être à juste titre qu'une fois enfermés dans les ténèbres du wagon ils auraient de la peine à s'en extraire. Ils avaient donc passé l'hiver comme d'habitude, à grelotter en changeant de place autour des troncs de sapins selon l'orientation du vent, et, parfois, ils s'arrangeaient pour allumer un feu et s'y réchauffer en échangeant quelques phrases.

– Je sais pas pourquoi, mais j'ai l'impression d'avoir déjà vu ce wagon, fit Kronauer après un interminable silence.

– Ces rails, quand même, dit Aldolaï Schulhoff. La voie menait quelque part.

– Il devait bien y avoir un camp au bout de la ligne, enchérit Kronauer.

– Ben oui, dit Aldolaï Schulhoff d'une voix exténuée. Un camp au bout de la ligne. Ça semble logique.

– Si c'était pas ce wagon-là, c'était un autre pareil, réfléchit Kronauer.

Ils se tinrent un moment muets. Le crépuscule les entourait et n'évoluait pas. Depuis déjà longtemps il n'y avait ni jour ni nuit. Des saisons, oui, mais des jours et des nuits, non. Ils se tinrent un moment là-dedans, comme endormis.

– La locomotive doit être en dessous, dit soudain Aldolaï Schulhoff.

– Va savoir à quelle profondeur, dit Kronauer.

• Aldolaï Schulhoff n'avait plus que la peau sur les os, si on peut appeler ça comme ça, mais il compensait sa maigreur par un ensemble de vêtements guenilleux qui remplumaient sa silhouette jusqu'à en faire celle d'un trépassé normal. Pendant toute une période, dans le passé, il s'était habillé avec des rubans et des chiffons suspendus aux arbres ou au-dessus des rochers par des chamanes. Mais dans les siècles qui avaient suivi la disparition des chamanes et des dévots du chamanisme, il s'était rabattu sur ce qu'il retirait à des cadavres de décédés ou assimilés, à des oiseaux morts ou à des dépouilles d'animaux ou de soldats. C'était une tenue qui évoluait au gré de ses découvertes, qui d'ailleurs étaient fort rares. Elle manquait d'élégance, cette tenue, mais, en présence du froid, du vent et de la pénombre, elle jouait le rôle qu'Aldolaï Schulhoff attendait d'elle.

Kronauer, d'un point de vue vestimentaire, ne se différenciait plus guère d'Aldolaï Schulhoff, mais tout de même il persistait à ressembler à un prisonnier d'origine militaire, peut-être parce qu'il était coiffé d'une chapka dont il renouvelait régulièrement, au gré de ses découvertes de gardiens morts ou d'officiers hors d'état de nuire, régulièrement et en tout cas au moins une fois par siècle, l'étoile rouge qui confirmait son attachement à la Deuxième Union soviétique. Le reste de son uniforme était moins typé et avait plus à voir avec ce que les mendiants ramassaient sans conviction dans les déchetteries, au temps où existaient encore les mendiants et les déchetteries.

• Or voilà qu'ils étaient tous deux réunis autour d'un feu de bois. Comme souvent, ils se taisaient. La nuit passa, puis un jour, puis une autre nuit. La différence entre nuit et jour avait été imperceptible.

— Ça a pas l'air, mais un jour j'ai été amoureux, bafouilla brusquement Aldolaï Schulhoff.

— Ben ça m'est arrivé à moi aussi, avoua Kronauer.

— Ah, dit Aldolaï Schulhoff. À toi aussi.

Les bûches pétillaient. De temps en temps, une vésicule sous l'écorce éclatait, et pendant une ou deux secondes s'épanouissait la merveille d'une gerbe d'étincelles dorées. Ils se livrèrent à la contemplation du feu jusqu'à ce que celui-ci menaçât de mourir. Kronauer rajouta un lourd morceau de bois.

— Je me rappelle plus le nom de la fille, dit Aldolaï

Schulhoff. C'était dans un kolkhoze. Il m'a bousillé la
mémoire.

– Qui ça ? s'intéressa Kronauer.

– Je sais plus, dit Aldolaï Schulhoff. Pendant longtemps,
je l'ai su, mais maintenant je sais plus.

Quand le morceau de bois eut flambé, Kronauer en
rajouta un deuxième.

– Moi aussi, brièvement, j'ai été dans un kolkhoze, dit-il.

Ils se turent jusqu'à l'aube. Le feu mourut. Le jour s'écoulait, pénombral, puis le soir vint, crépusculaire. Ils s'acti-
vèrent tous les deux en silence pour faire repartir une nouvelle
flambée. L'automne était là, le gel menaçait, il valait mieux
allumer un bon feu ou l'équivalent. Quand le petit bois eut
grésillé, quand les branches de nouveau fumèrent et s'enflam-
mèrent, ils se détendirent et se disposèrent pour passer la
nuit près des torsades magiques, en somnolant amicalement
et en bavardant. Les flammes, au sommet de leur déchaî-
nement, se reflétaient sur la porte du wagon tout proche.
Dans les environs, la forêt était immobile. Un décor idéal
pour la conversation sur l'intime ou l'accessoire.

– C'est surtout ma femme que j'ai aimée, dit Kronauer.
Mais j'en ai rencontré d'autres.

– D'autres quoi ? demanda Aldolaï Schulhoff.

– Je me rappelle le nom de quelques-unes, dit Kronauer.

– Dis toujours, dit Aldolaï Schulhoff.

Maintenant, le feu ronflait. Ils prirent plaisir à l'écouter.
Quand la musique décrut, Aldolaï Schulhoff rajouta une
branche au cœur du brasier. La branche mit du temps avant
d'accepter de brûler comme les autres. Puis elle se résigna. Elle
lança quelques flammèches d'une couleur indécise, et ensuite

sa moitié inférieure émit des flammes orange exagérément vives, exagérément tordues, avant de baisser de nouveau, comme boudeuses. Elle donnait l'impression de ne pas savoir exactement ce qu'on lui demandait de faire. Elle avait encore beaucoup à apprendre avant d'aller vers la cendre.

— Dis les noms de ces filles, puisque tu les as en tête, dit Aldolaï Schulhoff.

Kronauer rassembla ses souvenirs, ses pensées, sa respiration.

— Vassilissa Marachvili, Samiya Schmidt, énuméra-t-il. Myriam Oumarik. Hannko Vogoulian.

— Jamais entendu parler, fit Aldolaï Schulhoff.

— Ben pourquoi que tu les aurais connues? dit Kronauer.

— Ben oui, pourquoi que je les aurais connues, convint Aldolaï Schulhoff.

• — C'était du temps de Solovieï, dit Kronauer.

— Jamais entendu parler de celui-là non plus, dit Aldolaï Schulhoff.

— Le président du kolkhoze, expliqua Kronauer.

— Quel kolkhoze? demanda vaguement Aldolaï Schulhoff.

Ils demeurèrent muets un ou deux jours. Ainsi que cela se produisait de temps en temps, un corbeau solitaire vint se percher sur une branche de sapin, pratiquement au-dessus d'eux, et s'installa comme pour écouter leur conversation et leurs silences. C'était une bête puissante, aux proportions monstrueuses, au bec noir, dur comme de l'acier, aux plumes brillantes comme du goudron humide de rosée. De là où ils se trouvaient, les deux compagnons ne pouvaient croiser son regard, mais, s'ils avaient eu la force d'imaginer quelque chose à ce sujet, ils auraient parié sur des yeux jaunes, à l'intensité dorée insoutenable. L'oiseau paraissait à son aise sur la branche et il bougeait peu. Il intervenait peu dans leur dialogue. Parfois il le ponctuait, ce maigre dialogue, par un graillement sonore, ou en écartant les ailes jusqu'au clappement, et aussi il lui arrivait de lâcher une fiente sans se soucier de celui des deux qui la recevrait. Mais, somme toute, il intervenait peu.

• – Et le nom de ta femme ? demanda soudain Aldolaï Schulhoff.

– Quoi, le nom de ma femme ? s'affola pesamment Kronauer.

– Tu l'as pas prononcé, dit Schulhoff.

– Ben non, reconnut Kronauer.

Dans la pénombre, on l'entendit remuer. Soudain il respirait plus fort. Dans ses narines ou dans sa bouche, ou dans ce qui en tenait lieu, l'air sifflait.

– Tu m'as dit que tu l'aimais, insista Schulhoff. Prononcer un nom, ça aide à se souvenir.

– Ben oui, dit Kronauer.

Le corbeau claqua des ailes au-dessus de sa tête et croassa, une fois, deux fois. Dans le silence qui s'était emparé de la forêt, ce cri donnait l'impression de s'éterniser. Quand les échos se furent complètement éteints, Kronauer essuya pitoyablement une fiente qui lui était tombée sur une joue, en guise de larme.

– Je me rappelle plus son nom, dit-il. Je l'ai aimée, ça, c'est sûr. Mais je me rappelle plus son nom.

.43.

• Il y avait des jours où Aldolaï Schulhoff se rappelait de façon lancinante qu'il avait été amoureux et qu'il cherchait à retrouver sa bien-aimée, et des gouffres de plusieurs années ou décennies pendant lesquels il souffrait intérieurement sans en distinguer la cause. Sa mémoire était une plaie vive, une fenêtre qui donnait sur des univers qu'il savait familiers mais qui se refusaient à lui. Sur les silhouettes qu'il devinait il ne pouvait pas mettre de noms, les images du passé ne correspondaient à rien qu'il pût véritablement s'approprier ou chérir. La proximité des souvenirs était palpable, mais elle était vaine. Leur inaccessibilité le torturait.

Or parfois il se rappelait qu'il avait été musicien errant et, bien qu'en lambeaux, il avait encore dans l'esprit quelques moments de son répertoire. Et il avait envie de les faire sonner une fois encore à l'extérieur, ces lambeaux, ces moments. C'était comme l'envie mécanique d'un dernier souffle. Les longs récits avaient perdu leur cohérence, les cycles de bylines se réduisaient à des bribes de fictions disparates. Pas grand-chose n'avait résisté à l'immense lessivage des siècles. Toutefois certaines années des morceaux de chants sourdaient encore à la surface de sa conscience, et il avait la nostalgie des soirées musicales pendant lesquelles tout le monde, lui-même et le public, chevauchait les poèmes et se transportait magiquement dans la steppe immense, dans les forêts infinies, ou dans la Deuxième Union soviétique au temps de sa splendeur, ou dans les camps.

Et là, à la fin du printemps, des restes remontèrent jusqu'à ses lèvres. Il en fit part à Kronauer. Celui-ci était quasi inerte à proximité, mais l'idée d'une prochaine soirée lyrico-poétique le réveilla et, dans les jours qui suivirent, il recommença à bouger.

• Des restes de chants. Ils sourdaient. Comme l'huile noire quittant les villes enfouies pour former des flaques et des étangs à la surface de la terre. Goutte à goutte, ils ressortaient, et soudain, de nouveau, c'étaient des chants.

• Ils se répartirent les rôles. Schulhoff aurait en charge l'essentiel de la narration. Tandis qu'il déclamerait, Kronauer exécuterait une basse continue, reprendrait de son mieux quelques phrases et, dans les moments où il perdrait le souffle, taperait en cadence sur la porte du wagon avec une bûchette ou une branche morte.

La distribution des tâches une fois effectuée, ils se mirent en route pour s'adosser à la ruine du train. Le déplacement leur prit du temps mais ils s'étaient juré de donner le concert coûte que coûte et la distance ne les effrayait pas. Avec cette sorte de frénésie lente qu'ont les grands brûlés militaires quand ils s'extraient d'un trou d'obus, ils progressaient vers le sommet du fossé. Puis ils furent arrivés tout contre le wagon et ils s'y adossèrent.

Devant eux s'étendaient quelques mètres d'une pente herbue, derrière quoi se dressaient les premiers arbres. Au pied des sapins qu'ils avaient quittés, il y avait les traces d'un feu de camp, leur feu de camp, et quelques affaires qu'ils n'avaient pas transportées avec eux, une moitié de couverture pouilleuse de soldat, deux sacoches presque vides, quelques bûches pour plus tard. Après une vingtaine de mètres de sous-bois, le crépuscule noircissait complètement. En résumé, seul le petit espace où ils allaient se produire bénéficiait d'un peu de lumière.

Ils restèrent immobiles face à cela. Ils se sentaient affaiblis par l'escalade, la reptation. Depuis plusieurs saisons, ils n'avaient guère fait d'exercice, et, en haut du fossé, ils avaient besoin de reprendre des forces.

Du temps passa, comme si les interprètes souhaitaient voir l'assistance grossir avant de se consacrer pleinement au chant épique. En réalité, l'assistance se composait en tout et pour tout d'un corbeau qui s'était perché sur une branche basse et qui, une ou deux fois par jour et deux ou trois fois par nuit se dandinait, comme vivant.

– L'oiseau, dit Kronauer.

– Quoi, l'oiseau, murmura Aldolaï Schulhoff.

Bien que prêts à chanter, ils étaient tous deux encore très essoufflés.

– C'est le même? poursuivit Kronauer, après un moment.

– Le même que quoi? murmura Schulhoff.

– Oh, rien, dit Kronauer.

• Ils restèrent encore plusieurs heures puis quelques semaines comme prostrés contre la porte du wagon. Le crépuscule devant eux n'évoluait pas. De temps en temps l'humidité montait, comme s'ils traversaient la fin d'une nuit et que l'aube se rapprochait, puis la rosée s'évaporait et, d'une certaine manière, c'était le jour qui les entourait. Mais au fond ni la luminosité ni l'ambiance ne changeaient. La durée stagnait et, en tout cas, elle n'était pas bien vaillante. Cela leur permettait à tous deux de se reposer, à Schulhoff de faire revenir à sa mémoire quelques passages supplémentaires d'épopée, à Kronauer de penser paresseusement à son présent et au peu de choses qu'il allait perdre un jour en rencontrant l'extinction.

Des taches d'huile noire perçaient sous les herbes et s'élargissaient lentement. Quelques-unes se rejoignirent.

— Et si on chantait ? proposa Kronauer.

— Bah, souffla Schulhoff sur un ton qui exprimait le découragement.

Il n'avait plus l'air très décidé.

— Peut-être plus tard, dit-il.

— Ça serait mieux de s'y mettre avant la neige, fit remarquer Kronauer.

Il prit en main la branche qu'il avait apportée pour taper sur le wagon et il l'asséna maladroitement sur la paroi de bois derrière sa tête. Il était mal placé pour assurer sa partie de percussion. Des éclats d'écorce et de la poussière lui brunirent les épaules.

En face d'eux, perché au-dessus de leurs affaires, de leurs sacoches vides et des bûches, le corbeau croassa en agitant les ailes.

— Le public s'impatiente, dit encore Kronauer.

Il donna de nouveau un coup de branche sur le wagon.

Comme piqué au vif dans son honneur de chanteur, Aldolaï Schulhoff se redressa de quelques centimètres, et soudain on entendit sa voix de basse, bientôt suivie d'une modulation diphonique aiguë, inimitable et très belle.

– Ah, approuva Kronauer en soupirant d'aise.

Il cogna de nouveau derrière lui sur le wagon.

– *L'attaque du camp*, annonça Aldolaï Schulhoff quand il eut terminé l'introduction.

– Ah, oui, approuva encore Kronauer.

Le silence se fit. La forêt était noire. S'il y avait encore des oiseaux et des bêtes à proximité, ou des morts en état d'entendre de la poésie, on ne s'en rendait pas compte, car tous se taisaient.

Puis Kronauer commença à faire la basse continue, et Schulhoff chanta.

• Le récit d'Aldolaï Schulhoff était confus et mal dit, amputé du vocabulaire et du style des épopées traditionnelles, et de plus il était entonné d'une voix qui n'avait plus servi pendant trop longtemps et s'était à jamais rouillée et désembellie, mais, dans ce décor terminal – wagon à moitié inhumé, mélèzes et sapins assoupis dans un crépuscule sans début ni fin, flaques d'huile noire au bas du fossé – et en présence d'une assistance aussi pauvre – deux loqueteux en phase d'extinction, s'ils se comptaient eux-mêmes, et un oiseau massif et mal luné qui tantôt disparaissait, tantôt se réincarnait sur une branche basse –, il avait quelque chose de miraculeux.

Le récit de Schulhoff. Son chant. Avec un accompagnement de concert, par Kronauer. Dans la forêt terminale. Après une aussi longue et confuse errance. Après tant de temps. En dehors du temps. Dans la forêt silencieuse. Quelque chose de miraculeux.

• Avec de multiples interruptions dues à des chutes de tonus, des apnées quasi fatales ou des trous de mémoire, Aldolaï Schulhoff avançait dans sa narration musicale, et, quand il n'avançait pas, Kronauer prenait la relève en débitant en mesure les deux seules choses qu'il avait encore à peu près en tête, d'une part la liste des herbacées et céréales sauvages qu'il avait mille ans plus tôt aidé Irina Etchenguyen à établir, et d'autre part la liste de nos meilleurs camarades, celles et ceux qui avaient été fauchés par le destin, fusillés suite à une mauvaise interprétation des classiques du marxisme-léninisme, réduits en cendres par l'ennemi, ou encore tombés dans le combat inégal contre les effluves du plutonium qui avaient balayé la civilisation puis la planète.

Aldolaï Schulhoff racontait l'attaque du camp à laquelle il avait participé. Il rajoutait des décors grandioses et des personnages héroïques, mais surtout après quelques épisodes on se rendait compte qu'il inversait les situations et se plaçait nettement à l'intérieur du camp et non à l'extérieur. La double clôture de barbelés subsistait, encerclant à perte de vue les installations concentrationnaires, mais, dans le poème, Schulhoff et ses compagnons s'affrontaient à des intrus qui voulaient s'introduire dans le camp pour bénéficier de ses avantages. Des fusils avaient été distribués à tous et Schulhoff s'en servait dès qu'il avait une cible en ligne de mire. La neige volait en tous sens, rendant le combat douteux. On avait peine à ajuster le convoi arrêté sur la voie, à deux cents mètres du portail principal, et c'est pourtant de là que venaient les tirs. Les arrivants étaient furieux de l'accueil qui avait été fait à leurs négociateurs, et, maintenant que ceux-ci étaient allongés morts dans la neige, ils déclenchaient un feu nourri en direction du camp. La délégation avait tenu des discours insanes devant le portail, et, quand on lui avait répondu qu'il n'y avait plus de places libres dans les baraquements, elle s'était énervée et avait haussé le ton. Il avait bien fallu chasser ces parlementaires indésirables et, comme ils manifestaient l'intention de s'incruster jusqu'à la nuit et peut-être même jusqu'au printemps, l'ordre avait été donné de les abattre. À partir de là, la situation s'était détériorée. Cachés dans les voitures ou dans la locomotive Diesel qui les avaient amenés jusque-là, détenus, soldats et snipers mitraillaient les miradors et l'entrée du camp. Aldolaï Schulhoff entendait les balles siffler autour de lui. Quelques-unes s'étaient fichées dans sa cage thoracique, l'invitant à se coucher sur le dos, bouche ouverte face au ciel, comme avide de recevoir sur la langue des flocons et comme tout à fait indifférent à la suite des événements.

• Il s'arrêta.

– À toi, chuchota-t-il en direction de Kronauer.

On avait l'impression qu'aucun mot ne pouvait plus franchir ses lèvres. Sa tête s'était affaissée sur sa poitrine. Le chant avait atteint un point au-delà de quoi plus rien n'était discernable.

Kronauer essaya de son mieux de faire un raccord. Il avait les yeux fermés depuis plusieurs heures, il les rouvrit. La note sur quoi Schulhoff avait interrompu sa déclamation n'était pas trop basse, ce qui l'autorisait à la reprendre sans que le public s'aperçût de quoi que ce fût.

Il donna un coup de branche sur la paroi du wagon.

– Maintenant tous sont couchés sur le dos, bouche ouverte face au ciel, comme avides de recevoir sur la langue des flocons et comme moi, comme Schulhoff, tout à fait indifférents à la suite des événements.

Un nouveau coup.

– Ce sont nos meilleurs camarades, continua-t-il.

Il en énuméra une petite trentaine, puis il se tut.

.44.

• Comme tous les matins depuis quelques milliers de saisons, la Mémé Oudgoul tourna le bouton du poste de radio posé à côté de son fauteuil. Elle voulait savoir si la civilisation avait été rétablie pendant la nuit, ou du moins si l'humanité avait survécu à la dégénérescence organique, aux cancers provoqués par l'irradiation généralisée, à la stérilité et à la tentation de s'engager dans la voie capitaliste.

L'appareil émit un résidu de crachotis puis fit silence.

– Il y a peut-être encore une poche de résistance quelque part, bougonna-t-elle. Nos petits gars peuvent pas accepter comme ça une défaite totale.

Elle vissa le bouton dans l'autre sens, jusqu'au clic qui marquait la rupture avec toute possibilité d'alimentation, de réception et d'espoir.

– Sans doute qu'ils ont autre chose à s'occuper que remettre en service les installations de propagande, marmonna-t-elle.

Aucun bruit ne montait des décombres qui grisaillaient autour d'elle. L'aube à peine naissait.

– Des braves petits gars, marmonna-t-elle encore. Nos komsomols. Ils font ce qu'ils peuvent.

• Elle s'entendait parler, car elle avait des restes d'ouïe, mais elle comprenait mal ce que sa bouche proférait.

Bien que condamnée à l'immortalité dès ses premières interventions au cœur des réacteurs nucléaires, elle avait fini par être touchée par des symptômes de vieillesse, et, en particulier au cours des soixante-dix-neuf dernières décennies, son état physique s'était dégradé. Mentalement, elle avait encore de la ressource, mais, côté corps, pas mal de trucs lâchaient, pour reprendre une de ses expressions.

Sa bouche, par exemple. Ses dents étaient tombées l'une après l'autre et aucune n'avait repoussé. Ses lèvres s'étaient déformées et, réduites à deux languettes de cuir durci, elles s'étaient partiellement décollées de ses joues et pendaient sur son menton comme des barbes de silure. Quant à sa langue, elle avait perdu son élasticité. Avec un tel appareil phonatoire, ce qui vibrait à l'extérieur ne ressemblait plus guère à du langage. Elle-même s'étonnait des bredouillis et des cliquetis qu'elle produisait et renonçait à les interpréter.

• On n'était plus au temps de la splendeur de « Terminus radieux » et le hangar de la Mémé Oudgoul avait subi des dommages irréparables. Pendant cent ou cent cinquante ans, il avait échappé à la désagrégation qui avait touché tous les bâtiments du village et à l'inexorable avancée de la taïga. Mais un beau jour le combustible de la petite centrale située sous le soviet s'était réveillé, il s'était brusquement énervé et mis en marche, et, à partir de là, le kolkhoze, bien que déjà dévasté, déjà abandonné et comme mort, avait traversé une nouvelle phase d'agitation. Une série de bizarres accidents nucléaires avaient accéléré le déclin du site. Les barres de combustible avaient fait alliance. Elles tentaient de rejoindre la pile qui avait élu domicile au fond du puits que la Mémé Oudgoul gardiennait comme un dragon son trésor. Les contreforts de la colline s'étaient éboulés, la colline tout entière avait glissé et perdu de la hauteur, si bien que les structures du dépôt de la Mémé Oudgoul, d'abord fragilisées, avaient craqué. Le dépôt avait pris l'aspect de ces amas de ferraille et de poutrelles dont autrefois on montrait aux écoliers les photographies afin de les mettre en garde contre les guerres atomiques, les incendies allumés par l'ennemi et l'apocalypse en général.

Le vacarme et la poussière de l'écroulement une fois retombés, la Mémé Oudgoul avait regardé autour d'elle. Son coin privé avait été anéanti, les pyramides de déchets s'étaient dispersées, le couvercle du puits avait sauté. Elle avait rapproché son fauteuil de la margelle et, sans trop d'efforts, elle s'était reconstitué une tanière au centre des décombres. Elle avait récupéré sa radio, sa bouilloire pour le thé, quelques ustensiles, les restes du phonographe de Soloviéï et même sept ou huit cylindres qui n'avaient pas été écrasés pendant le désastre.

Finalement, rien n'avait vraiment changé dans son existence au Levanidovo.

Des modifications techniques de petite envergure. Des détails du quotidien à revoir. Le confort moins douillet. Et puis ce corps qui lui obéissait de moins en moins, ces organes qui démissionnaient. Mais, finalement, rien n'avait changé dans son existence.

• Par exemple, maintenant, quand elle se languissait de Soloviéï et de ses poèmes abscons, possiblement contre-révolutionnaires, elle devait procéder à des opérations bien plus complexes que du temps où il lui suffisait de remonter à la manivelle le ressort du phonographe et d'insérer un rouleau entre les agrafes.

De la fameuse machine de Solovieï n'avait subsisté que le pavillon. La Mémé Oudgoul plaçait celui-ci sur le bord de la margelle, afin de profiter des réverbérations qu'assuraient les parois du puits. Elle dénudait son bras jusqu'à l'épaule, elle comprimait ensuite sous son aisselle l'extrémité en entonnoir du pavillon, s'appliquant à faire coïncider l'embout inférieur avec la peau ratatinée qui recouvrait sa cage thoracique ou ce qui en tenait lieu. Son corps jouant le rôle de membrane, elle faisait tourner le cylindre de la main gauche et elle en grattait les sillons avec un ongle de la main droite. Le résultat était médiocre.

Lorsque Solovieï survenait au moment de ces pénibles séances, il se fâchait contre elle. Il se fâchait gentiment, mais, tout de même, il lui reprochait de saccager son admirable voix de ténor-basse, de rendre ses poèmes inaudibles.

– On comprend pas un mot, disait-il. C'est plus ni de la musique ni du discours. On dirait que quelqu'un remue du gravier dans une vessie de porc.

Il passait sa main de thaumaturge dans le cou de la Mémé Oudgoul, il lui caressait le dos, et, tout en la grondant, il l'apaisait. Il continuait à éprouver pour elle une tendresse que les ans n'érodaient pas.

– C'est un problème de membrane, se justifiait la Mémé Oudgoul. L'aiguille, ça va encore, mais c'est la membrane. J'ai la peau trop sèche.

Elle faisait de vains efforts pour parler de façon distincte.

– Quoi ? la faisait répéter Solovieï.

La Mémé Oudgoul essayait de reprendre son explication scientifique.

– Ben je comprends rien à ce que tu bredouilles, plaisantait Solovieï.

La Mémé Oudgoul se fâchait à son tour. Elle savait que son discours était difficile à suivre, mais elle accusait Solovieï de faire preuve de mauvaise volonté.

– C'est la résonance de la peau. Et puis, ce phonographe, c'était pas de la meilleure qualité, à l'origine.

– Je comprends rien, insistait Solovieï. Tu es aussi claire qu'une crécelle bouddhiste qu'on fait tourner dans un seau de mazout.

• – Je t'ai déjà dit que tu ferais mieux de les jeter dans le puits, dit Solovieï.

– Quoi ?

– Les rouleaux. Ils servent plus à rien. Plus personne écoute. Faut les jeter à la pile.

– Je fais ce que je veux, proteste la Mémé Oudgoul.

Le président du kolkhoze revient à la charge.

– Ils ont fait leur temps, dit-il.

– De quoi que tu parles ? demande la Mémé Oudgoul.

Solovieï hausse les épaules.

La neige commence de nouveau à tomber. Le crépuscule a envahi ce qui subsiste de l'ancien dépôt, quelques tas immondes de ferraille, des gravats couverts de mousse, de lichens, d'herbes rampantes telles que les graines-volantes, les aboufianes, les döldjinettes, les agazillées, les bourelles-violettes.

— C'est moi que je devrais jeter à la pile, dit soudain la Mémé Oudgoul. C'est moi que j'ai fait mon temps.

— Je comprends rien à ce que tu bredouilles, dit Solovieï.

.45.

• L'idée de basculer dans le gouffre et, après une chute de deux kilomètres, d'être engloutie et digérée par la pile, commença à obséder la Mémé Oudgoul à partir de cet hiver-là. Elle en avait assez de l'immortalité et elle se sentait de plus en plus impotente et socialement inutile. Les tâches de liquidation avaient été menées à bien dans la région, il n'y avait plus d'éléments suspects à signaler aux autorités en charge de la morale prolétarienne, et les autorités de leur côté s'étaient dissoutes en même temps que l'espèce humaine qu'elles devaient mener vers l'avenir, ou, du moins, vers le communisme. L'existence de la Mémé Oudgoul avait, par voie de conséquence, perdu une grande partie de son sel. À cela s'ajoutait que la nature avait évolué sous l'effet de constantes émanations de radionucléides. L'éventail des espèces vivantes s'était refermé et, après une brève période de mutations où l'on avait observé des apparitions baroques et spectaculaires, la stérilité avait été la règle, et la planète était retournée à un état essentiellement végétal. Contrairement aux prévisions des savants, comme toujours contredits par le hasard, les araignées et les arachnidés en général n'avaient pas occupé les places laissées libres par le déclin animal. Pendant quatre-vingt-une décennies et quelques, les mouches avaient prétendu être une espèce dominante, puis, à leur tour, elles s'étaient éteintes sans laisser de descendance. Dans la taïga vivotaient encore quelques rescapés à plumes ou à fourrure, mais leur nombre était négligeable, et, en résumé, la Mémé Oudgoul était une des dernières créatures terrestres dotées d'un cerveau et de quelques membres. Si elle avait eu mille neuf cent soixante-dix-sept ans de moins, elle se serait peut-être lancée dans l'aventure de la construction à petite échelle d'une Troisième Union soviétique, mais à présent l'âge jouait son vilain rôle d'étouffoir et elle ne s'en sentait plus la force.

• Elle se mit à ruminer sur le sujet du suicide et elle en parla tous les soirs à la pile, se penchant au-dessus de la margelle et bougonnant en direction du bas. Le fait que sa plongée se conclurait en apothéose dans les matières fissiles la séduisait plus que tout. Elle avait constamment entretenu avec la pile des relations affectueuses, à la fois par respect des grandes inventions humaines, même lorsque tout indiquait que le ratage avait été complet, et parce que les délires de l'atome lui avaient procuré une longévité exceptionnelle. Elle avait résisté à tout et elle s'en sentait redevable envers les centrales déglinguées, les coulées de corium, les territoires parsemés de plutonium, et, en somme, envers tout ce qui avait accéléré l'extinction de l'humanité, de nos meilleurs camarades comme de nos ennemis, et des animaux en général.
Elle radotait au-dessus de la pile d'innombrables histoires la concernant ou traitant de points de marxisme-léninisme jusque-là peu explorés, tels que la persistance de la réalité à l'intérieur des rêves, l'errance perpétuelle dans les mondes

d'après le décès, la fabrication du pemmican, le fonctionnement défectueux des phonographes, la poésie post-
exotique. La pile ne répondait pas. Le puits était parcouru
de vents empoisonnés et son obscurité semblait parfois
imprégnée de flammes plus noires que noir, et parfois aussi
une chaleur violente s'en échappait, mais la pile restait silencieuse, et aucun dialogue ne se nouait.

• La Mémé Oudgoul aurait aisément pu enjamber la
margelle du puits et se laisser tomber en attendant que son
destin se close. Cependant elle hésitait, car elle pensait à
Solovieï et elle souhaitait l'associer à son suicide. Elle voulait
qu'il saute avec elle dans le vide et que tous deux s'abîment,
main dans la main, en amoureux définitifs.

— Tu as plus rien à faire en ce monde, argumentait la
Mémé Oudgoul. Tu as qu'à partir avec moi. Ça sera une fin
comme on en a rêvé une pendant mille ans.

— Comment? demandait Solovieï en la prenant dans ses
bras. Je comprends pas un mot de ce que tu baragouines.

— On est pas Roméo et Juliette, protestait la Mémé
Oudgoul. Mais tout de même ça serait beau de finir comme
eux. Ensemble. Et puis, la construction du socialisme, c'est
terminé.

— Comment? disait Solovieï en lui flattant le dessus du
crâne, les omoplates.

— C'est fichu, disait la Mémé Oudgoul. Faut partir. On
est trop vieux. Il y a plus rien d'intéressant ici.

— Arrête de causer comme ça, disait Solovieï. Tu craches
de l'incompréhensible. On dirait une chouette morte qui
jacasse dans du goudron.

• Tandis que la Mémé Oudgoul broyait du noir, Solovieï de son côté poursuivait ses allées et venues dans les tunnels ténébreux ou flamboyants des rêves, des univers magiques et de la mort. Mais il est vrai que lui aussi se sentait beaucoup moins intéressé qu'avant par les événements et par le destin de ceux et de celles qu'il avait suscités, ressuscités, manipulés ou possédés et pénétrés jusqu'aux souvenirs, jusqu'à l'inconscient, jusqu'à l'après-mort. Il n'y avait plus jamais assez d'imprévus dans son théâtre.

• Et donc, ce soir-là, ils s'assirent comme souvent sur la margelle. Des profondeurs montait une tiédeur un peu nauséabonde, l'haleine de la pile qui reprenait des forces maintenant que le combustible de la centrale située sous le bâtiment du soviet l'avait rejointe.

Sur le Levanidovo régnait l'ombre. La forêt était proche, l'automne annonçait l'hiver. Une bouillie crépusculaire permanente enveloppait les choses du monde. En gros, l'éclairage n'était pas de nature à mettre en fête le cœur des survivants.

La Mémé Oudgoul but une moitié de bouilloire de thé froid et remplit une tasse pour Solovieï.

— C'est une décoction de vierge-tatare, dit-elle quand il eut commencé à avaler le liquide qu'elle lui avait présenté.

— Comment ? se fit répéter Solovieï. Tu articules de plus en plus mal. Je comprends pas une syllabe.

— De la vierge-tatare, répéta la Mémé Oudgoul. Ça va nous amollir. J'ai pas pu trouver un autre poison. Ça va nous détendre avant qu'on saute.

Solovieï montra d'une grimace qu'il renonçait à saisir ce que bredouillait sa compagne. Puis il tendit la main vers la bouilloire et se resservit.

— C'est quoi, ça ? demanda-t-il. Ça a sacrément bon goût. J'espère que c'est pas du poison.

— C'est de la vierge-tatare, dit la Mémé Oudgoul. C'est pour nous enivrer avant qu'on se jette dans le puits.

— C'est bon, dit Solovieï. Ça sent les groseilles d'autrefois, la smorodina qu'on cueillait autrefois dans la vieille forêt. Tu te rappelles ?

La Mémé Oudgoul ne répondit pas et ils restèrent plusieurs minutes sans rien dire. Puis la Mémé Oudgoul changea de position sur la margelle. Maintenant elle avait les jambes qui pendaient dans le vide. Une petite impulsion des fesses, de ce qui lui tenait lieu de fesses depuis un siècle, et elle glisserait brusquement vers l'abîme.

— Tiens-moi la main, demanda-t-elle. Saute avec moi.

— Fais attention, dit Solovieï.

Il lui prit la main. De l'autre, il lui caressait le dos. Les vêtements de la Mémé Oudgoul n'étaient plus que des fibres poussiéreuses et, en dessous, la peau ne valait guère mieux.

— Fais attention, dit encore Solovieï. Tu pourrais tomber.

Il se pencha vers le gouffre ténébreux. On voyait quelques mètres de parois terreuses, et ensuite rien. Deux mille mètres plus bas, un magma brûlait, goudronneux et terrible, prêt à engloutir tout ce qui arriverait sur lui depuis la surface, que ce fût un objet, un animal mort ou vivant ou une vieille créature immortelle.

— Ça me fait plaisir qu'on soit ensemble pour ça, dit la Mémé Oudgoul.

Puis, ne voyant pas de raison de s'éterniser, elle poussa avec son postérieur et sa main gauche, et elle bascula vers l'avant. Solovieï lui avait aussitôt lâché la main. Il écarquilla les yeux pour suivre les premiers vingt mètres de sa chute. Elle ressemblait à un petit animal desséché. Ensuite, sans bruit, elle disparut.

• Solovieï était frappé de stupeur. Il n'avait jamais cru aux bavardages de la Mémé Oudgoul sur le suicide et, pendant les instants qui avaient précédé, il avait été sincère en lui répétant qu'il ne comprenait ni ce qu'elle disait, ni ses intentions. Il n'acceptait pas l'idée que, sous ses yeux, la Mémé Oudgoul venait de se jeter en pâture à la pile. C'était pourtant ce qui s'était produit, et sans retour possible. Toute la magie du monde des rêves serait inopérante pour faire revenir la suicidée à la surface. Dès que la Mémé Oudgoul entrerait en contact avec ce qui grondait au fond du puits, elle s'éteindrait.

Appuyé sur la margelle, Solovieï envisageait de plonger à son tour vers les entrailles de la terre, de jouir une minute des sensations de la chute libre et, tout en bas, d'instantanément s'éteindre.

Il s'était mis à penser passionnément à la Mémé Oudgoul. La fin de tout, l'extinction irrémédiable, le tentait.

Toutefois, peut-être sous l'effet de la décoction de viergetatare, il laissa passer le moment où son geste aurait correspondu à une union amoureuse avec la Mémé Oudgoul et, peu à peu, il recouvra ses esprits.

• La nuit était tombée sur les décombres du hangar, la nuit ou ce qui en faisait office, une sorte de baisse de la lumière d'ambiance, sans lune, sans étoiles, sans rien de plus ou de moins que la grisaille permanente du jour.

Solovieï se redressa et s'étira.

– Ben non, dit-il à haute voix.

On voyait mal sa silhouette herculéenne. Il était difficile de déterminer s'il s'agissait d'un oiseau mutant, d'un sorcier gigantesque ou d'un paysan riche surgi du fond des âges soviétiques ou tolstoïens.

– Ben non, reprit-il. Je vais pas la rejoindre aujourd'hui.

Il crailla au-dessus du puits, sans se pencher. Son cri dépassa le puits, les décombres, et alla se perdre dans la taïga silencieuse.

– Finalement, je vais folâtrer un peu encore, dit-il.

Et, de nouveau, il crailla.

.46.

• Il jeta dans le puits la demi-douzaine de cylindres que la Mémé Oudgoul avait épargnés et, pour faire bonne mesure, il y ajouta la bouilloire et le pavillon du phonographe. S'il y avait eu des témoins, ceux-ci auraient ensuite rapporté qu'il avait le visage baigné de larmes mais qu'il n'avait pas l'air particulièrement abattu et qu'au contraire il était comme plein d'énergie, gesticulant avec exagération comme un bonimenteur de foire face à la foule. En réalité, son cœur saignait. Sa bien-aimée s'était envolée pour toujours, plus rien ne l'intéressait et tout en lui était souffrance. Mais il faisait bruyamment semblant de pouvoir continuer à vivre. Lui ou moi peu importe.

Maintenant il prenait sa respiration pour réciter un poème sans intermédiaire mécanique.

Il s'inclina au-dessus de la margelle pour que sa voix soit amplifiée.

Ce serait l'ultime déclamation chantée en direction de la pile, puisqu'il avait prévu de partir au petit matin, de folâtrer encore pendant une période indéfinie – quelques instants ou quelques siècles –, et, quoi qu'il arrive, de ne plus jamais remettre les pieds au Levanidovo.

• Puis il étira son aile la plus douloureuse et, quand elle fut totalement déployée, il l'étira encore, et, quand l'extrémité de la plus grande rémige eut touché le ciel, le noir se fit, et presque aussitôt il appela ses sbires décédés à la rescousse, sachant qu'à proximité il y aurait toujours quelques morts prompts à lui faire allégeance, trop contents, quelles que soient les conditions souvent atroces du contrat d'esclavage par quoi ceux-ci recouvreraient un peu d'existence, de renouer avec l'obscurité et de connaître de nouveau les joies du goudron, et, effectivement, plusieurs hommes et femmes répondirent à son cri de guerre, et pour commencer allumèrent de leur mieux qui une chandelle, qui un incendie, qui un feu de brousse, de broussailles ou de forêt, afin que le monde de leur maître parût encore habité et agrémenté de lumières, et, tandis qu'ils se manifestaient aussi par des chants ou des grogne-ments animaux, certains qui avaient oublié jusqu'à la gestuelle élémentaire à produire en présence des flammes, ou qui, affaiblis, ne pouvaient plus commander vraiment aux postiches qui leur tenaient lieu d'enveloppe corporelle, s'embrasèrent, et lorsque ces maladroits furent transformés en torches il les énuméra, tantôt prononçant leurs noms à la va-vite, comme on lit les listes pendant les vérifications de police devant les baraquements, tantôt les nommant avec lenteur et respect, comme on évoque ceux qui ont perdu la vie dans les combats contre l'ennemi, ou dans des combats fratricides, ou en luttant contre la stupidité humaine en général, et, ayant ainsi rendu hommage à ses servants qui partaient pour la cendre, il attendit avec grande patience l'extinction de tout ce qui brillait encore et de toute braise, et, désormais une nouvelle fois familiarisé aux ténèbres, d'abord de la même voix de stentor que celle qu'il avait choisie pour l'appel, puis d'une voix gémissante et sorcière comme le vent, il se plaignit de l'absence de monde, de l'absence de présent et de l'absence de ses filles et de ses épouses, toutes créatures qu'il avait passé son existence à confondre tant elles étaient innombrables et tant ce qu'il faisait avec elles était peu varié, puis soudain, comme un froid pareil aux glaces intersidérales lui ralentissait le langage, il alla se réchauffer dans une auberge voisine, qu'il avait repérée dans un songe de la nuit précédente, et là, clappant du bec, enveloppé d'un manteau qui cachait ses formes difficilement avouables, il fit grand tapage, prétendant être un prince-voyou qui voyageait entre deux réels, et à qui tout descendant des grands singes, qu'il fût ou non décédé, devait obéissance, puis, comme personne ne réagissait à sa palabre, soit que personne ne fût né ou décédé dans les parages depuis des millénaires, soit que les présents fussent insensibles à ses rodomontades ou peut-être appartinssent à un rêve où il n'était pas à son avantage, il hésita dans la salle enfumée, tituba de long en large en arrachant de leur support les lanternes et les lampes, tira sur les chaînes de quelques trappes qui n'ouvraient sur rien et, de fort mauvaise humeur et plutôt que de changer de monde, il sortit dans la cour de l'auberge et il se rendit dans un appentis où des ingénieurs avaient installé une petite station nucléaire de campagne pour les besoins ordinaires des aubergistes et des éventuels routards, camionneurs ou gentilhommes qu'ils accueillaient pour la nuit, et vraisemblablement pour les détrousser et les rôtir, et, ayant aussitôt reniflé les odeurs d'une fuite de matériaux radioactifs, il se réjouit à l'idée qu'une fois de plus il allait avoir contact avec les flammes noires des barres de combustible, et il ne mit pas longtemps à découvrir un passage, et bientôt il fut recroquevillé au-delà du béton, là où il savait que des tunnels débutaient qui menaient dans des univers inexplorés, et, après avoir embrassé longuement la pile, il tourna la page de ses aberrantes constructions narratives, se réfrénant de placer au cœur de son monologue le torrent de ses amours morganatiques, adultérines ou incestueuses, et, au lieu de redire celles-ci en détail pour se consoler avant l'extinction, il se contenta de marmonner interminablement des listes de prénoms féminins, des listes d'herbes, des listes de camarades et des listes de non-dits, puis, déjà engourdi, déjà somnolent, il cessa de bruire.

.47.

• Au fil des siècles, Hannko Vogoulian avait nettement modifié son attitude face à la chose écrite et, après avoir longtemps considéré que sa tâche se limitait à reproduire au mieux les livres qu'elle avait lus, des classiques du marxisme-léninisme aux classiques de la prose féministe ou post-exotique, elle s'était aguerrie en tenant plus soigneusement son journal, et, peu à peu, elle avait pris plaisir à inventer des histoires et à dépeindre des individus ordinaires et extraordinaires, qu'elle plaçait selon son humeur dans des situations bizarres ou désespérées, qu'elle faisait mourir à sa guise et errer infiniment dans des mondes bardiques dont aucun décès ne leur permettait de sortir vraiment, et en tout cas jamais pour toujours. Elle avait créé son monde littéraire, qui était au départ influencé par ce qu'elle avait connu jadis au kolkhoze, dans le paisible quoique incestueux enfer post-nucléaire du Levanidovo, mais qui ensuite avait pris des directions inattendues, dont elle aurait eu le plus grand mal à justifier la logique ou la raison d'être. Délaissant la laborieuse copie intérieure des romans et brochures qu'elle avait d'ailleurs fini par oublier, essayant perpétuellement de ne pas singer les poèmes abscons de son père, elle avait commencé par écouter des voix qui la guidaient pour que la réalité se transforme en une pâte dont les formes lui obéissaient, et elle avait fini par dominer magiquement son inspiration pour, à son tour, écrire des livres. Son orthographe était désormais catastrophique, la syntaxe n'était pas son fort, l'encre et le papier manquaient, mais elle écrivait des livres. Dans la période qui nous intéresse, et où l'humanité depuis longtemps ne donnait plus signe de vie, elle était la seule survivante à se donner cette peine, ce pourquoi on lui pardonnera des défauts, des aberrations et des impasses dans le flux narratif, ainsi que des longueurs, et parfois au contraire des raccourcis inexplicables ou le refus d'exploiter ou d'enrichir des scènes qui auraient pu l'être, ou des interruptions dans le récitatif. Si l'on cherche à la rattacher à un genre, sa prose devrait être portée au catalogue des œuvres à fort contenu onirique avec, du point de vue politique, un rapport désabusé à la Deuxième Union soviétique. À l'origine, c'est-à-dire dans ses premiers ouvrages personnels, on aurait certainement pu déceler des traces de son propre vécu, mais par la suite ces traces s'étaient à tel point diluées qu'il eût fallu être un fin critique pour les relever, les mettre en évidence et avec cela produire quelque glose illisible ou malveillante.

• Elle écrivait en prenant son temps, et, comme elle n'avait rien de concret sur quoi graver le contenu de ses élucubrations, elle prononçait son texte d'une voix forte, en égrenant les syllabes, et elle accompagnait sa diction en cognant sur du bois pour marquer les pauses et les changements de paragraphe ou d'ambiance. Quand elle avait terminé un narrat ou un chapitre, elle s'arrêtait un moment, puis elle le reprenait depuis le début en le chantonnant afin que tout fût indélébilement inscrit dans sa mémoire.

• Ses ouvrages étaient en principe distincts et elle leur donnait un titre après les avoir conclus, mais, bien que comportant des spécificités et ne reprenant pas les mêmes personnages, ils auraient pu aussi bien être regroupés en un seul volume interminable. Ils peignaient en effet la même souffrance crépusculaire de tous et de toutes, un quotidien magique mais sans espoir, la dégradation organique et politique, la résistance infinie mais non désirée à la mort, l'incertitude permanente sur la réalité, ou encore un cheminement carcéral de la pensée, carcéral, blessé et insane. D'autre part, il faut bien dire que les obsessions de Hannko Vogoulian en tant qu'auteur renforçaient la parenté de ses intrigues romanesques, au départ très différentes.

• Du post-exotisme, sur quoi elle avait peu de lumières, Hannko Vogoulian avait surtout retenu des contraintes formalistes, et c'est pourquoi elle s'obstinait à diviser ses livres en quarante-neuf chapitres ou même en trois cent quarante-trois parties, et, de temps en temps, elle faisait le compte de ce qu'elle avait produit, avec l'idée qu'il serait bon de numéroter ses ouvrages afin d'arriver, au fond des siècles, à un total harmonieux, multiple de sept ou formé de chiffres identiques, comme cent onze ou mille cent onze.

• Bien difficile d'établir des calendriers après la mort de tous et de toutes, après la mort de nos meilleurs camarades hommes et femmes. Mais disons que, quelques milliers de saisons après la chute de l'Orbise et la fin de la Deuxième Union soviétique, la cabane dans laquelle Hannko Vogoulian avait trouvé refuge se détériora notablement. Les rondins qui formaient les murs avaient pourri, ils se désolidarisèrent soudain à grande vitesse, les murs et le plancher se disloquèrent, et, en un temps record, la maison devint inhabitable. Au centre des décombres, le puits subsista pendant deux ou trois ans puis s'enfonça dans le sol et disparut. Tout s'effritait, se transformait en humus et en magmas de sciure humide. Des cahiers que Hannko Vogoulian avait remplis ne subsistait rien, sinon des agglomérats jaunâtres dont des champignons de souche avaient fait leur milieu de prédilection. C'est à partir de ce moment, quand elle n'eut plus aucun matériel d'écriture et fut obligée d'abandonner son abri, que Hannko Vogoulian se lança véritablement dans la création romanesque.

• Elle tapait sur les restes de sa maison ou sur un tronc de mélèze, elle disait de la prose à voix haute comme une insane et elle reprenait ce qu'elle venait de composer en le chantant et en rythmant de nouveau son texte avec des coups. On comprend mieux pourquoi ses personnages se sentaient par moments attirés par l'idée de la déclamation épique et du chant, et pourquoi ils espéraient avoir alors un accompagnement musical, ou du moins un bourdon ou un soutien avec des percussions, qu'elles soient improvisées ou non.

• Quand elle réfléchissait à une histoire, elle passait le monde au crible avec son œil noir couleur d'onyx très-noir, couleur d'aile de corbeau, couleur d'ébonite, couleur d'agate noire, couleur de tourmaline noire, couleur d'obsidienne, couleur de mort naphteuse. Puis elle regardait son roman avec son œil d'or, couleur œil-de-tigre, couleur de cristaux de soufre, couleur d'ambre jaune, couleur de foudre cuivrée. Puis elle fermait les yeux. Puis elle commençait à expulser de l'air et des mots et elle commençait à écrire.

• Bien qu'au fil des siècles Hannko Vogoulian fût devenue à la fois un écrivain chevronné et l'ultime être vivant à avoir une activité poétique ou assimilée, elle n'était pas consciente de ses fautes de style ou de ses mauvais choix narratifs, elle ne se livrait jamais à une évaluation critique de sa production et elle ne revenait jamais sur un texte une fois celui-ci chanté et mémorisé. Il ne fait aucun doute que si quelqu'un se fût dressé devant elle pour lui réciter une leçon sur les principes de la tradition romanesque, et lui eût reproché de ne pas les avoir respectés, ces principes, elle l'eût accueilli fraîchement et sans doute, après l'avoir mis en joue, elle eût appuyé sur la détente de la dernière carabine qu'elle avait pu sauvegarder de la corrosion, une SKS de fabrication chinoise, peut-être précisément le modèle appelé autrefois Type 56 par les Chinois, ou peut-être pas : une fidèle parmi les fidèles.

• Les romans de Hannko Vogoulian sont aujourd'hui nombreux et en excellent état de conservation à l'intérieur de la mémoire de Hannko Vogoulian, mais, pour les consulter, il faudrait pénétrer à l'intérieur de Hannko Vogoulian, et cela, cette effraction abominable, depuis extrêmement longtemps, elle ne le permet à personne.

• Elle n'a pu éviter les tics d'auteur. Elle ou moi peu importe. Elle n'a pu éviter de revenir, sinon régulièrement, du moins avec une certaine constance, à des scènes et à des situations fondatrices, à des images par lesquelles elle retrouvait les héros et les héroïnes qu'elle avait perdus, bien souvent nos meilleurs camarades hommes et femmes, des images d'errance dans l'espace noir ou dans le feu, des images de dialogues épuisés au pied des arbres ou au bord d'une étendue d'eau ou de goudron, des images d'amours éternelles sans retrouvailles, des images d'attente devant l'abîme, des images de steppe immense et de ciel immense.

• Nous étions seuls avec elle et nul d'entre nous jamais ne l'a regretté, de même que nul d'entre nous homme ou femme jamais n'a remis en cause son attachement à l'Orbise et à la Deuxième Union soviétique, quelle qu'ait été sa position par rapport aux camps – dedans ou dehors.

• Les romans et romances de Hannko Vogoulian contiennent des pages qu'on pourrait qualifier de normales et d'autres qui paraissent hallucinées, et, parmi celles-ci, quelques-unes mettent en scène la mort de Hannko et de ses sœurs. Toutes sont nées de mères inconnues et l'idée de sororité est donc prise au sens large, peut-être parce que la plupart de ces figures féminines, qu'elles soient épanouies ou malheureuses, ont eu au cours du livre une relation de violence magique et de compagnonnage avec une figure masculine de père ou d'époux qui est tantôt un thaumaturge surgi du Bardo, tantôt un oiseau, tantôt un prince-voyou, tantôt un chamane tyrannique. Les sœurs se retrouvent après des aventures qui les ont séparées pendant toute leur existence et elles meurent ensemble, ou elles se préparent à mourir ensemble. Sur ce schéma naît une image onirique qui appartient évidemment aux dernières respirations du roman. L'image est fréquemment imprégnée d'une violente angoisse, mais bien que terminale elle n'est pas toujours cataclysmique et, au contraire, elle est surtout faite de pénombre et d'attente. Le ciel s'obscurcit, il se métamorphose en une matière organique monstrueuse dont Hannko Vogoulian entreprend rarement la description. Cette mort collective, sous un ciel impensable, est aussi un des tics d'auteur de Hannko Vogoulian.

• Parfois, comme d'ailleurs les nôtres, nos meilleurs camarades hommes et femmes, elle confondait espace noir et espoir noir.

.48.

• Myriam Oumarik est la première à atteindre la clairière. Elle dépasse les taillis qui prolongent la forêt et elle respire. Il y a longtemps qu'elle n'avait pas fait travailler ses poumons, plusieurs années, peut-être. L'air frais siffle le long de ses bronches, et c'est tellement inhabituel qu'elle a l'impression d'entendre rauquement et stridence, alors qu'en réalité la vieillesse l'a rendue complètement sourde, que les sons viennent de l'intérieur ou de l'extérieur de son corps. Son quotidien est à présent cotonneux, elle avance dans le silence comme au fond d'une eau épaisse. En tout cas, sifflement ou pas, ce brusque apport d'oxygène la ragaillardit. Son sang se remet à circuler, dans sa tête quelque chose se réveille, alors qu'elle cheminait jusque-là de manière engourdie et sans penser à rien. Et puis une image s'impose.

C'est un souvenir du Levanidovo. Il est comme les taches d'huile irradiée qui remontent des villes enfouies, il est apparu sans raison, après un cheminement souterrain qui a duré des siècles. C'est un souvenir qui appartient à une autre existence et, comme les flaques d'huile noire dans les sous-bois, Myriam Oumarik le contourne, mais, pendant un instant, elle le regarde.

Elle se voit marcher dans la rue principale du kolkhoze, souriante, chairs épanouies, à la rencontre du soldat Kronauer, un type qui, après s'être fait passer pour un héros rouge, s'est vite révélé insane et criminel. Elle va vers cet homme qui pour l'instant est occupé à débloquer des écrous dans une borne d'incendie. La canalisation fuit, l'eau forme devant chez elle une mare d'eau boueuse. Tout scintille. Les maisons du kolkhoze, des éclats de givre au bord de la mare, les yeux de Myriam Oumarik, ses boucles d'oreilles kazakhes en cuivre rouge, les broderies au fil d'or qui ornent son corsage, sa ceinture. Elle sait qu'elle est très féminine, somptueuse. Elle s'approche pour plaisanter avec le soldat Kronauer et celui-ci au lieu de rire avec elle montre sa main qui saigne, il prétend s'être piqué à une aiguille dans le dépôt de la Mémé Oudgoul, il accuse le président du kolkhoze d'avoir lancé sur lui des sortilèges.

Puis l'image vacille. Puis elle s'éteint.

• Maintenant Myriam Oumarik foule des herbes inconnues qui poussent dans la clairière, entre des pieds d'airelles rouges, de groseilles sibériennes et de myrtilles. Elle fait craquer des branches, mais, comme elle est sourde, elle ne le remarque pas et elle s'en fiche.

La lumière est très basse, comme si la nuit allait tomber, mais elle est moins pesante que sous les arbres.

La clairière s'étend loin, sur un rayon de plusieurs centaines de mètres. Le sol est bosselé, avec des monticules couverts de mousses qui sont peut-être les ultimes résidus d'une ville, d'un camp ou d'un village. Çà et là s'étendent des surfaces d'huile noire. Elles ont la même couleur que le ciel.

• Te mets pas trop à découvert, ma vieille, lui conseille une voix intérieure.

Elle s'aplatit contre le sol.

De la sacoche ventrale sur quoi elle s'est couchée, elle retire deux cartouches, les dernières. La première s'effrite immédiatement entre ses doigts, dégageant une odeur de moisi plus qu'une odeur de poudre. La deuxième montre moins de signes de dégradation. Elle l'introduit dans le canon de la carabine qui l'accompagne fidèlement, bien qu'elle n'ait plus eu depuis très longtemps l'occasion de s'en servir.

Autour d'elle elle sent les branchettes qui frémissent, les herbes, elle sent les odeurs puissantes de la taïga, formidablement végétales maintenant que les mammifères et la plupart des oiseaux ont disparu. Elle a l'intuition qu'elle ne se relèvera plus. Elle est couchée, le paysage est désert, elle n'a rien remarqué de spécial mais une voix intérieure lui a conseillé de se baisser le plus possible. Quelque chose de véritablement terminal va advenir. Cela ne la dérange pas trop. Mais elle respire avec force, comme s'il s'agissait de rassembler quelques dernières lumières avant le noir total.

Un des bandages qui lui entourent la tête s'est accroché à un rameau épineux de vierge-tatare. Le tissu, aussi momifié que sa peau, se déchire. Elle adresse on ne sait quels marmonnements à ses vêtements, à son corps, à sa carabine, au ciel de plus en plus noir. Sa tête est enveloppée de linges sales et d'écharpes, pour lutter contre le froid mais aussi parce que, par coquetterie, elle souhaite donner un peu plus de volume à ce qui bourgeonne entre ses épaules et qui a laidement rétréci au fil des siècles, méritant moins qu'avant le nom de crâne.

Elle parle en une langue qu'elle a inventée dans la solitude et qui ressemble à un babil semi-animal. Elle ne s'entend ni ne s'écoute mais elle sait ce qu'elle prononce. Il s'agit de reproches et d'appels élémentaires. Elle parle encore un peu à ses écharpes, à la terre glacée, aux racines et aux tiges légèrement hostiles de la kryjovnique. Puis elle referme les lèvres et s'immobilise complètement.

• La carabine qu'elle tient est une Schultz 73, une arme fabriquée dans les armureries de la Deuxième Union soviétique. Depuis plusieurs quarts de siècle elle la graisse soigneusement, sans difficulté parce que l'huile noire est abondante dans la forêt. Elle l'a récupérée dans l'avant-poste d'un camp abandonné, sur le cadavre d'un gardien qui s'en était servi pour se suicider. L'avant-poste était, en réalité, le sommet d'un mirador qui ne s'était pas encore complètement enfoncé dans la terre. Elle a réquisitionné les munitions qui n'avaient pas trop souffert de l'humidité, mais, au fil des années, elle les a épuisées, et aujourd'hui elle n'a plus qu'une balle.

• Samiya Schmidt est la deuxième sœur à apparaître. Comme autrefois son père Solovieï quand il déambulait magiquement dans l'espace noir, elle est indescriptible. Elle occupe une place à l'orée de la forêt, elle fait bouger les troncs et les branches quand elle siffle. Sur plusieurs dizaines de mètres l'espace est troublé par sa présence, les buissons semblent écrasés, les herbes se couchent, l'air s'alourdit de va-et-vient opaques. On distingue quelque chose, mais on ne sait pas quoi. Parfois on a l'impression qu'on a entraperçu un oiseau disloqué et gigantesque. Ou une jeune garde rouge chinoise. Parfois aussi et surtout naît une sensation de peur atavique, de peur dévorante en face de l'inconnu, en face d'une puissance sorcière qui est là mais qu'on ne peut même pas concevoir et qu'on ne saurait comment affronter ou calmer, si jamais elle se déchaînait.

• Samiya Schmidt aperçoit à l'autre extrémité de la clairière la forme allongée de Myriam Oumarik, elle repère sa carabine à moitié cachée par des herbes, et, au lieu de se remémorer leur enfance et leur adolescence communes au Levanidovo, ou des scènes de leur vie tranquille au kolkhoze, elle se rappelle une image de rêve, un moment si lointain qu'il appartient aux débris poussiéreux du millénaire précédent. Elle se rappelle la figure humiliée du soldat Kronauer, nu sous la douche dans un local de douche bizarre, Kronauer protégeant inutilement son bas-ventre du regard des juges et du regard des kolkhoziens et des kolkhoziennes qu'il a tués à coups de fusil, et qu'on a entassés devant lui pour lui faire honte. Kronauer est arrosé d'eau chaude en permanence, il nie, il est impuissant face à son destin dont il ne comprend rien, de temps en temps il lève les yeux sur elle Samiya Schmidt, ou il baisse les yeux sur les cadavres de ses sœurs et d'autres victimes encore. Il essaie de répondre aux questions de la Mémé Oudgoul et de Solovieï. Il bafouille n'importe quoi. Il manque d'intelligence, il manque d'à-propos, c'est un soldat du rang, pas capable de grand-chose sinon de fusiller ses officiers, de déserter et, une fois installé dans un village d'accueil après sa mort, de massacrer les villageois sous un prétexte futile. Elle a autrefois ressenti une espèce de trouble sexuel pendant cet interrogatoire où il était nu, mouillé et grotesque. Elle ne se rappelle plus si ce qu'elle ressentait avait pour origine les restes d'une bestialité ancestrale ou hormonale qui remuait encore en elle à l'époque. Ou si l'émotion était due à la haine qu'elle vouait à Soloviéï, au président du kolkhoze qui menait l'interrogatoire et l'associait hideusement à Kronauer, comme s'ils avaient formé un couple de fornicateurs assassins. Dans son réquisitoire, Soloviéï la liait de manière malveillante et féroce à cet homme obscène et ruisselant, à ce mâle qu'elle connaissait à peine à l'époque et qu'ensuite, plus tard, elle a côtoyé dans la taïga, sans éprouver pour lui d'attirance ou de sympathie particulières.

Elle pourrait évoquer des images où elle côtoierait sa sœur Myriam Oumarik, ou même d'autres images de Kronauer, avec qui tout de même elle a erré dans le Bardo de la forêt pendant un ou deux siècles, mais elle ne retrouve nettement que ce souvenir qui est un cauchemar, l'interrogatoire de Kronauer sous la douche, en présence des morts et des mortes du kolkhoze. Elle rumine là-dessus sans plaisir. Elle se tient juste devant le rideau des arbres, elle appuie son corps indescriptible contre les troncs de mélèzes, elle mélange son corps aux premières branches, aux groseilliers, aux myrtilles, aux kryjovniques violettes, à la couche superficielle de terre humide, aux reflets du ciel sur les flaques d'huile noire, et elle s'immobilise.

Elle s'immobilise, elle rumine et elle attend.

• Le ciel bouge au-dessus de la taïga, le ciel noircit encore, il se couvre de nuées étranges, plus étranges encore que l'absence de jour et l'absence de nuit.

Le ciel bouge, au nord-est surgit une tache noire, un corbeau, puis un groupe, puis une volée conséquente, de plusieurs dizaines d'individus, puis le nombre enfle, enfle, se multiplie sans cesse, des centaines, des milliers, puis la quantité d'oiseaux atteint l'au-delà des nombres. Les vols se superposent, les ailes se touchent, se confondent, les poitrails obscurs appuient sur les dos obscurs, les plumes frottent contre les plumes. En dehors de ces crissements, le silence règne. Aucun croassement, aucun craillement. Bien que leurs ailes s'agitent de façon coordonnée, on dirait des corbeaux morts, des freux de toutes tailles, des corneilles extrêmement noires, des corvidés divers, tous morts. Les couches se super-posent, se mêlent, bientôt l'épaisseur du noir est inconce-vable, trois cent treize mètres, cinq cent quarante-deux mètres de hauteur compacte. Le ciel peu à peu se ferme depuis le nord-est. Le ciel n'est plus qu'une vaste marée de corbeaux qui déferle depuis le nord-est pour éteindre toute lumière. Déjà la taïga est plongée dans les ténèbres. Déjà seules des lueurs résiduelles permettent d'y voir dans la clairière.

• Puis un premier oiseau se détache de la masse qui à présent occupe tout entière la voûte céleste. Il flotte un moment sans direction, puis il vole doucement vers le sol. Il tourne sur lui-même. Il fait sans hâte le chemin qui le sépare de la terre. Floconneusement il s'abat sur la cime d'un sapin où il reste accroché. C'est le premier. D'autres vont suivre.

• Au même instant, Hannko Vogoulian arrive dans la clairière par le sud-est. Elle est épuisée par la marche et par des décennies de jeûne jamais rompu. Elle sort du couvert des arbres et elle vacille. Il y a plusieurs années qu'elle n'a plus aucune assurance dans ses mouvements. Au cœur de la taïga elle ne peut plus se déplacer qu'en zigzags, d'un mélèze l'autre, avec de longues pauses dos à l'écorce pour récupérer son souffle avant la prochaine étape.

Elle laisse sur sa gauche un dernier arbre et elle s'accroupit dans les herbes, d'abord parce qu'elle n'a plus d'appui à proximité, mais surtout parce qu'elle a immédiatement senti que quelque chose d'hostile se dissimulait dans le paysage. La clairière a cinq ou six cents mètres de longueur, elle est piquetée de broussailles basses et, sous le ciel d'encre, elle est très sombre. Rien d'anormal, en somme. Et pourtant Hannko Vogoulian est persuadée que dans cette trouée la tranquillité n'est qu'apparente. Elle baisse encore la tête, puis elle se couche afin de ne pas être repérable. Au bout de quelques minutes, avec une grande économie de gestes, elle dégage l'arme qu'elle transporte en bandoulière depuis qu'elle a abandonné les ruines de sa cabane, il y a très longtemps, et sur laquelle elle compte pour survivre et survivre encore et toujours.

L'obscurité est dense. En examinant avec soin le cercle presque parfait que dessine la limite des arbres, elle constate qu'elle se trouve dans l'angle de tir de deux carabines. De son œil d'agate noire, couleur de mort naphteuse, elle a identifié au loin Myriam Oumarik, dont le turban crasseux et désordonné s'est défait, dénudant un visage ratatiné, plus semblable à un champignon qu'à un visage, avec de vagues traces de peau et les restes d'une expression à la fois idiote et méchante. Elle braque ensuite sur la gauche son œil jaune cuivré, couleur d'ambre, et elle reconnaît instantanément la déformation de l'espace et les stridulations qui signalent la présence de Samiya Schmidt. Elle scrute l'image. Elle finit par apercevoir une ombre un peu plus opaque que les ombres végétales. Elle a l'impression qu'une intelligence l'observe. À ce moment, toutes deux échangent l'équivalent d'un regard, Samiya Schmidt et elle. Là-bas, les branches s'agitent, quelques buissons se tordent. Les deux sœurs se mesurent à distance pendant une poignée de secondes. Un sifflement horrible déchire l'air puis brusquement s'interrompt.

• Curieusement, alors que Hannko Vogoulian puise dans les fonds de sa mémoire quelques fragments d'information concernant ses sœurs, afin éventuellement de leur tirer dessus au bon moment, elle extrait d'abord de là une vision qui n'a aucun rapport avec ce qu'elle cherche. Une vision parasite.

Elle se tient debout dans le dépôt de la Mémé Oudgoul, à côté du soldat Kronauer qui vient de découvrir la dépouille carbonisée de Vassilissa Marachvili et qui halète au-dessus d'elle, tétanisé par l'horreur et le chagrin. Elle aimerait lui manifester un peu de sympathie, mais il s'est enfermé dans sa folie taciturne. Bientôt il va commettre un massacre au village.

Elle se rappelle cette scène, l'odeur de chaussettes et de métal du dépôt de la Mémé Oudgoul, l'odeur de sueur de Kronauer, sa propre odeur de transpiration. Ils ont passé la journée à jeter des déchets dans le puits pour nourrir la pile. Sa perruque a glissé, et, devant cet homme qu'elle n'estime guère, elle s'en fiche.

Puis l'image faseille, puis elle n'est plus.

De nouveau, Hannko Vogoulian est couchée à l'entrée de la clairière, dans une obscurité qui ne laisse présager rien de bon, avec ses deux sœurs qui orientent sur elle leur agressivité ou leurs armes, et elle est épuisée.

• À cet instant précis, un corbeau minuscule atterrit à côté d'elle, puis un autre, sur sa manche droite, puis un autre, dans son cou. Ils sont tous trois extrêmement noirs. Un quatrième se pose sur la main qui frôle le pontet de sa carabine. Il est glacé. Elle ne le balaie pas, attendant de voir s'il va fondre. Il ne fond pas. D'autres déjà parsèment les herbes alentour, le buisson d'almourolles derrière lequel elle se dissimule. Elle secoue la main puis elle réintroduit son index décharné à un millimètre de la queue de détente. Les corbeaux descendent du ciel, toujours plus nombreux et noirs. Ils tournoient lentement, parfois portés en biais par des souffles dont on ne sent pas la force et dont les hurlements restent inaudibles. Ils vont ou viennent à petite hauteur. La plupart tombent tout droit, moins vite que des gouttes d'eau mais avec la même détermination aveugle. Un très léger grésillement se fait maintenant entendre sur toute la surface de la clairière.

En dehors de ce grésillement régulier, il n'y a aucun bruit.
Les ultimes clartés résiduelles agonisent.
Il fait de plus en plus densément noir.

• Les corbeaux tombent.
Ils sont de petite taille, silencieux et sans odeur.
Ce sont les innombrables mailles d'un linceul noir qui se déploie sur la clairière.

Une impression de légèreté noire dans les airs et, sur le sol, une couche de plus en plus compacte, qui va rester, qui va tout recouvrir et qui ne promet pas de fondre.

Les trois sœurs sont à présent figées, carabines pointées l'une sur l'autre. Elles s'observent de loin avec hostilité et sans essayer d'établir le moindre contact. Elles savent qu'elles ont atteint l'extrémité de leur route et elles se refusent à souiller les heures qui leur restent en évoquant les monstruosités dont elles ont été victimes durant mille ans, en ressuscitant Solovieï, ce père maudit qui leur a transmis la malédiction de sa propre immortalité. Surtout ne pas se souvenir de Solovieï, voilà ce qu'elles pensent collectivement toutes les trois. Elles préfèrent se cristalliser dans des images insignifiantes, elles se retrouvent mentalement en compagnie de ce Kronauer sans importance, dont aucune d'elles n'a été amoureuse et qui a surgi en elles sans qu'elles l'aient appelé.

Et, tandis que la couche de plumes s'épaissit, tapissant de ténèbres les ultimes herbes mourantes de ce monde, elles se préparent à l'avenir immédiat.

Immédiat ou lointain. L'avenir. Où, quoi qu'il arrive, il n'y aura rien.

.49.

• Aldolaï Schulhoff finit de chanter et, pendant un temps difficile à définir en l'absence de respirations et en l'absence de lumière, Kronauer tint la note finale, puis, quand il fut incapable de continuer, il persista à bouger un peu les bras et à donner quelques coups sur la paroi du wagon en cognant avec l'arrière de sa tête.

Déjà ni l'un ni l'autre ne se rappelaient ce qu'ils avaient raconté, et, en particulier, s'ils s'étaient eux-mêmes mis en scène, à défaut de héros disponibles, ou s'ils avaient remué leur propre passé ou, au contraire, inventé des personnages et des événements, ou s'ils avaient repris les thèmes épiques des traditions sibériennes ou post-exotiques ou mongoles, ou s'ils avaient rattaché poèmes et narration à la geste de l'Orbise, et s'ils avaient ou non dérivé vers l'humour du désastre ou l'humour des camps ou le fantastique, afin de ne pas étaler leur désespoir intime, ni s'ils s'étaient aventurés dans des univers ou des tunnels ou des imaginaires parallèles, qui par principe leur échappaient et les obligeaient à présenter des versions du réel et des rêves totalement aléatoires et où leurs personnages et leurs voix n'étaient rien. Ils étaient à présent adossés sur les restes surélevés du convoi, entourés de l'ombre épaisse de la taïga. Le chant les avait épuisés.

L'absence de public, en un sens, ne les avait pas dérangés, et, en ce moment où leur prestation s'était achevée, elle leur évitait d'avoir à se lever pour saluer, ce qui leur aurait demandé un effort qu'ils n'étaient plus prêts à fournir. Ils préféraient rester ainsi, dans une position de prostration caricaturale, jambes écartées et nuque penchée vers l'avant, sans avoir plus rien à dire ni à faire.

• Alors qu'ils se prélassaient dans l'engourdissement et le déclin d'à peu près toutes les fonctions organiques et mentales, prétendument pour se remettre après le spectacle et reconstituer leurs forces, mais en réalité parce que sombrer ne leur déplaisait pas, le corbeau qui les avait écoutés jusque-là clappa des ailes et du bec et atterrit en haut du fossé, tout à fait à côté d'Aldolaï Schulhoff, et celui-ci eut la vague impression qu'il lui grattait quelque chose juste en dessous du front.

Quelques heures s'égrenèrent, puis le corbeau prit son envol et disparut.

Maintenant, Aldolaï Schulhoff et Kronauer attendaient le soir, ou l'hiver. Ni le soir ni l'hiver ne survenaient.

– Il t'a crevé un œil, dit Kronauer.

– Qui ça?

– Le corbeau, dit Kronauer.

– Ah, c'est lui? fit Schulhoff. J'avais cru que c'était toi.

– Ben non, nia Kronauer.

Sa voix manquait d'assurance. Il ne savait pas. Il marmonna une nouvelle dénégation.

– Lui ou toi peu importe, dit Schulhoff. Au point où on en est.

– Ça m'embêterait que tu croies que c'est moi, dit Kronauer.

– Je crois à rien, dit Schulhoff. J'attends la fin.

Table